rororo

Kurt Aust, 1955 geboren, wuchs in Dänemark auf. Nach Aufenthalten in Asien und Afrika ließ er sich 1972 in Norwegen nieder und arbeitet dort als Publizist und Übersetzer. Nach einer Reihe historischer Romane war «Die Bruderschaft der Unsichtbaren» (rororo 24632) sein erster Thriller, der in Norwegen sofort ein großer Erfolg wurde.

Kurt Aust

Der Genius-Code

Thriller | Aus dem Norwegischen von Maike Dörries und Günther Frauenlob

Rowohlt Taschenbuch Verlag

Die Originalausgabe erschien 2009 unter dem Titel
«Hevnens alkymi» bei Aschehoug & Co., Oslo

Deutsche Erstausgabe
Veröffentlicht im Rowohlt Taschenbuch Verlag,
Reinbek bei Hamburg, Dezember 2010

Redaktion Michael Schickenberg
Umschlaggestaltung any.way, Sarah Heiß
(Foto: Paul Taylor/Getty Images)
Satz aus der Minion (In Design) bei Dörlemann Satz, Lemförde
Druck und Bindung CPI – Clausen & Bosse, Leck
Printed in Germany
ISBN 978 3 499 25488 8

FSC www.fsc.org
MIX
Papier aus verantwortungsvollen Quellen
FSC® C083411

Das für dieses Buch verwendete FSC®-zertifizierte Papier
Lux Cream liefert Stora Enso, Finnland.

Für Alf, Leif, Johan und Leif –
die Musketiere der Geschichte

Dieser eigenwillige Geist, der vom Teufel tatsächlich zu dem Glauben verleitet wurde, nur mit Hilfe seines eigenen Verstandes alle Geheimnisse Gottes und der Natur erfassen zu können – Kopernikus und Faust in ein und derselben Person.

SIR JOHN MAYNARD KEYNES ÜBER ISAAC NEWTON
NEWTON, THE MAN (1942)

Es gibt einzelne internationale Ordensgemeinschaften, die im Verborgenen sowohl Waffenschmuggel betreiben als auch Geheimdienst- und Überwachungsaufträge ausführen – hier bei uns ebenso wie auf der internationalen Bühne.

RONALD BYE UND FINN SJUE
OVERVÅKET (2008)

Prolog

LONDON
IM JAHRE DES HERRN 1682

«Das Höchste Wesen ist Alles, und Alles ist das Höchste Wesen.»
Die Stimme des Großmeisters klang voll und angenehm. Hinter seinem Stuhl mit der hohen Lehne brannten zwei Fackeln in Silberhaltern, deren Licht die Öffnung seiner tiefen Kapuze wie einen schwarzen Tunnel erscheinen ließ. Ein Tunnel hinaus ins Universum, dachte Isaac Newton unwillkürlich.
«Es gibt keine ewige Trennung zwischen Gut und Böse, Licht und Dunkel. Im Universum gibt es nur den einen Stoff, die eine Seele und den einen Geist.» Der Großmeister sprach die Worte wie ein Gebet. Ein leises Echo hallte von den Wänden zurück.
Aus den Falten seiner Kutte tauchte eine Hand auf und bedeutete Newton, näher zu treten. Dieser hob seine Kutte etwas an und kniete sich zu Füßen des Großmeisters auf eine niedrige Bank. Stille senkte sich über den Saal. Unter der Kapuze hörte Newton deutlich seinen eigenen Atem, das Blut pochte in seinen Schläfen. War noch jemand hier? Saß dort hinten jemand im Dunkeln und beobachtete ihn? Trotz seiner vierzig Jahre fühlte er sich wie ein Kind, dem vor Spannung ein kribbelnder Schauder über den Rücken lief.
«Seid Ihr bereit, der Bruderschaft ewige Treue und Verschwiegenheit zu schwören?», fragte der Großmeister.
Newton senkte als Antwort langsam den Kopf. «Seid Ihr be-

reit, Euer Wissen und Eure esoterischen Kenntnisse mit Euren Brüdern zu teilen?» Newton zögerte einen Augenblick, dann nickte er.

Der Großmeister saß einen Moment still da. «Mit Eurem Eintritt in die Bruderschaft der Unsichtbaren seid Ihr bis in alle Ewigkeit gebunden. Die Aufnahme ist unwiderruflich. Der Treueschwur für die Bruderschaft ist unauflösbar.» Newton kniete steif auf der niedrigen Bank.

Der Großmeister hob leicht die Stimme und fuhr fort: «Wer gegen die Regeln der Bruderschaft verstößt, durchtrennt seinen Lebensfaden.» Und nachdrücklich fügte er hinzu: «Der unterschreibt sein eigenes Todesurteil.»

Newton starrte durch den Tunnel seiner Kapuze auf den Altar und das Buch, das aufgeschlagen und von den Fackeln hell beschienen darauf lag. Welches Buch mochte es sein? Er fragte sich, ob der Großmeister nicht ein wenig übertrieb. Dann senkte er langsam den Kopf als Zeichen seiner Zustimmung.

Kapitel 1

Ich glaube nicht an Gott, nicht an den Teufel. Ich glaube an das Böse … und an die reine, unumstößliche Wahrheit.

Wenn jemand ein solches Glaubensbekenntnis ablegen konnte, dann er … der er siebzehn Jahre mit einem Teufel und dreizehn mit einem Engel zusammengelebt hatte. Even Vik legte die Schläfe an die Scheibe und sah aus dem Fenster. Oslo glitt langsam an ihm vorbei, eingehüllt in spätwinterliches Schmuddelwetter. Auch dieses Jahr, 2008, schien es wieder nicht richtig Winter zu werden, die gleiche graue Tristesse wie im letzten und vorletzten Jahr. Was war aus dem Schnee von früher geworden, der lange genug liegen blieb, um einen Schneemann daraus zu bauen? Oder dem Eis, an dem sie den halben Tag herumgeschliffen hatten, um die beste Schlitterbahn der Welt zu bauen?

Der Bus hielt an einer Haltestelle, und eine Frau mit zwei Jungen stieg ein. Der kleinere der beiden versuchte, sich von der Hand der Mutter loszureißen, sprang ungeduldig auf und ab und dribbelte mit einem unsichtbaren Fußball. Die Mutter zog ihn am Arm und redete auf ihn ein, worauf er sich etwas beruhigte.

Wie Stig, dachte Even und lächelte dem Jungen zu, als die Familie durch den Mittelgang an ihm vorbeiging.

Der Junge erwiderte das Lächeln, aber die Mutter zerrte ihn weiter und warf Even einen vorwurfsvollen Blick zu. Später würde sie der Polizei erzählen, dass der Mann ihren Sohn lüstern angesehen habe. Und er habe wohl auch irgendetwas in der Hand gehalten. Was genau es war, habe sie nicht erkennen können.

Even öffnete und schloss die Faust und blickte aus dem Fenster.

Hinten im Bus hörte er die Mutter schimpfen. Er seufzte. Kinder konnten sich ihre Eltern nicht aussuchen, sie wurden nicht einmal gefragt, ob sie geboren werden wollten. Sie wurden in diese verdammte Hölle hineingestoßen und mussten sich mit dem abfinden, was ihnen dort geboten wurde. Zumindest bis sie alt genug waren, um aus ihrer Familie auszubrechen und das Weite zu suchen.

Manchmal hat man das Recht zu töten …

Even starrte auf seine Hand. Schon wieder klebte Blut an seinen verfluchten Fingern – und das nicht nur im übertragenen Sinn. Er rieb etwas Spucke auf den Fleck und ließ sie einwirken, dann wischte er mit dem Jackenärmel darüber.

Mein Gott, ein Exmann und ein Witwer, die sich im Streit um ihr «gemeinsames» Kind so in die Haare gerieten, dass sie sich prügelten. Even seufzte. Das war wie in einem schlechten Film. Sie hatten sich darüber gestritten, dass Even am Donnerstag nicht zu Stigs Geburtstag kommen konnte. Dann hatte Finn-Erik wieder mit der alten Leier angefangen: was sie Stig sagen sollten und was nicht. Was Lüge war und was Wahrheit, eine Wahrheit, die man unmöglich erzählen konnte. Es war alles so kompliziert. Even presste die Stirn an das kühle Fensterglas und wartete vergeblich darauf, dass sich seine Gedanken klärten. Das Ganze war so verdammt kompliziert – und heute Abend hatte er die Sache nicht gerade einfacher gemacht. Die verdammte Faust! Aber einfache Lösungen waren nicht sein Ding – sein Ding war die Teufelei.

«Ich habe meinen Eltern damit gedroht, ihnen das Haus über dem Kopf niederzubrennen.»

Als der Bus an einer demolierten Straßenlaterne vorbeifuhr, sah Even sein Spiegelbild im Fenster. Sein müdes, abgekämpftes Gesicht. Er musste an Newton denken, an den Hass, der aus diesem Satz sprach, den Hass auf die Mutter und den Stiefvater. Das Zitat hatte in einem der alten Notizbücher in Cambridge gestanden. Als er es las, war ihm bewusst geworden, dass Newton ihn wohl immer wieder überraschen würde – leider. Er sah es nicht gern, wie sein alter Held vom Sockel stürzte, wie immer neue Leichen in Newtons Keller zum Vorschein kamen. Sein Hass. Seine Aggressivität. Seine Tyrannei. Seine Intoleranz.

Ein Heiliger muss seinen Ruhm wahren dürfen, er darf nicht vom Ruß der Wahrheit angeschwärzt werden.

Ein bestechender Gedanke. Even fragte sich erneut, was er sich im letzten Jahr schon hundertmal gefragt hatte: Warum warf er den ganzen Newton-Kram nicht einfach hin und zog ein für alle Mal einen Schlussstrich? Er beugte sich vor und drückte auf den roten Halteknopf. Kurz darauf bog der Bus in eine Haltebucht ein, und Even stand auf, um auszusteigen.

Schnaufend öffneten sich die Türen vor «Nansens Schloss», der zurzeit angesagtesten Kneipe in Torshov. Am Kiosk nebenan las Even die Schlagzeile einer Zeitung. Wie gewöhnlich ging es um die neue Oper, die genau in einer Woche eingeweiht werden sollte. Am 12. April 2008 würde der neue Stolz der Stadt, Oslos kulturelles Alibi, mit Pauken und Trompeten eröffnet werden. Aber, gab die Schlagzeile zu bedenken: Überzeugt die Akustik im internationalen Vergleich?

Mir doch egal. Auf dem Weg zur Kaffeebar im Hinterhof von «Nansens Schloss» musste er daran denken, dass es jetzt drei Jahre her war, seit Mai sich erschossen hatte. Und er Kitty sterben ließ.

In dem glasüberdachten Hof wimmelte es von Menschen, und er überlegte kurz, ob er auf das Glas Saft, das er für gewöhnlich trank, wenn er mit diesem Bus kam, verzichten und lieber gleich nach Hause gehen sollte. Er war im Begriff, ein Gewohnheitsmensch zu werden – ein erwachsener Gewohnheitsmensch. Ein richtiger Vater.

Er drängte sich zum Tresen vor und bekam überraschend schnell seinen frisch gepressten Saft, als hätte der Barkeeper schon auf ihn gewartet. Even trank in großen Schlucken, unterdrückte ein Rülpsen, bestellte noch ein Glas und bezahlte gleich. Der Barkeeper lächelte und machte eine Bemerkung über den Saft, irgendetwas, dass er nach Sonne und Süden schmecke.

«Ja», antwortete Even und wischte sich den Mund ab. «Ein Flugticket wäre zwar billiger, aber so ein Saft geht schneller.»

Der Barkeeper lachte und ließ sich über 99-Cent-Flüge aus, dann wandte er sich ab, um eine Frau zu bedienen.

Even öffnete den Reißverschluss seiner Jacke und sah sich um. Er entspannte die Schultern und versuchte, ganz normal auszusehen, dann lächelte er, als hätte er einen schönen Tag gehabt. Einige der Gäste kannte er, wenngleich er nie mit ihnen gesprochen hatte, er nickte ihnen allenfalls zu, wenn er ihnen begegnete. Nur mit dem Barkeeper unterhielt er sich. Das war in Ordnung so, schließlich kam er in erster Linie wegen des Safts hierher, weil er besser schmeckte als der, der daheim in seinem Kühlschrank stand. Außerdem gaben ihm diese Kneipenbesuche das Gefühl, ein soziales Wesen zu sein und nicht in einem einsamen Vakuum zu leben. Und sie halfen ihm, sich weniger wie jemand zu fühlen, der einen anderen Menschen getötet hatte.

Man kann das Böse in uns ignorieren, man kann es verleugnen und verdrängen – aber entfernen kann man es nicht. Kivs Gesetz, § 3.

Jemand drückte sich von hinten gegen ihn. Even versuchte, Platz zu machen, und stieß dabei eine Frau an, die auf einem der hohen Barhocker saß und einen Cappuccino trank. Der Duft des hellbraunen Getränks traf ihn wie ein Schlag und ließ ihn für einen Augenblick schwindeln – Mai hatte immer Cappuccino getrunken. Die Frau lächelte und sagte, dass es ganz schön eng hier sei, aber es gäbe ja keine andere vernünftige Kneipe in der Stadt. Even riss sich zusammen und erwiderte pflichtbewusst das Lächeln. Er hatte inzwischen gelernt, dumme Kommentare mit einem höflichen Lächeln zu beantworten. Vermutlich hatte das mit dem Erwachsenwerden zu tun, mit der Verantwortung, die er nun trug. Die Person hinter ihm reichte dem Barkeeper Geld, und Even musste einen Augenblick warten, bis er wieder an sein Glas kam.

«Ja, ich erinnere mich an ihn», sagte der Barkeeper später aus. «Er kommt regelmäßig. Seit der Eröffnung, glaube ich. Bestellt immer Saft, zwei Gläser, und geht dann wieder. Hat nie irgendwelchen Ärger gemacht. Wirkt eigentlich ganz okay. Redet selten mit jemandem, wenn ich mich richtig erinnere. Gestern war da allerdings eine Frau, mit der er … Warten Sie … Sie sitzt da vorn, die mit dem roten Oberteil, am Fenster.»

«Wir haben nur ein paar belanglose Worte gewechselt.» Die Frau nippte an einem Cappuccino. «Nichts Besonderes. Er wirkte irgendwie traurig, fand ich. Wie bitte? Ob ich …? Nein, ich habe nichts bemerkt. Es war aber auch ziemlich voll hier … Nein, er hat einfach sein Glas ausgetrunken und ist gegangen.»

Die Menge des Bösen in der Welt ist konstant (ebenso wie die Menge der Energie). § 1.

Even leerte sein Glas in zwei Zügen, schob es zum Barkeeper hinüber, nickte ihm zu und drängte sich zum Ausgang durch. Auf dem Bürgersteig blieb er einen Moment lang stehen und atmete die kühle Luft ein, bevor er nach rechts zur Ampel ging, sich umsah und über die Straße lief. Er schaffte es gerade noch auf die andere Seite, bevor ein weißer Polo mit zwei blonden Mädchen vorbeirauschte. Dumpf dröhnten die Bässe von Green Day aus dem Wagen. Plötzlich lief ihm ein Schauer über den Rücken, er zitterte und taumelte einen Schritt zur Seite. Mann, das war knapp, dachte er und richtete sich auf, um nicht betrunken zu wirken.

Betrunken? Verdammt, er hatte doch nur Saft getrunken! Er ging weiter und dachte daran, womit er sich heute Abend beschäftigen würde: den Brief von Niknom noch einmal lesen, noch ein paar Puzzleteile über Drachenköpfe und Schlüssel zusammentragen …

Das Schwindelgefühl traf ihn, als er die H.-N.-Hauges-Gate überquerte und an der Schule vorbeiging. Es traf ihn mit solcher Wucht, als hätte ihm jemand eine zusammengerollte Zeitung in den Nacken geschlagen. Stolpernd wankte er auf die Hauswand zu, stützte sich mit einer Hand ab und blieb einen Augenblick blinzelnd stehen. Du bist übermüdet, dachte er, nicht mehr der Jüngste. Er würde früh zu Bett gehen. Als suche er Trost, ließ er die linke Hand über die rauen Hauswände gleiten, während er sich die Carl-Jeppesens-Gate entlangschleppte. Bis zum vorletzten Hauseingang – seinem Hauseingang – war es noch weit. Sehr weit.

Eine neue Schwindelattacke packte ihn und zwang ihn, sich mit dem Rücken an die Hauswand zu lehnen. Während er mit geschlossenen Augen dastand, überfiel ihn eine lähmende Müdigkeit. Alles fühlte sich plötzlich zäh und klebrig an – seine Bewegungen, sein Denken, sein Atmen. Mühsam schleppte er sich noch ein paar Meter auf den Hauseingang zu, dann gaben seine Beine nach. Sein Knie schlug so hart auf dem Boden auf, dass ihm der Schmerz bis in die Hüfte schoss.

Von hinten näherten sich rasche Schritte. Even wollte um

Hilfe bitten, aber Zunge und Mund waren so taub wie nach einer starken Betäubung beim Zahnarzt. Ein Schatten beugte sich über ihn, und Even spürte eine Hand, die sich um seinen Arm schloss. Er wollte die Augen öffnen und seinen Helfer ansehen, schaffte es aber nicht. Stattdessen ließ er sich nach hinten an die Wand sinken und wollte sich bedanken. Er schwang den Arm nach vorn, um sich aufzurichten, aber es gelang ihm nicht. Er bemerkte das Messer nicht, das ihm aus der Hand fiel, und hörte auch nicht das Klirren des Metalls auf den Steinen. Er fiel auf alle viere und lehnte sich wie ein Marmorlöwe mit Schlagseite an die Treppenstufen. So verharrte er, bis ihn auch seine letzten Kräfte verließen und er zusammenbrach.

Kapitel 2

Die Rache ist die Schwester des Hasses.

Der Satz pulsierte als einsamer Gedanke durch die Irrgänge seines Hirns, während er sich langsam aus dem Nebel der Bewusstlosigkeit hervorkämpfte. Pochend formte sich in seinem Kopf die Erkenntnis: Ich bin … am Leben.

Die Schmerzen in seinem Kopf, seiner Brust, in der Leiste und den Händen waren der Beweis. Sogar die Finger taten ihm weh – ein rhythmischer Schmerz, wie der Bass in «Straight to Hell» von The Clash.

Die Rache ist die Schwester des Hasses.

Er konnte sich nicht erinnern, woher dieser Satz kam. Hatten die Worte einen tieferen Sinn, oder handelte es sich bloß um eine Floskel, die er nicht aus dem Kopf bekam?

Seine Ohren fingen ein Murmeln ganz in der Nähe auf, jemand redete. Er konzentrierte sich auf die Stimme und schnappte einzelne Worte auf: «… Messer … Blutprobe … 21.17 Uhr … eingeliefert …»

2117. Die dreiundneunzigste bis sechsundneunzigste Dezimalstelle der Zahl Pi, sang etwas in seinem Kopf.

Die Stimme fuhr fort: «… Polizei … Even Vik … Ergebnis …»

Even Vik …?

Die Worte rotierten durch sein Bewusstsein, wurden zu «Neve» … «Kiv». «Even Vik» rückwärts gelesen. Neve Kiv = Even Vik. Beinahe ehrfurchtsvoll wiederholte er die Worte. Plötzlich ging es ihm auf: Even Vik – verdammt, das bin *ich*!

Blitzartig fielen weitere Fakten an ihre alten Plätze. Er, Even Vik, war: Vater von Stig, der bei Finn-Erik lebte. Geschieden.

Nach dreizehn Jahren Ehe mit Mai = die verstorbene Mai-Brit Fossen. Er war Professor der Mathematik. Sohn eines Arschlochs. Eines toten Arschlochs. Heute war … April, das Jahr fiel ihm nicht ein – doch, 2008.

Neve Kiv war seine schwarze Seite. Seine böse Seite. Er wusste, dass das Böse irgendwo in ihm steckte, wie eine unsichtbare Pilzspore, die nur auf die richtigen Bedingungen wartete, um an die Oberfläche zu dringen. Wuchs sie bereits? Er riss die Augen auf und starrte an eine weiße Zimmerdecke.

«Na also. Ist das Schwein endlich wach?» Even hörte die geflüsterten Worte direkt neben seinem Ohr, eine perfide Freude schwang darin mit. Der Anblick des grobschlächtigen Mannes, der neben seinem Krankenbett saß, war wie ein furchtbarer Albtraum für ihn. Er schloss die Augen, wünschte sich …

Die Menge des Bösen im Individuum ändert sich nur, wenn es auf andere Menschen trifft …

Even öffnete die Augen wieder: Hauptkommissar Molvik war noch da. Er beugte sich vor, und ein langer nikotingelber Finger tauchte in Evens Blickfeld auf, unweit seiner Nase.

«Dieses Mal steckst du bis zum Hals in der Scheiße, kleiner Even», grunzte Molvik leise. «Dieses Mal stecke ich *dich* in den Sack und pisse auf *dich.* Dein Vater wird auf uns herunterblicken und sich freuen.»

Nicht «herunter», dachte Even, «hinauf». Der verdammte Teufel schmort für alle Ewigkeiten in der Hölle. Wenn nicht noch länger.

Molvik war noch nicht fertig. «Egal, wie viele Freunde du im Präsidium hast, bei so glasklaren Beweisen kommst auch du nicht …»

«Sind Sie wach, Herr Vik?» Ein Mann im weißen Arztkittel tauchte hinter dem Hauptkommissar auf. Nur widerwillig trat

Molvik zur Seite. «Doktor Klekowich», sagte der Mann und streckte ihm die Hand entgegen. *31, osterglockengelb.*

Even schaffte es nicht, den Arm zu heben. «W…», setzte er an, brach dann aber ab, da sein Mund völlig ausgetrocknet war.

«Hier, trinken Sie etwas.» Der Arzt hielt ihm ein Glas Wasser hin und schob ihm einen Strohhalm zwischen die Lippen. Even sog begierig daran und ließ die kühle Flüssigkeit über die Zunge in den Hals laufen.

«Wo … bin ich?»

Der Arzt stellte das Glas ab, bevor er antwortete. «Universitätsklinikum Ullevål. Sie sind mit einer akuten Überdosis eingeliefert worden.»

«Akute was?», hustete Even und versuchte den Kopf zu heben, hielt aber stöhnend inne, als ein stechender Schmerz seinen Nacken durchbohrte.

Doktor Klekowich warf einen schnellen Seitenblick zu dem Polizisten, bevor er sich hinunterbeugte. «Sie haben eine Überdosis einer drogenähnlichen Substanz zu sich genommen. Ich muss wissen, woher und von wem Sie das Mittel haben.»

Even starrte ihn an, versuchte die Worte und ihre Bedeutung zu verstehen, wiederholte sie stumm und verstand sie noch immer nicht.

«Aber ich …» Er wartete darauf, dass jemand lachte und sagte: «Ach was, war alles nur Spaß.» Doch die beiden Männer sahen ihn nur ernst und abwartend an.

«Ich habe keine … Drogen genommen.» Eine gewaltige Wut kochte in ihm hoch. «Verflucht! Was ist das für ein Zeug?»

«Sie haben eine hohe Dosis Gammahydroxibutyrat im Körper, auf der Straße nennt man das GHB.» Doktor Klekowich schlug ohne Vorwarnung die Decke zurück, schob das Krankenhaushemd zur Seite und drückte ein Stethoskop auf Evens Brust. «Atmen Sie tief ein.»

Even schloss die Augen und versuchte, sich zu erinnern. «Wann war das? Wie viel Uhr ist es jetzt?»

«Sie sind vor einer Stunde gefunden und gleich hierhergebracht worden. Normalerweise sollte das GHB nach wenigen Stunden im Körper abgebaut sein, spätestens morgen. Allerdings zeigt die Blutanalyse, dass da noch ein paar andere chemische Substanzen untergemischt waren, weshalb Ihre Reaktionen so untypisch heftig waren. Vielleicht Butandiol, obwohl wir das nicht wirklich glauben.»

«Untypisch heftig? Verdammt, wie meinen Sie das?» Even schrie den zweiten Satz, hob den Kopf und starrte Hauptkommissar Molvik an. «Und was macht dieser Clown hier? Der ist doch vom Morddezernat und nicht von den Drogenleuten.»

«Untypisch ist», sagte Doktor Klekowich zögernd, «Ihr hohes Aggressionspotenzial.»

«Der junge Herr Vik hätte beinahe einen Rettungssanitäter niedergeschlagen», warf Molvik mit sanfter Stimme ein und lächelte selbstzufrieden. «Und anschließend einen Pfleger hier in der Notaufnahme.»

Even blickte stumm vom Hauptkommissar zum Arzt. «Ich … ich erinnere mich an nichts.»

«Nein», sagte der Arzt. «Sie hatten ohne Zweifel einen äußerst starken Rausch – die Dosis hätte Sie fast umgebracht. Aber jetzt haben wir alles unter Kontrolle.»

Molvik wollte etwas sagen, aber Doktor Klekowich hielt ihn mit einer Handbewegung zurück. «Wir müssen unbedingt wissen, wo die Droge herstammt, damit wir die genaue chemische Zusammensetzung bestimmen können. Nur so können wir entscheiden, ob Sie eine spezielle Behandlung brauchen. Außerdem müssen wir eine Warnung an die Szene rausgeben.»

Er nahm Evens Handgelenk und fühlte den Puls.

«Wo warst du heute, bevor das passiert ist? Sagen wir, so gegen 20 Uhr?» Molvik konnte nicht länger den Mund halten. *Molvik, 10 und blaugrün wie eine Schmeißfliege.*

«Heute. Um acht … Äh, was für ein Tag ist heute?»

«Samstag», antwortete der Arzt. «Samstag, der fünfte April.»

Samstag. Acht Uhr. Abends. Da hatte er sich wohl wie üblich von Stig verabschiedet. Und von Line. Hatten sie nicht im Nachbargarten gespielt? Ihm war so. Bestimmt hatte er Finn-Erik zugewunken, der … – ein Bild flimmerte vorbei –, der in der Küche stand und sich einen feuchten Lappen an die Nase …? Einen feuchten Lappen, der … rot wurde? Danach war er wohl zur Bushaltestelle gegangen. Wie immer. Hatte gewunken und war eingestiegen.

Even sammelte Spucke im Mund und versuchte zu schlucken. Sein Hals fühlte sich an wie ein Reibeisen. «Vermutlich saß ich im Bus. Ich bin bei Finn-Erik etwa kurz vor acht aufgebrochen, denke ich. Finn-Erik Thorsen. Der Vater meines … ich meine, ein guter Freund. Ruf ihn an. Er wird es bestätigen.»

«Du meinst den Finn-Erik, der mit deiner Exfrau Mai-Brit Fossen verheiratet war?»

Even versuchte zu nicken.

Molvik schüttelte langsam den Kopf. «Tut mir leid, aber mit Finn-Erik können wir leider nicht sprechen, das verstehst du doch wohl …»

Der Arzt wandte sich bestürzt dem Kommissar zu, aber Molvik sprach unbeirrt weiter.

«… der hängt an der Herz-Lungen-Maschine, nach einem Messerstich in die Brust …»

Klekowich hob wütend den Arm, als wolle er dem Kommissar den Mund zuhalten.

«… und das Messer haben wir später in deiner blutverschmierten Hand gefunden.»

Messer … Blut … Brust … deiner Hand … Die Worte rasten ihm wie wütende Wespen entgegen, drangen in seinen Kopf und schwirrten darin herum, wurden immer schneller. Sie rissen andere Wortbrocken mit sich und schwollen schließlich zu einem brüllenden Wortwirbel an. Even versuchte verzweifelt, das alles zu verstehen, aber er konnte den Wirbel nicht stoppen, alles rotierte nur noch schneller und schneller … Bis ein Name sich herauskristallisierte …

Aloysia.

Und die Gedanken
beruhigten sich bei diesem Namen,
sie blieben an diesem einen Namen hängen,
Aloysia,
als böte dieser Name, was auch immer,
als bedeute er eine Antwort
auf eine der
Fragen,
die

Kapitel 3

Februar 2007
Oslo, Norwegen – Deutschland

«Der Redakteur in Paris meinte, dass die Witwe noch immer unter dieser Adresse wohnt.» Odin Hjelm hielt einen Zettel in der Hand. «Ich musste versprechen, sie niemandem außer Ihnen zu geben. Die Frau glaubt anscheinend, dass die Mörder ihres Mannes es auch auf sie abgesehen haben.»

«Ich werde den Zettel aufessen, wenn ich die Adresse gelesen habe. Aber erwarten Sie nicht, dass ich etwas schreibe, auch wenn ich nach Deutschland fahre», sagte Even.

«Ja, ja.» Hjelm lächelte und schob den Zettel über den Tisch. «Schon in Ordnung – Hauptsache, es gibt irgendein Buch. Dann schreiben Sie erst über Leibniz.»

«Ich will nur wissen, ob die Witwe von LaTour Informationen über Newtons Beziehung zur Bruderschaft der Unsichtbaren hat. Ich bin neugierig, das ist alles», betonte Even.

«Eine gesunde Portion Neugier ist gut», bemerkte der Eigentümer des Phönix-Verlags und blickte zur Tür. Eine Sekretärin steckte den Kopf ins Zimmer: Der japanische Übersetzer warte in Konferenzraum 2.

Hjelm nickte und stand auf. «Dann haben wir ja so etwas wie eine halbe Abmachung. Sie überlegen sich, ob Sie etwas über Newtons Feinde schreiben wollen … nein … sagen wir lieber: über Newtons *Feindbilder.* Das trifft die Sache wahrscheinlich besser. Ein solches Feindbild-Kapitel würde gut zu Mai-Brits Teil über Newtons verborgene Seiten passen.» Er blickte zufrieden. «Das wird ein wunderbares Buch.»

Even räusperte sich.

«Ja, wenn es denn eins gibt», fügte Hjelm schnell hinzu und lächelte. «Aber fangen Sie erst mal mit Leibniz an.»

«Warum?»

«Ich habe mich immer gefragt, in welcher Beziehung Newton zu Leibniz stand – ja, und umgekehrt natürlich. Zwei Genies, die zur selben Zeit dieselbe Sache entdecken und sich gegenseitig des Plagiats bezichtigen – das ist fast zu schön, um wahr zu sein. Schreiben Sie erst etwas über Leibniz.»

Als Even Vik die Pilestredet entlang in Richtung Zentrum ging, den Kopf zum Schutz vor dem kalten Wind leicht gesenkt, musste er sich eingestehen, dass er Odin Hjelm zu mögen begann. Nicht unbedingt ein gutes Zeichen, denn Even war sich schmerzlich bewusst, was für ein schlechter Menschenkenner er war.

Alle Menschen sind erst einmal dumme Schweine, bis das Gegenteil bewiesen ist.

Mit dieser Lebensweisheit war er aufgewachsen, sie war ihm von seinem Polizistenvater und dessen Freund Molvik eingehämmert worden, bis er sie tief verinnerlicht hatte. Wer ihm nahekommen wollte, musste erst einen Panzer aus Misstrauen und Skepsis durchdringen. Natürlich war nichts vollkommen, auch keine Lebensweisheiten, und so hatten seine Verteidigungsmechanismen vor zwei Jahren komplett versagt. Er hatte sein Herz spontan in die Hände von Kitty Bang gelegt und erst im letzten Moment bemerkt, dass sie im Begriff war, es zu zerteilen.

Bei Odin Hjelm war das anders. Er war ein Verleger, ein potenzieller geschäftlicher Kontakt, mehr nicht. Kein Freund, sondern ein Bekannter. Jemand, der mit Even Vik Geld verdienen wollte. Aber er war ein netter Kerl. Und genau das war das Problem.

Ich reise nur nach Deutschland, weil ich neugierig bin, dachte Even. Ich habe Odin Hjelm nichts versprochen, habe nie zugesagt, dieses Buch für ihn zu schreiben. «Aber nein gesagt habe ich auch nicht», murmelte er vor sich hin.

«Ich fahre ein paar Tage ins Ausland», erklärte Even, als er eine Stunde später Finn-Erik und die Kinder besuchte.

«Kann ich mitkommen?» Stig blickte von dem Legoflugzeug auf, das er gerade baute.

«Dieses Mal nicht, vielleicht ein andermal, wenn Papa es dir erlaubt.»

«Papa! Papa!»

Finn-Erik kam mit einer halbgeschälten Kartoffel in der Hand ins Zimmer. «Mein Gott, was ist denn los? Stig, warum schreist du so?»

«Kann ich beim nächsten Mal mit Onkel Even ins Ausland fahren, Papa?»

«Ins Ausland?» Finn-Erik blickte verwirrt zu Even.

«Ich muss ein paar Tage weg, die Witwe von Simon LaTour besuchen, diesem Autor, du weißt schon … Stig will mitkommen, aber ich habe gesagt, dass wir das auf ein anderes Mal verschieben müssen.»

«Ach so.» Finn-Erik starrte die Kartoffel an, als habe sie ihm eine todtraurige Geschichte erzählt, deren Tragweite er immer noch nicht fassen konnte. So reagierte er jedes Mal, wenn das Laken, das er über Mai-Brits Tod gedeckt hatte, auch nur ein wenig gelüftet wurde.

Er vermisst seine Frau genauso wie ich, dachte Even und erklärte Finn-Erik, dass er mit dieser Reise Material für das Newton-Buch sammeln wolle. Dann nahm er Stig und die kleine Line in die Arme, schlug den Jackenkragen hoch und verließ das Haus in Richtung Bushaltestelle.

«Vierzehn Grad, windstill und leicht bewölkt», gab der Kapitän vor der Landung durch.

Nach dem frostigen Schneetreiben beim Abflug in Norwegen klang das für Even genau richtig. Er nickte der Stewardess zu, als er das Flugzeug verließ, ging die Treppe hinunter und über den Platz zum Terminal. Er hatte nur den kleinen Rucksack als Handgepäck und ging an der Gepäckausgabe vorbei direkt durch den Zoll in die Ankunftshalle. Der nach deutschen Maßstäben kleine Flughafen wimmelte von Menschen. Even blieb stehen, um all die Geräusche, die fremden Sprachen, das Klappern der Trolleyräder und das Geschrei der Kinder auf sich wirken zu lassen. Aus irgendeinem Grund nahm er solche Dinge jetzt bewusster wahr. Jetzt, in seinem neuen Leben. Als hätte das Schwimmen in dem eiskalten Wasser vor fast zwei Jahren seine Sinne geschärft.

«Der Wagen steht auf dem Parkplatz. Dort entlang.» Der Hertz-Angestellte reichte Even den Schlüssel und zeigte in die entsprechende Richtung, gab ihm aber zur Sicherheit noch einen kleinen Flughafenplan mit.

Even fand den Leihwagen ohne Probleme und verglich das Nummernschild mit dem Kennzeichen auf dem Mietvertrag. Sie stimmten überein: DN-HC 5773.

5773 – die ersten Dezimalstellen des Tangens eines 30-Grad-Wink… Stopp! Du hast es geschworen …!

Ein BMW, Baujahr 2005, also zwei Jahre alt. Er hatte noch nie so ein neues Auto gefahren, einmal abgesehen von dem Fahrschulwagen, als er seinen Führerschein neu gemacht hatte. Das war mal etwas anderes als Finn-Eriks alter Datsun.

Er brauchte ein paar Minuten, um sich mit dem Navi vertraut zu machen, dann tippte er die Adresse von LaTour in Baden-Baden ein und verließ das Gelände des Flughafens Frankfurt-Hahn.

Die Fahrt nach Baden-Baden würde zwei Stunden und vierundzwanzig Minuten dauern, las er auf dem Display des Navi, das unten in der Mitte der Windschutzscheibe hing. Die Autobahn führte durch eine Landschaft aus Äckern, Wäldern, Kleinstädten und Industriegebieten. Ein paarmal legte er sich aus Spaß mit der Frau im Navigationssystem an, die ihm mit leicht blecherner Stimme vorschreiben wollte, welchen Weg er zu nehmen hätte. Wie ein kleines Kind ignorierte er ihre Anweisungen und amüsierte sich über die immer häufiger kommenden Ermahnungen, zu wenden und zurückzufahren. Es hätte ihn nicht gewundert, wenn in ihrer Stimme Verzweiflung oder Ärger zu hören gewesen wären. Doch die Frau fuhr mit ihren Instruktionen und Kurskorrekturen fort, ohne genervt aufzuseufzen, zu schimpfen oder die Augen zu verdrehen – wobei er sich beim letzten Punkt nicht sicher sein konnte, er sah sie ja schließlich nicht. Even bereute es, Stig nicht mitgenommen zu haben, sie hätten bestimmt eine Menge Spaß gehabt, die Frau gemeinsam zu ärgern.

Als er von der E 52 abbog – *52 ist die Summe der Primzahlen 23 und … Verdammt! Halt's Maul!* –, wies die Frau ihm geduldig den Weg ins Zentrum von Baden-Baden. Doch bevor er die City erreichte, knickte der Pfeil auf dem Bildschirm nach links ab und führte ihn über eine schmalere Straße in einen Wald. Hinter den Bäumen erkannte er einzelne Häuser. Dann knickte der Pfeil erneut ab, dieses Mal nach rechts, und die Frau verkündete, dass es noch hundertzwanzig Meter bis zum Ziel seien. Even folgte der Anweisung und bog in einen holperigen Kiesweg ein, der wie eine private Einfahrt wirkte.

Ein älterer Mann stand vor einem Haus und hackte Holz. Als Even vorbeifuhr, richtete er sich auf und hielt die Axt vor die Brust. Nach einer Kurve endete der Weg abrupt vor ein paar wuchernden Büschen. Eine schmale Öffnung dazwischen konnte mit viel gutem Willen als Parkplatz bezeichnet werden, und die Zweige kratzten über den Lack, als Even das Auto vorsichtig hineinmanövrierte. Hinter den Büschen war ein weißes Haus zu erkennen. Even musterte die Umgebung eine Weile, bevor er ausstieg und das Auto abschloss.

Das Grundstück wirkte wie ausgestorben, einmal abgesehen von den Vögeln, die in den Büschen zwitscherten. Die Vorhänge waren zugezogen, als wohnte dort niemand oder als wäre dieses Haus ganz bewusst der süddeutschen Wildnis überlassen worden. Trotz der kühlen Temperatur stieg kein Rauch aus dem Schornstein. Even folgte dem kaum sichtbaren Pfad, der um das Haus herumführte, und betrat eine Art Vorplatz.

Von dieser Seite wirkte das Haus deutlich bewohnter.

Es schien schon älter zu sein, mit Rissen im Putz und einem Schornstein, der jedem Schornsteinfeger die Sorgenfalten auf die Stirn getrieben hätte, doch sonst sah das Haus durchaus passabel aus. Nicht renoviert, aber jemand weigerte sich offenbar, es verfallen zu lassen.

Zur Linken befand sich ein Hühnerstall mit einem Gehege, aus dem Gegacker und das Scharren von Krallen zu hören war. Rechter Hand war ein Schuppen, an dessen Wand bis in Brusthöhe Holz aufgestapelt war. Am anderen Ende des Hofes stand eine Scheune oder ein Stall, dessen First in bedenklicher Weise eine Kosinuskurve beschrieb. Bei diesem Gebäude war der Verfall deutlich weiter fortgeschritten.

Eine große Katze saß in dem halbgeöffneten Scheunentor und beobachtete ihn aus gelben Augen.

«Na, passt du schön auf?» Die Katze starrte ihn an. Even fühlte sich plötzlich wie ein Idiot und drehte sich um.

Simon LaTour war Ende dreißig gewesen, als er vor knapp zwei Jahren erschossen wurde, hatte Odin Hjelm gesagt. Seine

Frau war vermutlich etwas jünger, Mitte dreißig. Even stellte sich eine stämmige Bäuerin vor, die in Kopftuch und Gummistiefeln die Hühner fütterte und deren kräftige Oberarme beim Holzhacken bebten.

Er klopfte an die rotgestrichene Haustür und trat ein paar Schritte zurück, um nicht bedrohlich zu wirken, wenn die Tür geöffnet wurde. Nichts geschah. Er suchte den Rahmen ab, fand aber keine Klingel und klopfte noch einmal. Dann legte er sein Ohr an die Tür. Nichts.

Even schirmte die Augen mit den Händen ab und spähte durch das Fenster neben der Tür ins Innere des Hauses. Er sah eine sorgsam aufgeräumte Küche mit niedriger Decke und ein Stück vom Wohnzimmer, in dem ein großer Schreibtisch stand. Dieser war mit Computer, Drucker, Scanner, Tastatur und einer Unmenge von Papieren und Büchern derart überladen, dass Even sich spontan zu Hause fühlte.

Er hämmerte an die Tür, rief laut hallo, klopfte an alle Fenster – ohne Erfolg. Schließlich gab er auf, warf einen letzten Blick auf die Katze und ging zurück zum Auto.

Der Platz reichte nicht zum Wenden, also setzte er die fünfzig Meter bis zum Nachbarhaus zurück. Er ließ die Scheibe herunter. Der Nachbar richtete sich auf, behielt die Axt in der Hand und starrte Even unter buschigen Augenbrauen an.

«Ich bin auf der Suche nach Frau LaTour», sagte Even und musterte den Mann. «Wissen Sie, wo sie ist?»

Ohne zu antworten, ging der Mann um das Auto herum und warf einen Blick auf das Nummernschild.

«Das ist ein Leihwagen», erklärte Even. «Ich komme aus Norwegen. Ich hätte gerne mit Frau LaTour gesprochen.»

«Die ist nicht zu Hause.» Die Stimme des Nachbarn war tief und klang sehr kühl, sie lud nicht gerade zu einem freundlichen Gespräch ein. Der Alte hob die Axt, als wolle er das Dach des

Autos spalten, drehte sich um und zerteilte mit solcher Wucht ein Holzscheit, dass die beiden Hälften zur Seite wegflogen.

«Tja, das habe ich bemerkt.» Even betrachtete den breiten Rücken und die Hände, die mühelos ein neues riesiges Scheit auf den Hauklotz legten.

«Wissen Sie, wann sie zurückkommt?»

Keine Antwort. Die Axt traf mit einem dumpfen Laut auf das Scheit, spaltete es und grub sich tief in den Hauklotz.

«Es geht um ihren Mann, Simon LaTour. Ich weiß, wer ihn ermordet hat.»

Der Mann erstarrte für einen Augenblick, die Hand um den Schaft der Axt geschlossen. Dann zog er sie aus dem Hauklotz und näherte sich dem Wagen.

«Und wer ist der Mann aus Norwegen?»

«Even Vik», sagte Even und streckte eine Hand aus dem Fenster.

Der Alte ignorierte sie und sah ihn abwartend an.

Even zog die Hand zurück und blickte zu dem Holzhaufen. «Meine Frau Mai … und Simon LaTour, sie … also, an dem Tag, an dem er in Paris ermordet wurde … Sie wurde von denselben Leuten ermordet, die auch Simon getötet haben. Das heißt, einen Tag später, um genau zu sein.» Even zögerte, er hatte das Gefühl, bereits zu viel gesagt zu haben.

Der Mann setzte die Axt ab und lehnte den Schaft an sein Bein. Dann griff er in seine Hosentasche und zog eine zerknüllte Quittung und einen Bleistift heraus.

«Name und Telefonnummer», sagte er und reichte Even Zettel und Stift.

Even schrieb beides auf. «Das ist meine Handynummer», erklärte er und zeigte auf die Telefonhalterung am Armaturenbrett. «Sie kann mich jederzeit anrufen. Ich bin noch für einige Tage in Deutschland.»

Der Alte nahm den Zettel und den Bleistift zurück und steckte beides in die Hosentasche, ohne Even dabei aus den Augen zu lassen.

«Dann auf Wiedersehen», sagte Even, nickte ihm zu und legte den Gang ein. Der Mann mit der Axt rührte sich nicht. Even schloss das Fenster, war so frei, den Wagen in der Einfahrt des Mannes zu wenden, und fuhr davon. Bevor der Alte aus seinem Rückspiegel verschwand, sah Even noch, dass er sich etwas ans Ohr hielt. Es sah aus, als telefonierte der Mann, während er ihm nachblickte. *29 und grau, grau wie Nebel.*

Even stellte den Wagen in einem Parkhaus unweit des Zentrums ab, nahm seine Tasche und schlenderte in die Stadt. Baden-Baden war ein alter Kurort, und er überlegte, ob er sich ein paar Wellnessanwendungen gönnen solle, um alte Erinnerungen und negative Gedanken aus seinem Kopf zu vertreiben. Andererseits hatte diese Reise ja den Zweck, endlich mit genau diesen alten Erinnerungen und negativen Gedanken aufzuräumen, endlich Antworten auf gewisse Fragen zu finden. Er verwarf die Idee und checkte im «Gasthaus Löwenbräu» ein, einem pittoresken, altmodischen Bau an einem kleinen Marktplatz im Zentrum.

Nachdem er geduscht und sich umgezogen hatte, arbeitete er eine halbe Stunde an den Notizen, die er im Flugzeug gemacht hatte. Schließlich bekam er Hunger. Er schloss die Tür hinter sich ab, verließ das Hotel, überquerte den kleinen Platz und öffnete die braune Tür des Restaurants «La Casserole». Er hatte das Gefühl, einen Secondhand-Laden zu betreten. Das Inventar war alt und wild zusammengewürfelt, als habe man es für die Eröffnung des Restaurants bei Freunden und Bekannten zusammengebettelt. Sogar das Besteck war eine Sammlung der unterschiedlichsten Modelle und Marken.

Aber alles wirkte sauber, gemütlich und durchaus charmant. Und die Stühle waren solide und bequem.

Eine ältere Frau führte ihn freundlich lächelnd zu einem Tisch, wo er Lammeintopf mit Reis, Salat und Brot bestellte. Und den Hauswein aus der Region. Bier hatte er aus seinem neuen Leben verbannt – jedenfalls versuchte er es.

Der Eintopf war vorzüglich und die Fleischstücke so leicht teilbar wie ganze rationale Zahlen. Er aß alles auf, trank den Wein bis zum letzten Tropfen, schwankte spätabends zurück zum Hotel, zog sich unter Mühen aus und ließ sich stöhnend aufs Bett fallen.

Im Halbschlaf hörte er sich selbst laut schnarchen, drehte sich auf die Seite und schlief weiter.

Mitten in der Nacht klingelte das Telefon. Er tastete im Dunkeln herum und warf die Lampe vom Nachtschränkchen, bevor er sie einschalten konnte. Schließlich bekam er den Hörer zu fassen.

«Ja, Even hier», murmelte er schlaftrunken. Es rauschte schwach in der Leitung, aber niemand sagte etwas.

Mit einem Mal war er hellwach. Die Erinnerung an ein anderes stummes Telefonat durchfuhr ihn wie ein Stromstoß – damals war der Stille eine Todesbotschaft gefolgt, die Nachricht, dass Mai sich erschossen hatte. Sein Hals war wie zugeschnürt, und er musste schlucken, bevor er etwas sagen konnte.

«Bist du das, Finn-Erik? Ist was mit Stig?»

Durch das leise Rauschen drang leise eine Stimme an sein Ohr. Irgendwo im Hintergrund rief jemand etwas auf Badisch, dem unverkennbaren Dialekt der Gegend. Even seufzte vor Erleichterung – der Anruf kam also nicht aus Norwegen. Außerdem konnte Finn-Erik ja gar nicht wissen, in welchem Hotel er abgestiegen war.

Plötzlich hörte er ein Räuspern, dann sagte eine Frau auf Deutsch: «Ribeauvillé. Morgen. Lassen Sie das Handy im Hotel.»

Das war alles. Die Frau hatte aufgelegt.

Kapitel 4

Ribeauvillé. Wo zum Teufel lag das? Irgendwo in der Nähe? Oder vielleicht in Frankreich, es hörte sich französisch an. War es die Witwe von LaTour, die ihn angerufen hatte? Vermutlich. Aber warum konnte sie ihm nicht klar sagen, was sie wollte?

Und warum sollte er sein Handy im Hotel lassen? Schließlich war das seine einzige Verbindung zu Stig. Und er benutzte es als Uhr. Unwillkürlich fiel sein Blick auf das Display: 03.34. An Schlaf war jetzt nicht mehr zu denken. Trotzdem schaltete er das Licht aus und starrte in die Dunkelheit. Er vermisste eine Zigarette. Er vermisste Stig.

Und Mai. Er vermisste sie höllisch.

Einige schlaflose Stunden später teilte das Navi ihm mit, dass es in Frankreich fünf Orte namens Ribeauvillé oder Ribeauville gab. Alle nördlich von Paris und damit mehrere hundert Kilometer von Baden-Baden entfernt – mit einer Ausnahme. Einer lag im Elsass, mit anderen Worten nicht weit von seinem derzeitigen Aufenthaltsort entfernt. Über den Rhein und dann ein Stück nach Süden, am Fuß der Vogesen. 124 Kilometer = 1 Stunde und 44 Minuten, wie das Navi anzeigte. Mit etwas Glück wäre er an Strasbourg vorbei, bevor der morgendliche Berufsverkehr einsetzte, mit einer kurzen Pause könnte er noch vor zehn in Ribeauvillé sein. Dann musste er nur noch die Frau finden, die er für die Witwe von LaTour hielt, und sie zu einem frühen Mittagessen einladen.

Es war still im Parkhaus, und auf dem Weg aus der Stadt sah er keine Menschenseele. Sein Magen knurrte, er hatte noch nicht gefrühstückt, wollte das Lunch-Paket irgendwo unterwegs essen, wenn er Pause machte. Sein Handy hatte er in einem Umschlag im Hotelsafe zurückgelassen.

Auf Anraten der Navi-Stimme überquerte er den Rhein und die Grenze nach Frankreich schon nach wenigen Kilometern in der Höhe von Rastatt und folgte dann der französischen Autobahn A 35. Der dicke Nebel, der über dem Fluss lag, zwang ihn, langsam zu fahren, sodass sein Zeitplan durcheinandergeriet. Nördlich von Strasbourg stand er wegen eines umgestürzten Tankwagens mehr als eine Stunde im Stau. Even packte sein Lunchpaket aus und aß kaltes Hühnchen und frisches Brot mit Butter. Er würde den Tag so nehmen, wie er kam – was blieb ihm anderes übrig. Plötzlich fiel ihm ein, dass er am Flughafen in Norwegen eine CD gekauft hatte: «The Ultimate Jazz Saxophone». Sie hatte direkt neben Joy Division gestanden, die er vor zwanzig Jahren heiß und innig geliebt hatte. Trotzdem hatte er sich für die Jazz-CD entschieden … Wurde er etwa alt?

Doch als er «The Gypsy» von Charlie Parker hörte, bereute er nichts.

Als Even einige Zeit später Ribeauvillé erreichte, hatte er schon wieder Hunger. Er rollte durch die schmalen Gässchen und stellte fest, dass es sich bei dem Ort um ein hübsches Mittelalterstädtchen handelte, in dem es vor Touristen nur so wimmelte. Wie sollte er Frau LaTour hier finden? Und wo zum Teufel konnte man hier ein Auto parken, ohne gleich die ganze Straße zu blockieren?

Er fragte einen jungen Mann und wurde zu einem fast leeren Parkplatz hinter einer Schule oberhalb der Altstadt geschickt. Als Even zurück Richtung Zentrum schlenderte, fragte er sich, warum er nie mit Mai hier gewesen war. Mai hätte diese Stadt geliebt. Er hätte viel mehr mit ihr unternehmen sollen, besonders Sachen, die *ihr* gefielen und nicht nur *ihm*. Vielleicht wäre sie dann bei ihm geblieben und hätte sich nicht für den biederen Versicherungsagenten Finn-Erik entschieden. Und vielleicht hätte sie ihm dann von den Unsichtbaren erzählt, die sie verfolgten, und wäre vielleicht … vielleicht nicht gezwungen gewesen, sich den Pistolenlauf in den Mund zu stecken …

Vielleicht.

Eine riesige schwarze Sau stand grunzend auf dem Marktplatz und schnupperte an einer Bananenschale. Ein alter Mann klopfte dem Tier mit einem Stock aufs Hinterteil und trieb es in eine Seitengasse, wo die beiden verschwanden. «Das reinste Museum», brummte Even vor sich hin, «der ganze Ort.»

Als er durch das Stadttor zurück in die Altstadt kam, drehte er sich um und blickte an dem beeindruckenden Turm empor, der sich über dem Tor erhob. Spitzbogenstil – etwas hatte er also doch von Mai gelernt. Even ging weiter. Die Restaurants und Souvenirgeschäfte wurden nun immer zahlreicher, allerdings hatten die meisten geschlossen, im Februar war offensichtlich noch keine Saison. In einer Brasserie kaufte er sich ein belegtes Baguette, das er genüsslich aß, während er weiter durch die Stadt wanderte. Mit der Zeit wurden die Souvenirläden seltener und der Abstand zwischen den Häusern größer. Schließlich machte er auf dem Absatz kehrt und ging denselben Weg zurück ins Zentrum. Unterwegs musterte er alle Frauen, die ihm begegneten, aber keine schien Kontakt zu ihm zu suchen. Als er wieder am Stadttor ankam, war es fünf nach zwölf. In einem Straßencafé bestellte er einen Kaffee. Plötzlich kam ihm in den Sinn, dass «Turm» auf Französisch «la tour» hieß. Er schaute auf den mittelalterlichen Wachturm, in dem sich unten das Stadttor befand. Vermutlich hatten die Einwohner von diesem Turm aus die Umgebung beobachtet, um anrückende Feinde rechtzeitig zu entdecken. Beobachtete Frau LaTour ihn von dort oben? In diesem Moment? Als der Kaffee kam, fragte er den Kellner, ob es möglich sei, den Turm zu besteigen, doch der Mann teilte ihm mit, dass das Gebäude wegen Renovierungsarbeiten bis zum Sommer gesperrt sei.

Even betrachtete nachdenklich den Turm, während er sich den Kaffee schmecken ließ. Sein Blick fiel auf ein Schild an einer Hauswand gegenüber. Überrascht stellte er die Tasse ab, ging rasch über den Platz und betrat das Hotel.

Das «Hôtel De La Tour».

«Nein, hier wohnt niemand mit diesem Namen», sagte die Frau am Empfang. Sie musterte Even, als würde sie ihn kennen. «Dürfte ich Sie nach Ihrem Namen fragen?»

«Äh, ja … Even Vik.»

Die Frau nickte, nahm einen Umschlag aus einem Fach, überprüfte den Namen und reichte ihn Even.

«Sie dürfen sich gern zurückziehen, um den Brief zu lesen», sagte sie leise und blickte verstohlen zur Tür, durch die gerade ein Mann hereinkam.

«Merci», murmelte Even und ließ den Umschlag in seine Manteltasche gleiten. «Darf ich Ihre Toilette benutzen?»

Sie zeigte ihm den Weg.

Even war allein auf der Männertoilette, setzte sich in eine Kabine, riss den Umschlag auf und zog einen zusammengefalteten Zettel heraus. Der kurze Text war auf Deutsch:

Lieber Herr Vik,
vernichten Sie diesen Brief, wenn Sie ihn gelesen haben. Achten Sie von jetzt ab darauf, dass Ihnen niemand folgt. Wenn Sie draußen auf dem Platz stehen und über die Hausdächer auf die

Berge schauen, sehen Sie dort (es sei denn, es ist neblig) eine Burgruine.

Gehen Sie dorthin.

Wie gesagt, sorgen Sie dafür, dass niemand weiß, wo Sie hinwollen. Und kein Handy!

Freundlichst

A LaT

Das war alles.

Even las die Nachricht mehrmals durch und zerriss sie dann in kleine Fetzen, die er in der Toilette hinunterspülte. Draußen auf dem Flur ging er über die Treppe in den ersten Stock. Eine Putzfrau kramte herum, und einige Zimmertüren standen offen. Even fand ein Zimmer mit Fenster zur Straße und zum Platz, stellte sich hinter den weißen Vorhang und blickte hinaus über die Dächer. Der Turm versperrte einen Teil der Sicht, aber dahinter sah er den Wald und die Berge.

A LaT hatte recht. Hoch oben erkannte er die gezackten Ruinen einer Burganlage, die einmal der ganze Stolz eines Fürsten gewesen sein musste. Auch heute war die Ruine noch immer ein imposanter Anblick.

Even ließ seinen Blick über die Stadt schweifen und erkannte, dass er in Richtung des Parkplatzes gehen musste, auf dem sein Auto stand. Von dort ging es weiter Richtung Burg.

Beim Verlassen des Hotels bedankte Even sich an der Rezeption für die Hilfe. Er überquerte erneut den Platz, trank seinen mittlerweile kalten Kaffee aus und bezahlte beim Kellner, der ihn misstrauisch musterte. Dann schlenderte er langsam durch die Stadt in Richtung seines Wagens.

Unterwegs trat er immer wieder in Nischen und schmale Gässchen, machte diverse Umwege in alle Richtungen. Wie ein Tourist bestaunte er die ungewöhnlichen, tief eingefassten

Kanäle am Straßenrand und besah sich die Fachwerkhäuser, die zum Teil noch aus Leibniz' Zeit stammten. Gleichzeitig achtete er darauf, ob ihm jemand folgte.

Niemand war zu sehen.

Am Auto angekommen, trank er einen Schluck Wasser, legte die Flasche auf den Vordersitz und schloss die Tür ab. Nach kurzem Suchen entdeckte er einen ausgetretenen Weg, der sich durch die Weinberge steil nach oben schlängelte. Doch schon bald stellte er fest, dass seine Kondition nicht für lange Wegstrecken mit zehn Prozent Steigung berechnet war. Als er an eine Bank kam, ließ er sich dankbar nieder und blickte schwer atmend hinab auf die Stadt und das Tal. Er saß still da und horchte auf verdächtige Geräusche, bevor er weiterging. Bald wurden die Weinstöcke von Wald abgelöst. Der Weg wurde immer steiniger und unebener. Nebel kam auf und legte sich über die Landschaft.

Seit Even die Stadt verlassen hatte, waren die Wolken nach unten gesunken und hatten den Berg eingehüllt, sodass die Sicht kaum mehr als zwanzig Meter betrug. Er blieb öfter stehen und lauschte. Die Geräusche des Waldes schienen lauter und gleichzeitig bedrohlicher zu werden. Verfolgte ihn jemand? Der Nebel verstärkte dieses Gefühl, auch wenn sein Verstand ihm sagte, dass es Quatsch war, ein bloßes Hirngespinst.

Mit einem Mal zerriss eine Windbö den Nebelschleier und gab den Blick auf die Burg frei, die einen halben Kilometer entfernt majestätisch auf einem Felsvorsprung thronte. Überrascht blieb Even stehen. Die Festung schien über dem Nebel zu schweben, ihre schiere Größe ließ Even einen Moment lang zweifeln, ob das wirklich die Burg war, die er vom Hotelfenster aus gesehen hatte. Von unten hatte sie deutlich kleiner gewirkt.

Der Pfad krümmte sich nun häufiger, um die Steigung abzumildern. Der Nebel wurde dünner, und jedes Mal, wenn die Burg zwischen den Bäumen auftauchte, wirkte sie größer.

An der Ruine führte der Weg zunächst durch ein kleineres Tor, dann durch eine kleine Senke, die dicht mit Bäumen, Schlingpflanzen, hohem Gras und Büschen bewachsen war. Zehn, fünfzehn Meter weiter oben lief der Pfad durch das eigentliche Burgtor. Even blieb stehen und sah sich staunend um.

Das war wirklich … Ihm fehlten die Worte. Er ließ seinen Blick über die Burg und das Nebelmeer schweifen, das das Tal verdeckte. Großartig?

Langsam ging er durch die Räume und versuchte zu erraten, welchem Zweck sie gedient hatten, bevor sie ihre Decken, Türen und Fenster verloren hatten. Er ging von Platz zu Platz, treppauf, treppab, und kletterte schließlich auf einen hohen Turm, wobei er sich unablässig fragte, wie es gewesen sein musste, an einem solchen Ort zu wohnen. So einsam. So weit entfernt von den Menschen. Hoch über den Wolken, den Sternen und den Vögeln so nah.

Es war ihm noch immer ein Rätsel, warum er hierherbestellt worden war. Doch im Augenblick interessierte ihn das wenig, die Tatsache, dass er hier war, genügte ihm vollauf. Er stand lange oben auf dem Turm und ließ seinen Blick über die Ruine und den Teil der Landschaft schweifen, der über den Wolken zu erkennen war. Er stand da und träumte sich fort, ärgerte sich, seine Kamera nicht mitgenommen zu haben. Er bereute es, Stig nicht mitgenommen zu haben, um dieses Wunder gemeinsam mit ihm zu erleben. Aber noch mehr bereute er, dass Mai nicht bei ihm war.

Am anderen Ende der Ruine erhoben sich die verfallenen Reste eines kleineren Turms wie der Bug eines Schiffes und weckten in ihm das Bedürfnis, sich an den äußersten Rand der

Mauer zu stellen, sich hinauszulehnen und in den Nebel zu schauen, in das Unbekannte.

Er hatte immer davon geträumt, über Wolken zu laufen.

Im Laufschritt stürmte er über die Stufen nach unten und hing so in seinen Träumen fest, dass er die Angelschnur übersah, die unten über die Türschwelle gespannt war.

Mit einem überraschten Aufschrei wurden ihm die Beine unterm Leib weggerissen, und sein Körper schoss in hohem Bogen nach vorn. Er flog durch die Turmtür ins Freie, die letzten drei Treppenstufen hinunter, und landete unsanft in einer großen Staubwolke auf dem Schotter. Stöhnend fasste er sich an die Schulter, die einen heftigen Stoß abbekommen hatte.

Plötzlich griff eine starke Hand in seine Haare, zog seinen Kopf nach hinten, und etwas Kaltes, Metallisches wurde an seinen Hals gepresst.

Kapitel 5

«Bewegen Sie den Kopf zur Musik?»

Even versuchte, den Kopf zu drehen, um die Person zu sehen, die mit ihm sprach, erntete dafür aber nur einen heftigen Schlag ins Gesicht. «Nicht hersehen, habe ich gesagt.»

Er lag mit gespreizten Beinen auf dem Bauch, die Arme zur Seite gestreckt. Sein Gesicht wurde hart auf den Boden gedrückt, sodass ihm die kleinen Schottersteinchen in die Haut stachen. Ein Stein bohrte sich schmerzhaft in seine Hüfte.

«Ich habe die Jazzplatte in Ihrem Auto gesehen.» Die Frau schien irgendein Gerät an seinem Körper entlangzuführen, und er hörte ein leise tickendes Geräusch, während sie sprach. Dann durchsuchte sie umständlich seine Taschen und tastete den Kragen, die Ärmel und den Hosenbund ab, als suche sie eingenähte Pillen oder so etwas. Sie saß auf seinem Rücken, direkt über dem Hintern, zog seine Geldbörse aus der Gesäßtasche und schien den Inhalt zu inspizieren. «Haben Sie schon mal bei einem Jazzkonzert die Zuschauer beobachtet?», fragte sie. «Die sitzen immer mit geneigtem Kopf da und nicken zur Musik, entweder von oben nach unten oder von rechts nach links. Und Sie?»

Even antwortete nicht. Ihr Gewicht fühlte sich nicht so an, als müsse er Angst vor ihr haben, und er fragte sich, ob er sie wohl überwältigen könnte, indem er sich blitzartig herumwarf und sich auf sie stürzte.

Andererseits deutete der kalte Gegenstand in seinem Nacken darauf hin, dass sie bewaffnet war. Vermutlich war es das Beste, einfach abzuwarten. Letzten Endes war er ja hier, um mit ihr zu reden – auch wenn er sich zu fragen begann, ob diese Frau eigentlich noch alle Tassen im Schrank hatte. Jazz-Nicker? Was für ein Quatsch …

Die Frau hatte sich mittlerweile um 180 Grad gedreht und drückte etwas Hartes, Spitzes an seinen Po, damit er ruhig liegen blieb, während sie seine Beine abtastete. Dann zog sie ihm die Schuhe aus. Schließlich hörte er wieder das tickende Geräusch und begriff, dass es sich um eine Art Scanner handeln musste, mit dem sie nach einem Sender oder sonstiger Elektronik suchte. «Okay, Sie sind sauber.» Als Zeichen, dass er nun aufstehen durfte, klopfte sie ihm auf den Hintern.

Verärgert wischte er sich den Dreck von Gesicht und Kleidern, setzte sich auf einen Stein und zog sich die Schuhe wieder an. Sie stand ein paar Meter entfernt und musterte ihn eingehend.

Even stand auf und starrte sie an.

Er hatte eine kräftige, dralle Bäuerin erwartet – doch das Mädchen, das vor ihm stand, war alles andere als das. Von kräftigen Oberarmen, Kopftuch und Gummistiefeln keine Spur. Es fiel ihm überhaupt schwer, sich dieses Mädchen auf dem Hof in Baden-Baden vorzustellen. Obwohl «Mädchen» eigentlich die falsche Bezeichnung war, denn bei genauerem Hinsehen erkannte er, dass sie mit Sicherheit über dreißig war. Es war die Größe, die ihn verwirrte, beziehungsweise die nicht vorhandene Größe. Und vielleicht auch die Tarnhose und der grüne Militärpullover. Ganz zu schweigen von den dunkelblonden Haaren, die ganz kurz und unregelmäßig geschnitten waren, als habe sie es selbst gemacht … ohne Spiegel. Neben ihr fühlte Even sich plötzlich sehr alt.

«Jazz und BMW», sagte sie und musterte sein Gesicht. «Leichter Bierbauch, ungekämmte Haare, braune Lederjacke, macht auf hart. Also weit über … ich schätze mal … zweiundfünfzig?»

«Zweiundfünfzig … Jahre?»

Sie verdrehte die Augen. «Nein, Wochen … Haben Sie das Handy im Hotel gelassen, wie ich es gesagt habe?»

Die Frau redete mit ihm, als sei sie seine Klassenlehrerin. «Ja, verdammt! Und erklären Sie mir jetzt endlich, was los ist?»

«Handys sind leicht zu orten, leicht abzuhören und leicht als Wanze zu missbrauchen.» Sie grinste ihn an. «Fragen Sie William Worst.»

Er hatte keine Ahnung, wovon sie sprach – und es war ihm auch egal.

«Kommen Sie», sagte sie und lief über eine Treppe nach unten. Sie durchquerten einen kleinen Hof und traten durch eine Tür in einer zwei Meter hohen Ziegelwand, die fast wie eine Filmkulisse wirkte – die Decke und der Großteil der Wände des dahinterliegenden Raumes waren seit langem verschwunden.

«Die Kapelle», sagte sie mit einem Schulterzucken und zeigte nach rechts, wo sich eine hohe Giebelwand mit drei übereinanderliegenden Reihen von Fensteröffnungen erhob. Sie liefen durch den Raum, der im Grunde ja kein Raum mehr war, und kamen zu einer Art Geländer, von wo aus man hinunter in einen anderen Raum blicken konnte, wahrscheinlich ein großer Rittersaal, oder wie auch immer man diese Räume im Mittelalter genannt hatte. Even konnte sich gut einen langen Tisch in der Mitte des Saals vorstellen, eine gemauerte Feuerstelle und Gobelins an den Wänden. Dazu eine Unmenge von Waffen, achtlos in den Ecken abgelegt.

Die Frau löste ein Seil, das am Fuß des Geländers befestigt war, und zog mit energischen Bewegungen einen großen Rucksack hoch, den sie zwischen sich und Even auf den Boden stellte. Rasch machte sie den Haken los, legte das Seil zusammen und band es auf den Rucksack, den sie sich anschließend mühelos auf den Rücken warf.

Sie reicht mir gerade mal bis zum Hals, dachte Even. Er folgte ihr, als sie die Kapelle verließ und leichtfüßig eine Treppe hinauflief. Von hinten waren nur ihre Beine unter dem großen Rucksack zu sehen. Als sie, oben angekommen, Anstalten machte, den Rucksack abzusetzen, half Even ihr. Er war wirklich schwer. Even lehnte ihn an eine Wand und sah sich um. «Das waren die Wohnräume des Herzogs.» Mit stolzer Besitzermiene, als sei sie die Enkelin des Adligen, breitete sie die Arme aus und zeigte auf eine mit Gras und Schotter bedeckte Fläche, die von niedrigen, aber massiven Mauerresten eingefasst war. «Schlaf- und Wohnzimmer.»

Sie holte eine zusammengerollte Isomatte aus dem Rucksack und warf sie Even zu. «Rollen Sie die aus.»

Die Sonne war hier oben über den Wolken recht stark. Even zog sich die Jacke aus und setzte sich. Die Frau kramte eine Sonnenbrille hervor und setzte sich ihm gegenüber. Die schwarzen Brillengläser starrten ihn einen Moment lang an. «Was wollen Sie von mir?»

Even bemerkte, dass er dem Blick der undurchdringlichen Gläser auswich. Er hasste es, wenn er die Augen der Menschen nicht sehen konnte. «Reden. Ich will wissen, was Sie und …», er machte eine vage Handbewegung, «… nun, Ihr verstorbener Mann über Isaac Newton und seine Mitgliedschaft in der Bruderschaft der Unsichtbaren herausgefunden haben, was Ihre Forschungen ergeben haben.»

«Unsere *Forschungen*!» Die leise Stimme klang gleichzeitig verblüfft und ironisch. «Sie kommen den weiten Weg aus Norwegen hierher, um mit mir …» Plötzlich ertönten ganz in der Nähe kurze durchdringende Pieplaute. Die Frau richtete sich ruckartig auf. Sie schob die Brille nach oben in die Haare, öffnete eine Seitentasche des Rucksacks und holte ein Gerät in der Größe eines tragbaren GPS heraus. Das Piepsen verstummte nach einem Tastendruck, und sie blickte konzentriert auf den kleinen Bildschirm.

«Was ist …?»

«Wir bekommen Besuch», fiel sie ihm ins Wort. «Ist Ihnen jemand gefolgt? Sie sollten doch aufpassen!»

«Das habe ich, verdammt!» Even stand auf, um einen Blick auf das Gerät zu werfen. «Ich war vorsichtiger als *Das Phantom*. Woher wissen Sie, dass jemand kommt?»

«Alarm von einem der Bewegungsmelder», antwortete sie abwesend und starrte auf den Empfänger.

Even blickte ihr fasziniert über die Schulter. «Und der ist mit einer Kamera gekoppelt?»

Sie antwortete nicht. Auf dem Bildschirm waren Bäume und Büsche zu erkennen, dazwischen verlief der Weg, oben sah man einen Streifen bleigrauen Himmel. Bei jeder Luftbewegung wischte ein Zweig vor der Kamera entlang, ansonsten bewegte sich nichts.

«Da», murmelte sie plötzlich, drückte auf einen Knopf, und die Kamera zoomte auf das verschwommene Gesicht eines Mannes. Hinter ihm kam eine weitere Person zum Vorschein. Beide waren für einen kurzen Augenblick scharf zu sehen, dann verschwammen sie wieder. LaTour zoomte erneut und regulierte die Schärfe, bis sie einen etwa sechzigjährigen Mann und eine gleichaltrige Frau erkennen konnten, die den Weg hinaufkamen.

«Deshalb wussten Sie also, dass ich es war, der …»

«Haben Sie irgendetwas zurückgelassen?», unterbrach sie ihn.

«Nein.»

«Keine Flasche, keinen Pullover oder sonst irgendetwas?»

«Nein, verdammt, ich hatte nichts dabei.»

Sie drückte noch einen Knopf. Das Bild schien jetzt von einer anderen Kamera zu stammen. Hier war nur grauer Nebel zu erkennen.

«Wie viele Kameras haben Sie?»

«Drei», sagte sie, ohne aufzublicken. Sie schaltete zurück zur ersten Kamera, aber der Mann und die Frau waren verschwunden. «Vielleicht gehen sie einfach nur spazieren», murmelte sie.

Er hörte die Anspannung in ihrer Stimme und legte ihr die Hand auf die Schulter, um sie zu beruhigen. Ihre Reaktion war mehr als heftig.

«Finger weg!» Sie funkelte ihn wütend an und ging um den Rucksack herum, sodass dieser zwischen ihnen stand.

«Ist ja gut …», sagte Even und betrachtete seine Hand. Er ballte ein paarmal die Faust. Wie paranoid konnte man denn sein? Er setzte sich auf die Matte und lehnte sich mit dem Rücken an die Mauer. Die tiefstehende Nachmittagssonne schien ihm direkt ins Gesicht, und er beschloss, einfach die frische Luft und die Natur zu genießen. In ein oder spätestens zwei Stunden würde er diese Verrückte verlassen, um vor Einbruch der Dunkelheit zurück in Ribeauvillé zu sein.

«Ich bin mal kurz weg.» Sie verschwand über eine Treppe nach unten. Er blickte ihr nach, wartete einen Augenblick und öffnete ihren Rucksack.

«Finger weg!» Sie kam hinter der Treppenkante hoch und zielte mit einer Pistole auf ihn.

«He, ganz ruhig, keine Panik! Ich wollte nur …»

«Klappe!» Der Lauf der Pistole beschrieb einen Kreis und machte ihm mehr als deutlich, dass er sich wieder auf die Matte setzen solle. Er gehorchte, und die Frau verschwand erneut.

Kraftlos ließ er sich auf den Boden plumpsen, als hätte er Blei im Hintern. Ohne das obere Ende der Treppe aus den Augen zu lassen, saß er eine Weile still da und wartete darauf, dass sein Herz sich wieder beruhigte. Dann lehnte er sich zurück und schloss die Augen.

Verdammt! An was für eine Verrückte war er da geraten?

«Prost!»

Er musste kurz eingenickt sein – sicher, weil er letzte Nacht so schlecht geschlafen hatte. Verwirrt blinzelte er in die Sonne und richtete sich auf. Sie saß im Schneidersitz vor ihm und prostete ihm mit einem Plastikbecher mit Rotwein zu. Die Pistole war nirgends zu sehen.

«Äh … Prost.» Er nahm den Becher, der neben frisch geschnittenem Brot, Oliven und Käse auf einem Stein stand. «Sind die beiden Alten wieder weg?»

«Nein, sie werden in ein paar Minuten hier sein, denke ich. Wir können bis dahin ein bisschen essen, dann sieht es wie ein nettes Picknick aus.» Sie schnitt den Käse mit einem Taschenmesser in Stücke und schob ihn etwas näher zu ihm.

«Wo waren Sie?»

«Unten. Ich habe die Angelschnur entfernt, mit der ich Sie zu Fall gebracht habe. Ich habe keine Lust, die Oberschenkelhälse irgendwelcher Rentner auf dem Gewissen zu haben», sagte sie mit einem Lächeln, das sofort wieder verschwand.

Er machte sich über das Essen her, die Wanderung und die Höhe hatten ihn hungrig gemacht.

Als das Gerät wieder piepte, warf sie nur rasch einen Blick darauf, nickte und sagte, die Alten kämen jetzt durch das Burgtor. Allem Anschein nach hatte sie auch dort einen Bewegungssensor montiert. Even aß eine letzte Olive und leckte sich die Finger.

Sie nahm ein kleines Fernglas aus dem Rucksack, trat an die Mauer und suchte die Ruine ab. Ihr Kopf ragte genau zwischen zwei Steinen über die Kante, und sie hielt die Hand flach über das Fernglas, damit sich das Sonnenlicht nicht in den Linsen spiegelte. Die hat eindeutig zu viele Actionfilme gesehen, dachte Even. Er nahm einen Schluck Wein, streckte sich auf dem Rücken aus und legte behaglich eine Hand auf den Bauch.

Plötzlich trat die Frau von der Mauer zurück. «Sie kommen», flüsterte sie.

Ohne zu zögern, setzte sie sich rittlings auf ihn. «Wir sind ein Liebespaar, verstanden?» Sie zog sich den Pullover und das T-Shirt über den Kopf und beugte sich vor.

Even starrte wie gebannt auf ihre Brüste und makellose Olivenhaut. «Aber, was …»

Sie legte ihm einen Finger auf die Lippen.

Unter ihrem Arm hindurch sah er ein älteres Paar die Treppe hinaufkommen und auf den Platz treten. Beim Anblick der halbnackten Frau, die sich über einen Mann beugte und ihn leidenschaftlich küsste, blieben die beiden wie angewurzelt stehen.

Even spürte ihre Zunge, die sich weich in seinem Mund hin und her wand und mit seinen Mundwinkeln spielte. Seine Reaktion war so heftig, dass er befürchtete, der Reißverschluss seiner Hose könne aufplatzen. Ihre Brüste drückten sich an seine Brust, und er fuhr mit seinen Händen liebkosend über ihren nackten Rücken. Plötzlich richtete sie sich auf und warf einen Blick über die Schulter. «Sie sind weg.»

Sie stand auf, zog sich T-Shirt und Pullover wieder an und setzte sich auf die andere Unterlage. Ohne ein Wort zu sagen, aß sie weiter.

Nach einer Weile piepte es, und sie murmelte leise: «Jetzt gehen sie wieder.»

Even blieb auf dem Rücken liegen, starrte in den Himmel und fragte sich, was zum Teufel hier eigentlich vor sich ging. Dann hörte er, wie sie das Essen wegpackte.

«Wofür steht das A?», fragte er leise. Mindestens das wollte er wissen, bevor er ging.

Sie sah ihn verständnislos an.

Er stützte sich auf den Ellenbogen und sah sie an. Auf seltsame Weise fühlte er sich in Gegenwart dieser … Witwe … alt und zahm. Und verwirrt.

«Sie haben ‹A LaT› geschrieben. Wie ist Ihr Vorname?»

«Aloysia.»

Aloysia. *13, schwarz. Wie er selbst.*

Sie schloss den Rucksack und setzte sich wieder. Dann sagte sie: «Jetzt erzählen Sie endlich … Wer sind Sie, und was wollen Sie? Und fangen Sie jetzt nicht wieder von Newton und der Unsichtbaren Bruderschaft an, oder wie die hieß.»

Kapitel 6

LONDON,
IM JAHRE DES HERRN 1701

Newton zog sich die Kapuze der Kutte so zurecht, dass sie sein Gesicht verbarg, aber gleichzeitig sein Sichtfeld nicht allzu sehr einschränkte. Wie immer fühlte er sich unwohl in dieser hermetischen Welt der Kutte. Trotzdem ließen ihn die Anonymität, die Rituale und das geheime Wissen, das er empfangen würde, ohne zu wissen von wem und ohne es weitergeben zu dürfen, erwartungsvoll der bevorstehenden Zusammenkunft entgegenblicken.
Es klopfte dreimal an der Tür. Newton warf einen letzten Blick in den Spiegel, bevor er die Tür öffnete und aus dem Zimmer trat. Auf beiden Seiten des Korridors gingen weitere Türen auf, in Kutten gekleidete Gestalten traten heraus, schlossen die Türen hinter sich und warteten schweigend. Irgendwo im Gebäude ertönte ein tiefer Gong. In ruhigem Tempo begannen sie ihren Marsch den Korridor entlang zur Treppe. Newton wusste, dass sich zur selben Zeit auch in anderen Teilen des Gebäudes Unsichtbare Brüder auf den Weg zum Großen Ordenssaal im Keller machten. Brüder, die er nur bei ihrem Ordensnamen kannte, wie auch sie ihn nur unter dem Namen Jeova Sanctus Unus kannten.
Sie schritten die Treppe hinunter, gingen durch von Fackeln erleuchtete Gänge, bis sie an eine große Eichentür kamen, über der eine Rose prangte. Ehrfürchtig betraten sie den Saal, den kein Wort, das in ihm gesprochen wurde, je verließ. Bereits seit neunzehn Jahren war er nun Mitglied des

Ordens. Jahre, in denen sein Platz immer weiter nach vorn gerückt war, aus der hintersten Reihe bis kurz vor den erhöhten Stuhl des Großmeisters. Im Laufe dieser neunzehn Jahre hatte sich die Stimme des Großmeisters einige Male geändert. Vor gut einem Jahr war sie schärfer geworden und hatte die Identität von Mr. F angenommen, dem einzigen Menschen im Saal, der wusste, wer sich hinter Newtons Codenamen versteckte. Und der einzige Mensch im Saal, von dem Newton wusste, wer er in der äußeren Welt war.

Newton blieb vor seinem Stuhl stehen. In der hohen Rückenlehne war sein Name, Jeova Sanctus Unus, eingeschnitzt, so wie auch bei den anderen Ordensbrüdern.

Newton hatte sich nur selten in den vergangenen neunzehn Jahren im Saal zu Wort gemeldet, meist mit der einen oder anderen Frage an einen Bruder, der sich zu einer bestimmten Sache geäußert hatte. Dann hatte er seine Stimme stets etwas heller klingen lassen als normal, und er hatte in einem Akzent gesprochen, der eher nach Ipswich als nach Cambridge klang.

Doch heute würde es anders sein, heute würde er sich nicht mit einer Frage begnügen. Mr. F drängte ihn schon seit geraumer Zeit, seine neuesten Theorien darzulegen – jene Theorien, die Newton schon seit längerem in eine seltene Hochstimmung versetzten.

Es handele sich nur um ein paar Gedanken und Ideen, hatte Newton abgewehrt und gemeint, es lohne sich nicht, die Brüder damit zu belästigen.

Doch Mr. F hatte ihm zu verstehen gegeben, dass er eine Verpflichtung gegenüber der Bruderschaft habe, die ihm gegenüber auch nichts verschweige, und Newton so dazu gebracht nachzugeben.

Nach den einleitenden Ritualen und Begrüßungsformeln erhob sich der Großmeister. Alle Anwesenden blickten ihn aus ihren tiefen Kapuzen an. Er zeigte mit dem Zepter auf Newton und verkündete, dass Bruder Jeova Sanctus Unus an diesem dunklen Dezemberabend eine neue Idee mit seinen Brüdern teilen wolle. Es handele sich dabei um die Grundzüge einer Theorie, die in ihrer endgültigen Form und praktischen Umsetzung der Bruderschaft eine tiefere Einsicht in das Leben und den Tod ermöglichen werde. Ein Wissen, durch welches die Bruderschaft größere Macht und mehr Einfluss in der Welt außerhalb dieses Gemäuers erlangen werde. Der Großmeister setzte sich, und Newton erhob sich langsam von seinem Platz. Während der Ansprache des Großmeisters hatte ihn eine vage Unsicherheit beschlichen. Ein Wissen, das der Bruderschaft zu mehr Macht und Einfluss verhelfen würde? Was sollte das heißen? Wollte er denn, dass die Bruderschaft aufgrund seiner Arbeit mehr Macht und Einfluss bekam? Was hatte die Bruderschaft ihm je gegeben? Schuldete er ihr etwas? Die Antwort war einfach: nein.
Die *Fraternitas Invisibilis* war ein geheimer Zusammenschluss, der ihm etwas gab, das ihm in seiner Kindheit versagt geblieben war: eine anonyme Gemeinschaft und kindisches, sorgloses Spiel. Keiner der anderen Brüder hatte der Gemeinschaft jemals Erkenntnisse mitgeteilt, die in irgendeiner Weise brauchbar für ihn gewesen wären, weder für seine wissenschaftliche Arbeit noch für seinen gesellschaftlichen Aufstieg. Warum sollte er da …?
Weil das Wort des Großmeisters Gesetz war. So einfach war das.
«Meine Brüder», begann er mit leicht verstellter Stimme. «Vor einiger Zeit, während eines Experiments mit dem Mikroskop und den winzigsten Partikeln der Schöpfung, hatte

ich so etwas wie eine Offenbarung. Wie durch göttliche Gnade wurde mir plötzlich ein Blick hinter den Vorhang gewährt, der die ureigensten Geheimnisse des Herrn verbirgt. Ich erahnte eine Möglichkeit, jene Kraft zu kontrollieren, die die Erde in Bewegung setzt. Und ebenso sah ich eine Möglichkeit, diese Energie zum Vorteile der Menschheit in andere Formen umzuwandeln. Wenn wir nur geduldig nach dem Kleinsten im Kleinen suchen ...»

Unter den Brüdern machte sich Unruhe breit. Newton hielt inne. Ohne das Wort erteilt bekommen zu haben, schrie eine aufgebrachte Stimme weiter hinten im Saal: «Energie, die sich kontrollieren lässt! Und umwandeln! Was sind das für Ausgeburten der Phantasie? Wenn wir unsere Zeit auf solche Dinge verwenden sollen, verlangen wir Beweise!»

Der Großmeister erhob sich von seinem Platz und donnerte: «Ruhe! Lasst Bruder Sanctus Unus fortfahren!»

Newtons Hals schnürte sich zusammen. Die Stimme des Zwischenrufers kam ihm bekannt vor. Er ließ den Blick über die Reihen der Brüder schweifen, bis er den Störenfried entdeckte. Newton las den Ordensnamen auf der Rückenlehne seines Stuhls: Other Brook. Der andere Bach. Schnell stellte er im Geiste die Buchstaben um – was für ein erbärmliches Anagramm. Er atmete tief ein und aus, spürte, wie ihm schwindelig wurde.

Robert Hooke war also auch in die Bruderschaft der Unsichtbaren aufgenommen worden. Der Mann, der zeit seines Lebens sein größter Feind und Widersacher gewesen war! Der Mann, dem Newton niemals und um nichts in der Welt vertrauen würde.

Er handelte rasch und entschieden. Ohne zu zögern, schob er sich durch die Stuhlreihen zu der großen Eichentür. Hinter sich hörte er überraschtes Murmeln und die laute Stimme

des Großmeisters: «Niemand verlässt den Saal ohne die Erlaubnis des Großmeisters!»
Newton schloss die Tür hinter sich und ging die Treppen hinauf durch die Korridore zu seiner Kammer. Ruhig legte er die Kutte ab und zog seine alltägliche Kleidung an. Er wollte gerade gehen, als die Tür geöffnet wurde. Der Großmeister stand auf der Schwelle und versperrte ihm den Weg.
Newton trat gefasst einen Schritt zurück.
«Ihr wisst, wie streng die Regeln des Ordens sind. Und Ihr wisst, dass Ihr den Saal nicht ohne ...»
«Ich verlasse nicht nur den Saal», unterbrach Newton den Großmeister. «Ich verlasse den Orden.»
Obwohl er nur die dunkle Öffnung der Kapuze sah, fühlte er den Blick des Großmeisters auf sich.
«Auf das Verlassen des Ordens steht die Todesstrafe, seid Ihr Euch dessen bewusst?»
«Das ist mir bewusst. Aber ich habe einen der Brüder erkannt, eine Person, der ich nie im Leben ein Geheimnis anvertrauen würde. Und Ihr, Ezekiel, solltet ihm auch nicht trau...»
«Sprecht meinen Namen nicht aus!», zischte der Großmeister, trat einen Schritt vor und schloss eilig die Tür.
Newton betrachtete den Mann, den er seit seiner Jugend kannte. «Ihr seid der Einzige, der weiß, wer ich bin. Als Großmeister wird niemand von Euch verlangen, über den Verbleib von Sanctus Unus Auskunft zu geben – oder über dessen Identität. Solange Ihr nichts sagt, kann mich niemand bestrafen.» Er hob einen Finger. «Es liegt also an Euch, ob ich die Hypothese, an der ich gerade arbeite, zu Ende entwickeln kann oder nicht. Bisher ist es lediglich eine vage Idee, die nur hier drinnen existiert.» Er tippte sich mit dem Finger an die Stirn.

Der Großmeister zog die Kapuze vom Kopf und entblößte sein Gesicht. Er musterte Newton lange mit kaltem Blick, bevor er sprach. «Euer Leben liegt in meiner Hand, Isaac Newton. Ihr habt Euer eigenes Todesurteil unterschrieben, ich muss es nur noch gegenzeichnen. Aber ich habe einen Entschluss gefasst: Ich werde meine Unterschrift zunächst zurückhalten und abwarten, ob Ihr mit Eurer Hypothese Fortschritte macht ... Denn wie ich höre, könnte diese weitreichende Konsequenzen für die Menschheit haben.» Er lächelte. «Vorausgesetzt, sie liegt in den richtigen Händen.» Das Lächeln erstarb. «Ihr bleibt am Leben, solange Ihr Eure vage Idee in Richtung einer Theorie vorantreibt. Sonst ...» Mit einer schnellen Bewegung fuhr er sich mit der Handkante über den Hals.

Newton schob den Großmeister zur Seite und trat in den Korridor hinaus. Dort blieb er noch einmal stehen, ehe er mit leiser Stimme und ohne sich umzudrehen sagte: «Ihr wisst, mein Einfluss in London ist beträchtlich.» Er drehte den Kopf etwas zur Seite. «Ich fürchte mich nicht vor Euch. Ob ich zu einem Ergebnis komme, wird die Zeit weisen, aber so viel ist sicher: Ihr werdet Euch durch meine Ideen nicht mehr Einfluss und Macht verschaffen – niemals, dafür werde ich sorgen!»

Das Licht der Fackeln flackerte unruhig auf Newtons markanten Gesichtszügen, als er dem Großmeister fest in die Augen blickte. «Ihr kennt meine Fähigkeiten, Ezekiel, daher solltet Ihr sie auch fürchten.» Newton verbeugte sich leicht – und ging.

Kapitel 7

Februar 2007
Elsass, Frankreich

Während Even mit Aloysia sprach, schoss ihm durch den Kopf, was für ein phantastisches Organ das Gehirn doch war. Er konnte hier sitzen und seine augenblickliche Situation analysieren, während sein Mund zusammenhängend und in einer fremden Sprache die Geschichte von Mai und ihrem Tod erzählte. Und als sei das nicht genug, wanderten seine Gedanken *gleichzeitig* ein paar Jahrzehnte zurück in die Vergangenheit, zu einem der entscheidendsten Augenblicke seines Lebens.

«Das ist der beste Rocksong der Sechziger, keine Frage. Der funktioniert auch jetzt, zwanzig Jahre später, noch genauso gut. Wie einem frühen Punker aus dem Arsch gezogen. Hört euch mal diesen irren Rhythmus an!» Even trommelte ein wildes Schlagzeugsolo auf seinen Oberschenkeln und musste sich an Mai lehnen, um nicht vom Schlafsofa zu fallen. «Und das Gitarrensolo – da kriegt man doch Angst, dass sich seine Finger in den Saiten verheddern. Das ist so was von gut, so gottverda…» Mais Hand legte sich über seinen Mund. Eva und Christer lachten laut.

«Nicht diese Ausdrücke», flüsterte sie und küsste ihn auf die Wange.

Er schlang die Arme um sie, küsste ihren Hals und flüsterte: «Sorry, Mai. Es ist nur … Hört euch den Text an!» Even richtete sich auf und sah die drei anderen mit rot unterlaufenen glasigen Augen an. Dann sang er mit kratziger Stimme:

«Baby, du hast mich jetzt so weit, echt
Du hast mich so weit, dass ich nichts mehr raff'
Yeah, du hast mich jetzt so weit, echt
Du hast mich so weit, dass ich kein Auge mehr zuma-a-ach'.»

Er verdrehte die Augen. «Und dann der Refrain. Das ist so verda… Sorry, so unglaublich gut … *Du hast mich echt so weit …*»

Christer sang die nächsten zwei Zeilen mit. Den Mädchen fielen vor Lachen fast die Bierflaschen aus der Hand.

«Du hast mich echt so weit
Du hast mich echt so weit.»

«Mir gefällt der englische Text besser», sagte Christer und zwinkerte Even zu. «Da kommt seine Tiefe erst richtig zum Ausdruck.»

«Tiefe? Red keinen Scheiß!» Even wollte sich gerade in Rage reden, als er sah, dass Christer ihm erneut zuzwinkerte. Plötzlich fiel ihm ihre Vereinbarung wieder ein. «Ach ja, Augenblick.» Er griff hinter die Bettdecke, die zusammengerollt hinter Mais Rücken lag, zog einen Strauß Rosen hervor, teilte ihn in zwei Hälften und gab die eine davon Christer. Sie sahen sich kurz an, nickten und fielen vor den beiden Frauen auf die Knie.

«*Girl, you really got me now, I always wanna be by your side*», grölten sie im Chor.

Wie verabredet.

Danach kam der Sprung ins kalte Wasser – ab hier musste jeder allein klarkommen.

Even schluckte. Die Chance, dass sie ja sagte, lag bei 63 Prozent. Das hatte er ausgerechnet. Noch hatte er die Wahrscheinlichkeit auf seiner Seite.

Er blickte Mai-Brit ernst an, jedenfalls versuchte er es. «Liebste, wunderbarste Mai …» Ihre Miene war genauso ernst, als rechnete sie mit dem Schlimmsten. «Willst du mich heiraten?»

«Also war diese Mai-Brit Fossen, von der Sie erzählen, Ihre Exfrau?»

Even blinzelte, als sei er überrascht, Aloysias Stimme zu hören. Er nickte. «86 haben wir geheiratet», murmelte er.

«Sie sagen, dass sie sich in Paris umgebracht hat, genau einen Tag nach Simons Ermordung», fasste sie weiter zusammen. «Und Sie sind der Ansicht, dass hinter beiden Todesfällen diese sogenannte ‹Bruderschaft der Unsichtbaren› stand?»

«Ja. Wie gesagt, Mai hat an einem Buch über Isaac Newton geschrieben. Meine Theorie ist, dass sie auf Informationen gestoßen ist, die die Brüder ihr abzwingen wollten.»

«Indem sie sie in den Selbstmord trieben?»

Er registrierte die Skepsis in ihrer Stimme, ignorierte sie aber. «Ja.»

Sie führte den Becher zum Mund, hielt aber einen Moment inne, bevor sie trank. «Was hat sie herausgefunden?»

«Das weiß ich nicht», log Even.

«Warum glauben Sie dann, dass sie etwas herausgefunden hat? Hat sie etwas angedeutet?»

«Nein, wir haben nicht miteinander gesprochen – wir hatten seit Jahren nicht mehr miteinander gesprochen, seit sie mich verlassen hat. Aber …»

Er zögerte. Alles, was er Aloysia LaTour bis jetzt erzählt hatte, war in der Zeitung nachzulesen oder bei der Polizei in Erfahrung zu bringen. Öffentliche oder zumindest halböffentliche Informationen. Aber es gab Dinge, von denen die Polizei nicht einmal etwas ahnte.

Konnte er offen mit dieser Frau reden? Konnte er ihr vertrauen? Und war er überhaupt schon bereit, darüber zu sprechen, sich einem anderen Menschen zu öffnen?

«*Aber?*» Sie hatte nach vorne gebeugt dagesessen, jetzt richtete sie sich auf. Die untergehende Sonne spiegelte sich in den Gläsern ihrer Sonnenbrille.

Er schwieg, war hin und her gerissen.

«Ein andermal», sagte er schließlich und drückte sich vor der Entscheidung. «Später.»

Sie schien die Antwort zu akzeptieren. «Wieso kommen Sie eigentlich erst jetzt?»

«Erst jetzt? Wie meinen Sie das?»

«Es ist fast zwei Jahre her, seit Simon und Ihre Exfrau gestorben sind ... ermordet wurden. Wieso tauchen Sie erst jetzt auf?»

«Gute Frage», murmelte er und ließ den Blick über die Ruine schweifen. Eine gute Antwort zu finden, war schon schwieriger. Aus Angst, dass Stig mit in die Sache hineingezogen werden könnte? Oder weil er die Tatsache verdrängen wollte, dass da draußen tatsächlich irgendjemand herumlief, der für Mais Tod verantwortlich war? Vielleicht lag es aber auch an seiner Arbeit für den Geheimdienst und Oberstleutnant Johansen. Die Entwicklung eines neuen Kryptographiesystems war spannend gewesen und hatte seine ganze Energie und Aufmerksamkeit in Anspruch genommen – nur für Stig hatte er noch Zeit gehabt.

Vermutlich war die Antwort eine Mischung aus allem. Er hatte sich selbst im Verdacht, den Kryptographiejob nur deshalb angenommen zu haben, um sich von dem schmerzhaften Verlust Mais abzulenken. Die hochinteressanten mathematischen Berechnungen – laut Jan Johansen waren sie von nationaler Wichtigkeit – waren ein Geschenk des Himmels gewesen. Sie hatten ihn komplett eingenommen, und er hatte sich bereitwillig einnehmen lassen. Die Universität hatte ihn freigestellt, damit er sich völlig in Algorithmen, Quantenmechanik und Photonenbündelung versenken konnte. Er war nur aufgetaucht, wenn Stig zu Besuch kam. Dann hatte er sein Bestes getan, um für den Jungen da zu sein.

Er hatte die Arbeit vor einem Monat abgeschlossen, gleich nach dem Jahreswechsel. Widerstrebend hatte er seinen Bericht einer Arbeitsgruppe mit Kryptographiespezialisten überlassen, wohl wissend, dass es nun an der Zeit war, in die wirkliche Welt zurückzukehren. Er war noch fünf Monate von der Uni freigestellt, bis zur Sommerpause, hatte also den ganzen Winter und das Frühjahr frei, abgesehen von den monatlichen Treffen mit der Kryptographiegruppe, die das Projekt weiterführte.

Nach wenigen Tagen schon hatte sich sein Denken nur noch rastlos im Kreis gedreht, er war fast wahnsinnig geworden. Düstere Gedanken und unterdrückte Gefühle waren geballt an die Oberfläche gedrängt und hatten ihn veranlasst, Kontakt zu Odin Hjelm aufzunehmen. Als dieser ihm mitgeteilt hatte, dass das Newton-Buch keineswegs auf Eis gelegt worden sei, hatte ein Wort das andere ergeben. Plötzlich war Even auf dem Weg nach Deutschland gewesen. Und jetzt saß er mit Simon LaTours Witwe in Frankreich.

«Tja … Warum erst jetzt?», wiederholte er langsam. «Es hat sich einfach so ergeben, glaube ich. Ich habe erst versucht, alles zu vergessen, aber dann war plötzlich das Bedürfnis da, alles wissen zu müssen, was …» Er machte eine vage Handbewegung in Richtung Ruine.

Sie sagte nichts.

«Und Sie? Wissen Sie es? Ich meine, wissen Sie, was mit Simon La…, äh, Ihrem Mann passiert ist?»

«Er wurde ermordet. Von der Bruderschaft der Unsichtbaren.» Die Antwort kam so unmittelbar und mit so viel Hass in der Stimme, dass Even zusammenzuckte.

«Sind Sie … ganz sicher?», fragte er vorsichtig, um nicht unnötig in der Wunde zu bohren. Sie wirkte nicht gerade so, als habe sie sich besonders gut im Griff. Wobei er auch an die Pistole dachte …

Ihr Mund lächelte, aber ihre Augen blieben kalt. «Ich bin sicher.» Sie beugte sich vor und flüsterte: «Die Unsichtbaren haben es mir selber erzählt.»

«Vik ist in Deutschland. Er ist in Frankfurt-Hahn gelandet, hat ein Auto gemietet und ist damit nach Baden-Baden gefahren.» Zap klemmte das Handy zwischen Ohr und Schulter und blätterte in seinen Notizen. «Wie wir bereits vermutet hatten, ist er direkt zum Haus von LaTour gefahren. Er hat dort kurz mit dem Nachbarn, Manfred Scheyer, geredet, hat sich ihm vorgestellt und behauptet, er wüsste, wer Mai-Brit Fossen und Simon LaTour umgebracht hat.»

«Was hat der Alte gesagt?»

«Nichts, eigentlich. Er wollte nur seine Telefonnummer.» Zap blätterte wieder um. «Danach ist Vik ins Zentrum gefahren und hat in einem Hotel eingecheckt.»

Meister Nord betrachtete sein Spiegelbild in der Fensterscheibe und blickte dann durch sich selbst hindurch auf die schillernden Nachtlichter der Stadt. «Das war hoffentlich noch nicht alles, was Sie haben», knurrte er.

«Ähm … nein. Er hat in der Nacht einen Anruf bekommen …» Zap zögerte.

«Muss ich Ihnen alles aus der Nase ziehen? Mit wem hat er gesprochen, verdammt nochmal?»

«Das … also, das wissen wir nicht. Der Anruf kam über das Hoteltelefon, nicht aufs Handy.»

«Verdammt!» Meister Nord warf einen Blick zum Großmeister, der von seinem Computerbildschirm aufschaute. «Hat das Mikrophon in seinem Handy wenigstens erfasst, was *er* gesagt hat?»

«Ja. Soll ich vorlesen?»

«Was denn sonst?»

«Als Erstes hat Vik gesagt: ‹Ja, Even hier.› Mit belegter Stimme, als ob er eben wach geworden wäre. Und dann: ‹Bist du das, Finn-Erik? Ist was mit Stig?›» Zap verstummte.

«Ist das alles?»

«Ja.»

«Hm … Und er ist nach wie vor in Baden-Baden in seinem Hotel?»

«Nein.» Zaps Stimme klang nervös. «Nein, im Laufe der Nacht ist er verschwunden … und wir haben ihn noch nicht wieder aufgespürt.»

«Das darf doch nicht wahr sein!», explodierte Meister Nord. «Dann peilt gefälligst sein Handy an und kriegt seine Koordinaten raus! Wozu haben wir denn die Wanze in dem Ding installiert? Und kommt mir nicht damit, dass es an der Ausrüstung liegt!»

«Sein Handy liegt im Hotel. Er hat es einfach liegenlassen, als er gegangen ist.»

Meister Nord atmete tief ein und schaute verstohlen zu Großmeister Otrois. «Soll das heißen, Sie haben keine Ahnung, wo Even Vik sich in diesem Moment befindet?», flüsterte er, obwohl er viel lieber laut gebrüllt hätte.

«Ja … aber wir versuchen, unseren Mann bei der Deutschen Telekom zu kontaktieren, um rauszukriegen, woher der Anruf auf dem Hotelapparat kam.» Zap gab sich Mühe, seine Stimme fest klingen zu lassen.

«Ja, und dann hacken Sie sich bei der Autovermietung ein,

finden Sie heraus, welchen Wagen er gemietet hat. Irgendwie muss das GPS des Wagens doch angepeilt werden können. Verstanden?»

«Ja.»

Meister Nord beendete das Gespräch und drehte sich zum Großmeister um. «Even Vik hat versucht, Kontakt zu Aloysia LaTour aufzunehmen. Unsere Leute in Deutschland haben ihn aus den Augen verloren. Aber sie finden ihn schon wieder …»

Kapitel 8

«Sie kamen eines Morgens, sehr früh, noch vor dem ersten Hahnenschrei. Die Brüder erwischten den Hahn sozusagen noch im Bett.» Aloysia lächelte kurz, die niedrig stehende Sonne glühte auf ihren Wangen und ihrer Stirn. «Nach Simons Beerdigung habe ich mich wie eine Verrückte in die Arbeit gestürzt, um nicht wahnsinnig zu werden. Ich habe unendlich viel geschrieben, habe die Scheune restauriert – auch wenn es dafür zehn Jahre zu spät war –, den Hühnerstall sauber gemacht, bis er wie ein Fünf-Sterne-Hotel aussah, Holz gehackt, bis es für mindestens zwei Eiszeiten reichte. Ich habe alles getan, um keine Ruhe zu haben, keine Zeit zum Nachdenken zu bekommen.»

Sie saugte Luft durch die Zähne ein und murmelte, ohne ihn anzusehen: «Ich weiß, das hört sich wie ein Klischee an, aber Simon war das Beste, was mir jemals passiert ist. Ohne ihn … Als er … Es war, als hätte ich den Kompass verloren und stünde völlig allein da, irgendwo weit draußen, mitten im Nebel. Es war schrecklich.» Sie starrte vor sich in die Luft.

«Eines Tages hat sein Redakteur angerufen und mich nach einem neuen Manuskript gefragt. Wir haben ein bisschen über Simon gesprochen, aber nicht viel, er ist nicht der Typ, der sich in so etwas einmischt, wenn er es vermeiden kann. Für ihn ist Trauer am besten zwischen zwei Buchdeckeln aufgehoben. Unmittelbar bevor wir aufgelegt haben, fragte er mich, ob der Polizist aus Paris bei mir gewesen sei. Ich fragte ihn, welcher Polizist, und er meinte, es wäre jemand bei ihm gewesen und habe sich nach meiner Adresse erkundigt. Ich verstand nicht, was er meinte, denn der einzige Polizist, mit dem ich Kontakt gehabt hatte, wusste bereits, wo ich wohnte. Ich rief deshalb diesen Inspektor Bonjove an …»

Even nickte unwillkürlich; das war der Mann, den er selbst in Paris getroffen hatte, als er Mais Tod auf den Grund gegangen war.

«… und fragte ihn, warum er mich besuchen wollte. Er sagte, das habe er gar nicht vor, er freue sich aber, dass es mir gutginge und … Ich legte auf und fror plötzlich am ganzen Körper. Ich hatte Angst, aber wenigstens wusste ich jetzt, was auf mich zukam. Jetzt musste die Ausrüstung beweisen, ob sie etwas taugte.» Sie dachte einen Moment nach, bevor sie fortfuhr. «Sie kamen, wie gesagt, sehr früh. Ich wachte von dem Alarm auf, und gleich darauf rief Manfred an, mein Nachbar, per Handy. Er hat mir geholfen, die ganze Ausrüstung zu installieren, und ist auch selbst an das System angeschlossen.» Aloysia warf Even einen Blick zu, um sich zu vergewissern, dass er zuhörte. «Ein Alarmsystem mit Kameras, kreisförmig ums Haus verteilt sowie an allen möglichen Zufahrtswegen.»

Even nickte.

«Manfred und ich hatten längst einen Plan gemacht, wie ich mich in so einem Fall verhalten sollte, und so schlich ich mich nach draußen in den Hühnerstall. Dort legte ich mich in ein Versteck unter dem Brutkasten. Mit dem Empfänger» – sie hielt das Gerät hoch – «konnte ich dort liegen und verfolgen, wie sie von Raum zu Raum gingen und mich suchten. Es waren zwei Männer, der eine recht kräftig, der andere eher von kleiner Statur. Sie trugen Masken und flüsterten, sodass ich ihre Stimmen nicht hören konnte. Ganz offensichtlich durchsuchten sie nicht zum ersten Mal ein Haus, sie gingen äußerst systematisch vor, ohne Spuren zu hinterlassen, und machten dabei so gut wie keinen Lärm. Außerdem waren sie sehr gründlich, besonders was das Archiv und den Computer anging. Sie kopierten Daten von der Harddisk. Dann gingen sie um das Haus herum und durchsuchten die Nebengebäude, wobei sie sogar eine Wärmebildkamera nutzten, um zu überprüfen, ob ich mich nicht doch irgendwo versteckte.»

Aloysia lächelte. «Aber ich habe sie hinters Licht geführt. Der Brutkasten war voll mit Küken und so warm, dass die Signale völlig verzerrt waren. Und was Computer angeht … Offiziell habe ich einen stationären PC und einen Laptop, auf denen die Bücher von William Worst gespeichert sind, alle Rechnungen, Briefe, private Sachen und so weiter. Aber ich habe noch einen zweiten Laptop, der nirgends registriert ist und dessen IP-Adresse ich ständig wechsele. Der Rechner ist mit anderen Worten nicht identifizierbar. Um anonym kommunizieren zu können, verwende ich ein Programm namens ‹Freenet›, außerdem laufen alle drei Rechner über denselben Router. Im Internet ist der Rechner praktisch unsichtbar, man kann nicht sehen, ob ich gerade daran arbeite, surfe oder sonst etwas tue. Nur Manfred und ich wissen von diesem Rechner. Auf ihm ist all das gespeichert, was niemand sehen darf, also auch alles, was ich über die Bruderschaft weiß. Natürlich habe ich diesen Laptop mit in mein Versteck genommen, sodass die Eindringlinge nichts gefunden haben.»

Aloysia nahm eine Plastikmappe aus dem Rucksack. «Aber sie haben die Kameras gefunden, zumindest die im Wohnzimmer.» Sie reichte ihm den Ausdruck eines Fotos. Ein Mann mit Schirmmütze und hautfarbener Maske, die sein Gesicht tot und emotionslos aussehen ließ, hielt ein Stück Papier vor die Kamera, die allem Anschein nach irgendwo knapp über Kopfhöhe platziert gewesen war. Auf dem Zettel stand in großen Buchstaben:

WIR WOLLEN MIT IHNEN REDEN! ÜBER SIMON

«Nachdem sie den Zettel gezeigt hatten, gingen sie. Sie verschwanden einfach.» Sie machte eine Bewegung wie mit einem Zauberstab. «Lösten sich förmlich in Luft auf. Wir haben nicht einmal Spuren ihres Autos gefunden.

Ich hatte Angst, dort wohnen zu bleiben, und habe noch am selben Morgen meinen Rucksack gepackt. Seither bin ich auf der Flucht.» Unwillkürlich warf sie einen Blick über die Schulter in die schwarze Nacht. «Ich habe sie seitdem nicht mehr gesehen und sie mich auch nicht, glaube ich – aber ich weiß, dass sie irgendwo dort draußen lauern.»

«Wir haben das Handy gefunden, von dem aus in Even Viks Zimmer angerufen wurde», sagte Bruder Zap und sah auf die Uhr. Seit seinem letzten Anruf waren zweieinhalb Stunden vergangen. Meister Nord bestätigte brummend, dass er ihm zuhörte. «Es gehört einem Typ in Baden-Baden. Er hatte es, wie er sagt, einer ‹geilen Schnecke› geliehen, die er auf irgendeiner Party getroffen hatte. Sie habe damit eine französische Freundin anrufen wollen, die sie zu Besuch erwarte. Der Typ war ziemlich enttäuscht, als die Frau plötzlich verschwunden war – sie hatte ihm nämlich einen flotten Dreier mit ihr und ihrer Freundin in Aussicht gestellt.» Zap lachte leise und spürte, dass er wieder viel ruhiger war als beim letzten Telefonat.

«War nicht die Rede von guten Neuigkeiten? Kommen die bald mal?», brummte es aus dem Telefon.

«Ja. Der Typ war ziemlich hohl, aber immerhin hat er einen Teil des Gesprächs mitbekommen. Die Frau hat ihrer Freundin wohl gesagt, dass sie ihr Handy nicht mitbringen soll. Den Namen der Freundin wusste er auch noch: Ribeauvillé.» Zap machte eine Kunstpause, ehe er fortfuhr. «Und genau *da* bin ich gleich.»

«Wo, zum Teufel, ist Ribeauvillé?», wollte Meister Nord wissen.

«Auf der anderen Seite der Grenze, südlich von Baden-Baden. Im Elsass. Eine kleine Stadt, ziemlich übersichtlich, scheint mir. Ich denke, ich werde ihn im Laufe der Nacht finden. So viele Hotels oder Pensionen kann es da nicht geben.»

«Und das Auto?»

«Ich habe gerade die gewünschten Informationen bekommen und schicke sie nach Paris.»

«Gut. Ich melde mich, wenn wir die Koordinaten haben», sagte Meister Nord und legte auf. Mit einem Lächeln wandte er sich an Großmeister Otrois. «Wir sind Vik auf den Fersen. Aloysia LaTour ist ohne Zweifel in seiner Nähe.»

Der Großmeister nickte gnädig. «Bringen Sie sie her, wenn Sie alles unter Kontrolle haben. Es wird mir ein ausgesuchtes Vergnügen sein, sie zu empfangen.»

Kapitel 9

«Sie kennen sich wirklich verdammt gut mit Elektronik und Überwachung aus.» Even sah zu, wie Aloysia die Sonnenbrille abnahm und im Rucksack verstaute, bevor sie antwortete. Ihre Augen sind so dunkel wie bei einer Lateinamerikanerin, dachte er.

«Wir haben Bücher geschrieben, Simon und ich. *Wir* sind William Worst.» Sie grinste ihn bei diesen Worten stolz an. Even reagierte nicht.

«Sie wissen nicht, wer William Worst ist?» Das Grinsen verschwand. «Das ist ein Pseudonym. Und die Hauptperson unserer Bücher. Man findet sie in Frankreich an jedem Kiosk, in Spanien und Deutschland auch. Die Medien haben schon häufig wild darüber spekuliert, wer sich hinter diesem Pseudonym versteckt. Die Bücher handeln von William Worst, einem CIA-Agenten, der in Europa operiert und sich in ein französisches Mädchen verliebt, eine Journalistin, und deshalb Probleme mit seinem Arbeitgeber bekommt. Bis jetzt sind sechsundzwanzig Bände erschienen. Nicht gerade hohe Literatur, aber man verdient gut damit. Ich habe kürzlich den siebenundzwanzigsten Band an den Verlag geliefert. Und da sich William Worst als Agent hervorragend mit Überwachungstechnik auskennt, mussten Simon und ich uns natürlich eingehend damit beschäftigen.»

Sie kratzte mit dem Fingernagel an einem kleinen Stein, drehte ihn um und warf ihn dann plötzlich weg. «Das war erstklassiges Teamwork. Simon hatte die Ideen, hat die Recherchen gemacht und Unmengen von Notizen geschrieben. Dann haben wir gemeinsam die Geschichte entwickelt und ein Exposé geschrieben. Das Manuskript habe schließlich ich verfasst. Simon hat sich nie darum gerissen, diesen Teil zu übernehmen, er saß nicht gern zu Hause und schrieb. Ich habe das geliebt. Im Haus herumlaufen, ein wenig schreiben, die Hühner versorgen, wieder etwas schreiben, in den Wald gehen, Pilze suchen, wieder schreiben, schreiben, schreiben, bis ich erschöpft ins Bett fiel und später wieder wach wurde, wenn Simon sich neben mich legte. Ich war nie so glücklich wie in den Jahren in Baden-Baden.»

Even blickte auf die Berge im Westen, hinter denen die Sonne untergegangen war. Er hatte sich bei Gefühlsausbrüchen anderer Menschen immer schon unbehaglich gefühlt, insbesondere, wenn darin das Wort «Glück» vorkam. Als er sicher war, dass sie sich beruhigt hatte, sah er sie wieder an. «Sie haben ein Buch über eine geheime Bruderschaft geschrieben, nicht wahr?»

Aloysia nickte. «Nur Simon. Das war sein Hobby.» Sie seufzte. «Er ... er wusste ungeheuer viel darüber. Über die Polizei, das Militär, das Großkapital. Und die Presse. Er war ja selbst Journalist. Las jeden Tag acht bis zehn Zeitungen. William-Worst-Plots schüttelte er einfach so aus dem Ärmel. Hochkomplexe Dinger, aber trotzdem glaubwürdig, vom Feinsten. Manchmal bin ich gar nicht mehr hinterhergekommen ...»

Sie krümmte sich zusammen und legte das Kinn auf die angewinkelten Knie.

«Er war ... Wenn die Leute wüssten ...»

Even rutschte ein Stück auf sie zu, als wollte er sie trösten, wohl wissend, dass er es nicht tun würde. Er konnte nicht trösten – höchstens kleine Jungs, die sich das Knie aufgeschlagen hatten. Und die Stig hießen.

Sie wischte sich mit einer schnellen Bewegung über die Augen. Dann räusperte sie sich wie ein Bauarbeiter, spuckte über die Mauer und sah sich um, als wäre sie gerade erst aufgewacht. «Es wird dunkel, wir sollten Holz für ein Feuer suchen.» Sie sprang auf, suchte etwas in ihrem Rucksack, zog zwei straff gepackte Schlafsäcke heraus und ließ sie auf den Boden fallen. Dann fischte sie eine leichte Säge heraus, die sie ihm reichte. «Hier, sägen Sie ein paar trockene Äste ab, ich sammele Zweige und Steine.»

Er ließ den Blick von den Schlafsäcken zur Säge wandern. «Haben Sie auch eine Dusche dabei?»

Sie starrte ihn verständnislos an, zuckte mit den Schultern und begann, eine Feuerstelle zu bauen.

«War nur ein Witz», murmelte er.

Als sie schließlich einen anständigen Berg trockenes Holz zusammenhatten, war es so dunkel, dass sie kaum noch den Weg aus dem Wald zurück in die Ruine fanden.

Mit routinierten Bewegungen baute Aloysia ein Lagerfeuer, schichtete die Äste auf und schob dünne Zweige in den darunterliegenden Hohlraum. Bald darauf loderte das Feuer auf und ließ die Schatten zwischen den Burgmauern noch dunkler wirken.

«So», sagte Aloysia zufrieden und nickte. Even den Rücken zugewandt, zog sie ihr T-Shirt aus, nahm ein kleines Handtuch aus dem Rucksack und befeuchtete eine Ecke mit Wasser aus einer Flasche. Dann wusch sie sich den Hals und die Achseln, zog ein sauberes T-Shirt, einen Pullover und eine dünne Daunenjacke über, ehe sie ihren Schlafsack ausrollte und hineinkroch. Sie rutschte ein wenig hin und her, bis sie bequem mit dem Rücken an einem großen Stein saß, und nahm ihren Becher, der noch halb voll mit Wein war. Sie sah Even über das Feuer hinweg an.

«Ich bin noch nicht fertig mit der Geschichte über Simon und die Bruderschaft der Unsichtbaren.»

Even wartete.

«Ich glaube, Simon hat bei seiner Suche nach Material über geheime Bruderschaften irgendetwas über diese Unsichtbaren herausgefunden. Etwas, das er nicht wissen durfte. Ich kann mir seinen Tod nur so erklären. Außerdem scheinen sie zu glauben, dass ich eingeweiht war. Vermutlich sind sie deshalb gekommen, um zu erfahren, was Simon und ich wussten.»

Sie stocherte im Feuer herum, bis ein Scheit umkippte und die Flammen erneut aufloderten. «Aber das war Simons Projekt, ich hatte damit nichts zu tun. Ich weiß nichts.»

Even blickte auf den kleinen Bildschirm des Geräts, das neben ihrem Schlafsack lag.

«Aber hatten Sie und Simon nicht bereits vorher all diese Alarmsysteme rund ums Haus installiert, ich meine, bevor die Unsichtbaren auf der Bildfläche erschienen?»

«Ja. Simon hat nach mehreren seiner Veröffentlichungen Morddrohungen erhalten. Besonders übel war es nach einer Dokumentation über Korruption bei der Polizei. Er hat diese Drohungen sehr ernst genommen, sodass wir immer das beste technische Equipment hatten, das es gab. Fast wie William Worst, nur im richtigen Leben. Research und Selbsterhaltungstrieb in einem. Ich war viel allein zu Hause und habe deshalb ziemlich gut gelernt, wie diese Sachen funktionieren.» Sie nahm das Gerät in die Hand. «Außerdem haben wir von Anfang an eng mit unserem Nachbarn Manfred zusammengearbeitet. Den haben Sie ja kennengelernt.»

«Na ja, ‹kennengelernt› ist übertrieben.» Even grinste. «Er hat mir einen abgenagten Bleistift und eine zerknitterte Quittung gegeben, damit ich ihm aufschreibe, wer ich bin. Das war wie ein Gespräch mit einem Parkplatzwächter, der an Hämorrhoiden leidet.»

Aloysia lächelte kurz. «Manfred ist pensionierter Polizist.

Simon hat, wie gesagt, vor ein paar Jahren ein Buch über unsaubere Machenschaften bei der Polizei geschrieben, mit Beispielen aus Deutschland, Spanien und vor allem aus Frankreich. Manfred Scheyer war eine seiner deutschen Quellen. Das Buch hat viel Staub aufgewirbelt und zu einem Großreinemachen bei der französischen Polizei geführt. Simon hat sich reichlich Feinde gemacht und bekam es so mit der Angst, dass wir nach Deutschland gezogen sind und uns regelrecht versteckt haben. Lange Zeit hatten wir nur eine Postfachadresse, bis Manfred uns sagte, sein Nachbarhaus stünde leer und verfiele langsam. Wir haben es vor acht Jahren gekauft.» Sie nickte vor sich hin. «Manfred war wie ein Vater für uns, und nach Simons Tod ist er mir eine unverzichtbare Stütze gewesen. Ich glaube, wir waren die Kinder, die er nie hatte. Der Polizeijob hat viele Opfer von ihm gefordert, er hatte keine Zeit, seine Ehe ging in die Brüche, seine Freunde verließen ihn. Er hatte nie eine Chance, Kinder zu bekommen. Wir wurden so etwas wie seine Ersatzfamilie.» Sie sah zu Even hinüber. «Du weißt bestimmt … Ist es okay, wenn wir uns duzen?»

Even nickte.

«Ich meine, du weißt bestimmt, wie das ist, einen Sohn zu bekommen. Die Liebe überwältigt einen, man ist fast wie besessen.»

Even hob abrupt den Kopf. «Verdammt, was willst du damit sagen?»

«Du hast doch einen Sohn … Stig.»

Even starrte sie an, seine Schläfen pochten. Beunruhigt von seinem Blick, nahm sie das Gerät in die Hand und fummelte nervös daran herum. «Tut mir leid. Ich wusste nicht …» Sie zuckte mit den Schultern und legte das Gerät wieder weg. «Ich wusste nicht, dass du nicht darüber sprechen willst.»

«Woher weißt du das?», fauchte er mit zusammengekniffenen Augen. «Niemand weiß das, verdammt! Nur sein Stiefvater und ich, sonst niemand. Scheiße, *niemand*!» Mit Mühe beruhigte er sich etwas. «Mit wem hast du Kontakt? Habt ihr mich ... ausspioniert?»

Sie starrte ihn ein paar lange Sekunden an. «Mit niemandem!», fuhr sie ihn an. «Du hast ein Foto in deiner Geldbörse, von einem kleinen Jungen. Auf der Rückseite steht ‹Stig› und ein Geburtsdatum. Und du hast vorhin erzählt, dass deine Exfrau zwei Kinder hinterlassen hat, Stig und Line. Ich fand es komisch, dass du nur ein Foto von ihm hast und nicht auch eins von seiner kleinen Schwester. Also habe ich zwei und zwei zusammengezählt. Außerdem sieht er dir ähnlich – ein bisschen mürrisch, der klare intensive Blick, kluger Gesichtsausdruck.» Sie hob entschuldigend die Hände. «Keine Zufälle ... nur logische Schlussfolgerungen.»

Es wurde still zwischen ihnen. Er betrachtete ein Stück Glut neben seinem Fuß, beförderte es mit einem Tritt ins Feuer und dachte an den Jungen. Dies war die Gelegenheit, mit jemand anderem als Finn-Erik darüber zu reden, wie es war, Vater zu sein. Über Freud und Leid. Die Liebe. Er hatte mit einem Mal einen Kloß im Hals und räusperte sich. Verdammt!

Aloysia sagte nichts, aber sie stand auf, kam zu ihm, setzte sich hinter ihn und massierte ihm ein paar Minuten ruhig die Schultern. Dann ging sie zurück zu ihrem Schlafsack.

«Niemand darf das wissen.» Even nahm einen dünnen Zweig und kratzte sich damit Dreck von der Schuhsohle. «Er ist sicher, solange niemand weiß, dass er mein Sohn ist.»

«Aber wenn die Bruderschaft der Unsichtbaren wüsste, dass er ...»

«Sie wissen es nicht. Ein Mitglied wusste es, aber sie ... Kitty ist tot. Sie konnte es niemandem erzählen.»

Ein Holzscheit knackte und nebelte ihn mit Rauch ein, bis

er es umdrehte, damit es besser brannte. «Mai hat Selbstmord begangen, weil diese verfluchten Brüder damit gedroht haben, den Kindern etwas anzutun …» Er atmete schwer und sah Aloysia an.

«Und du meinst, das könnte sich wiederholen, wenn sie herausfinden …»

«Ja, natürlich. Die sind da draußen. Ich weiß nicht, wo, und ich will es auch gar nicht wissen. Keine Ahnung, wie viel sie wissen, aber das ist mir auch egal, solange sie die Kinder in Frieden lassen. Sie sollen *mich* holen, wenn sie glauben, dass ihnen das etwas bringt. Auf keinen Fall dürfen sie Stig oder Line in die Finger bekommen!»

«Du willst es nicht *wissen*?» Sie flüsterte, stieß die Worte dabei aber so kraftvoll hervor, dass Speicheltropfen ins Feuer flogen. «Willst nicht wissen, wo die Bruderschaft der Unsichtbaren ist oder was sie tut? Willst du diese Teufel einfach weitermachen lassen mit ihren finsteren Machenschaften und zulassen, dass sie dich von deinem Sohn entfremden? Was bist du für ihn? Lass mich raten … *Onkel* Even?»

Der Hohn in ihrer Stimme traf ihn hart, er senkte den Kopf. *Onkel Even.* Er hatte es selbst so gewollt. Finn-Erik hatte die Wahrheit sagen wollen, er hatte Stig sagen wollen, dass Even sein richtiger Vater war. So hätte auch Line endlich verstanden, warum es meistens Stig war, der Onkel Even besuchte.

Er nickte widerstrebend. Ja, er war *Onkel* Even. Aloysia sagte nichts. Irgendwo unten im Tal heulte eine Eule. Er legte den Kopf in den Nacken und starrte zwischen den Wolken hindurch in die Sterne. Fand den Nordstern, der etwas tiefer stand als gewohnt. Tief im Süden huschte eine Sternschnuppe über den Himmel. Er wünschte sich etwas.

Wünschte sich, seine Lüge sei wahr. Die Lüge – oder eigentlich die trügerische Hoffnung –, dass die Unsichtbaren nichts von Stig wussten und davon, dass er sein Sohn war. Aber Kitty Bang hatte das ohne Zweifel an den skandinavischen Großmeister weitergegeben, Meister Nord-Europa oder wie er genannt wurde.

«Es ist anderthalb Jahre her, dass die Unsichtbaren mich besucht haben.» Aloysia sprach leise, aber eindringlich. «Seither bin ich auf der Flucht, habe mich mindestens so häufig umgeschaut, wie ich nach vorn geblickt habe. Ich weiß, dass sie mich ‹gründlich› verhören werden, wenn sie mich in die Finger bekommen, sehr gründlich ... Ich glaube nicht, dass ich das überleben werde, egal wie meine Antworten ausfallen», fügte sie nüchtern hinzu und schwieg dann.

Wer glaubt schon an Sternschnuppen, dachte Even und richtete seinen Blick auf Aloysia LaTour. «Was glaubst du? Auf welcher Spur war Simon? Was hat denen solche Angst gemacht?»

Sie stand auf und ließ den Schlafsack herunterrutschen. Ruhig ging sie auf nackten Füßen zu ihm hinüber und hockte sich vor ihn hin, sodass sie auf einer Augenhöhe waren.

«Das ist genau das, was wir herausfinden werden. Du und ich. Um zu überleben. Um wieder ein normales Leben führen zu können. Wir werden diese Teufel entlarven!»

Der anthrazitfarbene Audi rollte leise durch die Straßen. Der Motor schnurrte mit einer Drehzahl, die kaum höher als der Ruhepuls eines Menschen war, während das Licht der Scheinwerfer über die Fachwerkhäuser glitt, über dunkle Fenster und kleine Nebelschwaden, die zwischen den Häusern von Ribeauvillé dahintrieben. Aus einem hell erleuchteten Haus war lautes Geplauder und fröhliches Rufen zu hören, als die Tür aufgestoßen wurde und ein älterer Mann herauskam. Er schwankte, machte ein paar Schritte zur Seite und verschwand in einer Gasse. «Zum Pfifferhus» las der Fahrer auf dem Schild vor dem Gasthaus. Die deutsche Sprache war immer noch weit verbreitet im Elsass.

Das Auto fuhr über einen Platz mit einem Springbrunnen. Rechter Hand lag ein stattliches Gebäude, an dem ein Schild mit einem grauen Schaf hing. Der Fahrer hielt den Wagen an und ging ins «Hôtel Mouton». Der Portier betrachtete das Foto, das ihm gezeigt wurde, warf einen Blick auf die Gästeliste und schüttelte den Kopf. Zap verließ das Hotel wieder und fuhr langsam weiter. Die Feuchtigkeit lag schwer in der Luft, und er musste ein paarmal die Scheibenwischer einschalten, um richtig sehen zu können. Beim Anblick eines Straßenschildes hoch oben an einer Mauer hielt er an und öffnete das Seitenfenster. «Rue de la Fraternité» las er, Straße der Brüderlichkeit. Genau das gefiel ihm an Frankreich, dass man die alten Werte nicht vergaß, die Tradition, die die Gesellschaft wie unsichtbarer Leim zusammenhielt. Hier schätzte man noch den brüderlichen Geist und dankte ihm mit kleinen Grußworten.

In den engen Gassen lag der Nebel dichter, und Zap beugte sich vor und spähte mit zusammengekniffenen Augen auf die Häuser und in die abzweigenden Gässchen. Vor ihm erhob sich ein Turm, der hoch oben im grauen Dunkel zu verschwinden schien. Er fuhr hindurch und kam auf einen kleinen Platz. Er wollte schon weiterfahren, als ihn ein Schild an einer Wand abrupt bremsen ließ. «Hôtel De La Tour» stand darauf.

Er musste grinsen, fuhr an die Seite und schaltete den Motor aus. Jetzt verstand er, warum Even Vik ausgerechnet nach Ribeauvillé geschickt worden war. Unwillkürlich sog er die Luft ein – die Witterung von Aloysia LaTour wurde stärker. Er nahm die Fotografie von Even Vik, stieg aus dem Auto und ging in das Hotel.

Kapitel 10

Aloysia schaltete den Laptop ein. Zwischen den uralten Burgmauern wirkte der leuchtende Computerbildschirm wie ein obszöner Anachronismus. «Das Programm hier drauf hat ein guter Freund für mich geschrieben», sagte sie und steckte den USB-Stick ein. «Es ist eine weiterentwickelte Version eines Programms, das man aus dem Netz herunterladen kann, ‹Hide In Picture›. Er hat mir versprochen, es nicht zu veröffentlichen, im Prinzip dürfte also niemand anderes wissen, wie es funktioniert. Absolut sicher ist es aber nur, wenn du die Mails, die du von mir bekommst, erst auf dem Stick speicherst und danach erst mit dem Programm öffnest und liest. Das ist ganz einfach, ich zeige es dir.»

Sie lächelte flüchtig und forderte ihn auf, sich neben sie auf die Isomatte zu setzen. Er legte Holz nach, ehe er seine Aufmerksamkeit auf den Bildschirm richtete.

«Hier», sagte sie, «so öffnet man das Bild und kommt an die Mitteilung. Ich verstecke einen Code im Mailtext, der verrät, wo im Bild du suchen musst. Das Programm legt ein Netz aus Längen- und Breitengraden über das Bild und teilt es in Hunderte kleiner Kästchen auf. Jetzt müssen nur noch die richtigen drei Kästchen in der richtigen Reihenfolge markiert werden, und schon … Simsalabim … öffnet sich die ganze Herrlichkeit.»

Sie lachte, sodass er sie verwundert ansah. «Das ist gar nicht so schwer», sagte sie. «Ich zeig's dir nochmal …»

«Moment.» Er nahm den Laptop und stellte ihn auf seine Oberschenkel, nahm einen USB-Stick aus seiner Jackentasche und schloss ihn an. Nachdem er etwa eine Minute auf der Tastatur herumgetippt hatte, erklärte er: «Dein Freund verwendet Triple-DES mit 128 Bit für die Verschlüsselung, wie ich sehe. Das ändern wir besser auf AES mit 256 ... obwohl, nein, 192 Bit reichen auch. AES ist ein symmetrischer Verschlüsselungsalgorithmus, von Rinjdael entwickelt, der ist für deine Zwecke deutlich sicherer.» Er grinste sie schief an. «Und so kannst du auch sicher sein, dass dein Freund sich nicht in das Programm einhackt. Außerdem ...» Er arbeitete ein paar Minuten still und konzentriert, ehe er fortfuhr. «So ... Damit führen wir sie noch ein bisschen mehr in die Irre. Mit dieser kleinen cleveren Funktion erzeugst du aus dem ursprünglichen Bild ein anderes Bild ...» – er verstellte einen Regler am Bildschirm –, «... indem du einfach in Word die Helligkeit änderst.»

Ihrem Gesichtsausdruck nach hätte sie ihn am liebsten geohrfeigt. «Da sitzt der Herr Experte und macht sich lustig über mich, während ich denke, ich muss einem völlig unbeleckten Anfänger ... *Shame on you!*»

«Ganz und gar nicht.» Even tätschelte den Rechner. «Ich bin Mathematiker und beschäftige mich schon mein halbes Leben mit Kryptographie und Algorithmen. Auf dem Gebiet macht mir so schnell niemand etwas vor. Aber keine Angst, von den anderen Sachen, von denen du vorher gesprochen hast, habe ich wirklich null Ahnung.»

Aloysia saß einen Moment lang nachdenklich da, dann zog sie etwas aus der Tasche. «Technisches Interesse, der tote Ehepartner, die Jagd auf die Unsichtbaren Brüder, die Musik ...» Sie lächelte kurz. «Ich mag nämlich auch Jazz ... Und dann das hier ...» Sie hielt ihm ein paar zerknitterte Blätter unter die Nase. «Schreibst du etwa auch? Man könnte fast meinen, wir wären ...» Sie verstummte, als fiele ihr kein passendes Wort ein.

Even starrte in das schwache Licht des Feuers. «Das sind nur ein paar Notizen, die ich mir während des Fluges gemacht habe, Szenen für ein Buch über …» Er hielt inne, sah sie verwirrt an und griff sich an die Gesäßtasche. «He! Das sind meine!» Er durchwühlte seine Taschen. «Hast du mir noch mehr abgenommen?»

«Leibniz sagt mir was, hm …» Unbeeindruckt hielt sie Even das Blatt hin. «Übersetz mir das mal ins Deutsche. Alles!»

Er wusste nicht, ob er lachen sollte oder … «Aber das sind nur ein paar langweilige Anmerkungen und …»

«Lies es! Alles!»

Er gab nach, legte die Blätter so auf die Tastatur, dass das Licht des Bildschirms den Text erhellte, und räusperte sich.

«Okay, ich werde es Wort für Wort übersetzen, Punkt für Punkt.»

- *Leibniz, geboren 1646 (genaues Datum? 1. Juli?)*
- *Geht 1666 (19 od. 20 Jahre alt) von Leipzig nach Nürnberg, wo er «De Casibus Perplexis» (Über verwickelte Rechtsfälle) schreibt, macht dort seinen Doktor*
- *Im selben Jahr (1666) veröffentlicht er die «Dissertatio de arte combinatoria» (Von der Kunst der Kombinatorik); versucht darin, eine universell gültige Sprache für wissenschaftliche Begriffe zu entwickeln. Das mündet schließlich in einem Artikel, in dem er 1684 die Symbole dx, dy und dx / dy einführt, die er auch in seiner Infinitesimalrechnung benutzt.*
- *Die «Dissertatio» ist ein bedeutendes Werk (von einem Teenager!) über Logik und das binäre Zahlensystem, das sehr viel später als theoretisches Modell für den modernen Computer dient (die Wurzeln dieses Zahlensystems reichen bis ins alte Ägypten zurück, vielleicht noch weiter …)*

Even schaute hoch. «Ich plane, kurze Texte oder Szenen zu schreiben, die den Menschen Leibniz und seinen Konflikt mit Newton beschreiben. Jetzt kommt die erste Szene, sie geht mittendrin los … mitten in einer Rede.» Ihm wurde plötzlich bewusst, dass er eine erfahrene Autorin vor sich hatte. «Das kann man doch so machen, oder?», fragte er unsicher.

Aloysia nickte.

«Also, Szene 1», sagte er und räusperte sich.

«… dieser Mann hat, so jung an Jahren er ist, nicht allein bedeutende Werke zur Logik, Mathematik und anderen Wissenschaften verfasst, sondern darüber hinaus eine ausgeklügelte Rechenmaschine entworfen, die kommenden Generationen das Leben sehr erleichtern könnte. Es ist mir daher eine große Freude, Ihnen Gottfried Wilhelm von Leibniz als neues Mitglied der Royal Society präsentieren zu dürfen.»

Der Präsident der Royal Society, Lord Brouncker, zeigte mit schwungvoller Geste auf einen jungen Mann, der sich von seinem Platz erhob und mit leicht geneigtem Kopf den Applaus der Anwesenden entgegennahm.

«Das ist bis jetzt nur ein Entwurf.» Even hatte das Gefühl, sich rechtfertigen zu müssen, weil die Szene so kurz war. Aber Aloysia schien ungeduldig darauf zu warten, dass er fortfuhr. Sie wirkte tatsächlich interessiert. Er wurde einfach nicht schlau aus dieser Frau.

- *Leibniz stellt seine Vis-viva-Theorie vor, die besagt, dass «vis viva», die «lebendige Kraft», in manchen mechanischen Systemen konserviert werden kann. «Vis viva» ist mit anderen Worten das, was wir heute als Energie bezeichnen. Diese Theorie ist für Newton ein rotes Tuch, weil sie unmittelbar seinem ersten Bewegungsgesetz zu widersprechen scheint – und damit auch dem dritten.*

- *1697, als Newton bei der Königlichen Münze in London angestellt ist, wird ihm von Johann Bernoulli (Schweiz) das Problem der Brachistochrone angetragen: Welche Kurve muss ein Massepunkt beschreiben (z. B. eine Kugel), um unter Einfluss der Gravitationskraft möglichst schnell von einem Punkt zu einem anderen zu gelangen? (Damals glaubte man, die Reibung in diesem Fall vernachlässigen zu können.)*
- *Leibniz schlägt vor, dieses Problem an Newton heranzutragen, da er selbst nicht in der Lage ist, es zu lösen, und nur zu gern sehen würde, dass sein englischer Kollege ebenfalls scheitert. (Die Geschichte, wie Newton das Problem in vierzehn Stunden löst, steht schon in Mais Teil des Buches. Nochmal aufgreifen? Oder nur ein paar zusätzliche Überlegungen dazu?)*

«Das glaube ich nicht», unterbrach Aloysia ihn und zeigte auf den Text.

«Dass Newton das Problem in vierzehn Stunden gelöst hat?»

«Dass Leibniz neidisch war. Das passt nicht zu ihm.»

«Kennst du ihn so gut, dass du das behaupten kannst?»

«Simon hat 1996 anlässlich Leibniz' 350. Geburtstag einen Artikel über ihn geschrieben. Er mochte Leibniz, weil er für ihn der letzte echte Universalgelehrte war, ein heller Kopf und immer darauf bedacht, seine Entdeckungen mit dem Rest der wissenschaftlichen Welt zu teilen. Warum sollte ein solcher Mann neidisch sein? Simon war immer äußerst penibel mit seinen Recherchen. Er hat einmal gesagt, hätte es Newton und diesen Konflikt zwischen ihnen nicht gegeben, wäre Leibniz nicht arm, krank und völlig vereinsamt gestorben.»

Wenn Simon das sagt, muss es natürlich stimmen, dachte Even ironisch und zuckte mit den Schultern.

«Vielleicht hast du recht, ich weiß es nicht. Aber da ich es im Buch wahrscheinlich eh nicht erwähnen werde …»

Er übersetzte weiter.

- *1676: Newton schickt «Epistola Prior» und «Epistola Posterior» an Leibniz*

«Den früheren und den späteren Brief», übersetzte Aloysia für sich selbst. «Was steht darin?»

«Du kannst Latein?»

«Ein wenig.» Sie sah ihn abwartend an.

«Die Briefe wurden auf Bitte von Oldenburg verfasst, der mit Leibniz und Newton befreundet war, ein älterer Herr, der die Rivalität zwischen den beiden beenden wollte. Er brachte Newton dazu, seine mathematischen Entdeckungen in den zwei Briefen zusammenzufassen, unter anderem, um Leibniz zu zeigen, dass er eigene Lösungsmethoden für die Differenzial- und Integralrechnung entwickelt hatte.»

«Wenn Newton ihm seine Lösungen mitgeteilt hat, kann er doch kein so schrecklicher Mensch gewesen sein …»

«Nur dass Newton ihm gar nichts mitgeteilt oder verraten hat. Die entscheidenden Stellen der Briefe hat er codiert, sodass sie Leibniz nichts nutzten. Leibniz verstand nur so viel, dass Newton in seiner Forschung weit vorangeschritten war. Der spätere Brief brauchte außerdem acht Monate, bis er ankam, und zu dem Zeitpunkt war er nicht mehr interessant für Leibniz, da er in der Zwischenzeit mindestens genauso weit mit seinen Entdeckungen gekommen war wie Newton.»

Aloysia sah Even verwirrt an. «Aber wenn sie unabhängig voneinander zum gleichen Resultat gekommen sind … Ich meine, wo liegt dann das Problem?»

«Newton war fest davon überzeugt, dass Leibniz ihm seine Ideen geklaut hatte. Du musst dir das mal vorstellen – zwei große Genies gelangen völlig unabhängig voneinander zu exakt derselben Zeit zu exakt denselben neuen mathematischen Erkenntnissen. Das ist so unwahrscheinlich, dass Newton nicht an einen Zufall glauben konnte und seinen Konkurrenten deshalb des Betrugs bezichtigte. Aber das war kein Betrug. Die Mathematik war zu jener Zeit schlicht und einfach an den Punkt gelangt, wo die Entdeckung von Methoden zur Berechnung von Kurvenmaxima und -minima höchst wahrscheinlich war, um es einfach auszudrücken. Zur gleichen Zeit hat übrigens ein japanischer Mathematiker an einer ähnlichen Problemstellung gearbeitet, vollkommen unabhängig von seinen beiden Kollegen in Europa.»

«Hm ... Und die zwei Streithähne haben sich nie geeinigt?»

«O nein. Newton hat das gesamte wissenschaftliche England hinter sich vereint. Auch wenn das nicht aus Sympathie oder Überzeugung geschah, sondern aus dem einfachen Grund, dass Newton inzwischen so einflussreich war, dass niemand ihn zum Feind haben wollte. Als Präsident der Royal Society setzte er eigenhändig ein Komitee ein, das untersuchen sollte, wer wen plagiiert hatte. Niemand war wirklich überrascht, als dieses Komitee Leibniz als den Sünder präsentierte. Leibniz fühlte sich von der Royal Society verraten, schließlich hatten sie ihn vierzig Jahre zuvor zum Ehrenmitglied ernannt. Natürlich war Newton nicht selber Mitglied des Untersuchungsausschusses, aber wie sich später zeigte, hatte er im Hintergrund die Fäden gezogen. Die anderen Mitglieder des Ausschusses waren nur Marionetten.»

«Dann hat Newton am Ende also doch gewonnen?»

Even lachte. «Letztendlich nicht, nein. Aus der Perspektive eines Mathematikers war Leibniz' Art und Weise, die Probleme der Differenzialrechnung anzugehen, viel pädagogischer und verständlicher, weswegen sich seine Vorgehensweise in der Folgezeit durchgesetzt hat. Bis heute wird sie häufiger angewandt und ist bekannter. Newtons Ansatz ist so gut wie vergessen und nur Fachleuten und Enthusiasten bekannt.»

Aloysia schien mit der Antwort zufrieden, als sie sich wieder dem Text zuwandte und Even bat, weiterzulesen.

«Jetzt kommt die zweite Szene, die ich geschrieben habe», erklärte Even. «Newton sitzt in einem Kaffeehaus, ‹The Grecian›, am Devereux Court in London und unterhält sich mit zwei Freunden.»

Wir schreiben das Jahr 1705. Die ersten drei Bände von Newtons «Opticks» sind erschienen und werden von der gesamten wissenschaftlichen Welt gründlich studiert und beurteilt.

«Gestern bekam ich die Januarnummer von Acta Eruditorium.» Fatio de Duillier schlug die deutsche Wissenschaftszeitung auf und blätterte ein paar Seiten vor. «Sie enthält auch eine Kritik zu ‹Opticks›.» Er schaute Newton an, um zu sehen, wie er reagierte. Ihm war nichts anzumerken. Stattdessen sah der ältere Mann ihn an, als wären alle freundschaftlichen Gefühle zwischen ihnen tot. Fatio fiel es schwer zu akzeptieren, dass Newton ihn wie einen entfernten Bekannten betrachtete, nicht wie einen Freund.

Fatio wählte einen Absatz und begann vorzulesen: «Anstelle von Leibniz' Differenzialen arbeitet Mr. Newton grundsätzlich mit Fluxionen. Besonders elegant hat er diese in ‹Philosophiae Naturalis Principia Mathematica› wie auch in späteren Publikationen angewandt. Vieles daran erinnert an Honoré Fabri, der in ‹Synopsis Geometrica› die Bewegungen durch Cavalieris Prinzipien ersetzt.» Er senkte die Zeitschrift und runzelte die Stirn. «Der Name des Kritikers ist mir nicht bekannt, aber Ihr hört ja selbst, es klingt recht positiv.»

Von Newton war ein empörtes Brummen zu hören, Edmund Halley schnaufte.

«Ihr erinnert Euch wirklich nicht an Honoré Fabri?»

Fatio de Duillier schüttelte überrascht den Kopf.

Halley senkte die Stimme. «Fabri wurde des Plagiats beschuldigt und verurteilt, ein Vergleich mit ihm ist also …»

«Das kann nur Leibniz sein!», fiel Newton ihm ins Wort und erhob sich. «Der Teufel hat die Kritik unter falschem Namen geschrieben, um mich auf eine Stufe zu stellen mit diesem …» Er war so empört, dass er ein paarmal tief einatmen musste, ehe er sich beruhigte und weitersprechen konnte: «Ich werde ihn vernichten!»

Even verstummte.

Aloysia tippte auf das Blatt. «Das ist alles?»

«Ja …» Er sah sie an, als erwartete er harsche Kritik von ihr. «Ich bin nicht sicher, ob ich diese Entwürfe wirklich verwende … ob das die beiden Streithähne ausreichend beschreibt …»

«‹The Grecian› am Devereux Court, ist das eine Erfindung von dir?»

«Als ich in Cambridge gearbeitet habe, haben Mai und ich uns in London getroffen und uns regelrecht die Füße platt gelaufen. Sie liebte die Stadt, genau wie Prag, Kopenhagen, Florenz und all die anderen Städte, in denen man an jeder Straßenecke über Geschichte stolpert. Als Historikerin war sie …» Er schlang die Arme um die angezogenen Knie und starrte ins Feuer. «Sie hat ‹The Grecian› einmal erwähnt, als wir den Devereux Court überquert haben, und meinte, es wäre Newtons Stammlokal gewesen, nachdem er nach London gezogen war.»

«Simon hat London auch geliebt», sagte Aloysia leise. «Und Paris. Und Barcelona. Heidelberg. Bremen …»

Eine Weile hing jeder von ihnen seinen Gedanken nach.

Der Nebel hatte sich gelichtet, sodass der Mond den Parkplatz erleuchtete.

«Ich habe sein Auto gefunden. Es steht auf einem Parkplatz am Stadtrand von Ribeauvillé.»

Zap hielt sich das Handy ans Ohr. «In welchem Hotel ist er abgestiegen? Wissen Sie, wo er ist?», tönte die Stimme von Meister Nord daraus hervor.

Zap lehnte sich an das Auto. «In unmittelbarer Nähe gibt es kein Hotel, nur etwas, das wie eine Schule aussieht. Die Hotels sind unten im Zentrum, ich habe mehrere abgeklappert, aber ohne Erfolg. Vielleicht parkt er hier, weil man unten in der Innenstadt keinen Parkplatz findet. An dem Hang hinter mir gibt es nur Weinberge und Wald, soweit ich das in der Dunkelheit erkennen kann.»

«Haben Sie ein Nachtsichtgerät dabei?»

«Ja.»

Meister Nord sah aus dem Fenster und versuchte, sich in Aloysia LaTour hineinzuversetzen. Sie war eine harte Nuss, dachte anders als die meisten Menschen und hatte es geschafft, das letzte halbe Jahr abzutauchen, ohne dass es ihnen bis jetzt gelungen wäre, auch nur in ihre Nähe zu gelangen. Dieses Mal würde sie ihnen nicht wieder entkommen. Aber wo genau versteckte sie sich? Was bezweckte sie mit dem Treffen mit Even Vik?

«Ich rufe gleich zurück», sagte er zu Zap und beendete das Gespräch. «Könnte ich eine detaillierte Karte über das mittlere Elsass bekommen?»

Der Großmeister nickte und gab die Order an einen jüngeren Ordensbruder weiter, der eifrig auf seiner Computertastatur zu klappern begann. Gleich darauf erschien die Karte auf einem Großbildschirm an der Wand.

Meister Nord trat vor den Bildschirm, legte den Finger auf

einen Punkt und zoomte Ribeauvillé heran. Großmeister Otrois stellte sich neben ihn, und sie betrachteten eingehend das Städtchen und die Umgebung.

«Da», sagte der Großmeister und zeigte auf einen Punkt nordwestlich des Ortes. «Eine Burgruine. Beschilderte Wege aus dem Zentrum.» Er wechselte zur Hybriddarstellung, einer Mischung aus Satellitenbild und Karte, mit deren Hilfe sie das Terrain studierten. «In knapp einer Stunde zu Fuß zu erreichen. Nach Einbruch der Dunkelheit garantiert einsam und verlassen.» Er tippte mit dem Finger auf die Ruine. «Dort sind sie.»

Kapitel 11

«Mai hat über Newtons geheime Seiten geschrieben und ist dabei auf einen bisher unbekannten Text von ihm gestoßen. Er ist sechs Seiten lang, mit einem Haufen alchemistischer Zeichen und Ausdrücke. Ich habe ihn ‹Newtons Formel› getauft.»

Die Nacht war kalt geworden, das Feuer fast heruntergebrannt. Sie hatten die beiden Schlafsäcke an den Reißverschlüssen miteinander gekoppelt, um die Wärme besser halten zu können. Jetzt lagen sie nebeneinander auf dem Rücken und schauten hinauf in den Sternenhimmel.

«Was steht darin?» Aloysia bewegte sich, und ihre Hand strich an seiner Hüfte entlang.

«Das weiß ich nicht.» Even drehte den Kopf zur Seite und starrte in die kleinen Flammen. Er dachte an die Dokumente in dem Bankfach in Oslo, die dort schlummerten, seit er die letzten zwei Seiten vor einem Jahr und sieben Monaten aus Paris geholt hatte. «Ich weiß es wirklich nicht. Ich habe sie gut versteckt und bis jetzt vergessen. Es ist besser, wenn niemand davon weiß.»

Die Nacht war still, und der fast volle Mond hing tief über dem Tal. Bald würde es hell genug sein, um wieder nach unten in den Ort zu gehen, wenn er wollte. Plötzlich kroch Aloysia aus dem Schlafsack und verschwand in der Dunkelheit. Er hörte sie in die tiefer gelegenen Bereiche der Ruine gehen, wo sie für ein paar Minuten verschwunden blieb. Dann kam sie zurück.

«Du lügst», sagte sie.

«Ja.» Er setzte sich auf, sah seine Hände an und ballte sie zu

Fäusten. Seine schwarze Seite, die log und tötete und … Aus moralischen Gründen, verteidigte sich eine Stimme in ihm. Aber gab es eine Moral, die rechtfertigte, dass man einen Menschen in den Tod trieb?

«Ja», wiederholte er. «Ich lüge. Ich muss mich erst daran gewöhnen, dir zu vertrauen.»

Sie nickte und spülte die Hände mit Wasser aus einer Flasche ab. Wahrscheinlich war sie pinkeln, dachte er und stand selber auf, ging zu der Treppe und hinunter, durch die Ruine, bis er eine geeignete Ecke fand.

Als er fertig war und den Reißverschluss hochgezogen hatte, fiel sein Blick auf das Burgtor. Er ging ein paar Stufen hinab und über den Kiesplatz, bis er vor dem Durchgang in der Mauer stand. Im schwachen Mondlicht suchte er die Mauerkanten ab, außerdem die Büsche in der Nähe und die Hohlräume zwischen den Steinen, aber er fand nichts. Er ging kurz durch das Tor nach draußen und wieder hinein, dann richtete er den Blick nach oben. Es dauerte einen Moment, bis ihre Silhouette über den Burgzinnen auftauchte. Er winkte und stieg die Treppen zurück zu ihrem Nachtlager hinauf.

«Hast du den Bewegungsmelder gefunden?», fragte sie aus dem Schlafsack.

«Nein», musste er zugeben. «Du bist gut.»

Er schlüpfte wieder in den Schlafsack. Schweigend lagen sie nebeneinander und lauschten in die Nacht.

«Die Unsichtbaren kennen vier der sechs Seiten», sagte er schließlich. «Ich sollte für sie herausfinden, was dort steht. Auf den ersten Blick ist es das totale Kauderwelsch, ein Wirrwarr aus Wortbrocken, Silben, einzelnen lateinischen und englischen Wörtern, Zahlen und Symbolen, die keinen Sinn ergeben. Ja, und eine Zeichnung.»

«Und was bedeutet der Wirrwarr?»

«Keine Ahnung. Ich habe schnell aufgegeben, weil es mir wie purer Nonsens vorkam. Und die Bruderschaft hat nichts mehr von sich hören lassen, seit … also, seit Kittys Tod. Sie war …» Er zwang sich, seine Faust zu öffnen, und legte sie flach neben seinen Oberschenkel. «Sie steckte mit ihnen unter einer Decke.»

«Und sie ist tot?»

«Ja.»

«Wie?»

Er suchte den Nordstern und betrachtete ihn. Seine Füße fühlten sich kalt an.

«Ertrunken. Das habe ich in der Zeitung gelesen.»

Wieder kehrte Stille ein, abgesehen vom Knistern der Glut und einem bellenden Fuchs irgendwo in der Dunkelheit.

«Wie bist du auf diese Burg gekommen?», fragte er, den Blick immer noch auf den Nordstern gerichtet.

«Simon hat sie entdeckt. Vor zweieinhalb Jahren, im Sommer, bevor er erschossen wurde. Er wollte hierher, um etwas zu untersuchen. Ich bin mitgefahren.»

«Was wollte er untersuchen?»

«Das weiß ich nicht. Wir haben während des Ausflugs über alles Mögliche gesprochen, über das nächste Worst-Buch, die Hühner, dass wir die Scheune abreißen und an der Stelle eine Werkstatt bauen wollten – ich habe mir schon immer eine Werkstatt gewünscht.» Sie dachte nach. «Er ist eigentlich nur völlig fasziniert in der Ruine herumgelaufen und hat sich alles angesehen. Davon abgesehen hat er nur so ein seltsames Zeichen abfotografiert und abgezeichnet, das in der Nähe vom Eingang in die Mauer gehauen ist.»

«Was für ein Zeichen?»

«Ich erinnere mich nicht mehr genau. Es sah aus wie ein Schlüssel oder so. Und ein paar Buchstaben. Komm, ich zeig's dir. Bei der Gelegenheit können wir gleich mehr Holz holen.» Sie sprang auf. Kalte Nachtluft strömte in den Schlafsack. Sie nahm eine Taschenlampe aus ihrem Rucksack und ging vor ihm die Treppe hinunter durch die Ruine. An einer Fensteröffnung zum Rittersaal blieb sie stehen und leuchtete eine Stelle in der Laibung an, die mindestens einen halben Meter tief war.

Even nahm ihr die Taschenlampe aus der Hand und sah sich die Stelle genauer an. In den Stein war ein Schlüssel gehauen, dessen Ring nach unten zeigte und der Bart nach oben. Er hatte etwa die Größe einer Kinderhand. Darüber stand ein W, das an einen vierarmigen Leuchter erinnerte, und ein weiteres Zeichen, das Even nicht deuten konnte.

Er holte tief Luft und hatte plötzlich das unheimliche Gefühl, als habe die Vergangenheit eine tückische Fallschlinge für ihn ausgelegt. Der in den Stein gehauene Schlüssel war fast identisch mit der Zeichnung in Newtons Formel.

In diesem Augenblick begann der Empfänger in Aloysias Tasche zu ticken. Sie starrte erschrocken in die Nacht. «Gerade hat jemand den Bewegungsmelder im Wald passiert», flüsterte sie.

Kapitel 12

Februar 2007
Oslo, Norwegen

Die Rücklichter flimmerten rot durch den Auspuffnebel, dann verschwand das Taxi hinter der Tankstelle. Even warf sich den Rucksack auf den Rücken. Als er über den glatten Bürgersteig auf die Reihenhäuser zuging, wusste er nicht recht, ob er sich freuen sollte, wieder zurück in Oslo zu sein.

Nummer 13 F. Sein kleines Reihenhaus in Vinderen. Er hatte es vor einer Ewigkeit zusammen mit Mai gekauft. Ihre erste und letzte gemeinsame Adresse.

Die dunklen Fenster starrten ihn an wie einen unwillkommenen Fremden. Even hing nicht sonderlich an dem Haus und fragte sich plötzlich, ob es nicht an der Zeit war, sich etwas Neues zu suchen. Im Briefkasten steckten Zeitungen, Reklameblättchen und zwei Briefe mit Sichtfenster. Der Vorgarten und der Weg zur Haustür waren mit einer fünf Zentimeter dicken Schneeschicht bedeckt. Er inspizierte den Boden im Licht der Straßenlaterne. Der Schnee war unberührt, hier war niemand gegangen, seit es geschneit hatte.

Der Tag mit Aloysia kam ihm so unwirklich vor, dass er auf der Rückreise im Geiste noch einmal alle Gespräche durchgegangen war, sich all ihre Bewegungen und Gesten ins Gedächtnis zurückgerufen hatte. Alle Ereignisse, die Ruine, die kleine Stadt unten im Tal. Er brauchte diese Erinnerungen, um sicher zu sein, dass der Tag nicht nur eine Halluzination gewesen war oder ein langer obskurer Traum.

Nachdem der Alarm ausgelöst worden war, war Aloysia fast

hysterisch geworden. Sie hatte in Windeseile alles zusammengepackt, und noch ehe Even richtig verstanden hatte, was eigentlich geschah, war sie zum Aufbruch bereit gewesen. Sie hatten noch rasch vereinbart, in Verbindung zu bleiben, und sich verständigt, wie sie sicher miteinander kommunizieren konnten, dann war sie wie ein Gespenst mit ihrem Rucksack im Wald verschwunden.

Er hatte keine Lust gehabt, allein in der Ruine zu bleiben, und hatte den Rückweg ins Tal angetreten, wobei er im Wald aufmerksam nach demjenigen Ausschau gehalten hatte, der den Alarm verursacht hatte. Aber alles war still und unverdächtig gewesen. Wahrscheinlich hatte ein Tier den Bewegungsmelder ausgelöst. Spät in der Nacht war er unten bei seinem Auto angekommen, hatte die Musik angemacht, um sich wach zu halten, und war bis Strasbourg gefahren, wo er ein paar Stunden auf einem Parkplatz geschlafen hatte. Dann hatte er in Baden-Baden kurz sein Handy im Hotel abgeholt und war weiter zum Flughafen Frankfurt-Hahn gefahren, wo er den Leihwagen zurückgegeben und eingecheckt hatte.

Nachdem er Aloysias Argumente noch einmal durchgegangen war, kam er zu dem Schluss, dass sie mit ihrer Schreckgeschichte maßlos übertrieb. Er wollte sich an keiner Vendetta beteiligen, sondern sein Leben als verantwortungsvoller Vater weiterleben. So war es für Stig das Beste.

Even schloss die Haustür auf und stellte den Rucksack in den Flur. Einen Augenblick lang rang er mit seiner Vernunft, besiegte sie ausnahmsweise einmal, lief durch das Haus zur Terrassentür und kontrollierte den Garten. Auch hier war der Schnee weiß und unberührt, von ein paar Vogelspuren abgesehen. Der letzte Rest der Paranoia, die Aloysia in ihm hatte aufkeimen lassen, löste sich in Luft auf. Ab jetzt würde wieder Vernunft herrschen.

Auf dem Anrufbeantworter war eine Nachricht von Leutnant Finn Poulsen, dass die nächste Sitzung der Kryptographiegruppe vom 8. auf den 15. März verschoben worden sei, weil zwei Mitglieder für eine Woche verreist seien.

Even betrachtete die kleine Box, die Leutnant Poulsen vor ein paar Jahren installiert hatte, um zu überprüfen, ob sein Festnetzanschluss abgehört wurde. Das Kontrolllämpchen leuchtete friedlich grün, kein Unbefugter hörte auf der Leitung mit. Er wählte eine Nummer und sprach auf einen Anrufbeantworter, dass der 15. für ihn in Ordnung sei. Als er auflegte, dachte er, dass die Kryptographiegruppe vielleicht die einzige Gruppe von Menschen war, in der er sich relativ normal vorkam – alle Mitglieder der Gruppe waren leicht verschrobene Typen und jeweils ganz auf ihr eigenes Spezialgebiet fokussiert. Ein Physiker vom Militärischen Forschungsinstitut in Kjeller, ein Programmierer und ein Kryptotechniker vom Nationalen Sicherheitsamt (NSM), ein Computertechniker vom Polizeilichen Sicherheitsdienst (PST), ein Fachmann für Codierungstechnik vom Militärischen Sicherheitsdienst (FSA) sowie ein Kryptologe vom Nachrichtendienst. Aus der letztgenannten Behörde kam auch Finn Poulsen, der gleichzeitig Gruppenleiter und -koordinator war. Oberstleutnant Johansen war übergeordneter Projektleiter, er war bei den Sitzungen aber nur selten anwesend.

Erneut kam Even der Gedanke, aus dem Reihenhaus auszuziehen. Sollte er wirklich umziehen, würde er sich keinen Festnetzanschluss mehr legen lassen, er nutzte ihn ohnehin kaum.

Das Handy zwischen Ohr und Schulter geklemmt, riss er die Verpackung von einer Tiefkühlpizza und schob sie in den Ofen.

«Hallo, Finn-Erik, ich bin's, Even. Ist Stig … Ja, ich weiß, dass es spät ist, aber ich bin gerade erst zur Tür reingekommen und dachte, dass … Ja, okay, ich verstehe. Ich wollte nur hören … Doch, ja, aber der Akku vom Handy war leer, und ich hatte das Ladegerät vergessen … Okay, dann rufe ich morgen wieder an, wenn er aus der Schule zurück ist. Grüß ihn von mir, und Line auch.»

Even nahm den Stapel mit Post vom Küchentisch und überflog die Schlagzeilen der Zeitungen. In seiner Abwesenheit schien nichts Wesentliches passiert zu sein. Dann warf er die Reklamebroschüren weg, ebenso wie die Zeitungen, mit Ausnahme der von heute. Der eine der beiden Briefumschläge stammte von den Stadtwerken – der konnte warten –, der andere trug keinen Absender. Even drehte ihn ein paarmal hin und her, bevor er ihn mit dem Finger aufriss, ein A4-Blatt herausnahm, es entfaltete und zu lesen begann.

Langsam sank er auf einen Stuhl und starrte aus dem Fenster auf die Bäume, die hinter der Straßenlaterne, hinter der Zivilisation, wie kompakte Schatten in den blauschwarzen Abendhimmel wuchsen. Oben an der Kreuzung parkte ein Auto. Hatte das schon dort gestanden, als er gekommen war?

Er verzog das Gesicht und las den Brief noch einmal. Der Text war nicht lang.

Im oberen Drittel standen sein Name und seine Adresse, für das Sichtfenster. Sonst nichts. Der Brief hatte nicht einmal ein Datum.

Der mittlere Teil war die Kopie eines handgeschriebenen Textes. Even erkannte die kleinen, geschwungenen Buchstaben, die alchemistischen Symbole und die unverständlichen Zeichen. Es war ein Ausschnitt aus Newtons Formel.

Das untere Drittel sah aus wie ein Überweisungsvordruck. Im Feld für die Summe stand: «Lösung des Codes».

Das war alles.

Schlapp wie eine Stoffpuppe saß er da und starrte vor sich

hin, kraftlos, sein Kopf angefüllt mit unbrauchbarem Wirrwarr. Sie hatten ihn nicht vergessen. Die verfluchten Brüder hatten ihn nicht …

Plötzlich wurde er von unbändiger Wut gepackt, er brüllte, knüllte das Papier zusammen, rannte aus dem Haus und stürmte hoch zur Kreuzung, an der das Auto parkte. Es sah leer und verlassen aus, sodass seine Wut auf dem Weg dorthin etwas verpuffte, aber als er nur noch wenige Meter entfernt war, wurde der Motor plötzlich angelassen, und der Wagen fuhr ruhig davon, bis er außer Reichweite war. Dann leuchteten die Bremslichter auf und warfen rote Schatten auf den Schnee. Von neuem Zorn erfüllt, rannte Even schreiend und mit rudernden Armen hinterher. Als er ausrutschte und mitten auf der Straße hinschlug, gingen die Scheinwerfer an, der Wagen beschleunigte und verschwand in der Nacht.

Sie haben mich nicht vergessen. Und Newtons Formel auch nicht. Sie sind irgendwo dort draußen. Und verfolgen jeden meiner Schritte.

Er saß lange da und starrte auf die Tischplatte vor sich, ehe er sich dazu zwang, Kaffee zu kochen und wenigstens die halbe Pizza zu essen. Aber schon beim ersten Bissen wurde ihm übel. Plötzlich brach ein brüllender Wutschrei aus ihm hervor, die Nachbarn konnten ihn mal. Er brüllte noch einmal, machte seiner Wut und seinem Frust Luft. Dann fasste er einen Entschluss. Zwei Entschlüsse, um exakt zu sein.

1. Er würde Newtons Formel entziffern und dieser verfluchten Bruderschaft die Lösung überreichen. Damit sie ihn in Frieden ließen.

2. Er würde gemeinsam mit Aloysia herausfinden, wer diese Menschen waren, um sich gegen sie wehren zu können. Falls sie ihn doch nicht in Frieden ließen.

Kapitel 13

FEBRUAR 2007
FRANKREICH

«Er ist wieder gefahren», sagte Aloysia und hob eine Hand, um dem Bus, der sich näherte, ein Zeichen zu geben. Der Bus hielt, und die Türen öffneten sich mit einem Seufzer, als beklagten sie ihr trauriges Schicksal. Sie bezahlte beim Fahrer und ging in die hintere, noch leere Hälfte des Busses, wo sie sich setzte und den Rucksack auf den freien Sitz neben sich stellte. Das Handy ans Ohr gedrückt, schüttelte sie den Kopf. «Nein, Manfred. Er hat kaum Fragen gestellt, er hat eigentlich nur zugehört. Ich glaube wirklich, dass er uns eine Hilfe sein kann. Keine Ahnung, warum, aber ich habe ein gutes Gefühl.»

Der Fahrer schaltete einen Gang zurück, um die Steigung zu nehmen. «Jetzt entspann dich mal! Natürlich habe ich ihm *nicht* gesagt, wohin ich fahre, das sage ich ja nicht einmal dir. Das ist der Preis, den ich zahlen muss ...» Sie blickte aus dem Rückfenster und versicherte sich, dass kein Auto dem Bus folgte. «Wenn wir die Schweine erledigt haben, ziehe ich zurück zu Buster und den Hühnern, dann feiern wir ein anständiges Fest, du und ich. Mit Even Vik, wenn er uns so lange treu bleibt, aber ...» Sie warf einen Blick auf ihre Armbanduhr. «Wir reden schon zu lange. Eine Minute, maximal, sagst du doch immer. Mach's gut.» Ohne eine Antwort abzuwarten, beendete sie das Gespräch, schaltete das Handy aus und nahm den Akku heraus.

«*Merde!*» Der Mann riss sich den Kopfhörer vom Kopf und starrte frustriert auf den Bildschirm. «Sie hat den Alten irgendwo aus dem Osten Frankreichs angerufen, vermutlich aus dem Elsass, aber sie haben die Verbindung zu schnell beendet. Und sie muss den Akku aus dem Gerät genommen haben, denn ich empfange keine Signale mehr von ihr. Verdammt!»

Der Großmeister nickte langsam, drehte den tiefen ledernen Bürosessel vom Schreibtisch weg und ließ seinen Blick über Paris schweifen, dessen Lichter unter ihm in der Dämmerung aufzuleuchten begannen. «Hören Sie weiter das Telefon von Manfred Scheyer ab», sagte er und richtete seine Aufmerksamkeit auf Meister Nord, der zwischen zwei Fenstern an der Wand lehnte. «Dieser Norweger, Even Vik, ist der wieder zu Hause?»

Der Mann stieß sich von der Wand ab. «Zap meldet aus Oslo, dass Vik zu Hause ist und unseren Brief bekommen hat.»

«Und, ist er wütend geworden?», fragte der Großmeister.

«Ja, Vik war zornig. Und dann hat er sich an den Tisch gesetzt und …»

«Mit den alten Formeln?», fiel ihm der Großmeister ins Wort.

«Richtig, genau das hat er getan.»

«Gut, dann haben wir ihn da, wo wir ihn haben wollen. Sie können wieder nach Hause reisen, Bruder Nord, aber lassen Sie ihn und seine Arbeit nicht aus den Augen. Um Aloysia LaTour kümmern wir uns.» Er nickte nachdenklich und fügte dann noch hinzu: «Sie kann ja nicht immer so ein Glück haben.»

Meister Nord verabschiedete sich kurz vom Großmeister, warf seinen Assistenten an den Überwachungscomputern einen Blick zu und verließ den Raum. Dann fuhr er mit dem Fahrstuhl nach unten, passierte die Wachleute und trat hinaus in einen kühlen Pariser Abend.

Kapitel 14

Februar 2007
Oslo

Even ging ins Wohnzimmer. Nach Mais Auszug war es mehr und mehr zu seinem Arbeitszimmer geworden, was man ihm inzwischen auch deutlich ansah. Auf allen Stühlen stapelten sich CDs, Bücher, Ausdrucke und Fachzeitschriften, und auch das Sofa war unter einem Haufen von ähnlichen Druckerzeugnissen kaum mehr zu erkennen. Er schaltete den Computer an und tippte das Passwort ein: *#cLasH79!JoE)* – das Jahr, in dem er auf einer Party bei Christer zum ersten Mal The Clash und Joe Strummer gehört hatte. Dann öffnete er den Ordner «Newton». Der PC verlangte ein weiteres Passwort, und er schrieb: *&ILes93aNdrW* – das Jahr, in dem Andrew Wiles den Beweis für Fermats letzten Satz veröffentlicht hatte.

Even öffnete die Datei «Newtons Formel», und ein gescannter handschriftlicher Text erschien auf dem Bildschirm. Die Schrift war klein und die Zeilen dicht gedrängt, als hätte der Verfasser jeden Millimeter des Papiers ausnutzen wollen. Das war typisch für Isaac Newton, und auch seine Handschrift war unverkennbar. Das Papier war an den Rändern vergilbt, insgesamt etwas kleiner als A5, und die erste Seite hatte einen langen Riss am linken Rand.

Ganz oben standen als Überschrift die Worte: «Via vitae aeternae». Der Weg zum ewigen Leben.

Auch wenn Even die sechs Seiten schon eine ganze Weile nicht mehr angesehen hatte, war ihm die Überschrift immer mal wieder in den Sinn gekommen. Sie irritierte ihn, störte ihn irgendwie. Sie war … absurd? Okay, für jemanden, der sich mit Alchemie beschäftigte, mochte die Möglichkeit nicht abwegig sein, den Stein der Weisen zu entdecken und so ein Elixier herzustellen, mit welchem man sich ewiges Leben verschaffen konnte. Newton hatte zweifelsohne Alchemie betrieben – im großen Stil, sicher größer, als Even sich vorstellen konnte. Mais Recherchen zeigten, dass das alte Genie mindestens ebenso viel Zeit und Energie für die Alchemie aufgewandt hatte wie für die seriöse wissenschaftliche Forschung.

Zwar hatte Newton sich ausgiebig einem Thema gewidmet, das Even für Unsinn hielt, aber natürlich war der Mann deshalb nicht dumm. Im Gegenteil, er *war* ein Genie. Und ein Genie glaubte nicht daran, ein Lebenselixier gefunden zu haben, ehe es keinen eindeutigen Beweis gab. Am allerwenigsten Newton, der selbst das wissenschaftliche Leitprinzip begründet und immer wieder verteidigt hatte, dass etwas erst dann als Fakt gelten könne, wenn es mit hundertprozentiger Sicherheit bewiesen werden konnte. Doch eines war klar: Newton war *gestorben.* Er hatte nicht ewig gelebt, jedenfalls nicht im physischen Sinn. Also war nie bewiesen worden, dass sich ein Elixier für ewiges Leben herstellen ließ.

Aber warum sollte Newton dann diese Überschrift wählen? Das entbehrte jeder Logik. Sicher, man konnte vieles an der Alchemie kritisieren, aber sie basierte doch – jedenfalls im Rahmen ihrer eigenen Prämissen – auf einer gewissen Logik.

Doch in dieser Überschrift war keine Logik zu finden.

Während der Tintenstrahldrucker die sechs Seiten ausdruckte, ging Even in die Küche und holte sich eine Tasse Kaffee. Dann ging er zurück ins Wohnzimmer und setzte sich an den Esstisch, schob einen Stapel Bücher beiseite und breitete die sechs Blätter vor sich aus.

Als Erstes fiel sein Blick auf den Schlüssel, die Zeichnung auf der letzten Seite. Es stimmte, was er in der Ruine im Elsass gedacht hatte: Er glich dem Abdruck in der Mauer. Sehr sogar. Der Ring am oberen Ende des Schlüsselarms hatte die gleiche Größe und Form, aber … Mit zusammengekniffenen Augen hielt er das Blatt näher ans Licht: Waren das zwei geöffnete Mäuler, die sich da gegenüberstanden? Zwei Schlangen oder Drachen, die einander fressen wollten? Er war sich nicht ganz sicher und dachte, dass er wohl noch einmal das Original im Schließfach mit der Lupe studieren müsse.

Der Bart des Schlüssels, den man ins Schloss steckte, hatte mehr Blätter und Kerben als der in der Burg. Andererseits war es auch leichter, solche Details zu zeichnen, als sie in Stein zu meißeln.

Er verschränkte die Hände im Nacken, lehnte sich zurück und betrachtete die Seiten auf dem Tisch.

Es lag anderthalb Jahre zurück, dass er sie sich das letzte Mal vorgenommen hatte. Nachdem Kittys Leiche im Wasser gefunden worden war und er die letzten beiden Seiten aus Paris geholt hatte, wo Mai sie versteckt hatte, hatte er die alten vergilbten Blätter in einem Schließfach verstaut und «vergessen».

Sie ganz bewusst zu verdrängen, ganz bewusst ihre Existenz zu vergessen, sich in keiner Weise damit auseinanderzusetzen, war ein notwendiger Prozess für sein neues Dasein als Vater gewesen. Um der Welt mit neuem Optimismus begegnen zu können, musste er alles Böse und Schlechte hinter sich lassen, es tief in der Erde vergraben.

Und zu guter Letzt hatte er die Formel tatsächlich vergessen, sogar ihre irritierende Überschrift. Im Laufe des letzten Jahres hatte er nicht mehr an sie gedacht.

Doch jetzt würde er den Seiten seine volle Aufmerksamkeit

widmen. Er setzte sich ein Ziel: In exakt einem Jahr, ab heute, also 2008, wollte er die Formel geknackt haben. Dann würde er die Lösung an die Bruderschaft weitergeben und sich damit für immer von ihr befreien.

Kapitel 15

März 2007

«Onkel Even, wo wohnt Gott?»

Stig hatte sich gerade mühsam durch den Text auf dem Grabstein buchstabiert. «Zu Hause bei Gott» stand darauf. Feine Regentropfen sammelten sich und rollten bedächtig den grauen Granit hinunter. Wie stille Tränen, hatte Finn-Erik gesagt. Heute vor zwei Jahren war Mai-Brit beerdigt worden, und zu diesem Anlass hatten sie sich an ihrem Grab auf dem Friedhof Nordre Gravlund getroffen, Finn-Erik, die Kinder und Even. Sie hatten über Mai geredet, was für ein feiner Mensch sie gewesen sei und wie sehr sie Line und Stig geliebt habe. Die meiste Zeit hatte Finn-Erik geredet, er konnte das gut, über solche Dinge reden. In Floskeln.

«‹Zu Hause bei Gott› bedeutet, dass es deiner Mama gutgeht und dass sie sicher ist bei Gott. Wo er wohnt, weiß keiner so ganz genau.» Even überlegte, ob er vielleicht die Hand des Jungen nehmen sollte. «Komm, wir müssen los, wenn wir den Bus kriegen wollen.» Er schwang mit dem Arm hin und her, damit Stig selber entscheiden konnte, ob er seine Hand greifen wollte oder nicht.

Da das Böse existiert, kann Gott nicht existieren … Der Regen begann heftiger auf den Schirm zu trommeln, als sie Hand in Hand über den Friedhof spazierten. Line und Finn-Erik waren schon vor zehn Minuten aufgebrochen, um Tante Anita zu besuchen, Mai-Brits Schwester. Stig wollte mit zu Even gehen, um sich seine neue Wohnung anzugucken.

«Glaubst du an Gott?»

Es war Even, der das fragte. Er wollte Stigs Frage zuvorkommen, die er ihm garantiert eines Tages stellen würde.

Als sie durch die Friedhofspforte gingen, sahen sie den Bus kommen. Even nahm seine Fahrkarte und stempelte für sie beide ab, während Stig sich ganz hinten im Bus einen Platz suchte.

«Es gibt keinen Beweis», sagte er, als Even sich neben ihn setzte. Even sah den Jungen schief von der Seite an. Wollte er ihn auf den Arm nehmen? Stig schaute nach vorn und fuhr fort: «Wenn es keine sicheren Beweise gibt … dann ist er vielleicht nur eine Phantasie? Aber wenn er es ist, dann ist er eine gute Phantasie, und dann ist das mit den Beweisen nicht so wichtig.»

Stig sah Even mit ernstem Blick an. «Mama hat an Gott geglaubt. Papa auch. Ich weiß, dass du nicht an ihn glaubst, Onkel Even, aber das macht nichts. Line glaubt an Trolle.»

Dazu gab es nichts zu sagen. Even legte den Arm um Stig und drückte ihn leicht an sich.

Nachdem sie aus dem Bus gestiegen waren, machten sie noch einen Abstecher zum Einkaufszentrum Sandaker in Torshov, um etwas fürs Abendessen einzukaufen. Am Kiosk entdeckte Stig ein Lucky-Luke-Heft, das er noch nicht hatte, und Even erlaubte ihm, es zu kaufen. Es freute ihn, dass sein Sohn von dem Comic-Cowboy nach wie vor so begeistert war, hatte er doch zu Hause eine Überraschung für Stig.

«Bist du neugierig?», fragte er, als sie den schmalen Fußweg zwischen den Büschen und Bäumen entlanggingen, die den tristen und erdrückenden Charakter der Hochhaussiedlung etwas abmilderten.

Stig nickte und zeigte mit dem Arm auf eines der Gebäude. «Ist es das?»

«Nein. Ich wohne in keinem der Hochhäuser, meins hat nur

drei Etagen. Gleich können wir es sehen, hinter der Kurve. Da … Das ist unsere Eingangstür.»

Even hatte das Reihenhaus in Vinderen verkauft und war nach Torshov gezogen. Nachdem ihm der Gedanke, zu verkaufen und umzuziehen, erst einmal gekommen war, hatte er schon bald alles in die Wege geleitet. Einen knappen Monat später waren die Verträge unterschrieben gewesen, und er war in eine kleinere Wohnung hinter dem Sandaker-Zentrum gezogen. Die Gegend war ruhig, in der Nähe gab es einen Park mit Spielplatz, ein Einkaufszentrum und eine Bushaltestelle – alles, was man brauchte, wenn man Kinder hatte. Der Verkauf hatte seinem Konto nach Abzug des Kredits eine Einzahlung von beinahe zwei Millionen Kronen beschert. Zweihunderttausend hatte er unter der Hand bekommen und in einem Bankfach deponiert.

«Bist du bereit?», fragte Even und steckte den Schlüssel ins Schloss, ohne ihn umzudrehen. «Bitte schön! Dann kannst du jetzt aufschließen und reingehen.»

Stig schloss auf und stieß die Tür auf. Sie gingen hinein, und Even sagte: «Dein Zimmer ist hinten links. Das Klo ist hier vorne rechts, falls du musst.»

Even holte den Staubsauger und ging damit noch einmal durch die Wohnung, während im Ofen eine Pizza brutzelte und Stig den Tisch deckte. Stig hatte in den letzten Jahren eine schwere Allergie gegen Hausstaub und Pollen entwickelt, die seine Nase so zuschwellen ließ, dass er kaum noch Luft bekam. Der Arzt meinte, die Allergie wäre durch den Tod der Mutter hervorgerufen worden und würde sich mit der Zeit legen. Finn-Erik hatte Stig Nasenspray und Tabletten eingepackt und Even wie üblich zigmal ermahnt, gründlich sauber zu machen. Und er dürfe auf keinen Fall Schnittblumen in die Wohnung stellen.

Wer soll mir denn schon Blumen schenken?, dachte Even und räumte den Staubsauger weg.

«Zufrieden?»

Stig zog die Bettdecke bis ans Kinn und grinste breit, ließ den Blick über die Wände und die Regalbretter schweifen. Sie hatten zusammen Pizza gegessen und Uno gespielt, die Poster von Lucky Luke und Charlie Chaplin aufgehängt, die Stig als Einzugsgeschenk bekommen hatte, mit Lego gebaut, geduscht und die Zähne geputzt.

«Geht das?» Stig zeigte auf den Cowboy, der seinen eigenen Schatten erschoss.

«Tja, Lucky Luke kann das. Aber er ist ja auch eine Phantasiefigur, und in der Phantasie ist alles möglich, da kann man sogar ein Duell gegen seinen eigenen Schatten gewinnen.»

«Was ist ein Duell?»

«Bei einem Duell stehen sich zwei Cowboys gegenüber und ziehen ihre Revolver, um den andern zu erschießen.» Even stand auf und stellte sich breitbeinig neben das Bett, eine Hand an der Hüfte. Er starrte konzentriert vor sich hin. «Der Revolver steckt in einem Halfter.» Stig nickte mit großen Augen. «Die beiden stehen also voreinander, reglos, vollkommen reglos. Starren sich in die Augen. Warten, dass der andere sich bewegt. Und plötzlich ziehen sie, beide gleichzeitig, und schießen. Peng! Sie stehen aufrecht, starren sich weiter in die Augen, dann sackt einer von beiden zusammen, der Revolver rutscht ihm aus der Hand und …»

Even verstummte und biss sich auf die Zunge. Er hätte sich selbst in den Hintern treten können! Mai hatte sich erschossen, verdammt nochmal! Da konnte man sich doch nicht vor ihren Sohn hinstellen und ein Duell nachspielen! Das war … Er setzte sich auf die Bettkante und schaute aus dem Fenster.

Stig zupfte an seinem Ärmel. «Aber warum schießen sie nicht sofort? Wer zuerst schießt, gewinnt doch.»

Die Logik des Jungen war beeindruckend. «Da hast du recht, so sollte es sein – aber seltsamerweise verliert meistens derjenige, der zuerst zieht. Da haben sich schon viele Leute drüber gewundert, bestimmt auch die Cowboys. Aber man hat das immer wieder beobachtet. Möglicherweise haben deshalb viele Cowboys instinktiv, äh … also, ohne nachzudenken, begriffen, dass sie ihren Gegner in einem Duell zuerst ziehen lassen müssen, und deshalb gewartet. Aber *warum* derjenige, der zuletzt zieht, lebend aus dem Duell hervorgeht, darauf hatte wahrscheinlich keiner der Cowboys eine Antwort. Und auch sonst niemand. Bis ein Däne namens Niels Bohr es herausgefunden hat: Wenn jemand sich entschließt, eine Bewegung auszuführen – vom Gedanken über den Entschluss bis zur Ausführung –, geht das langsamer vor sich, als wenn jemand schlicht und einfach ohne Denken mit einem Rückenmarksreflex darauf reagiert, weil er sieht, wie sein Gegner den Revolver zieht. Verstehst du?»

Stig sah Lucky Luke an, dann Even und schüttelte den Kopf. «Aber das macht nichts, Onkel Even. Du kannst es mir nochmal erklären, wenn ich in die zweite Klasse komme, dann verstehe ich es bestimmt.»

«Ganz bestimmt.» Even lachte, umarmte Stig und steckte die Decke um ihn fest. «Schlaf gut und träum süß.»

Thelonious Monk klimperte die schiefen, abgehackten Töne von «Body and Soul», während Even die sechs Seiten von Newtons Formel vor sich ausbreitete und sich an den Tisch setzte. Die Doppel-CD mit Monks Solo-Aufnahmen aus den Columbia-Studios in den Sechzigern war sein Weihnachtsgeschenk an sich selbst. Das Unerwartete, fast Ketzerische und

Provozierende der Aufnahmen, gepaart mit der feinen Sensibilität und Zärtlichkeit der leicht verzerrten Anschläge, machten Thelonious Monk zur perfekten Hintergrundmusik, als Even versuchte, seinen Geist für Newtons Rätsel zu öffnen.

Im Wohnzimmerteil der offenen Wohnung hatte er sich eine Arbeitsecke mit Regalen und einer langen Arbeitsplatte eingerichtet. Er hatte deutlich weniger Platz als im Reihenhaus, dafür fühlten Stig und Line sich hier zu Hause, und er konnte Besuch empfangen, ohne vorher einen halben Tag aufräumen zu müssen. Ein paar Opfer musste man für sein neues Leben schon bringen.

In der letzten Zeit hatte er Newtons Formel systematisch analysiert, um herauszufinden, was sie, rein oberflächlich betrachtet, eigentlich beinhaltete. Am Abend zuvor war er fertig geworden, und nun lag das Resultat vor ihm auf dem Schreibtisch.

1) *87 Fragmente mit alchemistischen Formeln und / oder Symbolen*
2) *34 Fragmente mit englischem oder dem Englischen ähnlichem Text / Buchstabenfolgen*
3) *52 Fragmente mit lateinischem oder dem Lateinischen ähnlichem Text / Buchstabenfolgen*
4) *57 Fragmente mit Zahlensequenzen und quasimathematischen Formeln und Symbolen*
5) *1 Zeichnung oder Symbol (Schlüssel mit Drachenköpfen)*
6) *ACHTUNG! 27 Symbole (evtl. mehr) sind unklar, sind so geformt, dass es sich sowohl um alchemistische Symbole handeln könnte als auch um alte mathematische Zeichen aus der Zeit vor der internationalen Standardisierung.*

Even seufzte. Die Übersicht sah wunderbar ordentlich aus. Man hätte meinen können, sie enthielte Fakten und gebe den Inhalt der Seiten wieder. Dabei führte sie den Leser an der Nase herum, denn sie gab höchstens Auskunft darüber, was der Inhalt der Seiten sein *könnte*. Even brummte und lauschte ein paar Sekunden auf die Geräusche aus dem Zimmer des Jungen, ehe er sich wieder den Blättern auf dem Tisch zuwandte.

Es braucht ein Genie, um ein Genie zu entschlüsseln.

Das waren Kitty Bangs Worte gewesen. Ihre Begründung, wieso die Bruderschaft der Unsichtbaren Even ausgewählt hatte, damit er Newtons Formel in lesbaren Text übersetzte.

Even ließ den Blick über die Liste gleiten und beschloss, mit dem unangenehmsten Teil anzufangen, der Alchemie, davor graute ihm am meisten. Gelang es ihm, ein paar Schneisen in das undurchdringliche Dickicht aus Symbolen und Worten zu schlagen, wäre er schon einen großen Schritt weiter.

Er nahm sein Handy und wählte eine Nummer.

«Ja, Bjarne Engelsrud hier», brummelte es am anderen Ende.

«Hallo, hier ist Even Vik vom Mathematischen Institut. Wir hatten vor ein paar Jahren mal die Ehre.»

«O ja, ich erinnere mich an Sie», sagte Bjarne Engelsrud mit wohlwollendem Lachen. «Sie vergisst man nicht so leicht. Nicht nach dem Knockout, den Sie mir in den Neunzigern verpasst haben, als Sie meine Wunder auseinandergepflückt haben, he, he.»

Even schaute überrascht an die Zimmerdecke. Als sie das letzte Mal miteinander gesprochen hatten, war Engelsrud immer noch sauer wegen ebenjenes Knockouts gewesen, hatte ihm letztendlich aber doch geholfen. Aber mit dieser gutmütigen, leicht amüsierten Reaktion konnte er fast noch schlechter umgehen, weshalb er kurz zögerte. «Wenn ich mich richtig an unser letztes Gespräch erinnere, haben Sie gute Kontakte auf verschiedenen Gebieten, die wir Naturwissenschaftler eher selten …»

«… betreten?», beendete Engelsrud den Satz, als Even stockte. «Ja, schon möglich. Lassen Sie hören.»

«Ich bin auf ein paar verworrene Texte gestoßen, in denen es, wie ich vermute, um Alchemie geht. Ich würde deshalb gerne mit einem Experten für alchemistische Texte reden.»

Stille am anderen Ende. Im Hintergrund rief jemand etwas, und Even hörte, wie Engelsrud eine Hand über die Sprechmuschel legte und der Stimme antwortete. Es klang, als würde er unter Wasser reden.

Gleich darauf war er wieder da. «Entschuldigen Sie, das war meine Frau … Alchemie, sagen Sie. Augenblick, ich muss einen Blick in mein Adressbuch werfen.» Even hörte ihn blättern und vor sich hin murmeln. «Da kann ich Ihnen drei Namen nennen, denke ich. Der eine ist Franzose, ehemaliger Diplomat, er hat sich eine beachtliche Büchersammlung zugelegt und sein gesamtes Rentnerdasein dem Studium alter Alchemisten gewidmet. Ein angenehmer Zeitgenosse, höflich und gebildet, will sagen, wir verstehen uns gut. Kennt Gott und die Welt.»

Diplomat, das roch meilenweit nach Loge, möglicherweise hatte er sogar etwas mit der Bruderschaft der Unsichtbaren zu tun.

«Der andere ist Amerikaner und lebt in Arizona, irgendwo auf dem Land. Ich habe ihn vor fünf, sechs Jahren bei einem Seminar in Houston kennengelernt. Nicht der Zugänglichste, schweigsam und verschlossen, aber eine echte Koryphäe auf dem Gebiet der Alchemie. Er hat ein paar Bücher zu dem Thema geschrieben, die sind aber so schwer zu verstehen, dass nur Experten etwas damit anfangen können. Ich frage mich manchmal, wovon er eigentlich lebt …» Engelsrud lachte. «Aber das ist ja glücklicherweise nicht mein Problem.»

Der Mann klang okay, aber Arizona war zu weit weg.

«Und der dritte?», fragte Even.

«Der ist ein bisschen … fragwürdig, wenn Sie mich fragen. Niemand, den ich … na ja. Er ist iranischer Staatsbürger, konservativer Muslim, soweit ich es verstanden habe … Soll an der Debatte in England beteiligt gewesen sein, in der es um die Behandlung von Muslimen in öffentlichen Behörden ging. Momentan lebt er in Cambridge, wo er asiatische Geschichte lehrt. Was die Alchemie betrifft, konzentriert er sich hauptsächlich auf die alten Perser, die Ägypter und die im Mittleren Osten entstandenen Traditionen, bevor die Alchemie in Europa bekannt wurde.»

Es wurde still, als ob Engelsrud nachdachte.

«Kennen Sie ihn?», fragte Even etwas ungeduldig.

«Nein, ich habe diesen Mann nie getroffen. Offenbar wissen nur wenige Menschen von seinem obskuren Interesse. Ich habe auch nur ganz zufällig davon erfahren, über einen gemeinsamen Kollegen. Von diesem Kollegen weiß ich auch, dass dieser Mann sich in der letzten Zeit auf englische Alchemisten spezialisiert hat, John Dee, Robert Fludd und Francis Bacon. Ich kann Ihnen nur seinen Namen und das Institut nennen, an dem er arbeitet.»

Muslim. Iraner. Unbekannt. *Bingo.*

Ohne zu verraten, für wen er sich entschieden hatte, verabredete Even sich für den nächsten Tag mit Engelsrud im Theologischen Institut, um sich die Namen und Adressen abzuholen. «Dann bis morgen und danke für Ihre Hilfe», sagte er und wollte das Gespräch beenden.

«Nein, hallo, warten Sie. Ich muss Ihnen noch etwas sagen.» Engelsruds Stimme klang aufgeregt, während im Hintergrund Papiere raschelten. «Es geht um unsere Diskussion vor … ja, vor einigen Jahren, über Telepathie. Sie erinnern sich, dass ich eine Untersuchung durchgeführt hatte …»

«Ja, ich erinnere mich», fiel Even ihm ins Wort und überlegte, ob er einfach auflegen sollte. Zur Not konnte er ja vorgeben, sein Akku sei leer gewesen.

Damals, vor neun Jahren, hatten sie die These «Wunder geschehen jeden Tag» diskutiert. Bjarne Engelsrud hatte eine Untersuchung durchgeführt, in der gewöhnliche Menschen von sogenannten Wundern erzählten, die sie in ihrem Alltag erlebt hatten. Zum Beispiel, dass ein guter Freund genau in dem Augenblick anrief, in dem man selber gerade anrufen wollte. Oder dass man eine Person traf, von der man nachts zuvor geträumt hatte. Even hatte Engelsruds Argumentationsreihe gnadenlos zerpflückt, mit Zahlen und Statistiken widerlegt und das Ganze auf logische und natürliche Gründe zurückgeführt. Die Debatte hatte ein jähes Ende gefunden, als Engelsrud wutschnaubend und geladen wie ein Gewitter den Raum verlassen und Even im Vorbeigehen als «Scheißkerl» beschimpft hatte.

Die Wut von damals schien vergessen, jedenfalls plapperte er munter drauflos.

«Das muss ich Ihnen unbedingt erzählen: Neulich wurden an der University of Edinburgh sowie an der University of Washington in Seattle Untersuchungen durchgeführt, die beweisen, dass manche Menschen in der Lage sind, ausschließlich mit Hilfe von Gedankenprozessen zu kommunizieren, telepathisch also, selbst wenn sie sich in verschiedenen Räumen aufhalten. Mit Hilfe von EEG-Messungen der Gehirnströme und Magnetresonanzirgendwas, ich erinnere mich nicht mehr genau daran, wie das hieß, jedenfalls konnte eine erhöhte Gehirnaktivität nachgewiesen werden, unter anderem eine verstärkte Durchblutung in bestimmten Gehirnregionen beim Empfänger, wenn der Sender in bestimmter Weise stimuliert wurde.»

«Statistisch wird man immer ...», setzte Even leicht genervt an.

«Ja doch, die Statistik kommt ja jetzt», unterbrach Engelsrud ihn ungeduldig. «Die Wahrscheinlichkeit, dass diese Gehirnregionen *spontan* beim Empfänger exakt in dem Moment aktiviert werden, in dem der Sender stimuliert wird, liegt bei unter zwei zu zehntausend. Das sind ja wohl Zahlen, die selbst einen Mathematiker überzeugen müssen.»

«Hm ...», kommentierte Even knapp und fragte sich, wie er am besten das Gespräch beendete. «Wenn Sie mir den Artikel kopieren, kann ich ihn morgen mitnehmen, wenn ich die Adressen abhole.»

«Wieso ist das so schwer zu ... Moment!» Der Theologe drehte sich vom Telefon weg, hustete einmal kurz und war wieder da. «Ich habe mich nach Ihnen erkundigt und ein paar Geschichten gehört ...»

Hitzköpfig, launisch, ehemals genial, Alkohol, blablabla. Even schaute zur Schlafzimmertür, hinter der Stig im Schlaf etwas murmelte.

«Man hat mir erzählt, Zahlen besäßen für Sie eine Persönlichkeit, dass Sie zu jeder Zahl, die man Ihnen nennt, einen kleinen Vortrag halten können.»

Sollte er es wagen, das Handy wegzulegen und sich ein Bier zu holen, während Engelsrud weiterschwatzte?

«Aber noch interessanter finde ich, dass Sie sich so gut Zahlen merk... Warten Sie ... Wie lautet meine Telefonnummer?»

Even sagte sie ihm.

«Mussten Sie sie nachschlagen, bevor Sie mich angerufen haben?»

«Nein.» Even lächelte. Wenn es nur sein Zahlengedächtnis war, von dem Engelsrud gehört hatte, war ja alles in Ordnung. «Sie war mir noch vom letzten Anruf in Erinnerung.»

«Der vor zwei Jahren war?»

«Ähm, ja.»

Engelsrud schwieg, als warte er darauf, dass bei Even endlich der Groschen fiele. Aber Even tat ihm den Gefallen nicht, sondern betrachtete stattdessen eine Zahlenreihe aus Newtons Formel: 51 29 22 51 28 30. Woher kam ihm das so bekannt vor?

Engelsrud ließ nicht locker. «Finden Sie es normal, dass Sie sich Zahlen derart gut merken können?»

«Ja, für mich ist es das.»

«Und Sie stimmen mir zu, dass andere Menschen nicht unbedingt dasselbe Talent haben?»

«Ja, natürlich. Meine Fähigkeit ist nicht …»

Even verstummte. *Mist, jetzt hat er mich drangekriegt.*

«Genau», stellte Engelsrud ruhig fest. «Darum meine Frage: Wenn *Sie* über einzigartige Fähigkeiten verfügen, wieso können Sie dann nicht akzeptieren, dass *andere* Menschen einzigartige Fähigkeiten in *anderen* Bereichen haben?»

«Meine Fähigkeiten lassen sich jederzeit überprüfen, ich kann sie belegen. Die Fähigkeiten, von denen Sie sprechen, halten keiner wissenschaftlichen Untersuchung stand, sie lassen sich nicht beweisen. Das ist verdammt nochmal ein Unterschied!»

Engelsrud ließ nicht locker. «Es gibt Gerüchte, dass Sie noch mehr können, als sich Zahlen zu merken.»

«Ach ja?»

«Welche Zahl bin ich?»

Scheiße! Wo hatte er das gehört? «Ich verstehe nicht …»

«Das tun Sie sehr wohl.» Ein leises Schmatzen im Hörer verriet Even, dass Engelsrud lächelte. «Sie sehen alle Menschen als Zahlen, als *farbige* Zahlen sogar. Selbst wenn Sie sich an die eigentliche Person nicht mehr erinnern, taucht oft noch die Zahl auf.»

«Wo haben Sie diesen Blödsinn her?»

«Von alten Freunden und Bekannten, Leuten, die Sie gut kennen, denen Sie gewisse Dinge anvertraut haben, als Sie eine Flasche oder mehr intus hatten.» Die freundliche Stimme konnte die perfide Schadenfreude nicht verhehlen. Jetzt verstand er, warum Engelsruds Zahl von giftgrünem Nebel umgeben war.

«77», sagte er.

«77? Bin *ich* …? Äh … Warum gerade 77?»

«Wollen Sie das wirklich wissen?» Even merkte, wie die Schadenfreude auf ihn abfärbte, und musste grinsen.

«Selbstverständlich!», rief Engelsrud ungeduldig.

Even nahm den Hörer vom Ohr und massierte sein Ohrläppchen, während er nachdachte.

«Die Zahl 7 ist die am häufigsten vorkommende Zahl in der Bibel», sagte er schließlich. «Darum wird die 7 als Glückszahl angesehen, und sie ist auch die Zahl, die die geistige Reise zu Gott symbolisiert. So weit einverstanden?»

Der Theologe schien zufrieden und gab ein hastiges Ja von sich, neugierig auf die Fortsetzung.

«In der islamischen Tradition gibt es sieben Himmel und sieben Gärten, das erste Kapitel im Koran umfasst sieben Strophen, und die Pilger umrunden siebenmal die Kaaba in Mekka.» Even grinste immer noch. «Bei uns gibt es Ausdrücke wie ‹der siebte Sinn›, ‹seine Siebensachen packen› und so weiter …»

«Aber was ist nun mit der 77?», fiel Engelsrud ihm ungeduldig ins Wort. Das war ihm doch alles bekannt.

«Dazu komme ich gleich. Ich will nur noch die sieben Tugenden und die sieben Todsünden erwähnen, nicht zu vergessen die sieben Tage einer Woche und die sieben Weltmeere. Die 7 ist tatsächlich eine ganz besondere Zahl, eine der mächtigsten Zahlen überhaupt. Die Mathematiker David Bayer und Persi Diaconis haben das bewiesen, als sie ausrechneten, dass ein Kartenspiel siebenmal geteilt und wieder gemischt werden muss, um eine hundertprozentig zufällige Verteilung der Karten zu gewährleisten. Außerdem ist die Zahl 7 eine Primzahl. Sie haben sicher auch schon von meiner besonderen Vorliebe für Primzahlen gehört?»

«Sicher», antwortete Engelsrud und lachte. «Die ist mir auch zu Ohren gekommen.»

«77 ist keine Primzahl, sondern eine Semiprimzahl, also das Produkt zweier Primzahlen.» Even zögerte eine Nanosekunde, dann legte er los. «In der Mathematik gibt es etwas, das wir ‹Ambers Prozess› nennen. Haben Sie davon gehört?»

«Möglich, ich bin mir nicht ganz sicher …»

«Okay, ich werde es Ihnen erklären. Ambers Prozess ist ein Phänomen, das ein englischer Mathematiker, Jeronimus Amber, vor etwas über hundert Jahren entdeckt hat. Der Prozess betrifft gewisse Zahlen, die rein mathematisch bestimmte Eigenschaften besitzen, eine Art Kraft. Wie zum Beispiel die 7. In Ambers Prozess stellt man eine solche Zahl neben sich selbst, lässt sie sich selbst imitieren, wie wir sagen … wie bei der 77. Die natürliche Schlussfolgerung wäre, dass sich die Kraft der Zahl verdoppelt. Aber an dieser Stelle besagt Ambers Prozess, der nichts anderes als eine algebraische Gleichung ist, wie wenn man mit Konjugation arbeitet, das Gegenteil. Es zeigt sich nämlich, dass sich die Kräfte der Einzelzahlen gegenseitig aufheben, sodass die imitierte Zahl zu einem kraftlosen Nichts wird, ganz und gar ordinär, vielleicht sogar noch weniger, denn sie ist ja bloß die Imitation von etwas, das *wirklich* etwas *ist*. – Ich spreche hier selbstverständlich von rein mathematischen Verhältnissen.»

Er schwieg einen Augenblick, dann fügte er hinzu: «Das ist

die Erklärung zur 77. Meine Erklärung. Sie kann natürlich falsch sein.»

Es war still am anderen Ende, bis Engelsrud brummend auflegte.

Even saß ganz ruhig da und lächelte diabolisch. «Ambers Prozess», das war richtig gut. Böse, aber gut. Wert, es sich für eine andere Gelegenheit zu merken.

Er dachte einen Moment über Engelsruds Gerede nach, dass Even Vik gewisse Fähigkeiten hatte und dass telepathisch begabte Menschen ebenfalls gewisse Fähigkeiten hatten. Das eine sollte durch das andere plausibel werden. So ein Nonsens!

Die Tür zu Stigs Zimmer war angelehnt. Er dachte an den kleinen Jungen unter der Decke, sah ihn vor sich und seine Zahl. Morgen würden sie sich wieder unterhalten, beim Frühstück rumalbern, wie Vater und Sohn, bis es für Stig in die Schule ging. Sie würden den Bus nehmen, Hand in Hand …

«Papa!»

Even zuckte zusammen und war an der Tür, noch ehe er den Ruf richtig registriert hatte. Er öffnete sie vorsichtig und setzte sich auf die Bettkante.

«Was ist, Stig?»

Der Junge blinzelte ihn verschlafen an. «Onkel Even … Ich hab geträumt …» Eine Hand stahl sich unter der Decke hervor und schmiegte sich in Evens. «Ich hab geträumt, du wärst mein Vater und ich wäre sieben Jahre alt.» Stig lächelte Even an. «Für immer sieben Jahre alt. Aber das geht doch nicht, oder?»

Even drückte zärtlich die Hand und sah zum Fenster. Plötzlich befiel ihn eine unbestimmte Angst, wie er sie noch nie zuvor erlebt hatte.

Stig war eine 7. Eine große und helle 7. Das war er immer gewesen. Seitdem Even ihn zum ersten Mal gesehen hatte.

Kapitel 16

April 2007

Der Himmel über Oslo leuchtete blau wie auf einer Postkarte aus Kreta. Meister Nord trat einen Schritt vom Fenster zurück, um den intensiven Sonnenstrahlen auszuweichen. «Auf einem Fahrrad?», fragte er ungläubig. «Even Vik ist Ihnen auf einem Fahrrad entwischt?»

«Als ich gemerkt habe, dass er weg war, habe ich mich in das Computersystem des Bahnhofs eingeloggt, um zu sehen, ob ihn eine von deren Überwachungskameras erwischt hat. Ich dachte mir, dass er höchstwahrscheinlich zum Bahnhof gefah…»

«Oder nach Gardermoen.»

«Ja, natürlich, den Flughafen hätte ich als Nächstes gecheckt», sagte Zap. «Auf den Aufnahmen vom Bahnhof ist mir ein Mann mit Schirmmütze aufgefallen, der seinen Blick konstant auf den Boden gerichtet hielt. Er hatte die richtige Größe und bewegte sich auch wie Vik. Als er am Ticketautomaten stand, gab es eine Spiegelung auf dem Bildschirm, ich habe sie vergrößert, und … es *war* Vik. Als ich Aufnahmen von anderen Kameras in der Stadt nach der gleichen Jacke und Mütze durchsucht habe, habe ich ihn am Dom entdeckt, wie er gerade dabei war, sein Fahrrad abzuschließen.»

«Er ist also heute früh mit einem Fahrrad von Blindern zum Bahnhof gefahren, hat einen Zug genommen und ist verschwunden?»

«Ja. Das heißt, er hat *versucht*, zu verschwinden – ich habe herausgefunden, dass er mit dem Zug nach Larvik gefahren ist.»

«Also die Fähre nach Dänemark.» Meister Nord rieb sich den Nacken und lächelte. Der jüngere Mann musterte Meister Nords Gesicht und dachte, dass er mit diesem Lächeln schon so manchen Nichtsahnenden getäuscht hatte. Es bedeutete nicht, dass Meister Nord zufrieden war, weder mit ihm noch mit dem momentanen Stand der Dinge. Vielmehr war es ein deutliches Zeichen, dass Meister Nord hochkonzentriert darüber nachdachte, wie er das Ruder wieder an sich reißen und die Kontrolle zurückbekommen konnte.

«Kommen Sie in die Überwachungskameras der ‹Peter Wessel› rein?», fragte Meister Nord und ließ die Hand sinken.

«Ich denke, das sollte gehen, aber Color Line hat ein geschlossenes System, es wird also etwas dauern.» Er zögerte. «Möglicherweise schaffe ich das nicht bis morgen früh, wenn die Fähre anlegt.»

«Okay, vergessen Sie es. Und das Handy?»

«Gibt überhaupt keine Signale von sich.»

«Hm … Er versucht offensichtlich, uns abzuschütteln. Das wird ihm noch leidtun.» Meister Nord nahm einen Apfel vom Schreibtisch und teilte ihn mit einer kräftigen Drehbewegung in zwei Hälften, als symbolisierte er Even Viks Kopf. Ein paar Kerne fielen zu Boden. Der Meister aß die eine Apfelhälfte und dachte nach. «Okay. Wir wissen, was er anhat, und kennen seine dämliche Kappe. Folgen Sie ihm, wenn er morgen früh die Fähre verlässt, und finden Sie heraus, wohin er will. Der Kerl darf uns nicht entwischen. Ich nehme Kontakt mit dem Großmeister auf, damit er Leute bereitstellt, die ihn im Süden übernehmen.»

«Übrigens», sagte Zap, «am Bahnhof war auch ein Mann vom Nachrichtendienst, der …»

«Wer?», unterbrach ihn Meister Nord schroff. «Militär oder Polizei?»

«Militär, es war Leutnant Tomlevoll. Das ist der, der trotz seines Alters wie ein Jugendlicher aussieht – er stand linker Hand im Schatten der Rolltreppen.»

«Hat er Even Vik gesehen?»

«Nein, Vik hat den Eingang neben dem Laden gegenüber von Oslo City genommen.»

«Okay.» Der Meister wandte sich zum Fenster, studierte die zerzauste Baumkrone, deren Knospen zum Platzen prall waren, und fragte sich, ob er am Abend angeln gehen sollte, um den Kopf frei zu bekommen. «Sorgen Sie dafür, dass Sie heute Nacht Schlaf kriegen. Morgen kann es hektisch werden», sagte er über die Schulter hinweg.

Zap nickte, ging ins Vorzimmer und setzte sich an das große Computersystem.

Eine halbe Stunde vor Ladenschluss ging Even in den Duty-free-Shop der Fähre und kaufte eine Hose, ein weißes Hemd, einen ordentlichen Pullover, eine Jacke und ein paar Unterhosen. Er blieb vor den Krawatten stehen, wollte einen guten Eindruck machen, als ihm bewusst wurde, dass er nie gelernt hatte, einen Schlipsknoten zu binden. Die wenigen Male, die er einen Schlips hatte tragen müssen, hatte Mai ihm geholfen. Dann kaufte er noch Deo, Zahnbürste, Zahncreme und eine Tasche, um alles zu verstauen. Und eine Flasche «Gammel Dansk». Er bezahlte alles mit dem Bargeld, das er vor seiner Abreise aus dem Bankschließfach geholt hatte.

Dann setzte er sich in die Bar und unterhielt sich mit ein paar Fernfahrern.

Am nächsten Morgen wachte er mit einem Krampf in den Pobacken und heftigem Muskelkater in den Schenkeln auf. Er war es nicht gewohnt, Fahrrad zu fahren. Außerdem hatte er Kopfschmerzen. Fluchend dachte er an den Fernfahrer, mit dem er ein Glas nach dem anderen geleert hatte, und an den Drahtesel, der an der Domkirche auf ihn wartete. Er nahm sich vor, in Zukunft häufiger Rad zu fahren. Das wird diesem schlaffen Körper guttun, dachte er, während er duschte und sich dann sein neues Outfit anzog. Außerdem konnte er dann mit Stig Fahrradtouren machen. Bevor er die Fähre verließ, tauschte er an der Rezeption ein paar Tausender in dänische Kronen ein.

Draußen auf dem Kai blieb er verwundert stehen und sah sich um. Entweder hatte Frederikshavn sich total verändert, oder die Fähre hatte sich im Hafen geirrt. Er ging ins Fahrkartenbüro und machte eine der Angestellten auf den Fehler aufmerksam. Mit breitem Lächeln erklärte sie ihm, dass die «Peter Wessel» seit einem Jahr das nordjütländische Hirtshals anlief und dass er sich dementsprechend jetzt dort befand.

Immer noch leicht skeptisch, akzeptierte er die Erklärung und ging wieder nach draußen. Als er den Platz überquerte, über den die Autos von der Fähre fuhren, brüllte hinter ihm eine Hupe auf, laut wie ein Nebelhorn. Er zuckte zusammen und sah einen gewaltigen Lastwagen anhalten, der ihn mit den Scheinwerfern anblinkte und dessen Fahrer ihm zuwinkte. Even kletterte auf den Beifahrersitz und begrüßte seinen Saufkumpan vom Vorabend.

«Ich muss nach Viborg und dann anschließend nach Herning, und du?», rief der Mann und drehte Bruce Springsteen leiser. Even grinste. Die Mitfahrgelegenheit kam ihm gerade recht.

Am Stadtrand von Ålborg bedankte er sich und fuhr mit einem Bus ins Zentrum. Ich habe viel Zeit, dachte er, kaufte sich einen Hot Dog mit warmem Brot und Gurkensalat sowie einen Stadtplan und machte sich zu Fuß auf den Weg. Mit Hilfe des Plans und freundlicher Hinweise einiger Ortskundiger näherte er sich still und leise dem Hotel «Hvide Hus». Um kurz nach drei saß er mit einer Ausgabe der «Jyllands-Posten» auf dem Schoß im Foyer.

Um fünf vor halb fünf kam ein älterer Mann mit schwarzem Bart von der Straße herein, fragte in feinstem Englisch, wenn auch mit deutlichem Akzent, nach dem Schlüssel für Zimmer 312 und ging zum Fahrstuhl.

312 liegt genau zwischen einer Mirpzahl, 311 – eine Primzahl, die gespiegelt auch eine Primzahl ist –, und einer Palindromzahl, 313 – die von hinten wie von vorne gelesen die gleiche Zahl ergibt – und das … Schnauze! Schluss! Werd endlich normal, verdammt!

Mit der Zeitung unter dem Arm gelang es Even gerade noch, in den Aufzug zu schlüpfen, bevor die Türen sich schlossen. Er wartete, bis sich die Aufzugkabine in Bewegung setzte, dann wandte er sich lächelnd an den älteren Mann: «Professor Niknom?»

Der fast einen Kopf kleinere Mann musterte Even abschätzig, warf einen Blick auf die Zeitung und auf Evens Hände, bevor er wieder auf die rote Zahl blickte, die anzeigte, dass der Fahrstuhl gerade die zweite Etage passierte. Sein Gesicht zeigte keinerlei Regung, als wäre die Stimme, die er vernommen hatte, aus einem Lautsprecher gekommen und hätte das Wetter verkündet. Unter dem kurzgeschnittenen Bart schienen sich Mund und Kiefer des Mannes zu straffen.

«Entschuldigen Sie, Sir», sagte Even, «ich habe mich nicht vorgestellt. Mein Name ist Even Vik, Professor Vik aus Oslo. Wir haben vor einem Monat miteinander telefoniert. Sie haben vorgeschlagen, dass wir uns hier in Ålborg treffen.»

Die zusammengezogene Stirn schien sich etwas zu lösen, der Mann drehte langsam den Kopf, sah schräg zu Even auf, lächelte ihn plötzlich mit kreideweißen Zähnen an und reichte ihm die Hand. «Ah, Professor Vik! Es ist mir eine Freude. Entschuldigen Sie, dass ich Sie nicht gleich erkannt habe. Ich hatte mir einen jüngeren Mann vorgestellt, einen etwas …» Er blickte an Even hinunter. «Einen etwas weniger formell gekleideten. Die Kollegen aus Norwegen und Dänemark sind oft etwas … legerer, was die Kleiderwahl angeht. Wohnen Sie auch hier im Hotel?»

«Nein, ich bin bei einem Freund zu Besuch», log Even und schüttelte die Hand des Mannes. Der Fahrstuhl stoppte, die Türen öffneten sich, und sie gingen langsam den Flur entlang.

«Worum geht es, Professor Vik? Ich erinnere mich, dass Sie am Telefon nicht darüber sprechen wollten. Das hat mich neugierig gemacht.»

«Ich wollte Sie fragen, ob Sie Zeit hätten, mir bei der Lösung eines Problems zur Seite zu stehen.»

«Probleme sind dazu da, gelöst zu werden! Oder sie zu ignorieren …» Professor Niknom blieb vor der Tür mit der Nummer 312 stehen. «Kommen Sie mit herein, während ich mich umziehe? Ich habe in einer guten Stunde eine Verabredung.»

«Ich warte im Restaurant auf Sie. Darf ich Sie zum Essen einladen? Dann kann ich Ihnen alles erklären.»

«Dann haben wir eine Abmachung, junger Mann. Ich freue mich, Sie gleich zu sehen.» Mit einem höflichen Nicken verschwand er in seinem Zimmer.

Das Restaurant in der 14. Etage war fast leer. Even wählte einen Tisch in der hintersten Ecke, am Fenster, erklärte dem Kellner, dass er noch auf einen Freund wartete, und trank eine Cola, während er ungeduldig mit den Fingern auf die weiße Tischdecke trommelte. Die Aussicht über die Stadt, den Hafen und Teile des Limfjords war phantastisch, und Even musste unwillkürlich an die Burg im Elsass denken. Er bekam Lust, Stig anzurufen, und tastete nach seinem Handy, bis ihm einfiel, dass er es mit herausgenommenem Akku im Büro in Oslo liegen gelassen hatte. Aloysia hatte ihm eingebläut, wie wichtig es war, nicht immer über das Handy lokalisierbar zu sein.

Er erinnerte sich an das Gespräch:

«Wir wissen nicht, wer die Unsichtbaren Brüder sind, haben keine Ahnung, in welchen einflussreichen Positionen sie möglicherweise sitzen. Aber wir müssen vom *worst case* ausgehen.» Der Schein des Lagerfeuers flackerte über ihr Gesicht und verlieh ihm einen diabolischen Ausdruck. «Deshalb musst du dich vor ihnen verstecken, wenn du Personen triffst, von denen sie nichts wissen sollen. Du musst ihre Mittel nutzen und dich unsichtbar machen.»

«Ich weiß, dass ein Handy elektronische Spuren hinterlässt, wenn man telefoniert …»

«Das tut es auch, wenn es ausgeschaltet ist.» Sie sah ihn an. «Wenn du einen Vertrag für ein Mobilfunknetz hast, sendet dein Handy ständig Signale an die nächstgelegene Basisstation, damit die weiß, wo du bist, und bei Bedarf sofort deine SMS und Gespräche weiterleiten kann. Das ist technisch notwendig und kein Geheimnis. Aber diese Signale können auch missbraucht werden, weil sie eben verraten, wo du dich gerade befindest – egal, wo auf der Welt. Wer die Macht oder die technischen Möglichkeiten hat, sich Zugang zu diesen Signaldaten zu verschaffen, weiß auch über deine Bewegungen Bescheid. Und noch etwas – zwei Minuten reichen einem Profi, um eine Wanze einzubauen, mit der man …»

«Mr. Vik …»

Even sprang auf und streckte den Arm aus. «Bitte, nehmen Sie Platz, Professor Niknom.» Er bot ihm einen Stuhl an und half ihm, sich hinzusetzen. «Ich bin sehr froh, dass Sie sich die Zeit nehmen, mit mir zu reden, Sir.»

«Es ist mir ein Vergnügen. Sehen wir mal, ob ich Ihnen helfen kann.»

Der Kellner kam, und sie bestellten marinierte Krebsschwänze als Vorspeise, dazu Weißwein.

«Es tut mir leid, aber ich bin später noch zum Essen verabredet, deshalb muss ich so unhöflich sein, nur eine Kleinigkeit gemeinsam mit Ihnen zu essen, Professor Vik. Ich hoffe, Sie können ein derart unverschämtes Verhalten verzeihen?»

Ein verschmitztes Lächeln deutete sich in den Mundwinkeln des Mannes an, sodass Even lachend zurückgab: «Absolut.»

Der Mann streckte die Arme aus, als wollte er das Lokal umarmen. «Jetzt müssen wir gemäß der Sitte meines Landes die nächste halbe Stunde Höflichkeiten austauschen, uns nach der Familie des anderen erkundigen, von den Großeltern bis zu den Enkeln, über unsere Gesundheit sprechen, von Kopf bis Fuß, innen wie außen, und dabei auf möglichst diplomatische Weise die intellektuelle Kapazität des anderen erkunden.»

Even nickte ernst. «Ich verstehe. Dann fange ich mal an. Ich bin geschieden, wiege fünf Kilo zu viel und liebe Musik. Ich gelte als mathematisches Genie, während meine sozialen Umgangsformen gefürchtet sind und gerne als Negativbeispiel für pädagogische Studien genommen werden.» Er deutete mit der Hand an, dass er fertig war.

Eshqan Niknom nickte. «Ich bin Witwer, bin zehn Zentimeter zu klein, um jemals für eine bedeutende Persönlichkeit gehalten zu werden, bin abtrünniger Chemiker, der in den Sog der Historik geraten ist und seither darin feststeckt. Abgesehen von einer Blase an der Ferse, die ich meinen neuen Schuhen verdanke, geht es mir gesundheitlich gut.» Er blickte auf die Uhr und platzte heraus: «Anderthalb Minuten, das muss ein neuer Rekord sein!»

Der Kellner brachte den Wein, und nachdem Even probiert hatte, prosteten sie sich zu.

«Dann können wir ja zur Sache kommen», sagte Niknom und sah Even erwartungsvoll an.

«Ja», sagte Even und sah einen Augenblick lang aus dem Fenster. Er tastete mit den Fingern nach den Papieren in seiner rechten Jackentasche, zögerte aber. Even blickte den Mann auf der anderen Seite des Tisches an, öffnete den Mund, um etwas zu sagen, griff aber stattdessen noch einmal zu seinem Glas.

Professor Niknom räusperte sich und sah Even direkt in die Augen. «Mr. Vik, Sie kennen mich nicht. Ich kenne Sie auch nicht, aber ich muss gestehen, dass ich diskrete Nachforschungen bei befreundeten Mathematikern in Cambridge angestellt habe und damit über ein recht klares Bild von Ihnen als Person verfüge. Sie sind ein Eigenbrötler, keine ausgeprägt freundliche Person, aber auch nicht unfreundlich, solange man Ihnen nicht auf die Zehen tritt. Ein Mann mit Genie und Ehrgeiz, aber nicht unbedingt ein Mensch, der persönliche Beziehungen nutzt, um sich einen warmen Platz am Ofen zu sichern, wie es einer von meinen Bekannten ausgedrückt hat. Ein anderer hat Sie gar als Anarchisten bezeichnet. So weit die Kurzversion der Leute, die Sie kennen.»

«Ich habe in den Neunzigern ein Jahr lang in Cambridge gewohnt», murmelte Even.

«Ja, das habe ich mitbekommen. Das war vor meiner Zeit. Aber lassen Sie es mich so sagen: Diese Einschätzungen schrecken mich nicht ab … Und noch etwas …» Er legte die Fingerspitzen aneinander und sah Even einen Augenblick lang an.

«Die Tatsache, dass Sie mit meiner früheren Kollegin Mai-Brit Fossen verheiratet waren, spricht absolut für Sie, Scheidung hin oder her. Sie wissen das vielleicht nicht, aber ich hatte das Vergnügen, sie vor sieben oder acht Jahren persönlich kennenzulernen, bei einer Konferenz in Hamburg. Eine hübsche Frau, ein wunderbarer Mensch und eine sehr tüchtige Historikerin. Sie hat mir im Vertrauen von ihrer noch sehr frischen Scheidung erzählt, dabei aber kein schlechtes Wort über ihren Exmann verloren, der – wie ich jetzt weiß – Sie sind. Ich war bestürzt und voller Trauer, als ich vor zwei Jahren von ihrem Tod erfuhr.»

Even nickte verwirrt, fasste dann einen Entschluss und griff in seine rechte Jackentasche.

Niknom hob eine Hand, um ihn zu stoppen. «Bevor Sie mir irgendetwas zeigen, schlage ich vor, dass wir ein paar Geheimnisse austauschen. Das ist bei uns zu Hause ein alter Brauch, wenn zwei Personen einander noch nicht so recht trauen, aber trotzdem zueinanderfinden müssen. Zum einen tut man das, um dem anderen Sicherheit zu geben, es ist gleichzeitig aber auch eine Art Rückversicherung für einen selbst – man hat etwas gegen den anderen in der Hand und damit eine gewisse Sicherheit, dass das Anvertraute bei dem verbleibt, für den es gedacht war. Außerdem möchte ich Ihnen damit, auch wenn ich Sie erst kurz kenne, meine Freundschaft anbieten.» Professor Eshqan Niknom hob sein Glas und sah Even mit klarem, ernstem Blick an.

Even hob ebenfalls sein Weinglas und murmelte «Danke». Er war verwirrt und misstrauisch, aber auch dankbar, spürte, dass das Treffen ganz anders verlief, als er es sich vorgestellt hatte – wenngleich er sich nicht wirklich sicher war, was er erwartet hatte.

«Ich komme aus einem muslimischen Land, aus dem Iran,

und bin iranischer Staatsbürger. Trotzdem bin ich kein Muslim, weder im Glauben noch im Denken. Meine Religion ist der Zoroastrismus, eine uralte persische Religion, die auf eine dreitausendjährige Geschichte zurückblickt.» Niknom lächelte. «Aber das ist nicht das Geheimnis, das ich Ihnen anvertrauen will. Die Zoroastrier werden im Iran geduldet, wenn die Religion auch nicht anerkannt ist. Unsere Existenz ist weithin bekannt, und wir haben einen eigenen Repräsentanten im Majlis, dem iranischen Parlament. Zurzeit ist es mein leiblicher Vetter väterlicherseits, Kuros Niknom.»

Er schwieg und ließ seinen Blick über Ålborg schweifen, dessen grüne Lungen vor frühlingsfrischen hellgrünen Blättern nur so strotzten und einen schmucken Kontrast zum Rot der Hausdächer boten.

«Mein Geheimnis ist, dass ich heute Abend ein Treffen mit religiösen Freunden habe, hier in diesem Hotel, um zu diskutieren ...» Niknom sah Even lange an, seine dunklen Augen schienen nach Anzeichen zu suchen, dass er Even vertrauen konnte. «Um zu diskutieren, wie es mit unserem Land weitergehen soll und was wir als Minderheit tun können, um den fatalen Kurs zu korrigieren, den unser Land eingeschlagen hat. Wir wollen keine drastischen Maßnahmen, keinen gewalttätigen Umsturz, niemanden töten oder in die Luft sprengen, das soll unser Weg nicht sein. Wir wollen uns lediglich treffen und miteinander diskutieren, ohne dass es die iranische Botschaft oder der iranische Geheimdienst erfährt.»

Ein leichtes Lächeln ließ Niknoms weiße Zähne erahnen, aber gleichzeitig glänzten auf seiner Oberlippe kleine Schweißperlen, als hätten ihn die Worte viel Kraft gekostet.

«Das war *mein* Geheimnis, Mr. Vik. Jetzt hoffe ich, dass auch Sie bereit sind, sich zu öffnen.»

«Ich fühle mich geehrt, Sir», sagte Even und hob das Glas.

«In Norwegen spricht man sich mit dem Vornamen an, wenn man befreundet ist ... Eshqan!»

Sie stießen miteinander an und tranken Wein. Dann kam der Kellner mit dem Essen, und es entstand eine kleine Pause, während sie die ersten Bissen zu sich nahmen. Even legte das Messer beiseite, zog die sechs Blätter aus der Jackentasche, entfaltete sie, legte sie neben Eshqans Teller auf den Tisch und aß weiter.

Der ältere Mann warf erst nur einen flüchtigen Blick auf die Papiere, doch dann stoppte die Gabel auf dem Weg zum Mund, und er legte das Besteck beiseite. Die nächsten fünfzehn Minuten saß Professor Niknom stumm da, der Welt entrückt, und studierte Newtons geheime Aufzeichnungen. Schließlich legte er sie beiseite und starrte aus dem Fenster, auf die Wolken über Ålborg.

«Das ist ...» Er richtete seinen Blick auf Even, dann wieder auf die Zettel. «Das ist in der Tat eine Überraschung, die die Bezeichnung verdient», murmelte er und verzog den Mund zu einem schiefen Lächeln.

Der Hörer wurde beim zweiten Klingeln abgenommen. «Otrois.»

«Wir haben Vik verloren.» Meister Nord trat ans Fenster und versuchte, seine Worte mit Bedacht zu wählen. Der Großmeister hasste alles Überflüssige, sowohl Worte als auch Aktivitäten. «Er hat Oslo gestern mit dem Zug verlassen und ist dann mit der Fähre nach Dänemark gefahren. Die Fähre hat er verlassen, wir haben Bilder von ihm, als er das Terminal verlässt, doch dann ist er verschwunden. Er ist nicht zum Bahnhof gegangen und hat auch keinen Bus genommen. Wir haben die Straßen abgesucht, ihn aber auch dort nicht gefunden.»

«Dann ist er vermutlich in einem Auto mitgefahren.» Die Stimme des Großmeisters war knapp und trocken wie immer.

«Ja, wir überprüfen die Aufnahmen der Autobahnkameras, aber viele gibt es davon in Dänemark nicht.»

«Bruder Nord», sagte der Großmeister und machte die typische kleine Pause, bei der allen Mitgliedern der Bruderschaft in der Regel der Atem stockte. «Sie und Bruder Zap haben immer zu meinen zuverlässigsten Männern gehört. Bis jetzt.»

Meister Nord schwieg.

«Bringen Sie diesen Professor Vik unter Kontrolle, sobald er wieder aus der Versenkung auftaucht. So etwas darf sich nicht wiederholen. Verstanden?»

«Verstanden. Wir werden ihn in den Griff bekommen.»

«Jetzt suchen wir aber erst einmal weiter nach ihm. Ich will wissen, was er vorhat, wen er trifft, was gesprochen wird. Sie wissen, um was es geht!»

Der Hörer wurde aufgelegt, und Meister Nord atmete aus, als hätte er mehrere Minuten die Luft angehalten.

«Otrois will, dass wir auf Vik warten, wenn er nach Hause kommt. Wir sollen ihn markieren. Er muss unter Kontrolle gebracht werden.» Er starrte Zap an, ehe er hinzufügte: «Ich kümmere mich selbst darum.»

Zap verstand. Meister Nord sprach es nicht aus, aber sein Blick war unmissverständlich: Er wollte kein Risiko eingehen, dass die Dinge noch einmal schiefliefen.

Kapitel 17

ÅLBORG, DÄNEMARK

Die Sprache klang weich und rund, irgendwie freundlich. Sie war rhythmisch und glitt in einem ruhigen Tempo dahin. Aus unerfindlichen Gründen musste Even an Kamele und Honigbonbons denken. Professor Niknom – *42, Farbe wie feuchter Wüstensand, wenn das Morgenlicht auf dem Tau glänzt* – stand halb mit dem Rücken zu ihm und schaute aus dem Fenster, während er sprach. Kurz darauf beendete er das Gespräch, klappte sein Handy zu und setzte sich wieder an den Tisch.

«Mein Freund hat Verständnis, wenn ich etwas später komme. Unser Treffen ist für 20 Uhr im ‹Bøgesalen› hier im Hotel angesetzt, und ich hatte versprochen, pünktlich zu kommen. Es scheint aber alles unter Kontrolle zu sein, sodass meine Anwesenheit nicht vonnöten ist.»

Niknom schaute auf die Blätter, dann auf seinen Teller. Still saßen sie sich gegenüber, als hätte sich eine plötzliche Verlegenheit über den Tisch gesenkt. Even nahm sein Glas und fühlte sein Herz nervös gegen die Rippen schlagen. Wieder einmal hatte er sich einem wildfremden Menschen einfach anvertraut, hatte auf seine Intuition gehört, die ihn doch schon so oft im Stich gelassen hatte. In einem Anflug von Reue überlegte er, ob er sich Newtons Formel schnappen und einfach aus dem Restaurant verschwinden sollte, aus dem Hotel, der Stadt, dem Land, so schnell wie möglich.

«Es überrascht mich, dass Sie von meiner Schwäche für die Alchemie wissen», sagte der iranische Professor. «Ich dachte eigentlich, dieses Geheimnis wäre nur einem kleinen Kreis vertrauter Personen bekannt. Darf ich Sie fragen, woher Sie die Information haben?»

Even nannte Bjarne Engelsruds Namen.

Niknom zog die Brauen hoch und schüttelte den Kopf. «Der Name sagt mir nichts. Er muss es von jemand anderem erfahren haben.» Dann erhellte sich sein Gesicht, er lächelte zufrieden. «Aber es hat mir diese interessante und unschätzbar wertvolle Begegnung mit Ihnen und dem guten alten Newton beschert, damit hat die kleine Indiskretion auch ihr Positives. Vielleicht ist es ein Wink des Schicksals. Glauben Sie an das Schicksal, Even Vik?»

«Ich glaube an die Wahrheit», sagte Even. «Die Wahrheit in der Wissenschaft und an die Logik und die Vernunft.»

Und an das Böse, dachte er.

«An die Vernunft …?»

«Nicht die menschliche Vernunft, sondern die Vernunft der Zahlen, der Physik, der Natur und des Universums.» Even starrte hinaus in die Dämmerung. Meinte er das wirklich so? Es klang so feierlich, er hatte es noch nie so gesagt oder gedacht. Aber in diesem Moment fühlte es sich richtig an … logisch, wenn man so wollte. Er dachte an Photonen und Quantensprünge und fügte hinzu: «Und ich glaube an Zufälle.»

«Hm … Zufälle, ja.» Niknom nickte nachdenklich, dann sah er Even an. «Ich bin in der Stadt Yazd im Herzen Irans aufgewachsen. Manche halten sie für die älteste Stadt der Welt, aber das ist unwichtig, finde ich, damit will man nur die Aufmerksamkeit auf sich lenken und prahlen. Außerdem lässt es sich nicht mit Sicherheit nachweisen.» Seine Augen funkelten, als er fortfuhr. «Aber dass sie die *schönste* Stadt der Welt ist, daran besteht kein Zweifel, das sagen alle.»

Even lachte.

«Yazd ist auch das wichtigste Zentrum unserer Religion, dort liegen einige der größten und schönsten Tempel. Die Zoroastrier kommen von weit her, um sie zu besuchen. Sie müssen unbedingt auch einmal hinfahren, mein neuer Freund, wir könnten zusammen reisen, zum Neujahrsfest. Das liegt bei uns wunderschön mitten im Frühjahr, fünf Tage mit Wein, Tanz und Gesang.»

«Im Iran?», sagte Even mit unverhohlener Skepsis.

«Ja. Mitten in der Wüste. Iraner, die sich nicht zu unserem Glauben bekennen, dürfen während der Feierlichkeiten nicht dorthin kommen. Die Behörden und die Polizei wissen von unserem Fest und akzeptieren es stillschweigend, solange wir niemanden missionieren oder zu Unruhen anstiften.»

Er nahm einen Schluck Wein und schnalzte zufrieden mit der Zunge.

«Genug von Wein und Festen. In Yazd habe ich eine Ausbildung zum Chemiker gemacht, aber schnell festgestellt, dass es schwierig ist, eine interessante Arbeit zu bekommen. Auch wenn unsere Religion im Iran geduldet wird, heißt das noch lange nicht, dass man uns nicht absichtlich benachteiligt, wenn es um die Besetzung gutbezahlter Positionen geht. Seit meiner frühen Jugend habe ich mich für die Geschichte der alten Perser interessiert, weshalb ich mir irgendwann Avestisch und Pahlavi beigebracht habe, die beiden ursprünglichen Sprachen des Avesta, unserer Bibel. Irgendwann ging mir auf, dass mein Wissen über alte Geschichte und alte Sprachen im Iran eine Seltenheit war. In Rekordzeit – wenn ich mich selbst etwas loben darf – schloss ich ein Studium in Persischer Geschichte mit dem Doktortitel ab, was mich ins Ausland geführt hat, zuerst nach Zürich, dann nach Cambridge.

Diese Kombination, alte historische Städte wie Zürich und Cambridge und der Zoroastrismus, dessen Grundelement das

Feuer ist – wir nennen unsere Tempel auch Feuertempel, die von Feuerpriestern geleitet werden –, hat mir irgendwann die Augen für die Alchemie geöffnet. Wie gesagt, ich bin ausgebildeter Chemiker, es war also ganz natürlich, dass ich bei meiner historischen Lektüre immer wieder mit der Arbeit der Alchemisten in Berührung kam. Ich begann, mich mit ihren Formeln zu beschäftigen und mit der praktischen Seite der Alchemie. Damit nicht genug, stieß ich in einigen alten persischen Schriften auf Textpassagen, die ich plötzlich mit anderen Augen zu lesen begann. Mir wurde klar, dass sie möglicherweise etwas ganz anderes bedeuteten, als es auf den ersten Blick schien. So kam ich dazu, mich mit der Geschichte der Alchemie zu befassen. Vom Ursprung der Alchemie, vielleicht in Persien, in der schönsten Stadt der Welt, wer weiß, über Ägypten, wo eine starke esoterische Dimension hinzukam, und weiter nach Europa, wo sie in den letzten achthundert Jahren ein wechselhaftes Dasein geführt hat, mal argwöhnisch beäugt, mal von den Mächtigen hofiert. Bis sie im Laufe der letzten fünfzig Jahre zu einer Kuriosität verkam, voll Aberglauben und Nostalgie, etwas, woran eigentlich keiner mehr glaubt.»

Er sah Even verbittert an. «Dank Ihrer Wissenschaft und Logik. Die alles ausschließen, was nicht bewiesen werden kann. Aber wie kann man etwas beweisen, dessen Existenz nicht einmal bekannt ist? Wie die Macht des Feuers über den Geist und über die Seele? Oder die Kraft der Erde und die Fähigkeit, durch Tanz bestimmte Energien in Fluss zu bringen?»

«Glauben Sie an die Alchemie?», fragte Even überrascht.

«Ich glaube nicht an die Möglichkeit, Gold zu erzeugen oder ewiges Leben zu erlangen, wenn es das ist, woran Sie denken. Aber es gibt so viele andere Bereiche der Alchemie, Dinge, die nicht so weitreichend sind, so … wie soll ich es sagen, die nicht so sehr in die Sphäre der Götter eingreifen.»

«Newton hat an diese Dinge geglaubt, an das ewige Leben und so», sagte Even, als der Professor still wurde.

«Tja, mag schon sein. Ich bin mir nicht sicher. Er glaubte an die göttliche Dimension der Alchemie, so, wie ich ihn lese, er glaubte, dass Gottes Schöpfung sich eines Tages mit einer Reihe von Formeln, Theorien und Gleichungen beschreiben ließe, wenn sich erst der richtige Mann der Sache annahm, ein gottbegnadetes Genie.»

«Das Isaac Newton hieß», murmelte Even.

«Ja, sein Selbstbild war nicht unbedingt bescheiden, kann man sagen. Aber ...» Niknom breitete die Arme aus und legte dann eine Hand auf die sechs Blätter. «So viel zur Vorgeschichte meiner heimlichen, meiner dunklen Seite.»

Der Professor betonte «*dark side*» in einer Weise, die Even kurz an «Star Wars» und Pink Floyd denken ließ. Unwillkürlich warf er einen Blick auf den Mond, der eben über den Dächern im Osten aufgetaucht war.

«Und das da?» Even zeigte auf Newtons Formel.

Niknom strich zärtlich über die Papiere. «Das hier ist ... verwunderlich, ich bin geneigt zu sagen, beunruhigend, aber ich brauche Zeit, viel mehr Zeit, um den Text gründlicher zu untersuchen. Er enthält Zusammensetzungen, die ich in der Form noch nie gesehen habe, und Fragmente ...» Er seufzte. «Nein, ich sollte nicht mehr sagen, ehe ich nicht mehr Zeit hatte, ihn gründlich zu studieren. Tut mir leid.»

Even nickte, leerte sein Glas und ließ seinen Blick nachdenklich darauf ruhen. «Vor etwa dreißig Jahren studierte ein junger Kerl mit Namen Adams in Cambridge. Er hat die Antwort auf die große Frage gefunden: Was ist der Sinn des Lebens? Douglas war sein Vorname.»

Eshqan Niknom wartete, ohne etwas zu sagen.

«Die Antwort war ganz simpel», fuhr Even fort. «42.»

«42 was?»

«Keine Ahnung. Sandkörner in der Wüste vielleicht, wer weiß. Taufeuchter Sand im Glanz der Morgensonne.»

Niknom sah ihn verunsichert an. Even fühlte sich kindisch und biss sich auf die Lippe. Der alte Professor drehte sich zum Fenster, schaute über Ålborg, nickte seinem Spiegelbild zu und lächelte breit. «42, ja, natürlich.»

«Eine Jungfrau ist, wie sie ist, lang, kurz, feucht, voller Musik oder trocken und langweilig.» Der Däne beugte sich rülpsend über sein Pils und schielte Even an. «Jungfrau Ane, unsere ‹Jomfru Ane›, ist lang und feucht und ein einziges Fest. Basta. Norweger lieben sie.»

Even leerte seine Flasche, verabschiedete sich und verließ seine dritte Kneipe. Eingelullt in das trügerische Sicherheitsgefühl eines Betrunkenen, torkelte er durch die Jomfru-Anes-Gate in Ålborg, die an diesem Abend lang, feucht und laut war, voller Menschen, und das an einem Donnerstag. Die meisten waren junge, unentwegt plappernde Teenager, die alles, was sie sahen, lautstark kommentieren mussten. War er in diesem Alter auch so von sich selbst überzeugt gewesen, oder brach hier die Egozentrik der neuen Generation durch? Waren die norwegischen Jugendlichen genauso? Even seufzte. Wahrscheinlich schon, er ging einfach nur zu selten aus oder war an den falschen Orten, um es mitzubekommen.

Eine heisere Stimme ließ ihn anhalten.

Never trust a scarecrow
Wearin' shades after dark
Be careful of that old bow tie he wears
It takes a sweet little bullet from a pretty blue gun
To put those scarlet ribbons in your hair …

Ohne zu zögern, trat er ein, kaufte ein Bier an der Theke,

fand einen einsamen Winkel und begann, vor sich hin zu träumen, während ein dürres Elend mit dichter Mähne und Gitarre Tom Waits imitierte.

Rohe, schöne Poesie, ein Pils, ein stilles Eckchen in einer dänischen Kneipe – was begehrte er mehr?

In Evens Kopf tauchten ein paar Antworten auf, aber er wischte sie brutal beiseite, ehe sie sich festsetzen konnten. Er dachte an das Gespräch mit Professor Niknom und war beunruhigt über das Vertrauen, das er dem Mann entgegengebracht hatte.

«Ich weiß nicht, was diese Papiere beinhalten», hatte der Iraner gesagt. «Und ich weiß auch nicht, ob sie bedeutsam sind oder nicht, aber *was* ich weiß, ist, dass sie für Sie mehr als nur ein kurioses Rätsel sind, das Sie lösen wollen. Vielleicht ist es das Beste, mir so wenig wie möglich zu zeigen?» Er wollte nach einem Filzschreiber fragen, um die Stellen zu schwärzen, die nicht für ihn bestimmt waren, aber Even hatte den Kopf geschüttelt und das Gespräch auf die alchemistischen Zeichen im Text gelenkt, worauf Niknom ihm einen kurzen Vortrag über die Grundlagen der Alchemie gehalten hatte.

Der Tom-Waits-Klon stellte die Gitarre weg, kündigte eine kurze Pause an und steuerte auf die Tür mit dem Toilettenschild zu. Even nahm nachdenklich einen Schluck von seinem Bier. Er schätzte Professor Niknom, hatte sich von seinem stillen Humor einnehmen lassen, seiner Hilfsbereitschaft und Begeisterungsfähigkeit. Es fiel schwer, einen solchen Mann nicht zu mögen. Und genau das machte ihm Sorgen.

Erste Grundregel eines jeden Spions: Traue niemandem, der dich im Laufe der ersten halben Stunde durch seinen Charme fesselt!

Er rülpste leise in sein Bier, ehe er den nächsten Schluck trank. Newtons Formel ging ihm nicht aus dem Kopf. Er brauchte Geduld. Geduld war der Schlüssel, mit dem er den Code knacken konnte.

Der dänische Tom Waits kehrte mit einem Pils in der Hand zu seiner Gitarre zurück, die auch schon bessere Tage gesehen hatte. Er trank ein paar Schlucke und schaute über die spärliche Gästeschar, während er eine Saite stimmte.

Ein seltenes wohliges Glücksgefühl durchströmte Even. Er trank einen Schluck aus der Flasche und gab dem Kellner ein Zeichen, dass er noch eine wollte. Dann schloss er die Augen und lauschte den einleitenden Akkorden zu «The piano has been drinking».

Als die Kneipe morgens um fünf zumachte, torkelte er zum Bahnhof, nahm den ersten Zug nach Hjørring und fuhr von dort mit dem Pendelzug weiter nach Hirtshals. Er nahm eine Tageskabine auf der «Peter Wessel» und schlief sich über das Kattegat. Im Zug nach Oslo versteckte er sich hinter einer Zeitung, versank tief im Sitz und nahm in regelmäßigen Abständen einen Heilschluck «Gammel Dansk», um seinen Magen bei Laune zu halten.

Als er vom Osloer Hauptbahnhof in Richtung Dom lief, um das Fahrrad zu holen, sah er ein freies Taxi langsam an sich vorbeifahren. Er änderte spontan seine Pläne, riss den Arm nach oben und hielt es an. Die Fahrt im Auto hatte zusätzlich den Vorteil, dass er noch einmal den dänischen Bitter aus der Tasche ziehen konnte. Es gab einfach nichts Besseres bei einem empfindlichen Magen.

Eine knappe halbe Stunde später schloss er die Tür zu seiner Wohnung auf, ließ die Tasche auf den Boden fallen und raste aufs Klo, um zu pinkeln. Er hatte es schon im Taxi kaum noch aushalten können.

Als er sich die Hände wusch, hatte er plötzlich das Gefühl,

nicht allein in der Wohnung zu sein. Gehört oder gesehen hatte er nichts, aber da war so ein Geruch …

Vorsichtig legte er das Handtuch ab, als könnte es explodieren, schob mit einem Finger die Tür auf und warf einen Blick in den Flur. Das Gefühl, dass irgendwo in der Wohnung jemand auf ihn lauerte, wurde stärker. Ganz leise schlich er zum Wohnzimmer, fasste unterwegs eine leere Colaflasche am Hals und hob sie über den Kopf, bereit …

Kapitel 18

JUNI 2007
BRÜSSEL

«Fleur Menez», sagte Aloysia und hielt der Sekretärin eine Visitenkarte unter die Nase. «Ministerialdirektorin der See- und Handelsrechtskammer beim spanischen Justizministerium. Ich bin mit Monsieur Bert Meuers verabredet, meine Sekretärin hat angerufen und heute für 16.30 Uhr einen Termin vereinbart.»

Mit einem lässigen Schwung warf sie das Haar der dunkelblonden Perücke über die Schulter, sodass der elegante Schnitt und das glänzende Mahagonibraun des Kostüms besser zur Geltung kamen – eine Investition, die Aloysias Gewissen immer noch nicht ganz verdaut hatte. Zum ersten Mal in ihrem Leben hatte sie mehr als tausend Euro für ein Kleidungsstück ausgegeben.

Die Sekretärin war unbeeindruckt, schaute auf den Bildschirm vor sich und schüttelte den Kopf. «Tut mir leid, hier ist kein Termin mit Ihnen eingetragen, Madame Menez.»

«O doch! Meine Sekretärin hat mich im Zug angerufen und mir den Termin bestätigt. Ich bin gerade in Brüssel angekommen, und mein einziger Termin ist das Treffen mit Monsieur Meuers, bevor ich weiter nach Rom fahre. Ist er da?» Sie machte einen Schritt auf die Bürotür zu, an der auf einer Holztafel mit Messinglettern der Name Bert Meuers stand. An der Wand hing ein Foto, das die Sekretärin neben einem glatzköpfigen Mann mit einem runden, jovialen Gesicht zeigte. Neben der Tür hing ein größeres Foto, auf dem derselbe Mann neben dem Präsidenten der EU-Kommission zu sehen war. Jetzt wusste Aloysia, was sie hatte herausfinden wollen, nämlich wie Bert Meuers aussah. Sie nahm ihr Handy und tippte eine Nummer ein.

«Monsieur Meuers ist bei einer Sitzung und kommt erst morgen wieder ins Büro.» Seine Sekretärin blickte konzentriert auf ihren Bildschirm und bekam nicht mit, dass Aloysia das Bild an der Wand fotografierte. «Am Freitag um 15.20 Uhr ist noch ein Termin frei, wenn Madame zehn Minuten reichen.»

«Zehn Minuten!» Aloysia regte sich in einem Grad auf, den sie für eine leitende Ministerialbeamtin für angemessen hielt, und bedachte die Sekretärin mit einem vernichtenden Blick. «Das werde ich dem Ministerpräsidenten melden. Entweder sorgen Sie dafür, dass Monsieur Meuers auf der Stelle hier auftaucht, oder ich werde dafür sorgen, dass die Angelegenheit beim nächsten Vorbereitungstreffen des EU-Ministerrats als separater Punkt abgehandelt wird, dessen können Sie sich gewiss sein.» Sie drückte das Handy ans Ohr und sprach auf Spanisch. «Ja, hallo? Ich bin's. Ich stehe vor dem Büro von Meuers und …»

Während sie einen nichtssagenden Wortschwall über hoffnungslose Sekretärinnen von sich gab, lächelte die Sekretärin sie steif an und gab ihr zu verstehen, dass sie Monsieur Meuers leider nicht vor morgen früh informieren könne.

Aloysia beachtete sie nicht weiter und verließ empört das Büro, ununterbrochen weiterplappernd. Im Fahrstuhl entspannte sie sich und lächelte die Frau im Spiegel zufrieden an.

Kapitel 19

Oslo

Das schwarze Telefon klingelte. Zap stand daneben und warf Meister Nord einen fragenden Blick zu. Dieser nickte und sagte: «Fünfundsiebzig.»

Der junge Mann gab einen sechsstelligen Code ein und schloss ihn mit 75 ab, wartete, bis ein kleines Lämpchen grün aufleuchtete, und nahm den Hörer ab. Er reichte ihn weiter an Meister Nord, der schon mit ausgestrecktem Arm dastand.

«Otrois hier», sagte der französische Großmeister und redete ohne Einleitung weiter. «Aloysia LaTour ist geortet. In Brüssel. Ein Hotel in der Avenue de Boulevard. Müssen Sie noch etwas wissen, bevor wir sie blaumachen?»

«Blaumachen». Diesen einfachen, aber bildlichen Begriff hatte Großmeister Otrois eingeführt. Meister Nord gefiel er, die Formulierung war weniger direkt als «hinrichten» oder «liquidieren» und juristisch schwieriger definierbar. Einen Menschen zu verurteilen, weil er gesagt hatte, dass er jemanden blaumachen wollte – unabhängig davon, ob derjenige tatsächlich ermordet wurde –, würde schwierig sein. Ein geschickter Anwalt könnte der Staatsanwaltschaft das Leben so ziemlich schwermachen. Und sollte es bei den Behörden einen Unsichtbaren Bruder in einflussreicher Position geben, wäre es für den Staatsanwalt ohne weiteres möglich, die Klage aus Mangel an konkreten Beweisen fallenzulassen.

Obgleich ihre Gespräche verschlüsselt waren, bestand der Großmeister auf solchen zusätzlichen Sicherheitsvorkehrungen.

«Nein, ich glaube, wir brauchen nichts weiter», antwortete Meister Nord. «Nach der Blamage in Dänemark haben wir Even Vik jetzt unter Kontrolle und … Entschuldigung, doch, eine Sache hätte ich noch: Wir haben noch nicht herausfinden können, wie Aloysia LaTour und Even Vik Kontakt miteinander aufnehmen. Es wäre gut, wenn Ihre Leute sie danach fragen könnten.»

«Gut», sagte Otrois. «Demut vor der eigenen Unwissenheit ist immer gut.»

Angeregt durch dieses seltene Lob des Großmeisters, stellte Meister Nord eine ungehörige Frage: «Wann soll es passieren?»

Die Stille schien aus dem Hörer zu wallen wie ein grauer, alles erstickender Nebel. Meister Nord schaute an die Wand, auf ein Foto seiner Frau, ließ seinen Blick auf ihrem Lächeln verweilen, bis er den erlösenden Summton hörte. Er legte auf. «Frage ihn niemals nach etwas, das du nicht unbedingt wissen musst», sagte er zu dem jüngeren Mann, ohne den Blick von der Fotografie zu nehmen.

Zap nickte und gab einen neuen Code ein. Das grüne Licht verlosch.

Kapitel 20

Brüssel

Eine Glocke unter dem Tresen klingelte, und die Frau am Empfang warf einen Blick auf den Monitor, der die Bilder der Kameras zeigte, die überall im Hotel montiert waren. Die Kamera in der 26. Etage schien ausgefallen zu sein, und draußen vor dem Eingang wartete ein älteres Ehepaar darauf, dass sie ihnen öffnete.

«Thon Hotel Center, guten Abend, Monsieur und Madame Djerassi», sprach sie ins Mikrophon und drückte auf den Türöffner. «Ich hoffe, Sie hatten einen schönen Abend?»

Sie beobachtete, wie der Ehemann seine Frau, die im Rollstuhl saß, ins Foyer schob, und wandte sich vom Monitor ab, um zu überprüfen, ob die Djerassis Abendessen oder einen Gute-Nacht-Drink bestellt hatten, aber es waren keine weiteren Wünsche notiert. Sie schrieb eine kurze Notiz, dass die Kamera in der 26. Etage morgen früh repariert werden musste, kontrollierte die Gästeliste und stellte fest, dass jetzt alle im Haus waren. Ihr Blick glitt hinüber zur Bar, wo noch ein letzter Gast auf einem Barhocker saß und mit dem Barkeeper redete. Das Restaurant war leer, und die Kellner deckten die Tische für den nächsten Morgen. Auf dem Monitor sah sie, dass das Ehepaar Djerassi in der zweiten Etage den Fahrstuhl verließ und der Mann seine Frau zum Zimmer schob. Dann ging sie in das Zimmer hinter der Rezeption und goss sich eine Tasse Kaffee ein. Die Nacht war noch jung.

Ein Lämpchen blinkte an dem kleinen Apparat neben ihrem Knie. Aloysia wandte ihre Aufmerksamkeit vom PC ab, blickte auf das kleine Display und sah, dass jemand im zweiten Stock den Fahrstuhl verließ. Sie saß im Schneidersitz auf dem Doppelbett und sah einen Rollstuhl, der über den Flur geschoben wurde. Das Bild war körnig, es war ihre billigste Kamera, und sie hatte sie ganz oben unter der Decke angebracht, sodass der Aufnahmewinkel sehr steil war. Es reichte ihr aber, um zu erkennen, dass das Paar über den Flur ging und aus dem Bild verschwand.

Sie wohnten im Nachbarzimmer 203, und kurz darauf hörte sie, wie sich dort die Tür öffnete. Alle Zimmer der zweiten Etage waren behindertengerecht eingerichtet, und Aloysia hatte das Zimmer 202 nur unter der Bedingung erhalten, dass sie sofort auszog, falls jemand eincheckte, der den Raum wirklich benötigte. Sie legte den Empfänger beiseite und ließ ihren Blick durch das Halbdunkel schweifen. Der Grundriss des übersichtlichen Hotelzimmers war quadratisch, nur das abgetrennte Bad in der Ecke störte die Symmetrie. Wie gewöhnlich hatte sie nach dem Einzelzimmer gefragt, das am weitesten vom Aufzug entfernt lag, eine Maßnahme, die ihr im Fall des Falls wertvolle zusätzliche Sekunden sicherte.

Von ihrem Platz auf dem Bett maß sie unbewusst den Abstand vom Sofatisch bis zur Tür, vom Rucksack bis zum Fenster, vom Bett bis zum Bad und prägte sich mögliche Bewegungsmuster und eventuelle Hindernisse ein. Dies alles machte sie mittlerweile völlig instinktiv. Vielleicht war sie nur deshalb noch am Leben? Sie wusste es nicht, denn eine direkte Konfrontation mit den Unsichtbaren war ihr bisher erspart geblieben.

Aloysia registrierte, dass der rosafarbene Sessel unnötig weit im Raum stand, und kletterte vom Bett, um ihn an die Wand zu schieben. Gleichzeitig entschloss sie sich, den Schreibtisch ein bisschen nach links zu schieben, damit sie das Fenster besser erreichen konnte.

Es war ein ordentlicher, sorgsam gestalteter Raum mit dunkler Holzvertäfelung unter dem Fenster, moderat abstrakten Bildern an den gelben Wänden und Gardinen ohne die sonst üblichen vulgären Blumenmotive. Nach ein paar Jahren auf der Flucht war sie eine Expertin für Hotelzimmer geworden. Mittlerweile wusste sie genau, was ihr gefiel, aber noch genauer, was ihr *nicht* gefiel.

Der Boden war mit ansprechendem dunklem Parkett ausgelegt, das sich unter ihren nackten Füßen angenehm anfühlte. Kein Teppich! Sie wohnte niemals in Zimmern mit Teppichboden. Darauf achtete sie peinlich genau, nicht aus ästhetischen Gründen, sondern weil ihr Plan es so vorsah.

Sie setzte sich, beugte sich über den Laptop und fuhr mit dem Text fort, den sie unterbrochen hatte:

Habe mit einem Polizisten in Brüssel gesprochen, einem alten Freund von Manfred (er hat viele Freunde, trotz Pensionierung und trotz des Buches über Korruption bei der Polizei). Dieser Polizist erwähnte nebenbei einen interessanten Fall. Habe ein bisschen nachgebohrt, um mehr zu erfahren: Vor ein paar Jahren fand die Polizei bei einer Razzia in der Wohnung eines EU-Beamten eine Mönchskutte. Der Mann war Berater für irgendwas und war wegen Unterschlagung angeklagt. Man nahm an, der Mann habe die Kutte zum Karneval getragen oder er sei vielleicht ein weltliches Mitglied irgendeines Mönchsordens, und schenkte ihr keine weitere Beachtung.
Der Polizist erwähnte diesen Fall nur, weil die Staatsanwaltschaft in Brüssel die Anklage gegen diesen Mann fallenließ,

noch bevor die Ermittlungen abgeschlossen waren. Die Polizei war sich eigentlich sicher gewesen, genug Beweise geliefert zu haben, niemand konnte die Entscheidung nachvollziehen, alle waren verärgert. Manfreds Freund deutete mit allem Nachdruck an, dass dieser Mann offensichtlich Freunde «ganz oben» gehabt habe, die ihn beschützt hätten.

«Null, null, fünfundvierzig, Alpha», sagte der eine der beiden leise, nachdem er einen Blick auf seine Uhr mit Ortszeit geworfen hatte. «Wir gehen runter.»

Der andere nickte, trat aus dem Schatten und folgte ihm über die Treppe nach unten zur 25. Etage. Sie hatten sich ruhig verhalten, seit sie das Hotelzimmer vor zwei Stunden verlassen hatten, waren im dunkelsten Winkel, außer Reichweite der Überwachungskameras, in Lauerstellung gegangen, bis es auch auf den anderen Stockwerken still geworden war. Jetzt war kein Laut mehr zu hören, und sie schlichen wachsam und konzentriert über die Treppe nach unten. Auf jedem Absatz hielten sie inne und lauschten aufmerksam, erstarrten zu dunklen Schatten. Sie nahmen sich viel Zeit, hatten die ganze Nacht noch vor sich.

Aloysia beugte sich zur Seite, griff nach einem Notizbuch und blätterte darin, bis sie fand, was sie suchte. Draußen vor den dunklen Gardinen war tiefe Nacht, aber sie war nicht müde, eher aufgekratzt.

Das gestrige Gespräch mit dem belgischen Polizisten hatte ihr einen mächtigen Adrenalinschub verpasst, der immer noch anhielt. Und ihr Auftritt von heute hatte sie ähnlich elektrisiert, als sie sich in korrektem Bürokratenkostüm und hochhackigen Schuhen, geschminkt und mit Schmuck behängt, als angeblich hohe Beamtin in den Verwaltungsdschungel der EU gewagt hatte.

Sie legte den Stift quer auf ihr Notizbuch, damit es nicht zuklappte, und versicherte sich kurz auf dem kleinen Display, dass im Flur und bei den Fahrstühlen alles ruhig war.

Der Polizist hat während unseres Gesprächs den Ausdruck «Bruderschaft» benutzt, doch als ich ihn gebeten habe, mir konkret zu sagen, welche Bruderschaft er meine, schien er seine Äußerung zu bereuen und wollte nicht mehr über diesen Aspekt des Falls reden. Der EU-Beamte wurde ohne Anklage oder Verfahren auf freien Fuß gesetzt und ist seither auch nicht mehr ins Blickfeld der Polizei geraten.
Der Polizist wollte mir keinen Namen nennen, aber ich habe heute ein bisschen herumgeforscht und herausgefunden, dass er Bert Meuers heißt, aus Holland stammt und eine zentrale Position als juristischer Ratgeber bei COREPER (Ausschuss der Ständigen Vertreter der Mitgliedstaaten) innehat, einer Einrichtung, die in allen politischen Bereichen der EU aktiv ist. Er ist an der Vorbereitung von Beschlussvorlagen für den EU-Ministerrat beteiligt und hat damit indirekt recht großen Einfluss auf die Ausgestaltung der Politik.
Ich habe heute sein Vorzimmer besucht und mir ein Foto von ihm verschafft. Morgen werde ich mir, bevor ich die Stadt verlasse, weitere Informationen über ihn besorgen.

Ein erneuter Blick auf den Monitor zeigte ihr, dass der Flur der zweiten Etage weiterhin menschenleer war. Aloysia öffnete eine Flasche Wasser und trank, bevor sie weiterschrieb:

7)

Eine Idee: Wenn wir etwas über die Mönchskutten herausfinden, die die Bruderschaft der Unsichtbaren bei ihren Versammlungen trägt, zum Beispiel, wo sie hergestellt werden, könnten wir vielleicht den Lieferungen folgen und ihnen auf diese Weise auf den Pelz rücken. (Was meinst du?)

Dritte Etage. Sie gingen jetzt noch langsamer, lauschten noch gründlicher und schlichen lautlos die letzten Stufen hinunter. Zweite Etage. Ohne die Tür vom Treppenhaus zum Flur zu öffnen, setzte der Mann seinen kleinen Rucksack ab und holte einen Teleskopschlagstock und einen mit Frischhaltefolie umwickelten Klumpen Wachs hervor. Dann setzte er den Rucksack wieder auf und wog die Metallkeule prüfend in der Hand. Er nickte.

Der andere versteckte ein Messer hinter seinem Handgelenk. Leise öffnete er die Tür einen Spaltbreit und spähte hindurch. «Leer», raunte er.

Sie traten in den hellerleuchteten Flur. Als sie am Fahrstuhl vorbeikamen, stellte sich der größere der beiden auf die Zehenspitzen und drückte den Klumpen Wachs auf die Linse der hoteleigenen Überwachungskamera, dann gingen sie über den roten Teppich weiter in Richtung Zimmer 202.

Aloysia drückte eine Taste und sah, dass die E-Mail an Even Vik als gesendet bestätigt wurde. Dann schaltete sie den PC aus und steckte ihn in ihren großen Rucksack.

Ihr Leben hatte in den letzten zwei Jahren eigentlich nur noch aus rational durchdachten und strengen Routinen bestanden. Sie achtete darauf, jederzeit alles gepackt zu haben, um jeden Ort sofort verlassen zu können, weshalb sie auch das Hotelzimmer bereits im Voraus bezahlt hatte. Ständig überprüfte sie ihre Sicherheitsmaßnahmen und verbesserte sie, wenn sie Lücken oder Probleme erkannte. Neue Routinen eignete sie sich an wie ein Dompteur, der einen Tiger dressiert, geduldig, aber hart.

Vor der Tür blieben sie stehen. Einer der Männer hockte sich hin und stellte den Rucksack vor sich. Er nahm eine Metallbox heraus, die wie eine alte automatische Kamera aussah, öffnete sie und entnahm ihr eine Metallscheibe in der Größe einer Hotelschlüsselkarte. Vorsichtig zog er eine dünne Schutzfolie davon ab, sodass die empfindliche Oberfläche frei lag, und reichte sie dem anderen Mann, der sie lautlos in das Türschloss von Zimmer 202 steckte. Ruhig wartete er einen Augenblick, ehe er die Scheibe wieder herausnahm und sie dem am Boden knienden Mann reichte. Dieser steckte sie in ein Gerät, das wie ein Netbook aussah, und schloss den Deckel. Ein paar Lämpchen blinkten auf. Er hob zwei Finger, um anzuzeigen, dass es zwei Minuten dauerte, bis die Kopie der Schlüsselkarte fertig war.

Mittelalter und Technologie, dachte Aloysia und schaltete das Licht im Badezimmer aus, eine überraschend spannende Kombination. Es war Simons Idee gewesen, ein Ansatz, den sie in allen William-Worst-Büchern genutzt hatten. «Mittelalterliches Denken gepaart mit modernem technischem Fortschritt – eine Kombination, die jeden Leser anspricht», hatte er immer gesagt.

Für einen Moment glaubte sie, ein Geräusch an der Tür zu hören. Sie erstarrte. Aber alles blieb still, und sie ging zurück zum Bett. Mit einem letzten Blick zur Kamera auf dem Sofatisch schlug sie die Decke zur Seite, setzte sich auf die Bettkante und schaltete das Licht über dem Bett aus.

Der Mann am Boden packte das Gerät und die Metallbox wieder in den Rucksack und reichte dem anderen Mann eine Plastikflasche und einen Lappen. Dieser befeuchtete das Tuch, hielt es von sich weg und gab die Flasche zurück. Nachdem der erste Mann sich versichert hatte, dass die Flasche fest verschlossen war, steckte er sie in den Rucksack und stand auf. Der Gestank des Chloroforms stach in der Nase, und er machte unwillkürlich ein paar Schritte von dem Lappen weg. Mit gewohnten Bewegungen zog er den Teleskopschlagstock auf volle Länge aus, gut einen halben Meter, und stellte sich vor die Tür. Vorsichtig steckte er die kopierte Schlüsselkarte in den Schlitz, hörte das Klicken, das ihm sagte, dass das Schloss nun entriegelt war, legte die Hand auf den Türknauf und blickte zu seinem Kollegen. Jetzt kam es darauf an, die Frau im Bett zu überwältigen, ehe sie begriff, dass jemand im Raum war.

Nach vielen Jahren und zahllosen gemeinsamen Aufträgen waren sie ein eingespieltes Team. Sie nickten simultan und zählten lautlos bis drei …

Kapitel 21

Es ging schnell, und es lief alles nach Plan. Bis ins kleinste Detail.

Aloysia holte mit dem Schlagstock aus, schätzte kalt die Distanz bis zu dem kräftigen Nacken ab und ließ ihn nach unten schnellen, sodass sie den Mann genau hinter dem Ohr traf. Mit einem Stöhnen ging er zu Boden.

Dicht bei der Tür lag der andere ungebetene Gast, er hob den Kopf und sah sie mit verschleiertem Blick an, nachdem er mit dem Gesicht unweit des Lappens in seiner Hand gelandet war. Der Geruch des Chloroforms mischte sich mit dem Shampooduft im Zimmer zu einem ekligen Gestank. Während der Mann sie ansah, schoben sich seine Pupillen nach oben unter die Lider, sodass nur noch das Weiße der Augen zu sehen war. Dann sackte sein Kopf wie in Zeitlupe nach hinten und legte sich mit einem dumpfen Laut auf das Parkett.

Nachdem sie die Zimmertür mit der Spitze des Schlagstocks zugedrückt hatte, schob sie den Chloroformlappen mit dem Stock zum Gesicht des anderen Mannes – sie sollten beide ihre eigene Medizin zu schmecken bekommen. Dann schaltete sie Scheinwerfer und Kamera aus, stand eine Minute still da und rief sich noch einmal den Plan ins Gedächtnis, ehe sie ihren Rucksack zum Fenster trug und es öffnete. Die Luft war kühl, und feiner Nieselregen benetzte ihr Gesicht, als sie sich nach draußen beugte. Nichts deutete darauf hin, dass auf dem flachen Dach direkt unterhalb des Fensters jemand auf sie wartete. Sie legte ein Seil auf dem Fenstersims bereit. Dann ging sie durchs Zimmer und benutzte die beiden Bewusstlosen als Trittsteine, um zur Tür zu kommen. Draußen auf dem Flur baute sie die mikroskopisch kleine Kamera ab, mit der sie die Bewegungen der Männer vor ihrer Tür verfolgt hatte, und ging dann weiter, um auch die beiden anderen Kameras sowie die Lichtschranke abzubauen, die sie an Fahrstuhl und Treppe montiert hatte. Zurück in ihrem Zimmer, schlug ihr der Gestank von Shampoo und Chloroform entgegen, und sie band sich ein Taschentuch vor Nase und Mund. Sie durfte nicht ohnmächtig werden, bevor sie hier raus war.

Kapitel 22

Oslo

Even schloss schnell die Tür auf, machte Licht im Flur und warf die Schlüssel auf die Kommode. Während er vor dem Klo stand und seine zum Platzen gefüllte Blase entleerte, wurde ihm bewusst, dass er sich nach seiner Rückkehr aus Dänemark auf exakt die gleiche Weise verhalten hatte: Er war ins Haus gestürzt, hatte gepinkelt ... und dann so ein Gefühl gehabt, als ob ...

Ein Gefühl, als ob ...? Nein, es war weg. Jener Tag war noch immer wie ein schwarzes Loch in der Hirnrinde: Er erinnerte sich daran, in seine Wohnung gekommen zu sein und gepinkelt zu haben. Dann war er durch den Flur und ins Wohnzimmer gegangen ... und ab da war alles weg. Am nächsten Tag war er mit dröhnenden Kopfschmerzen aufgewacht, Schmerzen, die schlimmer als sonst gewesen waren. Auf der Zunge klebte noch der Geschmack des «Gammel Dansk», beim Gedanken an das Getränk hätte er sich beinahe übergeben. Die Literflasche hatte leer am Boden gelegen, während er in voller Montur auf dem Sofa aufgewacht war. Das heißt, mit aufgeknöpftem Hemd, allem Anschein nach hatte er also wenigstens den Versuch unternommen, sich auszuziehen. Die Polster des Sofas hatte er direkt auf den Müll geschmissen, denn der Gestank der gallegrünen Kotze, durch die seine Backe und das Möbelstück miteinander verklebt gewesen waren, war nicht mehr rauszukriegen. Seine rechte Schulter schmerzte so sehr, dass er vermutete, vom Sofa gestürzt zu sein und dabei die Ecke des Couchtisches erwischt zu haben.

Seither war er mit Alkohol vorsichtig gewesen.

Even wusch sich die Hände, ging in den Flur und warf einen flüchtigen Blick auf die Kommode, als suchte er nach etwas, ohne recht zu wissen, wonach. Dann ging er ins Wohnzimmer und überprüfte seine Mails.

Er hatte eine Nachricht von Fleur M. erhalten und wollte sie schon als Spam markieren und löschen, als ihm einfiel, dass das der Name war, unter dem Aloysia sich bei ihm melden wollte. M für Menez, wenn ihn seine Erinnerung nicht trog.

Der kurze Text war auf Französisch.

Lieber Freund,
ich bin neulich auf einem Seminar in Dänemark gewesen, habe es aber leider nicht geschafft, nach Norwegen zu kommen, um dich zu besuchen. Stattdessen schicke ich dir ein paar Bilder aus der Hauptstadt, die mir sehr gut gefallen hat, wenngleich die Stadt sehr groß ist (du weißt ja, dass ich es nicht mag, von so vielen Menschen umgeben zu sein).

Ich hoffe, es geht dir gut und wir sehen uns bald wieder.
Liebe Grüße
Fleur M.

Even klickte auf den Anhang, der drei Fotos von Kopenhagener Sehenswürdigkeiten enthielt: Strøget, die Haupteinkaufsstraße, Nyhavn, der Hafen mit den alten Kaufmannshäusern, und der Tivoli, Kopenhagens berühmter Vergnügungspark. Er las den Text noch einmal durch, um sicherzugehen, dass er den Inhalt verstanden hatte, studierte erneut die Bilder und ging dann in den Keller.

Dort holte er aus einem großen Pappkarton mit alten Schallplatten, die er nicht mehr hörte, Nina Hagens «Unbehagen» heraus und löste den USB-Stick mit dem Verschlüsselungsprogramm, den er von Aloysia erhalten und mit doppelseitigem Klebeband in der Plattenhülle befestigt hatte. Dann ging er wieder nach oben.

Bevor er das Programm startete, zählte er die Konsonanten des französischen Textes und zog davon die Zahl 13 ab. Dann zählte er die Vokale und multiplizierte das Ergebnis mit 13. Schließlich bildete er die Quersumme der Differenz der beiden Zahlen und addierte 13 hinzu. Jetzt hatte er die drei Zahlen, die er brauchte.

Als das Programm auf dem Computer installiert war, studierte er die Bilder aus Kopenhagen genauer, entschied sich schließlich für das mit der Einkaufsstraße – weil darauf die meisten Menschen zu sehen waren –, justierte die Helligkeit des Bildes, bis ein anderes Bild der Straße zum Vorschein kam, und öffnete dieses Bild mit dem Programm, das er von Aloysia bekommen hatte.

Ein Gitternetz legte sich über das Bild, dessen Linien etwa einen halben Zentimeter Abstand voneinander hatten. Even vergrößerte eine Person mit rotem Pullover, der einzigen auf dem Bild, und klickte das Gitterkästchen an, das genau auf dem Gesicht des Mannes lag. Ausgehend von diesem Punkt zählte er so viele Kästchen ab, wie er zuvor ausgerechnet hatte, erst nach links, dann nach rechts und schließlich nach oben, wobei er das entsprechende Feld jeweils mit dem Mauscursor markierte, sodass es grau aufleuchtete.

Als er das dritte Feld markiert hatte, löste sich das ganze Bild wie von Zauberhand auf, der Bildschirm wurde schlagartig weiß, und ein Text tauchte auf. Er war auf Französisch verfasst und bestand aus mehreren Abschnitten. Even holte sich eine Tasse Kaffee und begann zu lesen und sich Notizen zu machen.

Die Bruderschaft der Unsichtbaren – Puzzlestücke, Teil I
Seit Simons Tod durchstöbere ich systematisch die Literatur und Archivdokumente, von denen ich weiß, dass er sie für sein Buch über die geheimen Bruderschaften gelesen hat. Ich will herausfinden, was er wusste, oder wenigstens ein paar Informationen über die Bruderschaft der Unsichtbaren und ihre Geschichte sammeln. Folgendes habe ich bis jetzt gefunden:

1)
Augustin Barruel (ein französischer Geistlicher, der während der Revolution 1789 nach London geflohen ist) hat nach seinem Tod 1820 einige Briefe sowie Notizen zu einer Art Pamphlet hinterlassen. In diesen Notizen kommentiert Barruel eine Bruderschaft, die, wie er schreibt, «seit einer unsichtbaren Unendlichkeit existiert und operiert». Fast den gleichen Wortlaut fand ich bei Zwack (siehe unten).
Barruel stellt für sich fest, dass diese Bruderschaft nicht revolutionär zu sein scheint, wie zum Beispiel der Illuminatus-Orden, der bei der Französischen Revolution seine Finger im Spiel gehabt habe. «Ganz im Gegenteil scheint diese Bruderschaft im Stillen zu arbeiten und ihre Mitglieder in mächtigen Positionen innerhalb des Militärs, der Staatsadministration und der Regierungen zu platzieren», schreibt er.

2)
1787 durchsuchte der bayerische Staat das Haus von Franz Xavier Zwack, einer der führenden Persönlichkeiten des Illuminatus-Ordens. Unter den Dokumenten, die der Staat später veröffentlichte, war ein Brief aus dem Jahr 1786. Er stammte von einer anonymen Person in Freiburg, die Zwack ganz offensichtlich kannte und die den Illuminatus-Orden

kritisierte. Diese Person schreibt: «Ein solcher Orden ist zu sichtbar und fordert den Staat zu sehr heraus. Er ist in seinem Wirken wie eine Pestbeule, die am besten aufbricht und verschwindet, damit die unsichtbare Jagd auf die unendliche Kraft unbeirrt weitergehen und herrschen kann.»
Natürlich waren es die Worte «unsichtbare Jagd auf die unendliche Kraft», die mich haben aufhorchen lassen. Du kannst bestimmt nachvollziehen, dass ich in beiden genannten Fällen die Bruderschaft der Unsichtbaren zu erkennen glaube. Was die «unendliche Kraft» sein soll, ist mir allerdings ein Rätsel.

Even runzelte die Stirn. Das Gefühl, in eine höchst luftige Konspirationstheorie hineingezogen zu werden, rumorte in seinem Bauch. War Aloysia schon so lange auf der Flucht, so von Misstrauen gegenüber anderen Menschen zerfressen, dass ihre Paranoia in jedem Buch und an jeder Ecke Unsichtbare Feinde sah?

Unsichtbare Unendlichkeit, unendliche Kraft – was für ein Blödsinn! Er unterdrückte ein Gähnen und wäre am liebsten ins Bett gegangen.

3)
Nesta Webster, eine englische Schriftstellerin und Konspirationstheoretikerin, schrieb 1924 das Buch «Secret Societies and Subversive Movements». Sie versucht darin, alle geheimen Gesellschaften, die jemals existiert haben, miteinander in Verbindung zu bringen sowie Zusammenhänge zu Revolutionen und historischen Ereignissen herzustellen. Man bekommt bei der Lektüre schnell den Eindruck, alles würde von geheimen Gesellschaften gesteuert.

Aber – und das ist überraschend – sie erwähnt die Bruderschaft der Unsichtbaren nicht. Auch fehlen Ausdrücke wie «unsichtbare Unendlichkeit» oder «unsichtbare Jagd». Das ist besonders auffällig, da sie praktisch ihr ganzes Leben lang mit fanatischem Eifer versucht hat, sämtliche geheimen Gesellschaften zu entlarven. Es ist einfach nicht glaubwürdig, dass sie nirgends auf die Unsichtbaren gestoßen ist.

Ich komme deshalb zu zwei möglichen Schlüssen:

1) Sie wurde bedroht und gezwungen, ihr Wissen für sich zu behalten.

2) Sie ist auf eine geheime Gesellschaft gestoßen, mit deren Zielen und Methoden sie sympathisiert hat.

Nesta Webster war überzeugte Faschistin und Nationalistin. Sollten die Ziele der Bruderschaft der Unsichtbaren mit ihrer politischen Linie übereingestimmt haben, würde das erklären, warum sie die Bruderschaft nicht erwähnt hat.

Even lehnte sich mit einem Stöhnen zurück. Mein Gott! Glaubte Aloysia diesen Mist etwa? War sie wirklich in diese völlig abstruse Phantasiewelt abgedriftet, in der sie ungewissen Andeutungen und verdächtigen Worten nachjagte, die, aus dem richtigen Blickwinkel betrachtet, ihre vagen Annahmen untermauerten? Oder wie im letzten Fall, in dem sie das Nichterwähnen einer Sache als Beweis für deren Existenz anführte! Hatte sie auf ihrer langen Flucht den Verstand verloren? Nahm sie irgendwelche Pillen oder Drogen?

Kapitel 23

Brüssel

Nachdem sie den Chloroformlappen ins Klo geworfen und abgezogen hatte, hängte Aloysia das *Please do not disturb*-Schild an die Türklinke, schloss ab und machte Licht. Zielstrebig durchsuchte sie die Taschen der beiden Männer, fand aber wie erwartet nichts Entlarvendes. Dann riss sie den beiden die hautfarbenen Masken vom Gesicht. Die habe ich noch nie gesehen, dachte sie, als sie die Männer durch ihre Kamera betrachtete.

Danach machte sie sich fertig zum Aufbruch, verstaute die letzten Dinge in ihrem Rucksack und warf ihn aus dem Fenster. Sie atmete die kühle Luft ein, während ihre Augen sich an die Dunkelheit gewöhnten und ihre Finger nach dem Bewegungsmelder suchten, den sie außen am Fensterrahmen befestigt hatte. Sie stieg auf das Fensterbrett, hockte da und schaute hinaus in die Brüsseler Nacht. Dann sprang sie noch einmal zurück ins Zimmer und ging zu den zwei Bewusstlosen hinüber. Vorsichtig drehte sie die Männer in die stabile Seitenlage. So würden sie nicht an ihrem eigenen Erbrochenen ersticken, bis sie aus ihrem Rausch erwachten, dachte sie und kletterte aus dem Fenster. Auch wenn sie es verdient hätten.

Mit dem Rucksack auf dem Rücken lief sie über das Dach und warf einen Blick in die Kruisvaartenstraat hinunter. Drei Jugendliche standen um ein Moped herum und unterhielten sich. In einem Auto, das im Schatten eines parkenden Lastwagens stand, saß ein Mann. Sie entdeckte ihn, als er den Kopf drehte und zum Hotel hinüberblickte. Schnell lief sie zur anderen Seite des Dachs und schaute in die Rue du Marché hinunter. Dort war alles leer und ruhig. Sie seilte den Rucksack ab, schüttelte das Seil, damit sich der Haken löste, und zog es wieder hoch. Dann hängte sie den Haken ans Geländer, kletterte darüber und holte tief Luft. Das Seil fest in der Hand, sprang sie über die Dachkante ins Dunkel, glitt an den Fenstern der unteren Etagen vorbei und landete auf dem Bürgersteig. Mit einer peitschenden Bewegung des Handgelenks löste sie den Haken oben vom Geländer und sprang zur Seite, um ihn nicht auf den Kopf zu bekommen. Als sie im Schatten der Mauer das Seil zusammenrollte, fühlte sie sich fast ein bisschen wie Catwoman. Sie setzte den Rucksack auf und nahm Kurs auf den Park an der Victoria-Reginalaan. Im nächsten Augenblick hatte die Dunkelheit sie verschluckt.

Kapitel 24

Oslo

Even zwang sich, den Text über Nesta Webster ernst zu nehmen, auch wenn das leichter gesagt als getan war. Er schaute an die Decke und trommelte nachdenklich mit den Fingern auf der Armlehne. War die Antwort möglicherweise viel simpler als das, was Aloysia vermutete? *Existierte* 1920 vielleicht gar keine Bruderschaft der Unsichtbaren, die Nesta Webster hätte entdecken können? Vielleicht hatten die Unsichtbaren Brüder seit der Zeit Napoleons Winterschlaf gehalten und waren erst später wieder aufgewacht?

Andererseits hatte Aloysia womöglich recht, dass Nesta Webster aus dem einen oder anderen Grund verschwieg, was sie wusste. Er wollte Aloysia vorschlagen, die Nachkommen der faschistischen Autorin aufzusuchen. Es wäre sicher besser für sie, Antworten auf eine konkrete Frage zu suchen, als gegen Windmühlen anzukämpfen. Vielleicht bewahrten die Nachkommen ja Briefe, Dokumente, alte Manuskripte oder Ähnliches auf einem staubigen Dachboden auf.

Oder in einem Archiv, dachte er, als er weiterlas.

4)
In einem Archiv habe ich neulich den Brief gefunden, den Simon in einer Randnotiz in einem Buch erwähnte (glaub es oder nicht, es war in einem alten Kochbuch!). Der Brief stammt von dem deutschen Logenbruder Baron von Hund, 1742 an einen Freund in Deutschland geschrieben. Baron von Hund hielt sich zu dieser Zeit in Frankreich auf, um Leute

zu treffen, die ihn in das Hochgradsystem und in die Tempelrittertraditionen einweihen konnten.

Ein Jahr später wurde er als Schottischer Ritter in den Tempelherrenorden aufgenommen, aber der Brief stammt noch aus der Zeit, als er immer noch nach dem Orden suchte, der zu ihm passte.

Ich habe die Sprache so weit modernisiert, dass man versteht, worum es geht:

«... besuche Fürst X, einen gelehrten und belesenen Mann mit vielen Verbindungen zur französischen Aristokratie und zum Hof. Sein ganzes Wesen wirkt auf mich, als wäre er ein Mann mit verborgenen Seiten, sowohl im Geiste als auch in seiner sozialen Welt. Ich habe kein Geheimnis aus meinem Interesse für die geheimen Traditionen der Ritterzeit gemacht, und am Ende, nach tiefschürfenden Gesprächen vor dem Kamin, verriet er mir das ein oder andere. Eines Abends glaubte ich zu verstehen, dass er Mitglied eines geheimen Ordens war, dessen Namen er jedoch nicht nennen wollte. ‹Weil er nicht sichtbar ist› – das waren seine Worte. Mir war nicht ganz klar, ob der Name oder der Orden unsichtbar sein sollte. Er erwähnte auch, dass sich die Mitglieder bei den Zusammenkünften, die offenbar nur wenige Male im Jahr stattfanden, als Unsichtbare verkleideten. Was damit gemeint war, wollte er nicht weiter vertiefen.

Er ist ein schwieriger Mensch mit großen Stimmungsschwankungen von einem Augenblick zum nächsten, dennoch gelang es mir, im Laufe meines Aufenthaltes im Schloss sein Vertrauen zu gewinnen.

Bedauerlicherweise ereignete sich gestern etwas Betrübliches und Aufwühlendes, das die aufkeimende Freundschaft und Vertraulichkeit abrupt beendete.

Fürst X hat eine riesige Bibliothek, die er mir frei zu nutzen

gestattete, was ich voll und ganz ausschöpfte. Unter anderem gestern Abend. Da entdeckte ich durch Zufall ein Versteck hinter den Büchern des obersten Regalfachs. Ein Werk über den Bau von Salomos Tempel zog mein Interesse auf sich, und ich platzierte eine Leiter vor dem Regal, um nach oben zu klettern. Als ich das dicke Buch herauszog, entdeckte ich dahinter das Versteck eines Teppichs, der zusammengerollt hinter einer Reihe Bücher lag. Neugierig zog ich ihn ins Freie und trug ihn die Leiterstiegen hinunter. Der vielleicht 4 mal 4 Ellen große Teppich war aufgerollt und wurde mit breiten blauen Seidenbändern zusammengehalten.
Just als ich die Bänder aufknotete und der Teppich sich entrollte, sodass ich erkennen konnte, dass es sich um einen Logenteppich handelte, betrat Fürst X die Bibliothek. Er stürmte auf mich zu, riss ihn mir wortlos aus den Händen, rollte ihn hastig zusammen und verließ die Bibliothek.
Danach habe ich den Fürsten nicht mehr gesehen.
Am nächsten Morgen kam ein Diener in mein Zimmer und teilte mir mit, dass der Fürst nach Paris berufen worden wäre. Er würde längere Zeit nicht ins Schloss zurückkehren und wünsche mir alles Gute auf meiner weiteren Reise.
Das war bedauerlich, war mir doch klar, dass der Fürst keinen weiteren Wert auf meine Bekanntschaft legte.
Bevor ich zu Bett ging, schrieb ich nieder, was mir von den Illustrationen auf dem Teppich im Gedächtnis geblieben war. Es gab zwei Gruppen. Erstens: Ringsum entlang der Kanten waren ein Schnurlot, ein Winkelhaken und anderes Werkzeug zu erkennen, wie es üblich ist auf den Lederschurzen oder Bannern solcher Bruderschaften, außerdem ein Vogel (ein Pelikan, glaube ich), ein Stundenglas und eine brennende Kerze.
Zweitens: In der Mitte des Teppichs, im Zentrum eines gro-

ßen Dreiecks, war ein mit Goldfaden gestickter Ring mit Drachen- oder Schlangenköpfen zu sehen. Etwas Derartiges habe ich noch nie gesehen. An den Ecken des Dreiecks waren ein Schlüssel (links), ein Buch (rechts) und oben eine Figur gestickt, die ich euch aufzeichnen werde. Die Kombination der drei Symbole ist mir vollständig fremd.
In der Hoffnung, andere Mitglieder verständiger und scharfsichtiger Bruderschaften kennenzulernen, bin ich nun auf dem Weg nach …»

Hier endet der interessante Teil des Briefes.
Die durch von Hund angefertigte Zeichnung war klein und kritzelig, ich habe versucht, sie hier so gut wiederzugeben, wie ich kann. (Ich glaube, ich habe diese Figur schon mal mit Ameisen gesehen, die endlos im Kreis laufen.)

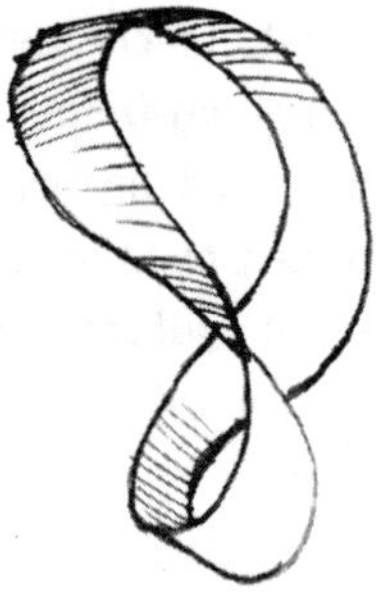

Even starrte auf die Zeichnung, griff einen Lexikonband aus dem Regal und schlug «Möbius, August» auf. Nach einer halben Minute klappte er das Buch wieder zu und ging zum Fenster. Irgendetwas stimmte da nicht. Er spähte nachdenklich in die Nacht hinaus. Aloysia schrieb, der Brief von Baron von Hund stamme aus dem Jahr 1742. Aber die Zeichnung, dieses geometrische Symbol, das Mathematiker und Astronomen über Jahrhunderte fasziniert hatte, war … Even lehnte die Stirn an die kühle Scheibe. August Möbius war 1790 geboren worden und 1868 gestorben. Das hieß, dass der deutsche Mathematiker und Astronom, bekannt auch als der Erfinder des Möbiusbandes, seinen Papierstreifen frühestens 1820 gewunden hatte, höchstwahrscheinlich später. Mit anderen Worten mindestens achtzig Jahre *nachdem* von Hund seine Zeichnung angefertigt hatte.

Wie war das möglich?

Von Hunds Brief musste eine Fälschung sein.

Even ging zurück an den Schreibtisch und setzte sich. Vielleicht war August Möbius doch nicht der Erste, dem es eingefallen war, einen Papierstreifen aufzuschneiden, zu verdrehen und wieder zusammenzukleben? Hatte möglicherweise schon dreihundert Jahre zuvor jemand anders das wundersame Phänomen entdeckt, dann aber beschlossen, es nicht zu veröffentlichen, sondern es als Symbol für eine Bruderschaft zu verwenden? Zum Beispiel für eine Bruderschaft, die so verschlossen war, dass selbst eine bahnbrechend neue Idee wie die Entdeckung eines solchen Bandes über Jahrhunderte hinweg ihren engen Kreis nicht verlassen hatte?

Das klang idiotisch, war aber nicht undenkbar.

Aber welche Bedeutung hatte das Möbiusband als Symbol für die Bruderschaft?

Mit einem Bleistift versuchte Even, das Band auf einem Blatt Papier nachzuzeichnen, was ihm nach drei, vier Versuchen gelang. Mit der Bleistiftspitze fuhr er immer wieder das Band entlang und stellte sich vor, wie eine Fliege auf dem Band entlangkrabbelte, bis in alle Ewigkeit, auf der einen wie auf der anderen Seite des Papierstreifens, die faktisch ein und dieselbe Seite waren. Rundherum in einem ewigen Tanz.

Unendlichkeit. War das die Symbolik? Die Ewigkeit.

Aus der Feder des niederländischen Künstlers Escher stammte eine Zeichnung, in der Ameisen über ein Band liefen, ohne jemals ans Ende zu kommen, weil es eben kein Ende gab. Sie konnten bis in alle Ewigkeit laufen, ohne jemals aus dem Gefängnis des Möbiusbandes herauszukommen. Wahrscheinlich hatte Aloysia dieses Bild vor Augen gehabt.

Außerdem beinhaltete die Figur für Physiker und Astronomen die Idee einer vierten Dimension und damit der Möglichkeit, dass der Weltraum eine andere Gestalt und Ausdehnung hatte, als man bislang angenommen hatte. Aber dieser Ansatz war neueren Datums, sodass er hier wohl keine Rolle spielte.

Aber die Ewigkeit …

Er las sich noch einmal die ersten beiden «Puzzlestücke» über die zwei Texte durch, in denen Aloysia den Ausdruck «unsichtbare Unendlichkeit» gefunden hatte. Das entsprach ziemlich genau dem Kern des Möbiusbandes: Es war unendlich, und – wenn man so weit gehen wollte – die Ameisen folgten ihm, ohne sich der Unendlichkeit bewusst zu sein, sie war für sie also gewissermaßen unsichtbar.

Mit einem Seufzer ging er zur Kaffeemaschine, um sich Kaffee nachzuschenken. Aber was hatte der Schlüssel mit dem Ganzen zu tun? Das alles kam ihm sehr schwammig vor. Er wollte klare Definitionen wie bei mathematischen Symbolen, wollte beweisbare Wahrheiten. Nicht so ein vages Wischiwaschi, das die Symbole außerhalb der mathematischen Welt auszeichnete, in den Geschichtswissenschaften zum Beispiel, in Mais Welt. Sie war diejenige, die …

Die Tasse knallte auf die Arbeitsplatte und schwappte über. Even lief ins Schlafzimmer. Unter dem Bett standen vier Kartons mit Büchern und Papieren, die keinen Platz in den Regalen im Wohnzimmer gefunden hatten. Nach längerer Suche wurde er fündig und setzte sich mit ein paar zusammengehefteten zerfledderten A4-Blättern ins Wohnzimmer. Der Artikel hatte den intrikaten Titel: «Symbole der Macht – Macht der Symbole». Darunter stand der Name Mai-Brit Fossen, sie hatte ihn in ihrem ersten Jahr an der Universität geschrieben. Der Text zeichnete sich durch eine gewisse Demut und Vorsicht aus. Bald hatte Even gefunden, wonach er suchte:

Wer im Besitz des Schlüssels ist, kann öffnen und schließen, auflösen oder binden. Der heilige Petrus hat den Schlüssel zur Himmelspforte und entscheidet, wer in den Himmel kommt oder in der Hölle schmoren soll.
In alchemistischer Bedeutung steht der Schlüssel für die Fähigkeit, aufzulösen oder zu koagulieren, womit wohl das gesamte chemische Wesen der Alchemie gemeint sein dürfte.
In der griechisch-römischen Mythologie wird der Schlüssel von Hekate verwaltet, der Wächterin der Hölle.
Der Schlüssel steht ebenso für Befreiung, Wissen (Schlüssel zur Weisheit) und Weihe, zum Beispiel in einigen geheimen Orden.
Wer im Schwedischen Hochgradsystem der Freimaurer in den VII. Grad aufgenommen wird (d. h. ziemlich hoch im System), bekommt einen goldenen Schlüssel am grünen Band überreicht. Der Grad heißt auch «Stuartbruder» oder «Ritter des Ostens und Prinz von Jerusalem». Auf der Vorderseite des Schlüssels steht **Quis claudit aperientem** (Wer schließt dem Öffnenden?), auf der Rückseite **Quis aperit claudentem** (Wer öffnet dem Schließenden?). Die Antwort auf die Fragen findet man auf dem Griff des Schlüssels, auf dem ein griechisches Y steht. Der Buchstabe steht für das griechische Wort «YIOS», was «Jesus Christus, Gottes

Sohn» bedeutet. Das heißt: Er hat die Macht, zu öffnen und zu schließen.
Meiner Meinung nach ist der Schlüssel eines der stärksten Symbole der Macht.

Even ließ die Papiere auf seinen Schoß sinken. Das passte: Der Schlüssel auf dem Logenteppich stand für Macht, das Möbiusband für Ewigkeit oder Unendlichkeit. Das Buch verwies vielleicht auf das Zusammentragen von Wissen über das, worüber man Macht erlangen wollte. Mit anderen Worten: All das roch meilenweit gegen den Wind nach der Bruderschaft der Unsichtbaren!

Kapitel 25

Der rote Sekundenzeiger tickte mit kurzen enervierenden Sprüngen nach oben. Als er die Zwölf erreichte, gab der lange Zeiger ein leises Klicken von sich und sprang mit einem Hüpfer vor, sodass er Teile der Sechs verdeckte. Es war halb drei – mitten in der Nacht. Großmeister Otrois riss seinen Blick von der Uhr über der Tür los und starrte hartnäckig aufs Telefon, als wollte er es mit purer Willenskraft zum Klingeln zwingen. Die zwei jungen Männer saßen steif vor ihren Computerbildschirmen, wo die Bildschirmschoner zufällige Bilder europäischer Großstädte zeigten.

Der Großmeister schob den Stuhl nach hinten, stand auf, trat ans Fenster und starrte mürrisch nach draußen. «Versuchen Sie es noch einmal», knurrte er über die Schulter nach hinten.

Der Ordensbruder, der ihm am nächsten stand, wählte eine Nummer, bekam die Verbindung und hörte einen Moment schweigend zu. Dann sah er zum Großmeister hinüber. «Brüssel 3 meldet, dass es noch immer keinen Funkkontakt zu 1 und 2 gibt … Entschuldigung, einen Augenblick …» Der junge Mann lauschte erneut ein paar Sekunden, bevor er aufblickte. «Brüssel 3 hat gerade den Observationspunkt erreicht, von dem aus er die Fenster der zweiten Etage des Hotels einsehen kann. Er meldet … dass eins der Fenster nur angelehnt ist … vermutlich das von Zimmer 202. Er wartet auf weitere Befehle.»

Otrois wirbelte herum und war in drei Schritten am Telefon. «Klettern Sie aufs Dach und schauen Sie nach, was los ist. Wenn etwas schiefgelaufen ist, müssen wir 1 und 2 aus dem

Hotel schaffen, bevor sie entdeckt werden. Falls sie tot sind, wissen Sie, was Sie zu tun haben.»

Er warf den Hörer auf den Tisch und ging zurück zu seinem Schreibtisch. Das leise Klicken des langen Zeigers verriet, dass es nun drei Minuten nach halb drei war. Eine angespannte Stille senkte sich über den Raum.

Even saß vor seinem Computer und fragte sich, ob er Aloysia anrufen sollte. Er hätte die neuen Aspekte gerne mit ihr diskutiert. Aber sie schlief jetzt sicher – irgendwo in Europa. Dann erwog er, Oberstleutnant Johansen vom Nachrichtendienst anzurufen, um die Entdeckungen mit ihm zu teilen, erkannte nach einem Blick auf die Uhr aber, dass auch das keine gute Idee war.

Vielleicht sollte ich lieber fertig werden und ins Bett gehen, dachte er und las Aloysias letzten Punkt:

5)
Zum Schluss noch etwas, das ich vor ein paar Tagen beim Durchblättern eines Buches gefunden habe.
(Ich habe Teile von Simons Bibliothek in Schließfächern an verschiedenen Orten in Europa untergebracht – oder genauer gesagt, Manfred hat das getan und dafür gesorgt, dass ich die Schlüssel bekomme –, sodass ich nicht jedes Mal zurück nach Baden-Baden schleichen muss, wenn ich ein bestimmtes Buch brauche. Und bei meinem rastlosen Lebenswandel kann ich ja kaum eine ganze Bibliothek mit mir rumschleppen.)
Aber zurück zur Sache:
«The rainbow under water» ist ein englisch-neuseeländisches Buch über die Operation des französischen Geheimdienstes, mit der 1985 das Greenpeace-Schiff «Rainbow

Warrior» versenkt wurde. Simon hat darin folgende Passage auf Seite 216 unterstrichen: «... wurde Olivier Platoor observiert. Platoor ist eine zentrale Figur bei SIGINT, und mit seiner früheren Position bei HUMINT und seinem großen Kontaktnetz gilt er als mächtige Person innerhalb des DGSE. Er saß als graue Eminenz bei der Verhandlung gegen Prieur und Mafart jeden Tag in Auckland auf einem der hinteren Plätze des Gerichtssaals, ohne jedoch auch nur einmal Kontakt mit ihnen aufzunehmen. Selbst am Tag der Urteilsverkündung war er anwesend.»
Simon hat nicht nur den ganzen Text unterstrichen und den Namen Platoor gelb markiert, sondern auch noch einen kleinen Schlüssel an den Rand gezeichnet. Dieser Schlüssel hat mich stutzen lassen – und mich veranlasst, dir dieses Zitat zu schicken. (Die Schlüssel häufen sich langsam, das kann doch kein Zufall sein? Oder was meint der Mathematiker?)
Ich hatte noch nicht die Zeit zu überprüfen, was DGSE oder die anderen Abkürzungen bedeuten oder wer dieser Platoor ist, aber das werde ich noch machen.
Vielleicht bin ich auch auf der völlig falschen Fährte, es kann ja sein, dass Simon diesen Platoor aus ganz anderen Gründen beobachtet hat. Ich erwähne es einfach, damit du es weißt.

Die sogenannten Puzzlestücke verwirrten Even. Für ihn wirkte das alles an den Haaren herbeigezogen und irgendwie viel zu gewollt, er konnte es nicht wirklich ernst nehmen, von dem Teppich mit dem Schlüssel und dem Möbiusband einmal abgesehen. Aber gleichzeitig sagte ihm ein Gefühl, dass er etwas übersah, eine Gemeinsamkeit, einen Zusammenhang. Er las sich alles noch einmal durch und machte sich Notizen, um eine Übersicht zu bekommen, doch ohne Erfolg.

Drei Uhr war lange vorbei, als er den USB-Stick abkoppelte und in die Tasche steckte. Zum Schluss googelte er «DGSE» und las sich die Informationen gründlich durch, ehe er den Computer ausschaltete und ins Bett ging. Den Stick mit Aloysias Programm schob er unter das Kopfkissen, er war einfach zu müde, jetzt noch in den Keller zu gehen. Dann schlief er ein, als hätte ihm jemand einen Stock über den Kopf gezogen.

Kapitel 26

Tags darauf rief er Jan Johansen aus seinem Büro in Blindern an.

«Na so was, Even Vik, das ist ja eine Überraschung. Wie geht es Ihnen?»

«Gibt es Neuigkeiten?»

Der Oberstleutnant grunzte. «Meinen Sie die Arbeit der Kryptogruppe? Ich dachte, Leutnant Poulsen würde dafür sorgen, dass Sie sich einmal im Monat treffen. Wenn Sie da nicht anwesend waren, kann ich …»

«Ich meinte Neuigkeiten bei den Nachforschungen über die Bruderschaft der Unsichtbaren.»

«Ach, das. Nein, da sieht es schlecht aus, wir haben nichts Brauchbares, leider. Diese Bruderschaft der Unsichtbaren scheint wirklich unsichtbar zu sein. Wir haben alle möglichen Nachrichtendienste um Mithilfe gebeten, und sie schicken uns haufenweise Ausdrucke von überwachten Gesprächen, in denen die Wörter ‹unsichtbar› und ‹Bruder› auftauchen, und das auf Englisch, Französisch, Italienisch, *you name it*, aber meistens stehen die Begriffe nicht beieinander, und wenn doch, hat es nichts mit der Unsichtbaren Bruderschaft zu tun. Nichts. Interpol arbeitet daran, Europol, selbst die CIA hängt mit drin, soweit ich weiß. Das Thema ist ganz oben angekommen. Auch von unserer Seite hat es hohe Priorität, selbst wenn die Ausgangslage recht vage ist.»

«DGSE?»

«Ja, klar, der französische Nachrichtendienst arbeitet natürlich auch an der Sache. Warum fragen Sie gerade nach denen?»

«Wissen die, dass die Sache von uns kommt?»

«Die Anfrage, meinen Sie?»

«Ja.»

«Ja, das nehme ich an. Ich habe auch versucht, die Geschichte über Inspektor Bonjove in Paris laufen zu lassen, den kennen Sie ja. Er ist von unserer Hypothese überzeugt, aber er kann nicht ...»

«Hypothese! Verdammt, das ist keine Hypothese, das ist die Wahrheit!»

«Bleiben Sie ruhig, Vik. Ich bin ja Ihrer Meinung, andererseits haben wir nur Kittys Gespräch mit Ihnen über diese Bruderschaft sowie das, was Mai-Brit Fossen zusammengetragen hat. Ja, und natürlich das, was wir bei Kitty im Keller gefunden haben, aber das war ja alles ziemlich diffus. Wir hören, wie Sie wissen, sämtliche Telefonnummern ab, die wir in Kittys ...»

«Meine etwa auch?», unterbrach ihn Even.

«Ha, ha. Halten Sie uns für einen bösen Big Brother? Nein, Ihr Telefon hören wir erst ab, wenn es wirklich notwendig wird.»

«Aber sobald Sie es für nötig erachten, tun Sie es – ohne zu fragen?»

«Natürlich. Es ist doch sinnlos, wenn man vorher fragt.» Oberstleutnant Johansen hörte sich leicht verärgert an, als sei die Frage völlig kindisch.

Even murmelte ein entschuldigendes «Verstehe, verstehe, ich wollte nur wissen ...», verabschiedete sich und legte auf. Mit der Hand am Hörer saß er da und starrte vor sich hin, er hatte das Gefühl, irgendetwas vergessen zu haben. Eine Frage, die er hatte stellen wollen. Sein Blick schweifte hilfesuchend durchs Büro, blieb einen Moment an dem Foto von Stig und Line am Strand hängen, glitt über die Stapel mit Büchern und

Artikeln und landete schließlich an der Garderobe hinter der Tür, an der sein Mantel und sein Wollpullover hingen. Er seufzte. Das war's, ja.

Even drückte die Wahlwiederholung. Nach langem Klingeln meldete sich eine mürrische Stimme. «Ja?»

«Hallo … äh, bist du das Finn? Hier ist Even. Ich habe gerade mit Jan Johansen gesprochen und wollte ihn noch fragen, ob …»

Ein leises Räuspern kam vom anderen Ende. «Entschuldigen Sie, aber Sie sprechen nicht mit Leutnant Poulsen, sondern mit Leutnant Tomlevoll. Wir haben uns vor ein paar Jahren in dem Keller in Nesodden getroffen.» Der Mann schien zu lächeln, als er fortfuhr. «Sie vergisst man nicht so schnell, Even Vik. Ich verstehe bis heute nicht, wie Sie diese Schwimmtour damals überlebt haben.»

«Gut, dass Sie sich an diese Nacht erinnern, ich habe dazu nämlich eine Frage, die ich dem Oberstleutnant stellen wollte.»

«Der hat Feierabend gemacht und kommt erst Montag wieder.»

«Aha, und Poulsen?»

«Ist diese Woche im Ausland. Kommt auch erst am Montag wieder.»

«Okay, aber vielleicht können Sie mir auch helfen, es geht nämlich um diese Mönchskutte, die damals in dem Keller gefunden wurde. Der Arzt hat mich damals damit abgetrocknet und sie mir umgelegt, damit ich wieder warm werde, erinnern Sie sich?»

«Ja.»

«Haben Sie die Kutte untersucht?»

«Ja, doch, was dachten Sie denn?»

«Ich frage mich, was Sie damals herausgefunden haben.

Zum Beispiel, aus was für einem Material die Kutte war und wo sie hergestellt wurde.»

«Diese Informationen unterliegen der Geheimhaltungspflicht. Ich habe nicht die Befugnis …»

«Lassen Sie den Unsinn. Ich bin doch derjenige, der die ganze Sache ins Rollen gebracht hat. Ich weiß mehr als jeder andere über diesen Fall. Außerdem bin ich schon vor Ewigkeiten als sicher eingestuft worden. Oberstleutnant Johansen spricht mit mir über alles, was …»

«Okay, okay, beruhigen Sie sich! Ich muss das nur kurz heraussuchen …» Even hörte ihn den Hörer weglegen und mit Papieren hantieren. «Hören Sie? Also, die Kutte ist tatsächlich untersucht worden. Es gibt da einen Laborbericht, dem zufolge besteht sie aus … äh, einen Augenblick … ja, hier, aus einer Mischung aus Wolle und Baumwolle, Mischungsverhältnis 40:60. Bei der Baumwolle handelt es sich um ganz normale handelsübliche Qualität, die Wolle stammt, so heißt es hier, von Merinoschafen. Das Labor war sich aber nicht ganz sicher.»

«Was genau sind Merinoschafe?»

«Keine Ahnung, das steht hier nicht, die haben leider kein Lexikon mitgeschickt.»

Tomlevoll klang, als sei das Gespräch von seiner Seite aus beendet.

«Sonst steht da nichts? Kein Hinweis, wo die Kutte genäht wurde oder so?»

«Nein, soweit ich sehen kann, steht hier sonst weiter nichts Interessantes. Normaler Faden … genäht mit der Maschine, blablabla … obwohl – das hier ist noch interessant …»

«Was?»

«Hier steht, dass man einen außergewöhnlich hohen Salzgehalt in der Wolle festgestellt hat.»

«Salz in der Wolle …?»

«Ja.»

«Und das bedeutet?»

«Bin ich Textilexperte? Vielleicht hat man die Wolle zum Schutz vor Motten mit Salz imprägniert? Was weiß ich!»

«Kann das daher rühren, dass man mich nach meinem Bad im Fjord mit der Kutte abgetrocknet hat?»

«Äh … nein. So, wie es hier formuliert ist, nicht. Das Salz findet sich an allen Fäden – genauer gesagt, *in* den Fäden, wenn ich das hier richtig verstehe.»

«Ist jemand dieser Spur nachgegangen?»

«Dieser Spur? Der Salz-in-der-Wolle-Spur?» Leutnant Tomlevoll lachte grunzend. «Wie sollen wir das denn machen? In ganz Europa herumreisen und alle Schafzüchter befragen? Vielleicht auch noch in Afrika und Asien, fragen, ob jemand Wolle von Merinoschafen in Salzwasser gewaschen hat?»

«Ja, zum Beispiel.»

Es wurde still am anderen Ende der Leitung.

«Ich glaube, die Polizei hätte das gemacht», sagte Even.

«Niemals. Dafür haben die gar nicht die Ressourcen.»

«Im Gegensatz zu euch. Euch fehlt bloß die Erfahrung, was solche Ermittlungen angeht …»

Er erhielt ein resigniertes Seufzen als Antwort, als stünde der militärische Nachrichtendienst meilenweit über solchen Vorwürfen.

Even blieb ruhig. «Es wäre doch möglich gewesen, um Hilfe zu bitten, wenn ihr nicht weiterkommt. Die Polizeiermittler beschäftigen sich tagein, tagaus mit so etwas und …»

Sollte Tomlevolls Stimme je einen freundlichen Klang gehabt haben, so war er nun restlos verschwunden. «Sie wissen doch, dass wir die nicht in diesen Fall einbinden dürfen.

Oberstleutnant Johansens Ermittlungen haben gezeigt, dass einige Anrufe auf Kittys Telefon aus dem Polizeipräsidium in Oslo-Grønland stammten, aber niemand dort will diese Anrufe getätigt haben. Denen dürfen wir als Allerletztes Informationen geben, das sollten Sie doch wohl verstehen.» Er beruhigte sich wieder und fügte hinzu: «Das ist auch zu Ihrer eigenen Sicherheit, Even Vik.»

Einen Augenblick lang starrte Even an die Wand, als sähe er sie zum ersten Mal – dann wurde ihm die Bedeutung von Tomlevolls Worten bewusst:

Kitty hatte eine anonyme Kontaktperson bei der Polizei!

Als er antwortete, bemühte er sich, seiner Stimme einen entspannten Klang zu geben. «Ich weiß, Jan Johansen hat dieses Problem erwähnt. Aber es sollte doch möglich sein, mit der Polizeipräsidentin zu reden, damit sie diskrete Ermittlungen unternimmt.»

Sitzt der unsichtbare Meister für Nord-Europa etwa im Polizeipräsidium?

Tomlevoll seufzte. «Wir haben eine Liste erstellt, wer wann im Präsidium war, und das mit den Zeitpunkten der Anrufe abgeglichen … Die Polizeipräsidentin steht auf dieser Liste.»

Sie schwiegen und hörten sich gegenseitig leise atmen. Dann verabschiedete Even sich und legte auf.

Kapitel 27

Oktober 2007

Während er mit Stig, Line und Finn-Erik auf einer Hüttentour gewesen war, das Leben genossen und einen schönen Sommer verlebt hatte, war sie allem Anschein nach untergetaucht und hatte jeden Augenblick gefürchtet, eine Kugel in den Kopf zu bekommen.

Even spürte die Wut in sich hochsteigen. Im Schutz der Bussitze holte er noch einmal den Ausdruck hervor und betrachtete die Bilder der beiden Männer. Ihre Gesichter sagten ihm nichts. Das Einzige, was er über sie wusste, war, dass sie Aloysia überfallen hatten. Gut möglich, dass es dieselben Männer waren, die Simon getötet hatten. Und Mai-Brit gezwungen hatten, sich zu erschießen. Er spürte einen Blick auf sich, sah auf und bemerkte eine Frau, die ihn ärgerlich ansah, als betrachtete er heimlich irgendwelche Pornos. Wie ihn solche Leute nervten! Er stand auf, ging quer über den Mittelgang und ließ sich neben ihr auf den freien Sitz fallen. «Wie ich sehe, interessiert Sie das», sagte er und reichte ihr den Ausdruck. «Diese zwei Männer haben im Sommer meine Schwester überfallen. Sie sind noch immer nicht gefasst, aber wir haben wenigstens diese Fotos von ihnen. Kennen Sie sie?»

Die Frau wollte sich abwenden und ihn ignorieren, aber er hielt ihr hartnäckig das Blatt hin, bis sie es nahm und einen Blick darauf warf. «Aber die schlafen ja», sagte sie.

«Ja», Even nickte, «als das Foto gemacht wurde, schliefen sie, aber als sie sie überfallen haben, waren sie hellwach.»

Die Frau drückte den Halteknopf, zwängte sich an Even

vorbei und wartete an der Tür auf die nächste Haltestelle. Even strich das Blatt mit den zwei Porträtfotografien glatt. Er hatte sie tags zuvor mit einer Mail von Aloysia erhalten, deren Inhalt ihn sehr schockiert hatte. In der Mail schrieb sie, dass diese beiden Männer sie vor einigen Monaten in Brüssel überfallen hätten, sie seien mitten in der Nacht gekommen, um sie zu entführen. Sie erwähnte nicht, wie sie sie überwältigt hatte, berichtete aber, dass sie die gleichen hautfarbenen Masken getragen hätten wie die beiden Männer, die in ihr Haus in Baden-Baden eingedrungen seien. Sie wollte wissen, ob er die Männer auf den Fotos schon einmal gesehen habe.

Nein, dachte Even, faltete das Blatt zusammen und steckte es in die Gesäßtasche.

Nach dem Überfall war Aloysia verschreckt abgetaucht und hatte sich versteckt, weitab von Brüssel und jeder anderen Großstadt, an einem Ort, wo sie sich sicher gefühlt hatte und wo sie den ganzen Sommer geblieben war. Sie hatte es weder gewagt zu telefonieren, noch den PC oder die Bankkarte zu benutzen, ehe sie sich nicht eine neue Identität verschafft hatte. Auch hatte sie Zeit und Ruhe gebraucht, um über den Schock hinwegzukommen, dass die Unsichtbaren ihr so nah gekommen waren, und um darüber nachzudenken, was sie mit dem Video und den Fotos anstellen sollte, die sie von den Angreifern gemacht hatte.

Konnte sie ihr neues Wissen nutzen, um die Unsichtbaren zu erpressen?, hatte sie ihn in der Mail gefragt. Oder sollte sie die Bilder an die Presse schicken? Oder an die Polizei?

Even war überrascht, dass es ein Video von dem Überfall gab. Er schlug sich die halbe Nacht mit der Frage herum, was wohl das Klügste sei, hatte aber keine zündende Idee. Eine Zeitung würde kaum die Fotos von zwei offensichtlich bewusstlosen Männern abdrucken, noch dazu, wenn sie diese von einer anonymen Person erhalten hatte. Kontakt mit der Polizei aufzunehmen war auch nicht sicher, das bewies nicht zuletzt das Gespräch, das er im Sommer mit Leutnant Tomlevoll geführt hatte. Wenn es in Norwegen korrupte Polizisten gab, gab es die wohl auch weiter südlich in Europa. Man brauchte ja bloß Simon LaTours Buch zu lesen.

Even sah aus dem Fenster des Busses. Wenn er auch nicht wusste, wie sie aus den Fotos Nutzen ziehen konnten, so wusste er nun wenigstens, dass Aloysias Mahnungen, immer mehr als vorsichtig zu sein, berechtigt waren. Er drückte auf den Halteknopf und stand auf, um auszusteigen. Aus genau diesem Grund wechselte er jetzt zum dritten Mal innerhalb einer halben Stunde den Bus, trug eine Jacke, die er sich vor zwanzig Minuten bei der Heilsarmee gekauft hatte, und benutzte einen Regenschirm, obgleich der Regen beinahe aufgehört hatte. Er nahm Aloysia plötzlich auf ganz andere Weise ernst, auch das, was sie ihm in der Burg gesagt hatte:

«Früher», sagte Aloysia und lächelte ironisch, «vor fünf Jahren, waren die Überwachungskameras nicht so gefährlich. Die Aufnahmen wurden auf Videobändern aufgezeichnet und häufig im Laufe von ein oder zwei Wochen wieder überspielt. Das Entscheidende aber war, dass die einzelnen Kameras autonome Einheiten waren, die keine Verbindung mit der großen weiten Welt hatten, um es so zu sagen.

Das hat sich geändert. Jetzt sind viele Kameras mit Computersystemen verknüpft, sodass man in Berlin sitzen und überprüfen kann, wer gerade in Madrid über die Straße geht.»

«Aber doch nur, wenn man Zugang zu den Systemen hat», brummte Even skeptisch.

«Alles eine Frage der Fähigkeiten», antwortete Aloysia prompt. «Für Hacker, die es schaffen, in Banken einzudringen und Konten leerzuräumen, ist es eine Kleinigkeit, sich in Ka-

merasysteme einzuloggen. Die sind selten besonders gut geschützt.» Sie lächelte übertrieben und humorlos: «Geh einfach mal davon aus, dass ich recht habe und weiß, wovon ich rede, okay?»

«Okay.» Even wedelte den Rauch des Feuers weg und drehte ein paar Scheite um, damit sie wieder Feuer fingen. Der Mond erhob sich majestätisch über die Burgmauern.

«Aber damit nicht genug …» Sie hob den Kopf, sodass ihr ganzes Gesicht vom Schein der Flammen erhellt wurde. «Immer mehr Kameras sind mit Software zur automatischen Gesichtserkennung verknüpft. In der Praxis bedeutet das, dass ein Gesicht – auch eins in einer größeren Menschenmenge – analysiert wird und eine Reihe charakteristischer Punkte eingelesen werden, ähnlich wie bei einem Fingerabdruck. Die charakteristischen Merkmale werden gespeichert, und das Gesicht wird beim nächsten Mal, wenn es von der Kamera aufgezeichnet wird, sofort erkannt.»

«Ich klebe mir einfach einen Bart an und setze eine Brille auf», sagte Even lächelnd. «Der alte Trick.»

«Schon, aber es bringt unter Umständen nichts, zumindest dann nicht, wenn die Kamera deine Augen einscannt. Dort finden sich nämlich die zuverlässigsten charakteristischen Merkmale. Aber dafür muss man mit der Kamera natürlich ziemlich nah ran.

Allerdings weiß niemand mit Sicherheit, wie weit die Entwicklung dieser Techniken wirklich ist, auch echte Freaks nicht. Die Programme, die zum Beispiel unter der Regie der CIA oder anderer Geheimdienste entwickelt werden, sind so geheim, dass wir Normalsterbliche kaum etwas davon mitbekommen. Aber dass man es weit gebracht hat …» Sie stocherte mit einem Stock in der Glut herum. «Wir wissen nicht, wie groß die Macht der Bruderschaft der Unsichtbaren

ist. Wir wissen nicht, welche Positionen sie innehaben oder auf welchem technologischen Stand sie sind. Wir sollten also unsere Vorsichtsmaßnahmen treffen.»

Nachdem er noch ein paarmal den Bus gewechselt hatte, sich durch die Hintertür einer Cafeteria verdrückt hatte sowie durch ein Einkaufszentrum und ein paar gut überschaubare Gassen geschlendert war, steckte er schließlich den Kopf durch die Tür zum Büro der Kloumanns Langtransport AS in Skøyen.

«Hallo, wo finde ich Kenth-Roger Syvertsen?»

Die Sekretärin zeigte zu einem Parkplatz, auf dem gut und gerne zwanzig Lastwagen standen, alle im gleichen Blauton. «Das ist der, der gerade zurücksetzt. Der fährt gleich los; wenn Sie mit ihm reden wollen, müssen Sie sich beeilen.»

«Danke.»

Even eilte über den Platz und schlug mit der flachen Hand gegen die Fahrertür.

«Was zum Henk...!» Das Fenster wurde heruntergelassen, und ein ungekämmter Kopf kam zum Vorschein, bereit zu schimpfen. «Oh, verflucht, Neve. Dich hab ich ja total vergessen. War das heute, dass du mitwolltest? Steig ein, ich fahr jetzt los.»

Noch immer 68, lila. Ausgerechnet lila! Even ging um den Wagen herum und kletterte auf den Beifahrersitz.

«Schmeiß deine Sachen in die obere Koje, dann geht's los.»

«Ich habe nichts dabei.»

Kenth-Roger warf ihm einen fragenden Blick zu, während er den gewaltigen Truck an seinen identischen Zwillingsbrüdern vorbeimanövrierte und vom Parkplatz fuhr. «Überstürzt der Frau weggelaufen?»

«Nein.»

Eine Kaffeemaschine gurgelte zwischen den Sitzen. Über

der Beifahrertür hingen ein kleiner Fernseher und ein DVD-Spieler. Auf der Ablage vor der Windschutzscheibe stapelten sich Fracht- und Zollpapiere in chaotischen Haufen. Ein grüner Stinkbaum hing am Spiegel. Die Fahrerkabine strahlte eine gewisse Intimität und Sicherheit aus, als sei man hier der Welt entrückt, aus der Masse emporgehoben, frei.

«Mann, ist das lange her», sagte Kenth-Roger grinsend, als sie über die E6 nach Süden fuhren. Es hatte in der Nacht kräftig geregnet, und die vorbeifahrenden Autos zogen schmutzige Spritzwasserfahnen hinter sich her, sodass die riesigen Scheibenwischer im Dauereinsatz waren. «Waren das damals Zeiten!»

Eine Weile saßen sie nebeneinander und dachten an die alten Hausbesetzerzeiten. Damals hatte das Leben aus Pils, Hasch und Demos bestanden, deren Höhepunkt immer die Jagd auf die Bullen gewesen war. Keiner von ihnen war wirklich politisch engagiert gewesen, man war einfach mit dabei, wenn Aussicht auf eine anständige Prügelei mit den Uniformierten bestand.

«Und du bist jetzt Professor. Mann, ausgerechnet. Wer hätte das gedacht? Beeindruckend, echt, fast so gut wie Truckfahren.» Kenth-Roger grinste und fischte sich eine Zigarette aus dem Päckchen. «Hast du auch Frau und Kinder?»

«Ja, und du?»

Kenth-Roger blies eine Qualmwolke in die Kabine und begann eine längere Geschichte über seine zwei Ehen und drei Kinder, die er jeweils mit den beiden Frauen hatte.

«Äh, könntest du vielleicht ein Fenster aufmachen? Ich muss von dem Rauch husten.»

«*No problem*, Neve, wir haben alle unsere Probleme.» Kenth-Roger öffnete das Fenster einen wenige Zentimeter breiten Spalt, drehte «No Woman, no Cry» leiser und fuhr mit der Abhandlung seines Lebens fort. Even nickte in passenden Abständen und hielt sich unauffällig eine Zeitung vors Gesicht, wenn sie eine Zollstation oder sonstige Orte passierten, an denen Kameras montiert sein konnten.

Unweit von Uddevalla hielten sie an einer Tankstelle und aßen etwas. Even hatte sein Handy zu Hause im Wohnzimmer liegen lassen, um seine Auslandsreise nicht zu verraten. Er fühlte sich irgendwie nackt und sah zu Kenth-Roger, der gerade die sechste Wurst in sich hineinstopfte. Dann fragte er seinen Kumpel, ob er sich nicht ein paar schnelle Tausender verdienen wolle, und erklärte ihm, wie. Nach zwei Sekunden Bedenkzeit nahm der Trucker das Angebot grinsend an.

Sie gingen nach draußen und fuhren zum nächsten großen Einkaufscenter. Hier kaufte Kenth-Roger ein Handy und schloss auf seinen Namen einen Handyvertrag ab, den er mit Evens Geld bezahlte. Zurück im Truck, überreichte er Even feierlich das Telefon und bekam im Gegenzug sechs Tausender in die Hand gedrückt. Teils für den Aufwand, teils aber auch, um die Rechnungen der nächsten Monate zu bezahlen.

Kenth-Roger nickte und steckte das Geld in seine Gesäßtasche. «Ich kriege Ärger mit meinem Chef, weil ich die Fähre heute Nachmittag nicht gekriegt habe, das ist also nur gerecht. Was willst du denn mit dem Handy?»

Even lächelte verschmitzt. Kenth-Roger antwortete mit einem Zwinkern und lächelte. «Der Frau Hörner aufsetzen? Bist du auf deine alten Tage ein Schürzenjäger geworden, Neve?» Er startete den Motor und fuhr los. Dabei lachte er leise. «Pass bloß gut auf, Kumpel, ich bin nicht umsonst zweimal geschieden.»

Auf der Fähre zwischen Göteborg und Frederikshavn wollte Kenth-Roger ihm ein Bier spendieren, aber Even lehnte ab und trank ein Wasser. Er hatte aus den Fehlern der letzten Dänemarkfahrt seine Lehren gezogen.

«Komm schon, auf alte Zeiten. Ich geb einen aus.»

«Nein danke.»

«Verdammt, bist du trocken, oder was?»

«Hör auf mit dem Scheiß, ich will nicht, okay?»

«Okay, Neve, okay. Du brauchst nicht gleich sauer zu werden, ja?»

Nach dem Essen streckte Kenth-Roger seinen fülligen Körper und sagte, er wolle sich im Wagen aufs Ohr hauen. Even könne die obere Koje haben. Das Autodeck ist doch zu, dachte Even, sagte aber nichts, sondern folgte seinem Kumpel. Der öffnete eine Tür mit der Aufschrift «NUR FÜR PERSONAL» und ging dann zielsicher einen kleinen Gang entlang zum Lastenaufzug, mit dem sie nach unten zum Autodeck fuhren.

Es war eng in der Fahrerkabine, weshalb Even zunächst angezogen in seine Koje kletterte. Schon bald hörte er tiefe Atemgeräusche unter sich. Die Luft wurde immer stickiger und wärmer, bis er es schließlich nicht mehr aushielt, sich doch noch aus seinen Sachen pellte und sie sich zusammengerollt als Kissen unter den Kopf schob. Mitten in der Nacht fuhr Kenth-Roger von der Fähre, während Even dösend unter der Decke liegen blieb und sich angenehm unsichtbar fühlte. Er dachte an all die Schachzüge, die er unternommen hatte und noch unternehmen würde, um während seiner Reise inkognito zu bleiben. Würde es klappen, oder hatte er etwas übersehen?

Kenth-Rogers Route führte von Frederikshavn hinunter durch Jütland nach Hamburg, um dort seine Ladung zu löschen. Irgendwo in Norddeutschland wollte Even sich verabschieden und dann mit Bus und Lokalzug von Städtchen zu Städtchen fahren, die großen Verkehrswege meidend. Von

Holland oder Belgien aus würde er die Fähre nach England nehmen oder aber von Frankreich aus den Eurostar, das wollte er spontan entscheiden. Seine Improvisationen sollten es unmöglich machen, ihm zu folgen, niemand sollte wissen, wo er war. Niemand, keine Seele, keine Sau – und vor allem kein Unsichtbarer Bruder.

Kapitel 28

CAMBRIDGE, ENGLAND

Es ruckelte leicht, als der Zug auf dem Weg in den Bahnhof das Gleis wechselte. Even steckte das Taschenbuch, das er in Harwich gekauft hatte, in die Innentasche seiner Outdoorjacke. Die Jacke hatte er in Hoek van Holland gekauft, während er auf die Fähre gewartet hatte. Er hatte Buch und Jacke bar bezahlt und stets sorgfältig darauf geachtet, seine Schirmmütze nicht abzusetzen und an allen öffentlichen Orten ausführlich den Boden zu studieren.

Sechs Monate, eine Woche und vier Tage waren seit dem Gespräch in Ålborg vergangen. Der Zug verlangsamte das Tempo, und er erhob sich von seinem Platz. War er zu ungeduldig? Nein, verdammt, womöglich war der Mann tot, weil er zu viel wusste.

Even, der seit Herbst wieder voll an der Universität arbeitete, hatte an der Cambridge University ein Seminar über «Gruppentheorie und unendliche, kontinuierliche Transformationsgruppen» ausfindig gemacht und sich so ein Alibi für den Aufenthalt in der Stadt verschafft. Seine Kollegen Abel und Lie hatten schließlich im gleichen Bereich geforscht.

Nachdem er einer älteren Dame behilflich gewesen war, den Koffer auf den Bahnsteig zu tragen, ging Even auf den Bahnhofsvorplatz und fischte das neue, geheime Handy aus der Tasche. Es war 22.13 Uhr …

22 13 ist eine Variante in Cauchys Legitimierung von Leibniz' Infinitesimalen, die … Hör auf! Du hast es Mai versprochen, der

Mutter deines Sohnes! Du hast geschworen, dein Leben zu ändern!

22.13 Uhr. War das zu spät für einen Besuch?

Ohne die Antwort der moralischen Sektion des limbischen Systems im Hirn abzuwarten, setzte Even sich in ein Taxi und sagte: «Harvey Road, Nummer 6.»

Sein letzter Besuch in der Stadt lag fünfzehn Jahre zurück, und er freute sich darauf, durch das alte Zentrum zu fahren, das auf ihn immer leicht arrogant und einen Hauch düster gewirkt hatte. Es war faszinierend, dass vereinzelt ganze Häuserblocks nur aus hohen Mauern ohne einen einzigen Eingang, eine einzige Tür bestanden, ja, ohne ein Fenster, das einem einen Einblick gewährte, was sich hinter den jahrhundertealten Fassaden verbarg.

«He! Wo zum Teufel fahren Sie lang?» Das Taxi hatte den Bahnhofsbereich verlassen und folgte der Straße, die ins Zentrum führte, als es plötzlich nach rechts in eine kleinere Straße abbog. Even riss sich zusammen und fragte noch einmal, dieses Mal freundlicher. Der Fahrer antwortete gereizt, dass Even doch schließlich in die Harvey Road wolle, und genau da seien sie jetzt. Er hielt vor dem Haus mit der Nummer 6, jedenfalls behauptete er das. Even konnte keine Nummer erkennen, denn die Straßenlaterne vor dem Haus war kaputt.

Als die roten Rücklichter in Richtung Bahnhof verschwanden, drehte Even sich um und nahm das Haus in Augenschein. Es war vertikal in zwei Wohnungseinheiten geteilt, beide sahen dunkel aus, aber aus unerfindlichen Gründen steuerte er zielstrebig den linken Plattenweg an, blieb vor der Tür stehen und suchte im Dunkeln nach dem Klingelknopf. Er schimmerte schwach metallisch und ließ im Innern des Hauses einen Gong ertönen, als er daraufdrückte.

Irgendwo im Haus wurde Musik leiser gestellt, die er erst

bemerkte, als sie verstummte, dann hörte er Schritte. War das klassische Musik gewesen, die er gehört hatte?

Es dauerte etwa eine Minute, bis ein Außenlicht anging. Er blinzelte überrascht zu einem Fenster hoch, wo ein Mann erschienen war und ihn anstarrte. Das Gesicht verschwand, und kurz darauf wurde die Tür geöffnet.

«Even Vik, mein Freund aus Norwegen!»

Eshqan Niknom winkte ihn herein, schloss die Tür hinter ihm und führte ihn ins Wohnzimmer. Wortlos zog der ältere Professor die Vorhänge vor allen Fenstern zu, ging zu einem CD-Spieler und drehte die Lautstärke wieder hoch.

Nein, es war keine klassische Musik. Jedenfalls nicht klassisch im europäischen Sinn. Even wollte fragen, aber Professor Niknom verließ wortlos das Wohnzimmer. Etwas verwirrt über den merkwürdigen Empfang, blieb Even mitten im Zimmer stehen und lauschte auf die Musik. Ungewohnte Töne fremdartiger Instrumente strömten durch den Raum, schmerzerfüllt und exotisch, in einem langsam hinkenden Rhythmus, bei dem Even unwillkürlich an einen alten Mann denken musste, der auf einen Stock gestützt auf dem Weg zu seinem Grab war. Plötzlich ertönte eine Frauenstimme und begann klagend über etwas zu singen, das nur verschmähte Liebe sein konnte. Die Sprache war unverständlich, aber exotisch schön. Even stand noch immer am selben Fleck, nahezu paralysiert von der Musik, als Eshqan Niknom mit kleinen Tassen und einem Teller mit siruptriefenden Küchlein auf einem Tablett zurückkam.

Er blieb stehen, als er Even sah, lächelte und sagte etwas, das Even nicht ganz mitbekam.

«Wie bitte?»

«Ich sagte: ‹*I see nothing but thorns in the rose garden of your union.*›» Er lächelte melancholisch in seinen grauen Bart.

«Das singt sie. Tausend Jahre alte persische Lyrik, aber auch heute noch genauso aktuell wie damals.»

Ohne ein Wort zu begreifen, setzte sich Even auf einen Stuhl. Niknom reichte ihm eine Tasse und schenkte ihm aus einer hohen Kanne Tee ein. Als Niknom ihm Kuchen anbot, schüttelte er zuerst den Kopf, griff dann aber aus Höflichkeit doch zu. Mit einem sirupsüßen Kuchen im Mund fragte er, ob es in Ordnung wäre, dass er so spät abends noch zu Besuch käme.

Der ältere Mann hob beschwichtigend die Hand. «Junger Mann, Sie sind immer willkommen, früh wie spät. Ich muss mich entschuldigen, dass so viel Zeit vergangen ist, ohne dass ich Ihre Fragen beantwortet habe.» Er setzte sich auf den Stuhl neben Even und beugte sich zu ihm hinüber. «Es gibt für alles eine Erklärung.» Er stand mit einem Ruck auf, ging zum Fenster und zog die Vorhänge so übereinander, dass sie sich überlappten. Dann setzte er sich wieder zu Even. «Noch etwas Tee?»

«Nein danke.» Even beobachtete, wie der Blick des Professors nervös durch den Raum flackerte, von seinem Gast zu den Fenstern, zum CD-Spieler. Erst jetzt fielen ihm die Ringe unter seinen Augen auf, die schlaffen Wangen, die ungepflegten Fingernägel, die Haare, denen ein Schnitt gutgetan hätte, und die Haarbüschel in den Nasenlöchern, die mit dem ungestutzten Bart um die Wette wucherten.

Even beugte sich vor. «Ich mag in vielerlei Hinsicht ein unmoralischer Mensch sein, der sich wenig darum kümmert, was andere von ihm halten – im Guten wie im Schlechten.» Er suchte die Augen seines Gastgebers und fixierte sie. «Aber die Probleme, lieber Professor, die Sie zurzeit haben – wie mir scheint –, sind nicht durch mich verursacht. Ich denunziere niemanden, nicht für Geld, und nicht für mein Leben, um es dramatisch auszudrücken. Das ist eine Tatsache.»

Eshqan Niknom starrte ihn mit dunklen Augen an, bis seine Pupillen sich weiteten und das gedämpfte Licht einen Anflug von Wahnsinn zu reflektieren schien. Dann nickte er kurz und verließ ohne ein Wort das Wohnzimmer.

Die Musik war irgendwann zu Ende, ohne dass der Gastgeber wieder aufgetaucht wäre. Even ging in der dunklen Stille im Wohnzimmer herum und blieb vor einem Regal stehen, um sich den Inhalt genauer anzusehen. Die Ausbeute war gering, da die Bücher, wie sich herausstellte, in einer Sprache und Schrift verfasst waren, die ihm gänzlich fremd war. Auf dem untersten Regalbrett fand er schließlich ein englisches Buch, «The Ruba'iyat of Omar Khayyam». Er stutzte. Der Name kam ihm bekannt vor. Hübsche Lithographien ließen ihn an Mai denken, ihr hätte dieses Buch gefallen. Er las langsam eins der Gedichte vor:

While my dust was being tempered in the mould,
The dust of much trouble was raised;
I cannot be better than I am,
I am as I was poured from the crucible.

«… wie ich war, als ich aus dem Schmelztiegel gegossen wurde», murmelte er und ließ den Blick zwei Zeilen höher gleiten: «Erhob sich der Staub großer Probleme …»

Even zuckte zusammen, als eine Stimme ihn unterbrach. «Die dritte Zeile ist ein Trost, wenn man sich unbeholfen und unzulänglich fühlt.» Niknom zeigte mit einem Nicken auf das Buch.

«Ah ja», brummte Even, schlug das Buch zu und stellte es zurück an seinen Platz.

«Omar Khayyam war Poet, Philosoph, Astronom *und* Mathematiker, geboren 1048 in Nishapur, außerdem ein Mann, der den Wein, die Frauen und das Leben liebte. Kriege und Gewalt waren ihm zuwider, die Astrologie fand er abergläubisch und einfältig. Er wich in vielerlei Hinsicht von der Zeit ab, in der er lebte.»

«Ich erinnere mich an ihn», sagte Even. «Mai, also Mai-Brit Fossen, hat mir von ihm erzählt, wollte, dass ich ein Buch über ihn lese, weil er wie ich Mathematiker war. Sie sagte, es sei ein schönes Buch über einen schönen Menschen. ‹Samarkand› hieß es.»

«Und, war es schön?»

«Das Buch?»

«Ja.»

«Weiß ich nicht ...»

«Sie haben es nie gelesen?»

«Nein.»

Der Professor zögerte einen Augenblick, dann machte er eine Geste Richtung Tür, als wolle er Even hinausbegleiten. «Ich habe mir gestattet, das Bett im Gästezimmer zu beziehen, in der Hoffnung, dass wir unser Gespräch morgen weiterführen können, wenn das Licht und der Geist von einer anderen Art sind als jetzt. Ich hoffe, mein junger Freund verübelt mir diese einseitige Planung meinerseits nicht.»

Even ging vor ihm in den Flur und eine Treppe nach oben. Das Zimmer war groß, mit einem alten Schreibtisch, einem Doppelbett und einem Sessel, der neben einem Bücherschrank stand.

«Diese Tür führt zu einer kleinen Toilette mit Waschbecken.» Der Gastgeber zeigte auf eine Tür links neben dem Bett. «Wenn Sie duschen oder baden möchten, müssten Sie sich ans andere Ende des Flures begeben.»

Even nickte und setzte sich auf die Bettkante, wippte etwas hin und her, um die Härte der Matratze zu testen, und stellte fest, dass sie im Vergleich zu der Koje in dem Truck eine große Verbesserung darstellte.

Eshqan Niknom kontrollierte die Gardine, durchquerte den Raum und blieb an der Tür stehen. «Sollten Sie im Laufe der Nacht Geräusche aus dem Erdgeschoss hören, möchte ich Sie bitten, in Ihrem Zimmer zu bleiben und sich ruhig zu verhalten.» Er strich sich mit der Hand über den Bart und führte sie dann unauffällig etwas höher, um ein Zucken unter dem linken Auge zu dämpfen.

Even sah ihn an, ohne zu antworten.

«Ich hatte in den vergangenen fünf Monaten zweimal unangemeldeten Besuch von iranischen Staatsdienern, beide Male nachts. Mein guter Freund, der mir damals in Ålborg geholfen hat, wurde bei seinem letzten Besuch im Iran festgenommen.»

Der Mann, der bei ihrer letzten Begegnung so viel gelacht hatte, nickte ernst. «Von dem Treffen in Dänemark zwischen meinen Landsmännern und mir haben ausgerechnet diejenigen Kenntnis bekommen, die es am allerwenigsten erfahren sollten. Unsere Gruppe befindet sich in Auflösung.»

Kapitel 29

Even lag regungslos unter der Decke und lauschte dem Regen an der Scheibe. Englischer Regen, zurückhaltend, fast unterwürfig, aber zugleich beharrlich. Er hatte wieder von der Hochzeit geträumt, dem Gelächter der Gäste, der Wut. Wieder hatte ihm sein Gehirn eine verzerrte Version gezeigt, die Wirklichkeit verändert und das Ganze zu einem Duell mit angespitzten Bleistiften zwischen Christer und ihm werden lassen. Keiner von ihnen hatte den Sieg davongetragen, stattdessen hatten sie sich vor dem Rathaus in Oslo umarmt und Beifallsstürme entgegengenommen.

Er hatte sich nie auf Träume verstanden. Eine Umarmung …? *No way!*

«Nervös, Kumpel?» Christer kam zu ihm und musterte seinen Anzug. «Cool. Steht dir, echt. Warum ziehst du das nicht jeden Tag an?»

«Bin ich …» Even blickte an sich hinunter und schielte zu dem Wagen, der in diesem Moment am Bürgersteig hielt. Im Fond erkannte er Mai. «Bin ich schön genug für sie?»

Die Frage war ungewöhnlich, zumal aus seinem Mund, das wusste er selbst. Aber er war zum ersten Mal in seinem Leben so glücklich, dass er auf der Stelle hätte losheulen können. Dieser Tag war so groß, so magisch, dass er befürchtete, die kleinste Kleinigkeit könnte das Glück zerstören – und sei es, dass er nicht gut genug gekleidet war.

«Sie wird ja sagen, wird es voller Begeisterung hinausschreien.» Christer grinste und klopfte ihm aufmunternd auf den Rücken. «Entspann dich.»

Ein Beamter im schwarzen Anzug kam heraus, schaute auf ein Blatt Papier und fragte: «Mai-Brit Fossen und Even Vik?»

Even hielt Mai den angewinkelten Arm hin, als sie ihm mit breitem Lächeln und strahlenden Augen entgegenkam. «Du siehst toll aus», flüsterte sie und schob ihre Hand unter seinen Ellenbogen. Sie blieben stehen, während die Gäste ihre Sitzplätze im Standesamt des Rathauses einnahmen. Mit einem Nicken machte der Standesbeamte sie darauf aufmerksam, dass sie jetzt auch hineingehen konnten.

Langsam, fast andächtig, das hatten sie vorher so abgesprochen, schritten sie durch den Gang zwischen den Sitzreihen bis zu dem aufgeräumten Schreibtisch des Standesbeamten. Es störte Even, dass hinter ihnen jemand kicherte, und als ein anderer plötzlich herzhaft losprustete, hätte er sich am liebsten umgedreht, um den Betreffenden mit Blicken zu töten. Das war nicht der richtige Anlass für Gelächter und Gekicher, das war der ernsteste Augenblick seines Lebens!

Der Standesbeamte hielt eine kurze Rede, auf die Even sich nicht konzentrieren konnte. Er fühlte, wie Mai ihren Arm wegzog und ihn seitlich am Körper herabhängen ließ, direkt neben seinem Arm. Seine Finger tasteten nach ihren, und nur mit Mühe gelang es ihm, nicht den Kopf zur Seite zu drehen, sie verliebt anzuglotzen und dämlich zu grinsen. Stattdessen starrte er den Standesbeamten an, der über Versprechen für die Zukunft und Treue sprach, und wieder hörte Even ein Kichern, als sei dieser Gedanke vollkommen absurd. Irgendwer erstickte sein Lachen hinter einem Taschentuch und hustete heftig.

Als Even und Mai-Brit kurze Zeit später die obligatorischen Fragen gestellt wurden und sie nervös mit Ja antworteten, als wären sie unsicher, wie der andere dazu stand, schien der halbe Saal hinter ihnen vor Lachen in Tränen auszubrechen.

Even küsste Mai mit dem Gefühl, Statist in einem Fernseh-Sketch zu sein, was ihn traurig und wütend zugleich machte. Am liebsten hätte er alle Gäste rausgeschickt und das ganze Ritual noch einmal von vorne begonnen.

Mai lächelte ihn an und flüsterte, dass sie jetzt gehen könnten. Er sah sie an, und Arm in Arm gingen sie durch den Mittelgang und durch die Tür nach draußen. Die Leute grinsten, und einer fragte, ob er zurechtkäme oder Hilfe bräuchte. Even und Mai kapierten gar nichts. Auf dem Platz vor dem Rathaus kamen die Leute und gratulierten, die meisten mit einem breiten Grinsen im Gesicht und feuchten Augen vom Lachen.

Irgendwann stand Even halb mit dem Rücken zu Mai, im Gespräch mit einem Studienkollegen von der Universität, als Mai einen überraschten Ausruf von sich gab und zwischen seinen Schulterblättern herumfummelte.

«Was ist?», fragte er und drehte sich um.

Sie hielt einen Zettel in der Hand und las leise, was mit schwarzem Filzstift daraufgeschrieben stand. «Der klebte an deinem Rücken.»

Er schnappte ihr den Zettel aus der Hand und las den kurzen Text: «**Rettet mich!**»

Even schaute in die Dunkelheit und erahnte die Umrisse der Möbel und der Vorhänge vor dem Fenster zum Garten. Es war über zwanzig Jahre her, dass Mai und er geheiratet hatten, aber Even hatte Christer nie verziehen. Und Christer hatte Even nie verziehen …

Bis auf den Regen war es still in der Harvey Road. Er fragte sich, wie spät es war, und drehte das Gesicht zum Nachttisch. Sein neues Handy zeigte Viertel nach acht an. Er streckte sich ausgiebig, fühlte sich ausgeruht, allein schon wegen der Gewissheit, neun Stunden geschlafen zu haben.

Während er pinkelte, hörte er irgendwo im Haus eine Tür zuschlagen und beschloss, nach unten zu gehen.

«Das ist ein großes Haus», bemerkte er, als sie sich jeder mit einer Tasse Tee in der Küche gegenübersaßen.

Professor Niknom war entschieden besser aufgelegt und klarer als am Vorabend. «Ich hatte Glück. Während ich an der Universität in Zürich tätig war, habe ich meine Ersparnisse in IT-Aktien angelegt. Nicht, weil ich mich auf Börsengeschäfte verstanden hätte, sondern einzig und allein, weil ein Kollege von mir meinte, das wäre das einzig Vernünftige. Er war Professor für Wirtschaftslehre und hatte selbst große Summen in dieselben zwei Firmen investiert wie ich, ich fühlte mich also sicher.

Als mir 1996 eine Professur hier in Cambridge angeboten wurde, waren die Aktien um mehrere hundert Prozent gestiegen. Also habe ich sie abgestoßen und einen ziemlich hohen Betrag einkassiert, von dem ich dieses Haus gekauft habe, das zu der Zeit gerade zum Verkauf stand.» Er sah Even über den Rand der Teetasse an. «Das Schicksal hat es so gewollt, dass ich zur rechten Zeit verkauft habe. Mein Kollege in Zürich sollte einige Monate später feststellen, dass die Aktien über Nacht plötzlich nicht einmal mehr das Papier wert waren, auf dem sie gedruckt waren, um es mit diesem abgenutzten, aber treffenden Bild auszudrücken.»

Die Oktobersonne mogelte sich durch die Wolkendecke, lugte zwischen den Bäumen im Garten hindurch und versuchte, ein paar Strahlen durch die Lamellen der Küchenjalousie hindurchzuquetschen. «Soll ich sie hochziehen und ein bisschen Sonne hereinlassen?», fragte Even, der dichter am Fenster saß und nach der Schnur griff.

«Nein», antwortete Niknom hastig. «Ich wünsche keine Zaungäste bei unserer Unterhaltung.»

«Glauben Sie, dass Sie überwacht werden?»

Niknom nickte. «Ich weiß es.»

«Ständig?»

«Das kann ich nicht mit Sicherheit sagen, aber die meiste Zeit. Manchmal lassen sie mich absichtlich sehen, dass sie da sind, dann steht ein Dienstwagen mit Nummernschildern der iranischen Botschaft auf der Straße. Oder es steht ein Mann vor meinem Haus, der eine Zeitung aus meiner Heimat liest. Wie deutlich müssen sie es noch sagen?» Er versank einen Augenblick in Gedanken, trank einen Schluck Tee und nickte. «Ich möchte Sie nicht in meine Probleme hineinziehen, darum schlage ich vor, dass wir meine Notizen durchgehen und danach für immer getrennte Wege gehen. Das wird das Beste für uns beide sein.»

Aus den Worten war deutlich herauszuhören, dass Professor Niknom umgekehrt genauso wenig in Evens Probleme hineingezogen werden wollte, er hatte genug mit seinen eigenen. Even nickte. Der Gastgeber verließ die Küche und kam kurz darauf mit zwei überquellenden Aktenordnern zurück.

Mit einem unbewussten Seufzer legte er die Ordner vor sich und öffnete einen von ihnen, ohne den Inhalt eines Blickes zu würdigen. «Vor sehr langer Zeit habe ich eine Ausbildung als Chemiker gemacht. Mein Interesse für die Alchemie entspringt einer Mischung aus drei Ingredienzen: Mein Wissen im Bereich der Chemie, mein Interesse für Feuer, was in meiner Religion begründet liegt, und, *last but not least*, gewisse ‹Bekanntschaften›, die ich in meinen ersten Studienjahren der alten persischen Kulturen gemacht habe: Dschābir ibn Hayyān, Abu Bakr Muhammad ibn Zakariya ar-Razi und Abū Alī al-Husayn ibn Abdullāh ibn Sīnā. Das sind drei bedeutende arabische Chemiker, die in Europa besser bekannt sind unter den Alchemistennamen Geber, Rhazes und Avicenna.

Ich muss erwähnen, dass ich die Alchemie anfangs eher als spannendes Hobby betrachtet habe, das ich phasenweise ruhenließ und fast vergaß. Ich nahm es nicht so ernst, glaubte, ich wäre der Einzige, dass kein anderer Erwachsener oder seriöser Zeitgenosse sich in modernen Zeiten mit solchen Dingen beschäftigte.

Bis ich nach Zürich kam und von dem Schweizer Psychiater C. G. Jung hörte.» Eshqan Niknom lächelte über Evens überraschten Blick. «Mein junger Freund ist sich möglicherweise nicht im Klaren darüber, dass Jung ein außerordentliches Interesse für die Alchemie hegte? Doch, das tat er. Das zeigt die umfangreiche Bibliothek zu dem Thema, die er 1961 nach seinem Tod hinterließ, und einzelne Schriften von seiner Hand. Ich war überzeugt, dass das Schicksal mich nach Zürich geführt hatte, zu Jung und in seine Bibliothek. Mit Geduld und Eifer versuche ich seither, das Wesen der Alchemie zu ergründen, sowohl auf der geistigen als auch auf einer ganz handfesten Ebene, in den unzähligen chemischen Rezepturen, woraus sie bestanden und wozu sie dienten, rein praktisch. Ich habe nicht wenig Zeit in dem kleinen Laboratorium verbracht, das ich mir im Keller eingerichtet habe.

Darum glaube ich auch, dass meine Meinung ein gewisses Gewicht hat, wenn ich nun Ihre unausgesprochene Frage beantworte: Was steht in den alchemistischen Teilen des Newton-Textes? Worauf weisen sie hin?»

Even war angespannt wie bei einer Prüfung, kurz bevor die Fragen ausgeteilt werden. Endlich würde er einen Blick in Newtons esoterisches Hirn werfen, würde sehen, was hinter dem verschlüsselten Text der sechs Seiten stand, zumindest einen Ausschnitt davon.

«Verzeihen Sie, dass meine Einführung so lang ausgefallen ist, aber ich habe das Gefühl, dass die Antwort, die ich Ihnen geben möchte, es erfordert, dass sie ein wenig über meinen Hintergrund und meine Kapazitäten wissen. Meine Antwort ist nämlich recht einfach.» Niknom fuhr hilflos mit der Hand durch die Luft und zögerte, als wäre ihm unangenehm, was er jetzt zu sagen hatte. «Ich habe nichts gefunden.»

Even saß da, unsicher, ob er richtig gehört hatte, dann schüttelte er den Kopf. «Nichts? Wie meinen Sie das?»

Niknom nahm ein Blatt aus dem aufgeschlagenen Ordner. «In den Monaten, in denen sich die Formeln in meinem Besitz befunden haben, habe ich 152 verschiedene Versuche durchgeführt. Manchmal basieren mehrere Versuche auf der gleichen Rezeptur, mit minimalen Abweichungen, um mich gegen Irrtümer abzusichern. Der Text ist, wie Sie ja wissen, nicht immer leicht zu deuten, und außerdem sind alchemistische Formeln häufig extrem ungenau, das ist sozusagen ein Naturgesetz, eine Folge ihrer esoterischen Natur. Einhundertzweiundfünfzigmal habe ich immer wieder die Symbole und ihre Bedeutung überprüft, analysiert und kalkuliert, versucht, wie ein Mann im 17. Jahrhundert zu denken, wie Newton. Und genauso häufig musste ich feststellen, dass es in einer Sackgasse endete.»

Körper und Gehirn waren wie gelähmt, Even musste seine Stimme zwingen hervorzupressen: «Eine Sackgasse?»

«Ja.» Niknom nickte. «Nach so vielen Versuchen glaube ich nicht mehr, dass ich Fehler gemacht oder wesentliche Dinge übersehen habe. Ich sehe einen roten Faden, der sich durch alle Formeln zieht, etwas, das alle Rezepturen auszeichnet: Sie führen nirgendwohin. Um es unmissverständlich auszudrücken: Die alchemistischen Passagen in Newtons Brief haben keine Konsistenz, sie sind ohne jeden Inhalt. Absolut ohne jeden Inhalt.»

Kapitel 30

MONDRACHE VON EVEN VIK
THEMSE, GREENWICH, APRIL 1704

Der Morgennebel lag noch über dem langsam dahingleitenden Wald aus Masten, als der Mann im Boot Platz nahm und den Ruderern den Befehl gab, abzulegen. Er drückte sich den Dreizack fester auf die Perücke, schlug den knöchellangen Mantel um sich und schien in tiefe Gedanken zu verfallen, als wäre die Umgebung seiner Aufmerksamkeit nicht würdig. Das Boot legte vom Kai unterhalb des Towers von London ab und schlug einen östlichen Kurs ein.

Der lange harte Winter hatte endlich seinen eisigen Griff gelockert, nachdem Kinder und kindische Erwachsene monatelang auf Schlittschuhkufen oder Schuhsohlen über das Eis geglitten waren.

In der kältesten Zeit war es den Händlern sogar möglich gewesen, mit vollbeladenen Pferdewagen das Eis zu überqueren. Viele Schiffe hatten unfreiwillig einen langen Winterschlaf halten müssen, während sie auf milderes Wetter warteten. Wie einem unlogischen Gesetz folgend, unverrückbar wie ein Naturgesetz, wagten sich die Menschen bis in den März hinein noch leichtsinnig aufs Eis hinaus, obgleich es durch die wärmere Luft längst dünn und unsicher geworden war. Der Mann im Boot ließ seinen Blick eine Weile über das Wasser schweifen. Die mangelnde Fähigkeit der einfachen Menschen, den Inhalt ihres Schädels zu benutzen, hatte ihn schon immer geärgert. *(Ab den Worten «unlogisches Gesetz» soll das Newtons Gedanken darstellen. Geht das so?)*

«Ist das eine Frage an mich?» Hjelm legte den Zeigefinger auf die Stelle.

«Ich bin es nicht gewohnt, so zu erzählen, ich bin da etwas unsicher», murmelte Even ärgerlich. Er fühlte sich wie ein kleiner Schüler, was ihm gar nicht gefiel. Hjelm las weiter.

Der warnende Ruf eines Ruderers ließ ihn den Kopf senken, um einem schleimigen Tau zu entgehen, das plötzlich wie ein Gespenst aus dem Nebel auftauchte. Unzählige Boote und Schiffe lagen im Fluss an mehr oder weniger gestrafften Tauen vor Anker, um sich gegen das launische Frühjahrshochwasser der Themse zu sichern. Ein unaufmerksamer Passagier verlor bestenfalls seinen Hut, im schlimmsten Fall aber nahm er ein unfreiwilliges Bad in dem brackig braunen Wasser, wenn das Ruderboot einem dieser Taue zu nahe kam. Ein großes Landungsboot mit den Offizieren eines Linienschiffs der Marine drängte sich vor, als wäre es allein auf dem Fluss, dabei wimmelte es auf dem Wasser von hastig hin und her fahrenden Kähnen, Ruderbooten und Barkassen.
Es hatte in den letzten Tagen kräftig geregnet, die Strömung des schlammigen Flusses war kräftig und erzeugte überall Wirbel, die die volle Aufmerksamkeit der Ruderer erforderten, andererseits hatten sie aufgrund dieser Strömung ein beträchtliches Tempo, sodass sie bald schon die letzten Steinhäuser und schäbigen Baracken bei Southwark passierten und die Stadt hinter sich ließen. *(Muss eine Karte aus der Zeit finden, um sicherzustellen, dass die Geographie stimmt.)* Gleichzeitig blieb auch der Nebel hinter ihnen zu-

rück, als sei er fester Bestandteil der Stadt. Hinter den zerfaserten Wolken war die Sonne zu erkennen, es glitzerte mit einem Mal frisch auf den nassen Wiesen, sodass die Aussicht vom Boot richtiggehend pittoresk war und einem das Herz aufging. Wohlgemerkt nur demjenigen, der ein Auge für so etwas hatte.

Für den einsamen Passagier auf der hinteren Bootsbank galt dies sicher nicht. Den Mund zu einem schmalen Strich zusammengepresst, saß er während der ganzen Fahrt nach Greenwich tief in Gedanken versunken da und blickte erst auf, als das Boot am Kai unterhalb des noch unfertigen Seemannshospitals anlegte.

Vom Pier aus gab er den Ruderern den Befehl, auf ihn zu warten. Dann hob er den Kopf und stieg den schmalen Pfad zum Königlichen Observatorium hinauf.

Der Mann war nicht mehr der Jüngste, er war einundsechzig Jahre alt, hatte sich aber recht gut gehalten. Als Münzmeister der Königlichen Münzanstalt hatte er eine hohe Position inne, weshalb er sowohl Schuhe mit hohen Absätzen als auch eine Perücke von beträchtlicher Größe trug. Rein körperlich gesehen war der Münzmeister keine großgewachsene Person, aber die Art, wie er sich bewegte, und vielleicht auch sein arroganter Blick bewirkten, dass ihn viele Menschen nach der ersten Begegnung als größer in Erinnerung behielten, als er wirklich war.

Trotzdem kam der Mann an diesem Vormittag nicht als Münzmeister nach Greenwich und auch nicht als Präsident der Royal Society, ein Titel, der ihm erst vor fünf Monaten verliehen worden war, dessen Macht er jedoch bereits vorzüglich zu nutzen wusste.

Der Mann kam als etwas Größeres, etwas Höheres.

Ehrgeiz, Zorn und Rachelust stiegen über den verdreckten

Pfad den Hügel hinauf. Er war das Werkzeug Gottes, das kam, um einzufordern, was ihm zustand. Er war der begnadetste Wissenschaftler, der jemals seinen Fuß auf diese Erde gesetzt hatte, ein Genie im wahrsten Sinne des Wortes, ein Mann, dem sich niemand widersetzen durfte, wenn es darum ging, Gottes Schöpfung zu entschlüsseln.
Er war Isaac Newton.
Und er war ausgezogen, jeglichen Widerstand zu brechen, ein inakzeptables Nein in ein **Ja** zu wandeln.

Amanuensis Mr. Hodgson war der Erste, der aus dem Fenster blickte und den Gast entdeckte. «Mr. Newton kommt, Mr. Flamsteed.»
Sie hielten sich wie gewöhnlich im Oktogon auf, dem achteckigen Raum, in dem sich das Teleskop und die Uhren befanden. An diesem Ort fühlte Mr. Flamsteed sich zu Hause, hier war er den Sternen am nächsten.
Der Astronom blickte von dem Protokoll auf, in dem er die Beobachtungen der Nacht ins Reine schrieb, und rieb sich die wunden Augen. Normalerweise schlief er um diese Zeit, aber Mr. Newton hatte bereits vor einigen Tagen seinen Besuch im Observatorium avisiert, er würde pünktlich eine Stunde vor Sonnenhöchststand eintreffen. Das war spät genug, um einen kurzen Morgenschlummer einzuschieben, aber der Müdigkeit zum Trotz war John Flamsteed einfach zu unruhig gewesen, um zu schlafen. Er stand auf, trat ans Fenster und betrachtete die Person, die langsamen, aber gleichmäßigen Schrittes den Hügel emporstieg und sich dem Eingang des Observatoriums näherte.
Es war kein Besuch, auf den sich der Königliche Astronom freute. Auch wenn der Mann, der dort kam, ein alter Bekannter, ein früherer Freund war, so gab es keinen Zweifel, dass

diese Freundschaft schon lange zurücklag. Und bei Isaac Newton gab es keine Zwischentöne, entweder man war ein Freund – oder ein Feind.
Flamsteed seufzte und ging zur Tür, um seinen Gast zu empfangen.

Eine Viertelstunde später servierte Mrs. Flamsteed Kaffee im Wohnzimmer, legte Holz im Ofen nach, warf dem Gast einen nicht gerade freundlichen Blick zu und ließ die beiden Männer wieder allein.
Newton stellte die Tasse ab. Sie hatten die einleitenden Formalitäten überstanden, zur Genüge darauf hingewiesen, wie gut sich der jeweils andere hielt – was von Newtons Seite eine blanke Lüge war, denn Flamsteed sah müde und krank aus –, und die winterliche Kälte kommentiert, die einfach nicht weichen wollte. Jetzt war es an der Zeit für Newton, zur Sache zu kommen.
Aber John Flamsteed kam ihm zuvor. «Mr. Newton, ich habe Euer Buch, ‹Opticks›, mit Interesse gelesen. Ich dachte, das Werk würde aus vier Bänden bestehen. Wie kommt es, dass ich nur drei lesen durfte?»
«Der vierte Band muss warten, bis einzelne Hypothesen als verifizierbare Theorien präsentiert werden können.» Newton hob das Kinn. «Ich hoffe, Ihr billigt, was Ihr bisher gelesen habt?»
«Darauf muss ich Euch mit Vorbehalt antworten. Sie deuten an, dass sich das Licht in der Nähe eines Körpers beugt. Das ist eine meines Erachtens recht weitläufige Behauptung, um sie einfach so zu präsentieren.»
«Ich formuliere das als Frage, nicht als Behauptung.» Newton konnte seinen Ärger nur mit Mühe im Zaum halten. *(Sollte ich deutlicher auf den Streit zwischen Newton und*

Flamsteed eingehen, der Newton angeblich als Atheist bezeichnet hat, was er selbst allerdings leugnet? Flamsteeds Version ist, dass er nach der Lektüre von «Opticks» den Eindruck gehabt habe, Newton stelle die Allmacht Gottes in Frage, indem er behaupte, Gott brauche «Sinnesorgane», um seine Wunderwerke zu vollbringen. In der Rückschau betrachtet ein amüsanter Streit, aber vielleicht führt das zu weit?)

Flamsteed nickte. «Eine Frage, ja, die erste von vielen ...» Er machte eine schnelle Handbewegung, als wollte er damit diese Meinungsverschiedenheit abschließen – und zur nächsten übergehen. «Ich stelle auch fest, dass Sie den Fixsternen eine Breite von 5 oder 6 Sekunden im Durchmesser geben, obgleich 80 Prozent von ihnen nur knapp eine Bogensekunde breit sind.»

Newton schnitt eine abwehrende Grimasse, als verdienten derart kindische Überlegungen keinen Kommentar. Mit aufgesetzter Höflichkeit betonte er, gekommen zu sein, um sich nach dem Befinden des Herrn Astronomen zu erkundigen und sich zu informieren, welche neuen Entdeckungen er in letzter Zeit gemacht habe.

Flamsteed führte ihn ins Oktogon und zeigte ihm das Buch mit den neuesten Beobachtungen. Dabei vergaß er nicht, zu erwähnen, wie sie sich zu Tychos und Hevelius' Observationen derselben Sterne verhielten. Newton studierte die Aufzeichnungen interessiert und bot sich an, Flamsteed in aller Vertraulichkeit lobend beim Prinzen zu erwähnen.

«Ein Lob in aller Öffentlichkeit wäre besser», antwortete Flamsteed und klappte das Buch zu.

Newton ging nicht darauf ein, was Flamsteed nicht überraschte. «Wie laufen die Arbeiten mit der Beobachtung des Mondes, verehrter Flamsteed?»

Der Astronom erklärte, es gehe voran, wenn auch langsam und umständlich, aber das habe er nicht anders erwartet. Er zeigte Newton die neuesten Mondzahlen und wies auf die Abweichungen hin, die sich im Vergleich zu den früheren Berechnungen des berühmten Kollegen auftaten.
Newton war überrascht. «Das kann doch wohl nicht stimmen.»
«Die Zahlen sind nach den Observationen von 1675, 1676 und 1677 berechnet», erwiderte Flamsteed.
«Ah ja. Das erklärt es dann wohl, ich bin zeitlich nicht so weit zurückgegangen», sagte Newton, betonte aber gleich darauf, dass seine Schlüsse bezüglich der Gesetze der Schwerkraft zeitlos und korrekt seien.
Flamsteed verkniff sich einen Kommentar und holte stattdessen eine gravierte Sternenkarte hervor, die seinen Sternenkatalog schmücken sollte, wenn er denn zum Druck bereit war.
«Ich weiß, dass Ihr ein Perfektionist seid, verehrter Flamsteed, das sind wir alle ein Stück weit. Aber da Ihr über dreißig Jahre Observationen des Mondes, der Sterne und Planeten gesammelt habt, sollte es doch langsam an der Zeit sein, die Resultate Eurer mühsamen Arbeit zu publizieren. Wenigstens doch, um der Welt zu zeigen, welch hervorragender Astronom Ihr seid.»
John Flamsteed senkte seinen Blick. Die Müdigkeit lag wie ein dumpfer drückender Schmerz hinter seinem linken Auge, und Newtons Worte linderten seine Kopfschmerzen nicht gerade. Wenngleich er sich über die lobenden Worte freute, wusste er, was dahintersteckte.
Seit Newton 1687 sein großes Werk «Principia Mathematica» veröffentlicht hatte, ein Werk, das unter anderem bewies, dass die Bahnen der Planeten um die Sonne elliptisch

waren, und in dem einige Berechnungen auf Flamsteeds Beobachtungen basierten, drängte Newton darauf, «den Mond abzuhandeln». Ebbe und Flut zeigten, dass der Mond einen Einfluss auf die Bahn der Erde hatte, und äußerst exakte Observationen und Berechnungen würden ihm helfen, seinem Werk sozusagen die Krone aufzusetzen. Mit anderen Worten: Er brauchte händeringend Flamsteeds Mondberechnungen.

Aber da sich ihre Wege vor zehn, fünfzehn Jahren deutlich getrennt hatten, hatte Newton es immer wieder «vergessen», auf Flamsteed zu verweisen, und indirekt selbst die Ehre für die astronomischen Observationen entgegengenommen. Aus diesem Grund wollte Newton Flamsteed in aller *Vertraulichkeit* beim Prinzen loben, um zu einem späteren Zeitpunkt selbst wieder die Lorbeeren einheimsen zu können. Flamsteed wusste das ganz genau, und er hatte sich bei seinem trägen Magen geschworen, nie wieder auch nur ein einziges Wort von sich zu geben, ohne sich ganz sicher zu sein, für seine Mühe auch erwähnt zu werden.

«Es gibt noch immer Lücken, die ich füllen muss ...»

«Das ist verständlich.» Newton lächelte, eine Bewegung, die seinem Gesicht recht fremd war, sodass sein Ausdruck eher einer undefinierbaren Grimasse glich. «Ich werde beim Prinzen um einen königlichen Zuschuss für die Publikation nachsuchen. Sobald ich wieder zurück in London bin, werde ich ein entsprechendes Gesuch schreiben.»

Flamsteed konnte nicht anders, als sich geehrt und geschmeichelt zu fühlen, dass der große Mann so interessiert an seiner Arbeit war, und wusste kaum, was er sagen sollte. Er wurde von Frau Flamsteed gerettet, die hereinkam und ihren Gast fragte, ob er nicht zum Essen bleiben wolle. Newton verbeugte sich und lehnte dankend ab. Er gab vor, eine Vereinbarung mit den Ruderern getroffen zu haben, die ihn in Kürze abholen würden.

Sie verabschiedeten sich auf der Treppe, wo Newton noch einmal seiner Hoffnung Ausdruck verlieh, dass Flamsteed alles ihm Mögliche tun möge, um die Arbeit baldmöglichst abzuschließen.

Flamsteed versicherte ihm, das sei immer seine Absicht gewesen, schloss die Tür und ging zurück ins Oktogon. Er stand am Fenster und sah den Mann über den Pfad nach unten verschwinden. Eine Weile später tauchte er wieder auf, jetzt saß er in einem Ruderboot, das den beschwerlichen Weg gegen die Strömung zurück in die Hauptstadt antrat.

Als er sich aufs Bett legte, um zu schlafen, hatte er das Gefühl, das Schicksal zu Besuch gehabt zu haben – ein böses Schicksal.

Kapitel 31

November 2007

«Aber, mein Gott, da passiert doch nichts!», sagte Odin Hjelm und blickte von dem Mondrache-Manuskript auf. «Sie reden über Observationen und sind gute Kollegen, und dann geht Newton wieder. Sie haben doch gesagt, die beiden wären verhasste Gegner …»

«Das sind sie auch.» Even musste sich zusammenreißen, um nicht die Faust zu ballen. Er hatte seit Monaten an dieser Geschichte gearbeitet, hatte Bücher gelesen, den Briefverkehr der Wissenschaftler studiert, um einen Eindruck von der Stimmung, ihrer Wortwahl und ihrem Verhalten zu bekommen. Er hatte akribisch an den kleinen Details gefeilt und nach passenden Wendungen gesucht, die das Leben auf der Themse beschrieben oder die beiden Feinde auf indirekte Weise charakterisierten, bis er mit dem mehrfach überarbeiteten Resultat vollkommen zufrieden gewesen war. Er hatte dabei Seiten an sich selbst entdeckt, von deren Existenz er keine Ahnung gehabt hatte, und sich zum Schluss richtiggehend darauf gefreut, das alles dem Verleger zu präsentieren – und jetzt hatte dieser Idiot nur negative Worte für ihn. Er nahm die kleinen Dinge gar nicht wahr, erkannte nicht … Even atmete tief durch. «Das steht alles zwischen den Zeilen, versteckt sich hinter den Worten, das wird nicht direkt ausgesprochen. Damals hat man sich so ausgedrückt, man hat immer die Form gewahrt …»

«Und wie zum Henker – entschuldigen Sie die Ausdrucksweise – soll der Leser das verstehen? Woher soll ich wissen, was sich *hinter* den Worten versteckt? Sie müssen das ans Licht holen, damit wir alle es sehen können, der Hass muss leuchten, die Abscheu, der Neid, die Bitterkeit, all diese Gefühle müssen so nackt vor uns auftauchen, dass wir sie erkennen. Erst dann versteht der Leser, wenn schon nicht den ganzen Menschen, so doch wenigstens, warum er so handelt. Sie können nicht verlangen, dass der Leser versteht, was er nicht sieht, dass er alles erraten muss. Ich schlage vor, dass Sie das noch einmal …»

«*Sie dummes Arschloch!*» Even war aufgesprungen und hatte die Hand ausgestreckt, um seine Papiere einzusammeln. «Fahren Sie mit Ihrem überheblichen Scheiß-Palaver zur Hölle!»

Hjelm blinzelte überrascht. «Aber …» Er legte eine Hand auf die Blätter, um Even zu stoppen. «Warten Sie, das war … Ich habe mich vielleicht ein bisschen unbedacht ausgedrückt …» Er murmelte noch etwas und verstummte dann. Schließlich räusperte er sich und sagte mit zerknirschter Stimme: «Das liegt am Beruf, am Umfeld, wir Verlagsleute können eigentlich nur kritisieren, auf Fehler und Schwächen hinweisen.»

Odin Hjelm schwieg, während Even dastand, bereit, jeden Moment sein Manuskript an sich zu reißen und zu gehen. Er sehnte sich nach einem kalten Bier, um seinen Zorn abzukühlen und nicht vollends auszurasten und dieser aufgeblasenen Rotweinnase eine zu verpassen.

«Es ist ja gut geschrieben», sagte Hjelm schnell. «Das gestehe ich gerne ein. Die Formulierungen sind treffend. Sie haben wirklich das Zeug zum Romanschriftsteller. Die Stimmung ist perfekt, mit lyrischen Einschlägen, wirklich.» Der Verleger hob vorsichtig den Arm und überflog noch einmal die erste Seite. «Sie überraschen mich.» Er versuchte, Even anzulächeln. «Schade, dass Sie keinen Roman schreiben, dass das hier nur kurze Szenen sind, die ganz spezielle Aspekte aufzeigen. Vielleicht sollten Sie sich anschließend an einem Roman versuchen? Ich bin interessiert, nur dass Sie es wissen.» Er zuckte entschuldigend mit den Schultern. «Es tut mir leid, ich habe mich blöd ausgedrückt, das steht fest. Ich hatte einfach nur mehr … wie soll ich sagen … mehr Tempo und Action erwartet. Das hier …» Er sah einen Augenblick lang so aus, als wüsste er nicht, wie er fortsetzen sollte, wagte sich dann aber mutig aufs Glatteis. «Das hier hätte auch Mai-Brit Fossen schreiben können, so gut ist das. Die Formulierungen, die Stimmungen. Das Problem ist nur, dass es sich um eine Passage für ein Sachbuch handelt, und dafür ist sie zu lang. Daran müssen wir arbeiten.»

Even sah ihn argwöhnisch an und setzte sich wieder.

Odin Hjelm strich mit der flachen Hand über die Seiten, als fürchtete er, Even zu verärgern, weil er sie zerknickt habe. «Das ist gut, wirklich», wiederholte er für sich. Dann holte er tief Luft, sah Even an und nickte. «Ich war vorschnell mit meinem Urteil, das war dumm. Ich kann nicht davon abgehen, dass wir das kürzen müssen, das muss sein, aber die Qualität des Textes steht außer Frage. Wenn Sie so mit den belletristischen Passagen weitermachen, wird das Buch … Dann wird es einzigartig. Mai-Brits und Ihre Texte sind eine perfekte Ergänzung des fachlichen Teils.» Er zögerte einen Augenblick. «Darf ich fragen, wie der Streit zwischen John Flamsteed und Isaac Newton weitergeht?»

Even lehnte sich langsam auf dem Stuhl zurück. «Haben Sie ein Bier, ein kaltes?» Er starrte in die Novembernacht hinaus und sah Schneeflocken im Licht der nächsten Straßenlaterne tanzen.

Hjelm nickte, verschwand aus dem Zimmer und kam gleich

darauf mit zwei geöffneten Flaschen und zwei Bierdeckeln wieder. «Bitte.»

Even leerte die halbe Flasche und spürte, wie seine Wut mit jedem Schluck abflaute, dann stellte er die Flasche zielsicher neben den Bierdeckel auf den Schreibtisch und griff nach seinem Rucksack, ohne Notiz davon zu nehmen, dass Hjelm die Flasche anhob und den Bierdeckel darunterschob.

«Wollen Sie die lange oder die kurze Version hören?»

«Vielleicht irgendwas in der Mitte?»

Even holte seine Notizen heraus und räusperte sich. «Also ... Nach dem Besuch bei Flamsteed bringt Isaac Newton tatsächlich Prinz George dazu, sich für die Sache einzusetzen. Die Tatsache, dass sich das Königshaus einmischt, zwingt Flamsteed förmlich, in die Herausgabe seiner Mond- und Sternenobservationen einzuwilligen, seines Lebenswerks ‹Historia Coelestis›.

Aber Flamsteed misstraut Newton und hält seine Ergebnisse immer wieder zurück, wobei ein weiterer Grund sein mag, dass er seine Observationen noch nicht für ausreichend hält. Newton seinerseits richtet ein Redaktionskomitee ein, in das nur seine Anhänger aufgenommen werden, nicht einmal Flamsteed selbst ist dabei. Außerdem verweigert Newton dem Astronomen die Bezahlung, wodurch dieser in finanzielle Schwierigkeiten gerät. Noch dazu wählt Newton einen viel zu teuren Verlag für das Buch, was Flamsteed dazu zwingt, Geld aus eigener Tasche zuzuschießen, und das, wie gesagt, für eine Veröffentlichung, die er selbst gar nicht wünscht.»

Even trank die Flasche aus, stellte sie neben den Bierdeckel und rülpste laut.

«Flamsteed beginnt, große Teile seines Buches abzuliefern, hält aber die Mondobservationen, auf die Newton wartet, zurück. Die Zeit vergeht.»

Even sah aus dem Augenwinkel, wie Hjelm die Flasche umsetzte. «1708 wendet sich das Glück zu Flamsteeds Gunsten. Da stirbt nämlich Prinz George, Newtons Druckmittel gegen Flamsteed, und die gesamte Veröffentlichung wird auf Eis gelegt. Aber nur für begrenzte Zeit.

1711 startet Newton eine neue Intrige im Königshaus, er überredet Königin Anne, die Herausgabe des Buches zu unterstützen, woraufhin Flamsteed mitgeteilt, wenn nicht sogar befohlen wird, die Arbeit wieder aufzunehmen.

Nach einigem Ärger wird 1712 eine nicht autorisierte Ausgabe der ‹Historia Coelestis› unter Aufsicht von Newtons gutem Freund Halley …» Even blickte von seinem Manuskript auf. «Sie wissen schon, der mit dem Halleyschen Kometen.»

«Ah ja», sagte Odin Hjelm und zuckte mit dem Kopf hin und her, als hätte er Flöhe im Kopf.

Even grinste. «Flamsteed hielt Halley für einen faulen Taugenichts, einen Zechkumpan, der nur den schnellen Erfolg suchte und berühmt werden wollte. Newton wusste von den Aversionen der beiden, sodass es mit Sicherheit eine ganz bewusste Entscheidung seinerseits war, Flamsteeds Observationen ausgerechnet von Halley bearbeiten zu lassen. Aber genug davon.

Das Material, das Newton nach der Veröffentlichung zur Verfügung hatte, nutzte er, um die Gültigkeit seiner Theorie des Mondes zu untermauern. Die Experten sind sich aber nicht sicher, was diese Theorie angeht. Einige, und ich teile diese Meinung weitestgehend, sind der Meinung, dass Flamsteed recht hatte und seine Observationen noch nicht ausreichend waren, um als Grundlage für Newtons Berechnungen zu dienen.

Was den Streit zwischen den beiden angeht, so entfernte Newton in seinen späteren Veröffentlichungen jeden Verweis auf Flamsteed. Der Mann, der – wenn auch widerwillig – die Grundlagen für zahlreiche Studien Newtons gelegt hatte, schien plötzlich nicht mehr zu existieren, ja, niemals existiert zu haben.»

Even blickte von seinen Papieren auf. «Als Präsident der Royal Society strich Newton Flamsteed im Übrigen auch von der Mitgliederliste. Er begründete das mit fehlenden Beitragszahlungen, doch mit diesem Argument hätte er, wäre er konsequent gewesen, die Mitgliederzahl vermutlich auf einen Schlag halbieren müssen.»

Even schwieg, nahm das nächste Blatt in die Hand und warf einen Blick darauf, legte es dann aber wieder weg. «Ich glaube, das reicht. Sie haben jetzt auf jeden Fall einen Eindruck von der Situation.»

Odin Hjelm starrte auf die Papiere, und sein Blick drückte so etwas wie Abscheu aus. «Stimmt das alles?»

«Ich fürchte, ja. Alles.»

«Hm …» Hjelm kratzte sich an seiner fleischigen Wange. «Und er ist noch immer Ihr Held?»

«Newton?»

«Hm.»

Der Anflug eines Lächelns huschte über Evens Gesicht, bevor er antwortete: «Ich habe in der wunderbaren Welt der Akademiker viele machtgeile Streber getroffen. Das ist im Grunde ziemlich normal … Aber Isaac Newton war – verstehen Sie mich nicht falsch, als Wissenschaftler ist und bleibt er ein absolutes Ausnahmetalent – in seinem Zynismus und seiner rücksichtslosen Ambitioniertheit schlimmer als die meisten. Außerdem hat er nie jemanden vergessen, der sich einmal gegen ihn gestellt hat. Nie.»

«Mai-Brit hat einmal gesagt …»

«Ja, ich weiß, dass sie uns miteinander verglichen hat, als sie das Buch begonnen hat», unterbrach Even ihn. «Aber auch wenn ich mitunter ein Arschloch sein kann, habe ich keinerlei Zweifel, dass ich in ihm meinen Meister gefunden hätte.»

«Das wollte ich gar nicht sagen … Aber da Sie es selbst ansprechen, ja, sie hat Sie einmal miteinander verglichen, allerdings fiel der Vergleich absolut zu Ihrem Vorteil aus. Sie meinte, Ihnen fehlte die Rücksichtslosigkeit und die Gier nach Rache, sie war sich sicher, dass Sie ganz einfach nicht genug Bosheit in sich hätten, um zu tun, was Newton getan hat.»

«Haben Sie noch im Kopf, was Flamsteed gegen Newtons Postulat zur Beugung des Lichts eingewandt hat?» Even sprach, als wäre das ein ganz natürlicher Themenwechsel. «Dieser Gedanke steht zweihundert Jahre später im Zentrum von Einsteins allgemeiner Relativitätstheorie. So vielfältig war Newton – seiner Zeit ein paar hundert Jahre voraus.»

Odin drehte die Hand um, die er auf die Tischplatte gelegt hatte.

«Wo wir schon dabei sind … Dieser vierte Band seiner … Wie hieß das noch …?»

«Der vierte Band von ‹Opticks›?»

«Ja, der Band, nach dem Flamsteed fragt. Warum ist er niemals herausgegeben worden?»

«Es deutet nichts darauf hin, dass Newton diesen vierten Band jemals fertiggestellt hat.»

«Hat man im Nachlass denn keine Notizen gefunden?»

«Nur sehr wenig. Deshalb fragt man sich, ob sie dem berühmten kleinen Feuer wenige Wochen vor seinem Tod zum Opfer gefallen sind. Er brachte damals seine Nichte und ihren Mann dazu, eine Menge von Unterlagen und Papieren zu verbrennen.»

«Von was sollte dieser vierte Band denn handeln?»

Even kratzte sich am Kopf. «Newton hat es nicht an Selbstvertrauen gemangelt, das wissen wir ja bereits … Der vierte Band sollte eine Synthese aller bekannten Kräfte der Natur enthalten. Eine universelle Erklärung für alles, was existiert, im Mikrokosmos wie im Makrokosmos. Kurz gesagt, er wollte den Mechanismus der göttlichen Schöpfung analysieren, also erklären, wie das alles möglich war. Newton wollte den Vorhang zur Seite ziehen und die Maschinerie präsentieren, die das Universum antreibt.»

Hjelm nickte. «Kleiner ging es wohl nicht für ihn …»

Kapitel 32

Januar 2008

Das neue Jahr begann damit, dass Even Vik in einen Eimer kotzte. Nicht, weil er sturzbesoffen war, sondern weil er sich einen Magen-Darm-Virus eingefangen hatte, wahrscheinlich von Stig, der es als ungeplantes Weihnachtsgeschenk aus der Schule mitgebracht hatte. Stig hatte über Weihnachten krank im Bett gelegen und war unter anderem von Even gepflegt worden, der ihm Abenteuergeschichten vorgelesen und mit einem nassen Lappen die Stirn gekühlt hatte. Als Stig wieder gesund war, fuhr Even zurück in seine Wohnung, legte sich selbst mit Fieber und Übelkeit ins Bett, und als die Neujahrsraketen die graue Wolkendecke über Torshov bunt färbten, beugte Even sich über den Eimer und verfluchte alle Viren dieser Welt. Er stöhnte laut, als er sich auf die rechte Schulter drehte, und betastete einen Punkt über dem Schulterblatt, der sich entzündet anfühlte, als säße der Kern der Krankheit genau dort.

In den folgenden Tagen stieg das Fieber, und die Laune sank drastisch. Die Welt war die Hölle und das Böse die einzige Konstante in ihr, auf die man sich verlassen konnte. Er war der Vater eines Jungen, der ihn «Onkel» nannte, und von Menschen umgeben, denen er sich nicht anvertrauen wollte oder konnte, weil er nicht wusste, wer Freund und wer Feind war. Im Fieber flüsterte ihm eine Stimme ein, das einzig Richtige für ihn wäre es, dem ganzen Wahnsinn zu entfliehen. In seiner Verzweiflung nahm er ein Messer, setzte sich in die Duschwanne im Badezimmer und legte die Klinge an sein Handgelenk. Er krümmte sich zusammen und dachte, dass Stig ihn als Einziger vermissen würde, aber sicher nicht für lange, dann hätte auch er seinen Onkel vergessen. Wenn er sich umbrächte, hätten endlich alle Ruhe vor den Unsichtbaren, von deren Existenz nur eine verrückte Frau in Deutschland und ein verschrobener Mathematiker in Oslo zu wissen schienen, und die beiden waren wie einsame Fixsterne, die nicht vom Fleck kamen, sie konnten den ungleichen Kampf gegen die Unsichtbaren ebenso gut aufgeben …

Er wurde in die Realität zurückgeholt, als er sich über seine Beine und das Messer erbrach. Vor Kälte zitternd, drehte er das Wasser auf und stand lange unter dem dampfend heißen Strahl, den Blick auf die Messerklinge gerichtet, ehe er sich abtrocknete, unter die Bettdecke schlüpfte und sofort einschlief.

Am nächsten Tag kamen Finn-Erik und Stig mit etwas zu essen und einem Neujahrsgeschenk. Damit er schnell wieder gesund werde, sagte Stig und half ihm eifrig beim Auspacken einer großen CD-Box mit allen Singleauskopplungen von The Clash, sowohl auf CD als auch als 7-Zoll-Singles. Even war sprachlos.

In den folgenden Tagen sank das Fieber, seine Laune stieg, und alte Geschichten aus seiner wilden Punkzeit wuchsen aus den Lautsprechern, wobei er sich nicht sicher war, ob alle Erinnerungen es wert waren, bewahrt zu werden.

Als «Rock the Casbah» lief, klingelte das Telefon. Even drehte die Lautstärke runter und lauschte der militärisch strengen Stimme, die fragte, ob er so freundlich sein könnte, auf der Stelle zu kommen. Es ginge um eine außerplanmäßig einberufene Sitzung der Kryptogruppe, es sei bereits ein Wagen auf dem Weg zu ihm, um ihn abzuholen. Oberstleutnant Johansen schwieg einen Augenblick, dann verabschiedete er sich brummelnd und legte auf.

Even grinste. Der Oberstleutnant hatte sein Anliegen als höfliche Anfrage vorgebracht, dabei wussten sie beide, dass es ein Befehl war. Das Problem bestand darin, dass Even ein «verdammter Zivilist» war, dem gegenüber sich der Offizier einigermaßen zivil ausdrücken musste. Even mochte den grauhaarigen älteren Herrn, obschon er für vieles stand, was ihm heftigst zuwider war: Uniformen, Macht und Engstirnigkeit. Er warf einen Blick auf die Uhr: halb vier, dann wurde bei der Sitzung sicher ein Abendessen serviert.

Er schloss hinter sich ab und wartete auf dem Bürgersteig auf den Wagen des Militärs.

Even Vik war der einzige reine Zivilist in der Kryptogruppe, die anderen waren entweder beim Militär angestellt oder hatten militärische Ränge vorzuweisen. Vier Mitglieder der Gruppe arbeiteten Vollzeit an dem großen Kryptographieprojekt, neben einer großen Zahl untergeordneter Mitarbeiter. Regelmäßige Treffen mit dem Rest der Kryptogruppe sorgten dafür, dass das komplexe, schwer zu koordinierende Projekt auf Kurs blieb. Das ist, wie einen Teller Gelee in der Hand zu balancieren – nur ohne Teller, hatte Finn Poulsen einmal nach einem Treffen gesagt. Bei der kleinsten unkontrollierten Bewegung klatscht das Ganze auf den Boden und ist schwer wieder zusammenzukratzen.

Even sah den schwarzen Wagen des Militärs an der Hans-Nielsen-Hauges-Gate um die Ecke biegen und winkte.

«Ich denke, das wird heute eins unserer letzten Treffen sein, wenn nicht das letzte», sagte Leutnant Finn Poulsen, als er Even bei der Wache in dem alten NATO-Hauptquartier in Kolsås in Empfang nahm, in dem das Nationale Sicherheitsamt untergebracht war. «Und ich frage mich, ob ich heute nicht endlich zulassen soll, dass Gåsholt und Per Randqvist sich an die Gurgel gehen.»

Even lachte. Der Erstgenannte war vom NSM und der andere vom FSA, zwei Sicherheitsdiensten, die sich ständig gegenseitig beschuldigten, in fremden Gärten zu wildern. Finn Poulsen hatte konsequent dafür gesorgt, dass Gåsholt und Randqvist bei den Treffen der Kryptogruppe an getrennten Enden des Sitzungstisches saßen.

Even gab Handy, Stifte und seine Armbanduhr ab und wurde mit einem Handscanner von Poulsen abgetastet.

Dann nahmen sie gemeinsam den Aufzug in die zweite Etage, wo das Sitzungszimmer lag.

«Tut mir leid, dass wir dieses Treffen so überraschend einberufen mussten, aber ich habe heute Vormittag erfahren, dass Lundstad von Kjeller demnächst nach Japan reist und ein paar Monate weg ist, und heute Abend war der letzte mögliche Termin für ein Treffen mit allen.» Leutnant Poulsen ließ Even den Vortritt aus dem Fahrstuhl.

«Ich war eh zu Hause», sagte Even. «Habe den Jahreswechsel mit Magen-Darm-Grippe und einer entzündeten Schulter im Bett verbracht. Ich bin erst seit heute wieder einigermaßen auf den Beinen.»

Finn Poulsen musterte Even. «Ist die Entzündung in der Schulter eine Folge der Magen-Darm-Grippe?»

Even zeigte mit der Hand in Richtung der rechten Schulter. «Weiß der Teufel, was das war, ich konnte mehrere Tage nicht auf der rechten Seite liegen. Glücklicherweise hat es sich wieder beruhigt.»

Als die Sitzung bereits in vollem Gange war, tauchte Jan Johansens kräftige Erscheinung in der Tür auf. Er setzte sich auf einen Stuhl neben der Tür und verfolgte das Gespräch eine Weile, ohne etwas zu sagen. Der Mann strahlte eine beständige Autorität aus, selbst wenn er nur still im Hintergrund saß. Die Gruppe arbeitete schlagartig effektiver. Bevor er den Raum wieder verließ, ging er zu Even, legte eine schwere Hand auf seine Schulter und dankte ihm für seinen unschätzbaren Beitrag. Die anderen schwiegen. Dann nickte Johansen in die Runde und ging.

Even fluchte leise und schielte zur Tür, er fühlte sich vor den anderen lächerlich gemacht, obwohl ihm klar war, dass es wahrscheinlich nur seine persönliche Abneigung gegen Hierarchien war, die ihn hier ausschließlich das Negative sehen ließ. Im Grunde genommen wusste er, dass Johansen es freundlich gemeint hatte.

Einige der anderen grinsten, es war ihnen nicht entgangen, dass der Zivilist unter ihnen «anarchistische Tendenzen» hatte, wie Leutnant Poulsen es flapsig ausdrückte.

Finn Poulsen und Even waren etwa gleich alt, ungefähr zehn Jahre älter als der Durchschnitt der Gruppe, und beide ledig. Sie hatten nach den Treffen ein paarmal ein Bier in einem der umliegenden Pubs zusammen getrunken, und irgendwann landete ihr Gespräch immer bei Musik und artete nach einer Weile in ein Geplänkel über alte Gitarrenhelden aus.

Darum war Even nicht sonderlich überrascht, als Leutnant Poulsen gegen 22 Uhr, als die Gruppe die Sitzung beendete, fragte, ob Even noch kurz bleiben könnte.

«Ich würde gern noch eine ernste Angelegenheit mit dir besprechen», sagte er, als er zurückkam, nachdem er die anderen hinunter zur Wache gebracht und verabschiedet hatte. Er nahm eine Mappe aus seiner Tasche, schlug sie auf und legte zwei Schwarzweißfotos vor Even auf den Tisch. «Kennst du diese beiden? Oder anders ausgedrückt: Hast du diese Gesichter schon mal gesehen, wo auch immer?»

Even neigte den Kopf über die Fotos, um seine Überraschung zu verbergen, und sah sich dieselben Gesichter an, die Aloysia ihm im Herbst geschickt hatte, betrachtete sie eingehend und schüttelte den Kopf. «Wieso sind die schlafend fotografiert worden?» Er hob den Kopf. «Oder sind sie tot?»

«Das wissen wir nicht», antwortete Poulsen und musterte Even. «Und? Was meinst du?»

«Nein, ich kenne sie nicht, noch nie gesehen. Die Gesichter sagen mir nichts. Aber …» Er merkte, dass seine Stimme hektisch wurde, und machte eine Pause, um sie zu zügeln. «Warum fragst du? Sind die aus der Bruderschaft der Unsichtbaren?»

Leutnant Poulsen nahm ein Blatt aus der Mappe und legte es vor sich.

«Die Fotos wurden uns aus Deutschland zugeschickt, von der GSG9, wie die dortige Antiterroreinheit heißt. Deren Überwachungssystem hat neulich eine Mail abgefangen, deren Text die Worte ‹Bruderschaft der Unsichtbaren› enthielt. Die Fotos waren an die Mail angehängt. Wir wissen nicht, ob die Männer Opfer der Unsichtbaren Bruderschaft sind oder ob es sich um Mitglieder handelt. Wir konnten bisher noch nicht einmal feststellen, wo die Bilder aufgenommen wurden oder ob die Männer tot oder bewusstlos sind. Wir wissen gar nichts. Darum frage ich ja dich.»

Even hielt die Bilder vor sich, erst das eine, dann das andere, und schüttelte den Kopf. «Nein, ich habe sie noch nie gesehen. Aber ich bin froh, dass es jetzt einen Beweis für die Existenz der Unsichtbaren gibt. Das ist dann ja wohl ein kleiner Durchbruch, oder?»

«Tja …» Finn Poulsen zögerte. «Von einem Durchbruch kann wohl erst die Rede sein, wenn wir Konkreteres wissen, zum Beispiel ihre Namen. Was das betrifft, scheinen wir und unsere deutschen Kollegen festzustecken.» Er nahm die Fotos wieder an sich und legte sie zurück in die Mappe. «Gehen wir ein Bier trinken?»

«Aber nur eins», antwortete Even. «Ich bin immer noch etwas angeschlagen.»

Auf dem Weg nach draußen grinste Poulsen. «Ich habe übrigens ein Bootleg von Frank Zappa und Mothers of Invention in die Finger bekommen, als sie in Frankreich gespielt haben, unmittelbar vor dem Brand im Montreux-Casino in der Schweiz. Der Ton ist hundsmiserabel, aber die Stimmung astrein. Das hättest du hören sollen.»

«Kannst du es mir auf CD brennen?» Even ging nach ihm in den Fahrstuhl.

«Selbstverständlich, wenn wir tauschen. Ich hätte gerne ‹Pretties for you›, das Zappa für Alice Cooper produziert hat.»

«Woher weißt du, dass ich das habe?» Even sah den Leutnant misstrauisch an.

Finn Poulsen lachte. «Sei nicht so paranoid, wir überwachen nicht deine Plattensammlung. Du hast im Herbst damit geprahlt, als wir im Pub waren, erinnerst du dich nicht mehr?»

Even grinste. «War nur ein Test …»

Als der Barkeeper ihnen vier Stunden später zwei halbe Liter brachte und dabei sagte, dass das jetzt aber wirklich die letzte Bestellung sei, er wolle schließen, hoben sie die Whiskeygläser und stießen auf König und Vaterland an, den Ministerpräsidenten und das Storting, auf die Gerichte und die Polizei.

«Nein, verdammt», lallte Even. «Nicht auf die Polizei, auf die weigere ich mich anzustoßen.»

«Die Polizei ist okay, ich wollte selber Polizist werden, aber da … tja, da ist nichts draus geworden …» Von Poulsens militärischer Strenge war nicht mehr viel zu merken, als er auf dem Stuhl hin und her schwankte, um die Balance zu halten. «Was hast du denn gegen …»

«Mein Alter war ein Schwein, er war Polizist, darum schlag ich jedem Polizisten auf die Rübe, wenn ich …» Even hickste und griff nach seinem Bierglas.

«Stimmt, ich erinnere mich.» Poulsen schielte, als er Even ansah. «Du hast eine Tätowierung auf dem Arm, eine Zahl …» Er griff nach Evens Arm und wollte den Ärmel hochschieben.

«Verdammt, was … soll das?», hickste Even und zog den Arm weg.

«Ich … Es gibt da so eine Aufnahme von einer Demonstration vor der amerikanischen Botschaft …» Poulsen starrte mit verhangenem Blick vor sich hin, dann erhellte sich sein Gesicht plötzlich. «*Yes*, jetzt weiß ich's wieder, 1985! Juni. Es … Da wurde ein Polizist verletzt … darum hat die Botschaft die Aufnahmen ihrer Kameras freigegeben, und darauf hat man einen Arm entdeckt … ähm, also, das Bild von einem Arm, und als Johansen dich 93 überprüfen sollte … als das erste Kryptoprogramm anlief … also, und du abgecheckt werden solltest … da hat er rausgefunden, dass du …»

Even kam auf die Beine und fuchtelte dem Leutnant mit einem Finger vor dem Gesicht herum. «Klappe! Klappe, verdammt … Und *Sie* rufen mir ein Taxi.» Letzteres war an den Kneipenwirt gerichtet, der besorgt in der Nähe stand und sich fragte, wie er seine letzten Gäste loswerden sollte.

Das Taxi kam fünf Minuten später. Even ging, ohne Leutnant Poulsen zu wecken, der schnarchend über dem Tisch hing.

Kapitel 33

31. März 2008

Es war tatsächlich das letzte Treffen der Kryptogruppe, und weder Leutnant Poulsen noch Oberstleutnant Johansen meldeten sich in den darauffolgenden Monaten bei Even. Er war ein paarmal kurz davor, selber anzurufen und nachzufragen, ob sie etwas über die beiden Fotografierten herausbekommen hätten, aber dann dachte er, dass sie ihn sicher informiert hätten, wenn es einen Durchbruch in den Ermittlungen gegeben hätte.

Die Gewissheit, dass noch andere außer Aloysia und ihm daran arbeiteten, die Unsichtbare Bruderschaft zu entlarven, veranlasste ihn, Newtons Formel wieder hervorzuholen, wenn auch widerstrebend. Sein Verhältnis zu dem Text wurde zusehends angespannter.

In mühsamer Kleinarbeit hatte er alle Zahlen und Symbole aus den sechs Seiten herausgesucht, die irgendeinen mathematischen Anknüpfungspunkt haben könnten, hatte das Ganze durch diverse Computerprogramme an der Universität geschickt – und nicht ein einziges brauchbares Ergebnis erhalten.

Aber zumindest waren ihm nun zwei Dinge klarer.

Die von ihm zusammengestellten Zahlen 51 29 22 51 28 30 hatten sich nach einer Weile als Flamsteed-Nummern zur Sternenbezeichnung aus der «Historia Coelestis» entpuppt. Nach dem Besuch bei Niknom in Cambridge im letzten Herbst war er nach Greenwich gefahren, um das alte Observatorium zu besuchen, und hatte dort die Zahlenreihe in Flamsteeds altem Buch entdeckt und wiedererkannt. Was diese Sternenbezeichnungen in Newtons Formel zu suchen hatten, stand allerdings auf einem ganz anderen Blatt.

Ebenso hatte er die Gruppe «6accdae13eff7i31on404qrr4s8t-12vx» als einen Code wiedererkannt, den Newton seinerzeit an Leibniz geschickt hatte, ein Code, der Methoden der Differenzial- und Integralrechnung barg, mit anderen Worten das, was den Kern ihrer Feindschaft ausgemacht hatte. Warum dieser Code in Newtons Formel auftauchte, blieb ebenfalls vorläufig ein Rätsel.

Even trank lauwarmen Kaffee, während er die beiden Zeichenfolgen betrachtete. Zeigte Newton seinen alten Feinden auf diese Weise eine lange Nase? In dem Fall müsste in der Formel auch ein Gruß an Robert Hooke zu finden sein. Er blätterte noch einmal auf gut Glück die Aufzeichnungen durch. Sein Blick fiel auf die Buchstabenfolge «vac», und nachdem er sich kurz vom Computer hatte ablenken lassen, auf dem eine neue E-Mail eingegangen war, fiel sein Blick ein paar Zeilen weiter unten zufällig auf ein «uum».

Die kurze Mail war von Fleur Menez, also Aloysia: «*YouTube. Seek*: *Assailants, or Invisible Brothers.*» Nicht mehr. Die englischen Wörter für «Angreifer» und «Unsichtbare Brüder» ließen ihn das Schlimmste befürchten. Er ging auf YouTube, wo seine bangen Ahnungen bestätigt wurden. Das Video wurde auf der Startseite unter «*Promoted Videos*» angezeigt, mit dem Titel: «Wie man nächtliche Angreifer abwehrt, ohne einen Finger zu rühren.» Untertitel: «Wer kennt diese Unsichtbaren Brüder?»

Die grobkörnige, graubraune Aufnahme zeigte zwei Männer, schräg von oben aufgenommen, die zielstrebig und schweigend durch einen Hotelkorridor gingen. Die Männer blieben vor einer Tür stehen, deren Nummer unleserlich gemacht worden war. Mit einem blitzschnellen Schnitt wechselte die Szene, plötzlich waren die Farben hell und warm, und man sah den Rücken einer Frau, die entspannt auf dem Bett eines Hotelzimmers saß. Der Kontrast zur vorigen Szene war fast wie eine Ohrfeige. Die Frau saß angezogen im Schneidersitz auf dem gemachten Bett. Die Sequenz war ultrakurz, gerade so lang, dass der Zuschauer die Atmosphäre entspannter Geborgenheit wahrnehmen konnte. Dann war man wieder zurück im Korridor. Einer der Männer kniete sich auf den Boden, öffnete einen kleinen Rucksack und bereitete mit dem anderen Mann den Einbruch vor. Wieder ein Schnitt, zurück zu der Frau auf dem Bett, Frieden und keine Gefahr. Dann erneuter Schnitt, damit der Zuschauer wusste, dass die Sicherheit täuschte. Zurück zu den körnigen Bildern vom Korridor. Die Männer aus der Vogelperspektive, mit Masken, die ihre Gesichter ausdruckslos machten. Der eine schob eine Schlüsselkarte ins Schloss, gab dem andern ein Zeichen und legte eine Hand auf den Türgriff … In einem kurzen Ausschnitt sah man, wie die Frau sich nach hinten lehnte und das Licht löschte. Zwei Sekunden Dunkelheit.

Even hatte hinterher gemessen, wie lang die Dunkelheit anhielt, weil es sich viel länger anfühlte. Wie eine nervenzerreißende Ewigkeit – eine Ewigkeit von zwei Sekunden. Als er das Video zum zweiten Mal abspielte, wurde ihm bewusst, weshalb der ganze Film so beklemmend auf ihn wirkte, ein fast körperliches Unwohlsein in ihm hervorrief. Es lag nicht allein an den Bildern – es war der Ton. Ein tiefer Bass, dessen leises Vibrieren direkt in den Magen fuhr, ohne den Umweg über die Ohren zu nehmen und vom Gehirn registriert zu werden. Kurz bevor die beiden Männer in das Zimmer stürmten, wurde es still, zermürbend still, abgesehen von dem leisen Klicken, als die Frau das Licht über dem Bett ausknipste.

Es war die Stille, die die dunkle Sequenz ins Unendliche auszudehnen schien.

Danach änderte sich der Charakter des Videos völlig, das Bild wurde scharf und klar, mit vollen Farben. Die Szene war in dem Hotelzimmer aufgenommen. Man sah die Männer ins Zimmer stürmen – untermalt von einer Tonspur, auf der ihre Rufe und ihr lautes Aufschlagen sich mit Musik mischten.

Wenn der erste Teil des Videos ein ausgewachsener Thriller gewesen war, so fand der Zuschauer sich nun in einer waschechten Komödie wieder.

Die Reaktion der Männer beim Betreten des Hotelzimmers war so komplett anders, als man es erwartete, dass Even beim ersten Ansehen laut loslachen musste. Mit zappelnden und tanzenden Beinen versuchten die beiden Männer verzweifelt, auf einem offensichtlich seifenglatten Boden die Balance zu halten und gleichzeitig die Augen gegen das grelle Scheinwerferlicht abzuschirmen, das sie blendete. Man hörte ihre verzweifelten Ausrufe, begleitet von einer munteren Polka, die mit jedem ihrer vergeblichen Versuche, wieder auf die Beine zu kommen, an Tempo zunahm.

Dann lagen sie mit einem Mal still da, und die Musik war verstummt.

Even hielt das Video an, spulte es ein paar Sekunden zurück und startete die Wiedergabe erneut, wobei er diesmal ganz genau hinsah. Ein Teil der Handlung war offensichtlich herausgeschnitten worden, wahrscheinlich der Teil, in dem Aloysia dafür gesorgt hatte, dass die Männer ihr Bewusstsein verloren – wie auch immer sie das angestellt hatte.

Even ließ das Video weiterlaufen. Die Tonspur war jetzt stumm, abgesehen von einem eklig ratschenden Geräusch, als man in Nahaufnahme sah, wie den Bewusstlosen eine Art Maske vom Gesicht gezogen wurde. Danach erschienen zwei klare, scharfe Porträtfotos der Männer auf dem Bildschirm. Darunter der Text: «Wer kennt diese beiden Verbrecher? Seien Sie vorsichtig, sie sind gefährlich!»

Even starrte auf den Bildschirm, als das Video stoppte. Sie hatte Öl oder irgendetwas in der Art auf dem Boden verteilt und sie ausgeschaltet, während sie auf dem Boden herumgeschlittert waren. Herrgott! Aloysia forderte den Ärger ja geradezu heraus. Sie hielt den Brüdern die geballte Faust vors Gesicht und streckte dann langsam den Mittelfinger aus – *fuck you!*

Er konnte nicht anders, als sich zurückzulehnen und laut zu lachen.

Kapitel 34

Samstag, 5. April 2008, Vormittag

«Haben Sie etwas für Neve Kiv?»

Die Postangestellte kannte Even noch nicht und bat ihn deshalb, sich auszuweisen. Even erklärte ihr, dass es sich nur um einen Spitznamen handele – sein Name rückwärts gelesen –, und zeigte ihr seinen Ausweis. Sie starrte Even verständnislos an und blickte kurz auf das Dokument. In ihrem Blick lag eindeutig die Frage, warum die Irren immer ausgerechnet an ihren Schalter kämen. Dann trat sie an die Schublade mit den postlagernden Sendungen und blätterte durch einen Stapel Briefe und Postkarten.

Even wollte sich schon bedanken und wie in all den Monaten zuvor mit leeren Händen wieder gehen, als er sie plötzlich einen Brief nehmen und auf sich zukommen sah. Sie fragte noch einmal nach seinem Ausweis, verglich die Anschrift auf dem Brief mit dem Namen auf der Plastikkarte, um nicht doch irgendeinen dummen Fehler zu machen, und gab ihm dann beides wieder zurück.

«Danke», sagte Even. Sie nickte ihm geschäftsmäßig zu und drückte den Knopf, um dem nächsten Kunden Bescheid zu geben, dass sie frei war.

Even sah sich um, aber es gab keine ruhige Ecke, in der er den Brief ungestört hätte lesen können. Er verließ deshalb die Poststelle in Vika und ging zur Haltestelle am Nationaltheater. Er war, wie so häufig samstags, bei Finn-Erik zum Essen eingeladen und stieg in die Sognsvannsbahn. Er setzte sich etwas abseits der anderen Fahrgäste hin, blickte sich noch einmal suchend um und studierte dann den Umschlag mit den englischen Briefmarken. Kein Absender. War Aloysia jetzt in England, oder hatte Professor Niknom ihm geschrieben? Nur diese beiden wussten von Plan B und dass sie ihm unter dem Namen Neve Kiv Briefe oder Päckchen auch postlagernd nach Oslo-Vika schicken konnten. Mit dem Zeigefinger riss er den Umschlag auf und entfaltete die Blätter:

Mein lieber, junger Freund!

Meine Zeit ist knapp bemessen, sodass ich gleich zur Sache kommen will. Erlauben Sie mir trotzdem, einen Bruchteil meiner noch verbleibenden Zeit einem Zitat unseres gemeinsamen Bekannten Omar Khayyam zu widmen:

Drink wine and pluck a flower since while you look
The rose withers and the greenness fades.

Ich hatte diesen Rat vergessen, als Sie mich hier in Cambridge besucht haben, und ließ mir mein Leben und mein Schicksal von meinen Sorgen und den Forderungen anderer diktieren. Jetzt habe ich zum Wein zurückgefunden, zu meinem eigenen Schicksal, meiner Lebensfreude. So lange sie denn noch währt.
Unser Freund Khayyam hat vor bald tausend Jahren gesagt:

Neither you nor I know the mysteries of eternity,
Neither you nor I read this enigma;
You and I only talk this side of the veil;
When the veil falls, neither you nor I will be here.

Für mich wird der Schleier bald fallen, ich werde die andere Seite sehen, und vielleicht kann ich dort das Rätsel lösen und das Mysterium der Ewigkeit ergründen. Aber dann werde ich Ihnen mein Wissen nicht mehr mitteilen können.

Ich verstehe, dass Ihnen Ihre Welt zurzeit wie eine unendliche Abfolge solcher Rätsel und Mysterien erscheinen muss, und natürlich habe ich verstanden, dass Isaac Newton in diesem System aus Geheimnissen und Bedrohungen eine zentrale Position einnimmt.

Seit Ihrem Besuch vor einem halben Jahr frage ich mich, wie ich meinem norwegischen Freund mit den traurigen Augen helfen kann, denn ich spüre, dass mein Beitrag zur Lösung Ihres alchemistischen Rätsels ziemlich unzureichend war. Ich habe über Newton nachgedacht und über Feinde, meine und die der anderen, über all die Menschen, denen es nicht reicht, Blumen zu pflücken oder die Freuden des Weines zu genießen, wie unser Freund Khayyam es getan hat. Und plötzlich, eines Tages, erinnerte ich mich …

Ich gebe das Wissen, das der Zufall – oder war es das Schicksal? – so überraschend in meine Hände gelegt hat, hiermit in Ihre.

Wie Sie vielleicht wissen, war mein Haus, Harvey Road Nr. 6, früher im Besitz der Eltern des bekannten Wirtschaftswissenschaftlers John Maynard Keynes, der zu seiner Zeit die nichtwissenschaftlichen Aufzeichnungen Newtons erworben und sie der Bibliothek des King's College vermacht hat.

Seine Mutter, Florence Ada Keynes, war Schriftstellerin. Ich besitze ein Buch von ihr, «By-Ways of Cambridge History», das kurz nach dem Zweiten Weltkrieg erschienen ist. Das Buch beginnt mit einer ausführlichen, persönlichen und gleichzeitig doch nüchternen Einleitung, datiert im Mai 1946, also knapp einen Monat nach dem Tod ihres Sohnes John Maynard. Der Zeitpunkt fiel mir gleich auf, als ich auf das Buch stieß. Welche Mutter kann klar und nüchtern denken, wenn sie gerade ihren Erstgeborenen zu Grabe getragen hat?

Eine starke Frau, dachte ich. Eine Frau, die erkennt, dass das

Leben weitergeht und wir alle nur kleine Körnchen im Sandsturm der Ewigkeit sind.

Warum ich das erwähne? Nun, ich werde gleich darauf zu sprechen kommen.

Mein Haus stammt aus der Zeit vor dem Krieg (Sie können selbst wählen, vor welchem, denn kommt es wirklich darauf an?).

Vor fünf Jahren brauchte es ein neues Dach, und eines Tages legte ein Zimmermann einen ledernen Beutel in meine Hand. «Das Ding ist aus einem Hohlraum unter einem Dachbalken gerutscht», sagte er und ging wieder an seine Arbeit.

In dem Beutel fand ich fünf Tagebücher aus der Feder von Florence Ada Keynes. Ich habe mir erlaubt, sie zu lesen, und räume auch ein, mir Kopien von interessanten Passagen gemacht zu haben, bevor ich sie den Nachkommen überreicht habe.

Wie Sie wissen, war John Maynard Keynes der Erste, der sich in neuerer Zeit ernsthaft für Newtons alchemistische Seite interessiert hat. Er kaufte die Cambridger Notizen des Genies und kümmerte sich um die Erhaltung dieser Unterlagen. Er las, analysierte und systematisierte sie, ehe er sie schließlich der King's College Library hier in Cambridge vermachte. Keynes ist auch der Mann, der es als Erster gewagt hat, Newtons dunkle Seite anzusprechen und auf sein krankhaftes Misstrauen und seine Rachsucht hinzuweisen. Er brachte Newtons Geltungssucht und seinen Hochmut ans Licht, indem er offenlegte, mit welch überheblichen Worten Newton sich selbst beschrieben hatte. Von Keynes stammt auch das Zitat, Newton sei «Kopernikus und Faust in ein und derselben Person».

Sie können diese Äußerung sicher nur bestätigen. Aber Keynes war tatsächlich der Erste, der solche blasphemischen Dinge über das große Genie Newton nicht nur zu denken, sondern auch auszusprechen wagte.

Lord John Maynard Keynes – er wurde irgendwann geadelt und stieg zum Baron auf – wohnte während des Zweiten Weltkriegs im östlichen Sussex. Während der intensiven Bombardements im ersten Kriegsjahr wurde Keynes immer unruhiger. Er fürchtete, einige der Schriften, die sich in seinem Besitz befanden, könnten durch das Chaos des Krieges vernichtet werden. Florence Ada Keynes schreibt in einem ihrer Tagebücher, dass er bei einem der Wochenendbesuche bei seinen Eltern in Cambridge ihnen einige Kisten mit alten Büchern zur Aufbewahrung anvertraut habe. Er wollte sie sich später, wenn er einen geeigneteren Raum gefunden habe, wieder zurückholen. Während der Zeit, in der die Bücher in Cambridge waren, schrieb Florence Ada Keynes die kleine Notiz, die ich Ihnen hier sende.

Möge Ihnen das eine Hilfe sein, auch wenn ich nicht recht weiß, wie.

Bevor ich zum Ende komme, möchte ich Sie auf eine seltsame Kleinigkeit aufmerksam machen, die ich entdeckt habe:

Nachdem Sie mich besucht hatten, habe ich immer wieder Newtons Formel hervorgeholt, um mich zu vergewissern, keinen Fehler gemacht zu haben. Was mich die ganze Zeit gestört hat, war die Tatsache, dass inmitten von alchemistischen Formeln plötzlich Buchstaben standen, deren Sinn ich nicht verstand. Ein Beispiel: + of Λ ad *and actuated ξ to ∞* ma *⍰ ? …*

Die zwei unterstrichenen Wörter («ad» und «ma») scheinen dabei Füllwörter zu sein, die nichts mit Alchemie zu tun haben.

Ich habe Newton unterschätzt und glaubte, er habe die Silben einfach eingefügt, um damit zu verwirren, aber dann kam ich dank eines Zufalls eines Tages auf die Idee, dieses «ma» mit dem vorgehenden Füllwort «lam» zu kombinieren. In diesem Augenblick machte es in meinem bescheidenen Hirn klick.

Ich suchte sämtliche Füllwörter zusammen und schrieb sie nebeneinander. Von hinten gelesen stand dann dort: «ad mal am cru ce m» – oder zusammengesetzt «admalamcrucem». In dieser Buchstabenfolge versteckt sich der lateinische Ausdruck «Ad malam crucem», was ich mit «Ans böse Kreuz» übersetzte.

Dieser Satz erschien mir jedoch ebenso sinnentleert wie die alchemistischen Formeln, weshalb ich ihn in meiner Dummheit ganz einfach vergaß.

Ein guter Kollege aus meiner Zeit in Zürich, Herr Klaus Hoffmann, ist Linguist und Experte für Latein: Ich traf ihn neulich in Leipzig, wo er jetzt unterrichtet, und bei einem Kaffee habe ich mir erlaubt, die Buchstabenfolge auf eine Serviette zu schreiben. Er teilte die Zeichenkette sofort genau so auf, wie auch ich es getan hatte – was ich nicht ohne Stolz erwähne –, und übersetzte den resultierenden Ausdruck ebenso wie ich (erneuter Stolz). Aber er ging dann noch einen Schritt weiter, denn er konnte mir die tiefere Bedeutung und den eigentlichen Sinn von «Ans böse Kreuz» erklären.

Wie Sie sicher wissen, war das Kreuz in den Zeiten der Römer ein Folterinstrument, eine Strafe. Das böse *Kreuz verweist nicht etwa auf das uns bekannte christliche Kreuz, sondern auf das Folterinstrument. Hoffmann konnte mir berichten, dass der Ausdruck «Ad malam crucem» ein Fluch war, wie wenn man sagen wollte: «Geht und hängt ihn ans Kreuz!» Oder im heutigen Sprachgebrauch: «Fahr zur Hölle!»*

Mit anderen Worten: Newton hat hier einen Fluch in seinen Text integriert.

Ich weiß nicht, ob diese Information irgendeinen Wert für Sie hat, aber ich hoffe, dass Sie damit dem Wein und dem Duft der Blumen ein Stück näher kommen.

Wir sehen uns hinter dem Schleier!

Ihr Freund
Eshqan Niknom

PS: Ich habe mir erlaubt, ein Treffen mit Herrn Hoffmann für Sie zu arrangieren. Wenn Sie mit ihm reden möchten, natürlich in vollster Vertraulichkeit, wird er am Donnerstag, den 10. April 2008, um 13 Uhr im Kaffeehaus «Coffe Baum» in der Kleinen Fleischergasse in Leipzig sein.

Ich habe ihm nicht gesagt, wer Sie sind oder mit welchem Problem Sie ringen, nur, dass Sie sich in einer Situation befinden, von der möglichst wenige wissen dürfen. Er ist mit diesen Rahmenbedingungen einverstanden. Ich habe mit ihm vereinbart, dass Sie Goethes «Faust» unter dem Arm tragen.

Even starrte verwirrt nach draußen auf den Verkehr. War das ein Abschiedsbrief? Niknom schrieb davon, das Leben zu genießen und sich über Wein und Blumen zu freuen, aber zwischen den Zeilen war zu lesen, dass er damit rechnete, tot zu sein, wenn Even diesen Brief las.

Ich rufe ihn heute Abend an, wenn ich von Finn-Erik zurück bin, dachte er und nahm die letzte Seite des Briefes zur Hand. Es war die Fotokopie einer Doppelseite aus einer Kladde, verfasst in einer zierlichen ordentlichen Handschrift, die unverkennbar von einer Frau stammte.

Misstrauisch warf er einen raschen Blick auf die anderen Passagiere, ehe er den Brief zusammenfaltete und in seine Hosentasche steckte. Dann las er Florence Ada Keynes' Tagebucheintrag:

4. Januar 1941, 20.30 pm
Als ich am Morgen in der Schreibstube saß, waren mit einem Mal zwei Männer an der Tür. John Neville hatte sich gerade erst auf seinen Morgenspaziergang begeben, und die arme Mary beteuerte, dass wir nichts an der Tür kaufen, und wollte sie bereits wieder schließen, aber die Männer weigerten sich zu gehen und gaben vor, mit der Dame des Hauses reden zu müssen. Ich wurde herbeigerufen und bot ihnen einen Tee an. Sie waren höflich, der eine der beiden recht geschwätzig, der andere eher reserviert. Der Blick und der Bart des Stillen ließen mich immer wieder an die Schneide eines Messers denken. Etwas sagte mir, dass er derjenige war, der das Sagen hatte.
Sie gaben vor, von Lord Keynes geschickt worden zu sein, um Kisten mit alten Büchern zu holen, die im Keller der King's College Library aufbewahrt werden sollten. Ich fragte nach einem Brief meines Sohnes, aber sie erklärten, dass sie dergleichen nicht hätten, da alles sehr rasch entschieden worden sei.
Zwei Dinge ließen mich ihre Geschichte mit einer gewissen Skepsis betrachten: John Maynard ist nicht der Mann, der Unbekannte nach Hause zu seinen Eltern schickt, ohne erst anzurufen oder seinen Gesandten wenigstens einen Brief mitzugeben. Und außerdem, warum fragten sie nach der Frau des Hauses? Wussten sie, dass mein Mann außer Haus war? In diesem Fall mussten sie das Haus zuvor beobachtet haben.
Sie konversierten höflich und präsentierten sich als Gentlemen, auch als ich ihnen sagte, das alles müsse auf einem Missverständnis beruhen, da wir keine solchen Kisten mit Büchern von John im Hause hätten. Sie bedankten sich höflich für den Tee, bedauerten die Störung und verließen das

Haus. Der ruhigere der beiden trug eine goldene Schlipsnadel, einen Schlüssel, der oben in einem Ring mit zwei Drachenköpfen endete. Die Drachen trugen Rubine als Augen. Ich habe so etwas noch nie gesehen.
Ich rief John Maynard an und erzählte ihm von dem Besuch. Er kannte die Männer nicht. Er will heute Abend kommen, um die Bücher zu holen, und bis morgen bleiben. Eine wunderbare Neuigkeit, wir sehen ihn viel zu selten.

Even faltete die Kopie nachdenklich zusammen und steckte sie in seine Gesäßtasche, als die Bahn mit einem Ruck anhielt und er zu seiner Überraschung feststellte, dass sie bereits in Kringsjå waren. Entschuldigungen murmelnd, drängte er sich an ein paar Frauen in Jogginganzügen vorbei und stieg aus. Einen Moment lang erwog er, Finn-Erik abzusagen, um so schnell wie möglich wieder nach Hause zu kommen und sich den Brief gründlicher anzusehen, aber dann fiel ihm ein, dass er das Handy zu Hause liegen gelassen hatte, wie immer, wenn er zu seinen diskreten Besuchen ins Postamt ging, um nach postlagernden Sendungen zu fragen.

Schon wieder ein Schlüssel und Drachenköpfe! Er verließ das Bahnhofsgelände und ging nachdenklich die Straße entlang. Wieder ein Steinchen des Puzzles, von dem sie bisher nur die Konturen erahnten. Trotzdem hatte er das Gefühl, es mit etwas Großem zu tun zu haben, größer, als er oder jemand anderes es sich wirklich vorstellen konnte. Er ging um die Ecke und sah Stig und Line mit ein paar Freunden auf der Straße spielen.

Seit Aloysias Veröffentlichung des Videos wusste die Bruderschaft der Unsichtbaren ohne jeden Zweifel, dass sie sich ihnen widersetzte und sie zu entlarven versuchte. Er blieb stehen und blickte nachdenklich auf den Bürgersteig. Wie würden sie reagieren? Was würde ihr Gegenzug sein?

«Onkel Even, Onkel Even!»

Mit dem beklemmenden Gefühl, die Antwort direkt vor sich zu haben, zwinkerte er den Kindern zu, die vor ihm auf und ab sprangen, um seine Aufmerksamkeit zu wecken.

«Hallo, Line! Na, Stig?», sagte er und versuchte zu lächeln. «Gibt's bald Essen?»

Kapitel 35

Ich glaube nicht an Gott, nicht an den Teufel …

Er lehnte die Schläfe an die Scheibe und sah aus dem Fenster. Oslo glitt langsam an ihm vorbei, eingehüllt in spätwinterliches Schmuddelwetter. Wo war Aloysia jetzt? Hoffentlich an einem Ort, an dem es wärmer und angenehmer war. Er musste sie über den Brief von Niknom informieren, darüber, dass die Drachenköpfe und der Schlüssel sich immer deutlicher als die Symbole der Bruderschaft der Unsichtbaren herauskristallisierten. Sie musste darüber Bescheid wissen.

Der Bus hielt an einer Haltestelle, und eine Mutter mit zwei Söhnen stieg ein. Der kleinere erinnerte ihn an Stig und an den bevorstehenden Geburtstag. Even öffnete und schloss seine Faust, starrte auf seine Hand und blickte dann wieder aus dem Fenster. Diese verfluchte Faust. Sie hatten sich wegen der Feier gestritten. Darüber, dass er am Donnerstag nicht zu Stigs Geburtstagsparty kommen konnte. Die Verabredung, die Niknom mit diesem Hoffmann arrangiert hatte, war dummerweise am selben Tag, und so eine Gelegenheit durfte er nicht ungenutzt verstreichen lassen.

Oder vielleicht doch?

Even fragte sich erneut, was er sich im letzten Jahr schon hundertmal gefragt hatte: Warum warf er den ganzen Newton-Kram nicht einfach hin und zog ein für alle Mal einen Schlussstrich? Dann beugte er sich vor und drückte auf den roten Halteknopf. Am Kiosk neben «Nansens Schloss», der zurzeit angesagtesten Kneipe in Torshov, fielen ihm die Zeitungsschlagzeilen ins Auge. Es ging um die Akustik von irgendwas. Von diesem Fachgebiet hatte er absolut keine Ahnung, es wäre sicher interessant, sich mal mit einem Akustiker zu unterhalten, über Töne, Frequenzen, Schallwellen, Musik zu diskutieren. Über Musik? Nein, wohl eher nicht, sie hätten sicher nicht den gleichen Musikgeschmack.

Er bekam seinen frisch gepressten Saft überraschend schnell, als hätte der Barkeeper schon auf ihn gewartet. Even trank in großen Schlucken, unterdrückte ein Rülpsen, bestellte noch ein Glas und bezahlte gleich. Der Barkeeper lächelte und machte eine Bemerkung über den Saft, irgendetwas, dass er nach Sonne und Süden schmecke.

«Ja», antwortete Even und wischte sich den Mund ab. «Ein Flugticket wäre zwar billiger, aber so ein Saft geht schneller.»

Der Barkeeper lachte und wandte sich ab, um eine Frau zu bedienen. Es fühlte sich gut an für Even, dass jemand über seine Witze lachte. Es war so normal, so alltäglich, und es gab ihm das Gefühl, dass auch er normal war, dass er Kitty nicht …

Das Böse kann in jedem einzelnen Individuum ignoriert, verleugnet und verdrängt werden – aber nicht entfernt.

Jemand drückte sich von hinten gegen ihn. Even versuchte, Platz zu machen, und stieß dabei eine Frau an, die auf einem der hohen Barhocker saß und einen Cappuccino trank. Der Duft des hellbraunen Getränks traf ihn wie ein Schlag und ließ ihn für einen Augenblick schwindeln – Mai hatte immer Cappuccino getrunken. Die Frau lächelte und sagte, dass es ganz schön eng hier sei, aber es gäbe ja keine andere vernünftige Kneipe in der Stadt. Die Person hinter ihm reichte dem Barkeeper Geld, und Even musste einen Augenblick warten, bis er wieder an sein Glas kam.

Er leerte es in zwei Schlucken, dachte einen Augenblick, dass der Saft irgendwie anders schmeckte, wässriger, dann nickte er dem Barkeeper zu und ging zum Ausgang. Draußen auf dem Bürgersteig sog er die kühle Luft ein, bevor er über die

Straße eilte. Ein weißer Polo rauschte hinter ihm vorbei, dumpf dröhnten die Bässe von Green Day aus jeder Metallpore des Fahrzeugs. Plötzlich lief ihm ein Schauer über den Rücken, und er taumelte einen Schritt zur Seite. O Mann, dachte er, was war das denn? Er richtete sich auf – auf keinen Fall wollte er betrunken wirken.

Betrunken? Verdammt, er hatte doch nur Saft getrunken! Er ging weiter und dachte an den Brief, den er sich zu Hause noch einmal gründlich ansehen wollte.

Das Schwindelgefühl traf ihn, als er die H.-N.-Hauges-Gate überquerte und an der Schule vorbeiging. Es traf ihn mit solcher Wucht, als hätte ihm jemand eine zusammengerollte Zeitung in den Nacken geschlagen. Stolpernd wankte er auf die Hauswand zu und blieb einen Augenblick blinzelnd stehen. Du bist übermüdet, dachte er, nicht mehr der Jüngste. Langsam schleppte er sich die Carl-Jeppesens-Gate entlang, auf den vorletzten Hauseingang zu.

Sie stand am Fenster, zupfte welke Blüten von den Blumen und dachte an ihre Enkel, die am Nachmittag zu Besuch gekommen waren. Wie konnte man nur den Kleinsten dazu bringen, nicht immer so fürchterlich zu fluchen? Ob er das in der Schule lernte? In dem Augenblick sah sie unten auf der Straße einen jungen Mann vorbeitaumeln. Sie erstarrte, die Hand in den Geranien und beugte sich vor, um besser sehen zu können. Es ging ihm offenbar sehr schlecht. Das Gesicht des Mannes war leichenblass, und seine Bewegungen wirkten, als würde er jeden Moment das Bewusstsein verlieren. Erschrocken griff sie zum Telefon, wollte die Nummer des Notrufs wählen, bekam aber die richtigen Zahlen nicht zusammen. Verzweifelt hielt sie nach dem Telefonbuch Ausschau, das mal wieder nicht an seinem Platz war, äugte aus dem Fenster, um nach dem Kranken zu sehen, der auf die Knie gesackt war, und bemerkte im gleichen Moment einen Mann mit langen Haaren, der sich über ihn beugte, um ihm zu helfen. Welke Blüten rieselten auf den Boden, als sie den Hörer erleichtert zurück auf die Gabel legte. Gut zu wissen, dass es noch Menschen gab, die sich um andere kümmerten.

Als sie kurz darauf in der Küche stand und Kaffee kochte, fragte sie sich, ob sie nach draußen gehen sollte. Im selben Augenblick fuhr unten ein Krankenwagen vorbei. Nun war er in guten Händen. Sie war selbst vor kurzem wegen ihrer Hüfte eingeliefert worden und hatte erfahren, was für freundliche Menschen diese Sanitäter waren … Jetzt konnte sie entspannt ihren Fernsehabend genießen.

Der Rettungssanitäter beugte sich über den Mann am Boden, fühlte seinen Puls und wollte etwas zu seinem Kollegen sagen, als er das Messer unter dem Ellenbogen bemerkte. Im gleichen Moment öffnete der Mann die Augen und starrte den Sanitäter mit riesigen schwarzen Pupillen an. Der Mann öffnete den Mund, um etwas zu sagen, und schlug seinem verdutzten Helfer dann mit der geballten Faust ins Gesicht.

Kapitel 36

Rache … die Schwester des Hasses

Eine Floskel? … Blutprobe … 21.17 Uhr … Ankunft … Wer? Even Vik, verdammt! … Vater von Stig … Sohn eines Drecksacks … schwarzer Neve Kiv …

Die Worte wirbelten durch seinen Kopf.

«Ist das Schwein wach?», sprach ein langer nikotingelber Zeigefinger … «Du steckst bis zum Hals in der Scheiße, mein kleiner Even …»

«Sie haben eine Überdosis genommen», erklärte ein weißer Kittel. «Eine hohe Dosis Gammahydro… haben einen Sanitäter niedergeschlagen … einen Pfleger … Finn-Erik … an der Herz-Lungen-Maschine … blutiges Messer … gefunden …»

«Du hast schon einmal getötet, erinnerst du dich?», sagte eine neue Stimme. Kitty stand mit nassen Kleidern und Tang im hennaroten Haar vor ihm. «Erinnerst du dich?»

Even Neve Kiv Vik glotzte sie an … Er erinnerte sich.

«Du hast Pierre, einem der Unsichtbaren Brüder, erzählt, dass ich einen Sohn habe!»

Sie starrte ihn mit großen Augen an, ihr Mund bewegte sich, aber es kam kein Laut über ihre Lippen.

«Das hätte Stigs Tod bedeuten können – oder meinen. Du hast das Leben eines *Kindes* aufs Spiel gesetzt, Kitty!»

Sie taumelte einen Schritt zurück, als wären seine Worte Schläge, ihr Blick flackerte, und ihr Atem ging schwer. Even ballte die Hände, stand breitbeinig und anklagend vor ihr.

«Du hast keine Verantwortung übernommen, Kitty. Mai hat ihr eigenes Leben geopfert, um Stig und Line zu retten. *Sie* hat Verantwortung übernommen! Als ich dir erzählt habe, wie

alles zusammenhängt, muss dir klar gewesen sein, dass möglicherweise noch mehr Menschenleben auf dem Spiel standen. Trotzdem hast du dich entschieden, die Spielregeln zu akzeptieren, die dein Vater und die Bruderschaft der Unsichtbaren aufgestellt haben, eine Art neue Moral, die nur für euch gilt.» Even schüttelte den Kopf. «Aber so funktioniert das nicht.» Er atmete tief ein, sein Brustkorb hob sich. Mit zusammengepressten Lippen zischte er: «Und ich dachte immer, *ich* hätte keine Moral …»

Kitty starrte ihn an, als hätte er das Todesurteil über sie gesprochen. Plötzlich fuhr sie herum, wollte weglaufen. Even rannte um den Tisch und stellte sich zwischen sie und die Treppe. Sie blieb erschrocken stehen, zögerte. «Was willst du … Willst du mich umbringen?

… mich umbringen?

… mich umbringen …

… umbringen …!»

Der Heulton in seinen Ohren verebbte nach und nach, als würde jemand die Lautstärke drosseln. Even lag da, sein Gehirn wie in schwarze Watte gebettet, durch die nicht der leiseste Laut drang. Totale Stille, die, wie er hoffte, ewig währte …

Bis eine Stimme sich durch die Stille bohrte: «Herr Vik kann jetzt unmöglich verhört werden! Sein Zustand ist instabil, und er braucht Ruhe.» Die Stimme war beherrscht, aber sehr bestimmt. Es fehlte nicht mehr viel, und sie würde zornig klingen.

«Es ist mir scheißegal, ob er Schlaf braucht! Dieses Mal kommt er mir nicht davon. Nicht nach einem Mord. Und wenn er noch so viel Schlaf braucht!»

Der Heulton setzte wieder ein, und die Dezibelkurve

schwang sich langsam, aber sicher in die Höhe, bis eine neue Stimme sich einmischte.

«Genau genommen sprechen wir hier immer noch von einem Mord*versuch*, Hauptkommissar Molvik. Even Viks Freund ist nicht tot.»

«Scheißegal, das ist nicht … Wer zum Teufel sind Sie überhaupt?»

Even öffnete mühsam die Augen und sah Hauptkommissar Molvik und den Arzt. Klekowichs Blick war auf den großgewachsenen Mann Ende fünfzig gerichtet, der seelenruhig das Zimmer betrat. Der Mann sah von einem zum anderen und nickte Even mit ernstem Blick zu. «Guten Abend, Vik …»

«Hallo, Oberstleutnant», murmelte Even erschöpft und dankbar dafür, dass eine bekannte und zuverlässige Person da war. Er musste den Mann vom Nachrichtendienst fragen … musste wissen, ob …

«Jan Johansen», stellte der Oberstleutnant sich vor und streckte zuerst dem Arzt die Hand entgegen, dann dem Hauptkommissar.

Molvik ignorierte die Hand und schob herausfordernd das Kinn vor. «Was haben Sie hier zu suchen? Sind Sie Anwalt, oder was?»

«So was in der Art, ja. Nennen Sie mich einfach einen guten Freund. Ich habe gehört, dass er ins Krankenhaus Ullevål eingeliefert wurde, wo er offenbar von Papa Viks altem Kumpel belästigt wird.» Jan Johansen sah den Arzt an. «Hauptkommissar Molvik war der Partner des größten Schweins in der Osloer Polizeigeschichte. Zufälligerweise war dieses Schwein Even Viks Vater, und nach seinem allzu späten Tod hat Molvik gewissenhaft die Rolle von Evens Peiniger übernommen.» Ein leises Lächeln huschte über das runde Gesicht. «Ich werde hier ein bisschen Mäuschen spielen, nur um sicherzustellen, dass der Hauptkommissar auch objektiv und sachlich bleibt, wenn er mit dem Verhör von Herrn Vik beginnt.»

«Leck mich!», spuckte Molvik aus und trat einen Schritt vor. «Wenn Sie nicht sein Anwalt sind oder sonst wie nachweislich berechtigt sind, hier zu sein, was ich bezweifle, verpissen Sie sich jetzt besser.»

Jan Johansen hielt Molviks zornigem Blick stand und lächelte. «Was meinen Sie, Even ...?»

Es kam keine Antwort. Alle drei drehten sich um. Der Arzt griff nach Evens Handgelenk.

Eine kühle Hand legte sich auf seinen Arm. Even schlug mit Mühe die Augen auf und stellte sich darauf ein, Molvik anzufahren, dass er seine Finger bei sich behalten sollte. Aber es war eine Frau im weißen Kittel, die ihn anlächelte und ihm erklärte, dass sie nur eine Blutprobe nehmen wollte.

Molvik stand im Hintergrund und telefonierte. Er fing Evens Blick ein, und ein sadistisches Grinsen zuckte in seinen Mundwinkeln. Oberstleutnant Johansen stand am Fußende und nickte ihm freundlich zu, auch er mit einem Handy am Ohr. War er in einem Callcenter aufgewacht?

Even versuchte, Johansen ein Zeichen zu geben. Er musste wissen ...

Der Oberstleutnant nickte wieder und sprach weiter. Even schloss die Augen und ließ die Frau in seinen Arm stechen und ihre Arbeit erledigen. Als sie fertig war, hörte er draußen auf dem Flur das Geräusch rascher Schritte, fast ein Stampfen, und schielte zur Tür.

Polizeipräsidentin Brynildsen stürmte mit so viel Schwung in das Zimmer, dass sie fast die Krankenschwester umgerannt hätte. Statt einer Uniform trug sie ein elegantes dunkelblaues

Abendkleid und einen goldroten Seidenschal, darüber einen dunklen Mantel. Ihre Augen blitzten hinter den randlosen Brillengläsern, und sie knöpfte sich Molvik vor, ohne Even in seinem Bett auch nur eines Blickes zu würdigen.

«Herr Hauptkommissar!» Sie winkte Molvik in die Ecke neben dem Waschbecken und hielt ihm mit gedämpfter Stimme einen Monolog der etwas heftigeren Sorte.

Hinter der Polizeipräsidentin betrat ein Herr im Smoking das Zimmer, mit einer schwarzen Fliege unter dem frisch rasierten Kinn und in sehr viel gemächlicherem Tempo. Auf der Türschwelle blieb er stehen und sah sich neugierig um, ehe er auf das Bett zuging und ungeniert auf Even herabschaute. *2, bleich wie Marmor.*

Even erwiderte den Blick. «Was gibt's hier zu glotzen?»

«Ich bin ihr Chauffeur», sagte der Mann, lachte gutmütig und nickte in Richtung der Polizeipräsidentin. «Und zufälligerweise auch mit ihr verheiratet.» Er begutachtete den Verband um Evens Kopf. «Auf der Treppe gestolpert?»

Even starrte auf das weiße Hemd und die Bauchbinde. «Soll ich den Arzt fragen, ob er einen Wiener Walzer auflegt?»

Der Mann zuckte mit den Schultern. «Meine übliche Samstagabendkluft. Wir wollten gerade in die Kneipe unten an der Ecke, auf ein Bier und eine Pizza, wie man ja wohl sieht … Aber dann musste meine Gattin noch diesen Besuch hier einschieben.»

«Frivold, komm jetzt!» Die Stimme der Polizeipräsidentin war gebieterisch.

Der Mann nickte. «Nett, Sie kennengelernt zu haben. Gute Besserung.»

Die Polizeipräsidentin trat ans Bett. «Wir gehen jetzt, Frivold.»

Der Mann nickte Even noch einmal zu und verließ dann das

Zimmer. Polizeipräsidentin Brynildsen beugte sich zu Even hinunter und sagte leise: «Ihr Fall wird genauso behandelt werden wie jeder andere dieser Art, aber nicht von Hauptkommissar Molvik. Er ist mit sofortiger Wirkung von diesem Fall abgezogen. Ein Kollege wird so schnell wie möglich kommen.»

Sie richtete sich auf und betrachtete ihn mit durchdringendem Blick, gegen den Supermans Röntgenblick wie eine Sehstörung wirkte. Even fühlte sich nackt bis auf die Knochen. «Wir werden herausfinden, was wirklich passiert ist», sagte sie. *96, dunkelbraun, fast schwarz.* «Ich hoffe, wir können mit Ihrer Unterstützung rechnen.»

«Wo …» Er räusperte sich. «Wo sind die Kinder?»

Ein Hauch von Verwirrung huschte über ihr Gesicht, verschwand aber sofort wieder. «Sie haben Kinder?»

«Nein, verdammt! Ich meine Finn-Eriks Kinder, er hat zwei. Wo sind Stig und Line?» Even hob ungehalten den Kopf, was mit einem unerträglichen Schmerz im Schlüsselbein belohnt wurde. Mit einem Stöhnen sank er zurück auf das Kissen.

«Ich werde nachfragen.» Sie machte ein paar Schritte vom Bett weg, zog ein Handy aus einer kleinen Handtasche, die zum Kleid passte, tippte eine Nummer und sprach kurz mit jemandem. Dann kam sie zurück. «Das Jugendamt kümmert sich um sie.» Die Polizeipräsidentin steckte das Handy wieder in die Tasche und betrachtete ihn mit unbewegter Miene. «Es geht ihnen gut.»

Geht ihnen gut. Ja, klar … Der Vater im Krankenhaus, vielleicht schon tot. Und der Onkel auch im Krankenhaus, dazu noch angeklagt, den Vater ermordet zu haben. Es geht ihnen sicher prächtig …

«Danke», murmelte er, hauptsächlich, um sie loszuwerden.

«Keine Ursache. Schönes Wochenende!» Sie drehte sich um, nickte Jan Johansen kurz zu und verließ den Raum ähnlich schnell, wie sie ihn betreten hatte.

Even sah den wehenden Mantelschößen hinterher, hörte die Schritte verhallen und überlegte schläfrig, ob ihr «schönes Wochenende» ironisch gemeint war. Wer wohl führte, wenn sie und Frivold Walzer tanzten?

Kapitel 37

Jan Johansen zog einen Stuhl ans Bett und setzte sich so, dass er Even sein Profil zuwandte. Molvik und der Arzt waren beide verschwunden. Die Luft schien schlagartig reiner zu sein, das Atmen ging plötzlich viel leichter. Even drehte den Kopf zur Seite. «Haben Sie diese Hexe herbestellt?»

Oberstleutnant Johansen sah ihn nachdenklich an, ehe er ihm wieder das Profil mit der breiten Nase zudrehte. Kein schöner Mann, dachte Even, aber er hat etwas Vertrauenerweckendes, Gutmütiges an sich. Kuschelteddy Größe XXL.

«Brynildsen, meinen Sie? Kann schon sein, dass ich erwähnt habe, dass Sie hier liegen. Wieso?»

«Wäre einfach schön zu wissen, wer an welchen Fäden zieht, wenn man sich wie eine Marionette fühlt», murmelte Even.

«Erzählen Sie, was passiert ist.» Johansen richtete seine Aufmerksamkeit beim Sprechen auf die Tür, als erwartete er ungebetenen Besuch.

«Da gibt es nicht viel zu erzählen. Ich wurde vergiftet. Keine Ahnung, wo oder wann. Na ja, heute Abend, aber …»

«Keine Ahnung?»

«Ich habe versucht, mich zu erinnern, aber der ganze Abend ist wie ausgelöscht … Ich erinnere mich nur an Bruchstücke, ich weiß noch, dass ich mich von Finn-Erik verabschiedet habe. Er stand in der Küche, und Stig und Line waren bei den Nachbarn, glaube ich. Ich habe den Bus genommen. Und …» Even stockte.

Johansen saß still da, als könnte die kleinste Bewegung Evens Konzentration stören.

«An mehr erinnere ich mich nicht.»

«Was haben Sie gemacht, bevor Sie sich von Finn-Erik verabschiedet haben?»

«Gegessen, nehme ich an. Wie immer.»

«Was haben Sie gegessen?»

Even sah den Offizier genervt an. «Daran erinnere ich mich nicht einmal, wenn ich völlig klar im Kopf bin. Essen ist Essen.»

«Okay. Aber vor dem Essen. Haben Sie einen Spaziergang gemacht? Oder mit den Kindern gespielt?»

Ein Fuchs. Irgendwas war mit einem Fuchs gewesen, der … pisste? Auf … Tick, Trick und Track? Auf Stig?

«Ich glaube … Warten Sie. Doch. Stig war mit dem … wie heißt es noch? … Pfadfinderhandbuch von Fähnlein Fieselschweif zu mir gekommen. Das habe ich ihm zu Weihnachten geschenkt. Wir lesen ständig darin. Irgendetwas war da mit einem Fuchs. Der irgendwas angepisst hat … Ja, jetzt weiß ich's wieder! Es ging darum, wie Igel sich vor dem Fuchs schützen, indem sie sich einrollen. Aber der Fuchs pinkelt sie einfach an, sodass sie den Kopf und die Beine ausstrecken, um das Weite zu suchen. Und dann kann der Fuchs sie schnappen.»

Jan Johansen nickte nachdenklich, als wäre das eine wichtige Information, und sagte: «Sie wissen, dass Blut an Ihrem Handgelenk gefunden wurde? Nicht nur an dem Messer, sondern auch an der Hand, unter dem Ärmel. Es wird gerade im Labor analysiert und mit Finn-Eriks Blut verglichen.» Er zögerte einen Augenblick, als ob er seine Ausführungen an dieser Stelle am liebsten beenden würde. «Wenn das Blut von Finn-Erik stammt, haben Sie ein Problem. Am Messer war nur Blut an der Klinge, nicht am Griff. Also wie …»

«Danke schön, machen Sie mir ruhig weiter Mut …»

Mit leisem Stöhnen sank Even zurück aufs Kissen und fasste

sich an die alte Narbe über dem Auge. Sie schmerzte häufig, wenn er gestresst war. Er fühlte sich mit einem Mal vollkommen leer, musste seine Batterie aufladen. «Jetzt sind Sie dran», murmelte er.

«Ich?» Der Oberstleutnant rutschte ein paar Zentimeter vor. Der Stuhl knarrte.

«Sie sind dran mit erzählen.»

«Was meinen Sie? Was soll ich erzählen?»

«Egal, eine Räubergeschichte, eine Spukgeschichte, oder ... was von Soldaten ... weiß nicht ...» Er konnte nicht weitersprechen.

Jan Johansen saß still neben ihm, fast so, als säße er am Sterbebett eines Freundes. Er schien mit der Bitte, eine Geschichte zu erzählen, ziemlich überfordert zu sein.

«Ähm ... Es war einmal ...»

Even lächelte.

«Was ist?», grummelte Johansen in säuerlichem Ton.

«Nichts. Märchen ist okay.»

«Das ist kein Märchen, lassen Sie mich ausreden ... Mir ist eine Geschichte eingefallen. Aus Horten. Sie kennen doch Horten?»

«Bob Marley», flüsterte Even und blickte verträumt an die Decke.

«Hä? Bob wer?»

«Ich war 78 bei einem Bob-Marley-Konzert in Horten, ein Freund und ich sind getrampt, nach ...» Er stockte erschöpft und beschloss, dem Alten das Reden zu überlassen. Jan Johansen kannte die Reggae-Legende offensichtlich nicht.

«Wie auch immer», kam es in strengem Ton. «Also, bei der Marine in Horten, auf der Insel Vealøs, liegt eine alte Festungsanlage, der ‹Norwegische Löwe›. Vor gut hundert Jahren wurde dort ein Schiff klargemacht, um in See zu stechen. Wie üblich, wurde am letzten Abend vor dem Auslaufen ein rauschendes Fest gefeiert, und viele Matrosen und Soldaten waren voll …»

Sturzbesoffen, dachte Even, das heißt «sturzbesoffen».

«Einer von ihnen war ziemlich aufmüpfig und wurde in den Keller gesperrt, in eine der Gefängniszellen, damit er sich wieder beruhigen konnte. Am nächsten Morgen wachten die Männer auf, machten das Schiff startklar und zählten die Mannschaft und die Soldaten durch. Einer fehlte, aber es war nicht ungewöhnlich, dass vor so einer Fahrt der eine oder andere desertierte und zu dem Hof zurückkehrte, von dem er stammte. Man schrieb einen Kommentar neben den Namen, und das Schiff legte ab.»

Even lief ein kalter Schauer über den Nacken, sah es vor sich: den Mann, einsam und verzweifelt in dem Keller. Um ihn herum nichts als Dunkelheit. Der Durst, der immer quälender wurde. Niemand, der seine Rufe hörte. Er bereute es, wollte Johansen bitten, nicht weiterzuerzählen, und wollte doch wissen, wie die Geschichte ausging.

«Nach einem halben Jahr kehrte das Schiff zurück. Man feierte ein Willkommensfest. Einige Männer betranken sich so, dass sie zum Ausnüchtern in den Keller gebracht wurden, in eine der Zellen, und dort …» Jan Johansen legte eine dramatische Pause ein.

«… lagen die Knochen des Mannes, den sie vergessen hatten», sagte Even und öffnete die Augen. «Und der spukt jetzt in der Festung, vergrätzt und wehklagend, richtig?»

«Oh, kennen Sie die Geschichte?»

«Nein.»

«Wie auch immer.»

Even fiel etwas ein. «Woher wussten Sie eigentlich, dass ich hier im Krankenhaus liege?»

Der Stuhl knarrte erneut. «Sie sind ein wichtiger Mann für uns, das wissen Sie. Zweimal waren Sie uns behilflich, unser Codesystem zu erneuern. Damit verfügen Sie über Informationen, an denen andere interessiert sein könnten. Deswegen haben wir ein Auge auf Sie, nicht rund um die Uhr, aber in regelmäßigen Abständen überprüfen wir, ob es Ihnen gutgeht. Einer unserer Wagen ist an Ihrem Haus vorbeigefahren, als Sie im Krankenwagen abtransportiert wurden.»

Even öffnete die Augen, was ihn immer noch viel Kraft kostete. «Jetzt mal ohne Scheiß, spionieren Sie mir die ganze Zeit nach?»

«Spionieren, nein. So etwas machen wir nicht mit unseren eigenen Leuten. Wir passen auf Sie auf.»

«Verdammt. Und das haben Sie nie …»

Even wollte ihn wütend ansehen, aber ein Schleier senkte sich vor seine Augen, die Lider wurden schwer, und sein Körper trieb davon … aus dem Bett, dem Krankenhaus, Oslo, der Welt …

«Scheiße», nuschelte er noch. «Dich … mach ich … alle …»

«Der Arzt sagt, es sei eine der Nebenwirkungen, dass Sie dauernd einschlafen, ohnmächtig werden und Erinnerungslücken haben.» Jan Johansen beugte sich so weit vor, dass die Jacke über seinem Rücken spannte. Even wartete förmlich darauf, dass die Schulternaht platzte. «Molviks Nachfolger wird bald da sein und Sie verhören. Was wollen Sie sagen? Wie ist das Messer in Ihre Hand gekommen?»

«Ich …» Even versagte die Stimme. Er warf einen Blick auf das Wasserglas auf dem Tisch. Jan Johansen hielt es ihm so vor den Mund, dass er den Trinkhalm zwischen die Lippen klemmen konnte. «Ich sage, wie es war, oder?», sagte er, als er den

Halm wieder ausgespuckt hatte. «Vergiftung. Ich habe das Messer nicht benutzt. Ich weiß auch nicht, wo es herkommt.»

Er sackte zurück aufs Kissen und schloss die Augen. Das Wasser rieselte wie ein kalter Bach durch den Hals, den Brustkorb, in den Magen … Er spürte es den ganzen Weg hinunter. «Wo wurde Finn-Erik niedergestochen?»

«In den Bauch.»

«Ich meine, wo war er? War er zu Hause, haben die Kinder es gesehen?»

«Er war zu Hause. Ich kann nicht sagen, ob die Kinder auch dort waren.»

«Aber warum, verdammt … Warum sollte ich ein blutverschmiertes Messer mit mir herumschleppen, im Bus damit durch die halbe Stadt fahren? Das ist doch absurd.» Er lag still da und versuchte, seinen Atem und den Herzrhythmus unter Kontrolle zu bringen. Er fühlte sich unendlich müde. «Jemand muss mir das Messer in die Hand gedrückt haben, nachdem ich die Besinnung verloren hatte.»

Johansens Stuhl knarrte wieder. «Haben Sie mitbekommen, dass jemand anders Ihnen das Messer gegeben hat?»

«Ich erinnere mich an nichts, verflucht, das hab ich doch schon gesagt!»

«Okay, okay, entspannen Sie sich. Nehmen wir mal an, Sie haben recht, jemand hat das Ganze arrangiert. Dann müssen wir uns fragen: Wer steckt dahinter?»

Stille senkte sich über den Raum. In der Ecke tropfte der Wasserhahn. Evens Blick fiel auf die Tür zum Flur, die nur angelehnt war. Im Türspalt war ein dunkler Jackenärmel zu sehen, der sich nicht bewegte.

«Haben Sie … Ist das ein Polizist?»

«Ja», sagte Johansen. «Die Polizeipräsidentin hat eine Wache vor dem Zimmer postiert, damit Sie nicht abhauen. Sie werden des versuchten Mordes beschuldigt, falls Ihnen das noch nicht klar ist.» Er seufzte. «Okay, ich verstehe ja, dass Sie eine Vermutung haben, was geschehen ist. Das Problem ist nur, dass Sie Ihre Theorie über die Unsichtbaren Brüder kaum jemand anderem als mir erzählen können. Andernfalls wird man Sie für verrückt halten. Die Polizei mag keine Verschwörungstheorien. Das Militär übrigens auch nicht.» Letzteres klang, als wollte er sich verteidigen, dem Verdacht vorbeugen, *er* wäre verrückt.

«Aber wieso ausgerechnet jetzt?», fuhr er zögernd fort. «Ist etwas vorgefallen, wovon Sie mir nichts erzählt haben?» Der große Mann sah Even fragend an.

Etwas, wovon er nichts erzählt hatte? Even ließ sich Zeit, dachte an Aloysia, an Newtons Formel, an den Besuch bei Niknom, an das Video. Er hatte dem Nachrichtendienstoffizier eine ganze Menge nicht erzählt. Nicht, weil er ihm persönlich nicht traute, sondern weil er Zweifel an einer Organisation wie dem Nachrichtendienst hatte, daran, dass von dort nicht irgendetwas durchsickerte, zum Beispiel zur Polizei. Im Grunde genommen traute er nur sich selbst und Aloysia.

«Haben Sie was Neues herausgefunden?», fragte Even. «Wissen Sie, wer die zwei Männer auf den Fotos sind?»

«Tja …» Johansen kratzte sich an der Wange. «Nein, die beiden sind uns nach wie vor unbekannt. Aber die Untersuchung von Kitty Bangs Computer und den anderen Sachen aus ihrem Keller lassen auf Verbindungen in drei Länder schließen: Frankreich, England und Deutschland. Nicht gerade weltumspannend. Und bisher konnten wir nur feststellen, dass ein gewisser Kontakt bestanden hat. Aktuelle Aktivitäten haben wir bisher noch nicht beobachtet.» Er lächelte müde. «Keine Regierungsumstürze oder Militärputschs, falls Sie das meinen.»

«Vielleicht geht es ihnen gar nicht darum, Regierungen zu stürzen. Vielleicht ist das Ganze ja viel … subtiler?»

«Subtiler?» Johansen lachte und ließ sich das Wort auf der Zunge zergehen. «*Subtiler.* Tja, vielleicht wollen sie ja die Leitung des Kunstmuseums stürzen. Und das neue, wie heißt es noch gleich, das Literaturhaus einnehmen. In allen Ländern. Weltweit die Kunst und Kultur an sich reißen. Ist das subtil genug für den Herrn?» Er warf Even einen ironischen Blick zu, aber der hatte die Augen schon wieder geschlossen.

Nach einer halben Minute Schweigen hörte Even ihn wieder seufzen.

«Sie verschweigen uns etwas, Even Vik.» Die Stimme klang konstatierend und betrübt. «Ich bin Ihnen gegenüber immer offen gewesen, habe Ihnen alles gesagt, was wir herausgefunden haben, auch wenn es nur wenig war. Von Anfang an. Ich habe Ihre Behauptungen überprüft, Ihre Ideen weiterverfolgt, wie verrückt sie auch wirken mochten – und was bekomme ich zurück? Ein schallendes *nada*. Nichts.»

Sie schauten beide zur Tür, durch die eine Krankenschwester eintrat und fragte, ob Even etwas bräuchte. Er hätte am liebsten «Meine Ruhe» geantwortet, schüttelte aber nur schwach den Kopf. Das Kopfschütteln war ihr offensichtlich entgangen, denn sie fragte: «Herr Vik, alles in Ordnung?» Sie warf einen Blick auf Johansen, der unschuldig ein Bild an der Wand studierte.

Even formte ein «Alles in Ordnung» mit den Lippen, worauf sie lächelnd wieder verschwand.

«Sie verschweigen uns etwas. Und das rächt sich jetzt. Sie hätten schon viel eher davon erzählen sollen. Vielleicht würden Finn-Erik und Sie dann nicht hier liegen.»

Jan Johansen blickte auf seine Hände. «Wir wissen, dass Sie vor einem Jahr in Deutschland waren, im Februar 2007. Wir haben uns Sorgen gemacht, als sie plötzlich verschwunden waren, und haben im Stillen ein paar Erkundigungen eingeholt. Vom deutschen Zoll bekamen wir die Information, dass Sie nach Hahn geflogen seien. Wohin ging es von dort aus weiter? Haben Sie sich mit jemandem getroffen?»

Even lag still da, schloss die Augen, ihm wurde schwindelig …

«Und Sie sind im April letzten Jahres mit der Fähre nach Dänemark gefahren … und dort verschwunden. Und wieder frage ich Sie: Mit wem haben Sie sich getroffen? Was ist passiert?»

Passiert …? Was … ist passiert? Die Sätze lösten sich auf. Was …? Getroffen … verschwunden … nicht gefragt … nach England …

Die Worte bröckelten auseinander, während sein Gehirn versuchte, alles und nichts in den Griff zu bekommen. Die Tropfen aus dem Wasserhahn klatschten schwer und mit jedem Mal lauter ins Waschbecken. Even wollte sich die Ohren zuhalten, er spürte, wie sein Herzschlag schneller wurde, er hämmerte schneller als die Tropfen: NIK-NOM-NIK-NOM-NIK-NOM …

«Natürlich kann ich das.» Die Stimme wurde lauter und weckte Even. «Er ist ein Freund, er ist krank, und dies ist ein freundliches Krankenhaus. Hände weg, junger Mann!»

Er hat mich nicht nach England gefragt …! Der Gedanke schwirrte ein paar Sekunden wie eine angeschlagene Fliege durch seinen Kopf, bis Even so weit bei Bewusstsein war, dass sie den Ausgang ins Freie fand und davonbrummte. Als er die Augen aufschlug, sah er einen jungen Polizeibeamten, der einem älteren Mann den Eintritt verweigerte. *81, champagnerschimmernd.*

«Even, mein Lieber …!» Odin Hjelm winkte ihm über die Schulter des Polizisten zu. «Wie geht es Ihnen? Ich habe gehört, dass Sie ins Krankenhaus eingeliefert worden sind.»

«Lassen Sie ihn rein», murmelte Even. Oberstleutnant Johansen erhob sich und ging zur Tür. Er sagte etwas zu dem Beamten, der nickend zur Seite trat. Odin Hjelm stürmte an ihm vorbei, stolperte auf die ihm eigene, schlagseitige Weise auf das Bett zu und ergriff Evens Hand.

«Du meine Güte, Even, was ist mit Ihnen passiert? War das ein Herzinfarkt?» Er begutachtete den Verband um Evens Kopf. «Sind Sie von einem Auto angefahren worden?»

«Mir ist was nicht bekommen. Dann ist mir schlecht geworden, und ich hab mir den Kopf angeschlagen, als ich hingefallen bin.»

«Wie bitte?» Odin Hjelm ließ sich auf den Stuhl sinken und beugte sich vor, um besser zu hören. «Haben Sie was Verdorbenes gegessen? Fisch? Haben Sie Fisch aus dem Laden gegessen? Sie wissen doch, dass der Fisch, den sie dort als ‹frisch› verkaufen, im seltensten Fall unter einer Woche alt ist. Eine echte Schande für unsere stolze Fischereination. Ich angele Fisch immer selbst oder kaufe ihn direkt am Anleger. Grundsätzlich. Direkt vom Kutter, gleich nachdem er mit dem Fang angelegt hat. Heute Morgen war ich zum Beispiel auf dem Øyeren und habe ein paar Forellen gefangen. Sie müssen bald mal wieder zum Essen kommen, dann serviere ich Ihnen richtig frischen Fisch. Bei allem anderen setzt man nur seine Gesundheit aufs Spiel.»

Odin Hjelm plapperte wie ein Wasserfall, noch sprudelnder als sonst. Er ist nervös, dachte Even.

Jan Johansen begrüßte den Verleger. Even sah, wie sie sich einander vorstellten, hörte, wie sie ihre Namen sagten, hatte aber das vage Gefühl, als ob die beiden sich bereits kannten.

«Even schreibt gerade ein Buch für meinen Verlag», erklärte Hjelm. Sein Blick wanderte zu Even. «Machen Sie sich im Augenblick keine Gedanken darüber, entspannen Sie sich, kommen Sie erst mal wieder auf die Beine. Das Manuskript brauche ich erst … sagen wir, in zwei Monaten? Es ist noch genügend Zeit. Wir sind noch auf der Suche nach den Illustrationen, wollen schließlich nichts haben, was schon hundertmal verwendet wurde. Wir wollen etwas, das zu Ihrem Text passt, das den roten Faden weiterspinnt, der sich durch das Buch zieht, die Quintessenz, wenn Sie so wollen. Wir durchsuchen das Internet und alle möglichen Bücher, alte Historienschinken aus dem 17. Jahrhundert. Gestern habe ich Briefe an eine Universitätsbibliothek und zwei Museen in Deutschland geschrieben, um ein Foto von Leibniz' handgeschriebenen Schriften zu bekommen.»

Mitten in dem aufgeregten Geplapper nahm Even eine Bewegung hinter Jan Johansen wahr, eine Gestalt, die sich näherte. Eine Frau, *69, blutrot, Semiprimzahl*, stellte sich ruhig hinter Odin Hjelm und wartete, bis alle drei Anwesenden sie ansahen. Dann hielt sie ihren Dienstausweis hoch.

«Hauptkommissarin Loen. Even Vik, vermute ich?» Sie drehte sich zu Jan Johansen um. «Dürfte ich Sie bitten, uns allein zu lassen?»

«Und dürfte ich Sie bitten, beim Verhör dabei zu sein?» Johansen sah von oben auf sie herunter.

«Dazu sehe ich keinen Anlass. Es geht um einen einfachen Sachverhalt, einen Mordversuch.» Ihre Stimme klang kühl und abweisend.

«Das Einfache kommt der Wahrheit nicht immer am nächsten.» Der Oberstleutnant nickte steif, wie gegenüber einem Vorgesetzten. «Wie auch immer, ich werde gehen.»

Even war sich nicht sicher, ob in seinen Mundwinkeln nicht

ein ironisches Lächeln zuckte, als er den Raum verließ. In der Tür drehte Johansen sich noch einmal um. «Rufen Sie mich an, wenn etwas ist.»

Even streckte den Daumen in die Luft und überlegte kurz, wo eigentlich sein Handy war. Es lag nicht auf dem Nachtschrank.

Der Verleger erhob sich. «Mein Name ist Odin Hjelm, ich bin ein Freund von Even Vik, außerdem sein Redakteur und Verlagschef und …»

«Seien Sie so freundlich und gehen Sie raus auf den Flur.» Hauptkommissarin Loen sah ihn kühl an und fügte hinzu: «Sie können auch gern nach Hause fahren, Herr Hjelm. Herr Vik wird bis auf weiteres keinen Besuch mehr empfangen, es waren schon viel zu viele.» Sie geleitete ihn zur Tür und schloss sie hinter ihm. Ein grauweißes Auge blitzte Even an, ehe sie sich umdrehte.

Even registrierte glitzernde Regentropfen in dem kurzen dunkelbraunen Haar, als sie sich setzte. Kein Grau, nicht ein einziges graues Härchen, nicht einmal an den Schläfen. Das Auge an ihrem Hinterkopf musste eine Halluzination gewesen sein. Sie zog einen kleinen Notizblock aus der Tasche, klickte mit einem Kugelschreiber und sah ihn an.

«Jetzt sind wir unter uns, Herr Vik.»

Kapitel 38

Das Zimmer war dunkel, und im Licht der schwachen Lampe, die an der Wand hinter dem Bett hing, konnte Even den Umriss des Fensters mit den Gardinen nur erahnen. Auch den Schrank an der gegenüberliegenden Wand und den Stuhl neben dem Bett sah er nur schemenhaft. Die einzige andere Lichtquelle im Zimmer war der helle Spalt der angelehnten Tür.

Dieser Lichtstreifen quälte ihn, er schwebte wie ein Tor zur Vergangenheit vor ihm und ließ ihn ohne konkreten Anlass an alte Zeiten denken, als Mai noch lebte und die Zukunft noch etwas war, auf das er sich freute.

Endlich war diese Frau weg, diese Kommissarin, Randi Loen. Er fluchte leise und horchte in sich hinein. Wo war er, der Hass, den er seit seiner Jugend für die Polizei empfand und der immer aufloderte, sobald er eine Uniform sah? Etwas hatte sich verändert, jetzt musste er nach den heftigen Gefühlen suchen, als kämen sie nicht mehr freiwillig. War das seit dem Tod seines Vaters so? Oder war es vorübergehend? Lag es daran, dass diese Kommissarin einfach zu harmlos war, um starke Gefühle zu wecken?

Dabei hatte sie ihm gesagt, dass das Blut an seinem Arm tatsächlich von Finn-Erik stammte, das hatte die Analyse zweifelsfrei ergeben. Der Verdacht gegen ihn hatte sich also erhärtet.

Immer wieder hatte er beteuert, nicht zu wissen, wie das Blut auf seinen Arm gekommen war, er erinnerte sich ja an nichts.

Er hatte ihr gesagt, was er noch wusste, hatte von Finn-Erik und den Kindern erzählt, dass er sie jeden Samstag besuchte und Stig jeden zweiten Samstag anschließend mit zu sich nach Hause nahm. Sie hatte sich über dieses Arrangement gewundert und nachgehakt.

Ob er sich mit Finn-Erik gestritten hätte? Ob Finn-Erik vielleicht nicht mehr wollte, dass Stig mit ihm ging? Ob Even eine Lebensgefährtin hätte, und wenn nein, warum nicht?

Sie hatte ihm viele solcher Fragen gestellt, bis Even aufging, dass sie auf der Suche nach einem Motiv war und Kindesmissbrauch nicht ausschloss. An mehr erinnerte er sich nicht, er musste mitten im Verhör eingeschlafen sein. Als er wieder aufgewacht war, war sie weg gewesen.

Wie ging es Finn-Erik jetzt? Würde er durchkommen? Er hatte ihr immer wieder diese Frage gestellt, doch sie hatte ihn nur angesehen, als wäre sein Interesse die reinste Heuchelei. Even hatte nur erfahren, dass Finn-Erik operiert wurde und der Ausgang ungewiss war.

Genau so hatte sie sich ausgedrückt: Der Ausgang sei ungewiss.

Das Gleiche hatten die Ärzte in Ullevål auch 1985 gesagt. «Der Ausgang der Operation ist ungewiss», hatte der Arzt ihn informiert und sich dann erkundigt, ob er ein Familienangehöriger sei. Even hatte genickt und war gegangen. Dabei hatte er das Beste für die Polizistin gehofft, der er den Schädel eingeschlagen hatte.

Alles hatte damit angefangen, dass er tags zuvor Mai kennengelernt hatte.

Die autonome Hausbesetzer-Truppe, zu der er gehörte, war zu einer Demonstration vor der amerikanischen Botschaft angerückt, gemeinsam mit unzähligen anderen, die ihre Wut über die amerikanische Außenpolitik kundtun wollten. Dann war die Polizei aufmarschiert, ein wahres Großaufgebot, hatte die Schlagstöcke gezogen und auf alle eingeknüppelt, die sie zu fassen bekamen. Auch auf Mai-Brit Fossen, die friedliebende, stets allen Menschen freundlich gesinnte Mai. Even hatte gesehen, wie sie von zwei Polizisten mit gezückten Schlagstöcken in eine Ecke gedrängt worden war. Er war ihr zu Hilfe geeilt, hatte dem Berittenen den Stock aus der Hand gerissen und ihn vom Pferd gezerrt, wobei der Helm vom Kopf gerutscht war. Dann hatte er dem am Boden Liegenden mit dem Schlagstock auf den schutzlosen Hinterkopf geschlagen, hatte Mais Hand ergriffen und war mit ihr geflohen. Sie hatten sich den Rest des Tages in einem Hinterhof in einem unverschlossenen Keller versteckt, wo sie auf alten Kartoffelsäcken liegend ihre Wunden leckten. Und sich Hals über Kopf ineinander verliebten. Even hätte für dieses Mädchen alles getan, er hätte für sie den Teufel geküsst oder wäre sogar Missionar geworden, wenn sie es von ihm verlangt hätte.

Aber sie verlangte nichts dergleichen. Sie, *26, himmelblau*, verlangte gar nichts. Damals hatte Even erkannt, dass er – wollte er dieses Mädchen haben – seine Wut in den Griff bekommen musste, er musste die Gewalt in Ketten legen und den Schlüssel wegwerfen. Schon während sie dort im Keller auf den Säcken lagen und sich langsam kennenlernten, mutiger wurden und schließlich herumalberten und zusammen lachten, war ihm das bewusst geworden.

Zur selben Zeit lag eine Polizistin mit gebrochenem Schädel im Krankenhaus und schwebte zwischen Leben und Tod. Aber davon erfuhr Even erst am nächsten Tag aus der Zeitung. Er hatte den Artikel frustriert herausgerissen und in die Hosentasche gestopft …

Even starrte ins Dunkel. *Hosentasche!* Da war doch ein Brief gewesen … Er verfluchte sein träges Hirn, das einfach ganze Tage vergaß und seine letzten Wochen durchlöchert hatte wie einen Emmentaler Käse – nur weil es ein bisschen GBH oder GHB bekommen hatte …

Aber jetzt erinnerte er sich daran, etwas in seine Gesäßtasche gesteckt zu haben …

Er drehte den Kopf zur Seite. Wo waren eigentlich seine Sachen? Neben der Tür zur Toilette erkannte er den Umriss des Schranks. Dort mussten seine Jacke, seine Hose, die Schuhe und vermutlich auch sein Handy sein. Erst jetzt wurde ihm bewusst, dass sie ihn ausgezogen haben mussten, als er eingeliefert worden war. Wildfremde Menschen hatten ihn gewaschen, berührt und untersucht, während er ihnen bewusstlos ausgeliefert gewesen war. Plötzlich fühlte er sich unter seiner Decke peinlich nackt.

Er starrte den Schrank an. Er war Lichtjahre entfernt und der Weg dorthin voller schwarzer Löcher.

Seufzend schloss er die Augen. Das musste bis morgen warten, vielleicht ging es ihm dann ja schon wieder besser. Alles musste bis morgen warten. Für heute war Schluss, er war fertig, einfach fertig …

Vater sah ihn an, zog den Gürtel aus der Hose und wickelte sich das eine Ende um die Hand. Das weiche Ende, während die Schnalle mit einem leisen Klacken den Boden berührte. Heute sollte es besonders wehtun. Der Atem seines Vaters ging angestrengt, als wäre er gelaufen, hierher in Evens Zimmer, um ihn auf frischer Tat zu ertappen. Wie er schon wieder mit der Nase in seinen mathematischen Büchern hing. Oder Hausaufgaben machte. Das Gesicht des Vaters verzerrte sich und wurde zu dem von Hauptkommissar Molvik.

Molvik?

Die Logikareale seines Kortex, die Even all die Jahre hindurch so hart trainiert hatte, protestierten: Das konnte nicht sein, sein Vater verwandelte sich nicht einfach in Molvik. Mit anderen Worten, das Ganze konnte nur ein Traum sein, was bedeutete, dass er einfach aufwachen müsste, um dem Ganzen zu entkommen – seinem Vater, Molvik, seiner Kindheit.

Seit er von zu Hause ausgezogen war, hatte er sich regelrecht darauf gedrillt, nach dem unlogischen Element seiner Albträume zu suchen und sich so aus ihnen zu befreien. Der nächtliche, immer wiederkehrende Kampf zwischen ihm und seinen Erinnerungen, zwischen dem limbischen System, dem Zwischenhirn und dem Kortex. Bewusstsein und Kontrolle gegen unbeherrschbare Gefühle. Er blieb still im Krankenhausbett liegen, während der Schlaf langsam von ihm wich. Sein Atem sagte ihm, dass er sich langsam beruhigte. Er nahm das Dunkel hinter seinen Augenlidern wahr, hörte das Rauschen einer Leitung oder Klimaanlage oder was auch immer. Außerdem musste er aufs Klo.

Wenn er sich nicht bewegte, konnte es noch warten, er hatte jetzt keine Lust. Die Müdigkeit steckte noch wie eine träge Masse in seinem Körper, außerdem graute ihm vor den Schmerzen im Schlüsselbein, wenn er den Kopf heben würde.

Das Gehirn, die graue Eminenz hinter allen Handlungen, die man unternahm, faszinierte ihn schon geraume Zeit. Es gab 100 Milliarden aktive Gehirnzellen in einem normal funktionierenden Kopf, und jede dieser Zellen konnte an die zwanzigtausend Verknüpfungen zu anderen Zellen herstellen. Theoretisch konnte eine Zelle also zwanzigtausend Impulse aussenden, während die zwanzigtausend Empfänger ihrerseits weitere zwanzigtausend Impulse losschicken konnten. Und so weiter und so fort. Das Resultat war eine wahnwitzige Zahl potenzieller neuer Gedanken. Allein zehn solcher Zellen ließen sich – er ließ sein Großhirn einen Moment rechnen – auf mehr als 3 Millionen Arten kombinieren, 3 628 800, um genau zu sein. Erweitert auf elf Zellen, stieg diese Zahl auf fast 40 Millionen. Das menschliche Gehirn verfügte also über ungeheure Möglichkeiten.

Er war dank Stig auf dieses Thema gekommen, oder besser gesagt, dank der Tatsache, dass Stig in die Schule gekommen war. Even wollte, dass er möglichst viel und möglichst effizient lernte und zu Hause tatkräftige Unterstützung und Hilfe bei den Hausaufgaben bekam. Aber zu seiner Überraschung waren Hausaufgaben in Stigs Klasse gar kein Thema, stattdessen verwendeten die Lehrer übermäßig viel Zeit für Waldspaziergänge und anderen Unsinn. Finn-Erik, der derjenige war, der zu den Elternabenden ging, berichtete ihm, dass, laut Lehrer, die Kinder sich im ersten Schuljahr noch vorwiegend damit beschäftigen sollten, wozu sie Lust hatten. Man könne Kinder nicht zum Lernen zwingen, wenn sie noch nicht reif dafür seien, man müsse sie motivieren. Deshalb unternähmen sie viele Dinge, die scheinbar nichts mit Schule zu tun hätten. Die Lust sei ein wichtiger pädagogischer Faktor.

Lust! Verdammt, welches Kind hatte denn keine Lust, etwas Neues zu lernen? Even hatte immer alles in sich aufgesaugt, was sich zählen, berechnen und kalkulieren ließ.

«Was ist mit Malen?», hatte Finn-Erik einmal gefragt. «Hast du nie gemalt oder im Sand gespielt? Oder gebastelt?» Doch, er hatte sich Waffen gebastelt, um damit gegen die Jungs in der Nachbarstraße zu kämpfen.

«Dann überlässt du deinem Reptilhirn die Führung», sagte Finn-Erik und wies ihn auf einen Vortrag hin, den er bei einem der Elternabende gehört hatte.

Reptilhirn! Even hätte ihm fast eine geknallt, er hatte doch kein Reptilhirn!

Aber er hatte sich beherrscht und stattdessen ein Buch über das menschliche Gehirn gekauft.

Diesem Buch hatte er entnommen, dass sein Vater offensichtlich ein großer Anhänger des Reptilhirns gewesen war, denn bei ihm waren Kampf, Angriff und Verteidigung der Hauptantrieb jeglicher Hirnaktivität gewesen – außer wenn er schlief, aß oder trank. Und getrunken hatte er. Oft. Bier. Vermutlich waren dadurch alle anderen Teile des Hirns ausgeschaltet worden. Even dachte an den Drang seines Vaters, alles zu überwachen und unter Kontrolle zu haben, sowohl Evens Mutter als auch ihn. Wie der Alte ins Zimmer gestürzt kam, wenn Freunde bei ihm waren, oder plötzlich nachts neben seinem Bett stand, aber nicht, um ihm einen Gutenachtkuss zu geben – was die Eltern anderer Kinder angeblich taten –, sondern um seine Schubladen zu durchwühlen und zu kontrollieren, dass er nichts unter dem Bett oder dem Kopfkissen hatte. Wonach hatte er damals eigentlich gesucht? Even hatte auf diese Frage nie eine Antwort gefunden und schließlich alles entfernt, was die Wut seines Vaters wecken konnte. Aber natürlich fand Kommissar Vik immer irgendetwas, wofür er seinen Sohn bestrafen konnte. Ein Buch, eine abgebrochene Bleistiftspitze, eine Staubmaus …

Die Menge des Bösen ist für jedes Individuum einzigartig (wie die Menge der Körperbehaarung einzigartig ist).

Even lag still unter der Decke. Wie oft hatte er damals genauso dagelegen, mit geschlossenen Augen, und sich eingebildet, dass sein Vater im Raum war? Auch jetzt hatte er das Gefühl, beobachtet zu werden – als stünde jemand in der Dunkelheit jenseits seiner geschlossenen Augenlider. Das war das Erbe seines kontrollsüchtigen Vaters: Paranoia. Es war nicht erst Aloysia gewesen, die ihn damit infiziert hatte, und auch nicht die Bruderschaft der Unsichtbaren. Er war vorher bereits paranoid gewesen. Unwillkürlich grunzte er bei diesem Gedanken und zuckte mit dem Bein.

Plötzlich veränderte sich das Rauschen, oder war das ein Atemgeräusch, ein …? Er schlug die Augen auf. Noch bevor er nachdenken konnte, richtete er sich im Bett auf und zog hektisch an allen Kabeln und Leitungen, die er im Dunkeln zu fassen bekam. Irgendwo auf dem Flur war das Schellen einer Klingel zu hören, dann schaltete sich das Licht ein und tauchte den Raum in steriles, gelblich-weißes Licht. Er sah sich gehetzt um, entdeckte aber niemanden.

Sein Blick heftete sich auf einen schwarzen Spalt: Die Tür zur Toilette stand offen. War das eben auch schon der Fall gewesen? Even zuckte zusammen, als die Tür zum Flur aufging und eine Schwester erschien, die ihn lächelnd fragte, ob alles in Ordnung sei. «Müssen Sie auf die Toilette, Herr Vik?»

Er riss sich zusammen und nickte. Sie schlug die Decke zur Seite und half ihm, die Beine über den Rand zu schieben. Als er aufstand, knickte eins seiner Beine unter ihm weg, und er stöhnte laut auf.

«Das Knie», keuchte Even. «Das tut höllisch weh.»

Mit Mühe gelang es der Schwester, ihn wieder auf die Bettkante zu hieven, dann untersuchte sie sein Knie, konnte aber nur eine leichte Blaufärbung erkennen. «Wollen Sie lieber eine Urinflasche?»

Er biss die Zähne zusammen und nickte in Richtung Toilettentür. «Lassen Sie es uns noch einmal probieren.»

«Ich bin mir nicht sicher, ob das so klug ist. Vielleicht sollten wir Ihr Knie erst untersuchen lassen.»

«Versuchen wir es noch einmal», bat er.

Die Schwester zögerte einen Augenblick, dann schob sie die Tür zum Badezimmer auf und schaltete das Licht ein. Even sah, dass der kleine geflieste Raum leer war.

Mit rhythmischem Stöhnen humpelte Even zur Toilette, wobei er sich mit einem Arm auf die Schwester stützte. Eine

Hand auf das schmerzende Schlüsselbein gelegt, saß er da und wartete, bis sie nach draußen gegangen war, bevor er sich die Unterhose herunterzog. Er hörte, wie die Schwester seine Decke ausschüttelte.

«Huch!», rief sie überrascht aus.

Even beeilte sich, fertig zu werden, und versuchte, sich wieder hinzustellen, aber das Knie verweigerte ihm den Dienst. Mühsam gelang es ihm, immerhin die Unterhose hochzuziehen, bevor er die Schwester rief.

Sie lachte, als sie ihn angezogen auf der Schüssel sitzen sah. «Wir sind es gewohnt, nackte Hinterteile zu sehen, Herr Vik, machen Sie es sich nicht schwerer, als es ohnehin schon ist.»

Even brummte mürrisch, stützte sich auf ihre Schulter und überlegte, ob er ihr vorschlagen sollte, *sie* bei ihrem nächsten Gang auf die Toilette zu begleiten.

«Der Brief da ist auf den Boden gefallen, als ich das Kopfkissen aufgeschüttelt habe», sie zeigte auf den Umschlag auf dem kleinen Schrank neben dem Bett. Dann bugsierte sie Even zurück ins Bett.

Er starrte wie gebannt auf den Brief. Der Umschlag war weiß, ohne Sichtfenster und eher quadratisch als länglich. Ein gewöhnlicher Umschlag, wie man ihn meist für private, handgeschriebene Briefe verwendete. Er lag mit der Rückseite nach oben und war nicht zugeklebt. Die Klappe war aber nach innen geschoben worden, sodass der Inhalt nicht so leicht herausfallen konnte.

«Herr Vik, drehen Sie sich bitte auf die Seite, wir müssen noch einmal Ihre Temperatur messen.» Sie hielt ein Thermometer in der Hand und wartete darauf, dass er ihr gehorchte.

Noch einmal? Er konnte sich nicht daran erinnern, dass sie das schon einmal getan hatte.

«Waren Sie im Laufe der Nacht schon einmal bei mir?», fragte er sie.

«Ja, natürlich, oft. Mindestens einmal in der Stunde. Es gibt einen Grund dafür, warum diese Station hier ‹Überwachungsstation› heißt …», sagte sie lächelnd.

«Vor zehn Minuten?»

Sie blickte auf ihre Armbanduhr. «Ja, das kann stimmen, ich war aber nur einen Augenblick hier und habe nachgesehen, ob Sie noch schlafen.» Sie schlug das Thermometer aus, um ihn an ihren Wunsch zu erinnern.

«War sonst noch jemand hier?»

«Nein, ganz sicher nicht.»

«Wären Sie so freundlich, mal kurz den Beamten reinzurufen, der draußen vor der Tür sitzt. Ich muss ihn etwas fragen.» Even versuchte, ruhig und ohne Panik zu reden.

«Der ist gegangen. Hat vor einer Stunde gesagt, dass er gehen muss.»

«Aber … Warum?»

«Er hat einen Anruf bekommen.» Sie zuckte mit den Schultern. «Mehr weiß ich nicht.»

Even schnappte sich den Umschlag, schob die Klappe mit dem Zeigefinger auf und zerrte so hektisch das Papier heraus, dass es zerriss. Er musste die beiden Teile aneinanderhalten, um den spärlichen Inhalt des Blattes lesen zu können.

«Mahnung» stand ganz oben.

Darunter folgte ein einzelner Satz, sonst nichts.

«Stigmatisiere uns nicht.»

Das war alles. Keine Unterschrift. Kein Absender.

Er drehte sich auf die Seite. Die Schwester schlug die Decke zurück, und er spürte das kalte Glas in seinen Anus gleiten, bevor die Kälte sich über seinen Darm in Magen, Lungen und Herz ausbreitete.

Stigmatisiere uns nicht.
Stigmatisieren.
Stig.

Kapitel 39

Sonntag

Draußen vor dem Krankenhausfenster konnte Even über dem Dach des Nachbarflügels einen Streifen Himmel erkennen, dunkel und trübe wie Cola. Er dachte an die Colaflasche bei sich zu Hause im Korridor. Sie war aus dickem Glas und stammte aus der Zeit vor der Invasion der PET-Flaschen. Wie ein antikes Ausstellungsstück thronte sie auf seiner Kommode und wartete auf den unwahrscheinlichen Fall, dass ihm jemand eine Rose schenkte.

Oder besser: Sie hatte dort gethront. Denn sie war weg. Wann genau sie verschwunden war, wusste er nicht, aber sie fehlte schon eine ganze Weile, vielleicht schon ein Jahr. Konnte sie bei dem Blackout nach seiner Dänemark-Reise zu Bruch gegangen sein? Aber dann müsste er die Splitter ja selbst zusammengefegt haben.

Draußen auf dem Flur waren schnelle Schritte zu hören. Gleich darauf öffnete sich die Tür, und Hauptkommissarin Randi Loen kam herein. «Guten Morgen», sagte sie, als meinte sie das wirklich so.

«Wohl kaum», antwortete Even mürrisch.

«Doch, doch, Sie werden gleich meiner Meinung sein», sagte sie selbstsicher. «Ihr Freund Finn-Erik ist heute Nacht operiert worden und befindet sich außer Lebensgefahr. Ich war gerade auf der Intensivstation und konnte kurz mit ihm reden. Er schließt Sie als Täter zu hundert Prozent aus. Sie stehen nicht mehr unter Verdacht.»

Der schmale Streifen Himmel bekam einen hellblauen Einschlag, ihm wurde warm und leicht ums Herz, und der mindestens 50 Kilo schwere schwarze Schatten, der die ganze Nacht lang auf seinem Brustkorb und seinem Hirn gelastet hatte, fiel von ihm ab. Die Bilder von Stig und Line, die ihm vom Rücksitz eines fremden, davonfahrenden Autos verloren zuwinkten, lösten sich auf. Der blaue Himmelsstreifen verschwamm vor seinen Augen, und Even kauerte sich zusammen, zog die Decke über den Kopf und begann vor Erleichterung zu schluchzen.

Er blieb lange unter der Decke liegen und spürte, wie die Welt wieder schön und lebenswert wurde. Dann trocknete er sich sein Gesicht mit dem Bettbezug ab und schob die Decke bis unters Kinn.

Die Kommissarin stand am Fenster und hatte ihm den Rücken zugedreht. Im dunklen Haar ihres Hinterkopfes leuchtete ein heller Fleck. Er erinnerte Even an ein blindes Auge.

«Und das Blut auf meinem Arm?»

«Finn-Erik Thorsen hat ausgesagt, Sie hätten ihm geholfen, als er Nasenbluten hatte», sagte sie, immer noch zum Fenster gewandt. «Das muss die Erklärung sein …»

Aber Sie glauben nicht daran, dachte Even und räusperte sich. «Dann kann ich gehen?»

«Nein, soweit ich gehört habe, können Sie das nicht.» Sie schwang auf dem Absatz herum, ein joviales Lächeln um den Mund, während ihre Augen ihn aufmerksam studierten. «Mit Ihrem Knie scheint etwas nicht zu stimmen, der Arzt will es erst noch röntgen, das Schlüsselbein auch.» Sie kam zu ihm und setzte sich auf den Stuhl, der neben dem Bett stand. Dann nahm sie einen Block und einen Stift aus ihrer Tasche, setzte sich eine Brille auf und betrachtete ihn durch das getönte Glas. «Bis dahin können wir uns ja noch ein bisschen unterhalten. Zum Beispiel würde ich gerne wissen, wer Sie vergiftet hat.

Und was die Hintermänner von Ihnen wollen. Und …» Sie beugte sich vor, nahm zwei Mappen aus der Tasche und hielt sie ihm wie einen kleinen Fächer hin. «Und darüber will ich auch mit Ihnen sprechen.»

Er las die Namen, die auf den Mappen standen: Mai-Brit Fossen. Kathrine Bang.

Kathrine Bang.

Kitty.

«Ich könnte zum Beispiel fragen: Wo waren Sie am 11. April 2005, also in der Nacht, in der Kathrine Bang verschwand?»

Er schloss die Augen und hörte sie die Frage wiederholen.

Wo war ich, als Kitty … wo war ich … April, 2005 … wo …?

Ohne sie anzusehen, stand er auf. Er sah sich um, nahm dann das eine Ruder und warf es so weit ins Meer, wie er konnte. Sie hörten es irgendwo in der Nacht platschen. Kitty starrte ihn entgeistert an. «Even, was tust du da?»

Völlig unberührt nahm er das andere Ruder und schleuderte es wie das erste ins Dunkel. Breitbeinig stand er im Boot und verlagerte seinen Schwerpunkt eine Spur nach vorn, während er an seinem Gürtel herumfingerte, um das Beil zu lösen.

«Aber du hast gesagt …», wimmerte sie, als er das Beil in beide Hände nahm und zum Schlag ausholte. Sie schrie auf, als das Beil nach unten schnellte. Es entstand eine kleine Kerbe im Holz. Er schlug noch einmal zu und noch einmal, so oft, bis das Wasser ins Boot zu sprudeln begann.

«Du bist doch verrückt! Willst du, dass wir ertrinken?» Sie versuchte, auf die Beine zu kommen, doch er stieß sie zurück auf die Ruderbank am Heck. Noch einmal hob er das Beil und ließ es in das Holz des Bootes krachen.

«Bleib sitzen.» Er setzte sich auf die Mittelbank, direkt vor sie, und fing ihren Blick ein. «Ich kann dich nicht verurteilen,

Kitty, das weißt du. Die Entscheidung, ob du leben wirst oder nicht, überlasse ich deinem Gott.»

Kitty starrte ihn stumm an. Even blickte ins Dunkel. «Betrachte es als Katharsis. Es sind nur 50 Meter bis an Land.»

Kapitel 40

APRIL 2005
NESODDEN

«Beweg dich! Nicht aufhören. Auf den Polarstern zu. Beweg dich, verdammt nochmal! Weiter! Arme! Beine! Bewegen! Schwimm!», zischte sein Mund, immer und immer wieder. Er spuckte Salzwasser aus und zwang seinen Körper weiter vorwärts. Zwang ihn und schimpfte. Die Kälte fraß sich in sein Fleisch, seine Nerven und sein Blut, das taube Gefühl breitete sich immer weiter aus. Die Füße spürte er schon gar nicht mehr, hörte sie nur noch hinter sich platschen. Er sah seine Finger, die Hände, die vor seinem Gesicht in steifen, ruckartigen Zügen durchs Wasser glitten, fremde Gliedmaßen, längst im Besitz des Wassers, der Kälte und der Nacht. Seine Lungen pfiffen, seine Muskeln waren wie von altem Tapetenkleister verklebt. Er schnappte nach Luft, drehte sich auf den Rücken und sah zum Himmel, damit der Körper sich ausruhen und er die Richtung korrigieren konnte. Die schwache Dünung wiegte ihn in ihren Armen, und er fühlte sich von einer apathischen Ruhe eingelullt. Resignation. Sich ausruhen. Dem Schmerz entfliehen. Schluss. Es war alles egal. Aufgeben. Die Kälte war übermächtig, sie siegte. Jetzt bekam er die Strafe, die er verdient hatte. Für sein schäbiges Leben, für das Böse, sein Erbe, für den Mord, den zertrümmerten Schädel, für das Leid, seine geliebte Mai, für Stig …

Verzweifelt versuchte er, das Salzwasser wegzublinzeln, und drehte sich mit Mühe wieder auf den Bauch. Stig, zum Teufel! Ihn durfte er nicht im Stich lassen! «Beweg dich, verdammt nochmal! Schwimm weiter! Schwimm! Auf den Polarstern zu. Beweg dich! Weiter! Arme! Beine! Komm schon! Schwimm! Zum Polarstern! Schwimm, verflucht ...»

Er kratzte sich die Knie auf und stieß mehrmals mit der Brust auf einen scharfkantigen Stein, ehe er begriff, dass er festen Boden unter sich hatte. Mit Bewegungen, die so langsam waren, dass ihm alles wie ein Traum vorkam, schleppte er sich ans Ufer, sank vor Kälte bibbernd und stöhnend in den Sand und spuckte Salzwasser aus. Dann drehte er sich auf den Rücken, starrte an den Sternenhimmel und fühlte eine merkwürdige Wärme durch seinen Körper strömen. Mit klappernden Zähnen lag er da und fühlte sich gereinigt, frei von Schuld und frei von allem Bösen. Er setzte sich auf. Nein, nicht frei von allem Bösen – aber er hatte es unter Kontrolle.

Vornübergebeugt taumelte er über den Strand, hin und her, bis er den Stein fand, auf dem er das Handy abgelegt hatte. Es glänzte in der Dunkelheit. Darunter lag der Zettel mit dem Code, Mais Testament, der ihm den Weg zum Rest von Newtons Formel zeigen sollte. Er lachte hicksend, krümmte sich, hustete und würgte noch mehr Meerwasser heraus. Dann hob er mit tauben Fingern das Handy und den Zettel auf, schimpfte und fluchte und lachte so heftig, bis ihm die Tränen kamen und er ein paar Schritte rückwärts taumeln musste, um das Gleichgewicht zu halten. Irgendwann schafften seine leblosen Finger es, die richtigen Tasten zu drücken, und nach ein paar Freizeichen hörte er eine mürrische Stimme antworten.

Sie fanden ihn im Keller, am Fuß der Treppe. Er lag wie ein ausgedienter Putzlappen da, nass und zusammengeklatscht, als habe ihn jemand dort hingeworfen, um ihn mit nach draußen zum Müll zu nehmen.

«Was zum Teufel ist hier passiert?», murmelte Oberstleutnant Johansen mit einem Blick auf den Mann, dem das Messer im Hals steckte. «Ist er tot?»

Der Militärarzt sah sich den Fremden kurz an, nickte und kniete sich dann neben Even. «Und das ist dieser Bursche auch bald, wenn er nicht schleunigst etwas Warmes zu sich nimmt und warm eingepackt wird.»

Leutnant Finn Poulsen kam die Treppe herunter und sah sich um.

«Das ist ja …»

Jan Johansen nickte. «Das können Sie laut sagen. Sie und Leutnant Tomlevoll gehen alles durch und packen ein, was nicht in die Hände der Polizei geraten soll. Vernichten Sie alle Spuren, die auf Vik hinweisen. Es muss wie ein Einbruch aussehen … begangen von diesem Typ mit dem Bart.» Er zeigte auf den Toten. «Weiß irgendjemand, wo Kitty Bang steckt?»

Der Arzt zog Even den Pullover und die Hose aus und begann, ihn mit etwas, das wie eine Mönchskutte aussah, trockenzurubbeln. Even stöhnte und versuchte, sich aufzurichten. «Sie …»

Er hustete und blickte an sich hinunter. Beim Anblick der leichenblassen, aufgedunsenen Haut musste er an Fischfutter denken. «Sie ist … bei ihrem Gott, glaube ich.» Er zeigte unbestimmt mit der Hand in Richtung Oslofjord.

Kapitel 41

«Sie waren verheiratet?» Randi Loen saß mit Mais Akte auf dem Schoß da und las laut von einem Blatt vor. Even starrte wütend an die Wand, ohne genau zu wissen, was ihn so aufregte.

«Sie und Mai-Brit Fossen wurden 1999 geschieden, im Herbst, ist das korrekt?»

Er antwortete nicht, genauso wenig, wie er auf die Frage nach Kitty geantwortet hatte. Ohne sich von seinem Schweigen irritieren zu lassen, blätterte sie weiter, zog ihre Schlüsse, stellte die nächste Frage und fasste, Stück für Stück, Mais und Evens gemeinsames Leben und auch die Zeit danach zusammen.

Fast alles. Die Fakten. An die jeder mit etwas Geschick herankommen konnte. Nicht aber das, was wirklich zählte: die Zärtlichkeit, der Verrat, die Geduld, die Liebe.

«Hatten Sie Kinder zusammen?» Sie musterte ihn durch ihre Brille. «Wurde Mai-Brit schwanger, als sie noch mit Ihnen verheiratet war?»

Dieses Mal wollte sie eine Antwort haben, das spürte Even an dem Blick, den er sich zu erwidern weigerte, an der langen, hartnäckigen Pause, die sie machte.

«Ich wollte keine Kinder», murmelte er in Richtung Wand. «Habe mich Mitte der Neunziger sterilisieren lassen, 1993, glaube ich. Das genaue Datum finden Sie sicher in irgendeiner Akte.»

«Okay.» Hauptkommissarin Loen trommelte einen Augenblick mit den Fingern auf der Aktenmappe. «Dann hätten wir also zwei tote Frauen, Mai-Brit Fossen und Kitty Bang. Was haben die beiden gemeinsam?»

Even hielt das für eine rhetorische Frage.

«Der gemeinsame Nenner ist ein gewisser Even Vik. Er ist *the missing link*, die Verbindung zwischen einem Selbstmord in Paris und einem verdächtigen Tod durch Ertrinken im Oslofjord. Als Kathrine Bang tot aus dem Meer gefischt wurde, konnte sie uns leider nicht mehr schildern, was sich in jener Nacht draußen auf Nesodden zugetragen hat. Die Fragen sind nach wie vor offen: Warum ist sie ins Wasser gegangen? Aus freiem Willen?»

Randi Loen starrte ihn so lange an, bis Even die Augen schloss und darauf hoffte, dass die Drogen in seinem Blut ihn noch ein letztes Mal ins Reich des Schlafes entführen würden. Wo war die Bewusstlosigkeit, wenn man sie brauchte?

«Der frühere Kollege Ihres Vaters, Hauptkommissar Molvik, war an den Ermittlungen im Fall Mai-Brit Fossen beteiligt. Später wurde ihm ebenfalls der Fall der vermissten Kitty Bang übertragen, er wurde dann aber gegen seinen Willen von dem Fall abgezogen, noch ehe er richtig in Gang gekommen war. Das Gleiche ist auch gestern wieder passiert: Molvik wird von einem Fall abgezogen, in dem Sie eine zentrale Rolle spielen. Wie erklären Sie sich das?»

«Verdammt!» Even hob den Kopf vom Kissen und ignorierte den Schmerz im Schlüsselbein. «Sie glauben doch wohl nicht, dass ich die Polizeipräsidentin in der Hand habe und sie meinetwegen alle aus dem Polizeidienst entfernt, die nicht nett zu mir sind?»

Loen zog eine Grimasse. «Da müssten Sie schon eine mächtig starke Hand haben, um diese Frau zu kontrollieren. Ich habe schon eine ganze Reihe tougher Vorgesetzter erlebt, aber sie stellt sie alle in den Schatten – die Autorität in Person.»

«Die frisst Nägel zum Frühstück.» Even sank zurück ins Kissen. «Das hat vor ein paar Jahren ein Polizist behauptet, mit dem ich mich unterhalten habe.»

«Sollte Hauptkommissar Molvik im Fall Kitty Bang ein Fehler unterlaufen sein, hätte es normalerweise ausgereicht, ihn abzumahnen. Wieso wurde er sofort von dem Fall abgezogen? Und gestern hat er sicher keinen Fehler gemacht, dafür war er gar nicht lange genug hier.»

Even schwieg. Sie legte die Aktenmappe auf den Boden.

«Odin Hjelm. Was können Sie mir über ihn erzählen?»

Der plötzliche Themenwechsel überraschte Even. «Odin? Was meinen Sie? Er ist mein Verleger … und war auch Mais Verleger. Er hat die Idee ins Rollen gebracht, ein Buch über Newton zu schreiben.»

«Was hat er für eine Verbindung zu Kathrine Bang?»

«Zu Kitty? Da gibt es keine Verbin…» Even stockte und starrte vor sich in die Luft. «Doch, warten Sie. Sie hatten eine Affäre, ungefähr ein Jahr bevor Mai Selbstmord begangen hat.»

«Eine Affäre?» Randi Loen las skeptisch ein paar Notizen auf ihrem Block. «Wer hat das gesagt?»

«Kitty. Sie hat gesagt, er wäre fürchterlich eifersüchtig gewesen und hätte nicht akzeptieren wollen, dass sie die Beziehung beendet hatte. Deshalb sollte ich ihm nicht sagen, dass sie und ich …» Den Rest ließ er unausgesprochen.

«Aha.»

Even war sich nicht sicher, ob er einen ironischen Unterton hörte oder ob seine Ohren im Moment bloß etwas übersensibel waren.

«Wollen Sie damit sagen, dass Sie und Kitty Bang ein Paar waren?»

«Na ja, wir …», nuschelte er und sah, wie sich ihre Augenbraue fragend hob. «Wir waren auf dem besten Weg», wiederholte er etwas lauter.

«Hm …» Sie nickte und schaute auf ihren Block. «Plötzlich

verschwindet Kitty, Ihre Geliebte, oder wie auch immer Sie sie bezeichnen wollen. Aber …», Randi Loen legte den Zeigefinger nachdenklich an die Unterlippe, «… es scheint Sie überhaupt nicht zu beunruhigen. Sie gehen nicht zur Polizei, machen sich keine Sorgen, obgleich Sie sie tagelang nicht erreichen können. Laut Polizeibericht hat kein Even Vik in den Tagen nach dem 12. April 2005 Interesse daran bekundet, was mit seiner Freundin passiert ist. Sie haben sich noch nicht einmal gemeldet, als sie gefunden wurde.»

Er lag steif wie ein Brett unter seiner Decke. Seine Augen waren geschlossen, um die Polizistin auszuschließen und ihre Beschuldigungen nicht an sich ranzulassen. Bilder der verzweifelten Kitty drängten sich vor seinem inneren Auge. Er fühlte, dass ihm übel wurde, und tastete nach dem Wasserglas. Gierig saugte er die kühle Flüssigkeit in sich hinein. Er ließ sich Zeit. Trank langsam, bis das Glas leer war. Brachte die Kommissarin dazu, ihm noch etwas einzuschenken, mehr zu holen, weil der Krug leer war.

Das gab ihm Zeit, sich zu sammeln und die Gedanken in andere Bahnen zu lenken. Zu ihr.

Nachdem Loen ihm Wasser eingeschenkt hatte, bückte sie sich und hob eine neue Mappe vom Boden auf. Der münzgroße weißgraue Fleck an ihrem Hinterkopf blitzte auf wie ein Guckloch, das für den Bruchteil einer Sekunde Einblick in ihre Persönlichkeit gewährte. Sie hatte etwas Ambivalentes an sich, als wäre sie mitunter von sich selbst überrascht, als würde sie sich selbst manchmal von der Seite betrachten wie jemanden, den sie nicht richtig einordnen konnte. Wieso hatte sie den Flecken nicht gefärbt, sodass er die gleiche dunkelbraune Farbe hatte wie der Rest ihrer Haare? War sie stolz darauf?

Sein Blick wanderte zu der neuen Mappe, die so prall gefüllt war, dass einzelne Blätter herauszurutschen drohten. «Es ist *eine* Sache, dass Sie sich nicht bei der Polizei gemeldet haben. Aber eine *andere* Sache ist, warum die Polizei sich nicht bei Ihnen gemeldet hat. Warum hat man Ihnen nicht die Fragen gestellt, die ich Ihnen jetzt stelle, zum Beispiel, wo Even Vik in der Nacht zum 12. April 2005 war, als seine Freundin verschwand? Ich bin alle Akten durchgegangen, alle Datenbanken, habe mit allen möglichen Leuten gesprochen, die sich mit dem Fall befasst haben. Niemandem ist in den Sinn gekommen, *Sie* zu kontaktieren. Weder die Polizeidienststelle auf Nesodden noch die Kripo, die später eingeschaltet wurde, kannten Ihren Namen. Niemand wusste, dass Sie ein enger Bekannter Kittys waren.» Sie suchte seinen Blick. «Sie müssen schon einräumen, dass das merkwürdig ist?»

«Ja», sagte er und starrte auf die Mappe. «Das ist merkwürdig. Ich nehme aber an, dass Sie wissen, warum.»

Sie hob die schwere Mappe hoch. «Ja. Ich habe eine schlaflose Nacht hinter mir. Sie sind wirklich ein Mensch mit sehr ominösen Interessen. Kryptographieexperte für den militärischen Nachrichtendienst seit 1993. Zuerst haben Sie einen auf Primzahlen basierenden Code entwickelt. Und in den letzten Jahren einen neuen, der auf … Photosen beruht …»

«Photonen», brummte Even gereizt. «Das heißt ‹Photonen›. Und ich habe den Job abgeschlossen. Jetzt arbeiten andere daran.»

«Aber Sie haben sie verschlüsselt …?»

«Ich habe gar nichts verschlüsselt. Vor zwei Jahren wollte man ein neues abhörsicheres System entwickeln, das auf den neuesten Forschungsergebnissen in der Quantenphysik aufbaut. Dazu braucht es eine Menge mathematischer Berechnungen, die ich übernommen habe. Ich habe meine Arbeit erledigt, habe den Bericht vor gut einem Jahr bei der Kryptogruppe abgeliefert, und das abschließende Nachtreffen hat auch bereits stattgefunden.»

Sie schaute in ihre Unterlagen. «Imponierend, Ihre Codes. Wenn jemand versucht, sich in das System einzuloggen, um das, was gesendet wird, mitzulesen und auszuspionieren, zerstört sich das Gesendete blitzschnell von allein. Wie kommt man auf so etwas?»

«Das war nicht meine Idee, das ist ein ganz einfacher Grundsatz der gesamten Quantenphysik. Im Prinzip basiert alles auf Heisenbergs Unschärferelation. Je mehr man versucht, eine Eigenschaft zu bestimmen oder sie zu kontrollieren, desto mehr muss man sich damit abfinden, dass man andere, ebenso wichtige Informationen zerstört. Das ist …» Er verstummte jäh und stierte sie an. «Das sind geheime Informationen! Wie zum Teufel sind Sie darangekommen?»

Randi Loen grinste so breit, dass ihre Eckzähne sichtbar wurden. «Gut, Sie bekommen die Kurzversion: Vor zwei Jahren, also 2006, gab es eine große Terrorabwehrübung. Dabei lief so einiges schief, unter anderem, dass die Streitkräfte erst mit beeindruckender Verspätung auf die Unterstützungsanforderung der Polizei reagierten. Als Folge haben der Justizminister und der Verteidigungsminister die Chefs der Streitkräfte und der Polizei regelrecht zur Zusammenarbeit gezwungen. Im letzten Jahr sind dafür zwei neue Stellen eingerichtet worden. Die eine ist mit einem Offizier der Streitkräfte besetzt, der im Polizeipräsidium arbeitet, um die Kooperation zwischen Militär und Polizei bei der Terrorabwehr zu stärken. Die andere Stelle umfasst eher informelle Aufgaben und ist mit einem Polizeibeamten besetzt, der als Bindeglied zwischen dem militärischen Nachrichtendienst, dem Polizeilichen Sicherheitsdienst und dem Polizeipräsidium in Grønland fungiert. Diese Stelle ist lokal eher auf Ostnorwegen ausgerichtet.»

«Und dieses Bindeglied zwischen Polizei und Militär … das sind Sie?»

«Ja», sagte Randi Loen und schlug mit einer Hand auf die Mappe. «Und darum habe ich Zugriff auf diese Akte mit dem kuriosen Namen ‹Bruderschaft der Unsichtbaren›.»

Kapitel 42

Kommissar Sverre Vik hupte so laut, dass die Punker erschrocken zur Seite sprangen, als er halb auf den Bürgersteig fuhr und scharf bremste. Es war eine helle feuchtschwüle Sommernacht. Molvik bildete sich ein, in der Luft bereits das Knistern des aufziehenden Gewitters zu spüren, das nur noch auf den letzten, auslösenden Funken zu warten schien. Im Radio plapperte ein aufgeregter Reporter von der stilvollen, königlichen, prachtvollen, prunkvollen, er fand keine Worte … von der Hochzeit zwischen dem Prinzenschwachkopf Charles und dem flotten Feger Diana. Lady Diana. Mit der würde Molvik auch gern mal …

«Teufel, ich freu mich auf die Dusche, ein Pils und ein kühles Bett.» Molvik gähnte und öffnete die Autotür. «Bis morgen.»

«Bis dann», brummte sein Kollege, als die Tür zuknallte. Sverre Vik haute wie üblich mit der Hand auf die Hupe und drängte sich so dreist in den Strom der Autos, dass die Wagen hinter ihm in die Eisen gehen mussten, um die grüne Minna nicht zu rammen.

Obermeister Molvik überquerte den Bürgersteig und ging auf die Eingangstür zu, als einer der Punker mit einer halbleeren Flasche Bier auf ihn zeigte.

«He! Das ist doch das verfickte Bullenschwein, das Mikke vor ein paar Wochen die Zähne ausgetreten hat!»

Der Ausdruck «Bullenschwein» ließ Molvik stehen bleiben. Die zerlumpten Jugendlichen sammelten sich in einem Halbkreis um ihn herum und zogen wie im Reflex die Palästinensertücher vors Gesicht. Molvik kniff die Augen zusammen und zog den Gummiknüppel aus dem Gurt. Sie waren nur zu fünft und sahen nicht gerade kräftig aus. Wer jetzt nicht ganz schnell die Beine unter den Arm nahm, würde gleich heulend am Boden liegen. Er blinzelte den Jungen an, der ihm am nächsten stand und täuschte einen Angriff vor. Der Junge sprang zurück und sah gleich viel friedlicher aus. Molvik visierte aus dem Augenwinkel ein Gesicht an und bereitete sich darauf vor, den Knüppel direkt über der Nasenwurzel zu platzieren, als der Tritt kam.

Er kam von hinten, von einer sechsten Person, die er nicht gesehen hatte. Die Stiefelspitze traf seinen Ellenbogen oder, genauer, diesen verdammten Nerv, der schon beim kleinsten Stoß den ganzen Arm lahmlegen konnte – und dieser Tritt war verflucht hart gewesen. Ein schmerzender Blitz fuhr durch seine rechte Seite und paralysierte sie augenblicklich, sodass der Polizeiknüppel nur noch wie ein schlaffer Penis an seinem Handgelenk baumelte. Die Punker reagierten sofort, sie rückten näher und begannen wie auf Kommando, alle auf einmal zuzuschlagen und zuzutreten. Er versuchte, die Tritte und Schläge mit dem linken Arm abzuwehren, während er den rechten schüttelte, um ihn wieder zum Leben zu erwecken. Aber der Gegner saß am längeren Hebel, im nächsten Augenblick lag Molvik am Boden. Instinktiv schob er das Gesicht zwischen die Arme und rollte sich zusammen, um die lebenswichtigen Körperteile zu schützen.

«Stopp! Stopp, verdammt!»

Molvik hörte eine kommandierende Stimme, die ihn an Sverre auf der Polizeischule erinnerte. Die anderen schienen zu gehorchen, sodass er seine Muskeln ein wenig entspannte.

«Zeigen wir ihm, wie richtige Männer riechen!», knurrte die Stimme, und die anderen lachten.

Molvik schaute nach oben, als der erste Strahl seine Wange

traf. Gleich darauf plätscherten fünf weitere Urinstrahlen auf seinen Körper. Er kam auf die Knie, versuchte, sich vor dem Pisseregen zu schützen, und brüllte, dass er sie finden und so fertigmachen würde, dass ihre eigenen Mütter sie nicht wiedererkannten und sie sich nie wieder unter Leute trauten.

Sie tanzten um ihn herum, traten und schubsten ihn, während er um sich schlug wie ein blinder Bär. Dann stürmten sie plötzlich die Straße hinunter, um die nächste Ecke, und waren fort.

Er blieb prustend zurück, fühlte einen brennenden Hass in der Brust. Der Gestank seiner Uniform war unerträglich. Er schloss die Augen und prägte sich das Bild ein, das ihm noch allzu frisch im Gedächtnis war: 666. Die Zahl des Satans. Die hatte auf dem Unterarm des Jungen gestanden, der der Chef der Pisserbande zu sein schien.

«Die Akten zu diesen Fällen hier, und zwar ein bisschen dalli, auch wenn es noch früh am Morgen ist.»

Der Beamte nahm den Zettel, las sich die Namen durch und schaute auf die Zeile mit dem Datum. «6. April 2008. Das geht nicht.»

Molvik starrte ihn an. «Das ist doch heute, verdammt. Wo ist das Problem?»

«Also …» Der Mann kratzte sich die schwabbelnde Wange und schielte zu seinem Kollegen, der in die andere Richtung guckte. «Ab sofort ist es mir nicht mehr erlaubt, Ihnen diese Fallakten auszuhändigen, Molvik.»

«Wollen Sie mich verarschen?» Molvik hielt es für einen Witz und suchte nach Anzeichen von Humor in dem runden Gesicht.

«Nein. Order von oben.» Der Mann zeigte mit einem dicken Zeigefinger zur Decke. «Außerdem», er zwinkerte Molvik zu, als würde er ein strenges Geheimnis verraten, «hat diese Neue, Loen, sie schon geholt.» Der Beamte musterte Molvik einige Sekunden. «Aber warum schauen Sie nicht einfach im Computerarchiv nach?»

Molvik murmelte, dass er das dann wohl tun müsste.

Er schlurfte in sein Büro, glotzte auf den Computerbildschirm und versuchte erneut, in die Akte «Mai-Brit Fossen» reinzukommen, was aber wieder damit endete, dass er aufgefordert wurde, einen Code einzugeben, den er nicht hatte. Mit anderen Worten, man hatte dem Fall eine höhere Sicherheitsstufe gegeben, für die er nicht autorisiert war. Dasselbe galt für die Informationen zu Verschwinden und Tod von «Kathrine (Kitty) Bang».

Warum?

Die Antwort lag auf der Hand: Jemand weiter oben im System hielt eine schützende Hand über diesen verfluchten Even Vik und sorgte dafür, dass er, Molvik, und auch niemand sonst unerlaubt herumschnüffelte.

Aber so leicht würde er nicht aufgeben.

Molvik lehnte sich zurück, bis der Bürostuhl laut knarrte. Er legte die Füße auf die Schreibtischkante und verschränkte die Hände im Nacken. Was konnte er tun, wo sollte er anfangen? Denn er musste etwas tun, das schuldete er Sverre. Schließlich hatte sein früherer Kollege fünfzehn Jahre hinter Gittern verbracht, weil sein eigener Sohn gegen ihn ausgesagt und ihm die Schuld am Tod seiner Frau gegeben hatte. Fünfzehn Jahre zusammen mit Leuten, denen er vorher Benehmen eingebläut und die er selbst eingebuchtet hatte. Es ist die Hölle, hatte Sverre das eine Mal geflüstert, als Molvik ihn gefragt hatte. Danach hatten sie über andere Dinge geredet. Dieses Arschgesicht von Sohn hatte seinen Vater nicht einmal im Gefängnis besucht, und auch danach nicht, als er im Pflegeheim war. Nicht einmal zu seiner Beerdigung war er gekommen.

Sein Blick fiel auf die Pinnwand, an der noch immer der Artikel hing, den Molvik vor etwa einer Woche aus einer Zeitung ausgerissen hatte. Es ging darin um eine schrullige, abergläubische Geschichte aus der Kleinstadt Reeves in Louisiana, USA. Die Gemeinde hatte beantragt, ihre Vorwahl zu ändern, und am Ende hatte die Telefongesellschaft eingewilligt, die 666 in etwas weniger Teuflisches zu ändern.

666. Molvik rief sich das Bild von dem Unterarm in Erinnerung. Er hatte das, was an jenem Sommerabend 1981 vorgefallen war, nicht zur Anzeige gebracht, und auch keinem Kollegen oder Freund von dem Vorfall erzählt – wer machte sich schon freiwillig zum Gespött der Leute. Aber er hatte es nie vergessen. Und dass der Stiefeltreter und Chefpisser Even Vik war, daran hatte er nie gezweifelt. Auch wenn er keine handfesten Beweise hatte.

Beweis hin oder her! Molvik stellte die Füße auf den Boden. Während Even Vik bewusstlos in seinem Krankenhausbett gelegen hatte, hatte Molvik seine Arme untersucht und eine dicke Narbe entdeckt. Natürlich, diese Narbe konnte sonst wo herstammen, sie war kein Beweis – aber ein Gegenbeweis war sie sicher auch nicht.

Ein Kollege schob den Kopf zur Tür herein und sagte, dass jetzt das Überwachungstreffen für die Eröffnung der Oper am Samstag stattfände. Molvik grummelte, er wisse Bescheid, und stand auf. Blieb dann aber wie vom Blitz getroffen stehen und starrte vor sich hin.

Überwachung … die amerikanische Botschaft … 1985? Das Foto einer Tätowierung … in Verbindung mit einem Angriff auf eine Polizistin. Er hatte damals in Stavanger gearbeitet und sofort an Vik junior gedacht. In Gedanken hatte er sich eine

Notiz gemacht, sich die Sache noch einmal näher anzuschauen, sobald er wieder zurück in Oslo war, wenn die Zeit reif war. Molvik zog seine Jacke an. Jetzt war die Zeit reif.

Als er sein Büro verließ, kam ihm noch eine andere, eigentlich selbstverständliche Idee. Gestern Abend! Natürlich musste er auch überprüfen, was Even Vik am gestrigen Abend gemacht hatte, bevor er ins Krankenhaus eingeliefert worden war. Hatte jemand Even Vik gesehen, mit ihm gesprochen, vielleicht sogar das Messer gesehen, das bei ihm gefunden worden war? Überhaupt merkwürdig, dass er es mitgenommen hatte. Molvik konnte gar nicht anders, er musste die Ermittlungen weiterführen, die ihm im Grunde genommen ja zustanden.

Dieser Neuen, dieser Loen, traute er nicht. Sie stank.

Kapitel 43

Langsam und ohne sich zu bewegen, öffnete er die Augen. Randi Loen saß etwas von ihm abgewandt neben dem Bett und hielt ein Magazin in den Händen. Sie notierte sich etwas und ließ den Arm wieder sinken. Das weiße Auge starrte ihn aus ihren Haaren an, und er fragte sich, wie ein solcher Fleck entstehen konnte.

Even betrachtete die kleinen Kästchen einen Augenblick lang und murmelte dann: «Fünf. Schreiben Sie eine 5 in den mittleren Block, in das Feld links, der Rest löst sich dann von selbst.» Sie starrte ihn an, blickte dann wieder auf ihr Sudoku-Rätsel und deutete mit dem Stift auf ein Feld. «Hierhin?»

«Nein, das Feld links darunter. Da muss eine 5 rein. Das ist die Kernzahl.»

Sie folgte seinem Rat, und zwei Minuten später waren alle Kästchen ausgefüllt.

«Wie um alles in der Welt konnten Sie das wissen?» In ihrer Stimme schwang eine Mischung aus Bewunderung und Gereiztheit mit. Und wie immer, wenn Even sich dazu hinreißen ließ, seine seltsamen Fähigkeiten aufblitzen zu lassen, war es ihm anschließend peinlich, und er blieb stumm.

Sie wartete, aber er zog nur die Decke bis zum Kinn und starrte an die Decke.

«Mögen Sie Sudoku? Machen Sie das oft?»

Ihre Fragen sollten die Situation entspannen und ihn dazu bringen, sein Schmollen aufzugeben. Er war sich dessen bewusst, schnitt eine Grimasse und antwortete, dass er Sudokus nicht mochte.

«Oh, warum denn nicht? Für einen Zahlenmagier wie Sie muss das doch ganz wunderbar sein.»

«Die Zahlen beim Sudoku sind keine Zahlen. Sie könnten es auch mit Straßenschildern oder Farben oder irgendwelchen anderen Symbolen machen, man braucht dafür nur neun verschiedene Bilder.» Er musterte Hauptkommissarin Loen und dachte, dass sie eigentlich nett aussah und bestimmt eine geduldige, gute Mutter war. Und sicher auch eine gründliche Ermittlerin. Aber warum ließ ihn das Gefühl nicht los, dass sich unter dem hellen Fleck an ihrem Kopf aufgestaute Wut, ja, Hass versteckte? «Probieren Sie mal ein Kakuro, das ist eine ähnliche Herausforderung wie ein Sudoku, setzt aber überdies voraus, dass man rechnen kann. Keine schwierigen Aufgaben, alles machbar, wenn man vier Jahre zur Grundschule gegangen ist. Aber die schwierigeren Kakuros sind eine echte Herausforderung, da muss man kreativ sein, um die Ecke denken sozusagen. Und systematisch sein.» Er grinste. «Ein guter Polizeiermittler sollte seine tägliche Dosis Kakuro bekommen, um sein Hirn fit zu halten. Das sollte eigentlich in der Polizeischule auf dem Lehrplan stehen, um das logische, rationale und realistische Denken zu trainieren, jedenfalls für alle, die eine linke Gehirnhälfte haben.»

Even dachte erstaunt, dass er wirklich zahmer geworden war, weicher, früher hätte er niemandem bei der Polizei zugestanden, überhaupt ein Gehirn zu haben.

«Ich nutze immer nur meine linke Hälfte», murmelte Randi und blätterte im Magazin vor und zurück. «So was gibt's hier nicht. Wie haben Sie das genannt?»

«Kakuro. Vor ein paar Jahren gab es das in einigen Zeitschriften, aber jetzt … War den meisten vermutlich zu schwierig.» Even blickte zum Fenster. «Habe ich lange geschlafen?»

«Eine halbe Stunde oder so. Aber das ist in Ordnung. Der

Arzt meint, das sei eine Folge des Stoffes, den man Ihnen gegeben hat. Dass Sie plötzlich einschlafen … und Polizisten das Leben schwermachen.» Sie sah ihn bewusst nicht an, legte das Magazin weg und holte wieder die dicke Mappe hervor.

«Können wir ein wenig über diese Bruderschaft reden?»

«Sie haben doch die Akte gelesen. Dann wissen Sie genauso viel wie ich.»

Ihr Gesicht zuckte kurz und verzerrte ihre Züge, als hätte sie Schmerzen, dann richtete sie sich auf und drehte den Stuhl so, dass sie mit dem Gesicht frontal zu ihm saß.

«Ich habe die Akte gelesen, ja.» Sie blätterte darin herum und nahm ein paar Zettel heraus, die an der Ecke geklammert waren. «Ich kann aber nicht behaupten, dadurch wirklich klüger geworden zu sein. Das sind Textauszüge eines Buches, vermutlich eines Romans über Isaac Newton, geschrieben von Mai-Brit Fossen, Ihrer Exfrau. Und das hier …», sie legte ihre Finger um einen dicken Stapel Blätter, «… ist die gesamte ausgedruckte Kommunikation zwischen dem norwegischen Nachrichtendienst und MI6, DGSE, GIS, GSG9 und so weiter. Ausdrucke, die …»

«Wollen Sie mich verarschen?»

«Hä?» Sie hielt inne und sah ihn verwirrt an. «Verarschen? Wieso das denn?»

«Was soll dieses Geschwafel über DGSM9 und NSB6, wollen Sie mich damit irgendwie beeindrucken?» Noch während er redete, fiel ihm ein, dass er die Abkürzung DGSE in dem Puzzletext gelesen hatte, den er im letzten Sommer von Aloysia bekommen hatte.

Randi Loen lachte, aber Even war sich nicht sicher, wie echt dieses Lachen war. Dann breitete sie entschuldigend die Arme aus. «Tut mir leid, die Namen sind mir durch die Arbeit schon so in Fleisch und Blut übergegangen, dass … Na ja. Also.

DGSE steht für ‹Direction Générale de la Sécurité›, französischer Geheimdienst, GSG9 ist das Kürzel für die ‹Grenzschutzgruppe 9›, eine Antiterroreinheit der deutschen Bundespolizei. Es ist ganz natürlich, mit diesen Organisationen Kontakt aufzunehmen, wenn man den Verdacht hat, dass ein internationales Netzwerk dabei ist, sich zu etablieren.»

«Dabei ist?», platzte Even hervor. «Die Bruderschaft der Unsichtbaren ist älter als jede der Polizeiorganisationen, die Jagd auf sie macht. Die sind seit mehreren hundert Jahren schon etabliert, verdammt!»

Mit einem leichten Nicken deutete sie an, dass sie ihn gehört hatte. Dann sah sie wieder in die Akte und nahm ein Blatt heraus, auf dem sie eine oder zwei Zeilen zu lesen schien. «Ich höre, was Sie sagen, Herr Vik. Und es besteht kein Zweifel, dass auch andere Sie gehört haben. Man nimmt Sie ernst.»

Warum hatte Even das Gefühl, dass sie ihn wie ein trotziges Kind behandelte? Er starrte sie wütend an.

«Die ersten Anfragen an staatliche Organisationen anderer Länder gingen vor bald drei Jahren raus, kurz nach Kathrine ‹Kitty› Bangs Verschwinden. Nachdem man Zugang zu ihrem Keller bekommen und erkannt hatte, dass sie Teil eines umfassenden Netzwerks war. Man hat diese Sache beim Nachrichtendienst wirklich wichtig genommen, und sie hat immer noch hohe Priorität, die letzten Anfragen wurden erst vor ein paar Monaten geschickt. Vierundfünfzig insgesamt, wenn ich richtig gezählt habe.»

Sie sah ihn an. «So etwas wird normalerweise vom Polizeilichen Sicherheitsdienst gemacht, aber in diesem Fall hat der militärische Nachrichtendienst den Fall für sich beansprucht, da Sie ja einer seiner Angestellten sind …»

«Ich bin, verflucht nochmal, kein Angestellter des Militärs!», schimpfte Even.

«Kein Angestellter im herkömmlichen Sinne, aber Sie bewegen sich auf militärischem Terrain, haben einen gewissen Einblick und unterliegen der Schweigepflicht, und damit gehören Sie für den Rest Ihres Lebens dazu. Der Nachrichtendienst kümmert sich um Sie und wird Sie mit allem unterstützen, was in seiner Macht steht – das sind Jan Johansens Worte. Und ‹alles, was in seiner Macht steht› ist ziemlich viel, was diese Organisation angeht, das kann ich Ihnen versichern.»

Ihre Worte sollten ihn beruhigen, und in gewisser Weise taten sie das auch. Er wusste, dass er einen guten Mann und eine große Organisation hinter sich hatte. Trotzdem fühlte es sich wie eine Handschelle um sein Handgelenk an, ja, als hätte man ihm einen Teil seiner Freiheit genommen. Er wollte nicht Teil eines solchen Machtapparates sein.

Sie legte ihre Finger um die Blätter der Akte. «Vierundfünfzig Anfragen, das ist sehr viel, und dass jede davon beantwortet worden ist, zeigt, wie ernst man sie genommen hat. Man hat die Sache nicht einfach in eine Schublade gelegt und dort verstauben lassen. In einigen Ländern hat man sich wirklich Mühe gegeben und keinen Einsatz gescheut, um etwas herauszufinden, aber …» Sie seufzte, legte die Zettel zurück in die Mappe und sah Even an. «Alle Antworten weisen eine Gemeinsamkeit auf: Niemand, keine Organisation, in welchem Land auch immer, hat etwas herausgefunden, das den Schluss nahelegt, dass ein Geheimbund wie die Bruderschaft der Unsichtbaren tatsächlich existiert.»

Randi Loen nahm ein Blatt heraus und tippte mit dem Finger darauf: «Ein polnischer Geheimdienstoffizier deutet an, dass wir, das heißt der Nachrichtendienst und Jan Johansen, vielleicht etwas zu viel Phantasie hätten.» Sie seufzte. «Zwischen den Zeilen machen sie sich über ihn lustig. Sie meinen, er mache Jagd auf Gespenster.» Mit einer resignierten Geste, als wollte sie den Fall ein für alle Mal abschließen, legte sie das Blatt zurück in die Mappe und klappte sie zu. «Es überrascht mich, dass er noch nicht aufgegeben hat.»

Als Even das nächste Mal wach wurde, war Randi Loen nicht mehr da. Er lag im Bett und versuchte, sich an das Gespräch zu erinnern. Irgendwann hatte er sie gebeten, sein Handy aus dem Schrank zu holen, aber sie hatte es nicht gefunden. Als sie ihn gefragt hatte, ob er es gestohlen melden wollte, hatte er abgewinkt – allein der Gedanke war ihm schon zu viel. Dann hatte sie weiter über die Unsichtbaren geredet.

Etwas sagte ihm, dass nicht alles stimmte, was sie über den Inhalt der Akte gesagt hatte. Das konnte doch nicht alles sein? Oder hatte sie erwähnt, dass etwas irgendwie nicht ins Bild passte? Verzweifelt versuchte er, analytisch zu denken, aber sein Kopf war zu benommen und je mehr er nachzudenken versuchte, desto müder wurde er, bis er schließlich wieder einschlief.

Kapitel 44

Fünf Stunden später wurde die Tür des Zimmers geöffnet, und ein Pfleger kam herein. Even starrte ihn an, sank nach hinten auf die Kissen und wurde zweiundzwanzig Jahre zurück in die Vergangenheit geschleudert.

«Hier, halt das.» Christer drückte ihm eine Metallschale in die Hand, die Even unter den Arm klemmte. Die Betäubung hatte zu wirken begonnen, sein Unterarm fühlte sich schon ganz taub an. Wie etwas, das nicht zu ihm gehörte. Das Gegenteil von Phantomschmerzen, dachte er. Thin Lizzy nörgelten «Angel of Death» aus den Lautsprechern.

«Kannst du nicht was anderes auflegen, ich werde sonst noch wahnsinnig.»

«Nein», sagte Christer entschieden.

«Aber Phil Lynott ist doch schon ein halbes Jahr tot, verdammt, da musst du doch die Musik nicht ewig weiterspielen.»

«Du magst Thin Lizzy doch auch …»

«He, Alter, du hörst seit Januar nichts anderes mehr. Benny Goodman ist gestern gestorben, willst du deshalb jetzt bis Weihnachten Klarinettenjazz hören? Echt, mit dir wird 1986 noch das reinste Fegefeuer.»

«Halt den Mund.» Christer stach ihm probeweise mit einer Nadel in den Arm. «Spürst du das?»

«Nein.»

«Okay, dann …» Der Freund hielt inne, warf die langen Haare nach hinten über die Schultern und sah ihn an. «Bist du dir sicher, dass du es nicht lieber mit einem anderen Tattoo abdecken willst? Das könnte gut aussehen und würde …»

«Nein, verdammt, das habe ich dir doch schon gesagt. Es soll weg, vollkommen weg!»

«Okay, dann fangen wir an.» Christers Plastikhandschuhhand ergriff ein Skalpell und begann vorsichtig, an den Filzstiftstrichen entlangzuschneiden, die er zuvor auf Evens Arm gezeichnet hatte. Blutstropfen quollen aus dem dünnen Schnitt, sodass er in regelmäßigen Abständen mit einem desinfizierten Lappen über die Wunde fuhr, doch als das Skalpell einmal um das 1 mal 3 Zentimeter große Rechteck herum war, tropfte es gleichmäßig in die Schale.

Even starrte auf seinen Arm. Fasziniert sah er die rote Flüssigkeit hervorquellen, sein Blut, während Christer mit unsicheren Bewegungen, langsam und umständlich die Haut abtrennte.

«Ich kann das nicht, ich bin doch erst im zweiten Semester Medizin», hatte er Even zu überzeugen versucht, als dieser ihn um den Freundschaftsdienst gebeten hatte. «Egal», hatte Even geantwortet, «zwei Semester reichen für eine so kleine Operation.»

Der Hautfetzen löste sich ganz, und Christer legte ihn in die Schale.

«Ich mache jetzt noch eine antiseptische Creme drauf und verbinde den Arm, dann sind wir fertig. Aber das wird verflucht wehtun, wenn die Betäubung nachlässt …»

«Ich will nicht noch ein Mittel nehmen, das habe ich dir doch schon gesagt.»

«Okay, in Ordnung. Ich wollte es dir nur gesagt haben.»

«Ist das bis zur Hochzeit verheilt, damit ich da keinen Verband tragen muss?»

«Ja, ja, das ist doch erst in drei Monaten …»

Gebannt starrte Even auf die Zahlen, die sich dick und schwarz von dem Rot abhoben. Der Hautfetzen, den Christer abgetrennt hatte, schwamm ein paar Sekunden auf dem Blut, bevor er langsam zu Boden sank. Mit fast schon teuflischer Klarheit strahlten die Zahlen ihm entgegen, 666, einzig bedeckt von einem blutroten Schleier. Im wahrsten Sinne des Wortes.

«Hallo. Sind Sie Even Vik?» Der Pfleger stand am Fußende und sah Even an.

Even erwiderte den Blick. «Sind Sie der Pfleger, der mich zum Röntgen bringen soll?»

Christer lächelte kurz. «*Yes.*» Er schob den Rollstuhl neben das Bett und arretierte die Räder. Seine langen Haare hatte er in einem Pferdeschwanz zusammengebunden. «Kommen Sie, Sie müssen sich auf den Stuhl setzen.» Ohne weiteres packte er Evens Arm und zog ihn unsanft von der Matratze. Even stöhnte auf, als er sich für einen kurzen Moment mit dem Fuß abstützen musste. Dann sackte er schwer auf den Sitz des Stuhls und stellte vorsichtig die Füße auf die beiden Stützen, die Christer mit dem Fuß nach unten klappte. Ohne ein Wort schob er ihn über den Flur zum Fahrstuhl.

Nach dem Mittagessen hatte die Schwester ihm gesagt, dass er um vier Uhr zum Röntgen abgeholt werden würde, damit das Knie und das schmerzende Schlüsselbein untersucht werden konnten. Er war so rechtzeitig vorbereitet worden, dass er fast zwei Stunden im Morgenmantel auf seinem Bett gewartet hatte. In dieser Zeit hatte er sich immer wieder gefragt, ob er den Pfleger vielleicht dazu bringen konnte, auf dem Rückweg kurz bei Finn-Erik vorbeizuschauen. Er verspürte einen seltsamen Drang, den Mann zu sehen, der seine Frau und seinen Sohn übernommen hatte. War da inzwischen unbemerkt so etwas wie Freundschaft zwischen ihnen herangereift?

Zwei Stunden Warten! Was für eine Zeitverschwendung!

Es war eine gewaltige Überraschung für Even, Christer zu

sehen. Wieso war er Pfleger? Er dachte, Christer wäre Arzt geworden.

Die Röntgenaufnahmen dauerten nicht lange, sodass sie sich schon bald auf den Rückweg machen konnten.

«Wir schicken die Bilder dann zu Ihnen hoch, Ihr Arzt wird Sie über das Resultat informieren.» Die Schwester lächelte ihn professionell an, blickte auf ihre Papiere und hatte ihn zwei Sekunden später bereits wieder vergessen.

Christer schob Even wieder zurück auf die Station und verließ ihn, ohne sich von ihm zu verabschieden.

Als Even wieder im Bett lag, schob er den Ärmel hoch und betrachtete die Narbe auf seinem Unterarm. Sie hatten weder auf dem Hinweg noch auf dem Rückweg vom Röntgen auch nur ein Wort gewechselt.

Christer schien noch immer wütend zu sein.

Wie Even auch.

Kapitel 45

Es war gegen die Regeln. Sicher auch unethisch, aber es war einfach, effektiv und rein ermittlungstechnisch höchst vernünftig. Außerdem durfte die Ethik keine Rolle spielen, wenn es darum ging, ein Schwein aus dem Weg zu räumen. Das jedenfalls sagte ihm seine eigene Moral. Molvik schaltete das Handy ein und suchte das Bild heraus, das er gestern Abend kurz nach seiner Ankunft im Krankenhaus gemacht hatte. Even Vik war zu diesem Zeitpunkt noch von den Drogen betäubt gewesen und hatte richtiggehend entspannt und ruhig ausgesehen, als schliefe er. Wusste man es nicht besser, hätte man ihn für einen netten Mann halten können.

«Bilder lügen nicht – was für ein ausgemachter Schwachsinn», murmelte Molvik. Er machte am PC einen Ausdruck von dem Foto, schnitt es aus und steckte es in die Tasche, bevor er das Präsidium verließ.

Er verwendete den Nachmittag und Abend darauf, Even Viks Route zu folgen, fuhr mit dem Bus und redete mit verschiedenen Fahrern, bis er denjenigen gefunden hatte, der nach Torshov gefahren war. Der Mann erinnerte sich nicht nur an Even Vik, sondern auch an einige der anderen Passagiere, eine Frau mit ein paar Kindern und einen alten Mann, aber das alles half Molvik nicht recht weiter. Der Fahrer wusste nicht mehr, ob Even Vik etwas in der Hand gehalten hatte, außer natürlich den Fahrschein.

In Torshov war sonntags so gut wie alles geschlossen, aber Molvik fand schließlich eine Kneipe mit dem idiotischen Namen «Nansens Schloss». Als hätte Nansen je in einem Schloss gewohnt, ja, als wäre er jemals in einen Ort wie Torshov gereist. Molvik redete mit dem Personal, ein Barkeeper erinnerte sich an Even und zeigte auf eine Frau, die sich ebenfalls an ihn erinnerte. Aber ein Messer hatte niemand gesehen.

Danach schlenderte Molvik durch die Nachbarschaft und näherte sich dem Viertel, in dem Even Vik wohnte. Er traf eine ältere Frau. Auch ihr zeigte er das Bild, sie hielt sich das körnige Foto dicht vors Gesicht, als wollte sie daran riechen. Dann sah sie zu Molvik und fragte, wie es ihm ginge.

«Danke, es geht mir gut», antwortete der Kommissar überrascht.

«Das ist schön», sagte die Frau und lächelte freundlich. «Aber ich meinte den jungen Mann auf dem Bild. Ich habe gesehen, wie der Rettungswagen gekommen ist, um ihn zu holen. Wahrscheinlich hat der andere Mann ihn gerufen. Ich wollte das ja selber machen, hatte den Hörer schon in der Hand. Ich glaube, ich hatte sogar schon die erste Nummer gewählt, als ich plötzlich unsicher war, ob es die 113 oder die 114 ist. Nachmittags hatte ich Besuch von meinen Enkeln, und Sofie, die Älteste, hat sich das Telefonbuch geliehen, aber Sie wissen ja, wie das mit diesen Jugendlichen ist, sie legen die Sachen nie wieder an ihren Platz zurück ...»

«Entschuldigen Sie», unterbrach Molvik sie. «Sie haben gesagt, der andere Mann habe den Krankenwagen gerufen. Wen meinen Sie damit?»

«Den, der hinter dem jungen Mann gegangen ist, als sie an meinem Fenster vorbeigekommen sind. Ich wohne gleich hier, wissen Sie.» Sie zeigte zum Haus. «Und sie gingen so dicht hintereinanderher, dass ich dachte, sie seien Freunde. Der, den Sie mir auf dem Bild gezeigt haben, sah nicht gesund aus, er taumelte und schwankte, so ... Nun, ich habe mich schon gefragt, ob er vielleicht betrunken ist oder irgendwelche Drogen genommen hat.»

«Wie sah der andere aus? Der, der nicht krank war.»

Sie sah Molvik an. «Schwer zu sagen, ich habe ihn mir auch nicht so genau angesehen. Aber die Haare sind mir aufgefallen, die waren sehr lang. Vielleicht hatte er auch einen Bart, das könnte sein … Und eine Brille … Ja, ich glaube, er hat eine Brille getragen … Oder doch nicht? Ich bin mir nicht sicher. Ich habe ihn ja nur einen kurzen Augenblick gesehen, wissen Sie. Schließlich habe ich auf den anderen geachtet, den, der so krank aussah. Und dann ist er gefallen. Wie geht es ihm denn jetzt?»

«Der wird schon wieder», sagte Molvik. «Würden Sie den Mann mit den langen Haaren und dem Vielleicht-Bart erkennen, wenn Sie ihn wiedersehen?»

«Das ist … möglich», sagte die Frau zögernd und sah zu Molvik auf. «Aber glauben Sie denn nicht, dass das eine Perücke war, ich meine, es ist doch nicht normal, dass erwachsene Männer so kräftigen Haarwuchs haben. Das war bestimmt eine Perücke, wirklich. Man darf sich wirklich fragen, was einen Mann im besten Alter dazu bringt, wie ein Jugendlicher herumzulaufen. Das ist doch seltsam.»

Ja, das ist es, dachte Molvik, ließ sich ihren Namen und ihre Telefonnummer nennen und bedankte sich für die Hilfe.

Dann fuhr er ins Präsidium, verwirrt und wütend. Bei diesem verfluchten Even Vik wusste man wirklich nie, woran man war. Sagte er dieses Mal womöglich die Wahrheit?

Kapitel 46

Während kleine Blitze ihr Hirn zerfetzten, taumelte sie ins Bad und übergab sich. Sie krümmte sich in heftigen Magenkrämpfen über der Kloschüssel zusammen und spürte, wie sich ein kalter Schweißfilm auf ihre Haut legte. Als die Krämpfe sich legten, ließ sie sich auf eine Pobacke sinken und ruhte den Kopf auf der Klobrille aus, bis der schlimmste Kopfschmerz nachließ. Aber nur der schlimmste. Sie fragte sich, zum zigsten Mal, wieso die Kopfschmerzen weniger wurden, wenn sie sich erbrach. Verringerte sich der Druck im Gehirn, wenn der Magen sich entleerte? Irgendwie war das unlogisch, vom Magen zum Kopf war es ein verdammt langer Weg.

Der Chirurg aus dem Krankenhaus Ullevål hatte ihr vor vielen Jahren anhand einer Zeichnung erklärt, wo der Bruch lag, welcher Teil des Gehirns verletzt worden war und welche Auswirkungen das möglicherweise haben könnte. Der Arzt in Skien hatte später das Gleiche gesagt, aber gemeint, die Kopfschmerzen würden wohl nach ein paar Jahren nachlassen, genau wie die plötzlichen Angstattacken, wohingegen ihr die Schlafstörungen voraussichtlich erhalten bleiben würden.

Die Angstattacken waren zurückgegangen, und ihr Schlaf war wieder solider, sodass sie inzwischen ein paar Nächte pro Woche durchschlief. Aber die Kopfschmerzen waren noch immer so unerträglich wie am ersten Tag. Andererseits, wer sagte, dass Ärzte unfehlbar waren?

Von der positiven Folgeerscheinung des Schädelbruchs hatte sie weder dem Arzt noch dem Chirurgen oder ihrem Exmann erzählt. Der Angriff hatte nämlich eine Art Erwachen mit sich gebracht. Der Schlag mit dem Gummiknüppel hatte sie eine Weile ins Koma versetzt und ihr nach der Rückkehr ins Leben Migräne und Angstzustände beschert; aber gleichzeitig waren Bereiche ihres Gehirns wie neu, klarer, fast scharfsichtig, sodass sie Zusammenhänge sah, die ihr vorher gar nicht aufgefallen wären. Sie fühlte eine geistige Kreativität, eine stärkere Konzentration und hatte ein besseres Gedächtnis, wie sie es nie zuvor erlebt hatte. Ihr IQ war um beinahe dreißig Prozent gestiegen, wie ein Test ergab, den sie an der FSES gemacht hatte.

Wenn sie keine Kopfschmerzen hatte.

Wenn aber die Migräne zuschlug und sich wie ein Eisenreif um ihren Kopf legte, wurde sie zur Invalidin. Dann regierte der Schmerz, und sie konnte nur noch Zuflucht im Bett suchen, in einem abgedunkelten Raum. Sie musste dann still liegen, durfte nicht denken und konnte nur abwarten, dass der Schmerz nachließ.

Sie fragte sich häufig, ob der Kopfschmerz und der scharfsinnigere Verstand einander aufwogen. Wenn sie reglos im Bett lag und nicht wagte, sich zu bewegen, zweifelte sie keine Sekunde. *Nichts* konnte diesen Schmerz aufwiegen.

Als sie 1998, vor zehn Jahren, von der FSES, der Schule für Nachrichten- und Sicherheitsdienstpersonal der Norwegischen Streitkräfte, mit den zweitbesten Noten überhaupt abgegangen war, mit dem Gefühl, frei und ganz nach eigenem Belieben aus dem reichen Jobangebot schöpfen zu können, hatte sie anders gedacht. Das Leben der berittenen Polizeiwachtmeisterin, einer Frau, die mit vierundzwanzig Jahren den Höhepunkt ihrer bisherigen Karriere erreicht zu haben geglaubt hatte, war durch einen Schlag gegen den Hinterkopf im wahrsten Sinne des Wortes auf den Kopf gestellt worden. Nach längerem Krankenlager, einigen Jahren auf der Schulbank und danach mehreren Jahren Berufserfahrung war sie nun zum Bindeglied zwischen dem militärischen Nachrichtendienst und der Osloer Polizei geworden, eine der herausforderndsten Stellen der höheren Polizeilaufbahn. Nach der des Polizeipräsidenten und Polizeidirektors.

Als sie an diesem Abend aber vor der Kloschüssel hockte und das Erbrochene in ihrem Mund schmeckte, zweifelte Randi Loen keinen Moment. Wenn ihr das Hausbesetzer-Schwein, das ihr vor dreiundzwanzig Jahren den Schädel zertrümmert hatte, jetzt in die Finger käme, würde er ihre Wohnung kaum lebend wieder verlassen.

Kapitel 47

Montag

«Kein Zugang? Verdammt, ich will doch nur einen Blick auf das Messer werfen, ich will es doch nicht klauen.»

Der Laborant schüttelte den Kopf. «Man hat uns schon gesagt, dass Sie vermutlich hier aufkreuzen würden, dass das aber nicht mehr Ihr Fall ist. Ganz davon abgesehen, sind unsere Untersuchungen noch nicht abgeschlossen.»

Molvik wurde blass um die Nasenflügel. Ihm fehlten die Worte. Dann stapfte er wütend hinaus und knallte die Tür zu. Im Wagen versuchte er erst einmal, sich zu beruhigen. Er rauchte zwei Selbstgedrehte und strengte sich an, es gelassen zu nehmen. Jetzt wusste er, dass er sich auf Gegenwind einstellen musste, der Gegner war mächtiger, als er zuerst gedacht hatte. Er brauchte einen neuen Plan.

Es war Montag. Ihm war ein Überfall im Trondheimsveien zugeteilt worden. Ein älterer Mann war, wie die Medien es ausdrücken würden, das Opfer blinder Gewalt geworden, als er am Abend zuvor von einem Familienfest nach Hause gegangen war.

Molvik scherte sich einen feuchten Kehricht darum. Sie würden die Jugendlichen, die das getan hatten, sowieso niemals schnappen, und wenn, würden die Scheißtypen aus Mangel an Beweisen entlassen werden oder ein paar mahnende Worte gesagt bekommen, die spurlos durch ihre leeren Hirne ziehen würden. Nein, als Sverre Vik und er noch zusammen auf Streife gewesen waren, hatte ein ganz anderer Wind geweht. Da hatte der Pöbel bekommen, was er verdiente. Kein verständnisvoller Richter oder aalglatter Anwalt war ihnen ins

Gehege gekommen. Da setzte es Prügel, die so schnell nicht wieder vergessen wurden. *Gerechte* Prügel, wie Sverre zu sagen pflegte, wenn er den Totschläger abwischte.

Ich brauche eine neue Perspektive, dachte Molvik, schnippte die Zigarette aus dem Fenster und startete den Motor. Er musste zurück ins Büro.

Eine knappe halbe Stunde später saß er an seinem Schreibtisch.

«Hallo, hier spricht Hauptkommissar Molvik aus Oslo. Es geht um einen Fall, der fast drei Jahre zurückliegt, Sie erinnern sich bestimmt, es ging um eine Frau, die draußen bei Ihnen auf Nesodden lebte. Sie war plötzlich verschwunden. Kathrine Bang, auch Kitty genannt.»

Der Polizeibeamte am anderen Ende sagte etwas, und Molvik nickte ungeduldig. «Ja, genau, sie war Ärztin, wurde eine Weile später im Meer gefunden. Ich würde gerne den Namen desjenigen wissen, der ihr Verschwinden gemeldet hat. Wer hat damals die Polizei von ihrem Haus aus angerufen?»

Molvik kommentierte die Antwort mit einem stillen Seufzer. «Ja, natürlich sollten wir den Namen in unserem Register haben, aber Sie wissen ja: diese Datenbanken. Muss ich noch mehr sagen? Peinlicherweise sind Teile der Informationen in diesem Fall auf wundersame Weise im Cyberspace verschwunden und nicht mehr auffindbar.»

«Typisch.»

«Ja, nicht wahr. Aber wenn Sie mir den Namen raussuchen, werde ich Sie nicht mehr belästigen – bis auf weiteres.»

Er hörte amüsiertes Lachen von beiden Männern.

«Augenblick.»

Es klackte, als der Hörer auf dem Schreibtisch abgelegt wurde. Im Hintergrund hörte man jemanden reden. Meister

Nord sah auf die Uhr über dem Computerbildschirm, zählte die Sekunden, Minuten. Zwei Minuten und vierunddreißig Sekunden später war der Beamte zurück.

«Eine Kollegin von der Sporthochschule hat den Kerl in Kathrine Bangs Haus gefunden. Sie hat zu Protokoll gegeben, dass sie rausgekommen war, um nachzuschauen, ob Kathrine krank war, weil sie weder bei der Arbeit erschienen war, noch ans Telefon gegangen ist. Ihr Name ist ... Haben Sie was zum Schreiben da?»

«Schießen Sie los.»

«Tove Lisbeth Ransberg Fjosmoen.»

«Fjosmoen?»

«Ja, das steht hier.»

«Haben Sie eine Adresse?»

Meister Nord hörte die Adresse und die Telefonnummer, bevor die Männer sich verabschiedeten und auflegten. Seelenruhig nahm er die Kopfhörer ab und nickte dem Mann am Computer zu. «Gut, dass Sie darauf aufmerksam geworden sind, Zap. Dieser Molvik wird allmählich lästig.»

In der Stimme schwang ein zufriedener Unterton mit, dachte Zap und folgte seinem Chef mit dem Blick, als er in sein Büro verschwand. Meister Nord hatte etwas übrig für Probleme, die ihn herausforderten, an denen er beweisen konnte, dass er cleverer als alle anderen war. Er hatte einmal zu Zap gesagt, dass die Bruderschaft den Spieltrieb in ihm wecke. Das war auch eines seiner Argumente gewesen, als er Zap in den Orden geholt hatte. Es mache Spaß, sei ein Spiel um Macht.

Meister Nord stand am Fenster seines Büros und betrachtete die Wolken, die über den Himmel trieben, als flöhen sie auf der Suche nach dem Frühling vor dem Winter. Er betrachtete die grünen Triebe an dem Baum vor dem Fenster und nickte vor sich hin. Der Zeitpunkt und die Möglichkeit für ein Experiment waren gekommen. Er würde eine alte Idee ausprobieren.

Kapitel 48

Als er die Treppe hochstieg, dachte Hauptkommissar Molvik plötzlich an den Namen in dem Brief, den er im Krankenhaus gefunden hatte. Eshqan Niknom. Merkwürdiger Name. Und er erinnerte sich an das Datum des Treffens in Leipzig: 10. April 2008. Das war bald, kommenden Donnerstag. Ein Ausflug nach Deutschland, noch dazu auf Staatskosten, wäre keine schlechte Idee. So eine Art «Arbeitsurlaub», um Even Vik zu folgen und herauszubekommen, wer dieser Linguist war. Was war überhaupt ein Linguist?

Die Tür stand offen. Molvik klopfte mit den Knöcheln gegen den Türrahmen.

«Man hat mir gesagt, Sie wollten mich sprechen?»

«Kommen Sie herein und schließen Sie die Tür», sagte Polizeipräsidentin Brynildsen, ohne von den Papieren aufzusehen, in denen sie gerade las.

Molvik trat vor ihren Schreibtisch. Sie schob die Papiere beiseite und zeigte mit einem einladenden Nicken auf einen Stuhl neben ihm, aber er zog es vor, stehen zu bleiben. Er wollte sie überragen, sodass sie zu ihm aufschauen musste, wenn sie mit ihm sprach.

«Am Samstagabend wurde Ihnen der Fall Even Vik entzogen.» Ihre Stimme war trocken und konzise, emotionslos. Das war das Einzige, was ihm an ihr gefiel. Alles andere hasste er: das streng zurückgebundene Haar, die Brille, über deren Rand sie ständig schaute (mehr als durch die Gläser), die schlanke Erscheinung, die vornehme Sterilität ausstrahlte, als käme sie gerade aus der Reinigung, vom Friseur, der Maniküre, aus dem Wellnessurlaub oder alles auf einmal. «Sie haben aber trotzdem weiter an dem Fall gearbeitet. Und nicht nur an diesem, sondern auch an älteren Fällen, die Even Vik betreffen. Können Sie mir erklären, warum?»

Weil er ein infames Schwein ist, das eine Menge auf dem Kerbholz hat, dachte Molvik und öffnete den Mund. «Ich glaube, dass Randi Loen Unterstützung braucht. Sie ist neu und noch nicht mit Ermittlungen dieser Art vertraut.»

«Haben Sie sie gefragt, ob sie Hilfe braucht?»

«Nein.»

Die Stille veranlasste Molvik, leicht über die Fußsohlen nach vorne zu wippen, als wollte er sich auf den Orkan vorbereiten, der gleich kommen würde. Aber er kam nicht, nicht einmal ein Sturm. Höchstens eine schwache Brise.

«Man wird sich in den nächsten Tagen an höherer Stelle mit Ihnen befassen.» Polizeipräsidentin Brynildsen hob den Kopf und sah ihn über den Brillenrand an. «Gehen Sie angeln, Molvik. Sie müssen mal an etwas anderes als die Polizeiarbeit denken. Sie sind nicht mehr der Jüngste und sollten auf Ihre Gesundheit achten.» Der Mund verzog sich kaum merklich zu etwas, das möglicherweise als Andeutung eines Lächelns interpretiert werden konnte, Molvik war sich nicht sicher. «Sie sind hiermit auf unbestimmte Zeit beurlaubt.»

Sie malte einen vagen Bogen mit dem Kugelschreiber in die Luft, der nichts anderes bedeuten konnte, als dass die Audienz vorüber war. Molvik stand sprachlos da und kniff die Augen zusammen, ehe er aus dem Raum trampelte und die Tür unnötig laut hinter sich schloss.

Die alte Schlampe. Die Angeltour konnte sie sich sonst wo hinstecken. Nicht mehr der Jüngste! Scheiße! Er griff sich an die Brust und zwang sich zur Ruhe. Ihr Herz mag keine großen emotionalen Ausbrüche, hatte der Arzt bei seinem letzten

Besuch gesagt. Der Weißkittel hatte ihm sogar einen Termin bei einem Spezialisten besorgt.

In bedächtigem Tempo räumte Molvik sein Büro auf. Die höhere Stelle, die sich mit ihm «befassen» würde, wie sie es nannte, würde nichts anderes tun, als ihm eine Abfindung anzubieten, das bezweifelte er keine Sekunde. Diese Schlampe wollte ihn loswerden. Nicht offen, das konnte sie nicht, aber sie würde dafür sorgen, dass er in ein Archiv oder an den Arsch der Welt versetzt würde, wenn er dem vorzeitigen Ruhestand nicht zustimmte.

Das Aufräumen war schnell erledigt, seine Sachen passten alle in eine Ikea-Papiertüte. An der Tür drehte er sich noch einmal um und schaute zurück, er dachte an die vielen Jahre, die er in solch kleinen, schlechtgelüfteten Räumen gehockt hatte, und in diesem Augenblick freute er sich fast darauf, in seinem kleinen Boot auf dem Øyeren zu sitzen und zu angeln. Es würde ihm guttun, seinem Herzen ebenso wie seinem Gehirn. Beides konnte Erholung gut gebrauchen. Was das anging, hatte die alte Schlampe recht. Er ist viel zu perfektionistisch in seiner Arbeit, sagte seine Frau immer, wenn sie Gäste hatten, viel zu besessen von Gerechtigkeit, er kann einfach nicht lockerlassen.

Sie hatten nicht oft Gäste.

Molvik fluchte leise, ging zurück an seinen Schreibtisch und führte zwei letzte Gespräche.

«Hallo, Hauptkommissar Molvik hier. Ich rufe aus dem Polizeipräsidium in Grønland an. Spreche ich mit Tove Lisbeth Ransberg Fjosmoen?»

«Ja.»

«Es geht um den Fall Kathrine Bang, die 2005 ertrunken ist. Es sind neue Aspekte in dem Fall aufgetaucht, die ein weiteres Ge-

spräch mit Ihnen nötig machen. Wann würde es Ihnen am besten passen?»

«Ein Gespräch … über Kathrine? Ich habe aber nichts Neues zu berichten.»

«Das kann durchaus sein. Aber vielleicht haben wir neue Fragen, durch die Sie sich an Dinge erinnern, an die Sie vorher nicht gedacht haben. Wann würde es Ihnen passen?»

Papiergeraschel. *«Diese Woche kann ich nicht, aber nächsten Dienstag feiere ich Überstunden ab und könnte vorbeikommen …»*

«Ich komme natürlich zu Ihnen. Wir möchten Ihnen nicht mehr Umstände machen als unbedingt nötig. Sagen wir, elf Uhr?»

«Ja, in Ordnung.»

«Danke. Auf Wiederhören.»

«Wiederhören.»

Es war einen Augenblick still, dann wurde eine weitere Nummer gewählt.

«Hallo, spreche ich mit Thorolf Holtbråten?»

«Ja.»

«Hier spricht Hauptkommissar Molvik aus Oslo. Wir gehen gerade ein paar alte Fälle durch, und ich habe hier eine Akte vor mir liegen, in der es um Kathrine Bangs Tod durch Ertrinken geht und den Mord, der 2005 in ihrem Haus begangen wurde. Ich gehe davon aus, dass Sie als nächster Nachbar von Kitty Bang schon früher zu diesem Fall befragt worden sind?»

«Nein.»

«Nein? Kein Verhör?»

«Na ja … Es war ein Beamter bei uns, als sie nach Kitty gesucht haben. Er hat sich erkundigt, ob wir wüssten, wo sie wäre, und wann meine Frau und ich sie das letzte Mal gesehen haben. So was.»

« Wie gut kannten Sie Kitty Bang? »

« Tja, ziemlich gut, würde ich sagen. Hab ihr geholfen, einen alten Traktor auf Vordermann zu bringen, den sie Anfang der Achtziger in der Scheune gefunden hat. Danach ist sie häufig vorbeigekommen, um mit meiner Frau und mir ein Tässchen Tee zu trinken. Sie hat uns um Rat und Hilfe gebeten, und ich hab ihr geholfen, wenn ich konnte. So was. Mit dem roten Käfer, in dem sie durch die Gegend gedüst ist, hab ich ihr auch geholfen, aber sie war ja so geschickt mit den Händen, dass sie das meiste selber erledigt hat. »

« Dürfte ich Ihnen und Ihrer Frau einen Besuch abstatten, um mich mit Ihnen zu unterhalten, ganz entspannt, bei einer Tasse Tee … oder Kaffee? »

« Ja, wenn es bis nächste Woche Zeit hat, ich muss nämlich morgen für ein paar Untersuchungen ins Krankenhaus und habe gesagt bekommen, dass ich den Rest der Woche ruhig angehen soll. »

« Wie wäre es mit Montag? »

« Montag ist gut. »

Ohne ein weiteres Wort legten beide auf.

Ich mag Männer, die keine großen Abschiedsrituale brauchen, dachte Meister Nord, nahm die Kopfhörer ab und nickte Zap zufrieden zu. Der jüngere Mann sah ihm überrascht hinterher, als er den Raum verließ. Es kam nicht oft vor, dass man den Chef so gelassen sah.

Ein stilles Wohlgefühl machte sich in seinem Körper breit, als Meister Nord das Gebäude verließ. Jetzt musste sein Einfall sich bewähren. Sieg und Tod, oder Fiasko und …? Es standen viele Leben auf dem Spiel, Tausende, genau genommen.

Er lächelte über seinen eigenen Humor.

Kapitel 49

Als er wach wurde, wusste er sofort, dass sie im Raum war. Wie war das möglich? Er blieb mit geschlossenen Augen liegen und atmete den Krankenhausgeruch ein. Hatte sie einen speziellen Duft? Hatte sie einen ganz persönlichen Laut, der nur ihr zu eigen war, ihr Atem vielleicht? Regungslos lag er da und klopfte alle fünf Sinne ab, ob sie irgendwie auf ihre Anwesenheit reagierten. Negativ.

Trotzdem wusste er, dass sie da war.

Er öffnete die Lider einen Spaltbreit und sah sie links vor dem Bett sitzen, unter dem hohen Fenster. Sie schaute auf etwas auf ihrem Schoß, das vom Fußende verdeckt war.

Links? Aber das Fenster war doch rechts vom Bett. Desorientiert drehte er den Kopf und stellte fest, dass er im Laufe des Vormittags verlegt worden sein musste, während er geschlafen hatte. Das Zimmer war größer, ein Dreibettzimmer. Das Bett neben ihm war hinter einem beweglichen Wandschirm verborgen. Leiser, pfeifender Atem war von dort zu hören. Even stellte sich einen älteren, im Sterben liegenden Mann vor, der um ein Leben kämpfte, das eigentlich zu Ende war. Der graue Wandschirm war purer Hohn. Sollte er *ihn*, Even, vor dem Tod schützen, ihn, dem der Tod auf Schritt und Tritt zu folgen schien?

«Haben Sie Zeit, hier herumzusitzen?»

Randi Loen stand auf und trat ans Bett. «Ihnen auch einen guten Morgen. Ja, meine Stelle erlaubt mir, meine Zeit selbst zu verwalten.» Sie betrachtete ihn nachdenklich. «Guten Tag, sollte ich wohl besser sagen. Sie haben siebzehn Stunden geschlafen, sagt die Krankenschwester.»

Even nickte und verschwieg, dass er die halbe Nacht wach gelegen hatte. Eine erdrückende Angst war über ihn gekommen, als am Abend zuvor alles still geworden war, sodass er sich die Krücke griffbereit unter die Bettdecke gelegt hatte, um jedem ungebetenen Gast eins über die Rübe geben zu können. Aber außer der Krankenschwester hatte ihn niemand besucht, und als die ersten Zeichen der Dämmerung über den Hausdächern vor dem Fenster zu erahnen gewesen waren, war er eingeschlafen.

«Wieso bin ich verlegt worden?»

«Weil Sie kein Einzelzimmer mehr brauchen und vermutlich im Laufe der nächsten Tage entlassen werden können.»

«Warum nicht schon heute?»

«Soweit ich es verstanden habe, möchte der Arzt Sie noch ein wenig zur Beobachtung dabehalten. Die chemische Mischung, die Ihnen verabreicht wurde, hat ihm ein paar graue Haare beschert. Es gefällt ihm gar nicht, dass Sie mitten im Gespräch einschlafen.» Grübchen zeichneten sich auf ihren Wangen ab, als sie ein Päckchen auf seine Decke legte. «Bitte schön. Mir war klar, dass Ihnen die Neuigkeit nicht schmecken würde, darum habe ich Ihnen was mitgebracht, womit Sie sich die Zeit vertreiben können.»

Even schaute überrascht auf das grün eingeschlagene Päckchen mit dem roten Band. Der Form und Größe nach war es ein Buch. Even riss das Papier ab und hob das Buch mit dem Titel «Mega Kakuro» hoch. Daneben lagen ein Bleistift und ein Radiergummi. Ohne zu zögern, nahm er den Radiergummi und zielte damit auf den Mülleimer an der gegenüberliegenden Wand. «Den brauche ich nicht», sagte er und warf einen Meter daneben.

Sie lächelte erneut und zeigte ihre Grübchen. «Aber Basketballtraining könnten Sie brauchen …» Sie ging um das Bett herum, hob den Radiergummi auf und steckte ihn in die Tasche. «Das Budget der Polizei ist knapp, da werden keine wertvollen Dinge weggeworfen.»

«Seit wann ist die Polizei so kundenfreundlich, dass sie ehemaligen Verdächtigen Geschenke macht? Möchten Sie damit verhindern, dass ich Sie verklage?»

Sie lachte. «Wir haben festgestellt, dass unser Ruf in gewissen Kreisen nicht der allerbeste ist, und möchten gerne etwas dagegen unternehmen.»

Das Buch war nach Schwierigkeitsgrad in vier Abschnitte aufgeteilt. Er blätterte bis zur Seite 453, zu «Sehr schwere Aufgaben». Ohne etwas zu sagen, sah er sich die erste Aufgabe eine Minute lang an, schrieb ein oder zwei Zahlen in einige der Felder und gab ihr das Buch zurück. «So, den Rest schaffen Sie allein.»

Verdutzt nahm sie das Buch und wollte protestieren.

«Kommen Sie. Das ist reine Ermittlungsarbeit. Wenn Sie alle Felder ausgefüllt haben, ist der Mörder entlarvt.»

Sie zeigte auf die Zahlen, die Even geschrieben hatte. «Woher weiß ich, dass Sie keine falsche Fährte gelegt haben?»

Er grinste. «Das können Sie nicht wissen. Sie müssen mir einfach vertrauen.»

Eine Augenbraue hob sich ironisch. «Ich bin Polizistin, falls Sie das vergessen haben sollten … Wir trauen grundsätzlich niemandem.»

Ihm lag eine spitze Antwort auf der Zunge, aber er schluckte sie hinunter und zeigte mit dem Bleistift auf eins der Rätsel. «In jeder Reihe steht eine Zahl in einem schwarzen Feld. Diese Zahl ist die Summe der Zahlen, die Sie in die weißen Felder eintragen. So einfach ist das. Sie müssen diese Zahlen finden.»

«So einfach …» Sie verzog ihr Gesicht zu einer ironischen Grimasse und zeigte auf die Zahl 37, vor der sechs freie Felder waren. «Auf mich wirkt das ziemlich unübersichtlich.»

«Ja, aber als Ermittlerin wissen Sie, dass die Sinne einen manchmal trügen, dass die Dinge nicht immer so sind, wie sie auf den ersten Blick erscheinen. Für die Zahl 37 gibt es tatsächlich nur zwei mögliche Antworten bei sechs leeren Feldern.»

Langsam und umständlich erklärte er ihr die Regeln und weihte sie in die Logik des Kakuros ein. Man musste nach Schlüsselzahlen suchen, nach Zwillingen, Drillingen. Währenddessen saß sie auf der Bettkante und gab gelegentlich ein «Ja» und «Hm» und «Verstehe» von sich. Einmal lachte sie, ohne dass er verstand, was so komisch war, aber er fragte nicht nach. Ihre Grübchen gefielen ihm.

«Wollen Sie nicht mit mir über meine Verschwörungstheorien reden?», fragte er, als sie Anstalten machte, zu gehen.

«Was meinen Sie?»

«Sie glauben nicht, dass es sie gibt, meine unsichtbaren Feinde.»

Sie stand am Fußende des Bettes und sah ihn nachdenklich an, mit einer Miene, die er nicht zu deuten wusste. Das kurze Haar stand ihr gut, dachte er, es betonte ihre Wangenknochen und gab ihr eine gewisse Härte, die man als Frau bei der Polizei sicher gut brauchen konnte. Der Fleck auf dem Hinterkopf drückte Charakterstärke aus, er stach ins Auge wie eine Schießscheibe, aber sie scheute sich nicht, ihn offen zu zeigen.

«Wissen Sie», sagte sie zögernd, «Verschwörungstheorien sind eine knifflige Sache, es gibt immer zwei Seiten, zwei Regeln, wenn Sie so wollen. Erstens: Selbst wenn sie eine Lüge sind, kann man sie durchaus für wahr halten. Und zweitens: Selbst wenn sie wahr sind, kann man sie durchaus für eine Lüge halten.»

Even kratzte sich an der Wange. «Delikat. Mit anderen Worten, Sie wollen handfeste Beweise?»

Kurz nachdem sie gegangen war, kam der Arzt, um nach ihm zu sehen. Sie unterhielten sich über das Knie und das Schlüsselbein und über die Röntgenbilder, die zeigten, dass nichts gebrochen war. Aber beides hatte einen kräftigen Schlag abbekommen, wahrscheinlich eine Verstauchung. Even sollte das Bein so weit belasten, wie die Schmerzen es zuließen.

«Warum wollen Sie mich noch hierbehalten?»

Der Arzt sah ihn fragend an.

«Ich meine, wieso kann ich nicht einfach nach Hause, wenn ich eigentlich gesund bin?»

Der Arzt schaute über die Schulter zum Nachbarbett, wo plötzlich laut und keuchend gehustet wurde. «Es spricht nichts dagegen, dass Sie nach Hause können. In einer Stunde haben wir eine Besprechung, da entscheiden wir darüber.»

Der Arzt verschwand hinter dem Wandschirm, sprach den Patienten mit lauter Stimme an und rief dann die Krankenschwester. Plötzlich brach hektische Aktivität aus, andere Ärzte eilten herbei und diskutierten laut, ein Pfleger riss die Tür weit auf, damit das Bett hinausgefahren werden konnte. Die Rufe und die Hektik entfernten sich über den Flur, und es wurde still. Der Wandschirm war zur Seite geschoben worden, und Even konnte sehen, dass das dritte Bett im Zimmer, direkt vor den Schränken, leer war. Er war wieder alleine.

«Legen Sie bloß niemanden neben mich», murmelte Even vor sich hin. «Es sei denn, Sie wollen, dass er stirbt.»

Er starrte aus dem Fenster, wo ein leichter Regenschleier sich auf die Scheibe legte. Randi Loen wollte ihn offenbar noch ein paar Tage länger unter Kontrolle wissen. Glaubte sie nicht, dass er draußen in der großen wilden Welt alleine zurechtkommen würde?

Oder traute sie ihm nicht?

Kapitel 50

«Vier Kilo Callipohoridae stehen bereit. Keine Larven, sondern Puppen, kurz vor dem … na ja, Sie wissen schon. Wie gewünscht.»

«Gut. Ich will nächstes Wochenende mit ein paar Freunden zum Fischen, und wir haben vor, mit verschiedenen Ködern zu experimentieren, um zu sehen, womit wir die Fische am besten anlocken können», erklärte Meister Nord, um den Mann davon abzubringen, eigene Phantasien zu entwickeln, die der Wahrheit womöglich unangenehm nah kommen konnten.

«Cool», sagte der junge Biologe. «Und Sie wollen wirklich nicht lieber Maden haben, also bevor die sich verpuppen?»

«Nein, Puppen. Wir beschäftigen uns gern mit Püppchen, wissen Sie …»

«Okay, verstehe.» Der junge Mann versuchte, verschwörerisch zu lächeln, was ihm aber nicht recht gelang.

Meister Nord lächelte freundlich, während der Dummkopf die vier Tüten mit den Insekten in Zeitungspapier einschlug und dann in einer großen Einkaufstüte verstaute.

Der erste Teil des Plans war erledigt.

«Sie müssen sie zu Hause sofort in den Kühlschrank legen», sagte der Biologe und reichte ihm die Tüte. «Es ist ja noch eine Weile bis zum Wochenende. Sie müssen sie gekühlt aufbewahren, sonst haben Sie in null Komma nichts die ganze Bude voll davon.»

Der Kunde nickte, als hätte er nicht selbst daran gedacht, bezahlte den vereinbarten Preis und ging nach draußen zum Auto. Nächster Teil des Plans: Molvik besuchen.

Molvik verabschiedete sich von seiner Frau, fuhr nach Lillestrøm und folgte von dort aus dem Ostufer des Øyeren Richtung Süden, bis er nach Båstad kam. Hier bog er in der Nähe der alten Schule rechts ab, folgte einem alten Waldweg, auf dem das Auto ordentlich durchgeschüttelt wurde, und hielt erst, als der Weg zu einem schmalen Pfad wurde, der durch den lichten Wald führte. Er wendete das Auto, damit es für die Abfahrt in die richtige Richtung zeigte, und holte die Angelsachen heraus, das Essen, den Wasserkanister und den Rucksack mit dem Schlafsack und den Klamotten. Bevor er ihn aufsetzte, gönnte er sich eine Zigarette.

Die Luft war kühl und rau, als er durch den Wald in Richtung See lief und sich fragte, ob er beim letzten Mal dafür gesorgt hatte, dass Holz in der Hütte war, oder ob er gleich als Erstes Holz hacken musste. Eigentlich hatte er es sich in den letzten vierzig Jahren angewöhnt, immer vor der Heimreise einen Holzvorrat für das nächste Mal anzulegen, damit er bei seiner Ankunft gleich einheizen konnte. Aber in den letzten paar Jahren hatte er es immer häufiger vergessen, als erinnerte sein Hirn sich plötzlich nicht mehr an das, was früher wie ein Reflex beinahe von allein funktioniert hatte. Mit dem Resultat, dass er auch in anderen Bereichen nicht mehr voll und ganz auf sich vertraute.

Das Dach der Hütte tauchte zwischen den kahlen Bäumen auf, und er spürte, wie die Freude über die vor ihm liegenden friedlichen Tage seinen Körper durchströmte. Sollte diese dumme Kuh doch machen, was sie wollte. Scheißegal war ihm das.

Er lehnte die neue Fliegenrute vorsichtig an einen Baum, ehe er den Rucksack abnahm und seine Taschen nach dem Schlüssel absuchte. Er öffnete die Tür und lächelte zufrieden, als er in der Hütte den vollen Holzkorb sah. Dann konnte er sich ja gleich ein paar Stullen machen und die neue Rute vorbereiten.

Er rollte den Schlafsack auf der Pritsche aus und machte Feuer im Ofen. Als die Scheite kräftig knisterten, drehte er die Lüftung halb zu, ging nach draußen und schloss die Tür hinter sich. So dürfte es abends, wenn er zurückkam, mollig warm sein – auf dass er gut schlafen konnte.

Während er die wenigen Meter bis zum Wasser nach unten ging, atmete er tief durch und lächelte zufrieden. Es roch nach Frost. Er mochte die Temperaturen um den Gefrierpunkt, und er wusste, dass auch die Fische im Øyeren diese Zeit mochten.

Kapitel 51

«Scheiße», stöhnte Even, von einem jähen Schmerz gepackt, und sackte zurück auf die Bettkante. Er kam um diese blöden Krücken nicht herum, sein Knie verweigerte ihm den Dienst. Mühsam holte er seine Kleider aus dem Schrank und zog sich langsam an. Verschwitzt von den Strapazen, setzte er sich auf einen Stuhl. Er wollte gerade gehen, als die Tür geöffnet wurde. Randi Loen blieb überrascht stehen. «Was hat das denn zu bedeuten?»

«Dass ich dieses Hotel verlasse.»

«Aber ...»

Sie kam ins Stocken, was Even mit einem diabolischen Lächeln quittierte. «Hat die Polizei etwas dagegen, dass ich gehe?»

«Es wäre uns lieber, Sie würden noch ein paar Tage bleiben», sagte sie mit einem Schulterzucken. «Aber ich kann Sie nicht zwingen.»

«Gut, dann gehe ich jetzt. Aber Sie können ja ‹guter Bulle› spielen und mich nach Hause bringen.»

Zu seiner Überraschung nickte sie und sagte: «Einen Augenblick.» Kurz darauf kam sie mit einem Rollstuhl zurück. «Unter der Bedingung ...», sie half ihm, sich hinzusetzen, «... dass Sie mir ein paar Fragen beantworten, wenn wir bei Ihnen zu Hause sind.» Sie hielt die Tür auf, während er auf den Flur rollte.

«Gut, aber ich habe auch eine Bedingung.» Eine Schwester nickte ihnen zu und zog einen Handgriff, der von der Decke herabhing, woraufhin sich eine Tür öffnete. «Bevor wir aufbrechen, besuchen wir noch Finn-Erik.»

Ohne Protest schob sie ihn am Haupteingang vorbei in Richtung der Postoperativen Station.

«Haben Sie keinen Mann oder Kinder, die Sie vielleicht auch mal für sich haben möchten?» Even versuchte, die Beine übereinanderzuschlagen, aber sein Knie schmerzte, sodass er dieses Vorhaben gleich wieder aufgeben musste.

«Geschieden. Kinderlos.»

«Und warum sind Sie geschieden? Hat er sich als Idiot herausgestellt, oder sind Sie sich einfach fremd geworden? Oder waren Sie die Idiotin?»

«Wie taktvoll Sie doch sein können, Herr Vik. An Ihnen ist ein Psychologe verloren gegangen.» Sie kamen um eine Ecke und sahen ein Schild mit der Aufschrift «Postoperative Station».

«Sie wissen alles über mich, da ist es doch nur recht und billig, dass ich auch ein bisschen über Sie erfahre. Wie war Ihr Mann? Was war er von Beruf?»

«Er war Feuerwehrmann.» Sie betonte das Wort, als würde es alles erklären. «Er war ein typisches Imperfekt.»

Even versuchte, zu ihr aufzublicken, als sie die Station betraten. «Was zum Henker meinen Sie denn damit?»

Sie grinste. «Er war perfekt … irgendwann einmal.»

Even lachte und winkte eine Schwester heran. Sie erklärte ihm, dass Finn-Erik vor einer Stunde auf die Gastrochirurgische Station verlegt worden sei.

Es dauerte eine Weile, den richtigen Weg zu finden, und als sie endlich dort angekommen waren, schlief Finn-Erik.

«Die Verlegung hat ihm zugesetzt, Sie dürfen ihn auf keinen Fall wecken.» Die Schwester musterte sie skeptisch, als fürchtete sie, sie würden den Patienten mit Gewalt wach rütteln, sobald sie ihnen den Rücken zuwandte.

Finn-Erik sah schrecklich aus. Seine Haut war blassgrau,

und aus seiner Nase kamen gleich mehrere Schläuche. Er sieht dünn aus, dachte Even. Als hätten die sechsunddreißig Stunden ohne Essen schon sehr an ihm gezehrt. Sah er selbst auch so krank aus? Er beugte sich über das Bett. «Entschuldigung», murmelte er dem Schlafenden zu.

Auf dem Weg zu Evens Wohnung saßen er und Randi Loen im Auto stumm nebeneinander. Er dachte an Stig und Line. Wenn sein Bein wieder fit genug war, wollte er sie zu sich holen. Finn-Erik wäre das sicher lieber als das Kinderheim.

«Hier müssen Sie rechts abbiegen», sagte er und zeigte in seine Straße. «Sie können da vor der Tür parken.»

Als sie ihm die Treppe hinauf in seine Wohnung geholfen hatte, schien sie ein schlechtes Gewissen zu bekommen. «Ich kann Ihnen die Fragen auch ein andermal stellen, wenn Sie jetzt Ruhe brauchen.»

«Nein, das geht schon in Ordnung», sagte Even, ohne es wirklich zu meinen. Stöhnend ließ er sich aufs Sofa fallen und entdeckte das Handy auf dem Couchtisch. Der Akku war vollkommen leer. Randi Loen setzte sich in den Sessel, öffnete die Tasche und holte eine Plastikmappe heraus.

«Diesen Text hier habe ich von Odin Hjelm bekommen, als ich mit ihm gesprochen habe. Er stammt von Ihnen und handelt von Isaac Newton. Eine interessante Geschichte. Sie scheinen gründliche Recherchen betrieben zu haben – wahrscheinlich waren Sie in den letzten Jahren häufiger in England? Wann genau?»

«In England?»

«Ja?»

Überrascht nahm Even die «Mondrache»-Papiere entgegen, die sie ihm reichte, doch dann verstand er plötzlich, dass das eine Fangfrage war: Sie *wusste* gar nicht sicher, ob er in England gewesen war! Obwohl sie enge Verbindungen zu Organisationen wie dem Polizeilichen Sicherheitsdienst und dem Nachrichtendienst hatte, wusste sie nicht sicher Bescheid, sondern arbeitete mit Annahmen und Vermutungen. Die logische Schlussfolgerung war dann ja wohl, dass auch die beiden Organisationen nicht *wussten*, dass er im Ausland gewesen war.

Mit einem Mal wurden ihm auch ein paar weitere Dinge klar, sodass er sich nur knapp verkneifen konnte, sich mit der flachen Hand vor die Stirn zu schlagen. Deshalb also hatte Jan Johansen nicht gefragt. Er hatte sich nach Evens Reisen nach Deutschland und Dänemark erkundigt, hatte alles Mögliche wissen wollen und war sichtlich besorgt gewesen, ob Even über die Arbeit der Kryptogruppe auch wirklich dichtgehalten hatte. Aber nach England hatte sich der Oberstleutnant nie erkundigt – ganz einfach, weil er von dieser Reise nichts wusste!

Ich habe meine Spuren so gut verwischt, dass nicht einmal der Nachrichtendienst mir folgen konnte, dachte Even zufrieden. Dann hatte die Bruderschaft der Unsichtbaren seine Reise nach Cambridge zu Eshqan Niknom vielleicht auch nicht mitbekommen. Oder seinen Besuch in der Bibliothek des King's College, in der er ein paar Tage lang Newtons alte Notizbücher studiert hatte. Geschweige denn seine Fahrt zum East Street Market, wo er sich das neue Messer gekauft hatte, das sich so gut am Körper verstecken ließ, oder seinen Ausflug nach Greenwich, wo er im Observatorium ein altes Buch gelesen hatte, in dem er Zahlen aus Newtons Formel wiedererkannt hatte.

Mit einem breiten Grinsen, das sie sichtlich verwirrte, blickte Even auf. «Internetrecherche. Ich war sozusagen digital in England unterwegs. Auf so etwas verstehe ich mich wirklich gut. Was wollen Sie wissen?»

Hauptkommissarin Loen zuckte gleichgültig mit den Schultern. Er spürte, dass sie ihm nicht glaubte, und humpelte zum PC, um seine Lüge zu untermauern. Er ging auf die Homepages des Newton Project, der Royal Society und der Flamsteed Astronomy Society, um ihr zu zeigen, dass man von diesen Seiten unglaubliche Mengen seriösen Quellenmaterials herunterladen konnte. «Manche haben sogar alte Buchseiten eingescannt, sodass man, im eigenen Wohnzimmer sitzend, Originalwerke studieren kann, zum Beispiel von Newton oder Leibniz», erklärte Even. «Das Problem dabei ist nur, das Wichtige vom Unwichtigen zu trennen, um nicht in dieser Unmenge von Material zu ersaufen.» Er rollte auf dem Bürostuhl zurück zum Sofa und wälzte sich zurück auf die Polster. «Und man muss sich natürlich vergewissern, dass die Quellen wirklich seriös sind.»

«Okay, ich verstehe.» Loen wirkte etwas überzeugter. Sie begann, über Mais Beitrag zum Newton-Buch zu reden und über die Geschehnisse vor drei Jahren, realisierte aber schnell, dass Even nicht bereit war für diese neuerliche Wendung des Gesprächs. Er blinzelte sie müde an. Schließlich gab sie auf und bot sich an, einkaufen zu gehen, bevor sie ging, damit er etwas zu essen im Haus hatte.

Even grunzte: «Fünf Pizzen.»

«Kein Brot oder Aufstrich?»

Even antwortete nicht, fischte das Geld aus seiner Tasche und warf es auf den Sofatisch. Dann lehnte er sich auf dem Sofa zurück. Noch ehe sie die Wohnung verlassen hatte, war er eingeschlafen.

Er wurde wach, als sie die Wohnungstür aufschloss. Gähnend richtete er sich auf und sah, wie sie Milch, Leberwurst, Müsli, Früchte und Brot auf Küchenschrank und Kühlschrank verteilte, ehe sie fünf Pizzen ins Gefrierfach schob. Jetzt habe ich Vorräte genug, dass Stig und Line bei mir wohnen können, dachte er erfreut.

«Danke!», sagte er laut.

Sie antwortete mit einem Nicken, legte Schlüssel und Wechselgeld auf die Arbeitsplatte und ging.

Ohne sich zu verabschieden, dachte er und streckte sich. Wie unhöflich. Er lehnte sich zurück, wollte sich nur einen kurzen Moment ausruhen …

Das Geräusch war so schrill, dass Even aufgesprungen und bis in die Mitte des Zimmers gelaufen war, ehe die Schmerzen im Knie ihn aus dem Dämmerschlaf rissen.

«Aufhören, verdammt!», brüllte er, hinkte über den Flur, nahm einen Regenschirm, der in der Ecke lehnte, legte den Griff um die lärmende Box über der Tür und riss sie nach unten. Dann öffnete er die Tür.

«Ihre Klingel macht ja einen infernalischen Lärm», sagte Odin Hjelm. «Sie sollten sich vielleicht mal eine …» Er entdeckte die Klingelbox, die an einem einzelnen Kabel in die Türöffnung baumelte. «Ah ja, ich sehe schon, auf die Idee sind Sie auch schon gekommen.» Er ging geduckt unter der Box hindurch und trug zwei Plastiktüten ins Haus. «Wie ich gehört habe, hat man Sie aus dem Krankenhaus entlassen, und da dachte ich, dass Sie jetzt erst einmal etwas Anständiges zu essen brauchen. Sie müssen ja wieder fit werden. Außerdem können wir dann das Gespräch fortsetzen, das wir im Dezember begonnen haben. Über Flamsteed, meine ich, und darüber, wie wir Leibniz und Hooke angehen. Aber jetzt kümmern wir uns erst einmal ums Essen …»

Während Even eine Zange aus der Kommode holte, hörte er, wie Hjelm sich ungeniert mit der Küche bekannt machte. Er öffnete Schubladen und Schränke und redete halb mit Even, halb mit sich selbst.

«Da ist das Salz, ah ja, und Pfeffer finde ich wo? Ach da …

Wissen Sie, ich war fliegenfischen und habe ein paar schöne Forellen gefangen, und da Sie ja gerade dieses unangenehme Erlebnis mit schlechtem Fisch hatten … Ich dachte mir, machen wir es doch wie bei den Mädels, die vom Pferd fallen, die müssen ja auch gleich wieder in den Sattel, damit sie keine Angst entwickeln: also, Fisch auf den Tisch, kein Zögern, sondern den Beweis erbringen, dass es nichts Besseres gibt als frischen Fisch. Oder war das gar kein Fisch, an dem Sie sich vergiftet haben? Ach, ist ja eigentlich egal.»

Even schloss die Toilettentür hinter sich, drehte den Wasserhahn auf und setzte sich auf den Klodeckel. Die Stimme des Verlegers drang wie ein leises Murmeln durch die Wand, und er fragte sich, ob er auch noch die Waschmaschine anstellen sollte. Seufzend lehnte er sich nach hinten, beugte und streckte das schmerzende Bein und überlegte, ob der Gast mit dem nicht stillstehenden Mundwerk ein ausreichender Grund war, um Schmerztabletten zu nehmen. Das Problem mit diesen Pillen war nur, dass sie ihn noch schläfriger machen würden, als er es ohnehin schon war – keine gute Idee, bei all den Dingen, die er untersuchen und erledigen wollte. Und am Donnerstag wollte er doch …

Seine Gedanken stoppten abrupt, als verschwänden sie in einem schwarzen Loch. Donnerstag. Was wollte er am Donnerstag? Da war doch …? Plötzlich nervte ihn das Plätschern des Wassers, und er drehte es ab. Donnerstag. Heute war Montag. Er hatte noch drei Tage, damit es ihm wieder einfiel.

Das Geplapper in der Küche war verstummt. Even stand auf, spritzte sich kaltes Wasser ins Gesicht, trocknete sich ab und humpelte in den Flur. Er fand das Handyladegerät auf der Kommode und ging ins Schlafzimmer, wo er es einsteckte und das Handy anschloss. Obwohl er eigentlich Lust hatte, schlafen zu gehen, ging er ins Wohnzimmer und setzte sich aufs Sofa.

«Ah, da sind Sie ja.» Odin Hjelm hackte im Maschinengewehrtempo Zwiebeln, hielt inne und zeigte mit dem Ellenbogen auf eine Flasche. «Ich habe einen kleinen leichten Riesling mitgebracht, der harmoniert vorzüglich mit dem Fisch. Ich war vor ein paar Wochen im Rheingau, ein Freund von mir wohnt in der Nähe von Rüdesheim, und der rief mich an und hat mir begeistert von den Weinen des letzten Jahres berichtet. Er meinte, die seien besser als … Hier, probieren Sie mal ein Glas.» Er reichte Even ein Wasserglas mit einer hellen gelblichen Flüssigkeit, bevor er sich wieder um die Zwiebeln kümmerte. «Weingläser haben Sie wohl nicht?»

Even ignorierte die Kritik, probierte den Wein und nickte mit Kennermiene. «Ja, ziemlich sauer. Nicht so schwer, Aromen von Korken und Katzenpisse …»

Odin Hjelm knallte das Messer auf die Arbeitsplatte und drehte sich abrupt um. «Herr Vik! Sie sind erwachsen genug, um zu sagen, wenn ich wieder gehen soll! Ich bin gekommen, um Ihnen zu helfen, damit Sie wieder auf die Beine kommen …»

«Sie sind gekommen, um sich selbst das Gefühl zu geben, nett und freundlich zu sein. Und um sicherzugehen, dass ich bald weiterschreiben kann. Machen Sie sich nicht besser, als Sie sind. Herr Hjelm!» Even ließ sich aufs Sofa fallen und hob das Glas. «Prost! Ist das Essen bald fertig? Ich habe Hunger wie ein Wolf. Wir können als Vorspeise eine Pizza essen, wenn es noch lange dauert.»

Der Verleger schnitt eine undefinierbare Grimasse, nahm sein Glas und trank einen großen Schluck, als wollte er sich Kraft antrinken. Dann wandte er sich der Arbeitsplatte zu und ließ seine Emotionen an der Zwiebel aus, während er stoisch über die Schulter erklärte: «Das ist ein Rüdesheimer Berg Kaisersteinfels, der wird meiner Meinung nach zu einem der Topweißweine dieses Jahres werden. 2007 war ja ein schwieriges Jahr, ein sehr schwieriges, würde ich sagen, mit früher Knospung und einem viel zu warmen Frühsommer, bis das Wetter sich dann komplett geändert hat …»

«Was war zwischen Ihnen und Kitty?»

Messer und Mund hielten schlagartig inne, Hjelm drehte den Kopf und starrte ihn aus der Küchenecke an. «Was zwischen uns war …? Wie meinen Sie das denn?»

«Ihre Beziehung ging den Bach runter. Es scheint aber keine ganz einfache Trennung gewesen zu sein …»

Vorsichtig legte Hjelm das Messer weg, drehte sich um und trocknete seine Hände an dem Handtuch ab, das in seinem Hosenbund steckte. «Unsere Beziehung? Wir hatten nie eine Beziehung. Wir waren bloß gute Freunde.»

«Sie hatten ein Foto von ihr auf dem Schreibtisch stehen.»

Hjelm lachte kurz. «Das hat sie mir selber geschenkt. Sie hat es vor mir auf die Schreibtischplatte gestellt und meinte, meine Augen bräuchten etwas Schönes, worauf sie verweilen könnten. So war sie halt, extrem spontan, wissen Sie, übersprudelnd, wenn auch nicht immer leicht zu verstehen.» Er trank seufzend einen Schluck Wein. «Ich vermisse sie. Ich verstehe nicht, warum sie ins Wasser gehen musste, was sie so sehr belastet hat, dass sie sich das Leben nehmen musste. Ich habe in den letzten Jahren oft daran gedacht, habe mich gefragt, ob ich etwas für sie hätte tun können, ob ich zu wenig gefragt habe, ihr zu wenig Aufmerksamkeit geschenkt habe.» Er sah auf. «Wie gut kannten Sie sie? Haben Sie das verstanden?»

Even führte sein Glas langsam an die Lippen, trank einen Schluck und saß still da. Er starrte in den Wein und wartete darauf, dass seine Verblüffung nachließ. Hjelm wusste wirklich noch immer nicht, dass Kitty und er ein Verhältnis gehabt hatten. Konnte das stimmen? Oder war er ein derart guter Schauspieler?

«Nein», sagte er und stellte das Glas ab. «Ich habe das nicht verstanden, aber ich kannte sie auch nicht so gut. Sie war eine alte Freundin von Mai, und wir haben uns nur sporadisch gesehen.»

Hjelm nickte und kochte weiter. Dann deckte er auf und bat Even schließlich, an den Tisch zu kommen.

«Und? Hat's geschmeckt?» Odin Hjelm stand auf, holte die Weinflasche aus dem Kühlschrank und schenkte ihnen beiden nach, während er gespannt auf eine Antwort wartete.

«Haben Sie jemals daran gedacht, auch Kochbücher herauszugeben?», fragte Even und legte Messer und Gabel mit einem wohligen Seufzer zur Seite. Das war wirklich etwas anderes gewesen als das Krankenhausessen, das musste er einräumen.

«Das tun wir doch.»

«Ich meine ein eigenes, ein Kochbuch von Ihnen. Mit dem Titel: ‹Essen, das schmerzende Knie vergessen lässt›.»

Hjelm kicherte vergnügt. «Das ist der Fisch – der ist das Geheimnis. Sie können ja mal mit zum Angeln kommen, es gibt nichts Besseres, als am Wasser zu sein, Fische fertig zu machen und sie an Ort und Stelle über dem Lagerfeuer zu braten. Frische Luft und frische Fische verlängern das Leben.»

Da war irgendwie ein Widerspruch zwischen dem Mann und dem, was er sagte. Even musterte die korpulente Gestalt in dem weißen Hemd und dem Anzug, der zehnmal teurer war als Evens Hochzeitsanzug. Seine Haare waren wie immer frisch frisiert und gekämmt, seine Fingernägel manikürt und seine Bewegungen irgendwie zart und bedacht. Es gelang ihm beim besten Willen nicht, sich diesen Mann mit dreckigen

Fingern in irgendeinem Kahn vorzustellen. Lüge? Hatte er den Fisch womöglich im Einkaufszentrum Aker Brygge gekauft, mitten im Zentrum von Oslo?

«Ich bin übrigens Ihrer Meinung, Mais Darstellung von Robert Hooke reicht vollkommen aus.» Hjelm wechselte das Thema, als interessierte ihn das Gerede über Essen mit einem Mal nicht mehr. «Wann bekomme ich Ihren Text über Leibniz?»

«Warum glauben Sie, dass ich schon etwas geschrieben habe?»

«Die Rivalität zwischen Newton und Leibniz war so voller Hass und ... Sie waren einander ebenbürtig. Anders als in Newtons Beziehung zu Flamsteed oder Hooke, auch wenn beide sicher tüchtig waren, aber eben unterlegen im Verhältnis zu dem großen Genie. Aber Leibniz ... der war ja selbst ein Gigant, ein einzigartiger Wissenschaftler, auf dessen Entdeckungen wir noch heute in der Philosophie, Physik, Biologie, Medizin, Linguistik, Geographie und in der Politik zurückgreifen.» Hjelm faltete die Hände und sah Even an. «Um auf Ihre Frage zu antworten: Das Problem mit den zwei Streithähnen ist zu spannend, eine zu große Herausforderung, als dass Sie es einfach ignorieren könnten. Ich denke, dass Sie damit zunächst angefangen haben, aber dann ist es Ihnen irgendwann ein bisschen über den Kopf gewachsen, weshalb Sie es erst einmal zur Seite gelegt haben. Habe ich recht?»

Ohne zu antworten, stand Even auf und ging auf die Toilette. Während ein glänzend gelber Strahl ins Klo platschte, dachte er an Leibniz' Infinitesimalrechnung und an Odin Hjelms Fähigkeit, bestimmte Dinge zu erahnen. Der Mann wirkte mitunter auf eine weltfremde Art konfus und versnobt, aber man durfte sich nicht täuschen lassen; das Hirn unter seiner gepflegten Tolle funktionierte ganz ausgezeichnet.

Natürlich hatte er mit Leibniz und Newton angefangen und sich dann irgendwo festgefahren. Es war ihm nicht gelungen, ihre Kontroverse richtig zu fassen zu kriegen. Überdies war ihr Streit so unnötig gewesen. Die Welt hätte nur davon profitieren können, wenn sie ihre Ideen geteilt und einander geholfen hätten. Resigniert brummend zog Even den Reißverschluss hoch. Einstein und Niels Bohr hatten auch an den gleichen Dingen gearbeitet, waren sich uneinig gewesen, hatten gestritten, aber nie gegeneinander gearbeitet. Es brauchte schon einen Newton, um etwas derart Absurdes zu tun. Even wusch sich die Hände und ging ins Wohnzimmer.

«Ich habe etwas, okay.» Er setzte sich mit einem Schulterzucken hin. «Sie wissen doch, dass Newton eine Kommission ins Leben gerufen hat, die beurteilen sollte, welches der Rechensysteme zuerst entstanden und damit das ‹Original› sei. Aber Newton hat nichts dem Zufall überlassen, sondern nur Menschen in die Kommission beordert, denen er entweder vertraute oder gegen die er etwas in der Hand hatte, sodass sie zu Newtons Vorteil entschieden. Leibniz wurde gnadenlos zerrissen, obgleich es dafür, wenn man heute zurückschaut, keinerlei Veranlassung gab. Das war eine einzige Verschwörung, angezettelt von Newton.» Even legte die Hände aneinander. «Ich habe etwas darüber geschrieben, bin aber noch nicht ganz zufrieden. Sie kriegen es, wenn ich so weit bin.»

«Gut, einverstanden, wenn es denn noch diesen Monat kommt.»

Even sagte nichts dazu.

«Kaffee und Dessert gibt's in fünf Minuten auf dem Sofa», sagte Hjelm und erhob sich.

Aus der Sofaecke sah Even, wie er im Ofen einen Apfelkuchen aufwärmte und die Kaffeemaschine anstellte. Vielleicht sollte er ihn als Koch und Diener einstellen? Dann könnte er noch fetter und fauler werden.

«Ich erinnere mich noch immer an dieses Zahlenspiel, das Sie mir gezeigt haben. Das mit der dreistelligen Zahl, die man umdreht und dann von der ersten Zahl abzieht», sagte Hjelm und stellte die Kaffeetasse weg. «Manchmal bringe ich das, wenn ich Gäste habe, das ist jedes Mal ein Hit. Es ist faszinierend, dass die Zahl, die man erhält, immer durch 99 teilbar ist.» Hjelm schnitt sich ein Stück Kuchen ab und balancierte es auf seinem Teller.

Even erhob sich grinsend und holte humpelnd zwei Blatt Papier vom Schreibtisch. Dann schrieb er eine Zahl auf das eine Blatt, ohne dass Hjelm sie sehen konnte, faltete es mehrmals und steckte es dem Verleger in die Hemdtasche.

«Was soll das?», fragte Hjelm und wollte den Zettel hervorholen.

«Finger weg», sagte Even. «Hier.» Er reichte seinem Gast Stift und Papier. «Sie können noch ein Spielchen lernen, mit dem Sie Ihre Gäste beeindrucken können. Schreiben Sie eine Zahl mit drei unterschiedlichen Ziffern auf.»

Hjelm notierte eine Zahl, die er mit der anderen Hand abschirmte.

«Dann schreiben Sie sie mit umgekehrter Ziffernfolge auf und errechnen die Differenz zur ursprünglichen Zahl, Sie wissen ja noch, wie das geht, genau wie beim letzten Mal.»

Etwas verlegen holte Hjelm sein Handy heraus und tippte die Zahlen ein. «Die kleinere von der größeren», murmelte er vor sich hin, blickte auf das kleine Display und gab sich Mühe, das Resultat aufzuschreiben, ohne dass Even die Zahl lesen konnte.

«Entspannen Sie sich. Es ist nicht schlimm, wenn ich lese, was Sie schreiben. Ich kenne das Ergebnis ohnehin schon.»

«Sie kennen …? Aber Sie wissen doch gar nicht, welche Zahl ich als erste geschrieben habe.»

«Ich kann Gedanken lesen, wussten Sie das nicht?»

Odin Hjelm lachte. «Und das soll ich glauben.» Er blickte auf seinen Zettel. «Okay, also, ich habe 523 geschrieben, minus 325, das ergibt 198 – also das Doppelte von 99», fügte er zufrieden hinzu. «Und jetzt?»

«Jetzt schreiben Sie das Ergebnis, also die letzte Zahl, wieder von hinten nach vorn auf, aber dieses Mal addieren Sie die beiden Zahlen. Aber Achtung: Sollte die letzte Zahl mal zweistellig sein, ergänzen Sie vorne eine Null.»

«Okay, hm, das heißt, 198 plus 891. Das ergibt …» Er tippte die Rechnung in sein Handy, und Even fragte sich, ob dieser Mann wohl in der Lage war, 2 und 3 ohne Taschenrechner zu addieren. «1089», sagte Hjelm und sah auf.

«Nehmen Sie mal den Zettel aus Ihrer Tasche.»

Hjelm faltete das Blatt auseinander, las die Zahl und starrte Even an. «Wie um alles in der Welt …?»

«Gedankenlesen, sagte ich doch.»

Mit einer Drehung des Handgelenks warf Hjelm das Papier auf den Tisch, sodass es vor Even liegen blieb: Mit großer Schrift stand dort «1089» geschrieben.

Hjelm kniff die Augen zusammen. «Langsam kenne ich Sie, Even Vik. Lassen Sie mich raten: Das gibt immer 1089?»

Kapitel 52

Hjelm räumte die Küche auf, stellte die Geschirrspülmaschine an und zog seine Jacke über. Even bedankte sich fürs Essen und den Besuch. Vom Fenster aus sah er, wie der Verlagsmann zum Abschied noch einmal winkte, bevor er sich ins Auto setzte. Freundschaft kann eine Belastung sein, sie lenkt einen ab, dachte er, setzte sich an den Computer und überprüfte seine Mailbox, die er noch nicht gecheckt hatte, seit er aus dem Krankenhaus zurück war. Zu seiner großen Überraschung war eine Mail von Aloysia gekommen, mit Urlaubsfotos – und einem verborgenen Text. Endlich. Zufrieden humpelte er in die Küche und schenkte sich eine Tasse Kaffee ein. Möglicherweise würde es die halbe Nacht dauern, zu lesen, was sie ihm geschickt hatte, immerhin war es fast ein halbes Jahr her, dass sie …

Er unterbrach seinen Gedankengang, blieb mitten im Zimmer stehen und starrte auf den Bildschirmschoner, der sich einschaltete und Primzahlen in allen möglichen Größen zeigte, die umeinander kreisten. Langsam ging er zu seinem Schreibtischstuhl, griff nach der Maus und ging die Liste eingegangener Mails durch. Da! Eine Mail von Fleur Menez, 31. März, also eine Woche alt. Betreff: «YouTube». Plötzlich erinnerte er sich: das Video mit den Angreifern. Die Porträtfotos der entlarvten Brüder.

Verflixt! Auch das hatte die Vergiftung aus seiner Erinnerung gelöscht!

Mit polterndem Lärm fielen die Ereignisse des Wochenendes an ihren ursprünglichen Platz in seinem Gedächtnis, sodass er laut aufstöhnte. Jetzt war ihm klar, wieso Finn-Erik und er überfallen worden waren und warum der Drohbrief gerade jetzt kam. Die Brüder wollten ihm zeigen, wer der Boss war, dass sein Leben in ihren Händen lag. Und sein Tod.

Im Treppenhaus war kein Mensch zu sehen, trotzdem horchte er mehrere Minuten und versuchte, sich zu beruhigen, ehe er nach unten in den Keller ging und den USB-Stick mit dem Codeprogramm holte.

Zurück am PC, las er den «offiziellen» Text der Mail, in dem stand, dass die Absenderin in Sitges war, einer kleinen Stadt südlich von Barcelona, wo sie sich erholte und an den Strand ging, wann immer das Wetter es zuließ. Nachdem er das Codeprogramm installiert, die Buchstaben gezählt und die drei benötigten Zahlen berechnet hatte, markierte er drei Felder in dem Koordinatensystem und sah zu, wie der verborgene Text sich auf dem Bildschirm materialisierte.

Die Bruderschaft der Unsichtbaren – Puzzlestücke, Teil II
Lieber Even, entschuldige, dass so viel Zeit vergangen ist, seit du die letzten Puzzleteilchen von mir bekommen hast. Das liegt teils daran, dass ich krank war (inzwischen wieder besser), teils weil ich es wegen einiger Vorfälle (unter anderem der Sache auf dem Video) für sinnvoll hielt, mich etwas bedeckt zu halten (zu einem anderen Vorfall später mehr), und teils weil es einige Zeit gedauert hat, das Video zusammenzustellen. Ist es nicht toll geworden?
(Uff, drei Klammern in einem kurzen Absatz! Scheint ein Spiegelbild meines momentanen Lebens zu sein, das sich wie eine einzige große Klammer anfühlt.)
Darüber hinaus muss ich sagen, dass die Nachforschungen nicht immer so gut liefen, wie ich gehofft hatte – trotzdem scheint sich in mehreren Bereichen etwas zu klären.

Das, was ich dir heute schicke, ist alles, was ich bisher habe. Demnächst dann hoffentlich mehr. Ich würde gern deine Meinung dazu hören, eine Bestätigung bekommen, dass das, was ich tue, nicht völlig in die falsche Richtung geht, dass es Sinn ergibt.

Die Einleitung machte Even stutzig. Sie klang zerrupft, wie ein verlassenes Vogeljunges, unsicher und zerbrechlich.

1)
Ich habe «Newton, the Man» gelesen, den Artikel, den John Maynard Keynes 1942 zu Newtons 300. Geburtstag geschrieben hat.
Ich gehe ja mal davon aus, dass du ihn auch gelesen hast.
Etwas in dem Text hat mich ins Grübeln gebracht. Er schreibt von hinterlassenen Aufzeichnungen Newtons, die er 1936 bei einer Auktion ersteigert hat, und davon, dass er leider nur etwa die Hälfte der zum Kauf angebotenen Unterlagen erstehen konnte. Zitat: «Der größere Teil der verbleibenden Dokumente wurde mir von einem Syndikat vor der Nase weggeschnappt, das sie (die Papiere) zu einem hohen Preis weiterverkaufen will, vermutlich in Amerika, anlässlich des diesjährigen dreihundertsten Jubiläums.» Zitat Ende.
Was ich mich frage: Was sind das für Papiere? Und wo sind sie jetzt?
Die Suche nach den Antworten hat Zeit gekostet, aber immerhin habe ich herausgefunden, dass einige Dokumente von privaten Sammlern gekauft wurden, die meisten aber in öffentlichen Sammlungen gelandet sind, hauptsächlich in den USA. Vereinzelte Schriften sind aber spurlos verschwunden, nachdem sie weiterverkauft oder gestohlen wurden oder beim Transport verloren gingen (!!!).

Mit Hilfe einiger Telefonate (ich habe mich als Doktorandin ausgegeben, die eine Arbeit über Newtons Aufzeichnungen schreibt: «Philologische Aspekte Newton'scher Originalmanuskripte unter Berücksichtigung moderner Transkriptionsmethoden»; glücklicherweise wurde ich nie aufgefordert, den Titel zu erläutern :-)) und über Recherchen im Internet habe ich die verschiedenen Sammlungen durchgecheckt, die öffentlichen wie die privaten. Im Großen und Ganzen machen alle einen zuverlässigen Eindruck, und überall, wo ich mich gemeldet habe, waren sie bereit, mir ihre Dokumente zur Verfügung zu stellen, wenn ich sie mir für meine Doktorarbeit genauer ansehen wolle. Etliche Notizbücher und Handschriften sind auch im Netz zugänglich, damit beliebig viele Interessierte sie ansehen können, ohne dass sie abgegriffen oder zerstört werden.
So weit also noch keine neuen Erkenntnisse. Aber jetzt komme ich zu etwas Interessantem: Die letzten beiden Objekte der Auktion 1936, zwei Notizbücher von der Hand des älteren Newton (nach 1690 geschrieben, voraussichtlich sogar nach 1700), waren während des Ersten Weltkrieges in London entdeckt worden. Dem Protokoll ist zu entnehmen, dass das eine an einen amerikanischen Millionär verkauft wurde, Arthur Burnett, und das andere an John Maynard Keynes. Sie waren beide eifrige Bieter, und wie es scheint, haben sie sich darauf geeinigt, die Bücher aufzuteilen, um den Preis nicht noch mehr in die Höhe zu treiben. (Ich stelle mir vor, die beiden hatten bereits so immense Summen geboten, dass ihre Geldbörsen nichts mehr hergaben. Oder ihre Frauen haben schlicht und einfach gesagt, dass es jetzt langsam mal gut sei mit diesem Blödsinn!) Jedenfalls wurden die beiden Bücher, die ursprünglich zusammengehörten, getrennt.

So weit die Vorgeschichte.
Jetzt kommt der *wirklich* interessante Teil:
Als ich die Familie Burnett telefonisch kontaktierte, um mir die Erlaubnis zu holen, einen Blick in das Newton-Notizbuch zu werfen – sie haben es «OptC» genannt, weil auf dem Einband ein großes C stand –, stellte sich heraus, dass es zwei Jahre nach dem Kauf für eine gigantische Summe weiterverkauft worden war. Zwei Personen, Mr. Roger Floyd und ein Chauffeur, der sich nicht namentlich vorgestellt hat, seien bei Arthur Burnett erschienen und hätten ihr Interesse an dem Notizbuch bekundet. Burnett wollte nicht verkaufen, um keinen Preis, und so mussten die zwei unverrichteter Dinge nach Hause fahren, wie der Enkel berichtete, mit dem ich gesprochen habe. Drei Tage später wurde das Notizbuch dann aber doch verkauft: für Gold im Gegenwert von vier Millionen Dollar, das an der Tür der Burnett-Residenz übergeben wurde.
Der Enkel meinte, sein Großvater hätte es sich wohl plötzlich doch anders überlegt. Eine Erklärung dafür hatte er aber nicht. Ich habe das Gefühl, da gibt es ein Familiengeheimnis, worüber nicht gesprochen wird. Als ich nach Details zum Käufer gefragt habe, diesem Roger Floyd, konnte der Enkel mir nicht weiterhelfen.
Die ungeheuerliche Kaufsumme und der geheimnisvolle Käufer haben mich veranlasst, in Boston einen Privatdetektiv anzuheuern, Mr. Qin (er heißt wirklich so), der u. a. ein Experte für Archivspionage ist.
Qin fuhr nach Wichita Falls …

Even drehte den Kopf hin und her, er hatte plötzlich das Bedürfnis nach Musik und mehr Kaffee. Er ging zum CD-Spieler und legte Pat Metheny auf, bevor er die Tasse neu füllte und an den Schreibtisch zurückkehrte.

Qin fuhr nach Wichita Falls in Texas, wo die Burnett-Familie lebt, schnüffelte ein paar Tage herum und stieß schließlich auf ein altes Gerücht, dass der älteste Sohn des Burnett-Clans irgendwann wirr im Kopf wurde und Selbstmord beging – 1939, im Alter von vierzehn Jahren. Das Gerücht besagt weiter, dass der Junge sich etwa ein Jahr zuvor in den großen Wäldern um den Lake Kemp verlaufen hatte, also 1938, und erst nach mehreren Tagen gefunden wurde. Nach diesem Erlebnis, heißt es, kapselte er sich mehr und mehr ab und wurde seltsam.
Der Detektiv grub weiter in der Geschichte und fand schließlich heraus, dass der Junge an *ebenjenem* Tag wieder auftauchte, als Gold und Notizbuch den Eigentümer wechselten. Er konfrontierte die Burnett-Familie mit seiner Vermutung, dass der Verkauf der Newton-Notizen durch die Entführung des Jungen erzwungen worden sei. Die Reaktion der Burnett-Nachkommen bestätigte seinen Verdacht. Sie gaben es nicht zu, aber sie stritten es auch nicht ab. «Ich glaube, sie fühlen sich noch immer bedroht, obgleich das Ganze schon lange her ist», steht in Qins Bericht.
Danach hat Mr. Qin sich den Käufer vorgenommen, Roger Floyd, und fand ziemlich schnell heraus, dass es keinen reichen Mann dieses Namens gab, der Name war erfunden. Ich ließ ihn weiter nach der Identität hinter dem Pseudonym suchen, und gestern hat er mir endlich geantwortet. Er glaubt mit 95-prozentiger Sicherheit, dass Roger Floyd in Wahrheit ein Engländer namens Reginald Dwight-Jones war, aus London. Qin fand auch heraus, dass ebendieser Dwight-Jones am 24. November 1938 mit der «Queen Mary» von New York nach Liverpool fuhr, wenige Wochen nachdem das Notizbuch den Eigentümer gewechselt hatte und der junge Burnett am Lake Kemp gefunden worden war.

Mein Mann in Boston fühlte sich nicht kompetent, seinen Auftrag auf englischem Boden weiterzuführen, hat mir aber den Namen eines Londoner Kollegen gegeben, der genauso tüchtig sein soll wie er.
Um so wenige Leute wie möglich zu involvieren, will ich versuchen, die Arbeit selber zu erledigen. Ich werde mich an die Nachforschungen zu Dwight-Jones machen, sobald ich das nächste Mal in England bin.
Nun zu «OptB», wie das von Keynes auf der Auktion erstandene Notizbuch genannt wird. Ich habe nachgeforscht, wo es abgeblieben ist, bin aber weder im Netz fündig geworden noch in den diversen Büchern, die über Keynes und Newton geschrieben wurden.
OptC hatte, wie gesagt, ein großes C auf dem Einband, Keynes' Exemplar ein großes B. Bei der Auktionsfirma in London wurden die Notizbücher im Protokoll als «Opt. IV – B und C» geführt, unter Zusatz des lateinischen Titels: «Explanatio Mundi Dei – Vires et Machinatio» (was ich als «Erklärung von Gottes Schöpfung – Kräfte und Mechanismen» übersetzt habe).
Ich kann es mir nicht anders denken, als dass es auch ein OptA geben muss, habe bisher aber noch keine Beweise dafür gefunden.

Überrascht und leicht benommen las Even den ganzen Text noch einmal durch, besonders die Stelle: «Ich gehe ja mal davon aus, dass du ihn auch gelesen hast. Etwas in dem Text hat mich ins Grübeln gebracht.» Das saß. Natürlich hatte er Keynes' Artikel, oder besser: Rede, über Newton gelesen, mehrfach sogar, zuletzt vor einem halben Jahr. Aber der erwähnte Satz am Schluss des Textes hatte nichts in ihm ausgelöst.

Er musste sich besser konzentrieren!

Kapitel 53

Meister Nord dachte an die Zahl 1089. Das Ergebnis war immer 1089, hatte Vik gesagt. Kurios! Das musste er sich merken. Er schaute mit zusammengekniffenen Augen nach links, die Karl-Johans-Gate hinunter, unterbrach das Telefongespräch mit Zap und überlegte, ob er zum Øyeren rausfahren und nachschauen sollte, wie es Hauptkommissar Molvik ging, entschied sich dann aber, nach oben ins Büro zu gehen, um sich die neuesten Aufnahmen anzuhören, die Zap vorzuweisen hatte. Außerdem wollte er sich nicht unnötig den Überwachungskameras im Innenstadtbereich zeigen, falls es später zu polizeilichen Ermittlungen kommen sollte.

Eine dünne Eisschicht hatte sich am Seeufer gebildet. Die Geräusche des Waldes veränderten sich, die Dunkelheit um ihn herum wurde kompakter. Eine Eule segelte über den See wie die Herrscherin der Nacht. Molvik saß ganz still da und fühlte so etwas wie Glück durch seinen Körper strömen. Fast war er der Schlampe dankbar, da sie ihm diesen schönen Abend beschert hatte. Entspannt genoss er die leisen Geräusche des Waldes und das leise Plätschern der steigenden Fische im schwarzen Wasser. Gegen Mitternacht ruderte er zurück an Land, vertäute die kleine Jolle und freute sich auf frisch gebratenen Barsch, ein Pils und seinen warmen Schlafsack.

Das Feuer war längst ausgegangen, also fachte er es wieder an, nahm zwei Eisenringe von dem alten Eisenofen und stellte die Pfanne mit einem fetten Butterklecks darauf. Dann nahm er den Fang des Tages aus, wendete die zwei Fische in Salz,

Pfeffer und Chili, wie er es am liebsten mochte, und legte sie in die Pfanne.

Even Vik würde am Donnerstag in Leipzig sein. Donnerstag stimmte doch, oder? Er nahm sich die Papiere vor und sah nach, während er eine Zigarette rauchte. Ja, Donnerstag. Am liebsten wäre er auch dorthin gefahren, um ihn zu beschatten und zu sehen, was der Scheißkerl im Ausland machte, doch so, wie die Dinge standen, müsste er die Reise aus eigener Tasche zahlen oder die alte Schlampe in seine Pläne einweihen. Letzteres würde unweigerlich zu seiner Kündigung führen, so viel war sicher. Sie hatte ihm unmissverständlich zu verstehen gegeben, was sie davon hielt, dass er ohne Genehmigung Beweismaterial sammelte.

Er wollte eine Nacht darüber schlafen, warf die Kippe in den Ofen und drehte die Fische mit einem Pfannenwender um.

Nach dem Essen kam die Müdigkeit. Er rauchte eine letzte Selbstgedrehte, putzte die Zähne, füllte den Ofen mit Holz und kroch in seinen Schlafsack. Die Taschenlampe stand auf dem Stuhl neben dem Bett. Das Handy hatte er kurz nach seiner Ankunft ausgeschaltet. Es gab seit vielen Jahren die feste Absprache zwischen ihm und seiner Frau, dass sie ihn in der Hütte nur zwischen fünf und sechs Uhr nachmittags anrufen konnte, den Rest des Tages wollte er unerreichbar sein.

«Gute Nacht, Schlampe. Mögen du und dein versnobter Gatte in irgendeiner Schickimicki-Hölle schmoren», murmelte er und drehte sich zum Schlafen auf die Seite.

Die Feder fuhr leicht über sein Gesicht und löste ein infernalisches Kitzeln auf der Haut aus. Mit schnurrendem Lachen strich sie noch einmal mit der Feder über sein Gesicht, dieses Mal über die Lippen. Er verzog verzweifelt den Mund, damit seine Rezeptoren die Berührung vergaßen, und fuhr sich heftig mit der linken Hand über Mund und Kinnpartie. Für einen Augenblick setzte das prickelnde Gefühl auf seiner Haut aus, aber das summende Lachen wurde lauter und setzte sich wie ein Kitzeln in den Gehörgängen fest.

Molvik fluchte verschlafen, wischte sich immer wieder mit den großen Händen über das Gesicht, über die Ohren, ohne dass es ihm mehr als ein paar Sekunden Erleichterung verschaffte.

«Was ist denn das, verdammt nochmal», schimpfte er und war schlagartig wach, weil sein Mund sich mit surrenden Insekten füllte. Er spuckte hektisch aus und hustete, lag einen Augenblick reglos mit zusammengekniffenen Lippen da und spürte panisch, wie sein Körper sich mit einer krabbelnden Decke überzog. Er griff nach der Taschenlampe und hätte sie fast angeekelt von sich geworfen, weil sie sich so lebendig anfühlte, aber er fand den Knopf und drückte ihn herunter. Der grelle Lichtstrahl versuchte vergebens, die lebende, pulsierende Masse zu durchdringen, die die Luft erfüllte. Die kleine Hütte war mit einer dichten organischen Wolke blaugrün schillernder Schmeißfliegen ausgefüllt, die sich begierig auf jedem freien Fleck niederließen und in jede Öffnung krochen, die sich ihnen bot. Molvik schrie panisch, aber sein Schrei wurde augenblicklich zu einem gequetschten Hicksen erstickt, als sich seine Mundhöhle mit kleinen harten Körpern füllte, die eifrig in die Luftröhre vordrangen. Er fuchtelte wie ein Wahnsinniger mit den Armen, versuchte sich aufzurichten, während er brüllend ausspuckte und nach Luft schnappte.

Er riss die Augen auf, als ihn ein stechender Schmerz in der Herzgegend traf. Sofort stürzten sich unzählige Chitinkörper auf seine Augäpfel. Wimmernd presste er die Hand an den Brustkorb, schnappte ein letztes Mal nach Luft und kippte wie ein gefällter Baum auf den Boden. Frode Johan Riopelle

Molviks Körper zuckte noch ein paarmal, dann lag er reglos da, den eingefrorenen, leeren Blick unter die Pritsche gerichtet, unter der immer mehr Fliegen aus ihren steifen Puppen gekrochen kamen, der Wärme und dem Frühling entgegen.

Kapitel 54

Even schlug nach einer Frühlingsfliege, die ziellos in der Wohnung herumsurrte, nahm gähnend einen großen Schluck Kaffee und fuhr mit der Lektüre von Aloysias Puzzleteilchen fort.

2)
Du hast vorgeschlagen, Nesta Websters Nachkommen aufzusuchen (die faschistische englische Schriftstellerin, du erinnerst dich), um nachzufragen, ob sie noch irgendwelche Briefe, Dokumente oder was auch immer haben. Ich habe mich darum gekümmert, aber nichts herausgefunden. Keiner wusste irgendetwas.
Also habe ich mich zu der großen Villa in Hampstead aufgemacht, nahe Hampstead Heath, wo Webster …

Ein paar Szenen aus «Notting Hill» mit Julia Roberts in einem langen weißen Kleid und einem Sonnenschirm flimmerten an seinem inneren Auge vorbei. Näher war er dem Dorf nie gekommen, aber er wusste, dass es zu den teuersten Fleckchen Erde gehörte, auf denen man sich häuslich niederlassen konnte, nicht nur in England, sondern in ganz Europa.

… die letzten Jahre bis zu ihrem Tod gelebt hat (1960). Ich habe Kontakt zu der jetzigen Eigentümerin aufgenommen und ein sehr nettes Gespräch mit ihr geführt. Es war eine ältere Dame, Witwe eines bekannten Künstlers. Sie hatten das Haus von Websters Erben gekauft und alles, was sich noch darin befand, ausgeräumt und weggeschmissen, da die frü-

here Eigentümerin ihrem Mann wegen ihrer faschistischen Haltung nicht sympathisch gewesen war.
Mit anderen Worten: Auch dort war nichts zu holen.
In deiner Antwortmail vor etlichen Monaten hast du gefragt, was für ein Mensch Nesta Webster war. Ich habe mich nicht sonderlich ausführlich mit ihrem Leben oder ihrer Persönlichkeit beschäftigt, aber hier die wesentlichen Punkte, die ich auf die Schnelle gefunden habe: Sie stammte aus einer reichen und religiösen Familie. Als junge Frau hielt sie sich eine Weile in Indien auf und wurde so eine Art Hinduist. Dort heiratete sie den englischen Polizeioffizier Arthur Webster.
Den spärlichen Informationen zufolge, die ich über sie zusammengetragen habe, scheint sie eine temperamentvolle Frau gewesen zu sein, die den Umständen ihrer Zeit zum Trotz nicht mit ihrer Meinung hinterm Berg hielt. Sie entwickelte ein ausgeprägtes, schon an Besessenheit grenzendes Interesse für okkulte Themen, für die Französische Revolution, für Verschwörungstheorien, für geheime Bruderschaften (wie in den letzten Puzzleteilen erwähnt) und leider auch für antisemitisches Gedankengut. Aber im Übrigen war sie eine charmante und charismatische Person, der der Ruf einer Expertin für revolutionäre und umstürzlerische Strömungen und Organisationen vorauseilte. Selbst beim Militär galt sie als anerkannte Kapazität auf dem Gebiet. Während des Ersten Weltkrieges hielt sie vor Offizieren der Heeresleitung Vorträge über «Revolutionäre Bewegungen und die ihnen zugrundeliegenden Denkmuster», desgleichen für den englischen Secret Service und die Chefs der Staatsverwaltung in Whitehall. Zu jener Zeit gehörte sie zur obersten britischen Elite, kulturell und politisch. Sie tummelte sich zwischen den Reichen und Prominenten und

wurde unter anderem sogar in einigen Büchern und Reden von Winston Churchill persönlich zitiert.
Sie ist 1960 gestorben, fast 84 Jahre alt. In den letzten dreißig Jahren ihres Lebens stand sie deutlich weniger im Rampenlicht, wahrscheinlich wegen ihrer rechtsextremen Anschauungen.
Wie bereits in der letzten Mail erwähnt, ist mir nach wie vor unklar, wieso sie die Bruderschaft der Unsichtbaren nicht in ihren Werken über geheime Orden und Organisationen erwähnt hat.

Even starrte auf den Text und hatte das Gefühl, dass es tief in seinem Hirn *pling* machte. Etwas von dem, was er gerade gelesen hatte, passte zu etwas, das er in anderem Zusammenhang gelesen hatte. Zwei Puzzleteile, die weit voneinander entfernt lagen, flüsterten ihm zu, dass sie zusammengehörten. Aber welche? Er las den ganzen Abschnitt noch einmal gründlich durch, ohne darauf zu kommen. Schließlich zog er resigniert die Schultern hoch, machte sich eine Notiz und las weiter.

3)
Du hast mich gebeten, weitere Nachforschungen zu Fürst X aus Frankreich anzustellen, den der deutsche Baron von Hund 1742 besuchte, du weißt schon, der mit dem Logenteppich, auf dem ein Schlüssel mit einem Ring und, wie du es nanntest, das Möbiusband abgebildet waren.
Diese Aufgabe hat sich als eine harte Nuss erwiesen, das muss ich sagen. Es hat mich viel Zeit und Arbeit gekostet, anfangs ohne Aussichten auf Erfolg, aber dann …
Hier die Resultate meiner Recherche, die der Wahrheit ziemlich nahe kommen dürften:

Fürst X könnte der Marquis de Guyon-Montargis gewesen sein, der 1740 eine der von Ludwig XV. abgelegten Mätressen geheiratet hat. Der Marquis wird in einem Geschichtsbuch als wichtige Person im Friedensschluss mit Österreich in den 1730ern genannt. (Als ich mich näher über diesen Krieg informieren wollte, habe ich bald gar nichts mehr gerafft. Hör dir das mal an: Der Krieg wird der *Polnische* Erbfolgekrieg genannt, dabei hat der Marquis seine Verhandlungen mit *Wien* geführt, also Österreich. Und diese Verhandlungen haben hinter dem Rücken *Spaniens* stattgefunden, die in diesem Krieg mit *Frankreich* alliiert waren ...? Der Marquis hat also hinter dem Rücken der Freunde mit dem Feind Verhandlungen geführt, über ein Land, das mehrere tausend Kilometer von den beteiligten Parteien entfernt ist!! Verstehst du, wer hier wie mit wem was gemacht hat? Oder bist du genauso ein historischer Analphabet wie ich?) Genug davon. Der Marquis de Guyon-Montargis wird an einer Stelle das «zentrale Hirn der Chambre des Enquêtes» genannt – zur damaligen Zeit wohl so etwas wie ein Polizeiministerium.

Dieser Guyon-Montargis besaß südlich von Reims ein Schloss. Es ist bekannt, dass Baron von Hund auf seiner Reise durch diese Gegend gekommen ist, was die Vermutung bekräftigt, dass Guyon-Montargis tatsächlich der von Baron von Hund erwähnte Fürst ist. Ein französischer Historiker beschreibt ihn als graue Eminenz, jemanden, der im Verborgenen große Macht ausübte. Er schreibt weiter, dass der Marquis über ein immenses Netzwerk von Kontakten verfügte, dem er seine Macht verdankte, und deutet zwischen den Zeilen an, dass der Marquis aller Wahrscheinlichkeit nach Mitglied in einer Bruderschaft war.

Wie gesagt, ich glaube, dass das der Mann ist, den von Hund

besucht hat, und ich bin mir zu neunzig Prozent sicher, dass der Marquis Mitglied der Bruderschaft der Unsichtbaren war.

Es ist immer wieder ein gutes Gefühl, ein Stückchen Unsichtbarkeit sichtbar zu machen, der Gegner kommt einem dann nicht mehr ganz so unverwundbar vor. Vielleicht haben wir ja doch eine Chance in dem ungleichen Kampf.

4)
Wie du auf den Bildern sehen kannst, war ich in Spanien (die Fotos sind allerdings schon einige Jahre alt, hehe).
Ich bin die Küste abgefahren, um Merinoschafzüchter zu interviewen. Alle haben mir einhellig geantwortet, nichts von einem extrem hohen Salzgehalt in der Wolle zu wissen. Ich habe sogar ein paar von ihnen überreden können, Proben zur Analyse einzuschicken, und muss ihnen recht geben: Der Salzgehalt ist völlig normal.
Keiner von denen, mit denen ich gesprochen habe, hat jemals von Wollfasern gehört, die von Natur aus einen extrem hohen Salzgehalt haben. Bis auf einen kauzigen alten Schäfer, der behauptet hat, solche Schafe gäbe es in Nord-Frankreich. Da wäre er als junger Mann Schäfer gewesen.
Der Alte hat mindestens zwei Flaschen Wein am Tag getrunken, konnte mir keinen einzigen Ortsnamen nennen und schien mir insgesamt nicht sehr vertrauenswürdig. Aber nun weißt du es in jedem Fall.
Ich fahre in ein oder zwei Monaten weiter nach Italien, um dort weiterzuforschen.

5)
Ich war zum ersten Mal nach Simons Beerdigung wieder in Paris, um etwas über Olivier Platoor herauszufinden. Ich hatte dir von ihm geschrieben, das ist der, der dem Prozess gegen die Agenten beigewohnt hat, die das Greenpeace-Schiff «Rainbow Warrior» versenkt haben. Wie du dich sicher erinnerst, stand in dem Buch, aus dem ich zitiert habe, dass er eine zentrale Figur bei SIGINT war und eine einflussreiche Person innerhalb des DGSE.
Ich habe in dem Hotel am Fuß des Montmartre gewohnt, in dem Simon und Mai-Brit ihre letzten Stunden verbracht haben. Habe das Zimmer 610 genommen, Simons Zimmer.
Es war ein trauriges, aber irgendwie auch heilsames Erlebnis. Es war, als würde eine offene Wunde in meinem Herzen sich endlich schließen, als ich die ganze Nacht wach gelegen und geweint und nachgedacht habe.

Er ließ die Papiere auf seine Oberschenkel sinken und starrte nachdenklich in die Dunkelheit vor dem Fenster. Zimmer 610. Dort hatte er auch gewohnt, als er vor drei Jahren nach Paris gefahren war, um Mais plötzlichen Tod zu untersuchen. Auch er war außer sich gewesen, aufgewühlt, zornig und verzweifelt. So verstört, dass selbst der mathematische Teil seines Gehirns in Schieflage geraten war. Er schnitt eine Grimasse, als er daran dachte.

Simon, Aloysia und er selbst hatten zu verschiedenen Zeitpunkten in demselben Hotelbett gelegen. Mai hatte im Nachbarzimmer gewohnt, 612. Ihm war gar nicht klar gewesen, dass Simon LaTour und Mai ihre letzten Tage in unmittelbarer Nachbarschaft verbracht hatten. Hatte das etwas mit dem zu tun, was geschehen war?

Wahrscheinlich nicht, dachte er und las weiter.

Offenbar kannte Simon Olivier Platoor, aber meine Nachforschungen (mit denen ich nicht sehr weit gekommen bin) über den Mann ergaben keine Aufschlüsse, welche Art von Interesse Simon an ihm hatte. In diesem Punkt bin ich also nicht weitergekommen. Im Gegenteil. Da *gewisse Personen* von meiner Anwesenheit Wind bekommen hatten, musste ich Paris so schnell wie möglich verlassen und mich in … Jedenfalls verstecken, ist ja auch egal, wo.
Ich werde so schnell nicht wieder dorthin fahren. Falls die Nachforschungen über Olivier Platoor also einen weiteren Paris-Besuch erfordern, müsstest du das übernehmen.
Das war's für dieses Mal.

«Im Gegenteil» hatte sie geschrieben. Irgendwas war mit dem Satz. «Im Gegenteil. Da *gewisse Personen* …» Even seufzte, rieb sich die Augen und fragte sich, was sie damit meinte. Nein, er gab auf. Sein Hirn war zu müde und brauchte Schlaf. Jetzt.

Er überflog seine Notizen noch einmal, bevor er Aloysia antwortete. Gab sich Mühe, sie für all das zu loben, was sie herausgefunden hatte, achtete darauf, beruhigend zu klingen, und schloss mit einer Überraschung: dass er sie gerne wiedersehen würde. Bald.

Mit keiner Silbe erwähnte er, dass ihre Mails und besonders das Video ihn zutiefst beunruhigten, da die Brüder offensichtlich sauer waren und bereits zum Gegenschlag ausholten. Über diese Dinge wollte er von Angesicht zu Angesicht mit ihr reden.

Anschließend entfernte er alle Spuren ihres Mailkontakts und legte sich schlafen.

«Er ist fertig mit der Arbeit und hat sich schlafen gelegt.» Zap zeigte auf den Bildschirm, der einen leeren Stuhl zeigte. «Der Code, den sie benutzen, basiert offenbar auf AES. Ich kann den Verschlüsselungsalgorithmus nicht direkt knacken. Vielleicht ginge ein Side-Channel-Angriff, aber das braucht Zeit. Und der Erfolg ist in jedem Fall unsicher.»

Meister Nord nickte. Er hatte die Arme nachdenklich vor der Brust verschränkt und trommelte mit den Fingern auf den Ellenbogen, während er überlegte, welche alternativen Züge es geben könnte. Er war leidenschaftlicher Schachspieler. «Versuchen Sie nicht weiter, den Code zu knacken», entschied er. «Überprüfen Sie stattdessen, ob Sie die Videoaufzeichnung so vergrößern können, dass man den Text direkt auf dem Bildschirm lesen kann, sowohl das, was er empfangen hat, als auch das, was er selbst geschrieben hat.»

Der junge Mann nickte zustimmend, beugte sich über die Tastatur und klapperte drauflos. Meister Nord verfolgte die Arbeit aus der Distanz und war wie so oft beeindruckt über das technische Talent seines Kronprinzen. Es schien nichts zu geben, was Zap nicht ans Tageslicht zaubern konnte. Er selbst hatte seine eigenen Kenntnisse im Bereich der Überwachungstechnik immer für recht umfassend gehalten, aber Zaps Wissen schlug seines um Längen. Zap schien die Technik *intuitiv* zu verstehen und zu beherrschen, als wäre er als Überwacher geboren worden. Er sah Möglichkeiten, wo andere, Meister Nord eingeschlossen, schon längst nichts mehr sahen.

Doch hütete sich Meister Nord davor, Zap gegenüber zu erwähnen, wie sehr die übergeordneten Ränge der Bruderschaft seine Kompetenzen schätzten, und auch über seine guten Aufstiegsmöglichkeiten schwieg er sich aus. Der junge Mann sollte nicht zu früh Ehrgeiz entwickeln.

Zap lehnte sich zurück, damit Meister Nord auf den Bildschirm schauen konnte.

«Teile der Korrespondenz kann ich sichtbar machen, aber längst nicht alles. Soll ich ausdrucken, was lesbar ist?»

«Tun Sie das. Und bringen Sie es mir, wenn Sie fertig sind.» Meister Nord ging in sein Büro, trat ans Fenster und sah in die Dunkelheit hinaus. Von einem Punkt in seinem Magen breitete sich ein Gefühl der Zufriedenheit in seinem Körper aus. Er lächelte sein Spiegelbild an. *Jetzt* hatte er alles unter Kontrolle. Sie würden ihm nicht wieder entwischen. Even Vik wurde rund um die Uhr überwacht, hatte keine Ahnung davon und würde ihnen sehr bald den Weg zu Aloysia LaTour zeigen.

Doch, das war ein gutes Gefühl.

Kapitel 55

Dienstag

Es gab keinen Zweifel. Even blickte trotzdem noch einmal in die Tonschale, aber die Fliege war weg. Das heißt, sie war nicht weg, lag aber unter den Papieren statt auf ihnen. Er legte die tote, eingetrocknete Fliege wieder oben auf die gänzlich uninteressanten Unterlagen und stellte alles zurück auf den Küchenschrank, wo es immer stand, damit er erkennen konnte, wenn jemand seine Wohnung durchsucht hatte – was ganz offensichtlich jetzt der Fall war.

Er überprüfte einige weitere Papierstapel, die auf dem Esstisch lagen, und kontrollierte ein Buch, in dem auf Seite 92 ein Haar eingeklemmt war – besser gesagt: eingeklemmt gewesen war. Es war wirklich eindeutig: Alles war durchsucht worden, professionell und akribisch, so, dass es ihm nie aufgefallen wäre, hätte er nicht damit gerechnet und entsprechende Vorkehrungen getroffen.

Hatte Randi Loen das gemacht, während er geschlafen hatte? Kaum, es gehörte schon eine gehörige Portion Dreistigkeit dazu, ein solches Risiko einzugehen. War in der letzten Nacht jemand hier eingedrungen? Oder, was wahrscheinlicher war, am Wochenende, als er im Krankenhaus gewesen war?

Bei seiner Kontrolle am Freitag war ihm nichts aufgefallen. Wenn, wie er glaubte, die Bruderschaft der Unsichtbaren für seine Vergiftung und den Mordversuch an Finn-Erik verantwortlich war, konnte er davon ausgehen, dass sie seine Abwesenheit genutzt hatten, um in aller Ruhe seine Wohnung zu durchsuchen. War das ihr eigentliches Ziel gewesen … und die Überfälle nur ein Ablenkungsmanöver?

Das plötzliche Gefühl, beobachtet zu werden, fremde Augen im Nacken zu spüren, traf ihn wie ein Schwall kaltes Wasser. Er holte tief Luft und erstarrte. Es kostete ihn all seine Kraft, die Schultern zu senken, wieder ruhig zu atmen und sich nicht in der Wohnung umzusehen. Stattdessen schlenderte er zum Sofa, als wäre nichts passiert, setzte sich mit einer Zeitschrift auf dem Schoß hin, legte die Füße auf den Tisch und las ein paar Zeilen, ohne den Inhalt aufzunehmen, während er an versteckte Kameras und Mikrophone dachte. Ihm ging durch den Kopf, was Aloysia ihm über moderne Überwachungstechnik berichtet hatte. Die Gerätschaften waren diskret und extrem klein, sodass er kaum eine Chance hatte, sie zu finden.

Er versuchte, seine Situation sachlich anzugehen, und fragte sich, ob er nicht vielleicht sogar Nutzen daraus schlagen konnte, zu wissen, was er eigentlich nicht wissen konnte …

Mitten in diesem Gedanken hatte er plötzlich genug, er stellte die Beine auf den Boden, nahm seine Krücken, hinkte aus dem Zimmer, verließ seine Wohnung und stampfte über die Treppe nach unten in den Keller.

Vor Wut kochend, stand er in seinem Kellerraum. Am liebsten hätte er laut gebrüllt. Stattdessen holte er das grünliche Messer hervor, das er in London gekauft hatte, und befestigte es mit einem alten Band am Unterschenkel. Ein paarmal versuchte er, die Waffe schnell zu ziehen, doch es wollte ihm nicht so richtig gelingen. Frustriert ließ er sich auf eine alte hölzerne Bierkiste fallen und starrte wütend auf Iggy Pop, als wäre der Altrocker auf dem Plakat schuld an seiner ganzen Misere.

Plötzlich zog er das Messer und warf es mit einer ruckartigen Bewegung aus dem Handgelenk auf das Plakat, wo es zitternd in Iggys dürrem Bauch stecken blieb. Er zog es aus der Wand, warf wieder und wieder aus den unterschiedlichsten Winkeln und Distanzen und beruhigte sich erst, als der Bauch des Rockidols zerfetzt herunterhing. Dann nahm er einen Kugelschreiber aus einer Pappkiste, riss ein Stück vom Plakat ab und erstellte auf der Rückseite eine Liste:

Molvik
Jan Johansen
Der Arzt (Pole?)
Schwestern
Polizeipräsidentin Brynildsen
Frivold (ihr Mann)
Odin Hjelm
Randi Loen

Nach einer kurzen Denkpause fügte er noch einen weiteren Namen hinzu:

Christer

Er überlegte einen Moment lang, ob er Aloysia und Niknom auch in die Liste der möglichen Verdächtigen aufnehmen sollte, fand es dann aber doch zu paranoid – sie hatten jedenfalls keine Möglichkeit gehabt, im Krankenhaus einen Brief unter sein Kopfkissen zu schieben.

Als würde er in seinem Kellerraum plötzlich keine Luft mehr bekommen, stürzte er nach draußen und hinkte wie ein wütender Stier im Kellerflur auf und ab. Vor sich hin fluchend, wog er Für und Wider gegeneinander ab. Dann setzte er sich wieder auf den Bierkasten und bearbeitete die Liste, setzte Fragezeichen, strich Namen durch oder unterstrich sie und machte sich noch einmal Gedanken zu jedem, der auf dem Zettel stand. Zum Schluss nickte er – so musste es sein:

~~Molvik~~
~~Jan Johansen~~
~~Der Arzt (Pole?)~~
~~Schwestern~~
Polizeipräsidentin Brynhildsen (Helfershelfer? – nicht sehr wahrscheinlich)
Frivold (ihr Mann)
Odin Hjelm? (unwahrscheinlich)
Randi Loen (unwahrscheinlich)
Christer

Er faltete den Zettel zusammen, packte das Messer weg und ging aus dem Keller nach oben.

Als er den Zettel in die Hosentasche steckte, geriet etwas in seinem Kopf in Bewegung. Mitten auf der Treppe blieb er stehen. Plötzlich erinnerte er sich wieder an den Brief von Niknom. Der hatte auch in seiner linken Gesäßtasche gesteckt! Er nahm den Zettel wieder heraus und schob die Hand in die Tasche. Sie war leer.

Kapitel 56

Weißt du noch, früher,
als du mein bester Freund warst …

Laut singend stieg Christer die Treppe vom Personalraum im Haus 3 des Krankenhauses Ullevål hoch. Schief und falsch, dachte er zufrieden grinsend, so einen Scheißschlager muss man einfach *out of tune* singen.

Wir haben alles gleich geteilt,
uns alles besorgt, was wir brauchten …

Die Sonne schien ihm ins Gesicht, und plötzlich hatte er einfach nur Lust, unter einem stillen Baum zu sitzen und den aufkeimenden Frühling zu genießen. Er ließ sein Vorhaben fallen, direkt ins Bett zu gehen, obgleich er in vierzehn Stunden die nächste Nachtschicht antreten musste, wandte seinem Fahrrad resolut den Rücken zu und ging in den Supermarkt, um sich ein Bier zu kaufen. Dann spazierte er zwischen den Häusern hindurch in den kleinen Park, den außer ihm niemand wirklich zu kennen schien.

«Ein Dienstagmorgen bringt nicht immer Sorgen», murmelte er vergnügt.

Die niedrig stehende Aprilsonne schien auf einen Baumstamm, auf dessen knorrigen Wurzeln er sich niederließ. Wie Schlangen, die sich winden, aber nicht vom Fleck kommen, dachte er. Mit der einen Hand holte er das Zigarettenpäckchen hervor und fischte den Joint heraus, den er sich am Abend zuvor gedreht hatte, während er mit der anderen das Feuerzeug aus der Jackentasche zog. Die Knospen an den kahlen Zweigen waren noch klein, und er freute sich plötzlich auf den Sommer, auch wenn er wusste, dass er sich wieder keinen Urlaub würde leisten können. Er freute sich auf die Sonne, die gutgelaunten Menschen, die nackten Beine der Mädchen und auch auf ein kühles Bier mit Freunden irgendwo im Schatten. Das war für ihn der Sommer, ja. Er summte weiter:

Wir tranken, und wir lachten,
wurden auf der Straße angemacht,
teilten aus und steckten ein,
gingen heim, tranken und hassten
die ganze Welt,
wir zwei gegen den Rest …

Er zündete sich den Joint an, nahm einen königlichen Zug, den er bis in die Eier spürte, und fühlte die rotierende Ruhe in allen Gliedern und Zellen. Ein schiefes Grinsen heftete sich an seine Lippen. Benommen legte er den Kopf nach hinten, starrte durch die kahlen Äste und Zweige, an denen noch einige wenige trockene Blätter hingen, nach oben und blies einen langen, dünnen Rauchstrahl in den blauen Himmel. Die wenigen Wolken zogen ostwärts, vielleicht nahmen sie den Rauch ja mit nach Afghanistan, nach Hause, in die Heimat. Ein Jointchen in Ehren kann niemand verwehren, dachte er, als er hinter sich das trockene Knacken eines Zweiges hörte. Schnell versteckte er die Zigarette in der hohlen Hand.

Eine Frau schlenderte über den Weg, sah ihn aber nicht. Er dachte zwei Sekunden lang darüber nach, den Joint auszudrücken, aber verdammt, er wohnte schließlich in einem freien Land und war ein freier Mann. Außerdem sah sie nett aus. Er nahm einen weiteren Zug und spürte gleich wieder, wie sich seine Muskeln entspannten und die Nacht und der Scheißjob durch jede Pore seines Körpers entwichen und vom Wind davongetragen wurden.

«Schön ist es hier.»

Die Frau stand nur wenige Meter entfernt und sah sich um. Christer lächelte. «*Yes*, wirklich schön hier. Wollen Sie sich setzen?» Er tätschelte das braune Gras neben sich. «Gegen ein bisschen Gesellschaft hätte ich nichts einzuwenden.»

Sie kam näher und setzte sich mit angewinkelten Beinen neben ihn.

«Lust auf einen Zug?»

«Nein danke, ich rauche nicht.»

Die kurzen Haare stehen ihr gut, dachte Christer, richtig sexy. Und ein knackiger Po, trotz des Alters.

Mit dem Feuerzeug hebelte er den Kronkorken von der Bierflasche und reichte ihr die Flasche. «Wie wär's mit einem Pils?»

«Nein danke.» Sie schüttelte wieder den Kopf, nahm einen Zweig und brach ihn in kleine Stücke. «Arbeiten Sie im Krankenhaus? Ich meine, ich hätte Sie da schon mal gesehen.»

Christer drückte den Joint aus und stand auf. «Tschüs dann, war nett, Sie kennengelernt zu haben.»

«Setzen Sie sich!»

«Hä?» Christer starrte sie verdutzt an. «Was bilden Sie ...»

«Setzen Sie sich!» Sie streckte ihm eine Plastikkarte entgegen.

Scheiß Bullen! Einen Augenblick erwog er, die Beine in die Hand zu nehmen, ließ die Idee dann aber wieder fallen und setzte sich widerstrebend hin.

Wie ein bockiger Teenager, dem man verboten hat, auf eine Party zu gehen, dachte Randi Loen und steckte die Karte wieder in die Tasche.

«Sie kennen Even Vik?»

Er hob überrascht den Kopf. «Sie wollen über Even reden? Das Arschloch habe ich seit hundert Jahren nicht mehr gesehen.» Er dachte einen kurzen Moment nach und sagte dann: «Vom letzten Wochenende einmal abgesehen.»

«Sie geben also zu, ihn am Wochenende zum Röntgen gebracht zu haben?»

«Zugeben? Ja, verdammt, warum sollte ich das nicht zugeben? Das ist schließlich mein Job. Hat er mich angezeigt?»

Randi Loen saß still da und lauschte seinem Atem, wartete darauf, dass er sich beruhigte. «Sie waren … früher mal … Freunde?»

Christer Olsen schwieg, als hätte man ihm eine schwierige Frage gestellt, über die er genau nachdenken musste. «Wir sind in derselben Straße aufgewachsen, in Oslo-Grønland. Waren beste Freunde. Sind immer überall zusammen hingegangen, seit wir laufen konnten. Waren in derselben Clique und haben uns gegenseitig geholfen, wenn die Welt gegen uns war. Und für ihn war sie das oft. Meine Alten waren okay, aber sein … Er kam immer zu mir, wenn Sverre, also sein Alter, Amok lief. Mann, dann hatte Even einen derart finsteren Blick, dass sogar ich Angst bekam. Wir sind dann immer in den Keller, wo mein Vater einen Sandsack hängen hatte, auf den er einprügeln konnte, bis sein Kopf so rot war wie Rote Beete.»

Christer nahm einen Schluck aus der Flasche und starrte auf den ausgedrückten Joint.

«Was ist dann passiert?»

«Er ist zu Hause ausgezogen.» Die Antwort kam langsam und widerstrebend. «Als er siebzehn war – als *wir* siebzehn waren. Eigentlich eher eine Flucht. Vorher hat er seinen Vater aber noch richtig verprügelt, ihm den Kiefer gebrochen.» Christer trank wieder aus der Flasche und schluckte laut. Randi sah ihn abwartend an.

«Ich war es, der ihn damals geholt hat …»

Als er nicht weiterredete, fragte sie: «Damals, als …?»

«Er war in so einer Clique, die in einem besetzten Haus in der Pilestredet wohnte. Er hing damals ein bisschen im autonomen Milieu rum, war vormittags ein netter Student und abends dann ein ziemlich abgedrehter Hausbesetzer. Ich habe ihn geholt, als sein Alter, also Sverre, seine Frau zu Brei geschlagen hat … Der hat Evens Mutter getötet.» Den letzten Satz sagte er mit einer seltsamen Betonung, als erforderte diese Äußerung seine ganze Konzentration, seinen ganzen Ernst. Zögernd fuhr er fort: «Ich habe ihn geholt, wir kamen damals gleichzeitig mit den Bullen an, fanden Sverre im Bett, stinkbesoffen, mit Blut an den Händen.» Mit einem Ruck hob er den Kopf und sah sie verärgert an. «Aber das wissen Sie doch alles, was wollen Sie also von mir?»

Randi zupfte einen trockenen Grashalm ab und wickelte ihn sich um den Finger. «Sind Sie immer noch befreundet?»

«Warum wollen Sie das wissen?»

«Sie waren auf seiner Hochzeit.» Sie zog ein Foto aus der Jackentasche und hielt es ihm hin. Mai-Brit lächelte glücklich in die Kamera. Even hielt sie im Arm. Steif wie ein Konfirmand stand er in seinem Anzug da und starrte in die Kamera. Hinter ihm stand Christer zwischen Eva und einem Mädchen mit hennafarbenem Haar, an deren Namen er sich nicht mehr erinnerte. Oder doch? War das nicht Kitty?

«Verdammt, wo haben Sie das denn her?» Er nahm das Foto, sah es sich einen Moment an und fuhr mit dem Fingernagel über Eva. «Ich habe mir auf der Hochzeit einen Spaß mit ihm erlaubt, wissen Sie, einen ganz unschuldigen Joke. Ich habe ihm einen Zettel auf den Rücken geklebt, aber er …» Er nahm die Flasche, trank aber nicht. «Er hat sich gerächt, das Arschloch. Wissen Sie, was der getan hat? Der hat …» Seine Stimme versagte. Christer hob die Flasche an den Mund und trank ein paar tiefe Schlucke, dann rülpste er laut und provozierend, als hoffte er, sie so zu vergraulen. Schließlich atmete er aus und redete rasch weiter, als wollte er es hinter sich bringen. «Ich war damals mit Eva zusammen, das ist die da links, wir wollten heiraten. Sie stammte aus Sandvika, aus einer vornehmen Familie. Ihre Alten waren gegen unsere Beziehung. Ich war ihnen nicht gut genug. Aber Eva war hartnäckig, und so verhalfen sie mir schließlich sogar zu einem Kredit, damit ich Medizin studieren konnte. Eva wollte Zahnärztin werden. Sogar eine Wohnung haben sie uns besorgt. Eigentlich waren die ganz in Ordnung.»

Sein Blick richtete sich abwesend auf die Wolken, die sich langsam vor die Sonne schoben. Der Frühling ist noch jung, noch ein bisschen wankelmütig, dachte Randi.

«Am Abend vor ...» Christer blinzelte und warf ihr einen raschen Blick zu, als wollte er sichergehen, dass sie ihm auch zuhörte. «Am Abend vor meiner Hochzeit habe ich bei Even übernachtet. Gemeinsam mit ein paar Freunden sind wir in die Stadt gezogen, um meinen letzten Abend als freier Mann zu feiern. Ich habe mich dabei ziemlich betrunken. Mai-Brit hat bei Eva geschlafen, damit sie ihr tags darauf mit Kleid, Schleier und Make-up helfen konnte. Eva wollte in Weiß heiraten, und wir hatten vereinbart, uns vor der Kirche nicht mehr zu sehen, wollten das Ganze so richtig ... so richtig ...», er wedelte mit der Hand durch die Luft, «... traditionell machen, halt irgendwie mit Würde.»

Er hustete und lachte ohne Humor. «Am Morgen haben wir verschlafen und hatten plötzlich totalen Stress. Als ich mir die Haare kämmen wollte, fand ich in der ganzen verdammten Wohnung keinen Spiegel. Even meinte, ich hätte seinen einzigen Spiegel nachts im Suff zerbrochen. Und er meinte, meine Haare lägen perfekt. Er kämmte sie mir etwas über die Stirn und lächelte, das weiß ich noch. Verdammt, Mann, der hat mich auch noch angelächelt, der Arsch!»

Mit einer wütenden Bewegung setzte er die Flasche an die Lippen und leerte sie in einem Zug. «Als wir zur Kirche kamen, waren alle Gäste bereits drin. Even klopfte mir auf den Rücken und sagte, ich solle mich entspannen. Ich weiß noch, dass ich mir den Arm verdreht habe, um meinen Rücken abzutasten. Er grinste und sagte, er habe mir nichts auf den Rücken geheftet, da könne ich ganz beruhigt sein. Ich habe ihm vertraut, er war eigentlich niemand, der einen anlog. Eigentlich nicht.

Wir gingen also rein und liefen durch den Mittelgang der Kirche zum Altar und zu den Stühlen, auf denen wir sitzen sollten. Er begleitete mich dorthin und ließ mich dort vorne sitzen … Verdammt, wenn ich daran denke!» Wütend warf Christer die Flasche in die Büsche und seufzte, ohne Randi anzusehen. «Stellen Sie sich das mal vor, ich sitze da und warte, während alle mich anstarren. Dann setzt die Orgel ein, die Tür geht auf, und sie kommt herein … Ich habe Eva geliebt, verstehen Sie, und ich hatte Tränen in den Augen, genau so, wie es sein soll, als sie mit ihrem Vater langsam auf mich zukam … Ich erinnere mich noch an ihren Blick, wie sie mich angesehen und gelächelt hat, mitten in der Kirche. Ihr Vater nickte ein paar Gästen zu, und sie kamen näher … Und dann veränderte sich ihr Gesichtsausdruck. Erst sah sie verwundert aus, dann bekam sie plötzlich eine Falte auf der Stirn und starrte mich an, überrascht und verwirrt beugte sie sich vor, bis sich ihr Gesicht plötzlich verzerrte und …»

Er atmete schwer und starrte zwischen seinen Beinen auf den Boden. «Ich habe mehrere Tage gebraucht, um das wegzubekommen. Edding. Stellen Sie sich das mal vor, mehrere Tage. Ich habe mir fast die Haut von der Stirn geschrubbt …

Dieser Arsch hatte mir mit einem Edding auf die Stirn geschrieben, während ich bei ihm schlief … Die ganze verfluchte Kirche konnte es sehen, alle, nur ich nicht … auf der Stirn … mit einem dicken Edding … HURENBOCK. Mitten auf die Stirn. Dieses verfluchte Arschloch! Dabei war ich doch nie …»

Christer stand abrupt auf und lief über den Weg davon.

Kapitel 57

Das Erste, was er sah, war der Lauf der Pistole. Jetzt erinnerte er sich wieder.

Vor einem Jahr war er nach seinem Treffen mit Niknom in Ålborg nach Hause gekommen. Er erinnerte sich noch an die Schwierigkeiten, die er mit dem Schlüssel gehabt hatte, und dass er anschließend die Treppe nach oben gestürmt war.

Even starrte auf den Brief in seiner Hand, atmete tief durch und wusste plötzlich beinahe alles wieder: wie er in seine Wohnung gekommen war und die Tasche auf den Boden geworfen hatte, bevor er aufs Klo geeilt war. Er hatte schon Druck auf der Blase gehabt, als er sich ins Taxi gesetzt hatte.

Beim Händewaschen hatte er plötzlich das Gefühl gehabt, nicht allein in seiner Wohnung zu sein. Er hatte das Handtuch vorsichtig zur Seite gelegt, mit dem Finger langsam die Tür aufgedrückt und einen Blick in den Flur geworfen. Das Gefühl, dass irgendwo etwas auf ihn lauerte, verstärkte sich. Still schlich er sich zum Wohnzimmer, packte auf dem Weg die alte Colaflasche am Hals und hob sie an, bereit zuzuschlagen. An der Tür war er stehen geblieben, hatte tief durchgeatmet und war dann rasch ins Zimmer getreten.

Wie ein schwarzes Auge starrte ihn die Mündung der Waffe an und fror alle seine Bewegungen ein, als wäre er gegen eine Mauer gelaufen. Hinter dem Auge bog sich ein Finger um den Abzug. Paralysiert und wie in Zeitlupe sah er die Bewegung des Fingers und registrierte das Aufblitzen des Mündungsfeuers, dachte an das Verhältnis der Licht- zur Schallgeschwindigkeit und an die dritte Geschwindigkeitskategorie, in der sich ein Körper auf ihn zubewegen konnte, nämlich als Masse, ehe sein

Gehirn den dumpfen Schmerz in seiner Brust registrierte, der Körper ihm den Dienst versagte und er zu Boden ging …

An mehr konnte er sich aus offensichtlichen Gründen nicht erinnern.

Even ließ die Luft langsam aus seinen Lungen entweichen, als hätte das Resümee der Geschehnisse es erfordert, den Atem anzuhalten. An dem Abend, an dem er aus Dänemark zurückgekommen war, war eine Waffe auf ihn abgefeuert worden! Unwillkürlich fuhr er sich mit der Hand über die Brust, als suchte er nach einem Einschussloch. Dabei wusste er, dass es keins gab.

Aber es war geschossen worden! Jemand hatte in seinem Wohnzimmer auf ihn gewartet, hatte eine Pistole auf ihn gerichtet und abgedrückt! Even spürte Panik in sich aufsteigen und versuchte, sich zu beruhigen. Wer? Wer hatte seinen Finger um den Abzug gelegt? Wem gehörte der Arm mit der Waffe?

Er bekam keine Antwort, sein Gehirn vermochte von der Person hinter dem Finger kein Bild zu rekonstruieren, das Gesicht blieb verschwommen.

Frustriert seufzte er auf, ehe er den Brief noch einmal las.

Sehr geehrter Herr Vik,
wir möchten Sie bitten, für eine nähere Untersuchung noch einmal Kontakt mit uns aufzunehmen. Auf einem der Röntgenbilder haben wir oberhalb Ihres Schulterblattes einen Fremdkörper ausgemacht. Es sieht aus wie ein Mikrochip, aber da Sie auf unsere Frage am 6. April geantwortet haben, keine elektronischen Gegenstände im Körper implantiert zu haben, würden wir diese Sache gerne genauer untersuchen.

Mit freundlichen Grüßen
Chirurgische Station …

Der Brief der Klinik Ullevål hatte im Briefkasten gelegen, als er aus dem Keller nach oben gekommen war. Mit der einen Hand noch immer in der leeren Gesäßtasche seiner Hose, hatte er auf den Umschlag gestarrt. Er vermutete, dass Niknoms Brief gestohlen worden war, und war nach einem Blick auf den Absender des neuen Briefes sofort wieder in den Keller gegangen. Er fühlte sich in seiner Wohnung nicht mehr sicher, selbst einen harmlosen Klinikbrief las er lieber in der Unsichtbarkeit des Kellers.

Nach dem Lesen knüllte er den Brief mit einem erstickten Aufschrei zusammen und schleuderte ihn Iggy Pop ins Gesicht. Dann stand er auf und zog sich das T-Shirt über den Kopf. Er verdrehte den Oberkörper und ertastete schließlich mit einiger Mühe die Stelle, die ihm so wehgetan hatte, als er vor etwas mehr als einem Jahr nach seiner Rückkehr aus Dänemark in seinem eigenen Erbrochenen aufgewacht war. Er war davon ausgegangen, dass er gestürzt war und sich die Schulter an der Ecke des Sofatisches angeschlagen hatte. Oder an der Ecke irgendeines Koffers im Zug – irgendetwas, das man nicht weiter ernst nehmen musste.

Verdammt!

Die gleiche Stelle hatte sich später dann wieder bemerkbar gemacht, als er im Winter mit Fieber im Bett gelegen hatte. Verfluchte Scheiße!

Sie mussten ihm irgendein Zeug gespritzt haben, damit er sich an nichts erinnerte und zu dem Schluss kam, zu viel getrunken zu haben.

Even riss eine orangefarbene Schultertasche aus dem Ikea-Regal und wühlte darin herum. Mai-Brit hatte diese Tasche vergessen, als sie ihn vor acht Jahren verlassen hatte. Er hatte sie unter dem Bett gefunden und sie als greifbaren Beweis für ihre gemeinsame Zeit behalten – der Inhalt der Tasche roch noch immer nach ihr. In einer Seitentasche lag ein kleiner Spiegel, den er in Schulterhöhe an einen Stapel alter Zeitschriften lehnte, die auf dem Regal lagen. Dann nahm er ein altes Arbeitshemd, riss es in Streifen, rollte einen der Streifen zusammen und steckte ihn sich in den Mund. Ohne sich Zeit zu geben nachzudenken, kramte er ein altes Wurfmesser aus Stahl aus einer Pappkiste, drehte sich um, blickte in den Spiegel und setzte die Klinge an den dünnen weißen Strich auf seiner Schulter. Die Klinge glitt in die haarfeine Narbe, während er an sein Gespräch mit Aloysia dachte.

«Warum hast du dich am Anfang auf mich gesetzt? Wolltest du so checken, dass ich kein verstecktes Mikrophon trage?» Er lag auf dem Rücken und sprach zu den Sternen. An seinem Handrücken spürte er ihren kratzigen Wollpullover und die Wärme ihres Körpers.

«Hm … das auch», kam es schläfrig von Aloysia.

«Das auch? Hast du geglaubt, ich hätte irgendwo eine Kamera, vielleicht im Saum meiner Jacke?»

«Keine Kamera, aber …» Sie gähnte und drehte sich um, sodass kalte Luft in die miteinander gekoppelten Schlafsäcke strömte. «Du hast doch sicher schon mal davon gehört, dass Straftäter in Ausnahmefällen ihre Haftstrafe zu Hause verbüßen dürfen statt in einem Gefängnis?»

Ihr Atem wischte in regelmäßigen warmen Stößen über sein Gesicht. «Ja», sagte er und sah einer Sternschnuppe nach, die im Süden am Himmel verschwand. Er fragte sich, ob er sich wünschen sollte, dass sie …

«An ihrem Fußgelenk wird ein Mikrochip befestigt, der Signale aussendet, sodass das Gefängnispersonal jederzeit sehen kann, wo der Häftling sich befindet, ob er das Haus verlässt oder sich außerhalb eines vorher vereinbarten, abgegrenzten Bereichs befindet. Die Gefängnisaufseher können weit ent-

fernt sein und haben doch die volle Kontrolle. Sobald sie sehen, dass ein Gefangener die Vereinbarung bricht und seinen Bewegungsbereich verlässt, können sie Alarm auslösen.

In manchen Ländern verwendet man solche Sender auch bei alten Menschen mit Demenz, die nicht mehr auf sich selbst aufpassen können. Über diese offiziellen Verwendungen wurde in den letzten Jahren viel diskutiert.»

Sie drehte sich zurück auf den Rücken, und ihre Finger strichen über seinen Handrücken, als sie sich fester in den Schlafsack wickelte. «Nicht annähernd so intensiv diskutiert wurde die Verwendung dieser Sender bei normalen, gesunden Menschen.» Nach einer kleinen Kunstpause, die ihm fast so vorkam, als wollte sie ihn zum Nachfragen provozieren, fuhr sie fort: «Es gibt ein System namens ‹Blue Position›, das in einigen Ländern und bei gewissen Firmen recht verbreitet ist. Was Norwegen angeht, bin ich mir nicht so sicher, aber ich weiß, dass es bei eurem Nachbarn, in Dänemark, ein paar Firmen gibt, die es eingeführt haben. Jeder Angestellte muss ständig eine Karte mit einem kleinen Sender bei sich führen. Dieser Sender gibt fortlaufend Signale an Empfänger ab, die überall am Arbeitsplatz platziert sind. Diese leiten die Signale an ein Computerprogramm weiter. Auf diese Weise wird registriert, wo sich jeder Mitarbeiter zu jedem Zeitpunkt befindet. Das mag sich unschuldig anhören, doch wenn ein Arbeitgeber oder Firmenbesitzer die Daten statistisch auswertet, kann er daraus entnehmen, wer wen wie oft am Arbeitsplatz besucht, wie lange man aufs Klo geht und ob man sich in Bereichen der Firma aufhält, in denen man nichts verloren hat.

In den letzten Jahren sind Mikrochips für Hochrisikobereiche wie zum Beispiel Ölbohrplattformen, Hafengelände, Flugplätze oder Sprengstofffabriken entwickelt worden, also Orte, an denen ganz konkret Krisensituationen entstehen können, in denen man wissen muss, wer sich wo aufhält. Diese Mikrochips sind etwa so groß wie ... sagen wir, zwei Reiskörner hintereinandergelegt. Sie werden unter die Haut implantiert, in der Regel im fleischigen Teil der Schulter. Einige dieser Chips funktionieren nur in der Nähe eines Empfängers. Andere haben eine eingebaute Batterie, aber die sind dann natürlich größer und funktionieren nur begrenzte Zeit. In Spezialistenkreisen munkelt man etwas von einem Chip, dessen Batterien sich über die Körperwärme, Sonneneinstrahlung oder in der Nähe befindliche elektronische Geräte immer wieder aufladen und damit eine fast unbegrenzte Lebensdauer haben.» Sie lag da und dachte einen Moment nach. «Allen diesen Chips ist aber gemeinsam, dass sie nur dann funktionieren, wenn der Empfänger maximal dreihundert Meter entfernt ist. Es gibt zwar Gerüchte, dass mittlerweile auch Systeme entwickelt worden sind, die eine Reichweite von bis zu einem Kilometer haben, aber das glaube ich erst, wenn ich sie gesehen habe.»

Mit einer geschmeidigen Bewegung drehte sie sich auf die Seite, sodass sie wieder mit dem Gesicht zu ihm lag. Er spürte ihren Blick im Dunkeln, obgleich sie sich jetzt, da das Feuer bis auf ein wenig Glut herabgebrannt war, nicht mehr sehen konnten. «Nach solchen Mikrochips habe ich gesucht, die lassen sich leicht irgendwo einnähen oder verstecken, zum Beispiel im Saum einer Hose oder im Absatz eines Schuhs. Ich will nicht, dass jemand weiß, wo du bist – und wo ich bin. Verstehst du?»

Er starrte auf das fast quadratische Kunststoffplättchen in seiner Hand. Lang wie ein halbes Streichholz und dick wie eine Münze. Es lag fast ein Jahr zurück, dass er in Dänemark gewesen und bei der Rückkehr beschossen worden war. Mit einem Betäubungsmittel. Anschließend hatten sie ihn offensichtlich operiert. Ein Jahr lang war er herumgelaufen und hatte Signale ausgesandt. Ein Jahr lang hatte jemand ständig darüber Bescheid gewusst, wo er sich befand.

Eine kalte, weiße Wut erfüllte ihn, heftig wie ein brodelnder Fluss unter einer blanken, durchsichtigen Eisfläche. Scheinbar unter Kontrolle. Mit einer plötzlichen Bewegung wischte er den Chip am Hemd ab, um den letzten Rest Blut zu entfernen, warf ihn auf den Boden und hob den Fuß, um ihn zu zermalmen.

Doch dann kam ihm eine Idee.

Kapitel 58

Niemand hielt ihn auf, als er eine halbe Stunde später zielstrebig, aber ohne Eile das gesuchte Zimmer in der gastrochirurgischen Abteilung der Uniklinik Ullevål betrat. Er humpelte direkt zu dem hinteren Bett, in dem Finn-Erik lag und zur Tür blickte, als hätte er ihn erwartet.

«Du siehst besser aus», begrüßte Even ihn und meinte es auch so.

«Du warst gestern schon mal da, hab ich gehört.» Finn-Erik verzog das Gesicht, als bereite das Sprechen ihm Schmerzen. «Ich war ausgeschaltet und hab fast den ganzen Tag verschlafen, die Nacht auch noch. Jetzt geht's mir wieder besser. Sie meinen, dass ich vielleicht nächste Woche entlassen werden kann.» Eine Falte bildete sich auf seiner Stirn. «Es wäre sicher gut für die Kinder, aber ...»

«Ihr könnt bei mir wohnen.»

Mit einem ironischen Blick auf die Krücke, auf der Even balancierte, murmelte Finn-Erik, dass er ihm so eine Belastung wohl kaum zumuten könne. «Anita hat angeboten, uns aufzunehmen, bis ich wiederhergestellt bin.» Er zögerte einen Augenblick. «Stig und Line sind schon bei ihr ... nach Absprache mit dem Jugendamt.»

Mit ruhigen, wohlüberlegten Bewegungen drehte Even sich um, zog einen Stuhl ans Bett und setzte sich – hauptsächlich, um Zeit zu gewinnen, damit sein Zorn sich legen konnte. Sein Sohn bei dieser scheinheiligen, selbstgefälligen Kuh!

«Ich weiß, dass ihr euch nicht leiden könnt», sagte Finn-Erik. «Aber sie ist Mai-Brits Schwester, die Tante der Kinder und die einzige Verwandte ... Na ja, außer ...» Er stockte, und

Even sah, wie er leicht rot wurde. Ganz blutleer war der magere Körper also noch nicht.

«Außer mir, ja … Aber ich gehöre auch zur Familie, verdammt! Stig ist mein Sohn, und Line ist seine Halbschwester. Sie gehören mehr zu mir als zu Anita. Wenn sie wüsste …» Er atmete tief ein und starrte aus dem Fenster.

«Sie weiß es.»

Even starrte Finn-Erik ungläubig an, der kein Anzeichen von Reue zeigte. «Ich hatte keine andere Wahl.» Mit einer leichten Grimasse sah er auf das Stativ mit dem Plastikbeutel, der über einen Schlauch eine durchsichtige Flüssigkeit in seinen Arm tröpfelte. «Das war wirklich knapp. Ich habe das Gefühl, dem Tod gerade noch einmal von der Schippe gesprungen zu sein, und ich weiß nicht, ob ich stark genug bin, wenn so etwas noch einmal passiert. Dann möchte ich nicht, dass du um das Sorgerecht für deinen Sohn kämpfen musst, dann muss das alles geregelt sein. Das ist mein Wunsch, und so wird es gemacht. Anita …» Er lächelte, und Even hatte fast den Eindruck, dass er einen neuen Finn-Erik vor sich hatte, einen stärkeren, selbstbewussteren. «Anita hat einen Schock gekriegt, als ich es ihr gesagt habe. Erst wollte sie natürlich protestieren, aber dann hat sie begriffen, dass es nichts gibt, wogegen sie protestieren könnte. ‹Dann ist es wohl Gottes Wille›, hat sie zum Schluss gesagt.»

«Die alte Heuchlerin muss natürlich wieder Gott da mit reinziehen …»

«Akzeptier sie, wie sie ist, dann wird sie auch akzeptieren, wie du bist, davon bin ich überzeugt.»

Eine Krankenschwester schaute herein und sah Even vorwurfsvoll an, aber Finn-Erik bremste sie, ehe sie etwas sagen konnte, und erklärte kurz, es sei wirklich wichtig und der Besucher würde auch gleich gehen. Zu Evens Überraschung gab sie sich mit dieser Erklärung zufrieden und ließ sie allein.

«Wenn ich sie also anrufe und sage, dass Stig mich besuchen kann …»

«Wird sie ja sagen. Das hat sie mir versprochen.» Finn-Erik lachte leise. «Aber sie wird es sich bestimmt nicht nehmen lassen, dich zu ermahnen, staubzusaugen, keine Schnittblumen hinzustellen und mit Stig nicht ohne Nasenspray in den Park zu gehen.»

«Hm …» Even stand auf, stützte sich auf die Krücke und schielte zur Tür. «Dann will ich mal ohne weitere Aufforderung gehen und deine Pflegeengel nicht unnötig provozieren. Gute Besserung, mein Freund.»

Finn-Erik sah ihn überrascht an. «Seit wann zählst du mich zu deinen Freunden?»

Even grinste. «Ich muss nehmen, was ich kriegen kann.» Er humpelte zur Tür, blieb stehen und kam noch einmal zurück. «Am Samstag … als ich bei euch war … Haben wir uns gestritten? Weißt du, alle Erinnerungen an letzte Woche sind ausgelöscht.»

«Wir hatten einen … Streit, ja.» Finn-Erik sah zur Tür, wo schon die Krankenschwester wartete. «Du hast gesagt, dass du überraschend nach Leipzig müsstest, hast mir den Brief gezeigt und meintest, dass du deswegen am Donnerstag nicht bei Stigs Geburtstagsfeier dabei sein könntest. Und da hab ich gesagt, dass du das als verantwortungsvoller Vater nicht bringen kannst, nicht, nachdem du es ihm versprochen hast und genau weißt, dass er schrecklich enttäuscht sein wird.» Finn-Erik zögerte. «Aber ich hab darüber nachgedacht. Stig ist ein großer Junge, er wird es verstehen und akzeptieren, wenn du nicht kommen kannst, Hauptsache, du denkst an ihn.»

«Natürlich denke ich an ihn», sagte Even mit Nachdruck.

«Ich lade ihn stattdessen am Freitag zu einer Geburtstagsfeier bei mir ein, dann hat er zwei Feiern.»

Finn-Erik lächelte, und sie sahen sich an, bis Even den Blick abwendete. «Dieser Brief … den ich dir gezeigt habe … Erinnerst du dich noch, was darin stand? Wen ich wann und wo treffen sollte?»

«Ist das auch weg?»

«Ja. Sowohl der Brief als auch die Erinnerung. Es ist ein übles Gefühl, aber ich kann mich an die letzte Woche nur bruchstückhaft erinnern.»

«Du hast was von einem Linguisten gesagt, den du zum Mittagessen treffen wolltest, ein Uhr, glaube ich. In einem Café.»

«Weißt du noch, in welchem?»

«Das hast du, glaube ich, nicht gesagt …»

Eine sonnengebräunte Hand legte sich auf Evens Arm, und eine strenge Frauenstimme erklärte ihm, dass er jetzt gehen müsse. Auf der Stelle.

«Hab ich noch was anderes gesagt, das hilfreich sein könnte?» Even ignorierte die Hand und ging ein paar Schritte näher ans Bett heran. «Erinnerst du dich an irgendetwas?»

«Als du mit dem Finger auf den Brief getippt hast … stand da etwas von ‹Baum› oder so. Mein Deutsch ist ja nicht so gut, ich kann nur ein paar Wörter, die ich vor ein paar Jahren in Deutschland aufgeschnappt habe, als wir mit dem Ornithologenverein da waren.» Er hob entschuldigend den Arm ein paar Zentimeter von der Bettdecke. «Das ist alles, tut mir leid.»

Even musste lächeln. «Danke, Finn-Erik. Das hilft mir sehr.» Sein Blick fiel auf die braune Hand, die jetzt sein Handgelenk umklammerte. Sie war so dünn und schmal. Seine eigene wirkte doppelt so groß. Seine Faust konnte … Mit unsicherer Miene hob er den Kopf. «Als wir uns gestritten haben … Hab ich dich geschlagen? Ich meine, war ich …» Er schaute seine Faust an, dann Finn-Erik.

Der antwortete mit einem schiefen Lächeln. «Zugeschlagen hast du nicht direkt, eher kräftig zugegriffen, würde ich sagen … Im Rücken hatte ich die Wand, vor mir warst du … Ich hatte jedenfalls keine Befürchtung umzufallen, um es mal so auszudrücken. Und die Nase hat ein bisschen was abgekriegt.»

Abgekriegt. Blut auf dem Arm? «Hast du geblutet?»

Finn-Erik verweilte einen Augenblick mit dem Blick an der Decke, ehe er antwortete. «Ein bisschen.»

Even wurde flau. Er schüttelte die Hand der Krankenschwester ab, die erschrocken zusammenzuckte. «Ich geh ja gleich», fauchte er sie an. «Aber …» Er wandte sich wieder Finn-Erik zu. «Woher weißt du, dass nicht ich es war, der …? Du weißt schon, mit dem Messer …»

«Ich hab gesehen, wie die Kinder dir draußen hinterhergewinkt haben, als ich plötzlich ein Geräusch hinter mir hörte.»

«Er kam von hinten? Dann hast du nicht gesehen …?»

«Nein», sagte Finn-Erik und schloss die Augen. «Ich weiß nicht, wer es war.»

Even murmelte ein «Bis bald» und ging.

Am Haupteingang gab er die Krücken zurück, bedankte sich fürs Leihen und humpelte aus der Tür. Er schaltete sein Handy ein und tippte eine Nummer, die er fast zehn Jahre nicht mehr gewählt hatte und die er eigentlich nie wieder hatte wählen wollen.

«Hallo, Sie sind bei Hjalmar und Anita Sæletun gelandet …», meldete sich ein Anrufbeantworter.

«Hallo, Anita, hier ist Even … Vik.»

Es dauerte ein paar Sekunden, bis jemand den Hörer abnahm: «Hallo, Even.» Dann vergingen noch ein paar weitere

Sekunden, ehe sie hinzufügte: «Ich weiß es, das mit Stig … und dir.»

«Ja, ich weiß, ich war gerade bei Finn-Erik.»

«Das ist so …»

Traurig, tragisch, fürchterlich – oder vielleicht Kindesmisshandlung? Even konnte nur erraten, was sie meinte, weil sie den Satz nicht vollendete. Dass es nichts Positives war, verriet ihr Schweigen nur zu deutlich.

Aber sie hatten Finn-Erik beide versprochen, das Kriegsbeil zu begraben.

«Ich würde gerne mit Stig sprechen, könntest du ihn …»

«Aber der ist doch in der Schule …»

«Also …» Even verkniff es sich zu sagen, dass es nach einem derart ereignisreichen Wochenende vielleicht besser gewesen wäre, er wäre zu Hause in geborgener Umgebung geblieben. Aber war es wirklich so? Vielleicht war es ja das Beste, dass der Junge in die Schule ging und abgelenkt wurde.

«Dann rufe ich heute Abend nochmal an. Ich wollte mit ihm besprechen, ob er Freitag zu mir kommen und auf Samstag bei mir übernachten will. Dann können wir seinen Geburtstag bei mir nachfeiern, nur er und ich.»

«Das passt schlecht, da wollen wir nämlich Hjalmars Onkel und Tante besuchen, die haben Stig schon ewig nicht mehr gesehen …»

«Hjalmars Tante und Onkel sind mir so was von egal! Wenn Stig Lust hat, übernachtet er von Freitag auf Samstag bei mir.» Even stieß die Worte mit so viel Nachdruck aus, dass ein vorbeigehender Arzt ihm einen erstaunten Blick zuwarf. Er verließ den Eingangsbereich und hinkte durch das trübe Wetter zur Bushaltestelle. «Das werde ich heute Abend mit Stig besprechen.»

Sie antwortete nicht, und er wollte schon die Verbindung

beenden, als ihm etwas Wichtiges einfiel. «Anita, um Stigs willen ist es wichtig, dass sonst niemand erfährt, dass ich sein Vater bin. Ihm darfst du es auch nicht sagen und auch nicht deinem Vater, und erst recht niemandem außerhalb der Familie. Verstehst du?»

Er hörte ein Schnaufen, dann antwortete sie: «Es würde mir *im Leben* nicht einfallen, es irgendwem zu erzählen, darauf kannst du Gift nehmen!»

Kapitel 59

LONDON
IM JAHRE DES HERRN 1705

Der Lärm und der Gestank in der engen Paternoster Row unmittelbar nördlich der Kathedrale waren fast so unerträglich wie zwischen den Münzpressen und Schmelzöfen im Tower. Trotzdem war Newton froh über die Abwechslung und genoss den Spaziergang zwischen den Ständen hindurch, wo zungenfertige Marktweiber Kopfbedeckungen aller Art für Frauen verkauften, Papierhändler aus Little Britain ihre Waren in nahezu poetischen Wendungen feilboten, wohl wissend, dass viele ihrer Kunden gelehrte und sprachbegabte Männer waren, und die vielen Buchhändler der Gasse an Gutwettertagen ihre Bücher, Pamphlete und Schriften zur Ansicht auslegten.

Isaac Newton entdeckte eine neue Ausgabe von «The Review» und warf dem Buchhändlergesellen einen Halfpenny zu. Während er einen Artikel über die Notwendigkeit der Heeresstärkung und Unterstützung des heroischen Kampfes des Herzogs von Marlborough gegen die Franzosen überflog, passierte er «Dolly's Chop House» und trat durch die Tür der «Castle Tavern».

«Wie könnt Ihr nur einen Artikel dieses Schlachtersohnes und Verteidigers ketzerischer Abweichler lesen?», fragte Dr. Arbuthnot mit gerümpfter Nase, als Newton die Zeitschrift auf den Tisch legte. Die übliche Gruppe der Fellows vom Royal College hatte sich nahe dem Kamin um einen Tisch versammelt, der inzwischen als ihr Stammtisch be-

zeichnet werden konnte. Der Münzmeister bekam ein Pint serviert, ohne vorher bestellt zu haben, ein Zeichen, dass er ein häufiger und gerngesehener Gast war.
Mr. Gregory, einer der wenigen Anwesenden, der Newtons religiösen Standpunkt als Arianer kannte, drückte es diplomatischer aus: «Ich bin der Meinung, dass dieser Daniel Defoe, oder wie er sich jetzt nennt, eine beachtenswerte Begabung hat, Sichtweisen zur Debatte zu stellen, die einzelnen Personen in den oberen Reihen der Gesellschaft als in Stein gemeißelte Wahrheit gelten. Ich lese seine Artikel daher mit einer Mischung aus Freude und Abscheu, aus Fassungslosigkeit und Nachsicht. Er ist ein Rebell, das muss man sagen.»
«Ein Schlawiner, den ich am liebsten am Pranger sähe», brummte Dr. Arbuthnot.
«Aber er gehört der Whig-Partei an, genau wie Mr. Newton», gab Gregory zu bedenken.
Newton hatte seinen Hut unter die Bank geschoben und tupfte sich mit einem Stofftuch den Schweiß unter der Perücke trocken. «Ohne Zweifel ein umtriebiger und mutiger Mann mit der Neigung, die Dinge von mehreren Seiten zu betrachten. Mir sind Gerüchte zu Ohren gekommen, dass er ein Netzwerk von Zuträgern aufgebaut hat, die ihn über alles informieren, was im ganzen Land passiert. Vielleicht sind es ja diese Informationen, die wir im ‹Review› zu lesen bekommen.»
«Das habe ich ebenfalls gehört», sagte Mr. Halley und blies Pfeifenrauch über den Tisch. «Diese Agenten, oder wie man sie nennen soll, sind ganz normale Bürger, die niemandem sagen dürfen, dass sie von ihm angestellt sind. Sie kennen sich nicht einmal untereinander.»
«Dann kann es also passieren, dass ein Spion einen ande-

ren Spion ausspioniert?» Arbuthnot schüttelte den Kopf. «Ein Netzwerk, in dem der Tratsch ganz Englands ausgetauscht wird, kann doch nicht zum Besten des Königreiches oder des Parlamentes sein. Bald kann man ja niemandem mehr trauen.» Er schaute in die Runde. «Womöglich ist einer unter uns Defoes Agent und soll über unsere Gespräche berichten.»

Sie lachten herzlich über den Scherz und waren bald darauf in ein lebhaftes wissenschaftliches Gespräch vertieft.

«Jetzt ist es also sicher, dass die mechanische Ordnung des Universums geklärt und beschrieben ist, sodass die Phänomene der Naturphilosophie bald nicht mehr Hypothesen, sondern beweisbare Theorien sind.» Gregory sagte dies mit einem Seitenblick auf Newton, als erwartete er eine anerkennende Geste des Königlichen Münzmeisters.

«Zu viele Dinge sind nach wie vor in der Schwebe und im Dunkeln», sagte Halley und legte die Pfeife weg. «Materie, oder vielleicht auch der Mangel an Materie, die sich in dem enormen Raum zwischen Erde und Sonne befindet, sei es Äther, sei es ...»

«Es kann jedenfalls kein leerer Raum sein», unterbrach ihn Arbuthnot. «Immerhin leitet er das Licht und überträgt die Kraft, die Mr. Newton auch Schwerkraft nennt und die alle Planeten und Sterne des Universums an ihrem Platz hält.»

«Sogar die Kometen», kommentierte Halley mit selbstzufriedener Miene. «Meine Berechnungen beweisen, dass ein Komet, den ich 1682 beobachtet habe, 1758 wieder auftauchen wird. Kometen scheinen ganz eigenen, langen, aber berechenbaren Bahnen zu folgen.»

«Würden sie das auch tun, wenn sie sich in einem leeren Raum bewegten, in einem Vakuum?» Arbuthnot ließ wie üb-

lich nicht locker, er saß schon ein wenig schief auf seinem Stuhl und war nicht mehr weit davon entfernt, nach einem weiteren Pint selbst den Beweis für die Existenz der Gravitation anzutreten – mit einer schlichten Pendelbewegung seines Körpers, die in einem horizontalen und für den Körper generell recht tiefen Schwerpunkt enden würde.
«Wenn die Planeten und Kometen nicht von äußeren Kräften beeinflusst werden, werden sie sich, wie ich es zu einem früheren Zeitpunkt bewiesen habe, mit gleichbleibender Geschwindigkeit weiterbewegen», murmelte Newton, in eigene Gedanken versunken. «Die Frage ist nur, welche Dinge die Kraft und die Bahn eines solchen Kometen oder anderen Gegenstandes beeinflussen. Gibt es da noch eine andere Energie, die auf sie einwirkt?»
«Könnte es sein, dass unbeweglichen Gegenständen eine Energie innewohnt, die sich erst dann entlädt, wenn ... Ich meine ...» Dr. Arbuthnot verstummte unsicher, als er sah, dass die anderen ihn anstarrten, als hätte er Gott gelästert.
Newtons Blick war dunkel wie Brunnenwasser. «Dem wirren Gewäsch dieses deutschen Leviathan darf man einfach keine Aufmerksamkeit schenken, geschweige denn, es zu beweisen versuchen», knurrte er mit einem missbilligenden Blick auf Arbuthnot.
«Ich bin auch der Meinung, dass diese ‹vis viva›, die lebendige Kraft, die als Energie konserviert werden kann, eine Ausgeburt der Phantasie ist, die Leibniz so schnell wie möglich ad acta legen sollte.» Wie üblich war Mr. Gregory der Erste, der Newton beipflichtete.
Es war nicht ganz klar, ob Newton die wohlwollenden Worte gehört hatte, sein Blick war auf Arbuthnots Brust geheftet, und alle hielten die Luft an, gespannt, ob jetzt ein Donnerwetter oder ein Gedanke folgte.

«Euer … Gedanke über den leeren Raum ist interessant …» Die Stimme des Münzmeisters war zögerlich, er tippte geistesabwesend mit einem Finger auf die Tischplatte. «Ist es nicht so, dass Körper und Licht in einer ständigen Wechselwirkung miteinander stehen? Die Frage ist nur, wie ein Körper durch einen leeren Raum beeinflusst wird.»
«Ich erinnere mich an Mr. Boyles Versuche in Oxford», sagte Mr. Roberts, der eine ganze Weile geschwiegen hatte. «Es war ein erstaunlicher Anblick, wie das Tier, sei es ein Vogel oder eine Maus, sich sichtlich unwohler fühlte, je mehr Luft aus der Glaskugel gesaugt wurde.»
«Welchen Leeregrad hatte man erreicht, als sie ihr Leben aushauchten?», fragte Newton wieder mit klarerem Blick.
«Bei etwa zwei Dritteln abgesaugter Luft verloren die Tiere das Bewusstsein, und bei weniger als einem Viertel Restluft starben sie. Mit der Hälfte des Luftgehaltes konnte ein Vogel sich durchaus noch bewegen und singen, wenn auch leiser als gewöhnlich.»
«Wurde der Laut schwächer, weil der Vogel schwächer wurde?» Jetzt beugte auch Halley sich interessiert über den Tisch.
«Das war anfangs nicht ganz klar. Aber Mr. Boyle hat später einen Versuch mit einer Messingglocke gemacht und stellte fest, dass tatsächlich der Ton schwächer wurde. Für ihn war das der Beweis, dass Schall abhängig ist von Luft.»
Mr. Gregory sah Newton an. «Dann ist doch wahrscheinlich, dass auch das Licht der Sonne davon abhängig ist, wodurch wir zu dem Schluss kämen, dass es zwischen der Sonne und der Erde keinen leeren Raum gibt.»
Newton nahm ein Notizheft aus der Tasche und gab dem Wirt ein Zeichen, dass er Feder und Tintenfass bringen sollte.

«Ja, denn der Mond muss sich ja schließlich in irgendetwas bewegen ...», sagte Dr. Arbuthnot und bestellte noch ein Pint.
«Apropos Mond ...», murmelte Halley leise und schaute über Newtons Schulter hinweg. Die Aufmerksamkeit aller Anwesenden richtete sich auf die Tür, wo der Königliche Astronom, Mr. Flamsteed, aufgetaucht war und in das dunkle Lokal blinzelte. Als er Newton erblickte, trat er näher und grüßte in die Runde.
Ohne Anstalten zu machen, sich zu erheben, erklärte Isaac Newton, dass er dem Prinzen seinen Bericht noch nicht abgeliefert hätte. Er würde dies aber augenblicklich tun, sobald er die letzten Kopien von Flamsteeds Observationen bekommen hätte.
Dem Astronom war die Situation offensichtlich peinlich, er schaute zur Tür, als würde er die Unterhaltung lieber draußen weiterführen. «Es geht um meine Ausgaben», sagte er gedämpft. «Sie belaufen sich auf zweitausend Pfund. Das ist eine ... beträchtliche Summe, und ich erwarte recht bald eine anständige Kompensation für meine Mühen.»
Newton wartete mit seiner Antwort, bis der magere Astronom vor Unbehagen in seinem Mantel zu schrumpfen schien. Dann hob der Münzmeister den Kopf und durchbohrte Flamsteed mit einem drohenden Blick. «Ihr solltet kooperieren, Mr. Flamsteed. Eine nicht autorisierte Ausgabe der ‹Historia Coelestis› unter verantwortungsvoller Aufsicht von Mr. Halley ist doch allemal besser, als vom Nebel des Vergessens verschluckt zu werden.»
Flamsteed wurde noch bleicher, schielte kurz zu Edmund Halley hinüber und verabschiedete sich mit einem kurzen Gruß von den anderen, ehe er verschwand.
«Der gute Herr Astronom hatte es aber sehr eilig ...» Halley

lachte leise, was niemand am Tisch kommentierte. Seit Flamsteed vor einem Jahr angemerkt hatte, Halley habe seine Professur in Oxford nur bekommen, weil Newton es verlangt habe, war das Verhältnis zwischen den beiden Männern deutlich abgekühlt. Dabei wussten alle Anwesenden, Halley eingeschlossen, dass der Königliche Astronom recht hatte.

Newton war in seine Notizen vertieft, man hörte nur das eifrige Kratzen der Feder auf dem Papier, als ein grobschlächtiger Mann die Taverne betrat und direkt auf ihren Tisch zusteuerte.

«Mr. Newton, Zeit zu gehen», sagte er, hob den Hut vom Boden auf und reichte ihn Newton.

«Danke, Mr. Butcher», sagte Newton und steckte das Notizbuch in die Tasche. «Ich muss ins Gericht», erklärte er den anderen und erhob sich. «Sie entschuldigen mich.» Er zog seinen Mantel an, grüßte zum Abschied und verließ das Gasthaus, gefolgt von dem kräftigen Mann.

Eine Stunde später.

«Der Gefangene beteuert bis zu diesem Zeitpunkt seine Unschuld. Wir haben zahlreiche Zeugen befragt.» Richter Clarke legte seine kräftige Pranke auf die Unterlagen, als ein Windzug durch den Saal fuhr. «Alle sind sich einig, dass Mr. Danny ‹Mack› Duff am 24. April auf dem Weg zwischen Gunnersbury und Padingwike Mr. Jermaine Crock überfallen und um alle Habseligkeiten erleichtert hat, von der Perücke bis zu seinen Stiefeln, wie ein Zeuge ausgesagt hat.» Von seinem Podium schaute der Richter zu dem abgetrennten Bereich, in dem die Schreiber und Gerichtsdiener saßen, musterte zuerst die Geschworenen zur Linken des Gefangenen und dann die zu seiner Rechten, um sich zu vergewissern, dass alle wach waren und zuhörten. Als er in seinem Bericht fortfahren wollte, wurde er von dem Gefangenen selbst unterbrochen. «Ähm ... Hohes Gericht, ich bekenne mich schuldig, wenn ich, ähm ... dann nach Amerika ausgewiesen werde.» Der Gefangene stand einen Moment verunsichert da, als wäre er nicht sicher, ob er das Richtige gesagt hatte. Aus dem Zuschauerraum ertönten Zwischenrufe, sodass Richter Clarke zum Hammer griff, damit wieder Ruhe einkehrte. Isaac Newton sah, wie ein Gefangenenwärter sich zur Seite beugte und dem Angeklagten etwas ins Ohr flüsterte, worauf der sich aufrichtete. «Ach nein, was ich sagen wollte, ich rufe ... ähm ... berufe mich, ähm ... auf das Vorrecht des geistlichen Standes.» Er schielte fragend zu dem Aufseher.

Newton wusste, dass die Wärter des Newgate-Gefängnisses jede Gelegenheit für einen Nebenverdienst nutzten, so gaben sie auch verzweifelten Angeklagten Ratschläge, wie sie vor Gericht auftreten und was sie am besten sagen sollten. Ob die Ratschläge etwas taugten, stand auf einem anderen Blatt. Anwälte, die für einen sprachen, konnten sich nur die Bessergestellten leisten.

Der Richter kommentierte die neue Eingabe und blätterte in der Bibel nach einer passenden Stelle, die der Gefangene zum Beweis rezitieren sollte, um seine Strafe zu mindern.

Von seinem gewohnten Platz auf dem unteren Balkon konnte Newton den gesamten Gerichtssaal überblicken. Er stand nahe einer Säule, um sich mit einem Schritt nach hinten mit dem Rücken anlehnen zu können, falls es nötig war. Mit seinen dreiundsechzig Jahren war er nicht mehr der Jüngste. Außerdem bot die Säule etwas Schutz, wenn es mal wieder gar zu arg zog. Unter den Gerichtsdienern und Anwälten wurde der Platz neben der Säule humorvoll «Newton Square» genannt, worüber Newton großzügig hinwegsah. Es war wichtig, dass die Richter wussten, wo er zu finden war, wenn sie die Meinung des Königlichen Münzmeisters zu einem Fall wünschten.

Sessions House, der Gerichtssaal in der Old Bailey Street, war nach dem großen Brand 1666 errichtet worden und neumodisch in seiner architektonischen Konzeption, infolge derer der obere Teil der vierten Wand fehlte, um für eine konstante Zufuhr von Frischluft im Saal zu sorgen. Die Wintersaison im Gericht war deshalb eine kühle Angelegenheit und die regenreichen Tage mit Westwind ein feuchtes Vergnügen für all jene, die sich in der Nähe der Halbwand aufhielten. Im Gegenzug waren selbst die wärmsten Sommertage angenehm kühl, und auch der eigentliche Zweck dieser offenen Lösung war erreicht worden: Die Zahl der Typhuserkrankungen war drastisch gesunken.

Knochenweiße Sonnenstrahlen fielen durch die großen Fenster auf das Richterpodium, und Staubkörner tanzten wie wilde Atome in der Luft herum und schienen nichts von Gravitation, Magnetismus oder Elektrizität zu wissen. Konnte es sein, dass der unbeständige Luftzug diesen Kräften entgegenwirkte? Was würde passieren, wenn man jetzt dem Saal die ganze Luft entzog? Würden die Staubkörner dann den Gesetzmäßigkeiten der Kräfte Folge leisten und Muster bilden, die der jeweils einwirkenden Kraft entsprachen? War es vorstellbar, dass die Wellen des Lichtes …

«Als Nächstes wird der Fall Molly Pickleton behandelt, Herr Münzmeister.» Sergeant Butcher von King's Messengers, der Polizeiabteilung, die verantwortlich war für Verrat und politische Kriminalität, beugte sich zu Newton und fügte hinzu: «Danach kommt der Fall James Hartley.»

Newton blinzelte in das Licht, das durch die Fenster fiel, und

schaute hinunter in den Saal. Der Richter schlug mit dem Hammer auf den Tisch, und der verurteilte Straßenräuber wurde abgeführt.
James Hartley, ja. Es war gut, wenn der Fall endlich abgehandelt wurde, er hatte Newtons Zeit in den letzen Wochen zu sehr in Anspruch genommen. Es war alles andere als einfach gewesen, den Mann zu dem Geständnis zu bringen, dass er Silberplatten aus der Presse gestohlen und gemeinsam mit einem ehemaligen Angestellten gefälschte Münzen hergestellt hatte. Es hatte zahlreiche Verhöre gegeben, und obgleich in Hartleys Zimmer gefälschte Münzen gefunden worden waren, behauptete er, dass sie jemand anders dort deponiert habe, und leugnete hartnäckig seine Schuld. Newton war in seinen Verhören besonders hart und unnachgiebig gewesen, wie immer, wenn es um Angestellte der Münze ging. Für ihn war es unverzeihlich, wenn Angestellte sein Vertrauen missbrauchten, und er hatte nicht lockergelassen, bis er ein Geständnis hatte.
Alles Weitere war reine Formsache. Die Anhörung vor Gericht, die Zeugenaussagen, die Entscheidung der Geschworenen – und das Urteil: Mr. James Hartley erwartete der Galgen, so wahr der Königliche Münzmeister Isaac Newton hieß.
Auch die junge Molly Pickleton war Newtons Fall. Auch dies eine Formalität. Sie war erwischt worden, als sie gefälschte Münzen aus einer billigen Eisenlegierung in Umlauf gebracht hatte. Acht Jahre zuvor war sie zusammen mit ihrer Mutter verhaftet worden, weil sie die Ränder von Münzen beschnitten hatten. Sie selbst war damals aufgrund ihres Alters mit einer billigen Strafe davongekommen und nur gebrandmarkt worden. Newton konnte trotz der Entfernung das blassweiße V auf ihrer Wange erkennen. V wie «Verbre-

cher». Ihre Mutter hatte die verdiente Todesstrafe erhalten. In den letzten Verhören hatte Molly Pickleton vorgegeben, die Münzen für Dienste für einen noblen Herrn bekommen zu haben. Aber da sie sich weder dazu äußern wollte, um was für Dienste es ging, noch wie der noble Herr hieß, schenkte das Gericht diesem Umstand keine weitere Beachtung.

Mit ausdrucksloser Miene hörte Newton Richter Clarkes Darlegung des Falles, beobachtete, wie die Geschworenen sich kurz berieten, um die Angeklagte dann für schuldig zu erklären. Als das Urteil verkündet werden sollte, berief Molly Pickleton sich darauf, dass sie schwanger sei und der Fall vertagt werden müsse. Das sorgte für Aufregung unter den Zuhörern, und Richter Clarke musste mehrmals mit dem Hammer auf die Tischplatte schlagen, damit wieder Ruhe im Saal einkehrte. Dann sah Newton, wie der Richter fragend den Blick zu ihm hob. Er überlegte kurz und schüttelte den Kopf.

«Einspruch abgelehnt», verkündete Richter Clarke und schlug noch einmal mit dem Hammer auf den Tisch. Er verurteile sie zum Tod durch Erhängen. Das Mädchen stieß einen Schrei aus und wurde ohnmächtig. Gleich darauf wurde sie von zwei Aufsehern aus dem Saal getragen.

Wenig später wurde James Hartley hereingeführt. Er war blass, und sein Blick suchte die Balkonreihen ab, bis er Newton entdeckte. Er formte ein paar stumme Worte mit den Lippen, die Newton zu deuten unterließ, und wurde mit dem Gesicht zum Richterpodium aufgestellt.

Als der erste Zeuge aufgerufen wurde, spürte Newton einen spitzen Gegenstand unter seinem linken Schulterblatt und erstarrte.

«Schaut nach vorn, steht ganz still und hört zu, Münzmeis-

ter», flüsterte eine raue Stimme in sein Ohr. «Es geht um Euer Leben.»
Newton neigte, als Zeichen der Zustimmung, langsam den Kopf nach vorn.
«Eure Macht ist groß, das konnten wir soeben bezeugen, als Ihr die junge Molly Pickleton zum Tode verurteilt habt. Aber Ihr sollt einen Beweis bekommen, dass unsere Macht noch größer ist. Steht still und folgt der Verhandlung.»
Die Stimme verstummte, der saure Mundgeruch des Mannes wich zurück, aber das Messer drückte anhaltend gegen seine Schulter, sodass Newton die Verhandlung starr wie eine Salzsäule verfolgte, während ihm der Geruch feuchten Schweißes von seinem Halstuch in die Nase stieg. Er wollte fragen, wer der Mann war, den Kopf ein wenig drehen, um einen Blick auf ihn zu erhaschen, musste aber einsehen, dass ihm der Mut dazu fehlte. Er hatte viele Feinde, die ihm nach dem Leben trachteten, war aber nie zuvor so unmittelbar mit der Möglichkeit seines bevorstehenden Todes konfrontiert worden.
Als die letzten Zeugen ausgesagt hatten, wie erwartet zum Nachteil des Angeklagten, und die Geschworenen sich besprechen wollten, wurde der Angeklagte ein letztes Mal gefragt, ob er sich schuldig bekenne. Eine reine Formalität, dachte Newton automatisch, spürte wieder das Messer und atmete so flach, dass es in der Brust schmerzte. Der Mann hatte schließlich seine Schuld zugegeben.
«Nicht schuldig», sagte James Hartley mit fester Stimme. Newton hob überrascht den Kopf und machte unwillkürlich einen Schritt nach vorn, um einen Blick auf den Gefangenen zu werfen. James Hartley lächelte müde zum Balkon hoch. Im nächsten Augenblick wurde Newton gewahr, dass das Messer an seiner Schulter nicht mehr da war. Er drehte sich um, doch hinter ihm war kein bewaffneter Missetäter zu

sehen. Stattdessen entdeckte er auf dem Boden einen spitzen Stab. Offenbar hatte ihn jemand zwischen die Säule und seine Schulter geklemmt, sich aus dem Staub gemacht und ihn, starr vor Todesangst und der Lächerlichkeit preisgegeben, zurückgelassen.

Sergeant Butcher kam angetrottet und stellte sich neben Newton, ohne den maßlosen Zorn des Münzmeisters zu bemerken, der diesem fast die Sprache verschlug.

«Wo ... seid ... Ihr gewesen?»

Butcher sah Newton verdutzt an. «Ein Gerichtsdiener hat mir Bescheid gegeben, dass die Anklagebank ein paar Fragen hätte. Wie sich gezeigt hat, war das ein Missverständnis, der Ankläger hatte mir gar nichts zu sagen.» Er zögerte einen Augenblick. «Habt Ihr mitbekommen, dass Hartley ‹nicht schuldig› gesagt hat?»

«Das ist ohne Bedeutung», brummte Newton gereizt.

Der Sprecher der Geschworenen erhob sich und verkündete die Entscheidung der Jury. «Wir finden es schwierig, den Angeklagten Mr. James Hartley für schuldig zu erklären, wenn er selber sich als unschuldig betrachtet.»

Newton blinzelte überrascht und wendete seine Aufmerksamkeit dem Richterpodium zu. In seinen Ohren rauschte es. Unruhe machte sich auf den Zuhörerbänken hinter ihm breit, und er hörte Richter Clarke mehrmals mit dem Hammer schlagen, um für Ruhe zu sorgen. Er stand wie versteinert da, als würde ihm wieder ein Messer gegen den Rücken gedrückt, und hörte das Unglaubliche, das Unfassbare. Richter Clarke akzeptierte die Erklärung und sagte: «Dann betrachten wir den Fall als unaufgeklärt und fordern den Ankläger auf, die Schuldfrage besser zu begründen. Sollte das ausbleiben, wird der Angeklagte in vierzehn Tagen freigesprochen und entlassen.»

Wie von einem plötzlichen Fieber und Schwindel erfasst, taumelte Newton ein paar Schritte zurück und lehnte sich gegen die Säule. «Sie haben es gewagt ...», murmelte er, den Blick starr auf den Boden gerichtet. Er spürte Übelkeit in sich aufsteigen. «Sie ...» Er fluchte leise, richtete sich auf und starrte Sergeant Butcher mit einem Blick an, der den großen Mann erschrocken einen Schritt nach hinten weichen ließ. «Sie haben mich zum Narren gehalten!», fauchte er und verließ wutschnaubend im Laufschritt den Gerichtssaal, sodass die Leute erschrocken zur Seite sprangen.
Auf der Old Bailey bog er in die Bowier Row ein und lief mit energischen Schritten an St. Paul's vorbei. Hinter ihm rief Sergeant Butcher verzweifelt, der Meister solle warten, was Isaac Newton einfach ignorierte. Ein Karren versperrte den Weg, also bog er rechts in eine Gasse ein. Als er am «Blacksmith's» vorbeikam, wurde just ein Betrunkener auf die Straße geworfen und blieb dort im eigenen Erbrochenen liegen. Newton machte einen Bogen um den Säufer und blieb erst wieder stehen, als er ein Kaffeehaus erblickte. Er trat ein und setzte sich mit einer Tasse schwarzem Kaffee, die zu seiner Stimmung passte, wie er fand, in einen einsamen Winkel. Er starrte auf die schwarze Flüssigkeit, als wäre sie der Teufel persönlich, und bemerkte gar nicht, dass ein Mann sich an seinen Tisch setzte.
«War das Lehrgeld genug, Professor?»
Die Stimme veranlasste Newton, den Blick zu heben. Er starrte den mageren Mann an, den er in jüngeren Jahren als seinen alchemistischen Mentor betrachtet hatte. «Was führt den Großmeister der Bruderschaft der Unsichtbaren an meinen Tisch, Mr. F?»
Der Großmeister sah sich eilig in dem Lokal um und kniff die Augen zusammen. «Hütet Eure Zunge, Isaac, fordert mich

nicht ungebührlich heraus. Ihr habt eben erst eine Kostprobe unserer Macht bekommen.» Er schwieg, bis der Wirt kam und eine Tasse Kaffee vor ihn stellte. «Wir folgen Euch auf Schritt und Tritt, müsst Ihr wissen. Und wir können, wie Ihr bemerkt habt, Euer Leben nehmen, wenn wir es wollen. Euer Leben liegt in unseren Händen. Ihr wisst nicht und werdet niemals wissen, wer und wo wir sind. Sind wir im Gerichtssaal? In der Königlichen Münze? Im Militär? In Eurem Freundeskreis?»

Newton nahm die Tasse, trank einen Schluck Kaffee, obwohl er sich dabei die Zunge verbrannte, und setzte die Tasse mit äußerster Vorsicht wieder ab, als handele es sich um die Kronjuwelen. «Was wollt Ihr?», sagte er so leise, dass sein Gegenüber sich vorbeugen musste.

«Das wisst Ihr genau.» Mr. F wartete einen Augenblick, als wollte er ihnen beiden Zeit einräumen, die Gedanken zu sortieren. «‹Opticks› ist in drei Bänden erschienen. Wir wissen, dass Ihr seit mehreren Jahren am vierten Band arbeitet und dass Ihr bedeutende Entdeckungen gemacht habt. Über die Kräfte und Mechanismen der göttlichen Schöpfung. Wir wollen, dass Ihr den vierten Band abschließt und der Bruderschaft überlasst, ohne ihn vorher jemand anderem vorzulegen.» Er lächelte. «Als Ablass für das Verbrechen, uns zu verlassen.»

«Ich schulde Euch nichts.»

Mr. F erhob sich und schaute einen Moment auf Newton herab. «Ihr schuldet uns Euer Leben», sagte er, legte eine Münze auf den Tisch und verließ das Kaffeehaus.

Kapitel 60

Die Firma lag in der Kirkegata unweit der Domkirche. Das Tor und der Hinterhof machten einen gottverlassenen Eindruck, als wären Begriffe wie Renovierung oder Instandhaltung für die Verantwortlichen Fremdworte. Even dachte, dass er seinen Eindruck von Polizeipräsidentin Brynildsens Mann vielleicht revidieren musste. Möglicherweise war er doch nicht so wohlhabend und versnobt, wie er gewirkt hatte. Er drückte auf die Klingel neben dem Metallschild mit der Aufschrift «Found-on-Sound AS» und hörte ein Rauschen und Knacken aus der Türsprechanlage, ehe eine metallische Stimme rief: «Ja?»

«Professor Vik. Ich würde gerne mit Frivold Danbolt sprechen.»

«Haben Sie einen Termin?»

«Nein. Es geht um … wie soll ich sagen … einen Gedankenaustausch, von Experte zu Experte. Kann ich raufkommen und einen Termin vereinbaren?» Even richtete sich auf, er hasste es, mit einer Wand zu reden. Glücklicherweise war das Summen des Türöffners seine Antwort. Er drückte die Tür mit der Schulter auf und hinkte bis in die dritte Etage hoch. Die breite Treppe war ausgetreten, Sand knirschte unter seinen Schuhsohlen, und kleine Staubmäuse drückten sich ängstlich in die Ecken, als er vorbeiging. Auf halbem Weg bereute er es, nicht den Aufzug genommen zu haben, stieg dann aber trotz seines schmerzenden Knies weiter nach oben. In so einem Haus muss man sich auf seinen natürlichen Schutzinstinkt verlassen, dachte er und blickte an die Wand, an der sich ein großes Stück Farbe löste und über die Treppe herabhing. Keine zehn Pferde bekommen mich hier in den Aufzug!

Linker Hand der Tür der Firma Found-on-Sound stapelten sich bis in Brusthöhe Pappkartons. Vor der Tür lag eine große Kabelrolle. Er beugte sich vor, noch ganz außer Atem, und drückte die Klingel. Es verging fast eine halbe Minute, ehe ihm ein etwa dreißigjähriger Mann in einem schwarzen T-Shirt die Tür öffnete und ihn hereinbat. Even blieb auf der Türschwelle stehen und musterte die ungewöhnlich solide aussehende Tür.

«Wir haben hier drinnen ein Vermögen an technischem Equipment», erklärte der Mann ihm freiheraus und schloss die Tür hinter Even. «God is Great – Satan is Super» stand auf seinem Rücken.

«Frivold muss gleich weg, aber wenn es nur um einen Termin geht … Kommen Sie!» Der Mann warf seine Haare mit einer geübten Kopfbewegung nach hinten und führte ihn über einen schmalen Pfad zwischen weiteren aufgestapelten Kartons und Kabelrollen hindurch. Die Firma schien aus einem einzigen großen unübersichtlichen Raum zu bestehen, dessen Decke von vereinzelten Säulen getragen wurde. Lautsprecher und technisches Material hingen an dicken Stahlketten, Leitungen führten wie Girlanden kreuz und quer durch die Gegend, ohne dass Even ein System erkennen konnte, und eine riesige Musikanlage thronte in einem Regalsystem auf Rädern. Auf einem gewaltigen Tisch inmitten des großen Raumes standen zwei Modelle von Konzertsälen. Beide Miniaturen befanden sich unter Glaskästen, daneben standen technische Geräte, die mit den Kästen verbunden waren.

Even und der Mann durchschritten den Raum und gingen um einen Vorhang herum, der eine Ecke des großen Raumes abtrennte. Dahinter war ein geschlossenes Büro verborgen.

Erneut die Haare nach hinten werfend, blieb der Mann stehen und klopfte an die Tür. «Besuch für den Chef», sagte er, ließ Even stehen und wandte sich am anderen Ende des Raumes wieder einem Bollwerk aus Bildschirmen, Harddisks und Computern zu.

Frivold Danbolt, *2, blass wie die Haut eines Toten*, blickte von einer schwarzen Tasche auf, in der er Papiere und CDs verstaute. Lächelnd streckte er Even die Hand entgegen. «Das ist ja eine Überraschung. Wie geht es Ihrem Kopf?»

«Ist noch dran.» Even sah sich um. «Ich dachte, ein Akustiker, ein Experte für klassische Musik, würde ein etwas … würde sich in einer etwas mondäneren Umgebung aufhalten, in Räumlichkeiten, die dem feinen kulturellen Anspruch gerecht werden, um es so zu sagen.»

«Das tun wir doch.» Danbolt schloss die Tasche und verstellte die Rädchen der beiden Kombinationsschlösser. «Das hier ist nur Tarnung, damit die Konkurrenz glaubt, wir seien Computerfreaks. Sie haben doch Lucas getroffen, oder? Er hört von morgens bis abends Death Metal, bloß um unsere Feinde abzulenken und den Eindruck zu erwecken, wir hätten von den Klangkurven klassischer Musik keine Ahnung.» Er zog einen beigen Kamelhaarmantel an und musterte Even. «Kommen Sie mit? Ich muss in die Oper, ein paar Tests durchführen. Wir können unterwegs reden.»

Even nickte, folgte ihm über den Pfad durch den Technikdschungel zurück zur Tür und warf einen letzten Blick zurück, ehe sie die Räume von Found-on-Sound verließen.

«Die Firma besteht eigentlich nur aus Lucas und mir. Keiner von uns räumt sonderlich gerne auf, und so ist das dann die logische Folge. Einmal die Woche kommt eine Putzfrau und tut, was sie kann. Wir haben schon die dritte in fünf Jahren. Anfangs haben sie schöne schwarze Haare, sind voller Tatendrang, doch irgendwann ist das Haar grau und die Motivation am Ende.» Frivold Danbolt blieb auf der Treppe stehen und blickte zu Even auf, der einen halben Kopf größer war als er. «Wir bezahlen gut, es müssen also enttäuschte Ambitionen sein, weshalb sie uns im Stich lassen. Ich kann mir keinen anderen Grund denken.»

Even folgte ihm, so gut es ging, die Treppe hinunter und nach draußen. Danbolt betrachtete Evens Bein und wartete. «Worüber wollen Sie mit mir reden?»

Auf diese Frage hatte Even sich vorbereitet. «Ich schreibe ein Buch über Isaac Newton und versuche, mich seinen mathematischen und physikalischen Theorien aus verschiedenen Blickwinkeln zu nähern. Sie wissen sicher, dass er viel mit Licht und Farben und so etwas experimentiert hat. Deshalb bin ich auf die Idee gekommen, dass man dem alten Newton eventuell auch in der Welt der Akustik das eine oder andere zu verdanken hat.»

«Interessant!» Danbolt klang enthusiastisch, aber Even wusste nicht, ob er dem Eindruck trauen konnte. Sie bogen nach links in die Tollbugata ein und gingen am Hauptpostamt vorbei. «Sehr interessant. Ich muss Ihnen aber gestehen, dass ich nicht viel über Newton weiß. Nur ein bisschen oberflächliches Zeug, ich glaube nicht, dass ich Ihnen da viel helfen kann.»

«Wie wird man eigentlich Akustiker?»

Frivold Danbolt lachte auf. «Das ist wie beim Rindfleischeintopf. Da gibt es unzählige Rezepte, aber die meisten wollen natürlich, dass es genau so schmeckt, wie sie es selbst am liebsten mögen. Deshalb fängt man mit den Basics an, eignet sich Grundwissen an, belegt die grundlegenden Fächer. Das sind die Grundzutaten. Dann kommen die ‹persönlicheren› Zutaten, die Themen, die man am liebsten mag. Die müssen gut zusammenpassen, man lässt sich Zeit, saugt sie in sich auf und … Voilà, plötzlich ist man da, wo man sein möchte.» Er hielt auf der Fred.-Olsens-Gate an und ließ einen Touristenbus vorbeifahren. «Ich habe zuerst ein Ingenieurstudium mit Schwerpunkt Akustik absolviert und dann ein paar physikalische und biologische Zusatzausbildungen gemacht, sodass ich inzwischen wahrscheinlich für jeden Ohrenarzt einspringen könnte. Das alles mit dem Ziel, meine Fähigkeiten zu erweitern, kreativer zu werden, wenn Sie so wollen. Ich habe auch mehrere Instrumente gelernt, nicht virtuos, aber ausreichend für den Hausgebrauch. Geige, Klavier, Klarinette …» Er nickte, schien mit seiner eigenen Lobrede zufrieden und sah zu Even hinüber. «Spielen Sie ein Instrument?»

«Sind Sie immer so manisch?»

Frivold Danbolt blieb so abrupt stehen, dass Even mit dem Knie an seine schwere Tasche stieß und laut aufstöhnte. Der kleinere Mann starrte ihm in die Augen, ohne zu blinzeln. Die Art, wie sie sich gegenüberstanden, ließ Even an Niels Bohr und seine Duelltheorie denken. Hinter Danbolt erhob sich die Börse – das Goldene Kalb der Moderne, dachte Even kurz. Er ließ sich nicht ablenken, fokussierte Danbolts Nasenrücken und lächelte ironisch. «Sie können ja auch still sein, stelle ich fest. Bis eben habe ich mich gefragt, ob Sie so von Lauten besessen sind, dass Sie unaufhörlich Ihre eigene Stimme hören müssen.»

Ein Grinsen breitete sich auf Danbolts Gesicht aus, und er ging weiter. «Meine Frau meint, mein ständiger Umgang mit Watt, Ohm und Volt sei dafür verantwortlich. Sie müssen wissen, Lucas und ich haben viele der Messgeräte, die wir benutzen, selber gebaut, da kommt es schon mal vor, dass man einen gewischt kriegt und die Ohren etwas qualmen. Sie nennt das meine tägliche Elektroschocktherapie und meint, deshalb sei ich nie deprimiert. Mag sein, dass sie recht hat ... Aber manisch?»

Er blieb wieder stehen und sah Even an, dieses Mal neugierig. «Finden Sie wirklich, dass ich manisch bin?»

«Sind Sie am Bau der Oper beteiligt?» Even überquerte die Bispegata. Der marmorweiße Opernbau, der vor ihnen lag, blendete ihn regelrecht, als die Sonne zwischen den Wolken hervorbrach.

Frivold Danbolt schloss zu ihm auf. «In gewisser Weise. Meine Firma hat zwar nicht die Hauptverantwortung für die Akustik der Oper, aber wir sind als Experten für einen wichtigen Teil hinzugezogen worden – einen sehr wichtigen, müssen Sie wissen.»

Even nickte, um ihm zu zeigen, dass er zuhörte, und in dem nun folgenden engagierten Vortrag erklärte Danbolt ihm, wie er es geschafft hatte, die Akustik in Abhängigkeit von der Zahl der Besucher und der von ihnen abgegebenen Wärme und Feuchtigkeit zu regulieren. «Die Anzahl der Zuhörer und ihre Größe war schon immer die Achillesferse der Gebäudeakustik. Eine nicht konstante Masse, wenn Sie so wollen. Die Akustik ist eine ganz andere, wenn Sie zum Beispiel einen nur halb mit Schulkindern gefüllten Saal mit einem ausverkauften Haus mit schwergewichtigen amerikanischen Touristen vergleichen. Die Feuchtigkeit, die sie absondern, und ihre Körpertemperatur sind dabei von relevanter Bedeutung. Diese beiden Größen können über die Luftzirkulation geregelt werden, das aber braucht bei einem derart großen Saal seine Zeit. Bei der Akustik gilt es, alles Mögliche zu berücksichtigen, wissen Sie: Nachhall, relatives Geräuschniveau, Diffusivität, Klangfarbe und zu alldem auch noch die Anzahl der Menschen ...»

Sie überquerten den weißen Platz vor der Oper und gingen durch die Glastüren, die weit offen standen, um den Transport der Stühle, der Getränke und von allem anderen, was eine Unzahl von Menschen herumschleppte, zu erleichtern.

Even blieb stehen. «Ist das denn erlaubt? Nicht, dass Sie Schwierigkeiten bekommen …»

«Die neue Oper wird in vier Tagen offiziell eröffnet, im Moment steht ohnehin alles kopf. Solange Sie sich den gestressten Ameisen nicht in den Weg stellen, haben Sie nichts zu befürchten. Es gibt hier keine geheimen Dinge. Von dem abgesehen, was ich Ihnen zeigen möchte, und darauf habe ich das Patent.»

«Gibt es hier ein Klo?»

«Sogar daran ist gedacht worden. Kommen Sie.»

Frivold bog nach rechts in Richtung Garderobe ab, dann zeigte er hinter eine Glaswand.

«Wollen Sie den Saal sehen?», fragte Danbolt, als Even wieder herauskam. Ohne die Antwort abzuwarten, lief er quer durch das Foyer, stieg eine Treppe hoch und verschwand durch eine Tür. Sie standen auf einem Balkon hoch über einem kleinen Meer aus Zuschauerstühlen, blickten an die Wände, die keine Wände waren, sondern Emporen mit weiteren Plätzen. Danbolt breitete die Arme aus. «Es gibt vieles, das man berücksichtigen muss, wenn man die beste Akustik der Welt haben will, und genau das ist unser Ziel. Das sage ich Ihnen, ohne rot zu werden. Die Menschen sind die eine Seite, die Absorptionswerte der verschiedenen Materialien eine andere. Es muss berechnet werden, was welche Laute verschluckt oder reflektiert. Außerdem geht es um die Isolation der Ventilatoren, denn ein so großer Saal mit so vielen Menschen braucht eine gründliche Lüftung und eine weitestgehend konstante Temperatur.» Er zeigte in alle Richtungen und nach oben an die Decke. «Beachten Sie die zentralen Linien des Saals. Die Hufeisenform ist für viele Opernhäuser klassisch, es gibt keine

Ecken oder Winkel, in denen sich der Klang verstecken könnte, die Kurven reflektieren die Laute gleichermaßen nach oben wie nach unten, sodass sie sich gut und gleichmäßig verteilen. Gleichzeitig bleibt das Ganze irgendwie intim.»

«Sie sind stolz auf die Oper?», fragte Even.

Frivold Danbolts Blick streifte Even, bevor er ohne weiteren Kommentar aus dem Saal auf den Flur trat. Even folgte ihm. Die Menschen um ihn herum waren bestenfalls als kontrolliert hektisch zu bezeichnen. Handwerker mit Helmen und Werkzeugkoffern kreuzten ebenso ihren Weg wie Männer in dunklen Anzügen und mit tiefen Stirnfalten, die irgendwelche Dokumente unter den Arm geklemmt hatten.

Unten im Foyer gingen sie nach links und folgten einem Gang, dessen Wände an eine geneigte Ellipse erinnerten. Sie kamen an eine breite Tür, wo Danbolt eine Plastikkarte durch das elektronische Schloss zog und einen Code eintippte. Die Tür öffnete sich zu einem kleineren Gang mit fast quadratischem Querschnitt. Rechter Hand war eine leuchtende Glaswand, während die anderen Wände mit einer Art Filz bezogen waren.

«Wenn wir geradeaus weitergehen, kommen wir bei den vordersten Reihen im Zuschauersaal raus», sagte Frivold und zeigte nach vorne. Er schlug mit der Handfläche sanft an eine Tür, die in die braune Wand eingelassen war und kaum auffiel. «Das ist mein heimlicher Weg zur Arbeit.» Frivold grinste, zog die Plastikkarte durch ein weiteres Schloss, tippte 17901868 ein und öffnete die Tür, hinter der ein geräumiger Aufzug sichtbar wurde.

17901868 … Das ist der endliche Faktor einer Mehrfachwurzel aus … Halt's Maul!

Als der Fahrstuhl kaum merkbar nach unten glitt und Frivold Even voller Begeisterung auf die Begegnung mit seinem geliebten Baby vorbereitete, die vakuumkontrollierten Akustikröhren, ging Even auf, dass 17901868 eine zusammengesetzte Zahl war: 1790 und 1868 – das Geburts- und Todesjahr von August Möbius, dem Entdecker des Möbiusbandes.

«Meine Röhren liegen unter dem gesamten Zuschauerraum, einen halben Meter unter den Sitzen», erklärte der Akustiker gestikulierend, als sie aus dem Fahrstuhl traten und in einen länglichen schmalen Raum kamen. «Das hier ist die Wand zum Orchestergraben.» Er klopfte an die linke Wand. «Und hier …» Er trat zwei Schritte zur Seite und klopfte an die rechte Wand. «Hier sind die Öffnungen der Röhren.»

Entlang der Längswand des schmalen Raumes waren in regelmäßigen Abständen große runde Metalltüren, die mit einem soliden Handgriff verschlossen waren. Danbolt öffnete eine von ihnen und rief ins schwarze Dunkel hinein: «Hallo!»

Das Geräusch verschwand in der Röhre und schien im Dunkel absorbiert zu werden. «Hinter jeder Tür befindet sich ein leicht nach oben ansteigendes Rohr, damit es immer im gleichen Abstand unter den Sitzen liegt. Ganz hinten im Saal, also *unter* dem Saal, knickt das Rohr scharf ab und kommt dann wieder hierher zurück.» Er tippte auf den Zwischenraum zwischen zwei Luken. «Die Röhren sind luftdicht abgeschlossen und an ein Computersystem gekoppelt, das die Luft aus jeder dieser Röhren saugt, damit der Hall und die Akustik unterstützt oder gedämpft werden, je nach dem Bedarf oben im Zuschauersaal. Im ganzen Saal sind hochempfindliche Mikrophone und Sensoren angebracht, die konstant ihre Signale über den aktuellen Zustand an das Computersystem weitergeben.» Er zeigte in die Ecke neben der Fahrstuhltür, wo sich eine Arbeitsbank unter Unmengen von technischem Equipment und Werkzeug bog. «Die Maschine überprüft die Akustik konstant, saugt Luft heraus oder bläst welche in die einzelnen Röhren, um den Zuschauern den bestmöglichen Klang zu bieten.»

«Warum sind die Röhren so groß?»

«Das können Sie Gott fragen.» Frivold Danbolt schloss die runde Luke und verriegelte den Handgriff. «Nach unzähligen Versuchen sind wir zu dem Ergebnis gekommen, dass eine Röhre von 1,67 Meter Durchmesser den besten Effekt hat. Fragen Sie mich nicht, warum gerade diese Zahl herausgekommen ist, denn ich habe keine Ahnung. Bestimmt gibt es eine logische Erklärung, wie bei fast allem in der Natur.» Er sah Even mit großen Augen an. «Vielleicht können Sie das ja herausfinden, Sie sind doch so ein Zahlenmagier. Das wäre wunderbar. Natürlich bezahle ich Sie für die Arbeit. Haben Sie Interesse?»

Even schüttelte den Kopf. «Im Augenblick nicht. Vielleicht ein anderes Mal.»

Ein Telefon auf dem Arbeitstisch klingelte, und Danbolt nahm den Hörer ab. «Ja? Doch, ja, ich bin bereit. Könnten Sie eine Frauenstimme … Ja, Sopran … Was sagen Sie? … Okay, *yes*. Eine Arie, eine mit mehreren Oktaven. Wann ist sie so weit? Jetzt? Wunderbar! Ich hätte gern …», er zwinkerte Even zu, «ein Stück von Mozart, aus der Zeit, als er verliebt war. Die Partitur liegt auf dem Klavier. Nehmen wir ‹Io non chiedo›, also KV 316, in Ordnung? Ja, fangen Sie einfach an, ich bin bereit.» Er legte auf.

Indem er ein paar Hebel betätigte, hörte es sich mit einem Mal so an, als wäre der schmale Raum voller Menschen. Es summte, klopfte und trampelte, und dann hörten sie eine Stimme, die sich mehr und mehr von den anderen Lauten abhob, deutlicher wurde, sich räusperte und zu summen begann. Even entdeckte die flachen Lautsprecher unter der Decke.

«Sie können sie auch sehen», sagte Frivold, deutete auf einen großen Flachbildschirm über dem Tisch und drückte ein paar Knöpfe. Erst füllte sich die schwarze Fläche mit ein paar groben Vierecken, dann tauchte die Opernbühne auf, aus großem Abstand aufgenommen. Die Kamera musste ganz hinten im Saal platziert sein, dachte Even.

«Ich zoome mal ran, damit wir sie besser sehen. Sie ist durchaus was fürs Auge – und fürs Ohr.»

Eine reifere Frau in Jeans und einem karmesinroten Wollpullover mit hohem Rollkragen ging zur Mitte der Bühne und blieb unweit der Bühnenkante stehen. Sie hob die Hand zu ihren kurzen blonden Haaren, legte einen Finger ans rechte Ohr und begann ohne Umschweife zu singen, volltönend und herzerweichend.

Popoli di Tessaglia! Ah, mai più giusto fu il vostro pianto …

Bei den nächsten Sätzen dämpfte sie ihre Stimme etwas, ohne jedoch die traurige Stimmung zu verlieren.

«*Admeto è padre. Io perdo l'amato sposo …*», flüsterte Frivold deutlich hörbar in Richtung Bildschirm, er war von der Stimme ganz hingerissen.

Even sah ihn an.

«Mozart hat die Arie für Fräulein Weber geschrieben», fuhr Frivold Danbolt fort und wandte sich Even zu. «Er war verliebt in Fräulein Aloysia Weber. Aloysia singt: ‹*Io perdo l'amato sposo.*›» Er zwinkerte Even zu, als hätten sie ein gemeinsames Geheimnis. «Übersetzt heißt ihr Text so viel wie: ‹Ich habe meinen geliebten Mann verloren.›»

Er seufzte verzückt und wandte seine Aufmerksamkeit wieder der Sopranistin auf dem Bildschirm zu.

Kapitel 61

Dortmund, Deutschland

Der Regen hämmerte trostlos auf das Dach der kleinen gläsernen Bushaltestelle. Dortmund war ein trauriger Anblick, ja, ein deprimierendes Erlebnis, selbst im Frühjahr, stellte Aloysia fest und zog die Beine auf den Sitz. Wie ein beinloses Wesen saß sie unter ihrem orangenen Regenponcho auf der kleinen Bank und versuchte, an nichts zu denken. Das war besser, als unablässig negative Gedanken zu wälzen.

Ein Auto fuhr mit hoher Geschwindigkeit vorbei und schleuderte Kaskaden von Matsch und Wasser in Richtung Bushaltestelle, ohne Aloysia zu erreichen. Dann kam eine ältere Dame mit einem blauen Regenhut angeschlendert und lächelte ihr freundlich zu. Aloysia hatte plötzlich einen Kloß im Hals und erwiderte ihr Lächeln. Die Frau setzte sich, sagte etwas über das Wetter und blickte auf ihre Stiefeletten. Aloysia pflichtete ihr bei, ja, bald müsse doch einmal die Sonne kommen, die ersten Blumen aufblühen, sie sehne sich nach dem Frühling. Sie musterte die Frau und hörte sie mit ruhiger, freundlicher Stimme reden. Es war so lange her, dass jemand sie angelächelt hatte, dass sie dieses kleine Erlebnis richtiggehend in sich aufsog. Die Frau erzählte ihr, dass sie Blumenzwiebeln in ihren Balkonkasten gepflanzt habe und die ersten Triebe schon zu erkennen seien. Es dauere jetzt nicht mehr lange, bis es richtig schön werde, meinte sie und sah lächelnd in den Regen. Außerdem sei die Feuchtigkeit ja wichtig, und so richtig kalt sei es auch nicht mehr. Bei Frosttemperaturen wäre das alles ganz anders. Aloysia stimmte ihr nickend zu.

Ein dunkler BMW mit getönten Scheiben blinkte und hielt an der Bushaltestelle. Unter dem Poncho presste Aloysia mit einer Hand die Tasche gegen die Brust, während sie mit der anderen hineingriff und nach der Pistole suchte. Das Fenster auf der Beifahrerseite wurde halb heruntergelassen, und Aloysia zielte unter dem Poncho mit der Waffe in Richtung Wagen, als der Fahrer sich zur Seite beugte und ihr auffordernd zuwinkte. Mit einem Nicken stand sie auf, steckte die Pistole unauffällig in die Tasche zurück, zog mühsam den riesigen Poncho über den Kopf und schüttelte die Tropfen ab. Sie legte ihren Rucksack auf die Rückbank, den Poncho darauf, warf ihre Schultertasche daneben, winkte der alten Frau zum Abschied zu und setzte sich neben den Fahrer.

«Hast du mich für ein Gespenst gehalten? Wie du mich angesehen hast?», brummte Manfred und blickte in den Spiegel, bevor er losfuhr.

Er hielt sich auf Nebenstraßen, während sie in Richtung Osten aus der Stadt fuhren.

Aloysia musterte ihren Nachbarn verstohlen, sein faltiges Gesicht und die kurzen grauen Haare. Er war nicht jünger geworden.

«Hier.» Manfred nahm eine Papiertüte aus der Innentasche seiner Jacke und warf sie auf ihren Schoß. Sie nahm den neuen Pass heraus und öffnete ihn.

«Anne Lagertram. Deutsch.» Sie studierte den Code, die Wasserzeichen und all die anderen angeblich fälschungssicheren Bestandteile des Passes. «Ich verstehe nicht, wie ihr das hinkriegt.»

«Anne Lagertram lebt», sagte Manfred. «Der Pass ist ein Original. Aber dein Geburtsjahr ist 1973, ihres hingegen 1937. Wir haben alles auf ihre Daten ausgerichtet, abgesehen vom Foto natürlich.»

«Hast du die Bücher, um die ich dich gebeten habe?» Sie sah nach hinten auf die Rückbank.

«Und auch ein paar, um die du mich nicht gebeten hast. Ich habe zwei Bücher gefunden, in denen etwas unterstrichen ist. Außerdem hat Simon mit seiner unleserlichen Schrift etwas an den Rand gekritzelt. Auf Französisch …»

Sie lachte und knuffte ihn auf den Arm. «Gib doch einfach zu, dass dein Französisch nicht gut genug ist.»

Manfred versuchte, beleidigt auszusehen, musste dann aber doch lächeln. «Okay, okay.» Er konzentrierte sich auf den Weg. «Im obersten Buch geht es um bekannte historische Persönlichkeiten der englischen Geschichte. Simon hat einiges bei Daniel Defoe unterstrichen, du weißt schon, das ist der, der ‹Robinson Crusoe› geschrieben hat. Der Mann scheint ein Netzwerk von Informanten gehabt zu haben, die ihm über Geschehnisse in ganz England berichtet haben.»

«Informanten? Du meinst Spione?» Aloysia nahm das Buch und begann, darin zu blättern. «Davon habe ich noch nie etwas gehört.»

«Nun ja … Ich weiß nicht, es ist auf Englisch geschrieben und … Du weißt ja …»

«Dein Englisch ist nicht so gut», sagte Aloysia mit einem Lächeln.

Manfred zuckte mit den Schultern. «Defoe war in dieser Zeit auch Redakteur einer Zeitschrift, deshalb frage ich mich, ob er die Informationen, die er von seinen Informanten bekommen hat, dafür benutzt hat. Auf jeden Fall durfte niemand wissen, dass diese Leute für ihn arbeiteten. Sie kannten sich nicht einmal gegenseitig.»

«Verdeckt arbeitende Journalisten, *undercover*, wirklich?» Aloysia warf Manfred einen fragenden Blick zu.

«Tja, ich weiß nicht, ob das wirklich Journalisten waren, ich glaube eher, dass er in England herumgereist ist und mit Leuten geredet hat. Aber wie auch immer, das ist noch gar nicht das Interessanteste. Simon hat in dem Buch unterstrichen, dass die Informationen, die Defoe auf diese Weise gesammelt hat, eine gewisse politische Bedeutung bekamen, als England 1707 die Union mit Schottland einging und somit Großbritannien aus der Taufe gehoben wurde …»

Aloysia wollte etwas sagen, aber Manfred hob die Hand. «Lass mich erst ausreden. Denn jetzt kommt das Wichtigste: Defoes Spionagearbeit und sein Netzwerk an Informanten bildete später die Grundlage für den heutigen Secret Service.»

«So was!», sagte Aloysia mit leicht übertriebener Überraschung, um Manfred zu zeigen, wie sehr sie seine Arbeit schätzte. Ihr war klar, dass so etwas einen ehemaligen Polizisten interessieren musste, fragte sich aber, inwiefern diese Informationen für sie von Bedeutung waren. Einen Moment lang saßen sie schweigend nebeneinander.

Dunkle Äcker strichen vorbei, auf denen ein erster zarter Grünschimmer zu sehen war. Sie hatte plötzlich den unbändigen Wunsch, über einen dieser Äcker zu laufen, sich wie ein gefallener Engel auf die Erde zu werfen, mit ausgestreckten Armen und Beinen, das Gesicht den Wolken entgegengestreckt, und sich vom Regen aufweichen zu lassen, bis sie sich in ihre Bestandteile zersetzte und mitsamt dem Wasser im Boden versickerte.

Als sie unter der Autobahn hindurch Richtung Möhnesee fuhren, ließ der Regen nach, und schließlich fanden sie am Seeufer einen windgeschützten Parkplatz. Manfred holte zwei Campingstühle und einen Klapptisch heraus und servierte kalte Wurst, Salat, Brot und Käse. «Mit dem Wein musst du warten, bis zum nächsten Mal.»

«Bis wir etwas zu feiern haben», sagte Aloysia und prostete ihm mit ihrer Limonade zu. «Danke, Manfred, ich weiß nicht, was ich ohne dich tun würde. Und ohne Even», fügte sie dann etwas zögernd hinzu, als wäre sie sich nicht ganz sicher, ob sie das wirklich so meinte.

«Warum kommt er nach Leipzig?»

«Er trifft sich dort mit einem Mann, der Informationen über diese alten Notizen hat, Newtons Formel. Aber ich weiß weder, wer der Mann ist, noch um was es konkret geht.»

«Vertraust du ihm?»

«Even Vik?»

«Ja.»

Aloysia blickte über das Wasser und sah einem Schwanenpaar nach, das gerade unweit des Ufers gelandet war. «Ja, ich vertraue ihm.»

Sie wechselten sich mit dem Fahren ab, sodass der jeweils andere schlafen konnte, und passierten mitten in der Nacht Kassel und am nächsten Vormittag Weimar und Jena. Die Fahrt dauerte lange, da sie sich auf Landstraßen hielten und die Autobahn und ihre Überwachungskameras mieden. Gegen Abend waren sie schließlich südlich von Leipzig und hielten an einem Restaurant an der Mulde.

«Geht's Buster und den Hühnern gut?», fragte sie, als sie sich an einen Tisch gesetzt und Wiener Schnitzel mit Sauerkraut serviert bekommen hatten. Buster war der Kater, der im Winter vor Simons Tod in die Scheune eingezogen war. Aloysia hatte gemeint, das Tier erinnere sie mit seinem traurigen Blick an amerikanische Stummfilme, worauf Simon den Kater prompt Buster Keaton getauft hatte. Der verwilderte stolze Kater ging seine eigenen Wege und ließ sich nicht streicheln. Er fing jede Maus, die sich auf das Grundstück verirrte, und legte sie als Dank für die Unterkunft auf den Küchenfußboden. Auch ein paar Ratten waren ihnen im Laufe der Zeit auf diese Weise kredenzt worden.

Aloysia hatte ganz bewusst nicht eher nach ihrem Haus gefragt. Sie vermisste ihr Zuhause und die Tiere schmerzlich und war sich nicht sicher, ob sie es ertragen würde, wenn Manfred davon erzählte.

Manfred ließ sich Zeit mit der Antwort, kaute erst fertig und wischte sich dann umständlich den Mund mit einer Serviette ab. «Ich wollte dir nicht eher davon erzählen», begann er zögerlich. Er begegnete ihrem entsetzten Blick. «Ich wollte erst wissen, wie es dir geht, obwohl …» Verlegen griff er nach seinem Glas. «Obwohl …» Er starrte die Cola an, als spräche er mit ihr. «Sie waren wieder da.»

«Sie? Du meinst …?»

«Ja. Ich habe den Alarm gehört … vor ein paar Tagen. Ich habe sie über die Kameras beobachtet, während sie im Haus herumschlichen. Mitten in der Nacht. Sie haben das Haus durchsucht, waren im Holzschuppen, im Hühnerstall, in der Scheune. Überall.»

«Was wollten sie?» Aufgeregt zerknüllte sie ihre Serviette. «Haben … haben sie etwas mitgenommen?»

«Nein, ich glaube nicht, dass sie etwas mitgenommen haben. Aber sie …» Er hielt inne und sah Aloysia an, als täte es ihm leid, überhaupt etwas gesagt zu haben. «Buster …»

«Sie haben …?» Sie schnappte nach Luft.

«Ja.»

Sie starrte ihn an und brachte kein Wort über die Lippen. Ihre Augen füllten sich langsam mit Tränen.

Manfred holte eine Plastikhülle mit einem zusammengefalteten Blatt Papier aus seiner Tasche und legte sie vor sie. «Das hing an seinem Schwanz.»

Die Bedienung kam zu ihnen und fragte sie, ob sie einen Kaffee wollten. Manfred lehnte ab, ohne aufzusehen. Zögernd näherte Aloysias Hand sich der Hülle, zog das Papier heraus und entfaltete es. Darauf war ein Foto zu sehen, ausgedruckt auf einem Tintenstrahldrucker. Zwei Männer waren zu erkennen. Even Vik und ein Unbekannter, ein kleiner älterer Mann mit Bart. Er sah irgendwie arabisch aus.

«Ich glaube, ihr seid ihnen etwas zu sehr auf die Zehen getreten», sagte Manfred und tippte mit seinem Finger auf das Blatt.

Beiden Männern war ein kleiner roter Fleck auf die Stirn gezeichnet worden. Wie der Punkt eines Laserzielfernrohrs.

Kapitel 62

Oslo

Nehmen Sie jemanden mit, den Sie lieben.

Even starrte auf die Tickets. Mit diesen Worten hatte Frivold Danbolt ihm im Fahrstuhl zwei Tickets für das Eröffnungskonzert der Oper zugesteckt. «Meine Frau und ich werden beide von Amts wegen da sein, sozusagen», sagte er und hielt die Fahrstuhltür mit dem Fuß auf. «Dann haben meine Schwiegereltern noch Tickets bekommen sowie Lucas und seine Freundin, obgleich ich bezweifele, dass die beiden kommen, die Musik ist ihnen wahrscheinlich nicht düster genug. Die zwei hier habe ich noch übrig. Sie können sie haben, wenn Sie wollen.» Dann war die Fahrstuhltür zugeglitten, und Even war aus der Kelleretage nach oben gefahren, hatte die halb geheime Tür hinter sich geschlossen und war mit zwei Eintrittskarten in der Tasche durch den Gang in die offene weiße Opernlandschaft hinausspaziert.

Auf dem Heimweg analysierte er sämtliche Gesten, Worte und Bewegungen des Mannes. Seine Schlussfolgerungen ließen ihn nicht direkt in seine Wohnung gehen, sondern erst nach unten in den Keller. Einen Augenblick überlegte er, ob er das geheime Handy benutzen sollte, entschied sich dann aber doch für das offizielle. Wenn jemand herausfinden konnte, ob er abgehört wurde, dann die Leute vom Nachrichtendienst, die er anrufen wollte.

«Ich grüße Sie, Even Vik. Geht's Ihnen gut? Kann ich Ihnen helfen?» Oberstleutnant Johansen klang ungewöhnlich entgegenkommend.

«Wie kommen Sie darauf, dass ich Hilfe brauche?»

Ein glucksendes Geräusch drang an Evens Ohr. «Ehrlich gesagt, glaube ich das gar nicht. Sie sind viel zu halsstarrig, um das jemals einzugestehen. Aber ich stehe nach der Quanten-Kryptierung nun mal in Ihrer Schuld, die Kryptogruppe hat sozusagen einen Quantensprung nach vorn gemacht, nicht zuletzt durch Ihren Einsatz, also wahrscheinlich warte ich nur auf die Gelegenheit, mich bei Ihnen zu revanchieren.»

«Das haben Sie schon im Krankenhaus getan, als Sie die Polizeipräsidentin gerufen haben.»

«Na ja, nicht wirklich gerufen. Ich habe ihr nicht gesagt, dass sie kommen muss. Das war ihre eigene Entscheidung.»

«Vertrauen Sie ihr?»

«Der *Polizeipräsidentin*?» Er sagte das in so übertrieben verwundertem Ton, dass es falsch klang. Even fragte sich, ob es genauso gemeint war. «Sie meinen, *unserer* Polizeipräsidentin? Brynildsen?»

«Ja, verdammt, wem sonst?»

Es war eine Weile still. Even setzte sich auf die Bierkiste und wartete, betrachtete Iggy Pop und bekam plötzlich Gewissensbisse, weil er seinen Bauch zerfetzt hatte. Dann fasste er in die Tasche und zog das Online-Flugticket heraus, das er ausgedruckt hatte. Endlich räusperte Johansen sich. «Sind Sie noch da?»

«Wo sollte ich denn sonst sein?», brummte Even gereizt. «Sie sind doch derjenige, der hier Stille Post spielt.»

«Brynildsen ist … Wie soll ich es formulieren, sie, äh … scheint untadelig zu sein. Wir haben nichts gefunden.»

«Und ihr Mann?»

«Frivold Danbolt? Ja, das ist schon … Lassen Sie es mich so sagen: Er reist viel, hat finanzielle Mittel, einen großen Freundeskreis und weitreichende Kontakte. Und obendrein ist er nicht auf den Kopf gefallen. Deswegen kann man niemanden vor Gericht bringen, aber …»

Wieder trat eine lange Pause ein. Even musste sich auf die Zunge beißen, um sie nicht zu unterbrechen.

«Es ist nur merkwürdig, dass er ausgerechnet in einer Phase, in der wir ihn und seine Frau für eine Sicherheitsüberprüfung verdeckt überwachen mussten, zweimal komplett von unserem Radar verschwunden ist. Beide Male war er mehrere Tage weg, und wir haben nie herausgefunden, wo.»

«War das im Ausland?»

«Ja. Das eine Mal in Spanien, das andere Mal in Italien.» Jan Johansen seufzte leise. «Natürlich ist es nicht verboten, zu verreisen, darum können wir ihn auch schlecht auf die Folterbank binden, um eine Antwort zu bekommen.» Er lachte leise über seinen eigenen Witz. «Aber wir wüssten schon gern, wie er es geschafft hat, sich so lange vor unseren Leuten zu verstecken.»

«Ich bin mir nicht sicher, ob mein Handy abgehört wird. Könnten Sie das überprüfen?»

«Das, mit dem Sie gerade telefonieren?»

«Ja.»

«Sind Sie zu Hause?»

«Ja. Das heißt, fast.»

«Augenblick …»

Mit einem Seitenblick auf Iggy Pop zog Even blitzschnell das Hosenbein nach oben, fasste und warf das Messer in einer einzigen fließenden Bewegung. Zufrieden sah er es an der Stelle zittern, wo einmal der Bauchnabel gewesen war. Er zog es aus der Wand, steckte es wieder unter das Band an der Wade und streifte die Hose darüber.

Der Oberstleutnant meldete sich wieder.

«Auf den ersten Blick sieht es nicht so aus, als würden Sie abgehört, das hat man mir gerade mitgeteilt, aber sicher können wir erst sein, wenn wir genau wissen, wo Sie sich befinden, und wir ein längeres Gespräch mitverfolgen.»

Es war klar, dass seine Leute gerade genau das taten, sie mussten sich also noch ein wenig länger unterhalten.

Even wedelte mit dem Flugticket und wechselte das Thema. «Ich fliege morgen nach Leipzig.»

«Aha.»

«Treffe mich mit ein paar Kollegen an der Universität. Donnerstagnachmittag komme ich zurück.»

«Darf ich fragen, wieso Sie mir das erzählen?»

«Ich dachte, es würde Sie interessieren. Damit Sie sich keine Sorgen machen, wenn Sie mich nicht erreichen.»

Der Oberstleutnant lachte. «Sie sind uns zwar eine unschätzbare Hilfe gewesen, Even Vik, aber doch nicht so unschätzbar, dass wir Sie auf Kosten der Steuerzahler rund um die Uhr bewachen ließen. Da bräuchten wir schon konkrete Hinweise, dass Sie in Gefahr sind.»

«Wie eine Vergiftung?»

Ein Grunzen war zu hören. «Okay, *touché.*»

Im Hintergrund sagte jemand etwas zu Johansen, der sich kurz bei Even entschuldigte. Es wurde still in der Leitung, als hätte er die Hand über die Sprechmuschel gelegt.

Die Hand verschwand. «Dieses Gespräch wird unter Garantie nicht abgehört, habe ich eben erfahren.»

«Kann ich mich darauf verlassen?»

«Na ja, ich sage mal so: Wenn *wir* es nicht feststellen können, dann niemand.» Johansen lachte. «Seien Sie nicht paranoid, Even, das ist *mein* Job. Ich werde gut dafür bezahlt, dafür zu sorgen, dass andere es nicht sein müssen.» Er zögerte einen Moment, ehe er fortfuhr. «Scherz beiseite und zurück zu Leipzig. Was sollen wir tun? Sollen wir jemanden im Auge behalten?»

«Ich lande morgen um 14.24 Uhr am Flughafen Halle-Leipzig und nehme den Bus oder die Bahn ins Zentrum, was sich gerade anbietet. Ich habe ein Zimmer im …», er zog einen Zettel aus der Tasche, «‹Novotel› in der … warten Sie, in der Goethestraße 11. Haben Sie das?»

Jan Johansen brummte, was Even als Ja deutete.

«Ich möchte, dass Sie sich an meine Fersen heften und herausfinden, wer mir folgt.»

«Folgt Ihnen jemand?»

«Das glaube ich, ja.»

Es knackte und rauschte in der Leitung. Even stellte sich vor, wie der große Mann unruhig auf seinem Stuhl hin und her rutschte.

«Ich habe es früher schon gesagt und sage es noch einmal: Woher rührt mein Gefühl, dass Sie uns etwas verschweigen? Wissen Sie etwas über die Unsichtbaren, das wir auch wissen sollten? Gab es über die Vergiftung hinaus noch andere Vorkommnisse, müssen wir besser auf Sie aufpassen?»

«Haben Sie nur ein Auge darauf, wer mir folgt. Machen Sie Bilder von dem- oder denjenigen und mailen Sie sie mir, okay?»

«Ja, schon, aber …»

Even beendete die Verbindung, entfernte das Messer von seinem Knöchel und packte es in eine Pappschachtel.

Während er den Keller verließ und die Treppe hochging, schaltete er das Handy aus und nahm den Akku heraus, dann steckte er beides in die Tasche.

Das Gespräch mit Finn-Erik im Krankenhaus hatte einen Knoten in seiner Erinnerung gelöst, denn jedes Mal, wenn er nun an den Brief von Eshqan Niknom dachte, erinnerte er sich genauer an den Inhalt. Die Entdeckung des Professors, wie Newton offenbar Wörter in den alchemistischen Formeln versteckte; seine Erwähnung des Tagebuches von Florence Keynes, in dem sie von dem Besuch zweier Männer schrieb, von denen einer eine Krawattennadel mit zwei fauchenden Drachenköpfen hatte. Plötzlich erinnerte er sich wieder. An alles. Selbst die zwei persischen Gedichte fielen ihm wieder ein und dass der Schluss des Briefes sehr betrüblich gewesen war.

Jetzt bin ich bereit, nach Leipzig zu reisen, dachte er und verließ das Haus.

Er überquerte die Straße, ging zum Einkaufszentrum Sandaker, fischte das geheime Handy aus der Tasche, als er durch die Tür ging, und setzte den Akku ein. In der Nähe des Eingangs spielten ein paar schreiende und kreischende Kinder. Even stellte sich absichtlich dicht neben den Lärm und hielt Ausschau nach verdächtigen Personen und Kameras.

Bin ich paranoid?, dachte er, als er die Nummer wählte. Zu seiner Freude antwortete Stig selber.

«Hallo, Stig, hier ist Onkel Even. Geht es dir gut?»

«Hallo, Onkel Even! Weißt du, wir haben Papa heute im Krankenhaus besucht. Es geht ihm schon viel besser, und er kann bald nach Hause kommen, vielleicht schon nächste Woche. Aber nicht zu meinem Geburtstag, den verschieben wir, bis Papa wieder zu Hause ist.»

«Es freut mich, dass es ihm bessergeht. Du könntest mich am Freitag besuchen kommen. Hättest du Lust? Dann feiern wir deinen Geburtstag hier bei mir nach, mit Kuchen und Limo, nur du und ich ... Und du kannst bis Sonntag bei mir übernachten, am Samstagabend hab ich nämlich eine Überraschung für dich.» Er nahm die Eintrittskarten für die Oper heraus und überlegte, ob das wohl das richtige Geschenk für einen Siebenjährigen war.

«Was denn für eine Überraschung?»

«Es ist ja keine Überraschung mehr, wenn ich es dir erzähle.»

Stig lachte. «Wollte nur testen, ob ich dich reinlegen kann!»

Im Hintergrund fragte eine Stimme, wer am Apparat sei. Stig antwortete, Onkel Even, und dass er am Freitag zu ihm fahren wolle. Even hörte, wie der Hörer weitergereicht wurde.

«Ich hatte es gerade geschafft, dass er sich hier geborgen fühlt, und jetzt willst du das kaputtmachen?», sagte Mais Schwester vorwurfsvoll.

«Auch schön, *deine* Stimme zu hören … Natürlich will ich nichts kaputtmachen, Anita, sei nicht kindisch. Ich bin froh, dass du die Kinder zu dir genommen hast, ich weiß, dass sie es gut bei dir haben und in sicheren Händen sind. Ich habe nur mit Stig verabredet, dass ich ihn am Freitag abhole. Jetzt weißt du es auch. Er bleibt bis Sonntag bei mir, dann bringe ich ihn dir wieder.»

«Das Essen ist fertig, ich muss auflegen. Tschüs, Even Vik.»

Even ließ es mehrere Sekunden im Hörer summen, ehe er auf den Knopf drückte und die Verbindung beendete. Hätte er es eher getan, hätte er wohl vor Wut das ganze Handy zermalmt.

Kapitel 63

Deutschland

Nachdem er Aloysia umarmt und sich verabschiedet hatte, verließ Manfred Leipzig in südlicher Richtung. In der Höhe von Zwickau beschloss er, die Heimfahrt zu beschleunigen, verließ die Landstraße und fuhr auf der Autobahn weiter nach Nürnberg. Dort tankte er und aß ein Würstchen und ein Stück Pizza, um das leere Gefühl im Magen loszuwerden. Auf der Toilette stand er lange vor dem schwarzgefleckten Spiegel und starrte in das alte, mürrische Gesicht. Schließlich setzte er sich wieder ins Auto. Er fragte sich immer wieder, ob es dumm gewesen war, Aloysia von Buster zu erzählen. Oder hätte er ihr lieber die ganze Wahrheit sagen sollen? Dass der Kater nämlich an den Pfoten an die Wohnzimmerwand genagelt worden war, wie ein aufgespanntes Fell, und mit einem Schuss in die Stirn regelrecht hingerichtet worden war.

Der Verkehr lief flüssig, es gab keine Staus, und kurz vor Mitternacht erreichte er Stuttgart. Nachdem er den Mietwagen abgegeben hatte, setzte er sich in seinen Fiat Uno, um nach Baden-Baden zu fahren. Bevor er den Zündschlüssel umdrehte, erwog er einen Moment lang, einen alten Kollegen in Sindelfingen anzurufen und zu fragen, ob er bei ihm übernachten könnte, verwarf die Idee aber gleich wieder. Wie sollte er seinen späten Aufenthalt in Stuttgart erklären? Das würde nur Komplikationen geben und Lügen erfordern, die ihn und seinen Kollegen in Schwierigkeiten bringen könnten.

Wenn man nicht wusste, wer der Feind war, operierte man am besten so, als wäre der Feind überall.

Diesen Rat hatte er Aloysia gegeben, und auch er selbst sollte sich daran halten.

Bei Karlsruhe trank er einen Kaffee und verleibte sich eine Energiebombe in Form einer Tafel dunkler Schokolade ein, die dafür sorgte, dass er zehn nach zwei in hellwachem Zustand durch Baden-Baden fuhr und in den Wald abbog. Sein Körper zitterte leicht von all dem Zucker, er fühlte sich klar und wach im Kopf, wusste aber, dass das eine Illusion war. Er war durchwachte Nächte nicht mehr gewohnt. Er bog nach rechts in den Holperweg ein, den Aloysia ihm angeraten hatte, asphaltieren zu lassen, bevor an seinem Wagen noch eine Achse brach, löschte das Licht und ließ das Auto ausrollen, während seine Augen sich an die Dunkelheit gewöhnten. Fünfzig Meter vor dem Haus parkte er das Auto hinter einer großen Kiefer, drehte den Zündschlüssel um und blieb ein paar Minuten in die Nacht lauschend sitzen. Irgendwo weit weg schrie eine Eule, die Baumkronen rauschten leise, ansonsten herrschte Stille. Mit einer Stablampe in der Hand stieg er aus dem Auto und umrundete die Kiefer. Das Haus im Rücken, ließ er den schwachen Lichtstrahl einem Draht folgen, den er von dem Baum über den Weg gespannt hatte. Dieses Ritual führte er immer aus, wenn er das Haus länger verließ als bloß zum Einkaufen. Der Lichtstrahl verlor sich im Leeren. Der Draht war gerissen.

Seine Reaktion war unlogisch, das war ihm bewusst, aber er empfand eine zufriedene Gelassenheit. Sie hatten ihn gefunden.

Zurück am Auto löste er eine Platte unter dem Lenkrad, nahm seine liebgewonnene Heckler & Koch P10 heraus, seine alte Dienstwaffe, die bei seiner vorzeitigen Pensionierung in seinen Besitz übergegangen war, und schob ein volles Magazin ein. Dem Handschuhfach entnahm er ein kleines GPS-ähnliches Gerät, schaltete es ein und hoffte, dass er sich daran erinnerte, was Aloysia ihm beigebracht hatte. Hightech war nie seine Stärke gewesen. Auf dem kleinen Bildschirm konnte er die Bilder verschiedener Kameras aufrufen, die Aloysia und er installiert hatten, zuerst die fünf außerhalb des Hauses. Der Bildschirm blieb schwarz und gab keinerlei Information, bis ihm einfiel, dass er die Infrarotfunktion aktivieren musste. Langsam verwandelte sich die Dunkelheit auf dem Bildschirm in ein grünlich leuchtendes Szenario. Er nahm sich die Zeit, jede Kamera genau zu kontrollieren, jeden Winkel beim Holzschuppen und der Garage gründlich zu studieren, die Bäume im Garten und den Holzstapel links von der Hintertür, konnte aber nichts sehen. Dann schaltete er zu den vier Kameras im Haus um und erkannte seine Möbel und andere Gegenstände wieder, Raum für Raum.

Er hockte neben der offenen Autotür und ging geduldig alle Kameras durch, bis er schließlich die erste Bewegung wahrnahm. In der Küche, neben der Spüle. Er sah ein Knie hervorragen und etwas, das wie der Lauf einer Pistole aussah.

Die erste Person. Der erste Unsichtbare Bruder. Manfred zweifelte keine Sekunde daran, wer die Eindringlinge waren. Aus irgendeinem Grund wollte die Bruderschaft mit ihm reden – sonst hätten sie einfach einen Scharfschützen im Wald postiert, der ihn mit einem Schuss in die Stirn ausgeschaltet hätte, sobald er das Haus verließ, so wie sie es auf dem Foto von Even Vik und dem anderen Mann angedeutet hatten. Vermutlich wollten sie mit ihm erst über Aloysia reden, bevor sie ihn töteten. Einfach, geradlinig und professionell.

Aloysia und er hatten in ihren Gesprächen über die Bruderschaft der Unsichtbaren immer wieder festgestellt, wie erschreckend professionell sie vorgingen. Genau das müssen wir zu ihrer Achillesferse machen, hatte Manfred immer wieder gesagt und dabei als ehemaliger Vize-Leiter einer lokalen Antiterrorgruppe der deutschen Polizei gesprochen. Ihre wohldurchdachten Strategien machten sie taktisch berechenbar.

Er studierte den Bildschirm und sah, wie das Knie sich in Zeitlupe auf den Boden senkte. Zwei, dachte er. Solche Leute operieren paarweise. Die Person in der Küche ist der Back-up-Mann. Es muss noch einen geben, der zentraler platziert ist.

Er starrte lange auf die Aufnahme des Wohnzimmers, glaubte eine Bewegung hinter dem Sofa zu bemerken, war sich aber nicht sicher und dachte, dass der Platz völlig ungeeignet war, wenn sie ihn beim Eintreten durch die Tür überraschen wollten. Er wartete fünf Minuten, den Blick aufs Sofa gerichtet, sah nichts und schaltete auf den Flur um. Das war der mit Sicherheit am besten geeignete Platz, er zumindest hätte ihn gewählt, wenn er für die Planung verantwortlich gewesen wäre. Der Flur ging einmal quer durchs ganze Haus, von der Hintertür bis zur Vordertür. Eine Treppe führte nach oben, ein großer Schrank ragte in den Raum hinein, und es zweigten Türen in das Bad, die Küche, das Wohnzimmer und das Schlafzimmer ab. Alle Positionsveränderungen von drinnen nach draußen oder von einem Raum in den anderen führten zwangsläufig über den Flur.

Sein Blick weilte auf dem Bildschirm, ohne einen bestimmten Punkt zu fokussieren. Er war konzentriert und ganz ruhig. Es war ein Begräbnis, auf das er sich vorbereitete. Ein Krieg, ein dreckiger Krieg, aber einer nach seinen Bedingungen und auf seinem Terrain. Eine Konfrontation, die mit Gewalt enden würde … und mit Tod.

Sie wissen nicht, was sie erwartet, dachte er. Sie glauben, es zu wissen, aber sie wissen es nicht. Das ist meine Stärke.

Sein Auge registrierte eine schwache Bewegung im Schatten

hinter dem Schrank. Er zoomte näher heran. Die Konturen einer Nase und eines Kinns wurden erkennbar. Dann sah er ein Auge blinzeln und erkannte einen Mund, der sich öffnete, eine Zunge fuhr schnell über die Unterlippe. Der zweite Unsichtbare Bruder.

Manfred dachte nach. Die zwei hatten sein Auto kommen hören und ihre Positionen eingenommen. Das lag jetzt schon eine halbe Stunde zurück, sodass ihre Muskeln, selbst wenn sie top trainiert waren, inzwischen ein wenig steif sein dürften. Das war ein Vorteil für ihn. Die Person in der Küche brauchte mindestens drei Sekunden, um in den Flur zu gelangen und eine günstige Schussposition zu finden, während der Mann hinter dem Schrank gleich da war, sobald jemand durch die Haustür trat.

Überraschung war das erste Schlüsselelement seiner Angriffsstrategie. Das zweite Verwirrung. Er musste so unerwartet kommen, dass sie ihn an der falschen Tür angriffen. Das letzte Element hieß Nerven. Er musste sie nervös machen, damit sie einen Fehler begingen.

Manfred erhob sich aus der Hocke neben dem Auto und dachte nach. Eigentlich sollte er die Polizei alarmieren. Er sah an seiner großen Gestalt hinunter. Er war kein junger Mann mehr, sein Körper war im Laufe der Jahre schwerfällig und träge geworden.

Das Problem war nur, dass er bei der Polizei nicht sonderlich beliebt war, nachdem sich das Gerücht verbreitet hatte, er habe seinerzeit Simon LaTour Informationen für sein Buch über Korruption und Machtmissbrauch bei der Polizei geliefert. Ein wahres Gerücht, musste Manfred zugeben, weshalb er nie etwas dagegen unternommen hatte. Das Buch hatte einigen Wirbel bei der Polizei verursacht und dazu geführt, dass die eine Hälfte ihn jetzt liebte und die andere ihn hasste. Er war sich nie ganz sicher, wer zu welcher Fraktion gehörte, und beschloss daher, dass es ein fataler Fehler wäre, die Polizei in diese Sache einzuschalten.

Er musste einen Alleingang wagen.

Aloysia und er hatten darüber diskutiert, was zu tun wäre, wenn auch bei ihm ungeladene Gäste zu Besuch kämen. Sie hatten alles geplant und sich gründlich vorbereitet. Beim Gedanken daran musste Manfred lächeln. In der Beziehung war Aloysia ein echter Fuchs. «Man muss Mittelalter und Elektronik kombinieren», sagte sie immer. «Diese Mischung wird sie überraschen.»

Nach einem letzten Blick auf den Monitor steckte er den Empfänger in die Tasche, nahm die Stablampe in die eine und die Pistole in die andere Hand und schlich durch das Wäldchen zur Rückseite des Hauses.

Sie wussten, dass er unterwegs war, möglicherweise hatten sie sogar eigene Kameras und Mikrophone installiert, damit er sie nicht überraschte. Das alles hatte er eingeplant. Aber das, was sie jetzt erwartete, konnten sie auf keinen Fall vorhersehen.

Er ging durch den Garten hinter den Holzschuppen und öffnete die kleine Metallbox, die unter dem Dachvorsprung an die Wand geschraubt war, tastete darin herum und drückte einen flachen Knopf. Eine rote Leuchtdiode begann gerade so hell zu leuchten, dass er die Buchstaben erkennen konnte, die unter einer Reihe von Schaltern in das Metall geritzt waren, ohne dass seine Augen ihre Gewöhnung an die Dunkelheit verloren. Er murmelte vor sich hin und stellte an einem der Schalter zwei Minuten ein. Augenblicklich begann der Countdown zu ticken. Nach kurzem Überlegen stellte er einen weiteren Schalter auf knapp drei Minuten. Danach löschte er das rote Licht, schloss die Box und ging zur Vorderseite des Holzschuppens, wo er Ohrenschützer von einem Haken unter dem Vordach nahm. Er setzte sie so auf, dass ein Ohr bedeckt war und er sie mit einer kurzen Bewegung über das andere Ohr ziehen konnte.

Eine alte Eiche breitete ihre ausladenden Äste über den Garten und machte die Dunkelheit noch kompakter. Er tätschelte freundlich den Stamm und tastete herum, bis er die Schnur fand.

Jetzt muss der Stein sich bewähren, dachte er, der große Stein, an dem Aloysia und er zwei Tage gearbeitet hatten, um ein Loch hindurchzubohren, durch das sie ein Seil ziehen konnten.

Aloysia hatte ihr Mantra von Mittelalter und Elektronik wiederholt und glucksend gelacht, als sie sich abgerackert hatten, den Stein oben in der Laubkrone zu verstecken. Es war eines der wenigen Male gewesen, dass Manfred sie nach Simons Tod hatte lachen sehen.

Die Schnur in der Hand, stand er reglos unter der Eiche und wartete. Kurz darauf spürte er ein brummendes Vibrieren im Körper – die zwei Minuten waren um. Wie der schwache Vorläufer eines Erdbebens war es bis ins Mark zu spüren. Das Vibrieren wurde kräftiger und machte die zwei im Haus sicherlich stutzig. Manfred schlich vornübergebeugt um das Haus herum zur Vordertür, die Schnur nach wie vor in der Hand, zog vorsichtig daran, bis sie sich stramm anfühlte und es nur noch einen kleinen Ruck brauchte, um die Planke zu lösen.

Unter dem Fußboden, im Kriechkeller, hatten sie zwei große Lautsprecher so montiert, dass die Töne direkt durch die Bodendielen in das Wohnzimmer und den Flur drangen. Die tiefen Bässe der Musikanlage waren jetzt so intensiv, dass Manfred sich konzentrieren musste, um nicht mit den Zähnen zu knirschen. Er zog die Ohrenschützer auch über das zweite

Ohr, grinste bei dem Gedanken an die beiden Eindringlinge und fragte sich, was ihnen jetzt wohl gerade durch den Kopf ging. Vorsichtig steckte er den Schlüssel ins Schloss und drehte ihn herum, entsicherte die Pistole und hockte sich mit dem Rücken gegen den Türrahmen. Seine Hand lag auf der Türklinke. Jetzt war er bereit.

Trotz der Ohrenschützer kam der Wechsel wie ein Schock. Der tiefe Bass schlug unerwartet um in einen hohen Kreischlaut, als würde man mit Nägeln über eine Tafel kratzen. Bei diesem Laut hätte selbst ein Tauber den Verstand verloren.

Im gleichen Augenblick zog Manfred an der Schnur.

Eine Planke, die den großen Stein auf einem dicken Ast hoch oben in der Eiche festhielt, löste sich. Der Stein fiel zunächst senkrecht nach unten, wurde dann von dem Seil, an dem er hing, auf eine bogenförmige Flugbahn gebracht, auf der er beschleunigte und mit größter Präzision gegen die Hintertür krachte, die laut berstend zersplitterte. Zeitgleich gingen drei kräftige Scheinwerfer an und tauchten die gesamte Rückseite des Hauses in grelles Licht.

Auf der Vorderseite riss Manfred die Tür auf, warf sich der Länge nach in den Flur und feuerte drei schnelle Schüsse auf die Silhouetten im Flur ab, die frenetisch auf die zerschlagene Hintertür schossen. Der eine fiel wie eine Schlenkerpuppe zu Boden, ohne zu begreifen, woher der Angriff kam. Der andere griff sich an den Oberschenkel, fuhr mit wildem Blick herum und entdeckte den am Boden liegenden Manfred. Bevor er zielen konnte, traf Manfreds Kugel seinen Hals. Der Mann sackte auf die Knie, hob schlaff die Hand mit der Pistole, ließ sie fallen und kippte vornüber mit dem Gesicht auf das Parkett.

Im Licht der Scheinwerfer sah Manfred abwechselnd von der Badezimmertür zur Schlafzimmertür, die Pistole in Augenhöhe im Anschlag, falls eine dritte Person auftauchen sollte – aber nichts passierte. Er blieb geduldig liegen, während der Heulton aus dem Keller verebbte und tiefe Stille sich über das Haus im Wald senkte. Mit der linken Hand zog er langsam den Hörschutz vom Kopf und legte ihn beiseite, ohne die beiden vor sich eine Sekunde aus den Augen zu lassen. Der eine lag leblos mit dem Gesicht nach unten auf dem Boden. Der andere atmete rasselnd, wahrscheinlich hatte das Projektil seine Lunge perforiert. Beide trugen hautfarbene Masken, die das Gesicht von den Augen abwärts bis zum Kinn verdeckten.

Manfred zählte langsam bis hundert, stand auf und beschattete die Augen mit der Hand, als er zu den Männern ging und mit dem Fuß die Waffen der beiden außer Reichweite trat. Dann stellte er sich hinter den Schrank und zählte noch einmal bis hundert. Nichts passierte, keine weitere Person tauchte auf. Manfred ging durch den Flur, drehte dem grellen Licht den Rücken zu und wälzte den Toten auf den Rücken. Er zog dem Mann die weiche Maske vom Gesicht. Er mochte Anfang vierzig sein. Mit der freien Hand durchsuchte er seine Taschen nach einem Ausweis, fand aber nichts.

Einen Augenblick meditierte er darüber, dass er zum ersten Mal einen Menschen erschossen hatte. Es war kein gutes Gefühl. Etwas am Hals des Mannes veranlasste ihn, den Kragen des schwarzen Pullovers nach unten zu schieben und die schusssichere Weste etwas anzuheben. Er hatte eine Tätowierung über dem Schlüsselbein, ein langhaariger Mann mit großer Nase und Bart, der ihn freundlich, aber scharf anstarrte. Was für eine Blasphemie! Manfred ließ die Weste los und sah vor seinem inneren Auge Frank Zappa mit Gitarre und Schlaghose auf der Bühne stehen und «I'm the Slime» rufen. War das in Köln gewesen … 74?

Manfred drehte sich zu dem anderen um, der noch lebte. Der Mann lag auf der Seite, ein dünner Blutfaden rann aus seinem rechten Mundwinkel, und vor seinem Mund bildete sich mit jedem rasselnden Atemzug blutiger Schaum. Beide trugen schusssichere Westen, daher wunderte sich Manfred über den Lungentreffer, bis er sah, dass die Westen den Rücken nur halb bedeckten. Er stützte sich auf den Pistolenarm und streckte die andere Hand aus, um auch diesem Unsichtbaren die Maske abzunehmen. Es war einer der Männer von Aloysias Video.

Manfred kniete noch immer mit gestrecktem Arm nach vorn gebeugt da, als er den Schatten bemerkte, der über den Verwundeten und über ihn selbst fiel. Der Schatten einer Person, die direkt hinter ihm stand.

Kapitel 64

Mittwoch
Leipzig, Deutschland

Es war jemand hinter ihm, jemand, der ihn direkt ansah. Even spürte, wie sich seine Nackenhaare aufstellten, und drehte sich rasch um. Ein paar andere Fahrgäste des Zuges sahen mehr oder weniger durch ihn hindurch oder ärgerten sich über seinen aufdringlichen Blick, bevor sie wieder aus dem Fenster blickten. Hinter ihm diskutierten zwei Fahrgäste lauthals über das Wetter, um dann abrupt das Thema zu wechseln und über Merkels Wirtschaftspolitik zu debattieren. Ein wahrer Quantensprung, dachte Even und erinnerte sich, dass diese Merkel doch auch zur Eröffnungsgala der Oper nach Oslo eingeladen worden war. Ein paar Mitreisende lasen Bücher oder Zeitungen, andere tippten SMS, und ein Typ arbeitete an einem Laptop. Er konnte nicht ausmachen, wer ihn observierte.

Die Sonne schien durch die dünne Wolkendecke und tauchte Leipzig in ein traumhaftes Licht. Even war mit dem Zug vom Flughafen in die Stadt gefahren, er hatte geglaubt, eventuelle Verfolger – und deren Überwacher – so besser ausmachen zu können. Außerdem war der Bahnhof nur einen Katzensprung von seinem Hotel entfernt.

Scheinbar gleichgültig und wahllos ließ er seinen Blick noch einmal über die anderen Passagiere gleiten. Nur eine junge Frau, *22, saphirblau*, erweckte seine Aufmerksamkeit, weil sie jedes Mal seinem Blick begegnete, wenn er unvermittelt in ihre Richtung schaute. Er beobachtete sie heimlich, bis der Zug langsamer wurde und sie sich erhob, dicht an ihm vorbeiging und ihm «*Alte Sau!*» ins Ohr zischte. Überrascht wischte er sich mit dem Ärmel ein Speichelbläschen von der Wange, während sie wütend im Gang stand und darauf wartete, dass der Zug anhielt.

Als Even am Hauptbahnhof ausstieg und über den Willy-Brandt-Platz ging, tastete er nach der Streichholzschachtel in seiner Tasche. Während der Reise hatten seine Finger sie immer wieder unter das Taschentuch geschoben, um sicherzugehen, dass sie nicht durch einen dummen Zufall herausfiel. An der Ecke der Richard-Wagner-Straße drehte er sich plötzlich um und beobachtete die Reaktionen der Menschen. Niemand schien sein merkwürdiges Verhalten oder ihn selbst zu beachten. Wahrscheinlich könnte ihm ein ganzes Heer von Spionen folgen, ohne dass er es bemerken würde … Er war drauf und dran, Oberstleutnant Johansen anzurufen und ihn zu bitten, seinen Leuten zu sagen, sie sollten nach Personen Ausschau halten, die sich auf das Display eines elektronischen Empfängers konzentrierten. Dann hätte er ihm aber auch erklären müssen, dass er selbst, Even Vik, ein kleiner roter Punkt auf diesem Display war. Er verwarf den Gedanken. Noch wollte er es für sich behalten, dass er sich den Chip aus der Schulter operiert hatte.

Nachdem er im «Novotel» eingecheckt hatte, duschte er und zog sich um. Dann ging er den kurzen Weg über die Goethestraße zum Johannisplatz und fand den Eingang des Mathematischen Instituts, wo er Max Kretzschmar aufsuchte, *100, gelbgrün wie halbgetrocknetes Heu.*

Professor Maximilian Lorentz Kretzschmar war der Leiter eines Forschungsprojekts über partielle Differenzialgleichungen, ein Thema, das Even sehr gelegen kam, hatte es seinen Ursprung doch bei Newton und Leibniz, überdies galt Newtons Zweites Gesetz als Paradebeispiel für diese Gleichungen. Max und er waren alte Bekannte, sie hatten sich bei diversen Seminaren getroffen und gegenseitig als Co-Korrektoren für Doktorarbeiten beraten. Außerdem hatte Professor Kretzschmar eine ganz besondere Beziehung zur Universität in Oslo, weil seinem Großvater dort 1902 in Verbindung mit dem 100. Geburtstag von Niels Henrik Abel die Ehrendoktorwürde verliehen worden war.

«Wie schön, dich zu sehen», sagte Max Kretzschmar, als er Even am Eingang traf und mit ihm zum Fahrstuhl ging. Sie fuhren in die zweite Etage und setzten sich ins Büro des Professors. Das Gespräch entwickelte sich von ganz allein. Sie redeten über spezielle Probleme innerhalb ihres jeweiligen Fachgebiets und diskutierten die neuesten Entdeckungen von Kollegen. Die Zeit verging so schnell, dass Even überrascht auf die Uhr sah, als Max sich erhob und ihn zu sich nach Hause zum Essen einlud. Even nahm dankend an, und Max Kretzschmar griff zum Telefon. Als er wieder auflegte, sagte er, das Essen würde um 19.30 Uhr fertig sein.

«Ich bin sicher kein einfacher Ehemann.» Max sah zu Even hinüber. «Im Garten und im Haushalt habe ich zwei linke Hände, ich bin häufig mit den Gedanken nicht bei der Sache und vergesse regelmäßig Ulrikas Geburtstag, ganz zu schweigen von unserem Hochzeitstag.» Er lächelte verlegen, als wäre er wirklich peinlich berührt von seiner Schusseligkeit. «Aber zwei Dinge sprechen für mich: Ich war ihr nie untreu, und ich mag ihr Essen, was auch immer sie kocht.»

Letzteres glaubte Even nur zu gern. Er war schon häufiger bei ihnen zum Essen gewesen und wusste, dass Ulrika Kretzschmar eine vortreffliche Köchin mit einer Vorliebe für die asiatische Küche war.

Der Abend wurde sehr nett, aber Even war angespannt und entschied sich, früh zurück ins Hotel zu fahren.

«Kann ich dich morgen Vormittag gegen elf besuchen?», fragte er, als er im Flur stand und seine Jacke anzog. Ulrika räumte die Kaffeetassen vom Sofatisch. Sein Handy hatte sie noch nicht entdeckt.

Max Kretzschmar hatte ein Taxi gerufen. Er öffnete die Haustür und winkte dem Fahrer zu, der hupend auf sich aufmerksam machte. «Ich habe bis zwölf Uhr Sprechstunde und muss anschließend direkt zu einer Besprechung ins Hauptgebäude, die etwa eine Stunde dauern wird. Vielleicht können wir danach zusammen in die Mensa gehen?»

«Tut mir leid, aber das ist zu spät für mich», sagte Even. «Kann ich dich kurz sprechen, wenn du zu der Sitzung gehst? Ich brauche wirklich nur eine Minute.»

«Eine Minute …?» Max Kretzschmar warf Even einen langen Blick zu. «Dann können wir es doch gleich hier besprechen …»

Even sah ihn schweigend an.

«Okay …» Max zuckte mit den Schultern. «Dann treffen wir uns um zwölf vor meinem Büro.»

«Und dann muss ich dich noch einmal sehen, bevor ich zurück zum Flughafen fahre. Geht es bei dir zwischen halb drei und drei?»

Ulrika Kretzschmar nahm das Handy vom Sofa und winkte ihm damit zu.

Das Taxi hupte wieder. Max breitete die Arme aus. «Du schuldest mir eine Erklärung, aber okay, um halb drei in der Mensa.» Er schlug Even kameradschaftlich auf die Schulter, bemerkte seine Frau, die mit Evens Handy zu ihnen kam, und schob ihn kurz darauf durch die Tür nach draußen, als wollte er sich vor weiteren seltsamen Verabredungen schützen.

Im Taxi drehte Even sich um und beobachtete den Verkehr. Eine ganze Weile folgte ihnen ein schwarzer Citroën mit gelben Lampen, der in der Nähe des Hotels aber nach links abbog. Even bemerkte, dass der Taxifahrer ihn im Rückspiegel beobachtete, während er selbst sich fragte, wie verzweigt eine Organisation wie die Bruderschaft der Unsichtbaren wohl sein konnte. Waren sie in der Lage, Taxizentralen abzuhören und ein falsches Auto zu einer angeforderten Adresse zu schicken? Ein paar hundert Meter vor dem Hotel bat er, abgesetzt zu werden, und der Fahrer hielt ohne zu murren an. Nach dem Bezahlen lief er langsam über die Goethestraße, passierte ein paar laut diskutierende Cliquen von Jugendlichen, ein paar verliebte Paare, die Arm in Arm gingen, und eine schwarze Katze, die so verschreckt und einsam aussah, dass er in ihr gleich eine Seelenverwandte erkannte.

Noch eine weitere Frage geisterte durch seinen Kopf: Konnten sie sein Telefon abhören, auch wenn er es nicht benutzte?

Even fuhr mit dem Aufzug bis zu seinem Zimmer hoch und warf das Handy aufs Bett. Dann stellte er die Dusche an, schlich auf den Flur und fuhr wieder nach unten zur Rezeption. Der ältere Nachtportier schüttelte bedauernd den Kopf, als Even ihn fragte, ob jemand eine Nachricht für ihn hinterlassen hätte. Even schob die kleine silberne Glocke zur Seite, damit er besser auf den Bildschirm blicken konnte, und machte den Portier darauf aufmerksam, dass sein Zimmer bereits bezahlt war und er morgen früh wieder abreisen würde. «Nicht dass Sie denken, ich will mich vor der Rechnung drücken! Aber können Sie mir trotzdem sagen, ob es eine Möglichkeit gibt, das Hotel unbemerkt zu verlassen?»

Der Portier sah ihn unsicher über den Rand seiner Brille an, ehe er sich am Computer versicherte, dass Even tatsächlich bereits bezahlt hatte.

«Ein kräftiger Mann mit glattrasiertem Schädel folgt mir schon den ganzen Abend», erklärte Even und warf einen Blick auf das Namensschild an der Uniform des Mannes. «Herr Kurtz, Sie müssen verstehen, wie beunruhigend das ist. Ich weiß weder, wer dieser Mann ist, noch was er von mir will. Es deutet einiges darauf hin, dass er draußen im Park auf der anderen Straßenseite auf mich wartet.» Even fingerte an einem 50-Euro-Schein herum und rollte ihn um einen Finger. «Wenn ich mich umgezogen habe, möchte ich in einen Nachtclub gehen, und da will ich ihn nicht dabeihaben. Deshalb meine Frage an Sie: Gibt es eine Möglichkeit, dieses Hotel zu verlassen, ohne dass dieser Mann das mitbekommt?»

Zögernd betrachtete Wolfgang Kurtz einen Bildschirm, der mit den verschiedenen Überwachungskameras im und am Hotel verbunden war. Er vergrößerte ein Bild, das den Bereich vor dem Eingang zeigte, und studierte es genau.

«Sehen Sie, da vorne», Even zeigte vage mit dem Finger auf den Bildschirm, «hinter den Bäumen, da habe ich ihn zuletzt gesehen.»

Kurtz rückte seine Brille zurecht, sah noch einmal genau auf den Bildschirm und richtete sich auf. «Es wäre vielleicht möglich … Ich meine, ich könnte eventuell mit jemandem in der Küche reden.»

«Dann komme ich in einer Stunde wieder nach unten», sagte Even lächelnd und schob den 50-Euro-Schein unter die Silberglocke. «Ich vertraue darauf, dass Sie dieses Problem lösen.»

Oben im Zimmer stellte er die Dusche ab, zog die Gardine vor das Fenster, suchte MTV im Fernseher und drehte die Lautstärke hoch, bevor er sich auszog und die Bandage von der Wunde an seiner Schulter nahm. Sie heilte gut, sodass er nur noch ein Pflaster darüberklebte. Dann zog er sich eine schwarze Baumwollhose an, einen schwarzen Wollpullover und schwarze Schuhe. Nicht unbedingt das passende Nachtclub-Outfit, dachte er und sah sich im Spiegel an. Er spürte die Nervosität, sein Nacken und seine Schultern waren steif, als er den Reißverschluss seiner Jacke ganz nach oben zog. Er hatte das Gefühl, sich auf etwas Endgültiges vorzubereiten, etwas, das er nicht wiedergutmachen konnte, falls es schiefging. Wie ein schwarzer Ritter der Nacht stand er da und fragte sich, ob er so nicht stärker die Aufmerksamkeit auf sich zog, als wenn er ein etwas bunteres Outfit gewählt hätte.

Ruhelos sah er auf die Uhr, setzte sich und stellte die Streichholzschachtel auf den Rand des Schreibtisches, schnippte sie mit dem Daumen hoch, sodass sie durch die Luft flog und auf der breiten Seite landete. Wieder und wieder schnippte er sie in die Luft, einmal blieb sie auf der schmalen Anreißfläche stehen, meistens jedoch landete sie auf der breiten Seite. Erst beim sechzehnten Versuch landete sie hochkant und blieb stehen. Ihm wurde bewusst, dass er dabei war, die Wahrscheinlichkeiten für die nächsten Landepositionen der Schachtel auszurechnen. Er stöhnte genervt und warf die Streichholzschachtel mit einer ruckartigen Bewegung des Handgelenks aufs Bett. Die linke Hand nahm die Fernbedienung und zappte sich durch die Fernsehsender. Realityshow, Diskussionsrunde über Lebensmittelpreise, ein schlechter amerikanischer Spielfilm … Seufzend stellte er wieder MTV ein und warf einen Blick auf die Armbanduhr. Fast eine halbe Stunde war vergangen. Er holte die Taschenbuchausgabe von Goethes «Faust» hervor, die er sich am Flughafen gekauft hatte, blätterte darin herum und fragte sich, ob er dieses Buch jemals lesen würde.

Um 22.05 Uhr legte er die Streichholzschachtel unter das Kopfkissen und schob sein Handy unter die Kleider in seinem Rucksack, den er anschließend schloss und neben dem Fernseher auf den Schreibtisch stellte – er wusste nicht, ob sein Handy verwanzt war, also ging er auf Nummer sicher. Er drehte die Lautstärke des Fernsehers etwas herunter, ehe er sich aus dem Raum schlich. Dann ging er über die Treppe nach unten und betrat das Büro hinter dem Empfangstresen, wo ein junger Mann wartete, der angab, aus der Küche zu sein und dem Gast durch den Personaleingang nach draußen helfen zu können. Zehn Minuten später stand Even Vik an der frischen Luft und bekam den Code der Tür anvertraut, damit er zurückkommen könne, wann immer er wolle. Er steckte dem jungen Mann fünfzig Euro als Dankeschön in die Tasche, wünschte ihm einen schönen Abend und schloss die Tür.

Kapitel 65

Was Aloysia am meisten fürchtete, waren die Reflexe, die Automatismen. Sie wusste, dass sie viel weniger Energie verbrauchte, wenn die Kontrolle ihrer Umgebung, die ständige Veränderung ihres Aussehens, die Platzierung der Alarmsysteme und Kameras und so weiter wie von selbst abliefen. Das war gut und gewünscht, eine Möglichkeit, ihre begrenzte Energie zu sparen.

Probleme entstanden immer dann, wenn sie begann, ihren Reflexen *blind zu vertrauen*, und glaubte, sich an alles zu erinnern und die volle Kontrolle zu haben. In diesen Augenblicken verlor sie das Bewusstsein für ihre Situation, dann stellte sie auf Autopilot – und hatte verloren. So einfach war das.

Die Unsichtbaren Brüder waren Profis, daran hatte Manfred keinen Zweifel gelassen. Aber genau diese Professionalität machte sie berechenbar, weil sie immer streng nach Lehrbuch vorgingen. Und solange sie vorhersehbar waren, war es auch ihr gestattet, ihrer Routine zu vertrauen. Was würde aber geschehen, wenn sie eines Tages dieses Muster durchbrachen und nicht mehr nach Plan operierten?

Deshalb zwang sie sich beständig, ihre Situation neu zu überdenken, ihre eigene Verteidigung zu überprüfen, sich den Angriff ihrer Feinde auszumalen und sich immer wieder mit der Frage auseinanderzusetzen, was passieren würde, wenn sie ihre Aufmerksamkeit schleifenließe.

Das Problem war, dass sie im Begriff war, die Kontrolle über ihren eigenen Kopf zu verlieren. Das Wissen, verfolgt zu werden, und die daraus resultierenden Phantasien wuchsen sich mitunter zu einer Paranoia aus, die sie in allen Gesichtern, die ihr begegneten, Feinde erkennen ließ. Sie verlor allmählich das Gespür dafür, wann ein Verdacht gegen eine Person berechtigt und realistisch war und wann eine bloße Wahnvorstellung.

Aloysia sah aus dem Fenster auf die Straße, die die Trostlosigkeit der Gegend widerspiegelte. Sie befand sich mitten im Rotlichtviertel, umgeben von Dealern und Zuhältern, auf der Schattenseite von Leipzig, die den dunklen Seiten aller anderen europäischen Großstädte aufs Haar glich. Egal ob Dortmund, Rouen, Łódź oder Bratislava, manchmal verlor sie wie ein Musiker auf Tournee das Gefühl für den Ort und musste ein Ticket oder einen Kassenzettel heraussuchen, um zu wissen, in welcher Stadt sie aufwachte.

Eine schwarze Prostituierte in einem minimalistischen Tigerstreifenkleid und langen schwarzen Stiefeln beugte sich zu einem Autofahrer hinunter, sodass ihr Ausschnitt seine ganze Aufmerksamkeit in Anspruch nahm. Aloysia hatte mitbekommen, dass das Mädchen schon drei Kunden abgeschleppt hatte, seit es dunkel geworden war. Sie hatte das Zimmer direkt neben Aloysia, und für die Schallisolierung war in dem hellhörigen Haus nicht viel ausgegeben worden. Die Nacht war noch jung, es war kaum Mitternacht, und Aloysia dachte, dass es diesen Menschen noch schlechter ging als ihr.

Ein Gedanke, an dem sie sich festhalten konnte, es half, wenn man wusste, dass es einem besser ging als vielen anderen. Aloysia war auf der Flucht. Sie wusste, dass ihr ein Feind auf den Fersen war. Diese Mädchen hingegen waren bereits Gefangene, ihr Feind hatte sie längst in ihrer Gewalt und unter Kontrolle. Nein, sie durfte sich nicht beklagen.

Aloysia ließ die Gardine wieder vor das Fenster fallen und setzte sich schwer auf das kleine Sofa, vor dem der Tisch mit dem Laptop stand. Dann las sie noch einmal durch, was sie Even geschrieben hatte:

3)
Manfred hat mich heute nach Leipzig gefahren und mir eine neue Ladung Bücher von zu Hause gebracht (ich kann ja nicht immer alles mit mir herumschleppen). Wenn er nach dem Haus sieht und die Hühner füttert (es sind nur noch zwei übrig, und die legen keine Eier mehr – leider), bleibt er immer eine Weile im Wohnzimmer und blättert systematisch, Buch für Buch, die Bücher unserer Bibliothek durch. Wir haben das so abgemacht, er soll nach Stellen suchen, die Simon unterstrichen hat, oder nach Notizen von ihm, die interessant sein könnten.
Manfred ist kein großer Leser, es dauert also seine Zeit, denn diese Bibliothek war schon umfangreich, als ich Simon seinerzeit kennengelernt habe. Mein geliebter Mann hat Bücher verschlungen wie andere Leute Essen, ohne Unterlass. Und je mehr Geld wir mit den William-Worst-Büchern verdienten, umso schneller wuchs seine Sammlung. Ich glaube, inzwischen sind es an die 5000 Bände. Bücher waren der einzige Luxus, für den Simon hemmungslos sein Geld ausgab. Er war auf seine Weise ebenso verrückt nach Büchern, die die Gesellschaft der Gegenwart beschrieben, wie du nach Zahlen und Mathematik.

Sie zögerte einen Augenblick und strich dann den letzten Satz.

In einem der Bücher ist …

Es klopfte an der Tür, und sie zuckte zusammen, als hätte sie einen elektrischen Weidezaun berührt. Lautlos erhob sie sich vom Sofa und nahm den kleinen Apparat vom Bett. Sie betätigte ein paar Tasten und empfing ein Bild vom Flur draußen. Ein Mann lehnte mit ausgestrecktem Arm am Türrahmen, trommelte ungeduldig mit den Fingern dagegen und sah sich um. Plötzlich hob er das Gesicht und blickte direkt in die Kamera. Sie lächelte und ging zur Tür.

«Hallo», sagte Even und blickte auf sie herab.

«Hallo.» Aloysia zog ihn ins Zimmer und schloss die Tür. Wortlos blieben sie voreinander stehen, ernst, fast feierlich, bis Aloysia einen Schritt nach vorn trat und ihn umarmte. Es tat gut, ihre Arme um ihn zu legen und zu spüren, wie die Energie, die sein Körper ausstrahlte, auf sie überging. Wie auch ein undefinierbares Gefühl von Sicherheit. Zögernd legte er seine Arme um sie und drückte seine Nase in ihre Haare.

«Du hast sie wachsen lassen», sagte er.

«Was?» Sie ließ ihn los und trat einen Schritt zurück.

«Die Haare, du hast sie wachsen lassen. Sie sind lang, das steht dir.»

«Ja, danke.» Sie streckte den Arm aus und fuhr mit einem Finger über die Narbe an seinem Auge. «Die ist mir beim letzten Mal gar nicht aufgefallen.»

«Die ist alt», erwiderte er schulterzuckend. «Die Beschleunigung eines Körpers ist proportional zu der Kraft, die auf ihn angewendet wird – in diesem Fall ein Schlag meines Vaters. Ich bin als Junge mit dem Kopf gegen eine Kommode geknallt.»

Sie lächelte und deutete mit der Hand zu dem alten Sofa. «Sollen wir uns in den Salon setzen?»

Die Polsterfüllung quoll aus dem geblümten Bezug hervor, als wäre der verblichene Löwenzahn verblüht und bereit, seinen Samen in alle Winde zu verstreuen. Even setzte sich und machte Platz für Aloysia. Die Federn quietschten klagend, sobald er sich bewegte. Er sah sich um, verglich den Raum mit seinem eigenen Hotelzimmer, seinem eigenen Leben und dachte, dass er wirklich keinen Grund zur Klage hatte.

«Ich habe dich nicht gehört.» Sie blickte zur Tür.

«Ich habe mir alle erdenkliche Mühe gegeben. Wollte sehen, ob es mir gelingt, die Alarmfallen zu entdecken, die du installiert hast, und mich unter ihnen hindurchzumogeln. Die Kamera auf deinem Türrahmen habe ich etwas zu spät bemerkt.» Er lächelte, um ihr zu zeigen, dass er es nicht böse meinte.

Aloysia nickte ernst, sie schien fast ein bisschen verunsichert zu sein. «Das ist gar nicht gut! Wenn es dir gelingt, mir so nah zu kommen, ist das auch anderen möglich. Ich muss mein System verbessern.» Sie drehte das Handgelenk, warf einen Blick auf die Uhr und nahm einen Stapel Papiere auf, den sie auf dem Sofatisch abgelegt hatte. «Ich gehe davon aus, dass du nicht alle Zeit der Welt hast, deshalb möchte ich, dass du meine letzten Aufzeichnungen sofort liest. Es gibt einiges, das ich mit dir diskutieren möchte.»

Sie hatte etwas Formelles, als wollte sie um jeden Preis Distanz wahren. Even nahm die Blätter entgegen und bemerkte, dass Aloysia sich nach hinten lehnte und ihn musterte, während er sich über den Text beugte.

Die Bruderschaft der Unsichtbaren – Puzzlestücke, Teil III

1)

Erinnerst du dich an Reginald Dwight-Jones, den Mann in den USA, der ein Newton-Notizbuch für eine größere Summe Gold gekauft hat? Hier die wichtigsten Eckdaten, die ich über ihn herausfinden konnte: Er entstammt einer Militärfamilie und hat es selbst bis zum Oberst gebracht. 1928 wurde er Sektionsleiter in einer Einheit namens «MI2», er war der Leiter der europäischen Sektion. 1940 wurde er Vizekommandierender einer neueingerichteten Einheit, MI11. Diese Funktion hatte er inne, bis er 1944 in einem Krankenhaus in Chelsea starb.

Sie ist dünner geworden, dachte Even, als Aloysia sich zu ihm beugte und ihren knochigen Finger auf das Wort «MI11» legte.

«Mehr habe ich über diese Dinge noch nicht herausfinden können. Deine Mail, hierher nach Leipzig zu kommen, hat meine Nachforschungen unterbrochen.»

Fast schon krankhaft mager. Even nickte. «Schon in Ordnung.»

«Aber ich habe ein Foto von dem Mann, von diesem Dwight-Jones.» Sie legte ihm die Kopie eines alten Fotos in den Schoß, die er ins Licht hielt.

«Wer von denen?»

«Der Dritte von links, sitzend. Die Aufnahme wurde gemacht, als er 1927 Oberst wurde, allem Anschein nach das letzte Foto, das von ihm existiert. Ich habe auf jeden Fall keine weiteren aufspüren können. Er war verheiratet, aber seine Frau starb jung, und sie hatten keine Kinder. Sein Nachlass fiel an den Staat, als er 1944 starb.»

Even betrachtete den schlanken Mann in der braunen Uniform des Heeres. Er trug einen straff gebundenen Schlips und hatte die dünnen Haare mit Pomade nach hinten gekämmt. Seine schlanken Hände ruhten auf den Oberschenkeln, die mit den Unterschenkeln einen exakt rechten Winkel bildeten. Das schmale Gesicht mit dem dünnen Bart, in dem nicht die Spur eines Lächelns zu erkennen war, war dem Fotografen zugewandt. Dunkle, durchdringende Augen blickten direkt in die Kamera und schienen durch Even hindurch in die Zukunft zu schauen. Even sah weg, der Mann kam ihm irgendwie bekannt vor, als hätte er ihn schon einmal getroffen, er wusste aber nicht, wo. Aber das war ja nicht möglich, schließlich war dieser Mann viele Jahre vor seiner Geburt gestorben.

«Nicht gerade ein Charmebolzen.» Er legte die Fotografie weg und nahm die Papiere wieder auf.

Jetzt komme ich zu OptB, dem Notizbuch, das Keynes gekauft hat. Dieses Buch scheint verschwunden zu sein. Ich kann es nirgendwo finden, und ich finde auch keine Quellen, die darauf verweisen. Es wird nicht einmal in Keynes' eigenen Aufzeichnungen erwähnt. Es gibt lediglich einen Brief vom März 1940 an Lydia Lopokova Keynes (seine Frau), in dem er ihr berichtet, dass er einen Mann namens Niels Bohr eingeladen habe. Er begründet die Einladung damit, dass er in den Besitz eines Schreibheftes gelangt sei, in dem Notizen enthalten seien, die Newton in seinen letzten Jahren in London gemacht habe. Es beinhalte Gedanken über gewisse irrationale, beinahe indeterministische Theorien Newtons, von denen Keynes glaube, Bohr könne sich dafür in Zusammenhang mit seiner Quantenhypothese interessieren.
Keynes hatte allem Anschein nach das Bedürfnis, dieses Thema mit Niels Bohr (den ich noch nicht weiter überprüft habe) zu erörtern. Aber ich habe keine Bestätigung gefunden, dass die beiden sich jemals getroffen und Newtons Theorien diskutiert haben.
Die einzige Erklärung für das Verschwinden von OptB ist ein Brand in der King's College Library, kurz nachdem Keynes der Bibliothek seine Sammlung von Newton-Schriften übergeben hatte. Während der anschließenden Restaurierung mussten Teile des Archivs vorübergehend in ein anderes Gebäude ausgelagert werden. In dieser Zeit wurde das Archiv nur sehr lückenhaft bewacht, um es diplomatisch auszudrücken. Es heißt, dass ein paar Studenten sogar ein wildes Fest mit reichlich Alkohol in diesem Archiv gefeiert und sich dabei aus den alten Schriften vorgelesen haben sollen. Viele alte Werke haben in dieser Zeit Schaden genommen, wenn sie nicht sogar ganz verschwunden sind.

Mein Gefühl sagt mir, dass derjenige / diejenigen, die sich OptC in den USA beschafft haben, auch in der Bibliothek des King's College ihre Finger im Spiel hatten und so an OptB gekommen sind. Vielleicht haben die sogar den Brand gelegt, um an das Werk zu kommen. Keiner der Opt-Bände konnte seit dem Zweiten Weltkrieg lokalisiert werden, niemand hat daraus zitiert oder überhaupt davon gehört. Man könnte fast meinen, diese Bände hätten nie existiert.
Keynes hatte während des Krieges mit anderen Dingen zu tun und starb bereits 1946, bevor wieder genug Ruhe in sein Leben einkehrte, um an Newton zu denken.

Perplex legte Even die Papiere zurück auf den Tisch. Er war gleichermaßen verwirrt wie erfreut. In diesen Zeilen steckten so viele wichtige Informationen, dass er sie kaum zu sortieren vermochte. «Der Kerl ist Physiker», sagte er.

«Wer? Dwight-Jones?»

«Nein, Niels Bohr. Ein Däne, ein weltberühmter Wissenschaftler. Sein Büro lag neben dem von Einstein, als sie in den USA, in Princeton arbeiteten. Bohr ist vermutlich die wichtigste Schlüsselfigur in der Entwicklung der Quantenphysik, also der Idee, dass Energie nur in bestimmten Portionen auftreten kann, oder eben Quanten, wie man diese nennt. Die Quantenhypothese, die Keynes erwähnt, besagt, dass die Energie eines Systems, also zum Beispiel eines Atoms, von einer gegebenen Größe zu einer anderen übergehen kann, ohne sich zu irgendeinem Zeitpunkt zwischen diesen Größen zu befinden. Das ist es, was wir als ‹Quantensprung› bezeichnen. Albert Einstein hat mit der Entwicklung dieser Hypothese begonnen, es gab aber einen Zeitpunkt, an dem er und Bohr grundlegend unterschiedlicher Meinung waren.»

Even las geistesabwesend in den Papieren und reagierte

nicht, als Aloysia ihn erwartungsvoll anstarrte. «Warum?», fragte sie schließlich.

«Hä?» Even hob den Blick. «Äh, Entschuldigung … Mir kam gerade nur der Gedanke … Worüber sie unterschiedlicher Meinung waren?» Er riss sich von den Blättern los. «Im Wesentlichen ging es dabei um die Frage, ob es in der Natur Zufälle gibt oder nicht. Einstein war Determinist und Bohr Indeterminist, um es mal so auszudrücken. Einstein war der Meinung – um bei der Physik zu bleiben –, dass es irgendeinen konkreten Faktor gebe, der bestimme, wo sich ein Elektron hinbewege, dass man diesen Faktor aber noch nicht gefunden habe.» Even hob die Blätter an und runzelte die Stirn. «Wie Newton meinte er, dass die Welt logisch sei und mit Vernunft erklärt werden könne, wenn wir nur erst genug Wissen über sie gewonnen hätten.»

«Aber in dem Brief schreibt Keynes, dass Newton irrational, ja, indeti… inde… Verdammt! Wie hieß dieses verfluchte Wort nochmal?»

«Indeterministisch, ja. Und genau das verwirrt mich. Bohrs Haltung war nämlich, dass *nicht* alle Dinge genau erklärt werden können. In seiner Zeit entdeckte man zum Beispiel, dass die Geschwindigkeit eines Partikels und seine Position nie gleichzeitig für denselben Zeitpunkt bestimmt werden können. Je präziser man zum Beispiel eine Geschwindigkeit misst, desto unschärfer wird die Position, und umgekehrt. Niels Bohr folgerte daraus, dass wir akzeptieren müssen, dass Zufälle eine wichtige Rolle spielen, wenn wir die Welt verstehen wollen – mit anderen Worten das Gegenteil von Einstein, der die Überzeugung vertrat, alles sei messbar und vorhersagbar, wenn man nur das richtige Werkzeug hätte. Einstein und der alte Newton sind bekannt für ihre identische Grundhaltung zur Wissenschaft, aber hier …», er wedelte mit den Papieren, «hier wird angedeutet, dass Newton in seinen letzten Jahren mit Hypothesen gearbeitet hat, die mehr in Bohrs Richtung gingen, um es mal so auszudrücken. Das ist … eine wissenschaftliche Sensation.»

Sie saßen still da, beide in ihre eigenen Gedanken versunken.

Even besah sich noch einmal das Foto. Aloysia dachte an den Brief von Keynes an seine Frau, den sie abgeschrieben hatte. Sie fragte sich, ob sie sich verschrieben haben konnte, war sich eigentlich aber ganz sicher, alles korrekt kopiert zu haben. Sie erkannte nicht wirklich die Sensation, von der Even sprach, aber sie war ja auch keine Physikerin oder Mathematikerin. Und auch keine Philosophin.

«Verdammt!»

«Was ist?» Aloysia sah Even an. «Du siehst aus, als hättest du ein Gespenst gesehen.»

«Genau das frage ich mich gerade.» Even hielt sich das Foto von Reginald Dwight-Jones dicht vors Gesicht und kniff die Augen zusammen.

«Verdammt! So ein Mist, ich kann das nicht richtig erkennen … Du hast nicht zufällig eine Lupe in deinem Gepäck?»

Sie stand vom Sofa auf und holte eine kleine Mappe aus ihrem Rucksack, öffnete sie und zog einen kleinen viereckigen Metallgegenstand heraus, den sie aufklappte. «Hier», sagte sie und reichte ihm ein Vergrößerungsglas, wie Fotografen es benutzen, um die Schärfe eines Bildes zu überprüfen.

«Du bist … unglaublich», rutschte es Even heraus. Dann schüttelte er lächelnd den Kopf. «Gibt es irgendetwas, das du nicht in deinem Rucksack dabeihast?»

Ohne eine Antwort abzuwarten, beugte er sich über das Foto, hielt das Vergrößerungsglas über die Brust von Dwight-Jones und zog die Stehlampe näher heran, sodass das Licht optimal auf das Bild fiel. Schließlich richtete er sich auf und sah Aloysia mit einem Gesichtsausdruck an, den sie nicht zu deuten wusste.

«Was hast du gesehen?» Sie beugte sich vor und starrte konzentriert durch die Lupe. «Was ist es? Das Kinn, der Schlips, der Schnickschnack auf seiner Brust?»

«Sieh dir mal die Krawattennadel an», sagte Even.

«Ja, hübsches Ding.»

«Was siehst du?»

«Auf der Krawattennadel? Zwei Köpfe, Schlangen- oder Drachenköpfe, die einander anfauchen. Vielleicht wollen die sich auch gegenseitig auffressen, ich weiß es nicht. Hübsch, stilvoll …» Sie richtete sich auf und sah ihn an.

Even wurde bewusst, dass sie keine Ahnung hatte. Natürlich nicht, wie sollte sie auch. Also erzählte er ihr von Niknoms Brief und den Tagebuchaufzeichnungen von Florence Ada Keynes.

Kapitel 66

LONDON
IM JAHRE DES HERRN 1713

«Hau ruck!»

Die Männer drehten die langen Schraubenarme. Der Mann in der Vertiefung am Fuß der Münzpresse nahm die frisch geprägten Münzen heraus, während ein anderer eilig neue blanke Rohlinge nachfüllte.

«Hau ruck!» Die Schraubenarme rotierten horizontal in die entgegengesetzte Richtung, und neue Münzen wurden geprägt. Newton griff in den Holzbottich, nahm zufällig eine *Crown of the Double Rose* heraus und studierte das frisch geprägte Profil der Königin.

«Gut ihre vier Shilling wert», sagte der Prägemeister mit zufriedener Miene, was Newton veranlasste, die Krone noch gründlicher zu mustern. Selbstzufriedenheit, noch dazu ungerechtfertigte, konnte er auf den Tod nicht leiden. Kritisch drehte er die Münze hin und her, kniff die Augen zusammen und rieb mit dem Finger über einen der kleinen Löwen. «Der Schwanz hebt sich zu schwach ab. Sorgt dafür, dass Presse und Form gründlich gereinigt werden, bevor weitergemacht wird.»

«Aber das heißt ...»

«Ja, das heißt, dass es die halbe Nacht dauern kann, bis Ihr fertig seid. Die Münzen werden morgen früh um sieben von einem Wagen des Finanzministeriums abgeholt, bis dahin müssen zweitausend Stück gezählt und verpackt sein.»

Der Münzmeister nahm seine Laterne, machte auf dem Absatz kehrt und ging, ohne sich von dem erschöpften Gesichtsausdruck des Prägemeisters beeindrucken zu lassen.
Draußen blickte er mit der gleichen zufriedenen Miene, wie sie zwei Augenblicke zuvor der Prägemeister gezeigt hatte, an den schwarzen Himmel. Dunkle Wolken hatten sich wie ein dicker Vorhang vor die Sterne geschoben, auch der Neumond kam ihm gerade recht. Er überquerte die gepflasterte Straße und blieb vor der Tür eines langen Holzhauses stehen, dem Laboratorium der Königlichen Münze, wo neue Legierungen gemischt und auf ihre Härte überprüft wurden. «Löscht die beiden Laternen», befahl er dem nächsten Wachposten und zeigte die Straße hinunter, bevor er das Gebäude betrat.
Der Raum war länglich, und an den Wänden standen Schränke, Instrumente, Tonnen, Kisten, Flaschen und diverse Behälter in allen Größen und Formen.
Auf einer Arbeitsbank an der dem Eingang gegenüberliegenden Wand war eine bemerkenswert komplizierte Apparatur aufgebaut, mit deren Konstruktion sich Newton die letzten Jahre in aller Heimlichkeit beschäftigt hatte. Grob beschrieben handelte es sich um eine große Glasglocke, die über Messingrohre und verschiedene Ventile mit einem Blasebalg verbunden war. Um die Arbeitsbank mit der Apparatur standen Stative mit weißbemalten Holzplatten, Prismen, Laternen und anderen Dingen, die für den Uneingeweihten geheimnisvoll und wie zufällig platziert anmuteten.
Aber nichts war zufällig an dieser Apparatur. Das Experiment, das Isaac Newton an diesem dunklen Novemberabend durchzuführen gedachte, war über einen langen Zeitraum akribisch vorbereitet worden.
Ein Notizbuch lag einladend da, zwei frische blanke Seiten

bereits aufgeschlagen. Newton stellte seine Laterne auf der Arbeitsbank ab, tunkte die frisch gespitzte Schreibfeder in das Tintenfass und notierte Datum und Uhrzeit. Dann schrieb er, was er mit dem Experiment herausfinden wollte, bevor er das Buch beiseiteschob und eine Lampe anzündete, die in ein Stativ gespannt war. Drei Seiten der Lampe waren innen mit Spiegeln ausgekleidet, an der vierten Seite fiel das Licht durch eine speziell geschliffene Glasplatte, die das Licht der Kerze in einem nadelspitzen Lichtstrahl sammelte. Der Strahl traf auf den äußeren Rand der Glasglocke. Newton justierte die Lampe so, dass der Lichtstrahl mitten durch die Glasglocke auf die weiße Holzplatte dahinter fiel. Nachdem er seine Handlaterne abgedeckt hatte, maß er mit höchst präzisen Instrumenten den Punkt aus, wo der Lichtstrahl auftraf, und notierte Breite, Länge und Intensität. Danach überprüfte er die Ventile und griff zum Blasebalg. Mit langsamen Bewegungen saugte er die Luft aus der Glasglocke, bis ein Instrument anzeigte, dass ein Viertel der Luft abgesaugt war, dann maß er erneut den Auftreffpunkt.

Mit diesen Arbeitsschritten fuhr er den ganzen Abend fort, er maß, leuchtete, saugte Luft ab und maß erneut, hielt verschiedene Prismen in den Lichtstrahl und maß die Farben und ihre Abweichungen bei verschiedenen Vakuumzuständen in der Glasglocke. Erst weit nach Mitternacht schloss er das Experiment ab, setzte sich erschöpft auf einen Stuhl und versuchte, seine Gedanken zu ordnen, um Schlussfolgerungen zu ziehen. Ein leises Geräusch veranlasste ihn, den Kopf zu heben und in die schattigen Winkel des Raumes zu blinzeln.

«Ist da jemand?»

Niemand antwortete, und er versank wieder in Gedanken.

Hie und da machte er sich eine kurze Notiz, blätterte in dem Notizbuch und sah sich einige Messungen noch einmal an. Wieder hob er den Kopf, als er ein Geräusch vernahm.

«Hallo! Ist dort jemand?» Sein Stuhl kippte um, als er sich erhob und das Tuch von der Handlaterne zog. Er hielt sie hoch und stieß einen überraschten Ruf aus. Am Rand des Lichtkegels standen zwei undeutliche finstere Gestalten. Wo ihre Gesichter sein sollten, waren nur schwarze Schatten.

«Seid Ihr zufrieden mit dem Ergebnis, Mr. Newton?» Eine der beiden in Kutten gehüllten Gestalten kam ein paar Schritte näher.

«Wie seid Ihr hereingekommen? Wo ist der Wachposten?» Newton starrte sie zornig an, während er sich vor das Notizbuch schob und mit einer Hand hinter dem Rücken ein Stück Tuch darüberwarf.

«Wir kommen überall hinein», sagte der Schatten mit einer Stimme, die Newton nicht wiedererkannte. «Ich dachte, das hätte der verstorbene Mr. F Euch gesagt, Professor.»

«Dann hat der Teufel Ezekiel also endlich zu sich geholt.» Newton konzentrierte seinen Blick auf den schwarzen Tunnel der Kapuze, um einen Blick auf das Gesicht darin zu erhaschen. «Wer seid Ihr? Der neue Großmeister?»

Die Gestalt kam auf ihn zu, und eine Hand schob sich aus dem Ärmel der Kutte. «Tretet zur Seite, Professor, und lasst mich Eure Notizen sehen.» Die andere Gestalt trat an seine Seite, und im Schein von Newtons Laterne blitzte eine Messerklinge auf. «Zwingt uns nicht, Eure Schuld einzufordern.»

Newton war körperlich kein großer Mann, trotzdem hatte er sich zeit seines Lebens groß gefühlt, größer als andere, und in den letzten Jahren hatte man ihm stets den Respekt gezollt, der ihm gebührte. Aber diese beiden schienen seine intellektuelle Kapazität und gesellschaftliche Macht einfach zu ignorieren, sie führten sich auf, als sei er ihr Eigentum. Heftiger Zorn und lähmende Ohnmacht fochten in seinem Inneren einen Kampf um die Oberhand aus.

Die Vernunft ließ das Messer und die Ohnmacht gewinnen, er trat einen Schritt zur Seite und offenbarte dem Unsichtbaren Bruder das Notizbuch. Die sonnenbraune Hand mit der Narbe quer über dem Daumen blätterte die letzten beschriebenen Seiten auf.

«Licht durch Vakuum ... Der Strahl scheint ... hm ... Licht nicht vermindern ... Gleiche Intensität ... ebenso die Farben. Konklusion 1: Vakuum leitet Licht. Konklusion 2: Teile des Weltraums könnten luftleer sein, ungeachtet der Tatsache, dass das Licht der Sonne bei uns ankommt ... Was ist dann die Natur des Lichts?»

Die Hand blätterte zurück, und der Kuttenträger las murmelnd weiter. «Kraft und Energie in allen Fasern und Bestandteilen der Natur? ... Hm ... Ist es nicht so, dass ... blabla ... Licht wirkt auf Körper, indem es sie erwärmt und die verschiedenen Bestandteile in vibrierende Bewegung versetzt, sodass die Wärme gehalten wird?»

Er blätterte noch ein wenig weiter, ließ dann die Hand mit dem Notizbuch in das Dunkel unter der Tischkante sinken. «Das ist interessant, aber nicht vollendet, Professor.» Er hielt das Notizbuch vor sich, Newton griff danach und steckte es in die Tasche. «Denkt weiter. Schreibt weiter. Vollendet die Gedanken zu Gottes Schöpfung.» Die braungegerbte Hand zeigte auf seine Brust. «Und denkt daran: Ihr gehört uns, Professor. Euer Leben gehört uns, denn Ihr habt uns verraten.» Sie wandten ihm den Rücken zu und entfernten sich, verschmolzen mit den Schatten, bis Newton nur noch ihre Kutten über den Boden schleifen hörte. «So wie

Eure Gedanken uns gehören.» Die Stimme tönte aus der Dunkelheit wie von einem unsichtbaren Geist. «Das Notizbuch holen wir uns, wenn Euer Werk vollendet ist.»
Kurz darauf hörte er das leise Klicken der Tür und wusste, dass sie weg waren. Dennoch blieb er lange in der Stille sitzen, angespannt und aufgewühlt, er schien ihre Gegenwart noch im Raum zu spüren und fühlte sich noch immer aus allen Ecken beobachtet. Schließlich nahm er die Laterne und drehte eine Runde, leuchtete unter Bänke und Tische, hinter Kisten und Kästen, in alle Schränke und jeden Winkel, ehe er sich mit einer gewissen Erleichterung wieder an den Arbeitstisch setzte.
Gegen Ende seiner Runde durch den Raum hatte sich ein diabolisches Grinsen in seine Mundwinkel geschlichen. Er wirkte mit einem Mal sehr zielstrebig. Zurück an seinem Arbeitstisch, nahm Newton das Notizbuch, ritzte mit einem Messer ein großes A in den Einband und schlug es auf. Auf einer freien Seite mitten im Buch machte er ein paar Notizen, ehe er einen Kreis zeichnete und einen zweiten darum herum, sodass es einen Ring ergab. Er ließ sich Zeit, ließ die oberen Enden des Ringes offen und gestaltete umständlich die beiden offenen, einander zugewandten Enden wie zwei offene Mäuler, die die Luft aus dem Inneren des Ringes saugten, fast wie zwei Schlangenköpfe. Verwegen malte er zwei Augenpaare über die aufgerissenen Rachen.
Daneben schrieb er: Symbol für Vakuum – für die innewohnende Kraft des Vakuums.

Kapitel 67

Im Nachbarzimmer waren das rhythmische Knarren der Bettfedern und das immer lauter werdende Stöhnen einer Frau zu hören. Even wurde abgelenkt, das Gespräch geriet ins Stocken. Aloysia lächelte entschuldigend. «Sie sind gleich fertig. Der Durchschnitt liegt bei sieben Minuten, also …» Sie berührte seinen Arm mit den Fingerspitzen. «Ich gehe davon aus, dass du den Brief des iranischen Professors dabeihast. Darf ich ihn lesen?»

Die Frau im Nachbarzimmer rief ekstatisch irgendwelche afrikanisch klingenden Wörter. Ein Mann grunzte wie ein aufgeschrecktes Schwein. Dann hörten die Bettfedern auf zu knarren, und es wurde still.

«Ich … habe ihn nicht mehr», sagte Even. «Er wurde mir gestohlen.» Er verzog das Gesicht und schaute zur Minibar. «Lass uns ein Glas Rotwein trinken, dann erzähle ich es dir. Das ist eine längere Geschichte.»

Eine Viertelstunde später starrte Aloysia ungläubig auf die letzten Tropfen in ihrem Glas. «Du bist ins Krankenhaus eingeliefert worden, weil die Unsichtbaren Brüder dich vergiftet haben? Und sie haben dir einen neuen Brief zugesteckt, während du ohnmächtig im Krankenhausbett gelegen hast, einen Brief mit einer Drohung gegen Stig? Und dann behauptest du noch, du hättest einen Verdacht, wer der Chef des skandinavischen Zweiges der Bruderschaft ist?»

Even nickte vage.

«Glaubst du wirklich, dass der Brief dieses Alchemisten, Niknom, gestohlen wurde, während du im Krankenhaus warst?»

«Ja.»

«Das ist ja …» Aloysia sah ihm tief in die Augen. «Aber dann wissen sie doch, dass du in Leipzig bist, um morgen diesen Klaus Hoffmann zu treffen … Und vielleicht sogar, dass du jetzt *hier* bist?»

«Der Chip, den ich aus meiner Schulter geschnitten habe, liegt in meinem Hotelzimmer, in einer Streichholzschachtel. Ich gehe davon aus, dass diejenigen, die auf mich geschossen und mir das Überwachungsteil eingesetzt haben, ihrerseits davon ausgehen, dass ich nichts von dem Chip weiß, und deswegen zu wissen glauben, wo ich mich aufhalte.»

Aloysia nahm das Foto mit Dwight-Jones zwischen zwei Finger und betrachtete es. «Von diesem Kerl nehmen wir mit Sicherheit an, dass er ein Unsichtbarer Bruder ist, zwar tot, aber immerhin …», fasste sie zusammen. «Und dann hätten wir noch den Marquis aus dem 18. Jahrhundert, der mit ziemlicher Sicherheit auch zu dem Orden gehörte. Du kannst übrigens noch mehr über ihn lesen …» Sie zeigte auf die Papiere. «Unter den Lebenden haben wir diesen Meuers, von dem ich in Brüssel das Bild gemacht habe, du erinnerst dich, der EU-Berater, der eine Mönchskutte im Schrank hatte und von betrügerischen Machenschaften freigesprochen wurde.» Even nickte. «Außer ihm haben wir noch zwei bewusstlose, namenlose Fratzen – die beiden Kerle aus Brüssel. Das ist alles, was wir … Ja, was?»

Even streckte einen Finger in die Luft wie in der Schule. «Ich würde gerne wissen, ob du was aus den beiden Typen in Brüssel rausgekriegt hast, ehe sie die Besinnung verloren haben?»

«Rausgekriegt …?» Aloysia sah ihn unsicher an. «Der eine hat sich selber eine Ladung Chloroform verpasst, und dem anderen habe ich einen Schlag auf die Rübe gegeben. Danach waren sie nicht gerade sehr gesprächig …» Plötzlich begriff sie. «Ach so, du meinst, ob ich ihnen ein Messer an die Kehle gesetzt habe oder eine Rasierklinge an den Augapfel, um sie zu zwingen, mir zu sagen, wer sie sind und woher sie kommen?»

Even rührte sich nicht, er sah sie nur an.

«Nein», sagte sie mit Nachdruck. «Das könnte ich niemals.» Sie lachte heiser und humorlos. «Außerdem hätten sie nichts preisgegeben, selbst wenn ich es versucht hätte, die hätten bestimmt gleich gemerkt, dass ich nie in der Lage wäre, so etwas …»

Sie stand auf, nahm eine Flasche Wasser aus dem Rucksack, trank etwas und reichte Even die Flasche, der kopfschüttelnd ablehnte. «Außerdem musste ich zusehen, dass ich wegkam, ich wusste schließlich nicht, ob noch mehr von ihnen im Treppenhaus warteten.»

«Verstehe», sagte Even.

Sie sank auf das Sofa, blickte auf das Etikett der Flasche, ohne es zu sehen, und trank noch ein paar Schlucke, ehe sie sich ihm zuwandte. «Wen verdächtigst du in Norwegen?»

Even nahm die Flasche, trank einen Schluck, spülte den Mund mit dem Wasser aus und schluckte es runter. «Das würde ich lieber nicht sagen», sagte er schließlich. «Sonst werde ich mir zu schnell zu … sicher. Womöglich übersehe ich dann Hinweise, die in eine andere Richtung zeigen, auf andere Personen. So sicher bin ich mir auch wieder nicht, verstehst du? Das muss noch etwas reifen.»

«Okay.» Aloysia dachte einen Moment lang nach, ehe sie einen Finger hob. «Außer den Personen, die ich bisher aufgezählt habe», sie streckte einen zweiten Finger aus, «haben wir das Schlangenringsymbol an drei Stellen: auf der letzten Seite von Newtons Formel, auf dem Teppich, den Baron von Hund in Frankreich entdeckt hat, und auf dieser Krawattennadel.

Für was das Symbol steht …» Sie stockte, starrte nachdenklich vor sich hin und spitzte die Lippen. «Nein, ich weiß es nicht … Hast du einen Vorschlag?»

«Nein. Aber es scheint fast so, als hätten die Unsichtbaren Brüder es zum Symbol ihrer Bruderschaft gemacht – vielleicht für die Macht, die sie repräsentieren.»

«Egal.» Aloysia streckte den dritten Finger in die Luft. «Dann wäre da noch das enorme Interesse der Bruderschaft an Newton und seinen Formeln. Das ist nach wie vor ein Rätsel, da du diesen sechs Seiten bisher keinen wirklichen Sinn abgewinnen konntest. Ihre Bereitschaft, über Leichen zu gehen, um seine Notizbücher in die Hände zu bekommen, ist …»

Sie sank zurück auf das Sofa und sah Even an. «Wir haben ganz schön viel herausgefunden! Wir sind irgendetwas auf der Spur …»

«Ja, absolut!», sagte Even enthusiastisch. «Ihre Reaktionen zeigen, dass sie sich bedroht fühlen, soviel ist sicher.»

Aloysia goss die letzten Tropfen Wein in ihr Glas. «Was bedeutet MI11? Ich habe von MI5 und 6 gehört, dachte aber immer, es gäbe nur die zwei.»

«Keine Ahnung», gab Even zu. «Steht nichts darüber im Netz?»

«Nicht viel. Irgendwas von einer Abteilung des Geheimdienstes.»

«Ich habe einen guten Bekannten in Oslo, den ich fragen könnte, der kennt sich mit solchen Sachen aus.» Even fielen gleich mehrere Dinge ein, die er mit Jan Johansen diskutieren wollte, wenn er wieder in Oslo war. Er könnte den Oberstleutnant ja zum Abendessen einladen. Pizza.

Er nahm die Papiere und las den nächsten Punkt.

2)
Eine kleine Überraschung: Ich habe etwas über Marquis de Guyon-Montargis gefunden, der möglicherweise der Fürst X ist, von dem Baron von Hund erzählt hat, in einem Buch über Polen im 18. Jahrhundert.
Es scheint, dass Ludwig XV. einen geheimen Nachrichtendienst unterhielt, «Le Secret du Roi», der Agenten in etlichen Ländern hatte, um dem König zuverlässige Nachrichten über die Situation in Europa zu liefern. In dem Buch, das ich gelesen habe, wird angedeutet, dass der Marquis de Guyon-Montargis und der Fürst de Conti, einer von Frankreichs vornehmsten Adelsmännern, die einzigen im engeren Kreis des Königs waren, die von diesem geheimen Nachrichtendienst wussten, und dass ebendiese beiden für die Rekrutierung neuer Agenten verantwortlich waren.
Das bedeutet, dass Guyon-Montargis viel reiste und problemlos den Einflussbereich eines geheimen internationalen Bundes wie der Bruderschaft der Unsichtbaren erweitern konnte.

«Pling», murmelte Even und sah Aloysia an. «In meinem Hirn hat es *pling* gemacht. Das tut es manchmal, wenn ich etwas Wichtiges lese. Aber in der Hälfte der Fälle weiß ich nicht, warum es *pling* macht.» Er las den kurzen Text noch einmal durch und legte die Blätter auf den Schoß. «Ich befürchte, das hier gehört zur falschen Hälfte. Ich glaube, ich bin zu müde. Ist es noch viel?» Er blätterte weiter, um die übrigen Punkte zu überfliegen.

«Nein. Aber vielleicht sollten wir uns ein bisschen hinlegen und ausruhen, bevor du den Rest liest.»

Ihre Stimme klang matt, und er fand, dass sie erschöpft und etwas mutlos aussah, gar nicht mehr so enthusiastisch wie vorher. Wie ein letztes Aufbäumen, bevor der letzte Funke verlischt. Sie braucht eine frische Batterie, dachte er weiter, wohl wissend, dass er selbst keine Reserven hatte, von denen er ihr etwas abgeben konnte, nicht heute, nicht im Augenblick.

«Ja, ruhen wir uns ein bisschen aus», sagte er und zog die Schuhe aus.

«Es ist wichtig, dass wir miteinander reden, jetzt, wo wir uns endlich wiedersehen. Wer weiß, wann das nächste Mal sein wird.»

Sie sagt das, als würde sie bezweifeln, dass wir uns jemals wiedersehen, dachte er.

Seite an Seite, die Bettdecke über Beine und Bauch geschlagen, lagen sie auf dem Rücken und starrten an die Decke. In einer Ecke über dem Fenster war ein bisschen Farbe abgeblättert. Sie lagen genauso da wie vor über einem Jahr in der Burgruine – bekleidet, Schulter an Schulter, den Blick nach oben gerichtet. Damals hatte der Sternenhimmel, der unendliche Weltraum, ihnen Kraft und das Gefühl gegeben, dass es etwas gab, wofür es sich zu leben lohnte.

Eine Spinne spann ihr feines Netz um die Lampe. Ihr Arm lag dicht neben seinem. Er streckte die Finger aus und legte sie vorsichtig um die schmale Hand, drückte sie leicht, hielt sie fest, als könnte er sie so wärmen.

Es war jetzt still im Hotel, ebenso wie auf der Straße davor. Irgendwo weit entfernt in der Stadt hörten sie eine Sirene, doch als sie verstummte, war wieder nichts mehr zu hören. Das diffuse Licht der Lampe neben dem Sofa und die Stille weckten in ihm das Gefühl, dass sie beide ganz alleine waren, allein in der Nacht, in der Welt. Es war ein gutes, wenn auch ein wenig trauriges Gefühl. Er vermisste Stig, wie so oft, wenn er auf Reisen war. *Liebe verjagt das Böse nicht, aber …* Er würde ihn morgen früh anrufen, sobald er in seinem offiziellen Hotel zurück war, und ihm zum Geburtstag gratulieren.

«Glaubst du, dass wir eine Chance haben?»

Ihre Stimme war so leise, dass er im ersten Augenblick unsicher war, ob die Worte nicht seine eigenen Gedanken waren.

«Du hast ausgezeichnete Arbeit geleistet, Aloysia, und unglaublich viel herausbekommen. Hast Informationen gesammelt, verstorbene Mitglieder identifiziert und lebende … zwei Aktiven ein Gesicht gegeben und sie der ganzen Welt vorgeführt.» Er versuchte sich an einem herzlichen Lachen, was ihm nicht recht gelingen wollte. «Das hat die Unsichtbaren unter Druck gesetzt, und das macht sie hoffentlich unvorsichtig. Ich muss nur mein Hirn dazu bringen, die Dinge zu finden und zusammenzusetzen, die sich in den Informationen verstecken. Irgendetwas passt da zusammen, da bin ich mir sicher.»

«Und du glaubst, dass der Meister für Skandinavien, oder der Großmeister für Nord-Europa, wie du ihn genannt hast, in Oslo sitzt?»

«Ja, soweit ich Kitty verstanden habe.»

«Und du bist sicher, dass es ein Mann ist?»

«Ja, ganz sicher. Das ist eine *Bruder*schaft. Okay, Kitty war seine Assistentin, möglicherweise gibt es noch mehr Frauen in seinem Umfeld, das kann ich nicht ausschließen. Aber unabhängig davon werden wir sie entlarven, der Justiz übergeben und sie hinter Schloss und Riegel bringen. Damit du und ich wieder ein sicheres und ruhiges Leben führen können.»

Er fand, dass er ziemlich überzeugend klang. So überzeugend, dass er es fast selber glaubte.

«Das ist gut.» Sie erwiderte den Druck seiner Hand und murmelte etwas, das er nicht verstand.

«Was hast du gesagt?»

«Nichts. Nur, dass ich müde bin. So unendlich müde, alleine zu sein … auf der Flucht zu sein. Es ist …» Sie seufzte. «Es kann doch nicht der Sinn des Lebens sein, so zu leben. Aus dem Rucksack und mit dem ständigen Blick über die Schulter.»

Even wartete, aber es kam nichts mehr. «Niels Bohr hat einmal gesagt, dass man die Fragen nach dem Sinn des Lebens oder des Daseins nicht beantworten kann, weil, wie er meinte, jede Verwendung des Wortes ‹Sinn› einen Vergleich voraussetzt, und womit könnte man das Leben an sich vergleichen?»

Sie drehte den Kopf zur Seite und sah ihn an.

«Genauso wenig hatte er übrig für Aussagen über die Absurdität des Lebens. Er meinte, sicher sei nur, dass eine Aussage wie ‹Das Leben ist sinnlos› völlig sinnentleert sei.»

Even lachte leise und drehte ebenfalls den Kopf zur Seite, sodass sie sich im Halbdunkel ansahen. Ihre Augen waren groß und schwarz. Sie hob eine Hand und strich ihm sanft über die Wange.

«Wir sind verrückt.» Dann schwieg sie und wandte den Blick wieder zur Decke. «Manchmal glaube ich, dass wir wahnsinnig sind, rachsüchtig und … Ich weiß nicht. Vielleicht liegt es daran, dass wir so isoliert sind, alleine mit unserem Wissen.» Sie drehte sich auf die Seite und legte einen Arm über seine Brust. «Es ist gut, dich zu haben. Dich und Manfred. Sonst … Ich glaube, ohne euch hätte ich mich schon längst irgendwo in die Tiefe gestürzt.» Er spürte ihren Atem in kurzen, warmen Stößen auf seiner Wange. «Von der Burg im Elsass. Ein schöner Ort zum Sterben.»

Kapitel 68

Donnerstag

Ein schöner Ort.

Aloysia lag reglos im Bett und sah zu, wie draußen hinter der Gardine der Morgen dämmerte. Sie schloss die Augen und sah Even Vik die Straße hinuntergehen, ein Taxi herbeiwinken und einsteigen. Er blickte durch die Heckscheibe, als der Wagen losfuhr und hinter einer Ecke verschwand. Sie hatte das dumpfe Gefühl, ihn zum letzten Mal gesehen zu haben. Ihre Hand strich über das Laken und spürte noch die Wärme seines Körpers. Sie atmete tief ein und nahm einen männlichen Geruch wahr, war sich aber nicht sicher, ob das sein Geruch oder der von Tausenden anderer Männer war, die schon in diesem Bett gelegen hatten.

Dann fasste sie einen Entschluss und stand auf.

Systematisch, beinahe wie in Trance, packte sie ihren Rucksack mit den immer gleichen Bewegungen und verließ das Hotel. Langsam ging sie über die verwaiste Straße, nickte einem Mann der Müllabfuhr zu, der einen schweren Container zu einem Lastwagen schob und den stinkenden Müll dann scheppernd in den Wagen rutschen ließ. Er bemerkte sie kaum. Trotzdem nickte sie noch einmal, als wollte sie wenigstens einen Menschen richtig grüßen, ein Teil der Gesellschaft sein, existieren. Einen Block weiter öffnete gerade ein Café. Sie ging hinein und nahm ihren Rucksack ab. Ein junger Mann kam und sagte ihr, sie hätten gerade erst geöffnet und es sei noch nicht alles parat, aber einen Tee und ein normales Frühstück könne sie schon bekommen. Er sah türkisch aus, dachte sie und nickte.

Als er den Tee, das Brot, Oliven, Gurken, Tomaten, Käse und Marmelade vor ihr auf den Tisch stellte, fragte sie, aus welchem Teil der Türkei seine Familie stammte. Sie gab vor, vor einigen Jahren viel in der Türkei gereist zu sein.

«Kağızman», sagte er lächelnd. «Nicht weit von der armenischen Grenze entfernt. In unseren Adern fließt armenisches Blut.» Sie hörte den Stolz in seiner Stimme.

Während sie aß, musterte sie die Wände. Die verblichenen Plakate und Fotografien waren aus Magazinen ausgeschnitten und gerahmt worden. Sie kamen von Herzen, dachte sie. Diese Menschen hatten ihre Heimat nie wirklich verlassen.

«Waren Sie schon einmal in Kağızman?», fragte sie, als er das nächste Mal an ihrem Tisch vorbeikam. Er antwortete, er sei bereits zweimal dort gewesen, wäre aber deutscher Staatsbürger. Es schien ihm wichtig zu sein, dass sie das wusste, nicht weil *sie* Deutsche war, sondern *er*. Er ist ein deutscher Armenier, der aus der Türkei stammte. Ein bisschen wie sie. Sie war Spanierin, irgendwie aber auch Französin und Deutsche. Und im Moment war sie …

«Meine Eltern sind in Deutschland geboren», sagte er und wischte die Tische ab. «Meine Großeltern sind in den sechziger Jahren nach Deutschland gekommen. Nach München, es hat ihnen dort sehr gut gefallen. Wirklich. Auch meinen Eltern gefällt es hier in Deutschland. Und mir auch. Wir sind nach Leipzig gezogen, als ich acht war.»

Eine Frau um die vierzig steckte den Kopf zur Tür herein und rief dem jungen Mann etwas zu. Sie sprach eine Sprache, die Aloysia nicht verstand. Türkisch? Armenisch?

«Ich soll aufhören, mit Ihnen zu flirten, und stattdessen arbeiten», sagte der junge Mann mit einem Grinsen und verschwand.

«Noch einen Tee?», fragte er etwas später.

Sie blickte müde nach draußen in den Tag und nickte. Als er sich umdrehte, um zu gehen, fragte sie: «Gibt es jemanden …» Sie hielt inne, um die Frage anders zu stellen. «Kennen Sie jemanden, der demnächst in die Türkei fährt … oder nach Armenien und der noch Platz für eine Person hat?»

Er sah sie fragend an.

«Ich muss endlich mal wieder an einen schönen Ort», sagte sie.

Kapitel 69

In einer der frühen Logarithmenberechnungen von Napier wird die Zahl 04109 … Nein, Moment, das war nicht … Verflucht! Hör auf damit! Even starrte müde auf die kleine Tastatur neben dem Personaleingang seines Hotels, fluchte leise und tippte die Zahl 04109 ein. Das Schloss klickte, und er schob die Tür auf. Eine junge Frau in Kellneruniform sah ihn neugierig an, als er an der Küche vorbeiging. Sie schien etwas sagen zu wollen, doch Even ging die Treppe hoch, ohne sich noch einmal umzusehen.

Vorsichtig schlich er in sein Hotelzimmer, zog sich aus und schlüpfte leise unter die Decke. Der Fernseher spielte immer noch Musik, nicht laut, aber doch so, dass es einen eventuellen Lauscher störte. Im Zimmer nebenan hörte er einen Wecker klingeln, gleich darauf das Plätschern einer Dusche. Es war nicht so hellhörig wie in Aloysias Hotel, aber er war trotz seiner Erschöpfung so angespannt, dass seine Sinne jedes noch so leise Geräusch wahrnahmen. Er kratzte sich am Arm und blickte auf seine Finger. Vor einer knappen Stunde hatten sie ihre Hand gehalten und ihre Wange gestreichelt, als sie sich getrennt hatten. Wie Teenager hatten sie angezogen nebeneinander auf dem Bett gelegen und miteinander geredet, sich vorsichtig berührt, als stünde die Schüchternheit wie eine unsichtbare Wand zwischen ihnen. Aber so war es nicht. Es war Disziplin. Ohne jemals darüber gesprochen zu haben, wussten sie beide, dass sie ihre Gefühle im Zaum halten mussten, solange ihr Leben so unvorhersehbar war, wie es sich im Moment präsentierte. Später, in einer besseren Welt, sähen die Dinge vielleicht anders aus.

Even drehte sich zur Seite und blickte auf die Uhr unter dem Fernseher. In fünfeinhalb Stunden sollte er vor Max' Büro warten. Wenn er doch nur noch ein bisschen schlafen könnte …

Nach einer Stunde gab er es auf und setzte sich mit dem Hoteltelefon auf die Bettkante.

«Hallo, Onkel Even! Weißt du, was ich bekommen habe?» Die Stimme des Jungen sprudelte vor morgendlicher Frische, von der er selbst nur träumen konnte.

«Hallo, Stig. Herzlichen Glückwunsch zum Geburtstag! Woher hast du gewusst, dass ich das bin?»

«Mit Papa habe ich doch schon gesprochen, der hat vor zehn Minuten angerufen. Weißt du was, ich habe von Markus, meinem Vetter, ein Spiel gekriegt. Er wusste nicht, dass ich keine X-Box habe – aber jetzt *muss* ich endlich eine kriegen!»

Finn-Erik und Even waren sich einig gewesen, mit diesen Spielkonsolen noch eine Weile zu warten. «Tja, vielleicht ist es ja möglich, das Spiel umzutauschen …»

«Nein, das geht nicht …» Seine Stimme klang triumphierend. «Es ist nämlich gebraucht!»

Even grinste und spürte, dass die Absprache mit Finn-Erik gerade den Bach runterging. «Tja, dann haben wir wohl ein Problem, für das wir eine Lösung finden müssen», sagte er lachend.

«Du, Onkel Even? Was hat die Null zur Acht gesagt?»

«Hä?»

Seine Stimme klang betont nachsichtig. «Was … hat … die … Null … zur … Acht … gesagt? Du bist doch Mathematiker, du musst das doch wissen.»

Der kleine Kerl zog ihn auf. Even bemühte sich, kindlich zu denken. «Äh, vermutlich hat sie, na ja, vielleicht hat sie gesagt … *He, ich bin nichts, und du bist achtmal mehr als ich!*»

Stig lachte. «Nein, so einfach ist es nicht, du denkst in die falsche Richtung.» Im Hintergrund war eine Stimme zu hören. «Tante Anita sagt, dass wir losmüssen. Sonst kommen wir zu spät zur Schule. Mach's gut, Onkel Even.»

«Tschüs, Stig, ich wünsch dir noch einen schönen Tag. Wir sehen uns morgen.»

«Ja, und dann sag ich dir die Antwort, wenn du es bis dahin nicht weißt.» Es entstand eine kleine Kunstpause. «Alleine kriegst du das nie im Leben raus … Ich soll dich von Line grüßen! Tschüs!»

Even holte sein Handy aus dem Rucksack, stellte den Wecker und legte sich zufrieden noch einmal ins Bett. Schon erstaunlich, dass ein dreiminütiges Telefonat die Welt so verändern konnte. Plötzlich war alles hell und voller Möglichkeiten. «Du denkst in die falsche Richtung.» Tja, vielleicht tat er das ja …

Er wachte von seinem Handy auf, das «Beautiful Day» von U2 spielte, schaltete den Alarm ab und lag mit unter dem Kopf verschränkten Armen da, während er versuchte, einen klaren Kopf zu bekommen. Das nächtliche Gespräch mit Aloysia kam ihm schon nur noch wie ein Traum vor, den er bald vergessen würde. Erschrocken versuchte er, sich an alles zu erinnern, an die Worte, die Blicke und Berührungen, bis sich alles zu einem bunten Teppich verwob, den er an die sahnegelbe Wand über dem Fernseher hängte. Bei seinem Abschied hatte sie traurig gewirkt, aber auch entschlossen, ihren Weg weiterzugehen. Er erstickte den Drang, sie mit dem nicht offiziellen Handy anzurufen, ging ins Bad und nahm eine kalte Dusche, um die Lebensgeister seines Körpers zu wecken.

Er steckte die Streichholzschachtel und Goethes «Faust» in die Jackentasche, bevor er mit dem Fahrstuhl nach unten fuhr. Das offizielle Handy lag wieder auf seinem Bett. Draußen bog er nach rechts ab, ging in Richtung Johannisstraße und verschwand im Mathematischen Institut, das fünf bis zehn Minuten von der Leipziger Universität entfernt lag. Er wartete ein paar Minuten vor Max Kretzschmars verschlossener Tür, bevor er hörte, dass sein Freund sich näherte.

«Hallo, Even. Stimmt ja, wir haben eine Verabredung! Komm rein.» Er schloss die Tür auf und trat ein. Even folgte ihm und schloss die Tür hinter ihnen, ehe er die Streichholzschachtel herausnahm.

«Kannst du mir einen Gefallen tun?», fragte er ohne Umschweife. Max sah überrascht auf die Schachtel, die Even auf den Schreibtisch gelegt hatte. «Kannst du die hier in deine Hosentasche stecken, solange du in der Uni bist? Wenn du irgendwann gehst, müsstest du die Schachtel an einem Ort deponieren, den wir vorher miteinander absprechen, damit ich sie wieder abholen kann.» Even sah seinen Freund an. «Verstehst du?»

Max schüttelte die Streichholzschachtel. «Da ist was drin, aber keine Streichhölzer. Was ist das?» Er wollte sie öffnen, aber Even hatte sie mit Tesafilm umwickelt, sodass sie nicht aufging.

«Ein Datenchip», sagte Even. «Den habe ich aus meiner Schulter operiert. Jemand hat ihn mir ohne meine Einwilligung eingepflanzt.» Even sah den skeptischen Blick seines Freundes und fügte hinzu: «Ich verlange ja gar nicht, dass du mir glaubst, nur, dass du tust, um was ich dich bitte. Es ist mir wirklich sehr, sehr wichtig!»

«Und warum?» Max' Stimme klang tief und fremd, wie die einer anderen Person, bei der Even sich nicht sicher war, ob er sie wirklich kannte.

«Die Sache ist die. Ich werde mit Hilfe von diesem Chip da überwacht. Sie wissen nicht, dass ich ihn aus meinem Körper entfernt habe, deshalb glauben sie, dass ich immer dort bin, wo der Chip ist.»

Max nickte. «Dann bekomme ich den Chip und laufe damit herum, als wäre ich du, während du ganz woanders bist.» Er lachte unsicher und ließ sich auf seinen Schreibtischstuhl fallen. «Gerissen. Und was, wenn sie in die Uni kommen und feststellen …»

«Sie kommen nicht», unterbrach Even ihn. «Das Letzte, was sie wollen, ist, jemanden darauf aufmerksam machen, dass sie überhaupt existieren.» Er beugte sich über den Schreibtisch. «Vertrau mir, du gehst keinerlei Risiko ein.»

Max nickte und steckte die Schachtel ein. «Ich muss gehen, bin jetzt schon zu spät. Dann treffen wir uns …?»

«Um halb drei in der Mensa», sagte Even, «ich gehe jetzt mit dir dorthin.»

«Weil …?»

«Für den Fall, dass sie mich auch beobachten. Dann sollen sie sehen, dass der Chip und ich die gleichen Wege gehen.»

«Hm …», brummte Max Kretzschmar und schloss die Tür hinter ihnen.

Even begann über die Abel'schen zyklischen Gruppen zu reden, ein mathematisches Problem, das sie bereits am Abend zuvor erörtert hatten, aber sein Freund war nicht bei der Sache, als sie das Gebäude verließen.

«Sieh dich nicht um», sagte Even, als sie die Nürnberger Straße überquerten. «Rede mit mir. Du musst dich natürlich benehmen, sie dürfen nicht wissen, dass du über sie Bescheid weißt.»

Max nickte und musterte einen Mann, der an einem Auto lehnend Zeitung las. «Wer ist das?», fragte er aus dem Mundwinkel.

«Denk gar nicht erst darüber nach.» Even deutete mit dem

Finger auf das Hauptgebäude der Universität, das auf der anderen Seite des Augustusplatzes lag. «Wenn wir dadrin sind, vergisst du alles, was ich dir gesagt habe. Nur nicht, mich um halb drei in der Mensa zu treffen. Dann gibst du mir die Schachtel und kannst mich vergessen.»

«Ich soll dich vergessen?» Max Kretzschmar blieb stehen, packte Even am Arm und warf einen Blick auf einen älteren Mann, der ihnen telefonierend entgegenkam. «Ist die Polizei hinter dir her? Was hast du getan? Ich habe Kontakte, weißt du, vielleicht kann ich dir helfen?»

Even schüttelte die Hand ab. «Hör auf, Max. Benimm dich normal, verdammt! Es ist nicht die Polizei, und es ist nichts Schlimmes. Vergiss einfach alles wieder, wenn wir nachher getrennte Wege gehen. Okay?»

Sie überquerten den großen Platz vor der Universität, betraten den Gebäudekomplex und trennten sich gleich darauf. Max hastete zu dem Sitzungszimmer in der ersten Etage, während Even ruhig durch das Gebäude schlenderte, bis er den Ausgang am anderen Ende fand. Er suchte sich einen Platz in der Nähe, wartete eine Weile und beobachtete die Menschen, die an ihm vorbeiströmten. Eigentlich eher aus Gewohnheit als aus dem Glauben heraus, dass hier wirklich jemand nach ihm suchen würde. Kurz vor ein Uhr ging er nach draußen und lief durch die Klostergasse zum «Coffe Baum».

Eingepfercht zwischen zwei großen Brüdern wartete das weißgestrichene altmodische Kaffeehaus mit seinen fünf Etagen auf ihn. Ein paar japanische Touristen kamen ihm entgegen und hielten ihm die Tür auf, aber er ließ sie erst ins Schloss fallen. Er warf einen Blick auf die Uhr, sah, dass er noch ein paar Minuten Zeit hatte, fasste in seine Jackentasche und klemmte sich den «Faust» unter den Arm, sodass man den Titel lesen konnte. Mit raschen Blicken suchte er die Straße ab, dachte, dass er jetzt ein Bier vertragen könnte, sah sich ein letztes Mal um und ging ins Café.

Die unterschiedlichsten Sprachen summten durch den Raum, als er zwischen den Tischen hindurchging und Ausschau nach einem alleinsitzenden Mann hielt, der auf jemanden zu warten schien. Er ging die Treppe in die erste Etage hoch, drehte auch dort eine Runde und nahm die altehrwürdige Atmosphäre in sich auf. Im nächsten Raum war das Interieur arabisch oder persisch angehaucht, und er dachte an Professor Niknom und Omar Khayyam. Er ging zweimal durch das ganze Haus und sah sich alle Männer ganz genau an, bis er sicher war, dass keiner von ihnen Professor Klaus Hoffmann war.

Even hatte den Namen gegoogelt, bevor er von zu Hause aufgebrochen war. Anfangs hatte er fast 300 000 Treffer gehabt, die sich jedoch auf zwei Treffer reduzieren ließen. Beide standen in Zusammenhang mit einem Buch über die Entwicklung der deutschen Sprache. Aber er hatte kein Foto des Mannes gefunden, sodass er nicht wusste, wie Hoffmann aussah.

Hatte Hoffmann die Verabredung vergessen? Es war schließlich eine Weile her, dass Niknom die Vereinbarung mit ihm getroffen hatte. Oder war das Ganze ein Bluff oder eine Falle? War der Brief von Niknom eine Fälschung? Even war auf dem Weg zur Theke, um einen Kellner zu fragen, ob es noch Räume im Kaffeehaus gab, die er übersehen hatte, als sich eine Hand schwer auf seine Schulter legte und eine Stimme sagte: «Kommen Sie mit.»

Kapitel 70

«Er hat die Leipziger Universität um 14.42 Uhr verlassen, hat seine Sachen aus dem Hotel geholt und ist mit dem Zug zum Flughafen gefahren. Even Vik sitzt jetzt im Flugzeug. Er landet um 20.44 Uhr in Ihrem Zuständigkeitsbereich.» Großmeister Otrois schwieg. Meister Nord hielt sich den Hörer ans Ohr und sah durch die offene Bürotür auf den leeren Stuhl im Nachbarzimmer.

«Wissen wir, mit wem er in der Uni geredet hat? Außer diesem Maximilian Kretzschmar, meine ich.»

«Einer unserer Brüder arbeitet an der Universität, aber in einer Fakultät, die etwas weiter im Norden der Stadt liegt. Er wird die Sache im Laufe des Tages untersuchen und sich wieder melden.»

Meister Nord warf einen Blick auf das Foto seiner Frau an der Wand. «Und Aloysia LaTour?»

«Wir haben am Nachmittag das Hotel gefunden, in der Südvorstadt. Der Mann an der Rezeption hat bestätigt, dass sie dort war, er meinte aber, sie habe das Hotel ganz früh am Morgen verlassen. Seither ist sie wie vom Erdboden verschluckt … Wieder einmal.» Die Verärgerung in den letzten zwei Worten war nicht zu überhören. Meister Nord starrte vor sich hin und wusste nicht, wie er die Frage stellen sollte, die ihm auf der Zunge brannte.

«Die Polizei vor Ort hat ein Foto von ihr und ist auf der Suche», fuhr Otrois in einer Stimmlage fort, die die Emotionen im letzten Satz Lügen strafte. «Wir wissen, dass sie in der Stadt ist, und halten Busse, Züge und Taxis unter Beobachtung.»

Die Bruderschaft ist wirklich mächtig, dachte Meister Nord.

Er lächelte in Richtung des leeren Stuhles im Nebenzimmer. Dann würde Zap sicher bald wieder da sein. «Und wenn sie in einem Privatwagen unterwegs ist?»

«Dann müsste sie jemanden kennen, was ziemlich unwahrscheinlich ist. Warum sollte sie in einem Hotel wohnen, wenn sie hier Freunde hat? Nein, wir haben sie im Laufe der Nacht, spätestens morgen.» Der Großmeister hielt sich an die Fakten, und Meister Nord glaubte ihm, da er sich bislang nur selten geirrt hatte.

Es wurde still – lange, so lange, dass sich Meister Nord plötzlich nicht mehr sicher war, ob Otrois noch am Telefon war. Er räusperte sich und fragte: «Und Bruder Zap? Gibt es irgendwelche ...?»

«Heute Nacht ist es zu einer überraschenden Wendung gekommen», antwortete Großmeister Otrois. «Manfred Scheyer war auf den Besuch vorbereitet, wir mussten Verluste beklagen.»

Verluste. Meister Nord starrte auf den leeren Stuhl. «Ist er ...?»

«Bruder Zap ist blau.»

Otrois klang sachlich und kühl. Kurz darauf legten sie auf, das Gespräch war beendet.

Meister Nord sank auf seinem Stuhl zusammen und starrte zu Boden. Seine Nase lief, und er suchte nach einem Taschentuch. Blau. Sein Zap? Übermächtige, wütende Trauer ergriff ihn und ließ ihn nach Luft schnappen. Sein Kronprinz! Er hob den Kopf und betrachtete das Bild seiner Frau. Sie nickte und war einverstanden. Jetzt galten andere Regeln.

Jetzt war es kein Spiel mehr.

Even Vik lehnte sich im Flugzeug zurück und atmete aus. Es würde guttun, nach Hause zu kommen. Er war todmüde und sehnte sich nach seinem Bett und einer Nacht Schlaf. Und er freute sich darauf, Stig am nächsten Tag zu sich zu holen.

Das Gespräch mit Klaus Hoffmann war eine Überraschung gewesen, gleichzeitig aber auch eine Bestätigung für etwas, das immer mehr Form annahm.

«Professor Niknom hat mir diese Buchstabenketten geschickt, die nicht zu den alchemistischen Formeln passen. Ich habe sie aufgeteilt, ein paar Zeichen gestrichen und bin auf eine Reihe verständlicher lateinischer Sätze gestoßen, die ich für Sie ins Englische übersetzt habe.» Hoffmann legte Even zwei Listen vor, deutete auf einzelne Sätze und klärte ihn auf, was sie bedeuteten. Sie diskutierten die Formulierungen, Newton und die Sprache der Zeit, in der er gelebt hatte, tranken zwei Tassen Kaffee und aßen Kuchen. Hoffmann war ein höflicher, angenehmer Mann, er stellte Even keine unnötigen Fragen, wenn sein Blick auch die eine oder andere unausgesprochene Frage nicht verhehlen konnte.

Die Informationen waren wie ein zweiter Schlüssel zu einem Schrein mit drei Schlössern. Niknoms alchemistische Informationen waren der erste Schlüssel.

Als Even das «Coffe Baum» kurz darauf verließ, war er sich ziemlich sicher, dass ihn die mathematischen Anteile von Newtons Formel zum dritten Schlüssel führen konnten.

Bevor er sich von Hoffmann verabschiedet hatte, hatte er den Linguisten gefragt, ob er in letzter Zeit etwas von Niknom gehört habe.

«Wissen Sie es etwa noch nicht?» Klaus Hoffmann starrte in seinen Kaffee und rührte mit seinem Löffel darin, obgleich die Tasse fast leer war. «Ein Kollege aus Cambridge hat mich am Samstag angerufen. Eshqan Niknom ist Freitagabend im River Cam ertrunken. Man hat einen Abschiedsbrief gefunden. Er hat sich selbst ...» Hoffmann sah Even an, in seinem

Blick war wütende Verzweiflung zu erkennen. «Ich verstehe nicht, warum er das getan hat. Er war so voller Lebensfreude, so mutig, ich habe ihn nie traurig erlebt. Das ist so …»

Even nickte, als teilte er Hoffmanns Ansicht, dass Professor Niknoms Freitod vollkommen überraschend war.

«Er hatte immer eine lustige Geschichte parat …» Hoffmann versuchte zu lächeln. «Das Letzte, über das wir gesprochen haben, war eine blöde Frage, ein Witz … Er wollte von mir wissen, warum man in Cambridge in der Prüfungszeit alle hohen Gebäude sperrt.»

Even wartete.

«Niknom sagte, damit die Studenten nicht Selbstmord begingen.» Hoffmann schüttelte lachend den Kopf. «Damit sie sich nicht aus Verzweiflung über ihre Noten in die Tiefe stürzen. Er hatte wirklich Humor, das muss man ihm lassen.»

Even räusperte sich. «Das ist wirklich wahr und kein Witz. Ich habe in Cambridge gewohnt …»

Er hatte sich von Professor Hoffmann verabschiedet, ohne ihm von seinem Besuch bei Niknom zu erzählen oder den Druck zu erwähnen, den der iranische Geheimdienst auf den alten Mann ausgeübt hatte. Auch den Inhalt des letzten Briefes von Niknom hatte er ihm verschwiegen. Das musste warten, vielleicht hatten sie später einmal Gelegenheit, in Ruhe miteinander zu reden, wenn alles vorüber war.

Eine Stewardess beugte sich über ihn und fragte, ob er etwas trinken wolle. Even schüttelte den Kopf und lehnte sich wieder zurück. Er wollte nur schlafen, auch wenn er bezweifelte, dass ihm das gelingen würde. Hinter seinen Augenlidern defilierten die Worte aus Newtons Formel vorbei, Hoffmanns Übersetzung der lateinischen Sätze:

Das Vakuum ist das ultimative Nichts der Wissenschaft. Diese

Schlussfolgerung passte in Newtons Zeit. Zwar wusste man mittlerweile dank Bohrs und Einsteins quantenphysikalischen Arbeiten, dass nicht einmal das Vakuum die totale Leere war, aber das war etwas anderes.

Sogar Dummheit ist unsichtbar, wenn man ein Nichts ist. Even deutete den Satz als eine subtil formulierte Beleidigung. Kombiniert mit einem anderen Satz – *das Vakuum ist gleich einer Leere für alles, wie die Unsichtbarkeit eine Leere für den Geist ist* – gab es kaum eine andere Erklärung. Es war eine fast kindliche Häme, verpackt in intellektuellen Worten. Aber mit welcher Absicht hatte Newton eine solche Botschaft an die Bruderschaft geschickt, wenn …?

Even riss die Augen auf. Nachricht! Der Umschlag aus dem Hotel! Er stellte die Tasche auf den Schoß.

Beim Auschecken hatte ihm der Mann an der Rezeption einen weißen Umschlag unter die Rechnung geschoben und gesagt, es sei ein Gruß von einem Freund. Even hatte angenommen, es handele sich um einen Gruß des Nachtportiers oder des Mannes in der Küche, der ihn in der Nacht aus dem Haus gelassen hatte, weshalb er den Umschlag einfach in die Tasche gesteckt hatte, bevor er sich verabschiedet und das Hotel verlassen hatte.

Jetzt sagte ihm sein Bauch etwas ganz anderes. Fieberhaft durchwühlte er seine Tasche. Er fand den Brief verknittert unter seiner Jacke, holte ihn heraus und strich ihn glatt, bevor er ihn mit dem Zeigefinger aufriss. Das weiße Blatt war zweimal gefaltet. Er klappte es auseinander, starrte auf das Bild und spürte, wie das Blut aus seinem Gesicht verschwand. Dann faltete er das Blatt wieder zusammen.

«Fräulein, Entschuldigung …» Er winkte der Flugbegleiterin zu und bat sie um ein Glas Wasser. Er trank es in einem Zug aus, spürte, dass der Schwindel nachließ, und sah die ältere

Frau an, die neben ihm saß. Sie hatte die Rückenlehne abgesenkt, die Augen geschlossen und den Kopf an die Schulter ihres Mannes gelehnt, der ganz in ein Kreuzworträtsel vertieft war.

Das abstoßendste Böse muss gejagt werden …

Even klappte das Blatt noch einmal auseinander und betrachtete das Bild. Manfred war, wie Jesus am Kreuz, mit großen Nägeln an die Wand genagelt worden. Er war nackt, blutüberströmt und tot. Obwohl sein Kopf auf die Brust herabhing, war das Einschussloch in der Stirn deutlich zu erkennen.

Die Bruderschaft der Unsichtbaren hatte zum zweiten Mal auf Aloysias Video geantwortet.

Kapitel 71

Oslo

Die Übelkeit lauerte im Brustkorb und wartete nur auf einen Vorwand, sich durch den Hals hochzupressen. Sie ignorierte sie, so gut sie konnte, drehte den Zündschlüssel ein Stück, sodass die Scheibenwischer einmal nach rechts und wieder zurück glitten. Dunkelheit hatte sich über Torshov gesenkt, und der Regen zeichnete sich in schrägen Streifen in den Lichtkegeln der Laternen ab. Das Autoradio verkündete, dass es 22 Uhr war und damit Zeit für die Nachrichten. Randi Loen drehte die Lautstärke runter und schaute die Straße entlang. Die Übelkeit und das schwache Klopfen im Hinterkopf schienen demselben Rhythmus zu folgen, als entsprängen sie derselben Quelle: ein Schlag mit einem Knüppel vor dreiundzwanzig Jahren.

Zum mindestens zehnten Mal innerhalb der letzten Stunde überlegte sie, ob sie nicht besser nach Hause fahren sollte, um ein heißes Bad zu nehmen und unter ihre Decke zu kriechen. Sie warf einen müden Blick in die Nacht, als eine dunkle Gestalt auf dem Weg neben dem Einkaufszentrum auftauchte. Mit eingezogenem Hals, einer Plastiktüte in der Hand und hochgeschlagenem Kragen, um sich vor dem Regen zu schützen, passierte der Mann einen Laternenpfahl und wühlte in der Tasche, während er die Straße überquerte.

Sie verzog das Gesicht und öffnete die Autotür. «Hallo!»

Even Vik blieb mit dem Schlüssel in der Hand stehen, starrte sie an und ging dann weiter zu seiner Haustür, ohne zu antworten. Sie beeilte sich auszusteigen und drückte die Zentralverriegelung. Dann rannte sie hinter ihm her und konnte gerade noch einen Fuß in den Türspalt schieben. «Ich muss mit Ihnen reden!»

«Ich aber nicht mit Ihnen», antwortete er und schloss die Tür zu seiner Wohnung auf.

«Doch.» Wieder gelang es ihr, einen Fuß in die Tür zu schieben, die er schließen wollte, ohne sie hereinzubitten. «Andernfalls kann ich Sie auch zum Verhör mit ins Polizeipräsidium nehmen. Aber dazu werden Sie nach einem langen Tag in Leipzig kaum Lust haben.»

Er hob den Kopf mit einem Ruck und bedachte sie mit einem finsteren Blick, der sie verdutzt einen Schritt nach hinten weichen ließ. «Verdammt, woher wissen Sie das?» Er packte sie am Mantel, zog sie in die Wohnung und trat die Tür hinter ihr zu. «Gehen Sie ins Wohnzimmer und setzen Sie sich!»

Der Kommandoton erhöhte den Druck hinter ihren Schläfen, die Übelkeit regte sich. Mit ruhigen Bewegungen, um die Kontrolle über ihren Körper zu behalten, streifte sie die nassen Schuhe von den Füßen, hängte den Mantel an einen Haken, nahm einen Brief aus der Innentasche und setzte sich ins Wohnzimmer. Die Klospülung rauschte. Kurz darauf kam Even aus dem Bad und wischte sich die Hände an der Hose ab. Er ging in die Küchennische und stellte die Kaffeemaschine an, ließ sie schlürfen und arbeiten, während sein Profil wortlos in die Dunkelheit vor dem Fenster blickte. Sie betrachtete ihn, dachte, dass irgendetwas nicht stimmte, und wollte ihn gerade fragen, als er sich umdrehte und den Kühlschrank aufriss.

«Leipzig», sagte er in die Kälte, die ihm entgegenschlug. «Sie wussten also, dass ich in Leipzig war.» Er warf die Tür wieder zu. Flaschen und Gläser klirrten, und irgendetwas fiel um. «Verfolgen Sie mich? Haben Sie mich als roten Punkt auf Ihrem Bildschirm, ja? Sind *Sie* das?» Er knallte die Bierflasche auf die Arbeitsplatte und lief in den Flur. Als sie hörte, wie er ein Kleidungsstück von der Garderobe riss, sprang sie auf.

«Geben Sie meinen Mantel her!» Entschlossen ging sie mit ausgestrecktem Arm auf ihn zu. «Geben Sie ihn mir! Sie haben kein Recht …»

«Halten Sie die Klappe.» Er drehte sich so von ihr weg, dass sie nicht an den Mantel herankam, und durchsuchte die Taschen. Schlüsselklirren und das Rascheln von Papier, er zog etwas heraus, um es gleich wieder verschwinden zu lassen, drehte den Mantel auf links und suchte nach geheimen Taschen im Futter, bevor er ihn einfach auf den Boden fallen ließ – offensichtlich, ohne gefunden zu haben, wonach er gesucht hatte. Ohne ein Wort der Entschuldigung drängte er sich an ihr vorbei. Gleich darauf hörte sie ihn in der Küchennische mit Schubladen klappern. Mit angestrengt ruhigen Bewegungen hängte sie den Mantel zurück an den Haken und sammelte sich zwei Sekunden, ehe sie zurück ins Wohnzimmer ging.

«Haben Sie mit Jan Johansen gesprochen, mit jemandem vom Nachrichtendienst?» Er zeigte mit dem Flaschenhals auf sie, bevor er den Verschluss mit einem Öffner abhebelte. «Wissen Sie es daher?»

«Nein», sagte sie, noch immer verwirrt wegen seiner aggressiven Reaktion. Verdammt nochmal, *sie* sollte hier diejenige sein, die aufgebracht war! «Nein, seit Montagabend nicht mehr. Da hat er angerufen, um zu fragen, wie es Ihnen ginge. Er hatte mitbekommen, dass ich Sie aus dem Krankenhaus nach Hause gefahren habe, und wollte Sie nicht stören.»

«Er hat Ihnen also nicht von Leipzig erzählt?»

Sie atmete tief ein, ging zum Sofa und setzte sich. Der Brief lag auf dem Sofatisch. Sie legte ihn auf ihren Oberschenkel, damit er ihn deutlich sehen konnte.

Er trank geräuschvoll aus der Bierflasche, bevor er näher kam. «Wollen Sie wissen, was ich dort gemacht habe? Wollen Sie das wirklich wissen?» Er beugte sich so weit über den Tisch, dass er von oben auf sie herunterschaute. «Ich habe mit Kollegen über Mathematik diskutiert … während dieser Mann …», er knallte ein Blatt Papier auf die Tischplatte und brüllte ihr ins Gesicht, *«… von den unsichtbaren Teufeln abgeschlachtet wurde!»* Sie presste sich an die Rückenlehne, als er plötzlich den Brief auf ihrem Oberschenkel an sich riss.

Er hielt den Umschlag gegen das Lampenlicht und kniff die Augen zusammen. «Ich hatte mich schon gefragt, ob Sie mir Niknoms Brief aus der Tasche gestohlen haben», sagte er beherrscht und wedelte mit dem Umschlag, «konnte es aber nicht glauben. Wie man sich irren kann.»

Sie wollte etwas sagen, als ihr Blick auf das Bild auf dem Tisch fiel und sie entsetzt nach Luft schnappte. Vorsichtig, als klebte frisches Blut daran, hob sie das Blatt zwischen Zeigefinger und Daumen hoch, hielt es unter die Lampe und betrachtete es schweigend.

Sie weiß nichts davon, dachte er, sie sieht aufrichtig erschüttert aus. Oder sie ist eine verdammt gute Schauspielerin. Er trank die Flasche leer, ehe er zum Kühlschrank ging und zwei neue herausnahm, sie öffnete und ihr eine davon reichte. «Hier, Sie sehen aus, als könnten Sie eins gebrauchen.»

Ohne den Blick von dem Foto mit Manfred zu nehmen, schüttelte sie den Kopf. «Nein, ich …» Ihr Körper krampfte sich zusammen, dann richtete sie sich halb auf, die Hand vorm Mund, beugte sich über die Armlehne und erbrach sich.

«Danke. Das ist …» Sie lehnte sich erschöpft gegen die Kissen auf dem Sofa.

Even hatte einen Waschlappen mit kaltem Wasser ausgewrungen und ihr über Stirn und Augen gelegt, dann holte er einen Eimer und einen Aufnehmer aus dem Bad. Nachdem er alles aufgewischt hatte, setzte er sich auf die Kante des Sofatisches und fragte, wie sie sich fühlte.

«Das war ich nicht», flüsterte sie unter dem Lappen. «Mit dem Brief. Das war Hauptkommissar Molvik. Er steckte in seiner Jackentasche. Er muss ihn genommen haben, bevor ich ins Krankenhaus kam.»

Even fluchte leise und wollte aufstehen, als sie den Lappen vom Gesicht nahm und sagte: «Molvik ist tot. Sie haben ihn heute Vormittag in seiner Fischerhütte gefunden. Das Herz ...»

Even glotzte sie an, den Lappen und ihren Mund, den schmalen Spalt zwischen den roten Lippen, durch den sie atmete, als wäre ihre Nase verstopft. Er horchte in sich hinein, was diese Nachricht in ihm auslöste. Hass? Befriedigte Rache? Womöglich Freude, einen Feind losgeworden zu sein? Aber er fühlte nichts. Molvik war ein Nichts. Er erinnerte sich kaum an sein Gesicht.

«Sein Mund war voller Schmeißfliegen ...»

Er sah sie fragend an, versuchte, von ihrem Gesicht abzulesen, was sie meinte.

«Ebenso die Gehörgänge und Nasenlöcher. Selbst in den Augenhöhlen waren Fliegen. Überall. Er war davon bedeckt ... Sie waren überall.»

Der Ekel, der aus ihrem Blick sprach, sagte ihm, dass sie dort gewesen war, dass sie alles gerochen und gehört hatte, nicht nur Fotos gesehen hatte. «Woher kamen die vielen Fliegen in seiner Hütte?», fragte er. «Verdorbenes Fleisch oder ...?» Er stutzte. «Hat jemand ...?»

«Ja.» Sie nickte. «Wo waren Sie am Montagabend?»

«Wo ich war ...? Verdammt, ich habe hier auf dem Sofa geschlafen, während Sie Pizza für mich eingekauft haben. Ich bin durch die Gegend gehumpelt wie ein Idiot. Außerdem habe ich keine Ahnung, wo die verflixte Hütte dieses Scheißkerls überhaupt ist. Ich wusste nicht mal, dass er eine hat.» Er beruhigte sich wieder und dachte nach. «Später am Abend ist Odin Hjelm mit frischem Fisch vorbeigekommen und hat mir ein Abendessen gekocht. Er kann mir ein Alibi geben.»

Etwas an ihrer Körperhaltung sagte ihm, dass sie ihn nicht verdächtigte, obgleich sie nichts sagte. «Ihr glaubt also, dass jemand die Fliegen …? Wie zum Teufel kriegt man so viele Fliegen in eine Hütte? Das ist doch unmög…» Er schaute aus dem Fenster und wieder zurück zu ihr. «Puppen?»

Sie nickte müde, griff sich an den Hinterkopf und legte sich den Waschlappen wieder auf die Stirn.

Eine Weile sagte keiner von ihnen etwas. Even ging eine Runde durch den Raum und setzte sich dann wieder auf den Sofatisch. Er schlug mit der Umschlagkante auf seine Handfläche. «Dann haben Sie aus diesem Brief erfahren, dass ich in Leipzig war?»

Ihr Blick ruhte auf ihm. Sie hörte ihm zu, antwortete aber nicht. Das irritierte ihn.

«Aber woher wussten Sie, dass ich heute Abend zurückkommen würde? Ich gehe ja mal davon aus, dass Sie nicht vorhatten, die Nacht im Auto zu verbringen?»

«Ich habe den Flughafen angerufen und erfahren, mit welchem Flug …»

«Ach ja, richtig, das Privileg der Polizei, sich so mir nichts, dir nichts jede Information beschaffen zu können …» Er schnipste mit den Fingern, stand auf und trank aus ihrer Bierflasche, die sie nicht angerührt hatte. «Tut mir leid, dass ich Sie nicht nach Hause fahren kann, aber ich habe getrunken.» Er nahm noch einen Schluck und rülpste.

Mit einer langsamen, steifen Bewegung nahm sie den Lappen von der Stirn, setzte sich vorsichtig auf und sah sich das Foto noch einmal an. Lange. Dabei legte sie die Hand vor den Mund, als ließe sich die Übelkeit damit aufhalten. Das muss man ihr lassen, dachte er, sie sieht sich die Sache wirklich an und lässt sich davon berühren, nicht bloß ein flüchtiger Blick. Er trank noch einen Schluck, leerte gierig die Flasche, als könnte das Bier das Feuer in seinem Magen löschen. *Das abstoßendste Böse muss gejagt werden, bestraft …*

«Wer …?», flüsterte sie, ohne den Blick von Manfred zu wenden.

«Ein Freund», sagte Even. «Und ein Verbündeter gegen …» Er schwang seine Hand vage in Richtung der Dunkelheit und Nacht vor dem Fenster.

Sie verzog leicht das Gesicht, und er holte ein Glas kaltes Wasser, das er vor sie stellte.

«Könnten Sie ein paar Lampen ausmachen?» Sie drückte den nassen Lappen gegen die Schläfe. «Migräne. Licht ist am schlimmsten … Ich muss nur ein bisschen ausruhen, dann werde ich …»

«Ich muss arbeiten, ein paar Telefonate erledigen», antwortete Even. «Legen Sie sich in mein Bett, ich werde so schnell noch nicht in die Koje gehen.» Er half ihr vorsichtig auf die Beine, führte sie ins Schlafzimmer, machte die Lampe auf dem Nachttisch an und dimmte das Licht so weit herunter, dass man gerade noch das Nötigste erkennen konnte. «Legen Sie sich hin und ruhen Sie sich aus», sagte er leise und zog die Tür hinter sich zu. Er blieb in Gedanken versunken vor der Tür stehen und hörte, wie sie sich auszog. Dann knarrte das Doppelbett, gefolgt vom Rascheln der Bettdecke, als sie sich zudeckte. Er öffnete noch einmal die Tür.

«Was hat mein Hochzeitsfoto in Ihrer Manteltasche zu suchen?»

Sie lag ein paar Sekunden still da, bevor sie antwortete. Sie dachte an Christer, an das, was er ihr über die Personen auf dem Foto und über seine eigene Hochzeit erzählt hatte. «Warum haben Sie die Hochzeit Ihres besten Freundes platzenlassen? Wie böse kann ein Mensch eigentlich sein?»

Überrascht und für den Augenblick sprachlos drehte Even sich um und wollte gehen, aber dann überlegte er es sich anders und fuhr sie an: «Was hat das Schwein gesagt?» Er dämpfte die Stimme, als sie leise aufstöhnte. «Okay, ich werde Ihnen von dem Charmeur Christer erzählen. Der Drecksack hat Eva betrogen, den ganzen Sommer lang, während sie sich auf die Hochzeit freute. Und nicht genug damit, dass er am Abend vor der Trauung in den Puff wollte, um ... Sie wissen schon.» Even setzte sich auf die Bettkante und betrachtete seine geballte Faust, streckte die Finger aus und legte die Hand flach auf den Oberschenkel. «Als wir später zu mir nach Hause kamen, war er sternhagelvoll, plapperte drauflos und erzählte, dass er sein Medizinstudium abgebrochen hätte, schon vor etlichen Monaten. Das Schwein hatte sich tagsüber die ganze Zeit in Oslo rumgetrieben und sich einen schönen Lenz gemacht, sich von zu Hause ferngehalten, damit Eva nichts merkte. Mit der Neuigkeit wollte er bis nach der Hochzeit warten, um sich den Zaster seines Schwiegervaters zu sichern, wie er es ausdrückte – falls Eva sich scheiden lassen wolle.»

Even stand auf und sah sie an. «Ich kann ein richtig fieses Arschloch sein, das können Sie mir glauben, aber nie zu meinem eigenen Vorteil.» Mit diesen Worten ging er aus dem Schlafzimmer und schloss die Tür so leise hinter sich, als ob sie schliefe.

Kapitel 72

Er stand etliche Minuten reglos im Wohnzimmer und ging im Kopf noch einmal alles durch, was sie, seit sie in die Wohnung gekommen waren, gesagt hatten. Er spürte die unsichtbaren Blicke in seinem Nacken, dachte an Mikrophone und Kameras, die alles hörten und sahen, und überlegte, wie er den Abend fortsetzen sollte. Den Krieg fortsetzen. Denn inzwischen war es ein Krieg, so viel war ihm klar. Das Foto von Manfred war die definitive Kriegserklärung.

Aber es war ein Krieg, bei dem der Feind längst in sein Territorium eingedrungen war, sich in seinen Wänden eingenistet hatte. Konnte er das irgendwie für sich nutzen?

Als Erstes schaltete er den Computer ein und druckte Newtons Formel aus. Mit einem roten Stift unterstrich er Buchstaben, Zahlen, Symbole und Wörter, das machte das Ganze überschaubarer, und plötzlich erkannte er die Zeichen einer Gleichung. Er löste sie im Kopf: $dx = 0$. Noch ein Fingerzeig Newtons, dachte er, der damit den Widerspruch der Infinitesimalzahl seines ärgsten Feindes Leibniz bloßlegte, die grundsätzlich nicht null sein konnte, es aber trotzdem war.

Er ging den Inhalt noch einmal gründlich durch, ehe er sich die Tastatur vornahm und im Laufe der folgenden Stunden einen ausführlichen Bericht über den Inhalt der sechs Blätter schrieb. Zu keinem Zeitpunkt versuchte er, das Geschriebene mit der Hand oder dem Körper zu verdecken – falls es die Augen in seinem Nacken wirklich gab, sollten sie zu sehen bekommen, was es zu sehen gab.

Zehn vor drei, in der stillsten Phase der Nacht, war er fertig. Mit steifen Knochen erhob er sich und ging im Zimmer auf und ab, um den Kreislauf wieder in Gang zu bringen, ging auf die Toilette und kam wieder zurück ins Wohnzimmer.

Es war ein sonderbarer Prozess gewesen. Das Schreiben hatte seinen Kopf genötigt, alles noch einmal zu sortieren, was er über Newtons Formel wusste, während sein Gehirn parallel dazu alle Fakten neu systematisiert hatte, die Aloysia über die Bruderschaft der Unsichtbaren zusammengetragen und an ihn weitergegeben hatte. Irgendwo in den Tiefen seiner Gehirnwindungen war ihm klar, dass die beiden unterschiedlichen Datenmengen ein gemeinsames Vielfaches hatten, das er finden musste.

Der Prozess machte ihn rastlos, als würde irgendetwas nur darauf warten …

Ob es der Hass war oder die Nacht oder ob sein Gehirn einfach nur den richtigen Ort und die richtige Zeit gebraucht hatte, wusste er nicht, aber plötzlich erkannte er ein Muster. Deutlich wie das Wasserzeichen eines Geldscheines strahlte es ihm entgegen, und er fragte sich schockiert, wieso er es nicht schon eher gesehen hatte. Er spürte plötzlich Brechreiz in der Brust, taumelte zum Wasserhahn und trank einen Schluck Wasser nach dem anderen, um den Drang hinunterzuspülen, sich zu übergeben oder laut zu schreien. Er spritzte sich kaltes Wasser ins Gesicht und biss sich so fest in den Daumenballen, dass seine Zähne tiefe Spuren hinterließen.

Mit nassem Gesicht starrte er auf die Arbeitsplatte, hörte das Wasser aus dem Wasserhahn ins Becken klatschen. Jetzt wusste er es, das Muster verriet ihm, wer das unsichtbare Gehirn in Oslo war, wer hinter Mais Selbstmord stand, dem Überfall auf Finn-Erik und auch hinter seiner Vergiftung. Er wusste es so sicher, dass er einem Auftragskiller ohne zu zögern den Namen genannt hätte – wenn er einen solchen gekannt hätte.

Aber er kannte einen Oberstleutnant, dachte er und schaute auf sein Handy. Und er brauchte Hilfe, um diesem Wahnsinn ein Ende zu bereiten.

Das Problem war nur, dass er keine hieb- und stichfesten Beweise hatte, die er ihm auf den Tisch knallen konnte, keine Unterlagen, die überzeugend waren.

Darum musste er die Beweisführung umgehen. Er nahm das Handy und wählte eine Nummer, die er noch nie zuvor gewählt hatte.

Nach dem vierten Klingelzeichen antwortete eine schlaftrunkene Stimme. «Ja?»

«Wachen Sie auf!», sagte Even gnadenlos. «Und hören Sie gut zu!» Im Laufe der folgenden vierundzwanzig Minuten erzählte er Jan Johansen alles über Newtons Formel, wie die Papiere nach Mai-Brit Fossens Tod in seinen Besitz gekommen waren, wie er die fehlenden zwei Seiten in Paris gefunden hatte und was der Inhalt des Textes war. Was *tatsächlich* dort stand.

«Sie meinen, dort steht *nichts*?», fragte der Oberstleutnant, als Even endlich fertig war.

«Ja.»

«Aber wieso hat Newton diese Seiten dann geschrieben?»

«Sie waren seine Lebensversicherung», erklärte Even. «Das sagt er mehr oder weniger direkt in einer der lateinischen Textpassagen, die mir übersetzt wurden: ‹Was andere wissen wollen, hält mich am Leben.› Solange die Bruderschaft der Unsichtbaren an dem Wissen interessiert war, auf dem er saß, konnten sie ihn nicht umbringen, auch wenn sie ihn eigentlich zum Tode verurteilt hatten. Sein Wissen war wichtiger für sie als die Vollstreckung des Urteils. Das wusste er, und darum schrieb er diese Formel als eine Art Lösung eines Rätsels, das er mühselig aufbaute. Aber darüber müssen wir ein andermal sprechen, das ist zu verwickelt, um es jetzt abzuhandeln.»

«Könnten Sie mir den Text so schnell wie möglich schicken? Das will ich mir ansehen», brummte Johansen.

«Ich maile Ihnen den Text mit meinem Bericht», sagte Even und ließ sich Johansens private E-Mail-Adresse geben. «Ich hätte noch eine letzte Frage, ehe ich ins Bett falle.»

Der Oberstleutnant brummte, was Even als Einverständnis deutete.

«Wie kann ich mit der Bruderschaft der Unsichtbaren Kontakt aufnehmen, um ihnen mitzuteilen, was ich herausgefunden habe?»

Es war ein paar Sekunden still, dann sagte der Offizier: «Eine verdammt gute Frage. Lassen Sie mich bis morgen darüber nachdenken, okay?»

Even stimmte zu und legte auf.

Ohne sich umzusehen, wusste er, dass sie es bereits wussten. Die Nachricht hatte ihr Ziel erreicht, weil die Wände und das Handy Ohren und Augen hatten. Jan Johansen brauchte sich also eigentlich keine Antwort zu überlegen – er musste nur warten, bis sie zuschlugen.

Lange saß er da und starrte das Handy an, fragte sich, ob er mit dem geheimen Handy in den Keller gehen sollte, um eine bestimmte Person anzurufen, ließ es aber bleiben. So etwas tat man nicht. Der anständige Teil in ihm hielt ihn zurück, andere Menschen nachts um drei aus dem Schlaf zu reißen.

Am nächsten Tag sollte er das bereuen.

Er schaltete das Handy aus und putzte sich die Zähne. Randi Loen lag tief schlafend auf seinem Bett, das Gesicht fast an der Wand, als wolle sie ihm so viel Platz wie möglich lassen. Der weiße Fleck auf ihrem Hinterkopf sah ihn blind an, als er vorsichtig unter Stigs Decke in das Doppelbett schlüpfte, auf das er sich schon den ganzen Tag gefreut hatte.

Mit dem Rücken zu ihr legte er den Kopf aufs Kissen und schlief sofort ein.

Der Angriff kam im Tiefschlaf, als sein Körper am entspanntesten und verletzlichsten war und seine Hirnaktivität die niedrigste Frequenz aufwies. In diesem Zustand brauchte das Gehirn nicht Sekunden, sondern Minuten, um volle Aktivität zu erreichen und bewusste Entscheidungen zu treffen, andernfalls wäre das alles nicht möglich gewesen. Even fragte sich später, ob er anders reagiert hätte, wenn er wach gewesen wäre. Er glaubte es, war sich aber nicht sicher.

Jetzt reagierte der Körper, indem er weniger Blut ins Gehirn, dafür aber umso mehr in seinen Lendenbereich pumpte, was das Aufwachen noch mehr erschwerte. Eine feuchte Wärme umschloss sein Glied und seinen Schritt und breitete sich über die Hüften aus. Als Even perplex in die Dunkelheit blinzelte, fühlte er eine schaukelnde Bewegung auf sich, die ihn und das Bett zum Schwanken brachte. Zwei Hände lagen flach auf seiner Brust und pressten rhythmisch dagegen, während Randi Loen leise im Takt der Bewegungen stöhnte. Seine Hände schoben sich nach oben und zogen ihr das T-Shirt über den Kopf, damit er ihre Brüste fangen konnte, die er in dem schwachen Licht nur erahnte.

«O ja!», stöhnte sie und senkte ihren Oberkörper zu ihm hinab.

Das ist doch nicht wahr, dachte er, als er den Kopf hob und den Mund um ihre Brustwarze schloss. Das ist doch nicht wahr! Ich träume …

Ihr Becken presste sich in einem heftigen Tanz an seine Hüften, sie kratzte mit ihren Nägeln über seine Brust und zog an seinen Brusthaaren, bis er mit einem Brüllen seinen Unterleib von der Matratze hochstemmte, sie auf sich. Ihre Bewegungen wurden ekstatischer, der Tanz wilder, bis sie plötzlich den Kopf in den Nacken warf und einen spitzen Schrei zur Decke ausstieß und mit einem leisen Schluchzen über ihm zusammensackte und ihr Gesicht in seiner Halsbeuge verbarg. Er leerte sich pulsierend in ihr, schnappte nach Luft und spürte, wie der Schweiß sie zusammenklebte.

Über Jahre aufgestaute Geilheit, dachte er, während sein Glied den letzten Samen aus sich herauspumpte. Und ausgerechnet mit einer Polizistin! Die Spannung nach dem Höhepunkt saß noch in seinen Lenden. Er entspannte sich langsam und ließ sich in die Matratze sinken.

«Ich …», murmelte sie. Der Körper, der schwer auf ihm lag, spannte sich. Er strich mit einer Hand über den geschwungenen Rücken, damit sie sich beruhigte. «Entschuldige», sagte sie in seine Halsbeuge, ehe sie sich von ihm hinunterwälzte und vor der Wand zusammenrollte. «Entschuldige. Ich weiß nicht, was in mich gefahren ist.»

«Ich fand das jetzt wirklich alles andere als unangenehm, du brauchst dich nicht zu entschuldigen», sagte Even und machte das Licht auf dem Nachttisch an. «Allerdings … Nimmst du die Pille?»

«Scheiße!», platzte sie heraus, kletterte hektisch über ihn weg und aus dem Bett. Sie blieb einen Moment stehen und starrte auf seinen Unterarm, bevor sie durch die Tür verschwand. Gleich darauf hörte man Wasser im Bad plätschern, begleitet von leisem Fluchen. Even blickte auf seinen Unterarm, auf die Narbe der Tätowierung, die Christer entfernt hatte. Er verschränkte die Arme hinter dem Kopf und wartete, dass sie zurückkam.

In ein großes Handtuch gewickelt, steckte sie den Kopf zur

Tür herein, schnappte sich ihre Sachen, die auf einem Stuhl lagen, und verschwand ins Wohnzimmer, ohne ihn anzusehen.

Einige Minuten später blieb sie voll angekleidet vor der offenen Schlafzimmertür stehen, das Gesicht im Profil, den Blick stur auf die Wohnungstür gerichtet, als würde dort jemand auf sie warten. «Das ist nicht passiert, okay?»

«Für mich schon», sagte Even. «Aber wenn es dir darum geht, dass ich niemandem davon erzähle, ist das in Ordnung. Mein Mund ist versiegelt.»

Die Tür klickte leise, als sie sie von außen schloss. Wenig später hörte er irgendwo in der Nacht ein Auto starten, Gas geben und davonfahren.

Weitere zehn Minuten später gab er den Versuch auf einzuschlafen und setzte sich ins Wohnzimmer. Er hockte in der Dunkelheit und schaute in die Nacht, bis es zwischen den Baumkronen im Park heller wurde.

Dann kroch er unter die Decke und schlief ein.

Kapitel 73

Freitag

«*Yes tchem ouzoum dzeranl, im yariss*», summte Maria-Ara und starrte in den Nebel, der über den slowenischen Bergen lag. Serj fuhr langsam und gleichmäßig und ließ sich nicht von den Autofahrern hinter sich stressen, die die Sicht allem Anschein nach für unproblematisch hielten. Er hielt einfach hin und wieder am Straßenrand an und ließ die Schlange vorbeifahren, die sich hinter ihm gebildet hatte. Aloysia lächelte vor sich hin, sie fühlte sich sicher und war auf eine Weise entspannt wie schon lange nicht mehr. Die zwei älteren Menschen legten eine unschuldige Neugier an den Tag, gegen die sie nichts einzuwenden hatte. Besonders Maria-Ara stellte immer wieder Fragen und meinte, Aloysia sollte heiraten und Kinder bekommen, das wäre das beste Mittel gegen die Trauer.

Aloysia hatte ihnen gerade so viel erzählt, wie nötig war, um die Flut an Fragen halbwegs einzudämmen. Sie hatte ihnen Halbwahrheiten präsentiert, ihnen gesagt, dass ihr Mann tot sei und sie seither auf Reisen, dass sie vom Schreiben lebe. Maria-Ara und Serj nahmen sie, wie sie war, akzeptierten die Person, für die sie sich ausgab, und duldeten, dass sie sich jedes Mal auf der Rückbank schlafen legte, sobald sie sich einer Grenze, einer Kontrollstelle oder einer größeren Stadt näherten. Sie erzählten ihrerseits glücklich von ihrer Familie in Armenien und von dem jungen Neffen, der noch unverheiratet war und bald einen kleinen, hübsch gelegenen Hof erben sollte. «Wirklich hübsch gelegen», wiederholte Maria-Ara mehrmals. Den extremen Oberbiss des jungen Mannes würde man da schnell übersehen, so schön war die Gegend. Serj brummte zustimmend und sah Aloysia im Rückspiegel an.

Aloysia antwortete jedes Mal, dass sie zu alt sei, um noch einmal zu heiraten, doch Maria-Ara tätschelte ihren Arm, kniff ihr in die Wange und sagte, sie müsse nur eine Weile genug essen, dann würden die Männer schon wieder Schlange stehen, um mit ihr zu tanzen.

Das alles hatte sie dem jungen Kellner in dem Café zu verdanken. Als er das nächste Mal aus der Küche gekommen war, hatte er ihr gesagt, dass eine Freundin seiner Mutter und ihr Mann gen Osten führen, sie hätten bereits gepackt und seien schon so gut wie auf dem Weg. Wenn sie mitfahren wolle, müsse sie sofort aufbrechen. Sie hatte eingewilligt, und er hatte sie zu der Adresse im Norden der Stadt gefahren. Eine Stunde später waren die drei schon auf der Autobahn in Richtung Österreich unterwegs.

Am Abend hatten sie die Schwiegermutter der Tochter von Maria-Aras Cousine (oder so ähnlich) in Villach besucht, kurz vor der slowenischen Grenze. Sie wohnte dort mit ihrem Mann und zwei erwachsenen Töchtern, die beide einen Lebensgefährten hatten, sodass das Haus voll war und Aloysia erst nach reiflicher Planung und Diskussion die Hälfte eines Doppelbettes zugewiesen bekommen hatte, während der jüngste Mann im Haus mit dem Sofa im Wohnzimmer vorliebnehmen musste. Aloysia hatte zu protestieren versucht, war aber nachdrücklich darauf hingewiesen worden, dass sie als Gast ein anständiges Bett bekommen müsste und sich im Übrigen nicht in die Diskussion einmischen sollte.

Beim Abendessen hatten sich alle lebhaft miteinander unterhalten, teils auf Deutsch, teils in einer Sprache, von der sie kein Wort verstand. Dennoch hatte sie der Körpersprache entnehmen können, dass auch über sie geredet wurde. Ihre Gastgeber fanden sie zu dünn und meinten, ihren Haaren fehle es an Glanz. Es wurde viel gelacht, und die eine oder andere Geschichte wurde gerne für sie übersetzt. Irgendwann musste sie einfach mitlachen. Sie aß gut und spürte, wie in der netten Gesellschaft ihr Appetit zurückkehrte. An Even und Manfred dachte sie nur wenig und versuchte, kein schlechtes Gewissen zu haben, weil sie sich absetzte, während die Probleme sich zuspitzten.

In der Nacht hatte sie im Doppelbett neben der jüngsten Tochter gelegen und mit ihr über Männer, die Liebe und alles mögliche andere geredet, bis die Mutter an die Tür geklopft und um Ruhe gebeten hatte. Aloysia war mit einem Lächeln auf den Lippen eingeschlafen und hatte am nächsten Tag leichten Muskelkater vom vielen Lachen gehabt.

Als sie nach dem Frühstück weiterfuhren, sagte man ihr, sie könne jederzeit wiederkommen, die Tür zum Haus der Familie stünde ihr immer offen.

Serj schimpfte plötzlich und wetterte mit erhobener Faust. Ein silberner Audi hatte sich nach einem waghalsigen Überholmanöver direkt vor sie gedrängt. Der Fahrer des entgegenkommenden Autos machte seinem Ärger mit der Lichthupe Luft. Bald darauf waren von dem Audi nur doch die roten Heckleuchten zu sehen. Serj sah Aloysia im Spiegel entschuldigend an, als seien ihm seine groben Worte in Gegenwart einer so hübschen Frau unangenehm, aber sie tat so, als wäre nichts geschehen, und schaute zu einem Schulhof mit lärmenden Kindern, an dem sie gerade vorbeifuhren.

«*Yes tchem ouzoum dzeranl, im yariss*», summte Maria-Ara wieder, verstummte dann plötzlich, drehte sich nach hinten und erzählte zum hundertsten Mal von der Hochzeit in Artashat, zu der sie fuhren, von den grünen Wiesen und Bergen, die die Gegend umkränzten …

«Was bedeutet das?», fragte Aloysia.

Maria-Ara sah sie fragend an.

«Das, was Sie singen.»

«Ach das …» Maria-Ara lachte. Serj sagte etwas, und Maria-Ara stieß ihn leicht in die Seite. «Das ist ein Liebeslied: ‹Ich will nie alt werden, für meinen Geliebten …›»

Sie sang den Rest des Liedes, während sie mit den Fingern schnippte und ihren rundlichen Körper im Takt bewegte.

Der Nebel hatte sich mittlerweile gelichtet, und Aloysia hob den Blick zu den grünen Hängen, die zwischen den Nebelfetzen sichtbar wurden. Ein Liebeslied?, dachte sie. In ihren Ohren hatte es eher wie eine Schicksalsmelodie geklungen.

Kapitel 74

LONDON
IM JAHRE DES HERRN 1721

Isaac Newton schob den Stuhl näher an den Kamin heran und winkte dem Wirt zu. Es war ziemlich voll im «The Grecian», dennoch wurde der alte Münzmeister in Ruhe gelassen. Er bestellte eine Tasse Tee und bat des Weiteren um Feder und Tinte. Dann holte er das Notizbuch aus der Tasche und sah sich um, bevor er die Feder nahm und sie in das Tintenfässchen tauchte. Er zeichnete einen offenen Ring mit zwei einander zugewandten Köpfen, die ihre Mäuler aufrissen. Die Darstellung hatte sich über die Jahre verändert, mal waren seine Kreaturen Schlangen oder Monster, mal Igel oder Hunde, je nach Stimmung. Hinter das Symbol für Vakuum schrieb er: «… ist der Schlüssel der Wissenschaft zu Gottes Herz. Im (Zeichnung des Rings) liegt eine unerschöpfliche Energie, eine unendliche Kraft, die auf den Menschen wartet.
Wie kann der Mensch diese Energie für sich nutzen?
Ist es möglich, Energie zu konservieren?
Ich bin auf dem Weg, die Antwort zu finden und …»
«Darf ich mich setzen, Sir?»
Newton warf einen kurzen Blick auf den Mann, der sicher zwanzig Jahre jünger war als er selbst, und deutete ärgerlich auf den freien Stuhl. Dann schrieb er weiter: «Kann man einen Energiebehälter konstruieren, aus dem man Energie abzapfen kann, wann immer man sie braucht?»
«Entschuldigt, dass ich mich Euch nicht vorgestellt habe», sagte der Mann und reichte ihm die Hand. Newton übersah

sie und tauchte die Feder in die Tinte, um weiterzuschreiben. «Mein Name ist Daniel Defoe», sagte der Mann. «Ich bin Schriftsteller und verantwortlich für eine ganze Reihe von Artikeln und Büchern.»
Newton blickte auf die Hand, hob den Blick und betrachtete den Mann. «Ich habe einiges von Euch gelesen, Defoe. Eure Moll Flanders erinnert mich an viele der Frauen, die ich an den Galgen geschickt habe.»
«Es freut mich, dass Ihr ...»
«Die Freude ist ausschließlich auf Eurer Seite. Was wollt Ihr?», fiel Newton ihm ins Wort.
Defoe ließ sich nichts anmerken, sondern lächelte liebenswert. «Ihr seid eine bekannte Persönlichkeit, Sir, ein großer Mann, der auf ein gewaltiges Lebenswerk zurückblickt. Ihr verdient ein Buch, eine Biographie, die im Detail darüber Auskunft gibt, was Ihr alles getan und geleistet habt. Ein solches Buch muss aber geschrieben werden, bevor Ihr Euren letzten Atemzug getan habt, damit alles so korrekt wie nur möglich wird. Meint Ihr nicht auch, Professor Newton?»
Newton sah an dem Mann vorbei. «Nein.»
Defoe wollte einen neuen Versuch starten, ihn zu überreden, erkannte dann aber, dass es vergebens sein würde. Er stand auf, den Hut in der Hand. «Solltet Ihr es Euch irgendwann anders überlegen, dann ...»
Newton hatte seine Aufmerksamkeit auf das Feuer im Kamin gerichtet. «Ich wünsche Euch einen schönen Tag, Professor Newton.» Mr. Defoe verbeugte sich, ging durch das Kaffeehaus zum Ausgang und verschwand draußen auf dem Devereux Court in der Menschenmenge.

Es vergingen mehrere Minuten, bis Newton den Brief bemerkte.

Er lag vor seinem linken Ellenbogen, etwas verdeckt von seinem Arm. Sprachlos saß er mit dem Briefbogen in der Hand da und starrte auf die große raue Tischplatte, als könne sie ihm die Antwort auf das Rätsel verraten.
Defoe hatte am anderen Ende des langen Tisches gesessen. Er war Newton mit anderen Worten nicht näher gekommen als fünf Fuß, von dem Moment abgesehen, als er ihm die Hand hatte geben wollen. Die Stelle, an der der Brief gelegen hatte, machte es undenkbar, dass Defoe ihn dort unbemerkt hingelegt hatte.
Jemand anders musste ihn dort abgelegt haben.
Newton las sich die kurze Nachricht noch einmal durch: «Euer Buch gehört uns, wie auch Ihr und Euer Leben, vergesst das nicht, Professor.»
Er schob eine Hand unter die Weste und fühlte nach seinem Herz. Als es sich beruhigt hatte, rückte er etwas näher an den Kamin heran, warf den Brief hinein und griff zur Feder. Auf einer neuen Seite des Notizbuchs schrieb er:
«Beim Menschen scheint der freie Wille schlechte Lebensbedingungen vorzufinden. Im Gegensatz dazu scheinen meine Untersuchungen der winzigsten Bausteine der Natur in den letzten Jahren eine immer wieder überraschende Zufälligkeit zu zeigen. Ich suche nach Mustern und Systemen, finde aber … Nun, ich kann es nicht als Chaos bezeichnen, die Dinge scheinen aber einem unlogischen System zu gehorchen, als gäbe es im Mikrokosmos eine andere Logik für die jeweiligen Bausteine. Eine Logik, die unabhängig von der Logik unseres Makrokosmos ist. Aber ist das möglich? Kann die Welt, mit ihrem derart unermesslich großen, komplizierten Wesen, es sich erlauben, einen freien …» – Newton atmete tief durch – «Willen zu haben?
Wenn diesen kleinen Bausteinen aber wirklich eine eigene

Impulsivität innewohnt, ihre Handlungen wirklich zufällig sind, muss sich dies doch auch auf die großen Mechanismen übertragen, die aus den kleinen aufgebaut sind. Hat das Zufällige eine größere Kraft als das Regelhafte?»

Newton starrte in den Kamin – er fühlte sich klein und unglaublich müde. Was er in diese Notizbücher schrieb, auf die die Bruderschaft der Unsichtbaren schon im Vorfeld ihre klamme Hand gelegt hatten, war purer Unsinn, etwas, das er nur schrieb, um die Unsichtbaren eine Armlänge auf Distanz zu halten und um ihnen etwas zu geben, woran sie sich nach seinem Fortgang die Köpfe zerbrechen konnten. Eine Strafe *ad vitam aeternam*, für alle Ewigkeit, eine Strafe, unter der sie alle Zeit leiden würden, weil sie nicht erkannten, dass es eine Strafe war.

Aber würde es wirklich so funktionieren?

Seit er erwachsen war, war er stets den Worten Horaz' gefolgt: *Mihi res, non me rebus subiungere conor.* Er hatte sein Leben selber gelenkt und sich nicht lenken lassen. Aber immer öfter, wenn er diese willkürlichen Dinge schrieb, die die Brüder in die Irre führen sollten, spürte er, dass auch sie eine Wahrheit beinhalteten, ja, dass die wirklich großen Antworten vielleicht in diesen zufällig gewählten Worten lagen. War er dabei, den Brüdern das Gegenteil von dem zu geben, was er ihnen eigentlich zukommen lassen wollte? Hatte er die Kontrolle über sein Leben verloren, nicht nur im großen Ganzen, sondern auch im Kleinen, im Mikroskopischen?

Ihm war übel, und er gab dem Wirt ein Zeichen und bat um eine weitere Tasse Tee.

Kapitel 75

«Herr Vik!»

Jemand rief, und irgendwo klopfte es. Even drehte sich auf den Bauch, presste sich das Kissen auf den Kopf und versuchte, den Lärm auszusperren.

«Herr Vik, sind Sie zu Hause?» Wieder klopfte es an der Tür.

Ein Auge schielte unter dem Kissen hervor und blickte auf die Uhr: 15.52. Verdammt, es war schon helllichter Tag!

«Ich soll eine Geburtstagspizza liefern!»

Hä? Schlaftrunken schwankte er aus dem Bett, schlang sich die Decke um und ging in den Flur. «Zum Teufel, was denn für eine Geburtstagspizza?», fragte er durch den Türspalt.

Der Pizzabote streckte ihm eine flache Schachtel hin. «Der Besteller meinte, es wäre für eine Geburtstagsfeier.»

«Ich habe keine Pizza bestellt.» Even wollte schon die Tür schließen.

«Aber das ist doch …» Der Mann sah auf den Zettel, der auf der Schachtel lag. «Carl-Jeppesens-Gate 14, bei Even Vik – das stimmt doch alles?»

«Ja, verdammt», brummte Even verärgert. «Aber ich sage Ihnen doch, dass ich nichts bestellt habe.»

Der Bote zuckte mit den Schultern und sagte: «Okay, dann gehe ich halt wieder.»

Als Even die Tür schließen wollte, hörte er den Boten etwas murmeln.

«He, warten Sie.»

Der Pizzabote stoppte unten an der Treppe und sah zu ihm hoch.

«Was haben Sie gerade gesagt?»

Der Mann zuckte mit den Schultern. «Dass das die verrückteste Bestellung seit langem war.»

«Wie meinen Sie das?»

Der junge Mann wedelte mit der Schachtel herum. «Na ja, seltsam halt … Also, als Erstes sollte die Pizza dreigeteilt sein, nicht in zwei Hälften, wie sonst meistens. Dann wollte der Typ jedes Drittel anders belegen …» Er blickte auf den Zettel. «Das erste Drittel mit Hühnchen, Mais und Tacos …»

Even sah ihn entgeistert an.

«Das zweite mit Fleischbällchen, Wurst und extra viel Käse. Und auf beiden Dritteln Ananas, viel Ananas …» Der Mann erschrak, als er Evens Gesichtsausdruck sah.

«Warten Sie!» Even nahm ein paar Scheine von der Kommode und hielt sie dem Pizzaboten hin. «Hier! Und was ist auf dem letzten Drittel?», fragte er heiser.

«Auf dem letzten?» Der junge Mann kam die Treppe wieder hoch, nahm das Geld und reichte Even den Karton. «Das war ja das Verrückte, auf dem sollte nämlich gar nichts sein, nur trockener Boden. Ja, und dann sollten wir …»

Die Tür fiel ins Schloss. Mit einem Blick auf das Geld murmelte der Bote: «Sie kriegen noch Geld zurück … Sind denn hier alle verrückt?» Dann drehte er sich um und ging.

Even starrte auf den Karton vor sich auf dem Tisch. Weiche, dampfende, warme Pappe, farbenfroh bedruckt, ein weißer Schriftzug. Alles ganz normal. Zögernd fanden seine Finger die Lasche und klappten den Deckel auf. Die Wärme und der Duft schlugen ihm ins Gesicht, ihm wurde schlagartig übel. Die Pizza war in lauter kleine Stücke geschnitten worden, er sah Ananas und Wurst, Hühnchen und Tacos. Starr blickte er auf den Teil der Pizza, der keinen Belag hatte. Brauner, trockener Boden, über den sich eine geschwungene dünne Ketchup-spur zog, die einen Namen formte:

STIG

Kapitel 76

Das Böse verbirgt sich in der Tiefe …

Even starrte mit rasendem Blick aus dem Fenster, schluckte und griff nach dem Handy, das auf dem Esstisch lag. Seine Finger kämpften mit den Tasten, doch schließlich gelang es ihm, die Nummer zu wählen.

«Hallo, ich muss mit Oberstleutnant Jan Johansen sprechen … Er ist nicht …? Und wann kommt er zurück? Es ist wichtig, dass … Nein, verstehe, aber mein Name ist Even Vik, ich habe eine Sicherheitsstufe, Sie können mir also … Ja, es ist ungeheuer wichtig. Ab wann ist er morgen wieder da? Nicht im Haus, aber …? Ja, doch, davon habe ich gehört. Danke für Ihre Hilfe.»

Even legte auf und wählte Johansens Privatnummer. Es klingelte zweimal, dann meldete sich eine mechanische Stimme und sagte, der Teilnehmer sei momentan leider nicht erreichbar, man könne ihm aber eine Nachricht hinterlassen. Even holte tief Luft und flüsterte ins Handy, dass Stig verschwunden sei und er so schnell wie möglich mit Johansen sprechen müsse.

Er klappte das Handy zusammen, wog es nervös in der Hand und klappte es wieder auf. Nach ein paar Tastendrucken sagte es ihm, dass Johansen ihn am Vormittag angerufen hatte. Er hatte ihm sogar eine Nachricht hinterlassen, in der er mitteilte, dass er eine Idee habe, wie Even die Leute erreichen könnte, die er erreichen wollte. Wenn Even noch vor dem Wochenende mit ihm sprechen wolle, müsse er vor ein Uhr anrufen. Danach sei er ohne Handy auf einer Angeltour – bis Samstagnachmittag. Und Samstagabend müsse er auswärts arbeiten, sodass er auch da nicht erreichbar sei.

Auch Anita hatte ihm eine Nachricht hinterlassen. Sie sei einverstanden, dass Even Stig nach der Schule abhole. Even stutzte und hörte sich die Nachricht noch einmal an: «Hallo, hier ist Anita. Ich wollte nur sagen, dass es okay ist, wenn du Stig nach der Schule abholst. Stig hat seine Tabletten im Schulranzen, er freut sich darauf, bei dir zu übernachten.»

«Verdammt! Ich habe ... habe doch gar nicht ...» Even starrte verzweifelt auf sein Handy und hörte sich die Nachricht ein drittes Mal an, wobei ihm allmählich der Zusammenhang aufging. Jemand hatte Anita in seinem Namen eine SMS geschickt, und sie hatte natürlich geglaubt, die Nachricht stamme von ihm. «Hole Stig von der Schule ab. Hoffe, das geht in Ordnung, Even.» Etwa so in der Art. Dass die Telefonnummer nicht seine war, war ihr sicher gar nicht aufgefallen. Vermutlich hatte sie direkt zu antworten versucht und die Mitteilung erhalten, der Teilnehmer sei nicht erreichbar, sodass sie es schließlich bei seiner richtigen Nummer probiert hatte.

Er rief bei der Nachmittagsbetreuung an, wo ein Mitarbeiter ihm mitteilte, dass Stig heute nicht gekommen sei, er sei sicher gleich nach der Schule nach Hause gegangen.

Even ließ sich aufs Sofa fallen, die Verzweiflung schnürte ihm den Hals zu. Am liebsten wäre er sofort losgestürzt, um in der Stadt nach dem Jungen zu suchen, doch wo sollte er anfangen? Sein Blick suchte das Zimmer ab, als wäre dort eine Lösung zu finden, eine Idee. Lange blieb er einfach sitzen und versuchte, seinen Atem zu beruhigen.

Eine Fliege lief über das Fenster bis zum Rahmen, drehte eine Runde durch das Zimmer, kam wieder zum Ausgangspunkt zurück und begann eine neue Runde. Eine weitere Fliege kam hinzu. Sie tauchte wie aus dem Nichts auf, und Evens Blick folgte ihr unbewusst. Die Fliegen trafen sich und ...

Wie er darauf kam, wusste er nicht, aber in seinem Kopf tat sich etwas, eine Idee reifte heran, wie im Schlaf. Vielleicht war es das Zufällige, das Ziellose im Dasein der Fliegen.

Geistesabwesend ging er ins Schlafzimmer, zog sich an, kam zurück in den Flur und streifte die Jacke über. Mit der linken Hand fühlte er in der Tasche herum, bevor er die Wohnung verließ. Die Hand noch immer in der Tasche, ging er in den Keller, öffnete seinen Raum, holte das anonyme Handy hervor und wählte eine Nummer. Randi Loen antwortete nach dem zweiten Klingeln. «Ja?»

«Hallo, hier ist Even. Ich muss …»

Das Freizeichen schien ihm so laut, dass er beinahe das Handy fallen ließ. Er versuchte es noch einmal. Sie nahm das Gespräch entgegen. «Randi, bitte leg nicht auf, es ist wichtig!»

Mit distanziert kühler Stimme, als würden sie sich überhaupt nicht kennen, fragte sie, worum es ginge. Even dachte plötzlich, dass er keinerlei Beweise hatte, wer die Kidnapper waren, bloß eine Vermutung. Ja, er konnte nicht einmal nachweisen, dass Stig wirklich entführt worden war. Er wusste nur, dass er nirgends zu finden war – und dass es diese Pizza gab.

«Entschuldige», sagte er, wischte sich die Tränen ab und sank auf den Boden. «Entschuldige, Randi, ich …» Seine Lippen schmeckten salzig, als er den Kopf an einen Stapel alte Zeitschriften lehnte und das Handy zusammenklappte. Er fühlte sich so unendlich müde, als laste die Schuld der ganzen Welt auf seinen Schultern.

«Es tut mir leid, Stig», schluchzte er und kauerte sich auf dem Boden zusammen.

Die nächsten vierundzwanzig Stunden waren lang wie ein Lichtjahr. Even lief rastlos durch die Wohnung, checkte wieder und wieder seine E-Mails, den Briefkasten und das Handy.

Dann ging er nach draußen in den Park, lief um den Spielplatz herum und zurück in seine Wohnung, wo er wieder den Briefkasten und die Mailbox öffnete, doch jedes Mal wurde seine Hoffnung enttäuscht. Die Unsichtbaren ließen nichts von sich hören.

Währenddessen arbeitete er unbeirrt weiter an der vagen Idee, die ihm gekommen war, feilte an ihr herum, konkretisierte sie.

Zwischendurch rannte er in den Keller, um ein Gespräch mit dem geheimen Handy zu führen.

«Ich bin auf dem Rückweg aus Deutschland, habe Stückgut geladen», sagte Kenth-Roger. «Fliesenkleber, Reinigungsmittel und ein paar Autoteile. In ein paar Stunden bin ich in Oslo. Wenn du wieder mal mitwillst – ich breche morgen früh wieder auf, ich muss nur …»

«Nein», sagte Even und erklärte ihm, was er tun sollte.

Kenth-Roger hörte ihm genau zu und fragte, ob es dringend sei, er habe am Wochenende die Kinder.

«Wenn du es bis Mitte nächster Woche erledigen könntest?»

Kenth-Roger versprach es, und Even ging zurück in seine Wohnung. Randi Loen versuchte es, doch er nahm die Gespräche nicht an. Er dachte an die Liste der möglichen Verdächtigen, die er aufgestellt hatte. Sie stand auch darauf, mit der gleichen Wahrscheinlichkeit wie Christer und Frivold. Er konnte niemandem trauen.

Ihm blieb nur zu warten, dass die Bruderschaft der Unsichtbaren sich bei ihm meldete.

Wieder und wieder überprüfte er Mailbox und Briefkasten und versuchte es noch einmal mit Jan Johansens Privatnummer, alles ohne Resultat.

Er bekam keinen Bissen hinunter, versuchte es mit Kaffee, spuckte ihn aber gleich wieder aus. Die ganze Nacht tigerte er durch die Wohnung, weinte und fluchte, bis er irgendwann auf dem Sofa in einen unruhigen Schlaf fiel.

Das Telefon klingelte, und Even blickte verwirrt um sich. Dann schien sein Hirn sich an alles zu erinnern, und er sprang vom Sofa auf. Seine Hand griff nach dem Handy. «Ja?»

«Wir wollen den Code aus Newtons Papieren. Das, was Sie als ‹Newtons Formel› bezeichnen.» Die verzerrte Stimme sprach sehr leise. «Finden Sie den Code, der hinter dem liegt, was Sie als ‹Nichts› bezeichnen. Dann bekommen Sie Ihren Sohn zurück. Das ‹Nichts› ist ein Bluff, versuchen Sie das nicht noch einmal! Schicken Sie eine SMS an 41281586, wenn Sie die Antwort haben. Hören wir von Ihnen, bevor Sie die richtige Antwort haben, wird Stig …»

Mit leerem Blick starrte er auf das Handy, das nicht aufhören wollte zu tuten. Schließlich gelang es ihm, es zusammenzuklappen und den Laut abzuwürgen. Auf seinem Schreibtisch fand er die sechs kopierten Seiten und breitete sie vor sich auf dem Sofatisch aus. Lange saß er da und dachte, dass er den Code hinter dem Code finden musste, das, was hinter dem «Nichts» verborgen lag. Dann krampfte sein Magen sich zusammen, er beugte sich nach vorn über den Tisch und ging brüllend zu Boden, wo er eine ganze Ewigkeit liegen blieb und voller Verzweiflung an «Nichts» dachte.

Kapitel 77

Samstag

Kurz nach elf am Samstagvormittag kam ein Mann aus der U-Bahn-Station am Nationaltheater und ging an dem Springbrunnen vorbei. Ein Bettler hielt ihm einen Pappbecher hin, bat um ein kleines Scherflein für eine Kleinigkeit zu essen, verstummte aber, als ihre Blicke sich trafen. Ein Tourist wackelte rückwärts, um seine Familie neben der Statue von Wenche Foss zu fotografieren, rempelte den Mann an und entschuldigte sich, ohne eine Reaktion zu bekommen. Even fühlte sich wie ein Zombie, leer und von äußeren Kräften gelenkt. Er bog rechts auf die Karl-Johans-Gate ab und lief langsam unter den Bäumen entlang, während sein Blick über die Menschenmenge glitt, auf der verzweifelten Suche nach einem achtjährigen Jungen, einem ganz bestimmten Jungen. Einem Jungen, von dem er wusste, dass er ganz woanders war als hier, irgendwo, wo auch immer.

Ein etwa sechsjähriger Junge ging an ihm vorbei und schleckte ein Eis. Even blieb stehen und richtete den Blick auf den Gehweg, um ihn nicht anzustarren. Sein Herz hämmerte, und er hatte einen dicken Kloß im Hals.

Er bemerkte, dass er auf einer Reihe metallener Buchstaben stand, die in den Bürgersteig eingearbeitet waren. «Der stärkste Mann auf der Welt ist der, der ganz alleine ist», stand dort. Wie recht Ibsen damit hatte, dachte Even. Diese Wahrheit hätte er schon längst einsehen müssen – spätestens seit er sich in Leipzig von Aloysia verabschiedet hatte. Den letzten Kampf würde er alleine ausfechten. Aloysia war zwar die Einzige, der er vertrauen konnte, aber momentan war sie zu erschöpft, um einen konstruktiven Beitrag zu leisten.

Mit dem Gefühl, soeben einen entscheidenden Beschluss gefasst zu haben, hob er den Kopf und schaute in Richtung Storting. Dort saßen die demokratisch gewählten Abgeordneten des Landes. Even dachte an ihr Gegenteil, an die selbsternannten, unsichtbaren Machthaber, die dabei waren, ihn und seine Nächsten in Stücke zu reißen. Mitten im Grübeln erahnte er plötzlich eine Lösung: Er musste eine Kehrtwende machen, musste genau das Gegenteil von dem tun, was er die letzten vierundzwanzig Stunden getan hatte. Er musste unberechenbar werden, einen Quantensprung machen, die Initiative ergreifen. Er musste derjenige sein, der bestimmte, *wann* und *wo* die unumgängliche Konfrontation stattfinden würde.

Von seinem Fensterplatz aus beobachtete er alle, die einstiegen oder bereits im Wagen der U-Bahn-Linie 5 saßen. Hinter dem Stadion Ullevål wurde es leerer, und als sie an der Endstation Storo ankamen, war er der einzige Fahrgast außer einer dunkelhäutigen Frau, *72, orange*, mit Kinderwagen.

Er folgte dem Vitaminveien ins Einkaufszentrum Storo, wo er in einem Elektronikladen einen kleinen Gegenstand kaufte. Auf dem Weg nach draußen sah er sich ein paar winzige Kameras in einem Glastresen an und dachte dabei an Aloysia. Danach wanderte er den Nycoveien hinunter nach Torshov. Er überquerte den Sandakerveien am Nordpol-Platz, exakt an derselben Stelle wie vor einer Woche, und dachte an das Gift, das sich zu diesem Zeitpunkt mit seinem Blut im Körper verteilt hatte, erinnerte sich an ein Auto voller Mädchen und laute Musik – Green Day? – und an den plötzlichen Schwindel, der ihn befallen hatte.

Seitdem war so viel geschehen. Der Samstag vor einer Woche kam ihm wie ein anderes Leben vor – wie eine Zeit, in der es noch Unschuld auf der Welt gegeben hatte.

Zu Hause suchte er seinen Hochzeitsanzug hervor, bürstete ihn sorgfältig mit einer neuen Spülbürste aus und rasierte sich. Er tat alles, um nicht aufzufallen: Heute Abend würde er in die Oper gehen.

Heute Abend wollte er das abliefern, was hinter dem «Nichts» stand, wohl wissend, dass es ihn das Leben kosten konnte. Oder Stigs. Oder sein eigenes im Tausch gegen Stigs. Er war auf dem Weg in eine Welt, die diffuser war, als er sich vorstellen konnte, eine Welt, die von Menschen mit verzerrten Gedanken gelenkt wurde, von ihren ganz eigenen Gefühlen, ihrer seltsamen Moral, ihren Trieben, ihrem Selbstverwirklichungswahn, ihrer Psychologie. Er hatte diese Welt nie verstanden und würde sie auch nie verstehen. Alles, was er wusste, war, dass er eines dieser Hirne dazu bringen musste, seinen moralischen Verfall zu verraten, seinen Status als unsichtbares X in der Gleichung, und das so eindeutig, so zweifelsfrei, dass er zu der richtigen Antwort kam.

Unten im Keller, außerhalb der Reichweite von Kameras und Mikrophonen, wühlte er in einer Pappschachtel, bis er das grüne Wurfmesser fand, das er vor einem halben Jahr in London gekauft hatte. Es war so hart und schwer wie ein Metallmesser, fast ebenso scharf und spitz, aber es wurde von keinem Metalldetektor registriert. Er band es mit demselben Riemen um die Wade, den er schon vorher benutzt hatte, und stand mit aufgesetzt gelassener Miene vor Iggy Pop. Immer wieder bückte er sich, zog das Messer, so schnell er konnte, und schleuderte es auf sein altes Idol, bis die Bewegung gleitend und blitzschnell war.

Dann packte er aus, was er in dem Elektronikladen gekauft hatte, und ging den ganzen Plan noch einmal gründlich durch – zumindest das, was im Rahmen des Berechenbaren und Voraussagbaren lag.

Kapitel 78

Es war dunkel und roch eklig nach Schimmel. Er wusste nicht, ob es Nacht war oder ob es jemals wieder hell werden würde. Ob der Mann wiederkommen und ihm den Klebestreifen vom Mund nehmen würde. Das war das Schlimmste, der Klebestreifen, er …

Er wollte nicht daran denken. Papa … nein, Finn-Erik … hatte mal gesagt, dass man keine Angst davor zu haben bräuchte, über schlimme Dinge nachzudenken, aber dass man, wenn man eh nichts dagegen tun konnte, besser an etwas anderes dachte und das Schlimme vergaß. Oder wenigstens so tat, als würde man es vergessen.

Darum dachte er stattdessen an den bösen Mann. Das war auch nicht gut, aber anders. Das machte ihn wütend.

Der Mann hatte auf dem Schulhof auf ihn gewartet und ihn ruhig und nett angesprochen. Er sei ein Bekannter von Onkel Even … Papa … und er solle ihn abholen. Dann hatte er ihm eine Art Polizeimarke gezeigt und gesagt, dass sie jetzt zusammen zu Even fahren würden und dass er keine Angst zu haben bräuchte. Hatte er auch nicht, der Mann war ja nett, sogar einen Burger hatte er ihm gekauft, ehe sie in das Auto gestiegen und losgefahren waren. Im Auto hatte er ihm dann noch eine Flasche Saft gegeben.

Danach war er schrecklich müde geworden und eingeschlafen. Als er wieder wach geworden war, war alles dunkel gewesen. Der Boden hatte geschwankt, und er hatte Wasser plätschern hören. Der Mann hatte ihn hochgehoben, über die Schulter geworfen und von einem Boot an Land getragen und gesagt, dass er sich hier «erleichtern» sollte, damit er drinnen keine Schweinerei machte. Ein komischer Ausdruck. Danach waren sie irgendwie im Kreis gelaufen, dann nach oben, dann wieder im Kreis, bis sie schließlich hinein und nach unten gegangen waren. Schwere Türen waren geöffnet und wieder geschlossen worden.

Dort hatte die Stimme des Mannes anders geklungen, strenger, als ob er nicht wollte, dass Stig ihm widersprach. Es hatte wehgetan, mit der Binde vor den Augen zu weinen, die Haut brannte, und das Gesicht war so nass. Auch die auf dem Rücken gefesselten Arme taten ihm weh, aber der Mann hatte gesagt, das wäre notwendig.

Er hatte ihn auf eine Unterlage gelegt, eine Decke über ihn gebreitet und gesagt, dass neben ihm ein Strohhalm wäre. Er müsse ihn einfach nur mit dem Mund suchen und mit den Lippen festhalten, dann könnte er Wasser trinken. Essen gäbe es später. Danach war der Mann gegangen – ohne den Klebestreifen von seinem Mund zu nehmen. Stig hatte gehört, wie seine Schritte sich entfernten und im Rauschen verklangen.

Es rauschte nämlich. Die ganze Zeit, wie Wind, aber er wusste nicht, wo es herkam. Sonst gab es nichts, was nach Menschen klang, keine Autos, keine Tiere … nichts. Nur das Rauschen und der schimmelige Gestank … Nein! Er wollte nicht daran denken. Lieber an etwas Schönes. Dass Even sein Papa war. Das war gut. Finn-Erik war auch in Ordnung, er war superlieb und der Beste, den man … Aber Onkel Even fühlte sich richtiger an, als ob er und Stig zwei Puzzleteile wären, die genau zusammenpassten. Mit Onkel Even, also Papa, konnte er über alles Mögliche reden, was Finn-Erik nicht interessierte, ganz erwachsen. Das war toll. Er freute sich schon darauf, dass Papa kam. Denn das würde er. Papa ließ sich nicht an der Nase rumführen. Aber das war wohl genau das, was der Mann versuchte, er wollte Papa an der Nase herumführen, indem er ihn mitgenommen und hier versteckt hatte. Im Dunkeln. Im Schimmelmuff.

Nein!

Er hatte es von Tante Anita erfahren, ganz zufällig, als sie Onkel Hjalmar davon erzählt hatte. Sie hatte gesagt, sie könne Stig nicht verbieten, zu Even zu fahren, er sei schließlich sein Vater, und dass sie sich wohl an diesen Gedanken gewöhnen müssten. Am nächsten Tag hatte sie ihm gesagt, dass er zu Even fahren dürfte und dass seine Tabletten im Ranzen lägen und … Wo war eigentlich der Ranzen? Lag der irgendwo im Dunkeln?

Er freute sich auf seinen Papa, der bald kommen würde, um ihn zu retten.

Kapitel 79

«Der Ministerpräsident mit Gattin, in zwei Minuten. Bundeskanzlerin Angela Merkel, zweieinhalb.» Der ältere Polizeibeamte mit den Ohrhörern schwieg einen Augenblick und nickte zu etwas, das außer ihm niemand hörte. «Auto des Kronprinzenpaares, zwölf Minuten. Die Wagen des isländischen und finnischen Präsidenten direkt dahinter. König in dreizehn Minuten.»

Zwei Reihen von Flachbildschirmen zeigten alle Außenwände der Oper aus verschiedenen Perspektiven sowie die gepflasterten Flächen, Straßen, Wege und den Hafenbereich in der unmittelbaren Umgebung. Zwischendurch wurden von einem Helikopter übertragene Bilder eingeblendet sowie Bilder von Streifenwagen und Polizeibooten im Umkreis. Niemand würde sich unbemerkt nähern können.

«O1 an Rotschwanz. Zeigen Sie mir den MP.» Der Operative Einsatzleiter vor Ort sah auf einen Bildschirm, auf dem aus der Vogelperspektive eine schwarze Limousine eingezoomt wurde. «Okay, ich will sein Lächeln sehen.»

Der Helikopter ging etwas tiefer und zoomte auf das Seitenfenster des Wagens. Das Profil des Ministerpräsidenten wurde sichtbar, er unterhielt sich mit jemandem neben ihm. O1 lächelte zufrieden den Bildschirm an.

Der Chef des Sicherheitsdienstes der Polizei nickte und sah Jan Johansen an, wie um zu sagen: Das läuft doch wie geschmiert. Der Oberstleutnant nickte anerkennend und wandte sich ab, damit der andere nicht sah, wie er das Gesicht verzog. Die Chemie zwischen ihnen hatte noch nie gestimmt, um es mal so auszudrücken.

«Die Polizeipräsidentin nebst Gatten trifft soeben ein, nachdem sie zu Hause war und sich umgezogen hat», flüsterte eine Stimme in sein Ohr. Jan Johansen nickte Leutnant Tomlevoll zu, verließ den kalten Kommandoraum, lief durch einen Gang und gelangte mit Hilfe eines Türcodes ins Foyer. Er blieb einen Augenblick stehen, um sich einen Überblick zu verschaffen. Es wimmelte von kleinen Balletttänzerinnen mit hektischen roten Wangen, korrekt gekleideten Bedienungen, die ihren Stress hinter einem übertrieben höflichen Lächeln zu verbergen versuchten, und handverlesenen Gästen, die langsam ihre Plätze entlang des roten Teppichs einnahmen, über den die Prominenz hereinspaziert kommen würde. Er schob sich zwischen Celina Midelfart und Kulturminister Giske hindurch, die auf dem Weg zu ihren Plätzen waren, murmelte eine Entschuldigung und nahm das Ehepaar Brynildsen bei der Garderobe in Empfang.

«Auf zwei Worte?»

Polizeipräsidentin Brynildsen schlang sich ihr Tuch um die Schultern und nickte. Sie beugte sich zu ihrem Mann und flüsterte etwas, das Johansen nicht hören konnte, ehe er ihr in die Ecke hinter dem Opernshop folgte, damit sie einigermaßen in Ruhe miteinander reden konnten.

Frivold Danbolt nickte seiner Frau zu und schaute sich um, ehe er sich gemächlich einen Weg durch die Menschenmenge bahnte. Die Atmosphäre im Haus war wie elektrisch aufgeladen – wie im Stadio Giuseppe Meazza kurz vor dem Anpfiff eines Spiels zwischen Inter und Milan –, die Luft vibrierte vor Erwartung und Vorfreude, gemischt mit überschäumender Nervosität. Er verließ das Foyer durch eine Seitentür und kam zu der braunen Tür und dem Aufzug. Sein ganz privater Aufzug.

Natürlich war es nicht wirklich sein privater Aufzug, aber so fühlte es sich an. Der Junge von der Oper, den er angelernt hatte, das Akustik-Terminal zu bedienen, war gestern Abend in der Stadt von Unbekannten zusammengeschlagen worden, was bedeutete, dass Frivold heute Abend alleine für die Bedienung der Anlage zuständig war.

Das passte ihm ausgezeichnet.

Er hatte nachmittags bereits alles vorbereitet, hatte die Anlage auf ein vollbesetztes Haus getrimmt. Nun musste er nur noch überprüfen, ob alles so funktionierte, wie es sollte. Wenn der König eintraf, wollte er oben im Saal an der Seite seiner Frau sein.

Als er den Code eingab und in den Aufzug trat, sah er zwei Männer in der Tür zum Opernsaal stehen bleiben, sich mit einem kurzen Wangenkuss begrüßen, bevor sie einen Blick auf ihre Eintrittskarten warfen und sich nach drinnen begaben, um ihre Plätze zu suchen.

Odin Hjelm drückte liebevoll Davids Arm, spürte ein aufgeregtes Kribbeln in der Brust und flüsterte, dass das sicher ein unvergesslicher Abend werden würde. David lächelte und antwortete flüsternd: «Ja.» Sie fanden die Reihe 11, schoben sich an den bereits besetzten Plätzen vorbei, an Parfümwölkchen, ausgebeulten Bauchbinden und einem Rasierwasser, das Odin von ganzem Herzen hasste, bis sie auf ihre Sitze sinken konnten. Odin legte den Kopf in den Nacken und schaute hingerissen an die kreisrunde Saaldecke, zum Vorhang, der ihn an einen riesigen zerbrochenen Spiegel denken ließ, und zu den Rängen, von wo aufgeregte Gesichter auf das gemeine Volk im Parkett herabschauten.

Herrgott, wie lange er sich auf diesen Abend gefreut hatte! Er fasste in seine Tasche und versicherte sich, dass sein Handy auf lautlos gestellt war. Es wäre gar nicht gut, wenn mitten in der Königshymne plötzlich «Mamma mia» losquakte, dachte er amüsiert.

Als er sich umschaute, sah er ein bekanntes Gesicht, das an den Stuhlreihen vorbeiging und den Blick über das Publikum schweifen ließ. Es war die Frau, die er im Krankenhaus bei Even Vik getroffen hatte. Kommissarin Loen, oder so ähnlich, sie schien jemanden zu suchen. Und siehe da, am Ende setzte sie sich neben einen anderen Bekannten, diesen Nachrichtenheini, Johansen.

Dann ist der König ja in sicheren Händen, dachte Odin und hielt Ausschau nach weiteren Sicherheitsleuten.

Randi Loen schaute auf die Armbanduhr, als die Musiker im Orchestergraben pünktlich zu spielen begannen. Bisher war alles wie am Schnürchen gelaufen, wie der Chef des Polizeilichen Sicherheitsdienstes es ausgedrückt hatte. Sie lehnte sich zurück, steckte den Ohrhörer fester in den Gehörgang, um auch ja keine Mitteilung zu verpassen, und entspannte sich. Jetzt konnte die Vorstellung beginnen, bis zur Pause hatte sie keine weiteren Aufgaben. Und danach erst wieder, wenn alles vorbei war.

Sie schaute auf die Bühne und dachte an Christer, Even Viks alten Freund, den Haschraucher. Konnte es sein, dass sie ihn bei ihrem letzten Kontrollgang hinter der Bühne gesehen hatte? Aber vermutlich irrte sie sich, wahrscheinlich war es nur jemand gewesen, der ihm ähnlich sah, was sollte so ein Kerl hier zu suchen haben?

Christer war nervös. In seinem ganzen Leben war er noch nie so verflucht nervös gewesen. Jetzt war es so weit, gleich. Um 21.17 Uhr, exakt. An diesem Höllenort war alles exakt. Er bereute es bereits, sich darauf eingelassen zu haben, überlegte, ob er einen Rückzieher machen sollte, ob er vorgeben konnte, das alles nicht zu schaffen. Aber er wusste nur zu gut, dass das nicht ging. Um nichts in der Welt. Außerdem würde er es für den Rest seines Lebens bereuen, wenn er jetzt kniff.

Seine Finger glitten über die Jacke zum Gürtel und zu dem Futteral, in dem das Messer steckte. Erstaunlicherweise hatte er es problemlos an den Sicherheitskräften vorbeischmuggeln können. Er schaute auf die Uhr – *shit*, war das noch lange hin. Er musste aufs Klo, pinkeln – und vielleicht was rauchen? Nur ein paar Züge. War das gegen die Absprache? Nur so viel, dass die Nerven sich etwas beruhigten …

Kapitel 80

Während der Königshymne wäre beinahe alles schiefgegangen, das ganze Vorhaben, sein Plan.

Bereits nachmittags hatte Even sich in Schale geworfen, weißes Hemd und Anzug, hatte den Bus ins Zentrum genommen, sich eine fertig gebundene Fliege gekauft und die Verkäuferin im Laden überredet, sie ihm gleich umzubinden. Er war viel zu früh an der Oper gewesen. Rastlos und nervös hatte er die Zeit mit Rauchen totgeschlagen, war um das Gebäude herumgelaufen, das Gesicht von den großen Fenstern des Nobelrestaurants abgewandt. Als an den Sicherheitskontrollen das größte Gedränge herrschte, hatte er die Kippe ins Wasser geschnippt und sich auf den Weg nach drinnen begeben. Er hoffte, dass die Polizisten bei diesem Andrang mit der Kontrolle der Leute etwas laxer waren.

Einer von den uniformierten Ärschen hatte seine Taschen abgetastet und ihn von oben bis unten abgeklopft, bis knapp über die Wade. Das Messer hatte er nicht bemerkt.

«Was haben Sie da in der Tasche?», hatte der Mann gefragt.

«Hä?» Even neigte den Kopf nach vorn und fummelte an dem Ohrstöpsel herum. «Entschuldigen Sie», sagte er, nahm den Sender aus der Tasche und drehte an einem Knopf. «Ich habe vergessen, es nach der Busfahrt wieder anzustellen, in öffentlichen Verkehrsmitteln ist es immer so laut …»

«Okay», sagte der Polizist und winkte ihn durch. «Der Nächste.»

Even betrat das Operngebäude, sah sich um, als wäre er zum ersten Mal hier, und betrachtete mit weit zurückgelegtem Kopf die holzgetäfelte, sanft geschwungene Wand, die sich über vier Etagen erstreckte. Im Foyer war es bereits ziemlich voll, weshalb er sich hinter ein paar Säulen zurückzog und den Sender zusammen mit dem Ohrstöpsel wieder in die Tasche steckte. Auch die Streichholzschachtel war, wo sie sein sollte. Um ihn herum ertönten überall laute Kommentare und Begrüßungen. Bekannte Schauspieler, ehemalige Ministerpräsidenten und abgehalfterte Fernseh-Promis defilierten vorbei. Aus dem Augenwinkel sah er Jan Johansen und Randi Loen an Kåre Willoch vorbeigehen.

Mit vornübergebeugtem Kopf schlug er die entgegengesetzte Richtung ein, überquerte den roten Teppich, umrundete die Treppe und lief durch den Gang zu der Tür, hinter der Frivold Danbolts persönlicher Aufzug verborgen war. Die Türen zum Saal standen weit offen. Festlich gekleidete Menschen spazierten vorbei und wetteiferten darum, wer sich am lautesten und positivsten zu dem äußern konnte, was um sie herum passierte.

Even stellte sich in die Ecke neben der erleuchteten Glaswand, betrachtete einen Handgriff, der direkt neben dem Glas an die Wand geschraubt war, fischte die Streichholzschachtel aus der Tasche und öffnete sie. Er löste ein Stück Klebeband von seiner Manschette und drehte sich zur Wand, um fasziniert über das Glas zu streichen, ließ seine Hand einen Augenblick auf der Unterseite des Griffes verharren und befestigte das Klebeband samt Chip. Dann trat er ein paar Schritte zurück, um die Glaswand und den Griff noch einmal aus der Distanz zu begutachten. Der Chip war nicht zu sehen, wenn man nicht wusste, wonach man suchte.

Zurück im Foyer warf er einen Blick auf seine Karte und schlich dann schnell und unauffällig in den Opernsaal. Ein Schatten, der so gar nicht zu den fröhlichen und festlich gestimmten Menschen zu passen schien, fand die hinterste Reihe und setzte sich in das Halbdunkel unter der königlichen Loge.

Ein passender Platz, dachte er, unsichtbar unter den Berühmtheiten, die über seinem Kopf alle Aufmerksamkeit auf sich ziehen würden.

Der Platz rechts neben ihm war leer, und er wusste, dass er auch leer bleiben würde. Das Ticket steckte in seiner Tasche.

Weiter vorne im Saal sah er Odin Hjelm in Begleitung eines jüngeren Mannes seinen Platz einnehmen, sich umschauen und sich vertraulich zu seinem Nachbarn beugen. Mehr als vertraulich, dachte Even und verstand plötzlich ein paar Dinge.

Er streckte die Beine aus, so gut es bei dem geizig bemessenen Platz zwischen den Reihen möglich war, und dachte an die Geschichte, die Kitty ihm von ihrem eifersüchtigen Exliebhaber Odin Hjelm aufgetischt hatte. Alles Lüge. Jetzt verstand er auch Randi Loens Reaktion im Krankenhaus, als sie über Odin gesprochen hatten. Sie hatte da bereits gewusst, dass der Verlagsmann schwul war. *Das Böse ist nicht das, was du denkst …* Er ließ den Blick auf Hjelms fleischigem Nacken ruhen, auf den grauen Haaren, die sich über den Hemdkragen legten, als er an die Decke sah und dachte, dass er Odin Hjelm eigentlich überhaupt nicht kannte.

Ganz links, in der Mitte des Saals, setzte sich die Polizeipräsidentin auf den Platz vor Jan Johansen. Auch neben ihr war ein freier Platz, sonst waren alle Plätze besetzt. Even schaute auf die Uhr und fragte sich, wann Frivold aus dem Keller kommen würde. Damit Even seinen Plan umsetzen konnte, musste er seinen Platz im Saal eingenommen haben. Um jeden Zweifel auszuschließen.

«Der Vorhang ist von einem amerikanischen Künstler», flüsterte eine Frau in der Reihe vor ihm.

Even nahm das Handy und überprüfte, dass er den Ton ausgestellt hatte. Ausschalten durfte er es nicht.

Das Licht wurde ein wenig gedimmt, um die Spannung zu steigern.

«*Venit Rex*», flüsterte die Stimme vor ihm. Die ältere Frau stieß ihren Mann an, als die Musik einsetzte. «Der König kommt.» Even sah den grauhaarigen Mann nicken, als wären die ständigen Kommentare seiner Frau eine vom Schicksal für ihn bestimmte Prüfung, ein notwendiges Übel, vor dem es kein Entrinnen gab.

Die Musik schwoll an, die Königshymne wurde angestimmt – und in diesem Moment schien für Even alles schiefzugehen. Alle Zuschauer erhoben sich und drehten sich zu ihm und der königlichen Loge über ihm um. Even erhob sich ebenfalls, ihm blieb gar nichts anderes übrig, aber er neigte den Kopf so weit nach unten, wie es ging, und gab in den Knien nach, während er unauffällig die Menschen beobachtete, die lächelnd irgendwo über ihm den eintreffenden König anstarrten. Als die Musik endlich verstummte, hörte Even den König wie aus dem Off reden, er sprach über die architektonische Schönheit des Gebäudes, außen wie innen, und darüber, welch große Freude es für ihn sei, Norwegens neues Opernhaus für eröffnet zu erklären. Even ließ den Blick durch den Saal schweifen, fand Odin und seinen Freund, die beide mit strahlenden Augen nach oben schauten, fand Johansen und die Polizeipräsidentin. Und er entdeckte Randi Loen, die über ein ganz persönliches Geheimnis zu lächeln schien. Blickte sie nicht eher in seine Richtung als nach oben zum König? Seine Zweifel wuchsen, aber er durfte ihnen nicht nachgeben. Er klopfte alle Argumente noch einmal ab. Die wackeligen Beweise, alles, worauf seine Gewissheit baute. Und dann schaute er auf den leeren Platz neben sich, überprüfte noch einmal, dass das Handy in der Tasche war, und erstickte jeden Zweifel mit seinem Hass und seiner Angst.

Kapitel 81

«… möge dieses Gebäude eine Trutzburg sein für das nicht Greifbare, für all die mächtigen, großen und auch die kleinen, zarten Augenblicke, die wir Menschen teilen …»

Sein kalter Schweiß stieg ihm sauer in die Nase. Even starrte ins Dunkel zwischen seinen Beinen und hörte den Intendanten der Oper seine Rede beenden. Es folgte tosender Applaus. Dann betrat eine große Stimme die Bühne, die mit einer solch ergreifenden Melancholie sang, dass Even die Trauer des Liedes wie seine eigene empfand.

«Löschet aus, o ihr Götter, meine wahnsinnigen Worte!», übersetzte die Frau vor ihm für ihren Mann.

Even hob den Kopf, blickte über das Meer der Menschen in Richtung Bühne, auf der eine kräftige Frau in weißen Gewändern stand und die Arme wie ein Gespenst in die Luft hob, während ihre Stimme den Saal mit herzerweichenden Worten erfüllte, die er nicht verstand.

«Schicket das Kind zurück zu seinem Vater!», flüsterte die ältere Frau. Even starrte sie an, dann das Gespenst auf der Bühne, zog seufzend die Luft ein und senkte den Kopf wieder nach unten, um sich dieser Welt voller Licht und glücklicher Menschen zu entziehen. Die Trauer des Gespenstes war ihm zu professionell – was wusste die Sängerin denn davon, wie es war, ein Kind zu verlieren? Wie es war, zu wissen, dass es irgendwo dort draußen war, ängstlich und verletzlich, einsam in der Dunkelheit, die dieses lichtdurchflutete Gebäude umgab, das dem Intendanten zufolge für all das stand, was uns Menschen ausmachte.

Meinte er das Böse im Menschen? Die ewige Fähigkeit,

einander so tiefe Schmerzen zuzufügen, dass in den Opfern stets das Schlechteste zutage gefördert wurde, der unbändige Drang, sich zu rächen?

Rache ist keine Tugend, sondern eine Dummheit, hatte Mai einmal vor langer Zeit gesagt, als sie über fremde Kulturen und die Blutrache in Armenien oder der Türkei sprachen. Sie wusste zu diesem Zeitpunkt noch nicht, dass sie für ihre Kinder sterben sollte. Wäre sie auch irgendwann an den Punkt gelangt, an dem Angst und Hass um die Macht kämpften und die Liebe so stark wurde, dass sie destruktive Gedanken gebar? Wie bei ihm jetzt. Das Erbe seines Vaters war aus den Irrgängen seines Hirns hervorgekrochen, er spürte die Bosheit, den Hass. Der Drang nach Rache füllte seine Brust aus, presste seine Lunge gegen das Herz und erstickte es fast.

«*Schicksalsschwere Liebe, fürchterliche Liebe, zerschmettere mein Herz und lass mich sterben.*» Der graue Kopf des Mannes wandte sich der Frau zu, hörte ihre Übersetzung und lächelte liebevoll. Even ließ sich noch tiefer in den Sitz sinken. Er befühlte das Messer an seinem Bein, schloss die Augen und überließ seinen Körper voll und ganz dem Schmerz.

Es wurde getanzt und gelacht, und der Kulturminister hielt eine Rede, während Even wie in einem Kokon dasaß und alles geschehen ließ. Er gehörte längst nicht mehr zu der glücklichen Welt dort draußen.

Erst als ein gurgelnder Laut die Luft erfüllte, hob er den Kopf. Er sah eine Frau an einem Klavier sitzen, den Kopf in den Nacken gelegt, den Mund voll Wasser. Sie sang, dass es sprudelte. Er blickte über das lachende Publikum und bemerkte, dass Frivold auf dem Platz neben seiner Frau saß. Ohne sich davon stören zu lassen, dass sein Nebenmann ihm abschätzige Blicke zuwarf, holte Even sein Handy heraus und tippte eine SMS: «Ich habe die Lösung. Treffen wir uns.»

Er schickte die SMS an die Telefonnummer, die er tags zuvor erhalten hatte, und hob den Kopf.

Wem gehörte das Handy, das jetzt die Nachricht erhielt? Er streckte den Hals und starrte über das Publikum, um eine Reaktion auszumachen. Jetzt sollte der letzte Rest Zweifel beseitigt werden, jetzt würde er sehen, wer unsichtbar war und seinen Sohn gekidnappt hatte.

Frivolds glattgeschorener Nacken senkte sich einen Augenblick, dann blickte er zu den Rängen auf, als genösse er die Akustik, bevor er sich auf seinem Platz umdrehte und zum König schaute. Even sah ihn lächeln und jemandem zunicken, dann flüsterte er seiner Frau etwas zu. Aber er blieb sitzen.

In der Mitte des Saales drehte Odin Hjelm den Kopf und flüsterte seinem Freund etwas ins Ohr. Für einen Augenblick schien er sich erheben zu wollen, aber dann lehnte er sich wieder zurück und wandte sich mit solcher Aufmerksamkeit der Bühne zu, dass die Zahl 81 hell aufglitzerte. Die Gurgelsängerin schloss mit einem sprudelnden Finale, und während die Zuhörer begeistert applaudierten, sah Even aus dem Augenwinkel einen blutroten Nebel aufsteigen und die Zahl 69 von ihrem Platz aufstehen.

Randi Loen stand einen Augenblick da und sah sich um. Rasch erhob sich Even und bahnte sich gebeugt einen Weg zum Ausgang ganz hinten im Saal.

Kapitel 82

Ein Wachmann versuchte, ihn aufzuhalten, als er aus dem Saal wollte, doch als Even andeutete, dass er sich übergeben müsse, wurde er durchgelassen. Er bog scharf nach rechts ab, lief über den Flur und sah vor sich eine Gestalt in Richtung des Seitenganges mit Frivolds Aufzug gehen. Natürlich. Dort mussten sie sich treffen. Schließlich hatte Even dort den Chip versteckt, der als rotes Blinken auf dem Display zu sehen war, das einer der Unsichtbaren Brüder jetzt in der Hand hielt.

Even sah es noch einmal vor sich, wie Randi Loen sich im Saal erhoben hatte, um den kräftigen Mann vorbeizulassen, der neben ihr saß. Dann hatte sie sich wieder gesetzt.

Er schlich leise näher, sah den breiten Rücken vor der Lichtwand stehen und sich über das kleine Gerät beugen, wobei er die Wand und den Handgriff abtastete.

«Ich habe mir das Ding rausgeschnitten», sagte Even.

Jan Johansen erstarrte und drehte den Kopf. «Hm … Jetzt wird mir einiges klar.» Er stopfte das Gerät achtlos in seine Jackentasche, als wäre es irgendein unnützes Zeug. «Überhaupt verstehe ich jetzt so manches. Zum Beispiel, dass man ein Genie nicht unterschätzen darf, auch wenn es manchmal wie ein Idiot auf einem Skateboard daherkommt.»

Er schwieg, und Even musste sich mit aller Macht zusammenreißen, um ihm nicht eine reinzuhauen.

«Wo ist Stig?», fragte er.

Der Oberstleutnant zögerte und drehte sich langsam um, sodass sie direkt voreinander standen. «Warum glauben Sie, uns mit Halbwahrheiten abspeisen zu können?» Er lächelte väterlich. «Halten Sie uns nicht für dumm. Andere intelligente

Köpfe und Experten haben schon längst offengelegt, dass die Alchemie, die Mathematik und die vielen Worte ‹nichts› beinhalten. Das wussten wir schon, als wir nur vier Seiten hatten und uns die letzten beiden fehlten. Aber wir wissen natürlich, dass hinter diesem ‹Nichts› etwas *anderes* verborgen liegt. Newton hat diese simplen Lösungen genutzt, um damit alles Weitere zu verschleiern, sie sind das letzte Hindernis vor der unendlichen Energie des Vakuums, vor dem Kern seiner letzten großen Entdeckung. Newton wusste, von welcher Tragweite seine letzte Entdeckung war und dass sie demjenigen, der die Lösung kennt, uneingeschränkte Macht gibt. Deshalb hat er diese Lösung in einem derart hintersinnigen Code versteckt, dass wir ein Genie brauchten, um diesen Code zu knacken.»

«Vakuumenergie?» Even musste einen Moment nachdenken. «War die Vakuumenergie das Ziel seiner …? Aber das ist doch Quantenphysik, verdammt! Das wäre eine Weiterführung von Einsteins und Bohrs Entdeckungen in den zwanziger Jahren. Wie können Sie nur glauben, dass Newton darüber Bescheid wusste? Er lebte vor dreihundert Jahren!»

«Newton war seiner Zeit in vielerlei Hinsicht voraus. Wir haben Aufzeichnungen, die belegen, dass er Zusammenhänge verstand, die seiner Zeit noch vollkommen fremd waren, Zusammenhänge, die er selbst kaum glauben konnte …»

«Opticks A, B und C», murmelte Even.

«Ah, das haben Sie und diese Aloysia also auch herausgefunden? Ja, diese Aufzeichnungen belegen, dass Newton weiter gekommen war, als die Wissenschaft dies bis jetzt geglaubt hat, dass er Möglichkeiten sah, die die Wissenschaft erst in unserer heutigen Zeit wieder als theoretisch und vielleicht sogar praktisch möglich erachtet. Wie gesagt, was wir brauchten, war eine Person mit besonderen Fähigkeiten, um dieses letzte Hindernis zu überwinden.»

«Aber ich bin kein Physiker, kein Experte für Quantenphysik. Da gibt es viele andere, die besser …»

«Sie kennen sich selbst offensichtlich nicht so gut, wie wir Sie kennen. Ihre Flexibilität ist mir bereits aufgefallen, als Sie in den Neunzigern das Codierungssystem für den Nachrichtendienst entwickelt haben. Als die Zeit reif war für eine Anpassung des Systems an das ‹Quantenzeitalter›, war es ganz natürlich, wieder Sie zu fragen. Und auch dieses Mal haben Sie uns nicht enttäuscht. Was mich und meine Brüder nur darin bestärkt hat, was wir ohnehin schon wussten, nämlich, dass wir mit Ihnen die richtige Wahl getroffen hatten.»

Die Geräusche aus dem Opernsaal drangen wie aus einer anderen Welt an Evens Ohr: Musik, Applaus, Reden – oder Klang, Krach, Lärm. Etwas, das außerhalb seiner Welt existierte und das die Sinnesorgane und das Hirn erreichte, nicht aber das Bewusstsein. Even musterte die Silhouette, die sich scharf vor dem leuchtenden Hintergrund abzeichnete, ohne Farbe oder Zahl, die den Menschen in Evens Welt eine eigene Identität gaben. Dieser Mann existierte gar nicht. Nicht als Person, dachte Even, nur dank seiner Macht.

«Wo ist Stig?», wiederholte er tonlos.

Jan Johansen antwortete nicht. Sein Blick glitt über Evens Schulter, als näherte sich jemand von hinten.

Even verlagerte das Gewicht auf seinen linken Fuß und bemerkte das Pistolenholster unter Johansens Jacke. Wie bei einem Duell – der eine musste das Hosenbein hochziehen, der andere unter die Jacke greifen. Niels Bohr, dachte er. Er musste den anderen zuerst ziehen lassen, entspannt bleiben und warten.

«Wo?», wiederholte er leise, ohne seinen Blick von dem Offizier zu nehmen. Johansen verzog das Gesicht zu einer Grimasse, als würde er langsam ungeduldig. Even wartete.

«Wann ist Ihnen aufgegangen, dass ich es bin?»

«Donnerstag.»

Jan Johansen zog überrascht die Augenbrauen hoch. «Wie das?»

«Ich habe ein Muster in dem erkannt, was wir über die Bruderschaft der Unsichtbaren zusammengetragen haben. Alle Personen, über deren Zugehörigkeit zum Orden wir uns sicher waren, hatten etwas mit Geheimdiensten zu tun. Sowohl in der Vergangenheit als auch in der Gegenwart, das konnte kein Zufall sein. Und nachdem mir erst der Gedanke gekommen war, dass Sie hinter alldem stecken könnten, hinter der Überwachung und den Morden, aber auch hinter der unwahrscheinlichen Tatsache, dass *niemand* etwas Substanzielles über die Bruderschaft der Unsichtbaren herausfinden konnte, wurde mir alles klar.»

Er schwieg und wartete aufmerksam. Der kräftige Mann war erstarrt, als wäre er dabei erwischt worden, wie er seiner eigenen Schwester beim Duschen zugesehen hatte. Evens Worte überraschten ihn zweifellos. Dann reagierte Johansen ohne jede Vorwarnung.

Es dauerte nur den Bruchteil einer Sekunde. Ein Rückenmarksreflex, der derart schnell ein Messer zog und losschickte, dass die Pistole noch halb im Halfter steckte, als die Klinge schon in den Arm des Offiziers drang und Sehnen, Nerven und einen Teil des Muskels durchtrennte.

Even sprang auf Johansen zu, während dieser noch überrascht auf das Messer in seinem Arm starrte, riss ihm die Waffe aus der Hand und presste ihm die Mündung so hart zwischen die Kiefer, dass sich sein Mund unfreiwillig öffnete. «Keine Bewegung!»

Mit der freien Hand nahm er die Magnetkarte des Oberstleutnants, zog sie durch das Sicherheitsschloss und tippte die

Möbius-Zahlen ein, bevor er die Tür zu dem versteckten Fahrstuhl öffnete. Brutal presste er Johansen in eine Ecke, sodass sein Gesicht an der grauen Metallwand klebte. Die Tür schloss sich, und der Fahrstuhl senkte sich langsam in den Keller ab. Der Oberst stöhnte vor Schmerzen: «Das Messer …»

«Das hier?» Even drehte das Messer ein bisschen, worauf Johansen noch lauter stöhnte und ihm der Schweiß ausbrach. «Sagen Sie mir, wo Stig ist!», zischte Even durch die Zähne.

«Ich weiß es nicht», kam es tonlos von Johansen. «Nicht ich habe ihn entführt.»

Die Fahrstuhltür öffnete sich, und Even stieß Johansen in den länglichen Raum. Er nahm eine Taschenlampe von Frivold Danbolts Arbeitstisch und stieß Johansen vor sich her. «Was um alles in der Welt haben Sie …», stammelte der Oberstleutnant und stolperte an den Luken der Vakuumröhren entlang. Auf dem Großbildschirm an der Wand sangen Kinder:

Die Zeit tickt voran,
wir kommen,
jetzt sind wir dran.

Johansen schien den Raum nicht zu kennen. Dann kennen die meisten anderen ihn wohl auch nicht, dachte Even. An diesem Ort wird man das Schwein also nicht so schnell finden.

«Hier rein!» Even öffnete die Luke zu Rohr Nummer 3. «Los! Wir machen jetzt einen Ausflug auf allen vieren.» Er stieß den älteren Mann brutal in die Röhre, sodass er sich mit dem Arm abstützen musste, in dem noch immer das Messer steckte.

«Aah!» Johansen griff nach dem Messer und riss es sich aus dem Oberarm, bevor Even bei ihm war. Auf dem Rücken liegend stieß er damit nach Evens Bein.

«Arschloch!», fauchte Even und trat ihm in den Schritt. Der

Mann heulte auf und fasste sich mit beiden Händen zwischen die Beine, wobei das Messer unter seinen Körper rutschte. «Beweg dich, los!» Even leuchtete in die Röhre und trieb ihn mit Tritten weiter. Er nahm das Messer auf, wischte es an Johansens Hose ab und schob es unter das Band an seiner Wade. Die Luft in der aufwärtsführenden Röhre war trocken und dünn. Oben kamen sie zu einer Biegung. «Vorwärts!» Even schob Johansen weiter und leuchtete ihn mit der Lampe an, während der Oberst in dem glatten Rohr langsam abwärtsrutschte. Als sie ein gutes Stück in der Parallelröhre zurückgelegt hatten, hielt Even an und befahl ihm, sich auf den Bauch zu legen. «Hände auf den Rücken!»

«Sie bringen mich um!» Johansen versuchte, sich umzudrehen. «Warum sollte ich Ihnen helfen, wenn Sie mich ohnehin töten?»

«Hände auf den Rücken, habe ich gesagt!» Even setzte seinen Fuß auf Johansens Hoden und trat immer fester zu, bis Johansen brüllend die Hände auf den Rücken legte. Even zog zwei kurze dünne Nylonschnüre aus seinen Jackenärmeln hervor, die er dort entlang den Nähten festgeklebt hatte. Mit der einen band er Johansens Daumen zusammen, fest und stramm. Dann zog er ihm Schuhe und Strümpfe aus und fesselte auf die gleiche Weise seine großen Zehen.

«Versuchen Sie nur, sich zu befreien. Viel Glück», sagte er und leuchtete Johansen ins Gesicht. «Wenn Sie sich falsch bewegen, verlieren Sie einen Zeh oder einen Daumen.» Mit dem Fuß wälzte er den Mann auf den Rücken und hockte sich neben dessen Kopf hin. «Ich habe keine Zeit, und meine Geduld ist am Ende», sagte er und schob dem Offizier den Pistolenlauf in den Mund. «Sie können es sich einfach machen und mir jetzt gleich sagen, wo ich den Jungen finde. Oder sie weigern sich und …» Er drückte die Waffe zur Seite, bis er einen

Zahn brechen hörte. Johansen gurgelte verzweifelt und starrte ihn wild an. «Wie entscheiden Sie sich?» Er zog die Waffe heraus und legte die Mündung auf ein Auge. «Reden Sie!»

«Ich habe … Ich weiß es nicht, das habe ich doch schon gesagt!», stöhnte Jan Johansen und spuckte einen halben Zahn auf Even. «Sie sind verrückt, Sie haben den falschen Mann! Ich weiß nicht, wo Stig ist. Wir entführen niemanden.»

Even dachte einen Augenblick nach. «Wie werden Sie genannt? Großmeister für Nord-Europa? Nord-Meister? Großmeister Nord? Sie stehen in der Hierarchie so hoch, dass Sie bestimmt irgendeinen beschissenen Titel haben – Sie wissen ganz genau, was in der Bruderschaft vor sich geht! Und Finn Poulsen ist Ihr Stellvertreter, Ihr Laufbursche. Ihn werde ich mir auch noch vorknöpfen.»

Johansen hob den Kopf und zischte: «Ihr habt Zap getötet! Ihr habt meinen … Der Teufel soll euch holen!»

Überrascht von diesem Gefühlsausbruch, murmelte Even: «Finn Poulsen ist tot? Das wusste ich nicht.» Er zögerte einen Augenblick. «Ich kann nicht hierbleiben, das Programm wird bald registrieren, dass eine Luke geöffnet ist. Lassen Sie mich Ihnen noch kurz erklären, wie es jetzt weitergeht. Ich krieche jetzt gleich raus aus dieser Röhre und lasse Sie allein. Sie warten dann darauf, entdeckt zu werden. Vermutlich glauben Sie, Sie hätten viel Zeit, dass Sie im Laufe des nächsten Tages sicher jemand entdeckt. Aber das ist ein Irrtum! Sie haben keine Zeit! Sobald ich wieder draußen bin, werde ich nämlich die Luke schließen. Das Programm beginnt dann, Luft abzusaugen – das hier sind schließlich Vakuumröhren. Sie werden langsam merken, dass die Luft dünner wird, Ihre Lungen werden nach Sauerstoff ringen … Sie merken, wie Ihnen schwindelig wird und das Leben langsam aus Ihnen entweicht … Verzweifelt, ängstlich … So ähnlich, wie es wahrscheinlich Stig geht, wo auch immer Sie ihn versteckt haben. Wie er werden Sie im Dunkeln liegen und wissen, dass Ihr Leben bald zu Ende ist.» Even setzte die Mündung der Pistole auf das andere Auge. «Aber es gibt eine Möglichkeit, wie Sie sich retten können.» Er wühlte mit der Hand in seiner Tasche und hielt Johansen einen kleinen Sender vor die Augen. «Sie können in dieses Mikrophon sprechen und mir sagen, wo ich Stig finde.» Even steckte sich den Empfänger ins Ohr, bevor er den Sender einschaltete. «Sagen Sie mal was.»

«Ich weiß nicht, wo der Junge ist, das habe ich Ihnen doch schon gesagt!» Johansen stöhnte und blinzelte in das Licht der Taschenlampe.

Even regulierte die Lautstärke und nickte. «Das Ding hat eine Reichweite von dreihundert Metern, Sie sollten also reden, bevor ich zu weit von der Oper entfernt bin. Sonst findet man Sie erst, wenn das Haus renoviert wird, so in zehn bis fünfzehn Jahren. Oder in zweihundert, wenn es abgerissen wird.»

Even stand auf, zog eine Schutzfolie von der Rückseite des Senders und klebte ihn oben an die Innenseite der Röhre. «So, der hängt hoch genug, dass Sie ihn nicht versehentlich herunterreißen, und niedrig genug, dass ich auch noch ihr verzweifeltes Flüstern höre, wenn Ihnen die Luft wegbleibt. Versuchen Sie nicht, durch die Röhre zur Luke zu kriechen, denn dann höre ich Sie nicht.»

«Sie verstehen nicht …»

Even erstarrte für einen Moment, unbändige Wut kochte in ihm hoch und ließ ihn das Messer ziehen. «Ich verstehe nicht …?» Er riss die Jacke und dann das Hemd des Oberstleutnants auf, sodass die Knöpfe absprangen und durch die Röhre rollten. Dann ergriff er die dünne goldene Halskette. Seine Finger fanden den goldenen Ring, der an der Kette hing.

Er leuchtete mit der Lampe darauf. «Zwei Drachen, die einander anfauchen. Ein Zeichen, dass Sie es weit gebracht haben in Ihrer Organisation, denke ich, eine Anerkennung für Ihren Einsatz oder irgend so ein Scheiß!» Er riss Johansen die Kette vom Hals und steckte sie in die Tasche. «Ich verstehe mehr, als Sie glauben!»

«Wir sind mächtig, besitzen eine Macht, die Sie sich nicht vorstellen können. Unsere Leute sitzen in Positionen ...» Johansen sprach schnell, als verstünde er, dass die Zeit knapp war. «Wir sind Götter, allmächtig. Sehen und hören alles. Sie können ...»

«Das würde ja heißen, dass Gott wie ein Mensch denkt», unterbrach Even ihn und stand auf.

«Wir sind keine egoistischen Einzelindividuen, wenn Sie das meinen. Wir denken an die Ewigkeit. Newtons Idee von der Vakuumenergie ist ein Gedanke für die ganze Menschheit, ein Gedanke für die Ewigkeit. Wir müssen ihn vor dem Vergessen bewahren, vor der Dummheit ...»

«Sie wollen sich mit Bosheit vor der Dummheit bewahren? Was ist das denn für ein kranker Mist? Ihr denkt so teuflisch, wie ihr seid, wollt die Macht, um sie für immer zu besitzen. Erzählen Sie mir nicht ...» Er trat ein paar Schritte zurück. «Erzählen Sie mir nicht so eine Scheiße! Sparen Sie Ihre kostbare Luft, bis Sie etwas Vernünftiges zu sagen haben!»

«Wir brauchen nur die richtige Antwort von Ihnen», flüsterte Johansen eindringlich. «Wir wissen, dass Sie sie kennen. Außerdem können Sie einer von uns werden! Sie sind der Typ dafür, Sie haben die gleiche moralische Einstellung ...»

«Die gleiche moralische ...! Verdammt! Ich könnte niemals ...»

Vor rasender Wut hätte er dem wehrlosen Mann am liebsten in die Seite getreten. Stattdessen ging er ein paar Meter die

Röhre hinauf, um sich zu beruhigen, bevor er noch einmal zurückging.

«Ich bin speziell», sagte er und leuchtete Johansen ins Gesicht. «Ich sehe Menschen als Zahlen und in der Regel auch als Farben. Alle. Aber der Mann, der mich letzten Samstag vergiftet und mir das Messer in die Hand gedrückt hat, bevor ich ohnmächtig geworden bin, war unsichtbar für mich. Wie ein Nichts, er hatte keine Zahl und keine Farbe.» Even leuchtete den Körper des großen Mannes ab. «Wie Sie. Erst vor ein paar Tagen ist mir bewusst geworden, dass ich Sie nie als Zahl gesehen habe, Jan Johansen. Wissen Sie, warum?»

Der Mann lag mit geschlossenen Augen da und hatte den Kopf etwas zur Seite gestreckt, um sich vor dem Licht zu schützen. Furcht zeichnete sich auf seinem Gesicht ab, als würde ihm der Ernst seiner Situation erst jetzt klar.

«Sie sind die Zahl Null, Johansen. Deshalb habe ich Sie nicht gesehen. Sie sind nichts. Und Ihre Farbe ist so hell und durchsichtig, dass sie eigentlich gar nicht da ist.» Er betrachtete seinen Gefangenen nachdenklich. «Wenn also irgendjemand darauf vertrauen sollte, dass ich die Wahrheit sage, wenn ich behaupte, dass die Lösung von Newtons Formel ‹nichts› ist, dann Sie. Sie sollten sich darin wiedererkennen!»

Er stemmte die Hände gegen die Seiten der Röhre, ging vornübergebeugt zu der scharfen Biegung und richtete ein letztes Mal den Lichtstrahl auf Johansen.

«Sie sind verrückt! Lassen Sie mich nicht allein!» Johansen wand sich und starrte ihn an. «Ich habe nichts mit der Entführung zu tun, ich weiß nicht, wer das getan hat!»

«Vergeuden Sie Ihre Kräfte nicht mit einem solchen Blödsinn!», fauchte Even und verschwand hinter der Biegung, ging gebeugt auf die helle runde Öffnung zu und kletterte hinaus. Er schloss die Luke, versicherte sich, dass sie luftdicht verschlossen war, und trat an das Steuerpult. Auf einem der Bildschirme sah er die Diagramme aller Röhren. Säule Nummer 3 überragte die anderen um ein Vielfaches, doch noch während er am Pult stand, sah er, wie sie zunehmend kleiner wurde. Eine Zahl zeigte an, dass die Konzentration der Luft von 89 auf 83 abnahm. Das Vakuumsystem tat seine Arbeit, und noch bevor Even sich umdrehte, war die Konzentration auf 75 gesunken.

Nicht mehr lange, und du merkst es, dachte er und lauschte auf den Atem in der Röhre, den er im Ohrstöpsel hörte.

Auf dem Großbildschirm sah er den Finanzminister auf die Bühne treten. Er lächelte und sagte etwas, das Even nicht mitbekam, denn Johansen brüllte plötzlich los, als wäre ein Damm gebrochen.

«Even Vik, du verfluchtes dummes Schwein! Ich werde dich …»

Even nahm den Ohrhörer heraus und drehte die Lautstärke des Empfangs ein wenig herunter. Dann trat er in den Fahrstuhl, tippte den Code ein und fuhr nach oben.

Es war still auf dem Flur vor dem Saal. Er setzte den Ohrhörer wieder ein, hörte aber nichts. Unruhig justierte er noch einmal die Lautstärke. Dann drang Johansens verzweifeltes Atmen an sein Ohr … und dann begann er zu reden.

Kapitel 83

Noch eine Minute.

Christer ging dicht hinter seinem Vordermann, umklammerte den Messerknauf und stand still da, während der Vorhang ganz vorne zur Seite gezogen wurde und Bühnennebel um ihre Füße waberte.

Jetzt.

Er drehte sich zur Seite und lächelte Brunhilde zu, die zwei Reihen neben und eine Reihe hinter ihm stand. Sie erwiderte sein Lächeln und zwinkerte ihm zu. Ein wohliges Prickeln im Nacken ließ ihn sich aufrichten und noch einmal nach dem kleinen silbernen Trachtenmesser greifen. Aus dem Orchestergraben stiegen in vorsichtigem Piano die ersten fünf Takte des Gefangenenchores aus Verdis «Nabucco» empor, und eine Welle erwartungsvoller Freude stieg durch seine Fußsohlen auf. Die Hand klammerte sich schweißnass um das Messer, seinen Talisman, der ihm Mut gab, immer wieder hierherzukommen, mit der Frau aus Troms zu flirten, der Krankenschwester, und in diesem Augenblick, in dem es todernst wurde, hier zu stehen. Jetzt Fortissimo, volles Rohr, drei Takte, ihm lief jedes Mal eine Gänsehaut über den Rücken, wenn er das hörte. Die ersten Reihen begannen, zum vorderen Bühnenrand zu laufen, die Bewegung pflanzte sich durch die Reihen der vierhundertfünfzig Gefangenensänger nach hinten fort, und mit einem Adrenalinkick, den er mit keinem Rausch jemals erreichen würde, lief Christer nun selbst über die Bühne. Das Orchester wechselte wieder zu Pianissimo, zwei Takte mit Flöte, leiser als leise. Brunhilde hatte heute Vormittag in einer Pause, während sie rumgealbert hatten, ganz nebenbei erwähnt, dass in Tromsø eine Stelle für einen Sanitäter ausgeschrieben wäre. Meinte sie damit …? Der Walzertakt aus dem Orchestergraben forderte seine Aufmerksamkeit … piano … Er atmete tief ein …

Va, pensiero, sull'ali dorate
Va, ti posa sui clivi, sui colli

Der Einsatz war geschafft …

… alles perfekt, er sang aus tiefster Seele …

Ove olezzano tepide e molli
L'aure dolci del suolo natal

… schaute zur königlichen Loge …

… ahnte den großen Mann …

… Raus mit dem Dreck, her mit Pils und Gras!

Del Giordano le rive salute
Di Sione le torri atterrate

… registrierte aus dem Augenwinkel kurz einen Lichtstreifen …

… als ein Zuhörer den Saal verließ …

Oh mia patria si bella e perduta
Oh membranza si cara e fatal

Jetzt rausgehen? Dieses vielstimmige Glück verlassen?

Die waren doch verrückt …!

Arpa dòr die fatidici vati
Perchè muta dal salice pendi?

Das war wie eine Läuterung!

Aus so etwas konnte man nur als besserer Mensch hervorgehen …

Le me morie nel petto raccendi

… und allen vergeben …

Ci favella del tempo che fu

… allen …

O simile di Solima ai fati
… sogar dem verfluchten …
Traggi un suono di crudo lament

Kapitel 84

Der Helikopter peitschte Staub und Sand auf, erhob sich ein paar Meter in die Luft, senkte die Nase minimal ab und nahm Kurs aufs Meer. Er wurde schneller, aber Even bekam davon kaum etwas mit, weil er vornübergebeugt und mit heftigen Magenkrämpfen im Sicherheitsgurt hing, der ihn davon abhielt, nicht vom Sitz zu fallen. Er spürte eine Hand auf der Schulter und riss sich zusammen. Randi Loen sah ihn besorgt an.

«Alles in Ordnung», murmelte er in das Mikrophon.

Ihr grauer Helm wippte, als sie nickte.

«Um welche Allergien geht es?», ertönte eine Stimme im Lautsprecher des Helms. Die Ärztin, die Even gegenübersaß, sah ihn fragend an.

«Hausstaub und Pollen.» Even überlegte, ob es noch mehr war. «Er hat Tabletten in seinem Ranzen, aber ich weiß nicht, ob er die Möglichkeit hat, sie zu nehmen.»

«Kennen Sie den Ort, wo er gefangen gehalten wird?»

«Das ist ein militärisches Gelände bei Horten, die Arrestzelle in einer alten Festung», erklärte Randi Loen. «Ich war noch nie im Kellerbereich, habe keine Ahnung, wie es da aussieht oder inwieweit dort sauber gemacht wurde.»

Die Ärztin nickte und machte sich Notizen.

«Wir fliegen jetzt über Nesodden», sagte der Pilot, und als könnte er Evens Gedanken lesen, fuhr er fort: «In einer knappen halben Stunde sind wir in Horten. Über Hurumlandet liegt Nebel, darum fliegen wir über den Fjord.»

Vor den Fenstern wirbelten leuchtende Flecken vorbei, wie Glühwürmchen im starken Westwind. Even wusste, dass das die Lichter von Nesoddtangen oder Fjellstrand waren. Bald würden sie über Kittys Hof fliegen und den Teil des Meeres, in dem Kitty vor drei Jahren und einem Tag ertrunken war. Hatte sie das Richtige getan und er die falsche Wahl getroffen? Er hatte sich mit letzter Kraft an Land geschleppt, unterkühlt und fast heiter nach der Läuterung und mit der Aussicht auf ein neues Leben mit neuen Möglichkeiten. Hätte er Kitty besser in die Tiefe folgen sollen?

In diesem Augenblick zweifelte er keine Sekunde. Hätte er die Zeit zurückdrehen können, wäre er dieses Mal vom Polarstern weggeschwommen. Damit hätte er Stig die Qualen erspart, denen er jetzt wegen ihm ausgesetzt war. Er presste sich die Fingerknöchel in den Mund, um den Schrei zurückzuhalten, der herauswollte, beugte sich über seine Knie und versuchte, an etwas anderes zu denken. Positiv und konstruktiv.

Randi Loen hatte blitzschnell reagiert, als er sie zu fassen gekriegt hatte. Ein Sicherheitsbeamter hatte sich nach einer verbalen und ansatzweise physischen Diskussion überzeugen lassen, die Polizistin aus dem Zuschauersaal zu holen. Even hatte im Schatten neben der Tür gewartet und verwirrt auf die Menschenmenge gestarrt, die über die Bühne trabte, einige mit Helm, andere in Tracht oder Anzug, während sie etwas sangen, das ihm das Herz zu zerreißen drohte. Sie standen da, ein Chor von Sklaven, verletzt und stolz, erhobenen Hauptes. Er würde nie wieder diese Musik hören können, ohne Stig vor sich zu sehen, gefangen und hilflos.

Randi Loen kam zu ihm gelaufen. Sie gingen auf den Flur, wo er ihr in kurzen Worten erklärte, dass Stig gefangen gehalten wurde und wo er war. Dass sie ihn holen mussten. Von Jan Johansen sagte er nichts, das hätte die Situation nur verkompliziert.

Sie stellte nur die allernotwendigsten Fragen, danach requirierte sie einen Ambulanzhelikopter aus Lørenskog – der im Rahmen des Notfallplans für die Operneröffnung bereits ganz in der Nähe stand – und veranlasste, dass sie von einem Polizeiwagen dorthin gebracht wurden. Keine zwanzig Minuten später waren sie in der Luft.

«Wir haben gerade Drøbak passiert und damit etwa die halbe Strecke hinter uns», informierte der Pilot. «Der Kommandant des Flottenstützpunktes Horten ist bereits auf dem Weg zum ‹Norwegischen Löwen›, um uns dort zu treffen.»

«Norwegischer Löwe?» Die Ärztin schaute auf.

«Das ist eine alte Garnisonsfestung auf Vealøs, einer kleinen Insel direkt vor Horten», erklärte der Pilot.

«Hat die Polizei vor Ort schon die Personen überwältigt, die den Jungen bewachen?», fragte der Mann vom Rettungsdienst, der neben dem Piloten saß. «Oder sollen wir Delta anfordern?»

Even sah Randi Loen fragend an.

«Delta ist das Sondereinsatzkommando der Polizei.» Ihr fester Blick brachte ihn dazu, sich zusammenzureißen. «Falls die Gefahr besteht, dass es zum Kampf oder Schusswechsel kommen könnte, dann …»

«Es ist niemand bei ihm», unterbrach Even sie und versuchte, überzeugend zu klingen. «Ich habe die Information bekommen, dass in der Garnison niemand ist.» Even schob einen Finger unter den Helm. Der Rand war gepolstert, aber er drückte trotzdem auf die Narbe am Auge.

«Können wir dem trauen?» Der Mann drehte sich auf seinem Sitz nach hinten und sah Randi Loen an.

«Das müssen wir. Die Polizei in Vestfold hat keine Leute, die sie jetzt sofort rausschicken könnte, und auf Delta können wir nicht warten», antwortete sie und fasste sich unbewusst an den Gürtel, um nachzuprüfen, dass ihre Pistole da war. «Der Junge ist krank.»

Even verzog das Gesicht, fingerte an seinem Helm … seine Haut war plötzlich so empfindlich … *gejagt und bestraft* … er bekam keine Luft mehr …

«Atmen Sie ganz tief und langsam ein und wieder aus.» Die Stimme der Ärztin war leise und freundlich. Sie beugte sich vor und sah ihm in die Augen. «Wir sind gleich da. Keine zehn Minuten mehr.»

Und Even atmete, ein und aus. Fasste sich ans Auge und sah aus dem Fenster. Atmete tief. Ein kleineres Lichtermeer mit einer milchigen Rauchsäule in der Mitte glitt rechts an ihnen vorbei und wurde kleiner, dann war alles unter dem Helikopter nur noch schwarz und unendlich. Wie der Tod, dachte Even.

«Wir haben soeben Tofte überflogen mit Kurs auf Horten. Wir landen in wenigen Minuten. Der Kommandant hat gleich die Insel erreicht, auf der die Garnison liegt.» Der Pilot schaltete auf eine andere Frequenz um, und Even hörte ihn nur noch als gedämpfte Stimme von Scheinwerfern und Landeplätzen reden.

Plötzlich sah man ein grelles Licht in der Dunkelheit, auf Position elf Uhr. Der Pilot korrigierte seinen Kurs, flog direkt über das Licht und senkte den Helikopter ab, als würde er auf dünnem Eis landen. Die Ärztin griff nach einem Koffer, den sie während des Fluges gepackt hatte, reichte Even eine Trage und Randi Loen eine Lampe und öffnete die Tür. Sie sprangen nacheinander nach draußen, wo ihnen ein großer schlanker Mann in Uniform entgegenkam, die Hand auf dem Barett, damit der Wind der Rotorblätter es ihm nicht vom Kopf wehte. Er rief etwas und zeigte zu den Umrissen eines etwa hundert Meter entfernten Gebäudes, als sie über den Rasen liefen. Ein beleuchteter asphaltierter Weg führte zum Eingang des Gebäudes, wo sie atemlos warteten, während der Kommandant aufschloss. Even drängelte sich an ihm vorbei und stürmte in einen schmalen Vorhof. «Wo ist er? Wo zum Teufel sind die Kellerräume?»

Der Kommandant zeigte nach rechts, öffnete eine Tür zu einem Gang mit einem roten Läufer, forderte Even auf, hinter ihm zu bleiben, und schloss eine weitere Tür auf. Sie liefen eine Wendeltreppe nach unten und öffneten eine schwere Eisentür mit einem großen Schloss. Der Offizier drückte auf einen Schalter, und grelles Neonlicht erleuchtete einen langen Gang, von dessen Wänden die Farbe in großen Placken herunterhing. Der Schimmelgestank war überwältigend, und es rauschte aus riesigen Lüftungsrohren unter der Decke.

«Das sind die Arrestzellen», sagte der Kommandant und zeigte auf die Türen auf beiden Seiten des Ganges. Die Ärztin und Randi Loen liefen in den ersten Raum, machten Licht und kamen wieder herausgestürmt. Dort war Stig nicht. Even stand einen Augenblick wie angewurzelt da, dann ging er zügig bis ans Ende des Ganges zur letzten Tür auf der rechten Seite. Eine 6 war mit weißer Farbe daraufgemalt. Der Riegel war vorgeschoben, und Even drückte ihn mit solcher Wucht zur Seite, dass es durch den ganzen Gang hallte. Er legte die Hand um den Türgriff, atmete tief ein und öffnete die schwere Tür.

Das Licht aus dem Gang fing eine kleine Gestalt unter einer Decke ein.

Mit einem erstickten Schrei sank Even auf die Knie und nahm den kleinen Körper in die Arme, riss den Klebestreifen von seinem Mund, der sich auf der einen Seite gelöst hatte, tätschelte dem Jungen die Wangen und redete ruhig und leise auf ihn ein. «Papa ist hier, mein Kleiner, Onkel Even ist hier. Jetzt wird alles gut.»

Hinter ihm entstand Bewegung. Die Ärztin kam herein, schaltete die Neonröhre ein und kniete sich neben Stig. Sie nickte jemandem hinter Even zu. Randi Loen fasste ihn energisch an den Schultern und zog ihn von dem Jungen weg, damit der Mann vom Rettungsdienst seinen Platz einnehmen konnte. Die Ärztin schlug dem Jungen auf die Wange, schüttelte ihn, redete laut mit ihm und zog schließlich den Pullover und das T-Shirt über den mageren Bauch hoch und kniff in seine Brustwarzen, um eine Reaktion zu bekommen. Aber der Junge lag schlaff und reglos da.

«Er lebt, er ist am Leben», insistierte Even und riss sich aus Randi Loens Griff los. «Das habe ich doch gefühlt, er ist nur unterkühlt! Wir müssen ihn wärmen.»

Die Ärztin fühlte den Puls und schüttelte unmerklich den Kopf, zog seine Augenlider hoch und leuchtete mit einer Taschenlampe in die geweiteten Pupillen. «Moment», sagte sie und leuchtete in das andere Auge. «Ich glaube …» Sie legte ein Ohr an seinen Mund und horchte, ob er atmete, hörte mit einem Stethoskop seinen Brustkorb ab. Sie wirkte unsicher. «Er fühlt sich kalt an. Ich weiß nicht, ob das …» Sie stockte und warf einen kurzen Blick auf Even. «Wir müssen ihn zum Helikopter bringen und an den Defibrillator anschließen.»

Überall blinkte Blaulicht, eine Unzahl Scheinwerfer tauchte die kleine Insel und die alte Garnison mitsamt den Bäumen in eine grelle, gelbe Klarheit. Even stand hinter dem Helikopter und fühlte sich machtlos, während er die Ärztin Anweisungen an den Sanitäter und Piloten geben hörte. Er zog den Kragen seiner dünnen Anzugjacke über die Ohren, riss die Fliege ab und ließ sie auf die Erde fallen. Drüben bei einem der weißen

Wagen, die eingetroffen waren, unterhielt Randi Loen sich mit einem Polizisten, dem Hauptkommissar für die lokalen Ermittlungen.

Even zog sich in den Schatten hinter den Bäumen zurück. Die Techniker der Polizei aus Vestfold hatten den Keller im «Norwegischen Löwen» abgesperrt, um ihn auf Spuren der Täter zu untersuchen. Der Ermittler hatte Fragen gestellt, und Even hatte erklärt, dass er einen Anruf erhalten habe und jemand ihm anonym … *das abstoßendste Böse* … gesagt habe, wo sein Sohn zu finden sei. Das war alles. Mehr könne er nicht sagen. Er habe die Stimme nicht erkannt. Wisse nicht, wieso der Betreffende ausgerechnet in dem Augenblick angerufen habe. Nein, das Handy habe er in der Hektik irgendwo verloren.

Es tat den Augen gut, in das Dunkel der Schatten zu kommen, weg von dem grellen Licht. Die Dunkelheit war freundlich, lindernd … Die niedrigen Bäume standen dicht und versperrten ihm den Weg, machten ihn rasend. Er schlug auf sie ein, brach Äste ab und trat dagegen, bis sie nachgaben. Als sich sein hektischer Atem wieder beruhigte, hörte er das unrhythmische Schlagen der Wellen gegen die Steine am Strand. Widerstrebend und zögerlich folgte sein Herz diesem Rhythmus, bis seine Füße Sand und wippende Steine unter sich fühlten. Verfaulter Tang schlang sich um seine Knöchel, der Gestank bohrte sich in die Nase, und seine Augen füllten sich mit Salzwasser. Lange stand er da und schaute auf einen Punkt in der Dunkelheit, auf den Kern der Nacht, Niedertracht und Hoffnung in einem.

Jemand rief seinen Namen. Er richtete sich auf und sah sich um.

Seine Magenkrämpfe hatten sich gelegt, auch der Schmerz neben dem Auge. Er schaute über das schwarze Wasser, sah

Lichter auf der anderen Seite, in Østfold oder Hurumlandet … oder der Hölle. Der Ruf ertönte erneut. Es war Randi Loen, die nach unten zum Wasser kam. Even trat zur Seite, in den tiefsten Schatten, blieb stehen und schaute hinauf an den Nachthimmel. Es war weder sternenklar noch nebelig, aber die leichte Bewölkung ließ den Abstand zum Himmel diffus und vage erscheinen. Seine Haut war kalt, wie Stigs, und die Ungewissheit und der Schmerz in seiner Brust waren so schwarz und intensiv, dass er wusste, sie würden bleiben, bis es eine endgültige Antwort gab.

Eine Antwort.

Seine Hand fuhr in die Tasche, fand etwas Hartes und drückte es. Er nahm den Ohrhörer und bildete sich für einen kurzen Moment ein, eine schwache Stimme immer wieder seinen Namen wispern zu hören, hysterisch und weit weg, wie aus einer anderen Dimension. Er schaltete seelenruhig den Ton ab, bevor er den Stöpsel auf die Erde fallen ließ. Mit überlegter Sorgfalt stellte er den Absatz auf den Apparat, drehte den Fuß hin und her, bis er es knacken hörte und die winzigen metallischen Teile in noch winzigere Teile zersplitterten.

Ohne sich noch einmal umzusehen, ging er über den Strand, hoch zu dem gelben Licht, zu Randi Loen, die kehrtmachte, als sie ihn sah, und ihn hinter sich herwinkte. Er lief in ihrem Schatten, während sie zum Landeplatz gingen und in den Helikopter kletterten, wo Stig mit einer Maske über Mund und Nase lag. Er wollte sich neben die Trage knien, aber der Sanitäter verwies ihn auf den Platz neben dem Piloten.

«… schwache Herzaktivität, Vorhofflimmern, kein fühlbarer Puls … Ja, Atemzug alle 10 bis 15 Sekunden.» Die Ärztin sprach in das Funkgerät. «Moderate bis ernste Hypothermie, Temperatur um 30 Grad … Nein, keine Möglichkeit, einen Venenzugang zu legen …»

Als der Helikopter abhob, drehte Even sich um und sah Randi Loen an.

Noch ist Leben, noch ist Hoffnung. Ihr Mund formte stumm die Worte, ehe er zu einer ratlosen Grimasse versteifte.

Er richtete den Blick aus dem Fenster und starrte in die Dunkelheit, die vor ihnen lag.

Kapitel 85

An der Reling des Dreimasters, der vor der Kaimauer lag, standen ein paar junge Männer in weißen T-Shirts und rauchten. Aloysia blieb stehen und betrachtete das schlanke Schiff, das auf See sicher eine gute Figur machte. Eine ansprechende Art zu reisen, dachte sie.

«Fahrt ihr nach Kreta?»

Der eine ließ seine Kippe in das Wasser zwischen Kaimauer und Bordwand fallen und schüttelte den Kopf. «Santorin.»

Sie zuckte mit den Schultern, setzte den Rucksack wieder auf und ging weiter. Am Kai von Piräus lagen die Fähren dicht an dicht, um alle möglichen griechischen Inseln anzufahren. Es dauerte eine Weile, bis sie die nach Chania an Kretas Nordküste fand. Es war noch keine Hochsaison, und die Frau am Ticketschalter sagte, dass es abends noch freie Plätze gäbe. Ohne zu zögern, gönnte Aloysia sich eine Außenkabine, damit sie wenigstens in die griechische Nacht hinausschauen konnte, sollte sie nicht schlafen können.

Schon in Bulgarien hatte sie sich von Serj und Maria-Ara verabschiedet, von einer plötzlichen Sehnsucht nach Salzwasser gepackt. Sie hatte sie zum Abschied wie ihre Eltern geküsst und umarmt. Die beiden hatten nicht versucht, sie zum Bleiben zu überreden, Maria-Ara hatte sie nur mit ernsten Augen angesehen, ihr ein farbenfrohes Tuch mit hohen Bergen und tanzenden Menschen in Volkstrachten geschenkt und gesagt, dass sie ihr Armenien dann eben ein andermal zeigen würden. Das Tuch hatte sie noch immer um den Hals gebunden.

Als Aloysia in ihrer Kabine saß und ihre Zahnbürste und etwas Sauberes zum Anziehen auspackte, schoss ihr durch den

Kopf, wie unsinnig es eigentlich war, sich noch immer so gründlich die Zähne zu putzen, um keine Löcher zu bekommen. Trotzdem ging sie in das kleine Bad und duschte, wusch sich die Haare, putzte ihre Zähne, feilte sich die Nägel und rieb sich mit Rosenöl ein, wie immer, wenn sie sich was besonders Gutes tun wollte. Zum Schluss tupfte sie sich etwas Parfüm auf die weiche Haut hinter den Ohren, zog ihr feinstes Kleid und hochhackige Schuhe an und begab sich nach oben, um im teuersten Restaurant des Schiffes zu essen. In einer Taverne auf einem der Decks wurde getanzt, und sie amüsierte sich mit einem jungen Griechen, der sich Alexandros nannte. Als er vorschlug, sie in ihre Kabine zu begleiten, willigte sie ein. Auf dem Weg nach unten dachte sie, dass er der letzte Mann sein würde, mit dem sie zusammen war, aber vor der Tür blieb sie stehen und erklärte ihm mit einem entschuldigenden Lächeln, dass sie doch lieber alleine schlafen würde. Er beharrte höflich, akzeptierte ihren Wunsch dann aber widerspruchslos, als er merkte, dass sie es ernst meinte.

In der Kabine war es angenehm kühl. Sie setzte sich auf die Bettkante und sah in die dunkelblaue Nacht hinaus. Das Glitzern der Sterne lockte sie fast wieder an Deck, aber sie blieb neben ihrem Rucksack auf dem Bett sitzen, genoss die Ruhe und spürte den unregelmäßigen Bewegungen des Schiffsrumpfes nach. Ihr Blick fiel auf ihren Laptop. Sie hatte ihn seit fast einer Woche nicht mehr geöffnet und angeschaltet. Der Kalender lag irgendwo unter der Schmutzwäsche versteckt, sie hatte keine Einträge mehr gemacht, seit Even sie in Leipzig verlassen hatte.

Sie dachte an den Norweger mit den traurigen Augen und war sich im Klaren darüber, dass sie es ihm zu verdanken hatte, dass sie nicht schon viel früher an den Punkt gelangt war, an dem sie sich jetzt befand. Die Begegnung in der Ruine im Elsass hatte ihr neue Hoffnung, Energie und Kraft gegeben. Die Tatsache, dass sie fortan keine Einzelkämpferin mehr war, hatte sie aufrecht gehalten, auch wenn die Angst sie von innen auffraß und die Paranoia ihr schlaflose Nächte bescherte.

Es hatte gutgetan, Even in Leipzig zu sehen. Fast war es wie ein Treffen mit einer alten Liebe gewesen, für die man noch immer zärtliche Gefühle hegte, Gefühle, die stärker auf Erinnerungen beruhten als auf der Möglichkeit, diese Beziehung wiederaufleben zu lassen. Zugleich hatte sie das Treffen aber auch in ihrer Entscheidung bestätigt, in dem Ausweg, der schon den ganzen Winter in ihr gearbeitet hatte. Aus Evens Augen hatte die gleiche Erschöpfung gesprochen, die gleichen Zweifel, ob sie es schaffen konnten, die auch an ihr nagten wie ein immer größer werdender Dämon. Er hatte nichts gesagt, sondern hatte im Gegenteil alles versucht, um ihre Batterien aufzuladen, aber die waren alt und verbraucht und bereits wieder entladen gewesen, bevor er unten auf die Straße getreten war. Auch sein Akku war so gut wie leer. Sie fragte sich, wer *ihn* in Zukunft wieder aufladen sollte.

Sie jedenfalls nicht.

Ihre Zukunft war wie der Blick aus dem Fenster – eine dunkelblaue Wand aus Nichts, ewige Dunkelheit, auf deren anderer Seite mikroskopisch kleine Lichtpunkte zu erkennen waren, so unsäglich weit entfernt, dass sie einer anderen Welt anzugehören schienen.

Kapitel 86

Ein milder Frühlingswind aus dem Süden strich über das Universitätsklinikum Ullevål. Kleine hellgrüne Blätter zeigten sich stolz an den Bäumen, als wüssten sie um ihre Einzigartigkeit. Weiße Wolken segelten gegen den Wind, trieben auf einer höheren Luftschicht Richtung Süden, als flöhen sie vor etwas Kaltem, Unheimlichem, das aus Evens Perspektive zwischen den hohen Gebäuden nicht zu sehen war. Er schob Finn-Eriks Rollstuhl so langsam durch den Haupteingang, dass die kleine Line ohne Probleme Schritt halten konnte.

Sie bogen nach links ab zur Intensivstation, wo Doktor Røsland sie in Empfang nahm und in sein Büro führte. Er unterhielt sich eine Weile mit Finn-Erik, der sagte, dass alles gut liefe, und dann erkundigte er sich, ob Even sich auch ein wenig erholt hätte.

Even hatte die ersten drei Tage auf der Station verbracht. Er war nicht einen Meter von Stigs Bett gewichen, hatte dem Beatmungsgerät gelauscht, mit dem leblosen Jungen geredet, ihm die Wangen gestreichelt und ihm gesagt, wie sehr er ihn liebte. Das Personal hatte ihn mit Essen versorgt und ihm ein Bett ins Zimmer geschoben, damit er sich zwischendurch hinlegen konnte, auch wenn er nie mehr als ein, zwei Stunden am Stück schlief. Vor drei Tagen hatte Doktor Røsland ihn nach Hause geschickt, mit dem Hinweis, dass es Stig auch nicht helfen würde, wenn sein Vater physisch und psychisch vor die Hunde ging. Even hatte widerstrebend eingewilligt, die Schlaftablette genommen, die der Arzt ihm mitgegeben hatte, und sechzehn Stunden am Stück geschlafen.

«Wir würden gerne die Situation besprechen.» Doktor Røsland setzte sich auf die Kante seines Schreibtisches, da Line seinen Schreibtischstuhl erobert hatte und sich unentwegt im Kreis drehte. «Wir warten nur noch auf … Ah, da scheint sie zu sein.»

Es klopfte, und der Arzt bat Randi Loen herein, die sich ans Fenster stellte, mit der Schulter gegen den Rahmen lehnte und alle Anwesenden mit einem Nicken begrüßte.

«Gut, dann fasse ich mal zusammen.» Der Arzt nahm ein Blatt von seinem Schreibtisch und warf einen kurzen Blick darauf. «Stig Fossen, geboren am 10. 4. 2000, liegt seit sechs Tagen im Koma. Er konnte vom Respirator genommen werden und atmet jetzt aus eigenem Antrieb. Der Herzrhythmus ist normal, alle Tests seiner physischen Reaktionen zeigen Werte im Normalbereich …» Er sah in die Runde. «Wir reden hier von ‹Normalität› vor dem Hintergrund, dass er still im Bett liegt und nicht körperlich aktiv ist. Also, laut den Tests kann man seine Werte als stabil bezeichnen, nicht zuletzt unter Berücksichtigung seines übrigen Zustands. EEG-Tests ergeben eine Hirnaktivität von etwa 8 Hertz, was in einem akzeptablen Rahmen liegt, und auf der GCS-Skala erreicht er 4 bis 5 Punkte.»

Finn-Erik, der dem Arzt direkt gegenübersaß, wollte etwas sagen. Røsland hob die Hand. «Ich werde es Ihnen erklären. GCS ist ein System für die Einschätzung des Bewusstseinslevels eines Komapatienten. 15 Punkte ist der höchste Wert, 3 der niedrigste. Dass Stig nicht ganz unten liegt, ist auf gewisse Reaktionen bei Flexion und Extension zurückzuführen, also beim Beugen und Strecken von Muskeln.»

Even erhob sich vom Stuhl, ging rastlos zur Tür und wieder zurück. «Aber hört er uns? Weiß er, dass wir mit ihm reden? Merkt er, dass wir da sind?»

«Wir gehen davon aus, dass seine Sinne in einem gewissen

Grad funktionieren, wir wissen aber nicht, in welchem Maß er die Eindrücke verarbeitet.»

«Aber es schadet wohl nicht ...» Finn-Erik rutschte unruhig in seinem Rollstuhl hin und her, als würde er am liebsten aufstehen. «Ich meine, wir sollten doch wohl möglichst viel mit ihm reden.»

«Das schadet auf keinen Fall», antwortete der Arzt. «Aber es ist wichtig, dass Sie Ihr Leben nicht komplett hier ins Krankenhaus verlegen, Sie müssen draußen weiterleben. Am besten wechseln Sie sich ab, damit Sie auch mal einen Tag freihaben. Das darf keine Pflichtveranstaltung werden, sondern muss ein Liebesdienst bleiben.»

Even verzog das Gesicht, als hätte er in etwas Bitteres gebissen. «Wann wird er aufwachen?»

«Das wissen wir nicht. Es kann Stunden dauern oder Tage, vielleicht aber auch zwei Monate oder Jahre.» Der Arzt zögerte. «Und manchmal werden sie auch gar nicht wieder wach. Es kann sein, dass der Junge einschläft, ohne das Bewusstsein wiedererlangt zu haben. Wir wissen es nicht.» Er sah Randi Loen an. «Hauptkommissarin Loen hat den Tatort untersucht und kann berichten, dass Stig sich unwahrscheinlich stark verhalten hat in der ...» Er schaute zu Line, die einen Malblock und Buntstifte von Finn-Erik bekommen hatte und dabei war, ein Pferd rosa auszumalen, während ihre Zunge aus dem Mundwinkel hervorlugte. «In der Situation, in der er da war.»

Er sah Randi Loen an, die das Wort ergriff. «Ja. Wir konnten einigermaßen rekonstruieren, wie er sich verhalten hat, zum Beispiel, dass er es im Dunkeln geschafft hat, das Klebeband von seinem Mund zu lösen und die Binde von den Augen. Er hat seinen Ranzen zu sich gezogen, obgleich seine Arme ... also, dass er ...» Es ärgerte sie, dass sie nicht die passenden

Worte fand, am Ende übersprang sie die Stelle. «Er hat es geschafft, die Allergietabletten aus dem Ranzen zu holen, sie auf die Unterlage zu legen und sich so weit zu drehen, dass er die Pillen mit dem Mund aufnehmen konnte. Wie ich Doktor Røsland verstanden habe, hat ihm das wahrscheinlich das Leben gerettet.»

«Absolut.» Der Arzt nickte. «Das Problem ist nur, dass die Unterkühlung ihn benommen gemacht hat, er hat wahrscheinlich jegliches Zeitgefühl verloren und deswegen die Medikamente unregelmäßig und in falschen Dosen genommen. Das könnte eine zusätzliche Ursache seines momentanen Zustandes sein, wir wissen es aber nicht sicher. Unsere Vermutung ist, dass der psychische Stress, die Kälte, der Essensmangel, die Erschöpfung, die Allergie und die Medikamente irgendwann zusammen zum körperlichen Kollaps geführt haben. In diesem Fall gefolgt von der Flucht in die tiefe Bewusstlosigkeit.»

«Eine psychische Reaktion?», fragte Finn-Erik.

«Ja und nein. Vielleicht war es eine Art Schutzmechanismus in einer Situation, die selbst den stärksten …» Er atmete tief ein und spitzte die Lippen, überlegte offenbar, wie er es formulieren sollte. «Das war eine Extremsituation, und jeder Mensch reagiert anders auf so etwas, es ist schwer, sichere Aussagen zu machen … Der Körper hat seine Funktionen auf ein Minimum runtergefahren, er lief auf Sparflamme, es ist deshalb auch unsicher, ob das Gehirn möglicherweise Schaden genommen hat. Das werden wir erst wissen, wenn er aufwacht. Oder um es korrekt auszudrücken und keine falschen Hoffnungen zu wecken: falls er aufwa …»

«Sie wissen also wenig bis gar nichts», fuhr Even ihm ins Wort. «Was wird mit ihm geschehen?»

«Solange sein momentaner Zustand anhält, wird er in einem

eigenen Zimmer bleiben, wo außer der Familie und dem Pflegepersonal niemand Zutritt hat.»

«Sie geben ihn also noch nicht auf?» Even stand mit der Hand auf der Türklinke da, er hielt es nicht länger in dem Zimmer aus.

«Nein.» Der Arzt sagte das mit fester Stimme, aber Even glaubte, ein Flackern in seinen Augen zu erkennen.

Der Arzt hatte nicht mehr zu sagen, und sie verließen das Büro. Randi Loen verabschiedete sich von Even mit der kurzen Bemerkung, dass sie sich später nochmal bei ihm melden wolle. Als sie eilig die Abteilung verließ und die Tür hinter sich schloss, leuchtete der weiße Fleck auf ihrem Hinterkopf ein letztes Mal auf.

Even schob Finn-Erik an Stigs Bett und setzte Line auf die Bettkante. Sie unterhielten sich, sprachen mit Stig, erzählten ihm, wie das Wetter war und von den Zeichnungen seiner Klassenkameraden, die der Lehrer am Abend vorher gebracht hatte. Sie sagten ihm auch, dass er hierbleiben müsste, bis er wieder wach würde, aber dass sie ihn jeden Tag besuchen würden. Alle waren bemüht um eine entspannte Atmosphäre, als wären sie eine ganz normale Familie in einer ganz normalen Situation, aber der Druck hinter seinen Schläfen verriet Even, wie anstrengend es war, diesen Schein zu wahren.

Es wurde nicht besser, als Anita auftauchte. Finn-Erik hatte mit Mais Schwester verabredet, dass sie ihn und Line nach Hause fuhr. Als Finn-Erik verkündete, dass er sich hinlegen müsse, entdeckte Even den Umschlag.

Er ragte unter dem weißen Kopfkissen hervor. Ein gewöhnlicher weißer Umschlag. Nach Atem ringend, stand er schwerfällig auf, um Finn-Erik auf den Flur zu schieben.

«Das schaffe ich schon, Even», sagte Anita und drückte freundlich seinen Arm.

Even nickte, ging in die Hocke und gab Line einen Kuss auf die Wange. Line sah ihn an, drückte ihn ganz fest und verabschiedete sich flüsternd. Er nickte zerstreut und sagte zu Finn-Erik, dass er noch ein bisschen bleiben wolle.

Als die Tür ins Schloss gefallen war, ging er zum Bett und betrachtete Stigs blasses Gesicht, lauschte lange auf die Atemzüge aus dem schlaffen Mund, flüsterte leise, dass Stig das Beste sei, was ihm in seinem Leben widerfahren wäre, und dass er ja nicht versuchen sollte, ihm wegzusterben. Ganz langsam, als ob er Stig nicht wecken wollte, schob seine Hand sich unter das Kissen und griff den Umschlag. Dann trat er ans Fenster.

Seine Finger zitterten, als er das Blatt auseinanderfaltete. Er las die Nachricht mit ausdrucksloser Miene, faltete den Brief wieder zusammen, steckte ihn in die Tasche und ging zurück zum Bett. Stigs blasses Kinn zeigte eine leichte Rötung, der magere Körper hüpfte im Bett auf und ab, und er lachte und sagte, dass er Uno spielen und ein Lucky-Luke-Heft kaufen wollte. Even sank auf die Bettkante, beugte sich zur Seite und hielt den schlaffen Körper fest. Seine Schultern zitterten, die Welt und sein Kopf schienen sich aufzulösen. Er weinte, ohne einen Laut von sich zu geben, lag über dem Jungen, rief stumm seinen Namen und sagte ihm, wie sehr er ihn liebte und dass er ihn nie mehr alleine lassen oder vergessen würde. Niemals. Auch, wenn er jetzt gehen müsse.

«Wenn wir uns das nächste Mal sehen, erzählst du mir, was die Null zur Acht gesagt hat», flüsterte er und drückte den Jungen ein letztes Mal.

Sie haben Jan Johansen gefunden.

Die Wolken trieben noch immer nach Süden, gegen den Wind, als er durch den Haupteingang ins Freie trat. Sie flohen nach Deutschland, nach Frankreich, doch dann dachte er, dass es vielleicht gar keine Flucht war, vielleicht waren sie auf der Suche, stiegen auf, fanden etwas …

Frivold Danbolt hat erzählt, dass du mit ihm in dem Vakuumraum unter der Oper warst.

Even sah den Brief von Randi Loen im Kopf vor sich. Eine dunkle Wolke schob sich vor die Sonne. Er spürte die Kälte über Ullevål hinwegziehen, als wollte sie sagen, dass es Zeit war zu gehen.

Auf Vealøs wurde ein zerstörter Empfänger gefunden, unten am Strand. Ich erinnere mich, dass du dort warst, ehe wir zurückgeflogen sind.

Hinter einem Schaufenster sah er Leute Einkaufswagen vorbeischieben, als ob das Leben einfach weiterginge, sie packten Makrelen in Tomatensoße in ihren Wagen, Haferflocken. Das Spiegelbild eines Mannes begleitete Even, es ging wie er, war aber dünner und krummer, als er sich selbst in Erinnerung hatte. Er musste wieder anfangen zu essen, sein Körper durfte sich nicht in Luft auflösen. Noch einmal blickte er zurück, nur einen kurzen Augenblick, aber lange genug, um ein anderes Spiegelbild weiter hinten zu erkennen: den Mann, der an der Rezeption gestanden und Zeitung gelesen hatte, als Even Finn-Erik vorbeigeschoben hatte.

Sie wissen, wo du den Empfänger gekauft hast und dass er zu dem Sender gehört, der an der Decke des Vakuumrohres klebte, direkt über dem toten Johansen.

Er ging den schmalen Weg hinter dem Supermarkt zur Ullevålsallee hoch. Als er sich das nächste Mal umdrehte, sah er den Mann an einem Baum stehen, als würde er pinkeln.

Wir wissen alles.

Am Sognsveien blieb Even stehen und wartete am Fußgängerübergang, er stand ruhig da und beobachtete einen grauen

Toyota Avensis, der in Höhe des Studentenwohnheims am Straßenrand parkte.

Sie warten vor deiner Wohnung …

Ohne sich weiter um das Auto und seine Beschatter zu kümmern, ging er den Hasselhaugsveien hoch zur Universität und ins Mathematische Institut, das Abel-Haus.

… mit einem Durchsuchungsbescheid und einem Haftbefehl.

Während er mit dem Fahrstuhl zu seinem Büro im neunten Stock hochfuhr, überlegte er, warum sie nicht zugriffen. Glaubten sie vielleicht, dass er in der Universität noch etwas Neues entdecken würde? Nein, er kam zu dem Schluss, dass es wohl eine Order von höherer Stelle war.

Jan Johansen und sein Assistent, Finn Poulsen, der vor ein paar Tagen ermordet in Deutschland aufgefunden wurde, hatten jede Menge gesammeltes Material über dich.

Möglicherweise aus Respekt, dachte er, schloss sein Büro auf und ließ sich auf den Stuhl fallen. Respekt vor Stig und mir, vor dem, was wir durchmachen mussten. Über Oslo hing ein klarer blauer Himmel, die Sonne warf schräge Lichtstrahlen herein und zeigte gnadenlos, wie dreckig die Scheibe war. Von Westen her schob sich langsam ein Streifen grauer Wolken heran, energiegeladen und regenschwer. Bis an die Zähne bewaffnete Krieger, bereit zum Angriff, dachte er.

Auch der Brief war eine Form von Respekt. Ein Öffnen …

Niemand sonst beim Nachrichtendienst scheint von ihrem speziellen Interesse an dir gewusst zu haben.

Er nahm den Brief aus der Tasche und las ihn noch einmal, besonders den letzten Punkt.

Es wurden keinerlei Hinweise gefunden, dass hinter den beiden eine Organisation steht. Von der Bruderschaft der Unsichtbaren hat man nur als Verdacht gehört, der nie durch Beweise erhärtet werden konnte.

Er schob eine Hand in die Hosentasche und zog die Goldkette mit dem Ring heraus, die er Johansen vom Hals gerissen hatte, ehe er ihn in der Vakuumröhre zurückgelassen hatte. Er zweifelte daran, dass das der Polizei als Beweis reichte. Ihm aber war es Beweis genug.

Johansen soll sich bei den Kollegen des Nachrichtendienstes besorgt «über Even Viks geistigen Zustand» geäußert haben, wie Leutnant Tomlevoll es ausdrückte.

Er tippte nachdenklich mit dem Finger auf das Blatt. Sie riskierte, ihren Job zu verlieren, wenn der Brief gefunden wurde.

Mit ruhigen Bewegungen, wie bei einem religiösen Ritual, riss er das Blatt in kleine Fetzen, nahm eine Handvoll und ging damit zum Fenster, um sie hinauszuwerfen. Unten auf dem Platz standen Leute, Studenten und ältere Menschen. Ein Mann in den Dreißigern schaute an dem Gebäude hoch, der Mann, den er an der Rezeption im Klinikum gesehen hatte. Even trat vom Fenster zurück, nahm eine Flasche Wasser aus dem Regal, steckte die Papierfetzen in den Mund und spülte sie in kleinen Schlucken herunter. Den Umschlag zerriss er ebenfalls, steckte die Fetzen aber in die Gesäßtasche, um sie später woanders zu entsorgen.

Dann schob er einen Stapel Bücher beiseite, um an einen prall gefüllten, großen Rucksack zu gelangen. Er öffnete ihn, zog sich einen verschossenen blauen Anorak an und streifte eine schulterlange blonde Perücke über. Mit Hilfe eines kleinen Spiegels setzte er sich braune Kontaktlinsen ein und klebte sich einen ungepflegten Bart unter die Nase und an die Wangen. Er rundete die Verkleidung mit einer stahleingefassten Nickelbrille ab und schob sich einen länglichen Klumpen Kaugummi unter die Oberlippe. Mit dem Rucksack auf dem Rücken verließ er das Büro und schloss die Tür hinter sich ab. Er ging über die Treppe zwei Etagen nach unten und fuhr von dort mit dem Fahrstuhl ins Erdgeschoss. Hier durchquerte er den Flur, ohne jemanden anzusehen, und rannte eilig die Treppe in den Keller hinunter. Er blieb ein paar Minuten unter der Treppe stehen, um zu horchen, ob ihm jemand folgte. Dann öffnete er eine schwere Brandschutztür und lief zügig durch einen schmuddelig gelben Gang, bog links ab, öffnete eine weitere Tür und folgte einem weiteren Gang, bis er an eine Tür mit der Aufschrift «Zutritt verboten» kam. Er nahm einen Dietrich aus dem Rucksack und fummelte ein paar Minuten herum, ehe er die Tür aufbekam, schnell in den Raum schlüpfte und die Tür sofort wieder hinter sich zuzog. Drinnen nahm er eine Taschenlampe und einen Kompass aus dem Rucksack und begab sich in das unterirdische Netz aus Gängen, das unter der Universität gesponnen war und das außer den Hausmeistern eigentlich niemand kannte.

Sie parkte gerade das Auto, als der Klingelton ertönte, ein wieherndes Pferd.

«Loen», sagte sie, verriegelte den Wagen und überquerte die Straße.

«Er ist in seinem Büro im Abel-Haus. Habe ihn vor nicht allzu langer Zeit am Fenster gesehen.»

«Okay. Warten Sie, bis er von selbst herauskommt. Rufen Sie mich an, sobald sich was tut.» Sie steckte das Handy in die Tasche, bückte sich unter dem Absperrband hindurch und ging in Even Viks Wohnung.

Der Leiter der Kriminaltechnik nickte ihr zu. «Das haben wir an der Decke gefunden, in einer Lampe, und diese hier in den Steckdosen im Schlafzimmer, im Zimmer des Jungen, neben der Spüle, auf der Toilette und im Wohnzimmer.» Er zeigte ihr sieben durchsichtige Plastiktüten mit einer Kamera und sechs Mikrophonen. «Sie waren gründlich.»

«Mit der Kamera konnte man was sehen …?» Randi Loen sah sich um.

«Den größten Teil des Wohnzimmers, unter anderem seinen Schreibtisch.»

«Und das Schlafzimmer?» Sie ging zur Schlafzimmertür und warf einen Blick hinein.

«Nur, wer rein- und rausging», meinte der Techniker.

«Sehen Sie sich das mal an, Frau Hauptkommissarin.» Ein Polizist reichte ihr ein beschriebenes Blatt. «Das lag unter dem Schreibtisch, hinterm Papierkorb, als wäre es unabsichtlich dort gelandet.»

Sie nahm das Blatt mit zum Fenster, wo die Frühlingssonne schräge staubige Lichtstreifen ins Wohnzimmer warf, und setzte ihre Lesebrille auf.

Kivs Gesetz des Bösen:

§ 1: Die Menge des Bösen in der Welt ist konstant (wie die Menge an Energie konstant ist).

§ 2: Die Menge des Bösen ist für jedes Individuum einzigartig (wie die Menge der Körperbehaarung einzigartig ist).

§ 3: Das Böse kann in jedem einzelnen Individuum ignoriert, verleugnet und verdrängt werden – aber nicht entfernt.

§ 4: Die Menge des Bösen ist beim Einzelnen im Laufe der Zeit variabel – Änderungen passieren nur dann, wenn Menschen aufeinandertreffen und Böses austauschen.

§ 5: Die Rache ist die Schwester des Hasses und der Missgunst. Alle sind sie die durstigen Kinder des Bösen.

§ 6: Das Böse verbirgt sich in der Tiefe und handelt an der Oberfläche.

§ 7: Das Böse ist nicht das, was du denkst, sondern das, was du tust – oder unterlässt.

§ 8: Da das Böse existiert, kann Gott nicht existieren. Wenn Gott dennoch existiert, ist er weder gut noch allmächtig.

§ 9: Liebe verjagt das Böse nicht, aber sie kapselt es ein, sodass es seine Macht nicht entfalten kann. Wenn die Liebe verschwindet, kommt das Böse wieder aus seiner Kapsel hervor und übernimmt die Macht. Das Böse ist Macht. Macht ist das Böse.

§ 10: Das abstoßendste Böse muss gejagt werden, gequält und bestraft, wo immer es auftaucht. Das gute Böse darf alle Mittel gegen das abstoßendste Böse einsetzen, um es in die Hölle zurückzujagen, wo es hingehört.

Randi Loen blinzelte überrascht. Die Paragraphen auf dem Blatt waren mit Kugelschreiber geschrieben worden, mit einer steilen, harten Handschrift, und an einer Stelle war so hart aufgedrückt worden, dass die Mine das Papier durchlöchert hatte. Es gab eine Entwicklung, eine düstere Reifung in dem Text. Sie las den letzten Paragraphen noch einmal, starrte auf die dunklen Wolken, die über die Hausdächer im Westen ragten, und tippte eine Nummer. «Loen hier. Gehen Sie rein. Der Mann ist verrückt, wir nehmen ihn jetzt fest! Durchsuchen Sie sein Büro.»

Dann verließ sie eilig die Wohnung.

Es war angenehm belebt, als er im Henrik-Wergeland-Haus wieder aus dem Keller auftauchte, mitten in der norwegischen Dichtung des 19. Jahrhunderts und einige hundert Meter von Abel und der Mathematik entfernt. Ohne sich umzusehen, ging er durch die Hintertür hinaus und verließ das Universitätsgelände, überquerte die Straße und schlenderte über den Parkplatz beim Meteorologischen Institut. Ganz ohne Eile stellte er den Rucksack auf die Erde und lehnte ihn an einen alten Ford Escort, hinter dessen Windschutzscheibe Joseph Conrads «Herz der Finsternis» zu sehen war. Even sah sich um, ehe er einen Autoschlüssel aufhob, der auf der Innenseite des hinteren linken Reifens auf dem Boden lag.

Im Auto, unter dem Vordersitz, lag in zwei Plastiktüten verpackt ein Haufen Bargeld, mit einem kurzen, schnell hingekritzelten Gruß auf der Rückseite eines Kassenzettels aus einem Kiosk in Hamburg. *Das Auto hat vor einem Monat die EU-Zulassung bekommen. Das Schließfach ist leer. Ich hab 10 % einbehalten, wie abgesprochen. KR*

Even zählte nicht nach. Falls Kenth-Roger sich ein paar Tausender extra unter den Nagel gerissen hatte, war das auch in Ordnung. Er hatte es sich verdient.

Kurz darauf fuhr Even auf dem Ring nach Westen, in Lillestrøm bog er von der Hauptstraße ab und überquerte zwei Stunden später bei Charlottenberg die Grenze nach Schweden. Hinter ihm überfielen die Wolken Oslo, schossen Blitze auf Bäume und Hochhäuser ab und ließen einen dichten Regen auf die Stadt herabprasseln.

Er verließ Norwegen, ohne einen Blick zurückzuwerfen.

Epicedium (Trauergesang)

LONDON
IM JAHRE DES HERRN 1727

Ein vierschrötiger Mann beugte sich zum Kamin vor und drückte die Papiere mit einem Schürhaken in die Flammen. Vor dem Haus verglühten die letzten Strahlen der Märzsonne. Newton blätterte in einem Notizbuch, ehe er es weiterreichte. «Das auch, John.»

John Conduitt warf das Buch ins Feuer, ohne einen Blick daraufzuwerfen. «Ist es genauso viel, wie wir in Leicester Fields verbrannt haben, Mr. Newton?»

«Nein, John, dies war das letzte.» Isaac Newton fasste sich mit einem Stöhnen an den Rücken. Der Nierenstein lag wie eine Kugel in seinen Eingeweiden. Es war das erste Mal seit Tagen, dass er das Bett verlassen hatte. Und möglicherweise das letzte Mal.

Er wischte sich mit einem Tuch den Schweiß von der Stirn, ehe er drei Notizbücher vom Tisch aufnahm. Seine mageren Hände schraubten den Deckel vom Tintenfass, er machte sich bereit, etwas zu schreiben, als ein Fieberschauer schwarze Tintenkleckse auf die Tischplatte tropfen ließ. Irritiert tupfte er sie mit dem Tuch auf und umfasste die Feder fester. In drei Teile geteilt, je einen Teil auf der letzten Seite jedes Notizbuches, schrieb er den Satz: «Der Weg zur Antwort auf alles ist ... in meinen Schriften zu finden ... wenn der Weg zum ewigem Leben vor dir liegt.»

Um weiterzukommen, muss man alle drei Notizbücher haben, dachte er.

Das Notizbuch mit dem großen A auf dem Einband steckte er in die Tasche, als Cathrine Conduitt in die Stube kam. Er hielt das B-Buch hoch. «Einen letzten Dienst noch, dann werde ich meine geliebte Nichte mit weiteren Einfällen eines verrückten alten Mannes in Ruhe lassen.»

«Bester Onkel, Ihr wisst, dass ich Euch jeden Dienst erfülle, wenn Ihr es wünscht.» Sie tätschelte seine Hand, was er gar nicht leiden konnte, er ihr aber nie hatte begreiflich machen können. Sie lächelt, als wüsste sie es ganz genau, dachte er mürrisch.

Sie nahm das Notizbuch, und er gab ihr so leise Anweisungen, dass der Mann am Kamin es nicht hören konnte, sagte, dass er sich auf ihre Diskretion verlasse, da es wichtig sei, dass niemand, absolut niemand, von dem Notizbüchlein erführe, und dass sie es am Körper tragen solle, damit es bei einer Hausdurchsuchung nicht entdeckt werde.

Mit einem Lächeln ließ Cathrine Conduitt das kleine Buch in den Falten des etwas intimeren Teils ihres Kleides verschwinden, ehe sie ihm einen Kuss auf die schweißnasse Stirn drückte, etwas, das er ebenfalls verabscheute. Dann ging sie in den Flur und zog sich den Mantel an.

Newton rief John Conduitt zu sich und gab ihm das Notizbuch C. Die Anweisungen waren nur unwesentlich anders als die an seine Nichte: totale Diskretion, die Notizbücher mussten unauffindbar sein, heute und in Zukunft.

John Conduitt nahm seine Perücke ab, schob das Büchlein in eine geheime Tasche unter den Locken, setzte das Haarteil wieder auf und verabschiedete sich von Newton, um seiner Gattin nach draußen zu folgen.

Mit einem Lappen wischte Newton Tinte und Schweiß von seinen Händen und nahm sechs Papierbögen hervor, die zusammengefaltet in einem Buch lagen. Auf dem ersten Blatt

stand: «Via vitae aeternae», der Weg zum ewigen Leben, ein alchemistischer Ausdruck, der ablenken und in die Irre führen sollte. Kauderwelsch also, wie der übrige Inhalt, mit anderen Worten: nichts.
Danach dachte er über folgenden Satz nach: «Das Vakuum ist das ultimative Nichts der Wissenschaft», übersetzte ihn ins Lateinische, teilte die Worte in kleine, kryptische Stücke und baute sie zwischen die Fragmente von alchemistischen und mathematischen Formeln und Zeichnungen ein, damit das Ganze hübsch rätselhaft aussah.
Einen Augenblick überlegte er, ob es Lüge oder Wahrheit war, was er schrieb. Konnte man nicht mit einem gewissen Recht behaupten, dass seine Vakuumexperimente angedeutet hatten, die totale Leere sei eine Illusion? Machte er letztendlich den Unsichtbaren oder sich selbst etwas vor? Er schüttelte den Gedanken ab, er war zu erschöpft, um sich darüber Gedanken zu machen. Mit einem schiefen Lächeln betrachtete er den Schlüssel mit dem Symbol für das Vakuum und fragte sich, ob die Zukunft begreifen würde, dass er damit sagen wollte, dass das Vakuum der Schlüssel zu etwas Großem war ... etwas Unendlichem, Ewigem? Er schüttelte den Kopf über seine wirren Gedanken und klebte die Bögen so zwischen die Seiten, dass sie nicht mehr auffielen und Teil des Buches wurden.
Dann schlug er das Buch in Papier ein, verschnürte es, setzte sich hin und wartete.

Der Kutscher beugte sich über den Rand und sagte etwas zu dem Mann und der Frau, die in die Droschke stiegen. Herr und Frau Conduitt schlossen die Tür, er ließ die Peitsche knallen, und der Wagen verschwand in der grauen Dämmerung, die sich auf Kensington und London herabsenkte, nachdem die Märzsonne hinter den Hügeln im Westen untergegangen war. Ein Reiter kam im Schritttempo hinter einem Gebüsch hervor, warf einen Blick zum Haus und folgte dem Wagen.

Ein dünner Mann, dessen Kleider zu erbärmlich waren, um den kalten Westwind abzuwehren, überquerte die schmale Straße, ging den Gartenpfad hinauf und durch die Tür, als gehörte er zum Haus. In der Diele blieb er stehen und lauschte, ehe er vorsichtig die Tür öffnete und in die Stube trat.

«Ihr schleicht Euch an wie ein Einbrecher», sagte Newton.

«Ihr habt mich so lange nicht sehen wollen, dass ich mich tatsächlich wie ein Einbrecher fühle», antwortete Nicolas Fatio de Duillier, einer der zwei Menschen, die im Laufe eines langen Lebens warme Gefühle in Isaac Newton geweckt hatten. Der Gast trat näher und sah mit Besorgnis den Schweiß, der über die eingefallenen Wangen lief.

Der alte Professor fuhr mit der Zunge über die trockenen Lippen. «Ihr lebt noch und seid wohlauf?»

«Ihr seht keinen Geist vor Euch, und ich befinde mich bei bester Gesundheit.» De Duillier zögerte. «Ich hörte von Dr. Arbuthnot, dass Ihr im Sterben liegt und mit mir reden wollt. Aber Ihr seid auf den Beinen, wie ich sehe, und …», die schmalen Augen schweiften über die Bücher, die über Tisch und Stühle verteilt lagen, «… arbeitet sogar.»

Newton nickte nachdenklich. «Es gibt immer noch etwas, das man zu erledigen wünscht, ehe man diese Welt verlässt.» Es war still, bis er aufschaute. «Wir leben nicht ewig. Gott will es so.»

«Ihr seid fünfundachtzig, Mr. Newton. Das ist eine halbe Ewigkeit. Ich will mich nicht beklagen, wenn ich so alt werden sollte.»

Newton nahm das Päckchen mit dem Buch und den sechs versteckten Seiten. «Ich möchte Euch um einen letzten Dienst bitten, Nicolas. Könntet Ihr dieses Päckchen an Euren Bruder Jean Christophe in Genf schicken, er ist benachrichtigt, dass es kommt.» Der Alte zog ein Tuch vom Tisch, sodass eine Reihe Münzen sichtbar wurden, schaute weg und wischte sich über die Stirn, während die blanken Geldstücke in der Tasche des Gastes verschwanden.

«Natürlich. Mit Freuden.» Fatio de Duillier nahm das Paket an sich, zögerte einen Moment, als wollte er fragen, was es beinhaltete, ließ es dann aber unter der zerlumpten Jacke verschwinden.

«Und danach, wenn das erledigt ist ...», Newton nahm einen Umschlag vom Tisch, «bitte ich Euch, einen Jungen mit diesem Brief loszuschicken. Das alles muss noch heute geschehen, so schnell wie möglich.»

«Natürlich.» Auch der Brief verschwand unter der Jacke. Doch Nicolas Fatio de Duillier blieb unschlüssig stehen und ließ den Blick über den Boden, den Tisch und die vielen Bücher gleiten, bis er schließlich in den Kamin starrte.

Newton betrachtete die eingefallenen Wangen, die die markante römische Nase noch mehr betonten. «Braucht Ihr Geld? Ich habe ein wenig beiseitegelegt ...»

Der Gast winkte abwehrend mit der Hand. «Ich habe, was ich brauche. Aber ich bin gekommen, um zu erfahren ... um zu ...» Ihm traten Tränen in die Augen, und er wandte sich ab. Newton sah den früheren Freund irritiert an, wartete, bis er fertig war mit der Gefühlsduselei. «Geht jetzt und führt meine Wünsche aus.»

Sie sahen sich schweigend an.

«Lebt wohl, bester Isaac», sagte Fatio und wollte seine Hand ergreifen. Newton zog sie weg.

«Lebt wohl, Nicolas. Und ...», die Stimme des Alten klang zögerlich. Fatio de Duillier sah den alten Mann erwartungsvoll an. «Könntet Ihr zur Hintertür hinausgehen, dass niemand Euch sieht?»

Als er wieder alleine war, legte Newton sich für ein paar Stunden ins Bett, ruhte sich aus, bis der Abend zur Nacht wurde. Dann kleidete er sich mit Mühen an, mit seiner feinsten Perücke und dem besten Gehrock, und hinkte leise stöhnend die Treppe hinunter in die Stube und zu seinem Stuhl.

Er saß lange im Halbdunkel und wartete. Sein Atem ging rasselnd und schwer. Nach und nach verloschen die Gluthäufchen im Kamin wie Sterne an einem sterbenden Himmel. Als die Tür zur Straße aufging, war es kalt und dunkel im Zimmer. Er hörte sie nicht, aber er sah, wie die einsame Kerze auf dem Tisch ängstlich die Flamme zur Seite neigte, als wollte sie fliehen.

Lautlos bewegten sie sich durch das Haus. Wie Geister ohne Gliedmaßen, dachte er, als die Schatten durch die Türöffnung in die Stube glitten. Die Kutten verbargen Körper und Gesichter, verwandelten alles in Schatten und Geist, sodass das Talglicht erschrocken flackerte – und verlosch. In der plötzlichen Dunkelheit hörte er sie vor sich stehen bleiben, unsichtbar, stumm und abwartend.

«Der Teufel kommt, wenn das Licht geht.» Newton sagte das als nüchterne Feststellung, blieb noch einen Augenblick sitzen, ehe er sich in die Tasche griff und ein Notizbuch auf den Tisch legte. Er erahnte, wie eine Kutte näher schwebte und eine Hand sich aus den Falten schob und das Buch verschlang.

«Die Laterne», sagte die Kutte. Der andere Ordensbruder

zog ein Tuch von einer Laterne und stellte sie auf den Tisch. Sogleich wurde es heller in der Stube. «Wir holen, was uns zusteht», sagte der, der das Sagen hatte. Die Stimme war künstlich tief, aber Newton erkannte sie wieder, hatte sie fünfzehn Jahre vorher schon einmal im Labor der Münze gehört und vor sechs Jahren im «The Grecian». Der Großmeister hielt das Notizbuch ans Licht, blätterte hin und her, las und murmelte vor sich hin.

«Gebt Euch keine Mühe, Mr. Defoe. Ihr versteht ja doch kein Jota.»

Die Kutte hob den Kopf, und der schwarze Tunnel starrte stumm in Newtons fieberglänzendes Gesicht, ehe eine Hand die Kapuze nach hinten strich und Daniel Defoes spitzes Gesicht zum Vorschein kam.

«Haltet uns nicht für einfältig, lieber Professor. Wir sind uns durchaus im Klaren darüber, dass Ihr in Euren Notizen Fallen gestellt haben könntet, und natürlich werden wir sie gründlich studieren. Aber wir wissen auch sehr gut, dass Ihr über einen längeren Zeitraum an sehr interessanten Theorien gearbeitet habt und zu eingebildet seid, um eine gute Hypothese mit ins Grab zu nehmen. Außerdem wissen wir, dass niemand Euren Band ‹Opticks IV› zur Veröffentlichung angenommen hat.»

Defoe stand da, ein verkniffenes Lächeln auf den Lippen, und betrachtete Newton ohne jedes Mitgefühl, als die Schmerzenskugel die Niere des alten Mannes durchbohrte.

«Wir überprüfen seit vielen Jahren gründlich Eure Korrespondenz, haben verfolgt, dass weder Eure Nichte noch ihr Ehemann Kontakt mit einem Buchhändler oder Buchdrucker aufgenommen haben und dass keiner Eurer Freunde Eure Schriften unter einem Pseudonym herausgegeben hat. Wir haben Euer Leben kontrolliert.»

Newton verzog das Gesicht, aus Verachtung für den Gast oder vor Schmerz, dann erschütterte ein heftiger Husten den mitgenommenen Körper.
«Wir haben zwei Gemeinsamkeiten und etwas, das uns gravierend unterscheidet, Mr. Newton», sagte Defoe, als der gealterte Münzmeister mit einem leisen Stöhnen gegen die Rückenlehne sank. Er wartete, um Newton die Möglichkeit zu geben, etwas zu erwidern, aber der Alte begnügte sich damit, ihn mit einem Blick voller Abscheu zu bedenken.
«Wir sind beide mit einem recht gut funktionierenden Gehirn beschenkt», fuhr der Großmeister fort. «Eures ist zweifellos das genialere, aber ...», er lächelte ironisch, «... meins ist auch nicht zu verachten. Außerdem ...», Defoe lächelte wieder, «... sind wir beide beeindruckend unberührt von den Begriffen der Moral, auch wenn ich mich diesbezüglich ebenfalls von Euch geschlagen sehe.»
Er wartete so lange, bis Newton den Kopf hob und das Kinn vorschob.
«Ach ja, der letzte Punkt, der Unterschied ...» Daniel Defoe sah den alten Mann angewidert an. «Was uns unterscheidet, ist, dass ich mit einem Herzen geboren wurde.»
Seine Hand griff nach der Laterne, er wollte gehen.
«Wollt Ihr mich nicht töten?»
Defoe ließ das Licht zwischen ihnen schweben. «Nicht nötig. Dieser Aufgabe haben sich der Schmerz und der Teufel angenommen.»

Die Tür gab ein leises Knarren von sich, als sie das Haus verließen, dann war alles still.
Die Nacht und die Dunkelheit umfingen ihn. Kälte drang in seine Knochen, und er fühlte, wie Fieber und Schüttelfrost

um die Herrschaft kämpften. Er starrte stur vor sich hin. «Ich glaube nicht an den Teufel», murmelte er. «Ich glaube an die Wahrheit, die reine, unwiderlegbare Wahrheit ...»

Zwölf Tage später starb Isaac Newton.

Epilog

Der Duft von Pinien, Eukalyptus und feuchter Erde nach nächtlichem Regen wurde davongetragen, der Zypressenwald lag wie ein Meer aus grünen Pfeilspitzen unter ihr, bereit, in den Himmel geschossen zu werden. Die Aussicht über die Insel war unbeschreiblich, wie eine Postkarte aus dem Paradies, von dem nie jemand glauben würde, dass es wirklich existierte.

Unter ihrem Fuß rollte ein Stein weg, auf den letzten Metern zur Kante strauchelte sie kurz. Sie wusste, dass sie am Ziel war, ehe sie es sah, wusste, dass dort der Pfad endete und es steil nach unten ging, mehrere hundert Meter bis zu dem Dorf, direkt in die Schlucht.

Aloysia stand wie eine Statue an der Kante und schaute in den Abgrund, sie stellte sich vor, wie es wäre zu fallen, der Körper in einem letzten wilden Todestanz. Sah sich mit blutigen Gliedmaßen und zerschmetterten Knochen auf dem Boden liegen wie eine Stoffpuppe. In einem Bett aus Salbei und Thymian landen. Einem duftenden Sarg in Weiß und Grün.

Die Schlucht war an dieser Stelle schmal, kaum mehr als dreißig Meter. Auf der gegenüberliegenden Seite klammerten sich Ebenholz und Kiefern an die Felswand, Grasbüschel und Blumen sprossen aus jeder Felsspalte. Eine Bewegung auf einem Felsabsatz ein Stück unter ihr ließ sie einen Schritt zurücktreten, sich vorbeugen und konzentriert das kleine grazile Wesen betrachten, dass mit der Schnauze zur Schlucht witterte. Es war schlank und rehartig, aber nonchalant wie ein …

Sie musste lächeln und wandte den Blick zum Meer, das zwischen den Bergspitzen im Süden glitzerte. Eine Kri-Kri-Gämse. Unten im Dorf sagte man, es bringe Glück, wenn man das scheue und wilde Tier zu Gesicht bekam. Ein kurzer Blick auf die Kretaziege bedeutete Glück für einen Tag. Wenn man sie länger beobachten konnte, würde das Glück einem gleich mehrere Jahre treu bleiben.

Ganz langsam hockte sie sich im Schneidersitz hin und blieb reglos an der Kante der Schlucht sitzen. Die Sonne brannte auf ihrem Nacken, aber sie blieb sitzen, ohne das Tier aus den Augen zu lassen, bis ihr vor Durst und Hitze schwindelig wurde. Aufmerksam folgte sie dem geschmeidigen Tier mit dem Blick auf unzugängliche Absätze, wo es in Seelenruhe graste, als wäre es allein auf der Welt, bis eine andere Gämse dazukam. Vielleicht der Partner, dachte Aloysia, als sie sich beschnupperten, gemeinsam grasten und Seite an Seite aus einem Wasserloch tranken, neben einem kleinen Wasserfall, der sich die Felswand hinabstürzte. Dieser Moment gehörte zum Schönsten, das sie …

In diesem Augenblick stürzte ein Stück entfernt ein dicker Stein in die Tiefe, und die beiden Tiere verschwanden mit einem Satz, wie Geister, auf Nimmerwiedersehen.

Nachdenklich stand sie auf und blieb an der Kante stehen. Schaute in die Tiefe. Warf einen langen Blick über das Tal, ehe sie sich entschieden umdrehte und an den Abstieg machte. Ihre Hand suchte das Handy in ihrer Tasche, und im Gehen setzte sie den Akku ein. Mit jedem Schritt bekamen ihre Bewegungen mehr Spannung, fühlte sie sich leichter vor Glück. Plötzlich war sie voller Kraft und Energie, und in ihr wuchs die Gewissheit, dass es nicht zu Ende war, nichts war zu Ende. Im Gegenteil, jetzt fing alles erst an.

Mit dem Daumen drückte sie die Tasten. Es war Zeit, sich bei Manfred und Even zu melden.

Danksagung

Ein besonders großer Dank geht an Kin, Tore Hagen, Mia Bull-Gundersen, Eva Christine Kuløy, Cathrine Narum und Arnstein Bjørkly für konstruktive Einwände.

Dank an Gaute Einevoll, Rolf Møller, Ole Håkon Røsland, Reidar Hagen und Niels Østergaard für unschätzbare Expertenhilfe.

Mein Dank gilt ebenfalls Herman Hansson, Finn Poulsen, Astrid Skatvedt und Truls Sanaker – für wichtige Beiträge.

Sowie Dank an Aline Vos im Thon Hotel Brussels City Centre und Helge Krogsbøl bei Thon Hotels, Oslo, für eine entgegenkommende Haltung meinen Fragen gegenüber.

***

Während ich noch diese Zeilen schreibe, ist «Der Genius-Code» nahezu über Nacht in einem Maße aktuell geworden, das niemand vorhersehen konnte. Die Zeitungen schreiben täglich darüber, und in Funk und Fernsehen wird über nichts anderes berichtet als über die «Arbeitsbereiche der Geheimdienste» und «illegale Überwachung», zwei ganz zentrale Themen in diesem Buch.

Trotzdem möchte ich darauf hinweisen, dass «Der Genius-Code» ein Roman ist, eine Phantasie, die sich zwar auf Fakten stützt, aber danach eigene Wege geht.

Trotz wohlmeinender Expertenhilfe bei Teilen des Buches übernehme ich als Autor die volle Verantwortung für den Inhalt. Für eventuell enthaltene Fehler oder Missverständnisse kann niemand außer mir belangt werden.

Kurt Aust
Horten, 18. Juni 2009